D1437062

Skulduggery Pleasant,
detective esqueleto

Skulduggery Pleasant, detective esqueleto

LA MUERTE DE LA LUZ

DEREK LANDY

Primera edición: septiembre de 2016

Gerencia editorial: Gabriel Brandariz
Coordinación editorial: Paloma Muiña
Coordinación gráfica: Lara Peces

Ilustración de cubierta y letras capitulares: Tom Percival
Diseño de cubierta: HarperCollins Publishers, 2014
Adaptación de cubierta: Eduardo Nacarino

Título original: *The Dying of the Light*
Traducción y glosario: Ana H. Deza

Publicado originariamente en Gran Bretaña por HarperCollins *Children's Books* en 2014
HarperCollins *Children's Books* es una división de HarperCollins *Publishers* Ltd
77-85 Fulham Palace Road, Hammersmith, Londres W6 8JB

© Derek Landy, 2014
© Ediciones SM, 2016
    Impresores, 2
    Parque Empresarial Prado del Espino
    28660 Boadilla del Monte (Madrid)
    www.grupo-sm.com
© Letras capitulares: Tom Percival, 2014
    Skulduggery Pleasant™ Derek Landy
    Logo SP™ HarperCollins *Publishers* Ltd

Do Not Go Gentle into That Good Night, de Dylan Thomas,
poema correspondiente al libro *The Poems of Dylan Thomas* (Dent),
se ha usado con el permiso de David Higham Associates

ATENCIÓN AL CLIENTE
Tel.: 902 121 323 / 912 080 403
e-mail: clientes@grupo-sm.com

ISBN: 978-84-675-9060-9
Depósito legal: M-29198-2016
Impreso en la UE / *Printed in EU*

Este libro me lo dedico a mí mismo.

Derek, sin ti no estaría donde estoy ahora. No puedo expresar con palabras todo lo que te debo por lo mucho que me has guiado: por tu sabiduría, tu ingenio, tu perspicacia, tu aguda inteligencia, tu buen gusto, tu fuerza, tu integridad y tu humildad. No mencionaré las generosas donaciones que realizas, tu compromiso político, ni la labor en defensa del medio ambiente que llevas a cabo. Y no lo haré no solo porque tú no quieras hablar del tema: es que nadie quiere hacerlo.

Me has enseñado a ser mejor persona.

Nah. Nos lo has enseñado a todos.

No entres dócil en esa dulce noche,
debe arder la vejez y delirar al fin del día;
rabia, rabia contra la muerte de la luz.

DYLAN THOMAS

1

MEEK RIDGE

FALTAN solo unos segundos para que sean las cinco de la mañana y Danny ya está despierto. Rueda despacio para salir de la cama, con los ojos medio cerrados, y pone los pies descalzos en el suelo. Es más duro levantarse temprano en invierno, cuando el frío le tienta para que vuelva a meterse bajo las sábanas. «Los inviernos en Colorado son dignos de verse», decía su estimado y difunto padre, y Danny no está en disposición de discutirle nada a su estimado y difunto padre. Sin embargo, ahora es verano: los veranos son cálidos, así que se sienta en el borde de la cama sin tiritar y, después de un minuto en blanco luchando por abrir los ojos, se levanta y se viste.

Baja las escaleras y, mientras hace café, abre la tienda. La General Store se abre al público a las cinco y media, todos los días salvo los domingos. Ha sido así desde que Danny era un niño y sus padres regentaban el local, y sigue siéndolo ahora que tiene veintisiete años y sus padres están fríos y quietos, tumbados uno al lado del otro en sus tumbas. A veces, Danny tiene un mal día y le da por pensar que también sus sueños están ahí enterrados, pero sabe que eso es injusto. Intentó dedicarse a la música: se mudó a Los Ángeles y formó una banda; cuando las cosas no salieron como esperaba, regresó a casa para encargarse del negocio familiar.

Lo dejó, y no puede echarle la culpa a nadie salvo a sí mismo.

A las seis, el pueblo de Meek Ridge ya está despierto. La gente para de camino al trabajo y Danny charla con ellos, pero no lo hace con la famosa facilidad de palabra que tenía su madre. Cuando estaba viva, ella hablaba por los codos y reía sin esfuerzo. Su padre era más comedido, más reservado, pero aun así caía bien a la gente. Danny no tenía ni idea de qué piensa la gente de él: un aspirante a estrella del rock que se largó en cuanto terminó el colegio y regresó con el rabo entre las piernas años después. Seguramente piensen exactamente eso.

La madrugada pasa a ser media mañana, y la media mañana se convierte en un ardiente mediodía. A no ser que haya un cliente mirando los estantes, Danny se queda en la puerta, con una botella de coca-cola fría en la mano, mirando los coches que pasan por Main Street y a la gente que camina; todos parecen tener cosas que hacer y sitios a los que ir. Sobre las tres, el negocio repunta, como siempre, y eso le mantiene ocupado y alejado de la luz del sol, hasta que finalmente llegan las siete de la tarde, su momento favorito de la semana.

Danny saca la lista para asegurarse de que no se le olvida nada, aunque realmente no lo necesita. Cuando termina tiene llenas dos bolsas de la compra grandes –reutilizables, de lona, no de papel ni de plástico–. Cierra la tienda, deja las bolsas en el asiento del copiloto de su viejo Ford abollado y conduce hasta salir de Meek Ridge con la ventanilla abierta: su aire acondicionado no enfría gran cosa. Cuando la carretera se estrecha, ya está empezando a sudar y, a medida que sigue por el camino retorcido de tierra, nota las primeras gotas que resbalan entre sus omóplatos.

Por fin llega a una puerta cerrada con llave y se queda esperando con el motor encendido. Saca la mano por la ventanilla y toca al botón del intercomunicador. Todas las semanas a la misma hora va allí y ella lo sabe. Hay una cámara que enfoca su rostro, escondida entre los árboles o los setos. Ya no intenta localizarla. Simplemente sabe que está allí. La puerta se abre muy despacio con un chasquido y él entra con el coche.

El dueño anterior de la finca murió cuando Danny era un adolescente. Con la falta de cuidados, los edificios empezaron a deteriorarse y los terrenos, cientos de acres de campo, se llenaron de malas hierbas. Ahora son prados exuberantes, verdes y extensos, y los edificios están restaurados o han sido construidos desde cero. Hay una valla rodeando la propiedad, demasiado alta para trepar por ella y demasiado fuerte para romperla. Hay cámaras ocultas por doquier y todo está lleno de alarmas.

En Meek Ridge hubo un maremoto de rumores sobre la nueva propietaria de la finca, y desde entonces las aguas siguen turbias. Algunos dicen que es una actriz que sufrió una crisis nerviosa o una rica heredera que rechaza el lujoso estilo de vida de su familia. Otros consideran que está en el programa de protección de testigos o que es la viuda de un gánster europeo. La tormenta de rumores ha dejado tras de sí ríos de cotilleos en que las historias y las mentiras absolutas fluyen y refluyen. Danny pone en duda que ninguno de ellos se acerque ni remotamente a la verdad. No es que él sepa cuál es: la nueva propietaria de la finca le resulta tan misteriosa como a los demás habitantes del pueblo. La única diferencia es que él la ve una vez a la semana.

Danny llega hasta la casa de campo. La ve sentada a la sombra del porche, sobre una mecedora, una mecedora de verdad, algo que le gusta hacer las tardes templadas, con su perro enroscado al lado. Danny agarra las bolsas de la compra, una en cada mano, y sube los peldaños mientras ella deja el libro que estaba leyendo y se levanta. Tiene el pelo y los ojos oscuros y aparenta unos diecinueve años, pero lleva viviendo allí más de cinco y no ha cambiado absolutamente nada, así que Danny le echa más o menos veinticuatro años.

Es guapa. Guapa de verdad. Cuando sonríe le sale un único hoyuelo en la mejilla, lo cual ya no le resulta tan llamativo como antes. Tiene las piernas largas y fuertes, enfundadas en vaqueros ajustados, y lleva botas de montaña desgastadas. Esta tarde se ha puesto una camiseta sin mangas con el nombre de un grupo del que Danny nunca ha oído hablar. Tiene un tatuaje en el brazo izquierdo desde el hombro hasta el codo. Algo tribal, tal vez. Unos símbolos raros que casi parecen jeroglíficos.

–Hey, hola –dice Danny.

Xena, la perra pastor alemán que nunca se separa de ella, le gruñe enseñándole los dientes.

–Xena, quieta –ordena ella en voz baja, pero hay algo afilado en su tono. Xena para de gruñir, pero no aparta los ojos de la garganta de Danny–. Vienes pronto –dice, reparando por fin en su presencia.

Danny se encoge de hombros.

–He tenido un día tranquilo, así que decidí tomarme un poco de tiempo libre. Es una de las ventajas de ser tu propio jefe, ¿sabes?

Ella no contesta. Para ser una chica que vive con la única compañía de un perro, no parece emocionarle el noble arte de la conversación.

Abre la puerta corredera; luego, la segunda puerta que hay detrás, y le hace una seña para que entre. Él mete la compra, con Xena pisándole los talones, como si llevara una escolta armada. La casa es grande, antigua, limpia y reluciente. Entera de madera. Todo es pesado y sólido, el tipo de solidez a la que te agarrarías si estuvieras ahogándote, flotando a la deriva. Danny a veces se siente así, como si fuera a arrastrarle la corriente sin que nadie se diera cuenta.

Deja la compra en la mesa de la cocina, alza la vista para decir algo y se da cuenta de que está a solas con la perra. Xena está echada sobre los codos, con las orejas tiesas, la cola recta e inmóvil, sin dejar de mirarle.

–Hey, hola –susurra con suavidad. Xena gruñe.

–Toma –la voz de la chica suena justo a su espalda y Danny pega un brinco. Se gira rápido hacia la perra por si ha considerado el movimiento brusco un gesto de amenaza, pero Xena está ahí echada, sin gruñir ya, con expresión totalmente inocente, carente de agresividad.

Danny sonríe con cierta timidez y agarra el dinero.

–Perdona –dice–. Siempre se me olvida lo silenciosa que eres al caminar. Pareces un fantasma.

Hay algo en su expresión que hace que Danny se arrepienta al instante de haber dicho eso; pero antes de que pueda añadir nada para arreglarlo, ella se pone a sacar la compra.

Danny se queda quieto e incómodo y se obliga a mantenerse callado. A estas alturas, ya se conoce la rutina. Mientras ella se dedica a sacar la comida, pregunta, con el tono más despreocupado del mundo:

–¿Cómo van las cosas en el pueblo?

–Bien –responde Danny, porque eso es lo que siempre dice–. Todo tranquilo, pero bien. Van a abrir un Starbucks en la calle principal. Etta, la dueña de la cafetería de la esquina, no está muy contenta. Intentó montar una asamblea para evitarlo, pero no fue nadie. La gente quiere un Starbucks. Y Etta no les cae muy bien...

Asiente con la cabeza como si le interesara, y luego hace la pregunta que él estaba esperando:

–¿Alguna cara nueva?

–Lo normal; la gente que pasa de camino.

–¿Nadie ha preguntado por mí?

Danny niega con la cabeza.

–Nadie.

Ella no contesta, no sonríe, no suspira ni parece decepcionada. Solo es una pregunta que necesita una respuesta, un hecho que precisa que le confirme. Danny nunca le ha preguntado a quién está esperando o si sería bueno o malo que alguien preguntara por ella. Sabe que ella no se lo diría.

13

Cierra la alacena de la cocina, dobla una de las bolsas, la mete dentro de la otra y se la entrega a Danny.

–¿Podrías traerme unos huevos la próxima vez? –le pide Stephanie–. Tengo ganas de comer tortilla.

Él sonríe.

–Claro –siempre ha tenido debilidad por el acento irlandés.

2

VIVIR EN LAS SOMBRAS

TENÍA la impresión de que aquellas luces parpadeantes, más que iluminar, arrojaban desde el techo del supermercado destrozado profundas sombras sobre los rincones oscuros. Stephanie avanzó apretando con fuerza el Cetro de oro. Las hileras de estantes yacían unas sobre otras como un dominó caído entre latas de comida y botellas de kétchup. Captó el olor de un charquito de vinagre derramado y se giró hacia la derecha justo a tiempo para ver desaparecer el destello de un traje a rayas. No. Estaba sola en aquel laberinto medio destruido; el suave zumbido de los frigoríficos era su único acompañante.

Caminó entre las sombras y, después, salió a la luz: pasos lentos y silenciosos. Y una vez más, la oscuridad se la tragó con hambre fría. El laberinto se abrió ante sus ojos. Había un hombre flotando allí, a un metro del suelo, como si estuviera tumbado en una cama invisible. Tenía las manos cruzadas sobre el vientre y los ojos cerrados.

Stephanie alzó el Cetro.

Bastaba con pensarlo para que un relámpago negro lo convirtiera en polvo. Una simple orden que, hace menos de un año, no hubiera dudado en dar. Ferrente Rhadaman era una amenaza, un peligro para ella y para los demás. Había entrado en el Acelerador y la descarga que amplificaba sus poderes le había vuelto violento. Inestable. Tarde o temprano, mataría a alguien delante de todo el mundo y, así sin más, la existencia de la magia se revelaría ante un público que no estaba preparado para conocerla. Ahora era el enemigo. Y el enemigo merecía morir.

Aun así... titubeó.

No tendía a pensarse las cosas dos veces. No dedicaba tiempo a la introspección. Durante la mayor parte de su existencia, Stephanie había sido nada más que superficie. Era el reflejo, el sustituto, la copia. Mientras Valquiria Caín jugaba a los superhéroes, Stephanie había ido a clase, se había sentado a la mesa a cenar, había llevado una vida normal. La gente la veía como un objeto sin sentimientos. Había sido una cosa.

Pero ahora que era una persona, todo resultaba mucho más confuso; menos definido. Ahora que era alguien, que estaba realmente viva, había descubierto que no deseaba arrebatarle a otro ser viviente la misma oportunidad. No si podía evitarlo. Lo cual era, debía admitirlo, sumamente inconveniente.

Con un ceño tan oscuro como su pelo, salió del parapeto y caminó despacio hacia Rhadaman. Sacó un par de esposas de la mochila que llevaba a la espalda, asegurándose de que la cadena no tintineaba. Mantuvo el Cetro apuntándolo –no quería matar a nadie si podía evitarlo, pero tampoco era estúpida– y siguió avanzando paso a paso, con cautela. El suelo estaba salpicado de basura y desechos del supermercado. Estaba a medio camino y Rhadaman aún no había abierto los ojos. Cuanto más se acercaba, más fuerte oía los latidos de su propio corazón. Estaba segura de que Rhadaman los oiría. Si no sus latidos, seguro que sí su respiración ridículamente fuerte. ¿Cuándo había empezado a respirar tan fuerte? ¿Siempre lo había hecho? Alguien debería habérselo advertido.

Cuando estaba a tres pasos, Stephanie se detuvo y miró a su alrededor en busca de la tela a rayas. Nada. ¿Por qué no le esperaba? ¿Por qué tenía que hacer esto ella sola? ¿Tanto tenía que demostrar?... Seguramente, sí. ¿Capturar a Rhadaman sin ayuda la convertiría en una compañera digna? ¿Eso justificaría su existencia?

No estaba acostumbrada a tener una maraña de pensamientos contradictorios rebotando en su cabeza.

Dio tres pasos más y extendió la mano, con las esposas preparadas.

Rhadaman abrió los ojos de golpe. La miró fijamente.

Ella le devolvió la mirada.

–Hum... ¿Estoy soñando? –sugirió ella.

Una oleada de energía la tiró de espaldas. Se tambaleó y, de pronto, se dio cuenta de que tenía las manos vacías. Alzó la vista: Rhadaman estaba de pie, sosteniendo el Cetro.

–Lo había visto en algún libro –dijo con su acento norteamericano–. Es auténtico, ¿no? Los Antiguos usaron esto de verdad para matar a los Sin Rostro, para expulsarlos de esta realidad. La Asesina de Dioses original... –la apuntó con el Cetro y después frunció el ceño–. No funciona.

–Estará roto –comentó Stephanie–. ¿Me lo devuelves? –extendió la mano y él se la quedó mirando un instante. De pronto, abrió los ojos como platos.

–Eres ella.

–No –replicó Stephanie.

Él soltó el Cetro y sus manos comenzaron a brillar.

–¡Eres ella!

–¡No! –exclamó antes de que la atacara–. ¡Crees que soy Oscuretriz, pero no es verdad! ¡Soy su reflejo! ¡Soy totalmente normal!

–¡Tú mataste a mis amigos!

–¡Quieto! –dijo ella, señalándole–. ¡Alto ahí! Si yo fuera Oscuretriz, podría matarte en el acto, ¿verdad? No necesitaría unas esposas. Escúchame: Valquiria Caín tenía un reflejo. Esa soy yo. Valquiria desapareció, se volvió malvada y se convirtió en Oscu-

17

retriz, pero yo sigo aquí. Así que no soy Oscuretriz y no he matado a tus amigos.

El labio inferior de Rhadaman empezó a temblar.

–No eres un reflejo.

–Lo soy. O lo era. He evolucionado. Me llamo Stephanie, encantada.

–Esto es un truco.

–No –dijo Stephanie–. Esta situación es demasiado estúpida para tratarse de un truco.

–Debería... debería matarte.

–¿Por qué? Trabajo para el Santuario. La guerra ha terminado, ¿vale? ¿Lo recuerdas? Otra vez estamos todos del mismo lado, aunque vosotros más o menos perdisteis y nosotros estamos al mando. Así que si te digo que te rindas, te tienes que rendir. ¿De acuerdo?

–A mí ya nadie me da órdenes –dijo Rhadaman.

–Ferrente, no hagas nada de lo que te puedas arrepentir. El Acelerador te sobrecargó de magia, pero te volvió inestable. Tenemos que llevarte de regreso y mantenerte bajo supervisión hasta que vuelvas a la normalidad. Ahora mismo no estás pensando con claridad.

–Estoy pensando con total claridad. Puede que matarte no les devuelva la vida a mis amigos, pero te juro que me hará muy, pero que muy feliz.

–Vamos a ver –intervino el detective esqueleto, presionando el cañón de su revólver contra la sien de Rhadaman–. Esa es una actitud tremendamente insana.

Rhadaman se quedó congelado, los ojos muy abiertos. Skulduggery permaneció allí de pie, en todo su esplendor: con su magnífico traje a rayas, el sombrero perfectamente inclinado y la calavera brillando bajo la luz.

–No hagas ninguna tontería –le advirtió–. Eres poderoso, pero no lo bastante como para caminar con una bala en la cabeza. Estás arrestado.

–¡No me cogerás vivo!

–Sinceramente, creo que deberías pensar lo que dices antes de hablar. Eso que has dicho ha sonado de lo más insensato. Stephanie, creo que se te han caído las esposas. ¿Te importaría recogerlas y ponérselas...?

Rhadaman se movió más rápido de lo que Stephanie esperaba. Más rápido de lo que Skulduggery esperaba. En un abrir y cerrar de ojos, el revólver del esqueleto estaba en el suelo y el propio Skulduggery saltaba para esquivar las garras de Rhadaman.

–¡No podéis detenerme! –chilló.

Skulduggery tenía la corbata torcida. La enderezó con un gesto rápido y seco.

–Queríamos arrestarte sin emplear la violencia, Ferrente. No pongas las cosas más difíciles.

–No tienes ni idea de lo que es tener este tipo de poder –dijo Rhadaman con un destello de cólera en los ojos–. ¿Y quieres que renuncie a esto? ¿Que vuelva a ser como antes?

–Ese nivel de poder no durará –indicó Skulduggery–. Y lo sabes. Ya está empezando a desvanecerse, ¿a que sí? En quince días habrá más caídas que picos, y a finales de mes habrás vuelto a la normalidad. Es inevitable, Ferrente. Así que haznos un favor: ríndete antes de que provoques un problema serio. Te daremos la ayuda que necesitas y, cuando haya acabado todo, podrás regresar a tu antigua vida. La alternativa es que sigas adelante hasta que hagas daño a alguien. Y si lo haces, acabarás en prisión.

–Tienes miedo de mi poder.

–Tú también deberías tenerlo.

–¿Por qué iba a tener miedo? Esto es lo más grande que me ha pasado nunca.

–¿Esto? –repitió Skulduggery–. ¿En serio? Echa un vistazo a tu alrededor, Ferrente: estamos en medio de un supermercado. ¿Lo más grande que te ha pasado nunca y decides destruir un supermercado? ¿De verdad eres tan limitado?

Rhadaman sonrió.

–¿Esto? Ah, esto no lo he hecho yo.

–¿No? ¿Y quién ha sido?

–Mis amigos.

Stephanie no pudo evitarlo: miró a su alrededor.

–¿Y dónde están tus amigos? –preguntó Skulduggery.

Rhadaman se encogió de hombros.

–Cerca. Nunca se separan de mí. Había un montón después de la batalla. Encontré un grupo y los adopté. Aunque no hablan demasiado.

Stephanie captó un débil olorcillo en el aire.

–¿Hombres Huecos? –preguntó.

–Les he dado nombres –replicó Rhadaman–. Y les he puesto ropa. Llevan los nombres de mis amigos, los que asesinó Oscuretriz. Aunque no lo demuestren, creo que les gusta tener nombres.

–A los Hombres Huecos no les gusta nada –replicó Stephanie–. No piensan. No sienten nada.

–Los reflejos se supone que tampoco sienten –dijo Rhadaman–. Pero tú dices que lo haces. ¿En qué te diferencias de ellos?

–En que soy una persona real.

–O simplemente crees que lo eres.

–Si te rindes –intervino Skulduggery–, te prometo que trataremos bien a tus amigos. Una vez que se pasen los efectos del Acelerador, te los devolveremos. ¿Trato hecho?

–¿Sabes lo que les gusta hacer? –continuó Rhadaman, como si no hubiera oído a Skulduggery–. Disfrutan machacando a la gente. Les encanta ver la sangre derramada. Gozan con la sensación de los huesos que se rompen bajo sus puños. Eso es lo que les gusta a mis amigos. Eso es lo que les hace felices.

–No quieres hacer esto –dijo Skulduggery.

Rhadaman sonrió, frunció los labios y soltó un silbido breve.

Skulduggery movió la muñeca para lanzar el Cetro a las manos de Stephanie mientras corría hacia Rhadaman. Él agarró al esqueleto y lo lanzó por los aires. Antes de que Stephanie hubiera podido acercarse para ayudarlo, los Hombres Huecos chocaron contra una montaña de cajas de cereales y la rodearon. Hombres Huecos vestidos de forma ridícula, con sus trajes enormes, sus absurdos vestidos de vuelo y estampado de flores.

Un relámpago negro refulgió y brotó de la gema del Cetro, convirtiendo a tres en polvo sin emitir un sonido. Otro rayo negro, y otro y otro... Pero seguían llegando, y había otros a su espalda, cada vez más cerca. Ahí estaba el truco: puede que fueran lentos, torpes e idiotas, pero no había que subestimarlos, pues era entonces cuando resultaban más peligrosos.

Stephanie corrió a la derecha y pasó entre ellos, agachándose para esquivar las fuertes manos que se estiraban para atraparla. Los condujo a un pasillo estrecho con un montón de frigoríficos a ambos lados, se volvió hacia ellos y los enfrentó mientras ellos avanzaban dando bandazos. El número no importa si puedes acorralar al enemigo. Skulduggery se lo había enseñado. Todo es cuestión de elegir dónde luchar.

La gema negra escupió un rayo crepitante de energía. Podía matar a los dioses locos, cuya sola apariencia desequilibraba las mentes, así que esos seres artificiales con piel de papel, incapaces de juntar una sola neurona entre todos, no tenían mucho que hacer contra el Cetro. Explotaron y el polvo se esparció por el suelo; sus hermanos lo pisaron sin vacilar. No se detuvieron, por supuesto que no. No conocían el miedo. No tenían conciencia de sí mismos. Eran pobres imitaciones de seres vivos, al igual que lo había sido Stephanie. Mucho tiempo atrás.

Pero ahora Valquiria Caín se había marchado, y lo único que quedaba era Stephanie Edgley.

En alguna parte del supermercado oyó un golpe: Skulduggery luchaba contra Rhadaman. No le preocupaba el esqueleto, podía cuidar de sí mismo.

Las sombras se movieron a su lado y un puño se estrelló contra su brazo. Abrió los dedos y el cetro salió despedido; rodó hasta colarse debajo de una estantería volcada. Stephanie se agachó, maldiciendo. Solo tenía un arma, la vara tallada que llevaba a la espalda, pero contaba con una carga de magia limitada y era completamente inútil contra un enemigo que careciera de sistema nervioso. Corrió hasta la fila de microondas y batidoras, pasó junto a las ollas y sartenes y agarró un cucharón de acero inoxidable que le resultó sorprendentemente insatisfactorio; lo dejó caer de inmediato, en cuanto vio la caja de cuchillos de cocina. La cogió de la estantería y se la lanzó a la cara del Hombre Hueco que tenía más cerca. La caja se rompió y los cuchillos se esparcieron por el suelo.

Stephanie agarró los dos más grandes y avanzó dando tajos. Las hojas cortaron el cuello del Hombre Hueco y un gas verde salió disparado, como si se escapara el aire de un neumático pinchado. Incluso mientras corría notó el sabor picante del gas en la garganta.

Había dos Hombres Huecos delante de ella, uno con camisa y corbata y el otro con un batín de seda.

Se agachó y pasó deslizándose entre ellos, cortándoles las piernas según patinaba. Antes de que hubieran empezado a desinflarse, se levantó y apuñaló a otro Hombre Hueco en pijama en el pecho. Se apartó para evitar el chorro de gas y tosió, con los ojos llenos de lágrimas. Vio un bulto borroso delante, le dio un tajo y lo empujó. Cada vez veía peor; sus pulmones ardían. Tenía el estómago revuelto y sabor a bilis en la boca. Resbaló con algo. Cayó al suelo y perdió uno de los cuchillos.

Una mano la agarró del pelo, la levantó y ella gritó. Intentó cortarle con el cuchillo que le quedaba, pero se le enganchó la hoja con su propia chaqueta y se le cayó también. Levantó la mano y clavó las uñas en la piel áspera, intentando desgarrarla. Le soltaron el pelo y algo crujió contra su rostro. Vio las estrellas y giró en redondo. Otro golpe. Se cubrió con los brazos, intentando evitar los fuertes puñetazos. La cabeza le temblaba a cada impacto. Si hubiera tenido magia, podría haber prendido fuego al Hombre Hueco o lanzarle un puñado de sombras para despedazarlo. Pero no tenía magia. No contaba con ese lujo. Ella no era Valquiria Caín. Y no necesitaba la magia.

Stephanie alzó las rodillas y giró sobre su espalda. El Hombre Hueco se cernía sobre ella como un bulto oscuro. Su puño impactó contra su tripa como la bola de una grúa de demolición. Se habría quedado sin aire de no ser por la ropa protectora. Hizo fuerza con los pies contra las piernas del Hombre Hueco y empujó con todas sus fuerzas hasta ponerse en cuclillas. Él se tambaleó ligeramente y ella apoyó la mano contra el expositor que estaba al lado, buscando un arma. Cerró los dedos en torno al palo de una fregona. Cuando el Hueco iba a atacarla, Stephanie alzó la fregona y lo golpeó como si fuera un bate de béisbol.

En ese momento echó de menos las antiguas fregonas con palo de madera. Las de madera pesaban, mientras que aquella de plástico simplemente rebotó contra la cabeza del Hombre Hueco. Giró la fregona, le clavó el extremo en la boca y empujó hasta que el Hueco retrocedió y la soltó. Corrió por donde había venido. Ahora veía mejor, ya no tenía ganas de vomitar. Un Hombre Hueco se volvió hacia Stephanie y ella lo esquivó. Se lanzó al suelo y vio el Cetro. Metió la mano bajo la estantería caída y extendió los dedos hasta que se cerraron en torno a su peso tranquilizador. El Hombre Hueco se acercaba. Lo convirtió en polvo.

Se levantó, desintegró al siguiente, y después a otro. Tres más aparecieron ante sus ojos y los eliminó con la misma facilidad. Luego, los únicos sonidos del supermercado pasaron a ser los de Skulduggery.

Se apresuró a regresar a la zona abierta, justo a tiempo de ver cómo Rhadaman tiraba del brazo de Skulduggery hasta arrancárselo de cuajo. El esqueleto chilló cuando los huesos tintinearon contra el suelo. Una explosión de energía lo levantó por los aires y Rhadaman dio un paso hacia delante, dispuesto a darle el golpe mortal.

–¡Alto! –gritó Stephanie, apuntándole al pecho con el Cetro. Él se volvió y soltó una carcajada.

–No funciona, ¿recuerdas?

Ella cambió de objetivo y convirtió la puerta que estaba detrás de él en polvo.

–Solo funciona en manos de su dueño, idiota. Ahora, a no ser que quieras que barran tus restos con una escoba, ponte las esposas –les dio una patada y resbalaron por el suelo. Chocaron contra sus pies, pero él no se movió–. Sé lo que estás pensando. ¿Puedo matar a esta chica antes de que me dispare? La verdad es que, siendo este el Cetro de los Antiguos, el arma Asesina de Dioses más poderosa del mundo, que puede convertirte en polvo solamente con pensarlo, ¿no crees que…?

Skulduggery le clavó la culata del revólver en la mandíbula y Rhadaman giró como una peonza antes de desplomarse.

Stephanie le fulminó con la mirada.

–¿En serio?

Skulduggery le dio un puntapié a Rhadaman para asegurarse de que estaba inconsciente.

–Me has interrumpido –se quejó Stephanie–. Le tenía, estaba haciendo mi trabajo. No deberías interrumpir a la gente cuando…

–Espósale –dijo Skulduggery, enfundando el revólver. Luego recogió su brazo y comenzó a colarlo dentro de su manga.

–Estaba a punto de soltar la mejor frase y tú… Vale –Stephanie metió el Cetro en la mochila, se acercó a Rhadaman y le esposó. Se puso de pie justo cuando el brazo de Skulduggery chascaba al colocarse en su sitio.

–Ay –masculló él, y alzó la vista–. Perdona, ¿decías algo?

–Molaba mucho –se quejó ella.

–Lo dudo.

–Molaba de verdad: yo ahí, citando una película genial, y vas tú y lo estropeas todo.

–Oh –dijo él–. Lo siento.

–No, no lo sientes. No soportas que haya otra persona soltando frases geniales mientras tú gritas de dolor, ¿verdad?

–Me había arrancado el brazo.

–Te arrancan los brazos continuamente. Pero ¿cuándo puedo yo soltar frases que molan? Muy pocas veces... Y, desde luego, nunca hay nadie alrededor para escucharlas.

–Te pido disculpas –dijo Skulduggery–. Por favor, termina la frase.

–¿Ahora? No.

–¿Por qué no? Al parecer era importante para ti.

–No. Ya no tiene sentido. Está esposado. Y además, inconsciente.

–Puede que te haga sentir mejor.

–Me sentiría idiota –gruñó Stephanie–. No puedo soltarle una frase genial a un tipo inconsciente.

–Esto no tiene nada que ver con él. Tiene que ver contigo.

–No. Olvídalo. Te reirías de mí.

–Te prometo que no.

–He dicho que lo olvides.

Él se encogió de hombros.

–Vale. Si no quieres terminar la frase, no lo hagas. Pero puede que te sintieras mejor.

–No.

–Muy bien.

Se quedó ahí mirándola. Ella le devolvió la mirada y abrió la boca, dispuesta a continuar la discusión, pero él se giró de pronto y se alejó, como si acabara de recordar de pronto que puede que ella se pareciera a Valquiria Caín, puede que hablara como Valquiria Caín, pero no era Valquiria Caín.

Y nunca lo sería.

3

ARROJAR EL GUANTELETE

ROARHAVEN era una ciudad joven: apenas tenía tres semanas de vida. Había crecido desde sus humildes comienzos como poblacho junto a un lago estancado hasta convertirse en una maravilla arquitectónica en un abrir y cerrar de ojos. Construida en una realidad paralela y después oscilada hasta esta, la nueva ciudad había revestido el viejo pueblo sin dejar una sola fisura. Las antiguas callejuelas de Roarhaven eran ahora anchas avenidas y sus escasas casuchas se habían transformado en lujosos edificios. Sus fronteras eran inmensas, y se alzaban orgullosamente en forma de muro protector con trampas, ciencia y magia que servían para esconder la ciudad de los ojos curiosos de los mortales. En el centro de la ciudadela se alzaba el Santuario con el aspecto de un palacio resplandeciente, lleno de torreones y campanarios: la envidia de las comunidades mágicas de todo el mundo.

Esa iba a ser la primera ciudad mágica del nuevo orden mundial. Otras la seguirían, según el plan de Ravel. Cuando los brujos comenzaran a matar a los mortales y estos necesitaran salvadores, los hechiceros darían un paso al frente, harían retroceder a la horda y serían aclamados como héroes. Demostrarían que eran unos aliados valiosísimos contra las fuerzas oscuras recientemente descubiertas. Los hechiceros y los mortales permanecerían uni-

26

dos. Y después, poco a poco y sutilmente, los hechiceros aparta-
rían a los mortales a codazos y el mundo sería suyo.

Pero ¿cuál era esa cita que Valquiria había oído alguna vez?
La que Stephanie trataba de recordar ahora...

Ningún plan sobrevive al primer contacto con el enemigo.

Los brujos habían aparecido en un número mucho mayor de
lo esperado. Rompieron el escudo, destrozaron la muralla y abrieron la puerta. Erskine Ravel envió hechiceros sobrecargados de
magia mediante el Acelerador para luchar contra los brujos, pero
estos agentes resultaron ser una amenaza tanto para el enemigo
como para su propio bando. Y entonces apareció Oscuretriz.

En el caos que se produjo a continuación, murió mucha más
gente. Los brujos, al ver a su líder muerto, se dispersaron y huye-
ron, diecinueve hechiceros sobrecargados escaparon y Oscuretriz
infligió a Erskine Ravel el peor de los castigos.

Roarhaven sobrevivió, pero el sueño se hizo pedazos.

Ahora, dieciséis días después de que terminara la batalla, solamente una parte de los suntuosos edificios estaban ocupados. Las
calles permanecían silenciosas y los habitantes se sentían humi-
llados, asustados y avergonzados. Les habían prometido el poder
y la gloria, les habían dicho que iban a reclamar su derecho de
nacimiento como héroes conquistadores del mundo. Menudo golpe
había sido descubrir que ellos eran los villanos de aquella historia.

Stephanie no albergaba ninguna simpatía hacia ellos. Puede
que se consideraran a sí mismos leones, pero se habían apiñado
como un rebaño de corderos. Respecto a la ciudadela, sin embargo,
aún no sabía qué pensar. Era impresionante, sí, y muy bella en
algunos sitios; al estar vacía, además, tenía una cualidad misteriosa que en cierto modo le gustaba... Pero el Bentley tardaba
ocho minutos en llegar desde las puertas al Santuario. Y no porque hubiera atasco –no había nadie–, sino por el ridículo sistema
de redes que habían empleado para hacer las calles. No le habría
importado si esos ocho minutos hubieran estado charlando, pero

27

aquella mañana Skulduggery tenía uno de esos días silenciosos, así que Stephanie permanecía callada.

Llegaron al Santuario –o al palacio en el que se había convertido– y bajaron la rampa que se ocultaba por debajo de las calles; aparcaron y subieron hasta el vestíbulo en el ascensor.

No se había reparado en gastos para recordar a los visitantes que aquel era el lugar donde residía el poder. El vestíbulo estaba repleto de estatuas y pinturas, mármol blanco y la obsidiana más oscura. Los Hendedores, vestidos de gris, estaban de guardia, y sus guadañas relucían de forma siniestra.

El administrador se dirigió a su encuentro.

–Detective Pleasant –dijo Tipstaff–. Señorita Edgley. La Gran Maga Sorrows los recibirá enseguida.

Skulduggery asintió mientras Tipstaff se alejaba, mirando en su carpetilla la siguiente tarea pendiente de la lista. Skulduggery aguardó con las manos en los bolsillos, de pie, tan quieto como las estatuas que los rodeaban. Stephanie no tenía tanta paciencia, así que empezó a pasear, contenta de alejarse de él. Tenía momentos de frivolidad en que parecía surgir el viejo Skulduggery, pero eran pocos y breves. Su mente estaba ocupada en otros asuntos. Su mente estaba en Valquiria Caín.

Prefería no estar cerca de él cuando pensaba en ella.

Abandonó los pasillos relucientes de mármol y entró en la zona que había pasado a denominarse «el viejo Santuario», lo que quedaba del edificio original, con sus muros de hormigón, sus luces parpadeantes y sus sombras bailarinas. No muchos hechiceros se molestaban en bajar hasta allí, y eso era lo que más le gustaba a Stephanie. Aquellos hechiceros la miraban con inquietud. Para ellos era el reflejo de la destructora del mundo, la copia barata de la chica que iba a matarlos a todos. No confiaban en ella. No les gustaba. Y sin duda, no la apreciaban.

Entró en la sala del Acelerador.

–Hola –dijo.

28

El Ingeniero se giró. La sonrisa que Clarabelle había dibujado en su cabeza lisa y metálica continuaba allí y le daba al robot una expresión encantadora de felicidad. Le faltaban piezas en el cuerpo recubierto de símbolos, y en los huecos latía suavemente, de una forma casi hipnótica, una luz entre el azul y el blanco.

–Hola, Stephanie –saludó el Ingeniero–. ¿Cómo se encuentra?

Ella se encogió de hombros. El Acelerador estaba en medio de la estancia como un jarrón abierto, los bordes superiores casi llegaban al techo. Los circuitos recorrían su superficie y crepitaban entre luces. Extraía su poder de una brecha entre este mundo y la fuente de toda la magia. Una grieta del tamaño de un alfiler alrededor de la que se había construido la máquina.

–Se está haciendo más brillante –dijo ella.

–Sí –respondió el Ingeniero–. Cada vez que la energía fluye, crece.

Les había dado veintitrés días, ocho horas, tres minutos y doce segundos antes de que el Acelerador se sobrecargara. Para ampliar este plazo, se había dedicado a modificar la maquinaria y desviar el flujo de energía, añadiendo siete días más a la cuenta atrás.

–¿Cuánto falta para que todo haga «bum»? –preguntó Stephanie.

–Catorce días, siete horas y dos minutos –respondió el Ingeniero–. Pero no hará «bum». Si se sobrecarga, el sonido será más bien como un «fsss» muy fuerte. Posiblemente, un «puf».

–Ajá. O sea, que no será muy impresionante...

–No mucho. Los efectos, sin embargo, sí lo serán.

–Ya –asintió Stephanie–. Todos los hechiceros del mundo aumentarán veinte veces su poder y se volverán locos en el proceso, condenando totalmente al planeta entero. Eso podría resultar muy impresionante, sí.

–Me temo que el sarcasmo no es su fuerte, señorita Edgley.

Ella sonrió.

—Muy amable por tu parte, Ingeniero. Entonces, ¿ha habido alguien que se haya ofrecido a entregar su alma a cambio de apagarlo?

—Aún no.

—Seguramente estén muy ocupados.

—Esa es mi sospecha.

—Aún quedan dos semanas. Estoy segura de que, en cuanto se corra la voz, aparecerá una cola de voluntarios.

—Sin duda alguna.

Ella soltó una carcajada.

—Eres un robot genial, ¿sabes?

—Seguramente el mejor. ¿Está estropeada?

—¿Perdón?

—Su cara. Está arañada.

—Ah. No, no es nada. Gajes del oficio.

—¿Duele?

—No, en realidad no. Solamente si me lo aprieto.

—Normalmente no buscamos el dolor. ¿Por qué apretárselo?

—Justo lo que yo estaba pensando —Stephanie sonrió, pero de pronto se le borró la sonrisa–. ¿Te puedo hacer una pregunta? Es sobre los símbolos que tienes. Sirven, entre otras cosas, para que los mortales no puedan verte, ¿no?

—En efecto.

—Pero yo soy mortal. Y te veo.

—Usted es diferente.

—¿Cómo? A ver, no tengo magia...

—Pero procede de la magia —repuso el Ingeniero–. Es algo nacido de la magia, como yo mismo, pero, a diferencia de mí, usted ha superado su propósito original. Se ha convertido en una persona. Como Pinocho en el cuento.

—Pinocho —repitió Stephanie–. Uh. No lo había visto así.

—Mi creador, el doctor Rote, me lo leía por las noches. Era mi cuento favorito. Continúa siéndolo.

–Oh, qué tierno. ¿Te gustaría ser humano?

–No, no, para nada –respondió el Ingeniero–. Me gustaría ser una marioneta.

Encontró a Skulduggery en el ala médica, hablando con Reverie Synecdoche. No se acercó. Synecdoche era una doctora bastante buena, pero estaba demasiado fascinada por la existencia independiente de Stephanie como para comportarse con ella de una forma que no le pusiera histérica. Stephanie dejó hablar a Skulduggery y se mantuvo al margen, un poco por detrás.

El ala médica estaba al lado de la científica y todo el mundo en aquella parte del Santuario parecía serio, trabajador y siempre ocupado. Excepto Clarabelle. Stephanie contempló cómo trabajaba... o al menos algo parecido al trabajo. Se movía con una energía diferente a la de todas las personas que había a su alrededor y llevaba un portapapeles vacío, pero la mirada de concentración de su cara era feroz, el doble que la de los demás. Ahora llevaba el pelo verde.

–Hola, Clarabelle –la saludó Stephanie.

Clarabelle dejó de caminar, pero no varió la expresión.

–Hola, Valquiria.

Stephanie negó con la cabeza.

–Me temo que sigo siendo Stephanie.

–¿Temes? ¿El qué? ¿Has hecho algo malo?

–Es probable –respondió ella–. Pareces ocupada.

–Lo sé. Estoy practicando. Ninguno de los médicos me dejará hacer nada hasta que demuestre que valgo, así que finjo estar muy ocupada para que vean que se me da muy bien.

–¿Crees que funcionará?

–Estoy bastante segura –asintió Clarabelle–. Así fue como me contrató el profesor Grouse. Luego me dijo que se había arrepentido al instante, pero yo ya había traído todas mis cosas. Los médicos que hay aquí no son muy divertidos. Hay uno que parece una seta. De entrada, lo lógico sería pensar que alguien que parece una seta debería ser una compañía divertidísima, pero no lo es. Además, no le gusta que le llame seta. Incluso el doctor Nye era más divertido que el cabeza de seta. ¿Dónde está el doctor Nye?

–En prisión.

–¿Y cuándo sale?

–No hasta dentro de mucho.

Clarabelle frunció los labios por un instante y luego asintió.

–Seguramente eso sea una buena idea. El doctor Nye no es muy agradable. Le gusta hacer experimentos. Oí que una vez cosió la parte superior de un centauro con la inferior de un minotauro y la criatura se le escapó. A veces se la oye vagar por los bosques y aullarle a la luna llena.

–No estoy segura de que nada de eso sea cierto.

–Aun así –murmuró Clarabelle, alejándose–, da que pensar, ¿no crees?

–Stephanie –la llamó Synecdoche, haciéndole señas. Stephanie ahogó un gemido y se unió a ellos sin demasiado entusiasmo–. Tengo algo para ti –dijo la doctora, revolviendo en el escritorio–. Personalmente, no lo apruebo, ya que me dedico a salvar vidas y no a arrebatarlas, pero ha aparecido este objeto en un rincón del antiguo Santuario y, teniendo en cuenta tu situación, he pensado que... espera que lo encuentre...

–¿Mi situación? –repitió Stephanie.

–Careces de magia –dijo Skulduggery–. La vara es útil, pero resulta limitada si no puedes recargarla tú. El Cetro es imparable, pero, a su manera, también limitado. Puedes encontrarte en una situación en que no tengas espacio suficiente para coger puntería y disparar.

–Así que vi esto y pensé en ti –dijo Synecdoche–. Ah, aquí está. ¿Qué te parece?

Le mostró un guantelete de metal negro.

Stephanie abrió los ojos como platos e incluso Skulduggery se envaró. Synecdoche notó su reacción.

–¿Pasa algo?

–Es el guantelete que llevo en la visión –murmuró Stephanie.

–Eso parece –masculló Skulduggery.

–¿Habéis visto esto en una visión? –preguntó la doctora–. Pero si lo he encontrado ayer... Pensé que podría resultarte útil como arma, como último recurso.

Stephanie frunció el ceño.

–¿Qué hace?

Synecdoche titubeó antes de responder.

–El antiguo Santuario estaba construido por algunos hechiceros despiadados. Esto pertenecía a uno de ellos. Es el Guantelete del Toque Mortal. Cuando se activa, con un solo toque arrebata la vida. Normalmente lo hubiera destruido en el acto, pero teniendo en cuenta a qué os enfrentáis, pensé que necesitabas toda la ayuda posible. Dijiste que Mevolent le arrancó la cabeza a Oscuretriz y ella se la volvió a colocar, ¿no? Se las ingenió para emplear sus últimos pensamientos en curarse a sí misma. Con el Guantelete del Toque Mortal, esos segundos de pensamiento no existen: la muerte física y cerebral es instantánea, así que Oscuretriz no sabrá lo que le espera y seguramente sea incapaz de sobrevivir.

Stephanie miró a Skulduggery.

–Si no lo llevo, ¿el futuro que vimos no se producirá?

–Lo más probable es que no llevar el guantelete no afecte a que la visión se haga o no realidad –respondió el esqueleto–. Hemos visto cómo cambiaban detalles de la visión, pero el resultado final siempre es el mismo.

–Bueno, aun así no pienso llevarlo –dijo Stephanie–. Ya está. Decidido. ¿Podemos ir a ver a Cassandra? Para comprobar si la visión termina igual.

Skulduggery asintió. Su voz sonó de pronto más alegre.

—Le diré a Cassandra que vamos a verla. Doctora, gracias por el esfuerzo, pero no vamos a llevarnos el guantelete.

—De acuerdo —asintió Synecdoche—. Pero lo voy a guardar, por si acaso.

—No te molestes —dijo Stephanie, alejándose—. No pienso llevarlo nunca.

4

AMIGOS Y ENEMIGO

CHINA Sorrows los estaba esperando cuando entraron en la Sala de los Prismas. Finas columnas de cristal se extendían desde el suelo hasta el techo, y en el centro de la estancia estaba la Gran Maga en persona, elegante en su vestido azul de vuelo y con un broche en el pecho que indicaba su elevado estatus. Stephanie había oído decir a la gente que había elegido esa sala para recibir a los visitantes porque había muchos más ángulos que reflejaban su belleza antinatural –su cabello negro como el ala de un cuervo, sus ojos azules como el hielo, sus rasgos perfectos–, pero Stephanie sabía mejor que nadie que ese no era el motivo. China había elegido esa sala porque allí vería con facilidad si alguien intentaba acercarse sigilosamente por su espalda. China era traicionera, y solamente las personas traicioneras saben cómo actúan estas.

Tras el trono de China –porque eso era– se encontraba el Hendedor Negro en una actitud de silenciosa amenaza.

–Aquí estáis –dijo China sonriendo–: Las únicas dos personas que siempre me traen buenas noticias. ¿Sabéis lo deprimente que es esto? Si yo fuera más delicada, estoy convencida de que me desmayaría ante tanta presión.

–Querías el puesto –dijo Skulduggery.

–Quería el título, el poder y todos esos maravillosos libros. Podría vivir sin el estrés. Creo que está a punto de salirme una arruga de preocupación en la frente.

–Terrible –declaró el esqueleto.

–¿Lo ves? Tú sí que me entiendes. Y aquí estáis, con buenas noticias. A propósito: muchas felicidades por haber apresado a Ferrente Rhadaman sin alertar ni a un solo mortal. Scrutinus y Random han tenido que trabajar horas extras para cubrir algunas coartadas muy chapuceras. Estoy asombrada de que no hayamos salido en todas las noticias. ¿Rhadaman tenía alguna información sobre los demás hechiceros renegados?

–No ha dado detalles, pero dijo que se estaban agrupando.

–¿Porque la unión hace la fuerza?

Skulduggery negó con la cabeza.

–Dijo que alguien se había puesto en contacto con ellos. Parece que les han ofrecido refugio.

–No me gusta cómo suena eso. ¿Otro Santuario?

–No tengo más información.

China se echó hacia atrás y se quedó callada unos instantes.

–Si les ha ofrecido asilo otro Santuario, tendremos que averiguar cuál es. Desde la guerra de los Santuarios, las relaciones internacionales son... precarias. Lo último que necesitamos es que uno se vuelva malvado y trastorne a todos los demás.

La puerta se abrió y Tipstaff susurró algo al oído de China. Ella asintió. Cuando se marchó, China se volvió hacia Skulduggery y Stephanie.

–Perdonadme un minuto –dijo.

Entró un hombre. Alto y delgado, sin afeitar, su pelo negro necesitaba un buen corte, y los vaqueros viejos, una lavada. Exudaba un aire amenazante que parecía tan natural en él como respirar.

–Señor Foe –dijo China–, estaba empezando a preguntarme si en algún momento aparecería por aquí.

Vincent Foe los miró con cautela.

–Lo siento, Gran Maga. Tuve que arreglar mi moto.

–Bueno –China sonrió–. La próxima vez que se le rompa la moto y le llame, espero que tome el primer autobús disponible.

Los labios de Foe se curvaron ante semejante idea.

China continuó hablando.

–Haría bien en recordar que, por simple capricho, podría hacer que los Hendedores le rodearan y le metieran en una celda, y nadie, absolutamente nadie, plantearía una sola objeción.

Foe se apartó el flequillo de la frente.

–Ese tipo de prácticas se asemejan bastante a un abuso de poder.

La sonrisa de China se hizo más pronunciada.

–Como siempre digo, ¿dónde está la gracia del poder si no puedes abusar de él? Está en deuda conmigo, señor Foe, y me pertenece hasta que pague la deuda, ¿lo entiende?

–Pues vale.

–¿Disculpe?

Foe carraspeó.

–Sí, lo entiendo. Pero ¿me enteraré cuando la deuda quede saldada?

–Oh, me aseguraré de informarle.

Foe sonrió levemente y miró a Skulduggery y Stephanie.

–Y a vosotros os parece bien, ¿no? Así es como se crean los tiranos.

–¿Y a ti qué más te da? –intervino Stephanie–. Tú eres un nihilista.

Él se encogió de hombros.

–Yo solo señalaba lo evidente.

–Señor Foe –dijo China–, no he terminado de abusar de mi poder.

Foe le dedicó una pequeña reverencia.

–De nuevo le pido disculpas. ¿Qué enemigo tiene en mente, si se puede saber?

–Uno antiguo –respondió China–. Eliza Scorn y su Iglesia de los Sin Rostro, que está vivita y coleando. He visto cómo la levantaba, encontraba apoyos, la construía… y he esperado el momento perfecto para destruirla. Quiero hacerlo bien: no solo aquí en Irlanda, sino en todo el mundo. Así que necesito conocer todos los pequeños secretitos que tiene.

–¿Quiere que nos colemos en algún sitio y robemos los archivos?

–He dicho que quería hacer esto bien. Abiertamente. Nada de colarse ni de robar. Necesito un motivo para confiscar todos y cada uno de los papeles que tiene esa mujer.

–¿Entonces? –preguntó Foe.

–Quiere que te unas a la Iglesia –dijo Skulduggery.

Foe frunció el ceño.

–Pero nosotros no adoramos a los Sin Rostro.

–Eso no importa –replicó China–. Una de las normas establecidas cuando la Iglesia recibió su estatus oficial es que nadie con antecedentes penales puede ser miembro.

–Ah –dijo Foe–. Y yo y toda mi banda somos exconvictos.

–Precisamente. Os unís, la hundimos y Eliza lo pierde todo.

–¿Y entonces quedamos en paz?

China soltó una carcajada.

–Señor Foe, usted intentó matarme. Estamos muy lejos de quedar en paz. Largo.

Foe titubeó. Luego hizo una inclinación y salió de la sala.

Cuando se marchó, Skulduggery tomó la palabra.

–Sería un error confiar en ese hombre.

–También sería un error que él me contrariara –repuso China–. Ahora, ¿dónde estábamos? Ah, sí, os estaba felicitando por haber arrestado a Ferrente Rhadaman. Buen trabajo. Aunque se supone que esa no era vuestra misión. Les encargué a Dexter Vex y Saracen Rue que se dedicaran a perseguir a esos renegados con la ayuda de los cazadores de monstruos.

–Y lo están haciendo muy bien –dijo Skulduggery–. De los diecinueve, nosotros hemos atrapado a uno; ellos, a seis; dos más se han quemado vivos ellos solos, y varios Santuarios en el mundo se han ocupado de otros cuatro. Con lo cual quedan seis renegados libres.

–Y estás cambiando de tema deliberadamente –le interrumpió China–. Atrapar a los renegados es importante, de acuerdo. Pero a vosotros dos os encargué la tarea de encontrar y detener a Oscuretriz. Tenéis acceso a todos los recursos necesarios, porque esta es nuestra prioridad número uno. Si no atrapamos a los renegados, el mundo sabrá de nuestra existencia, pero si no detenemos a Oscuretriz, no quedará mundo que se entere. Así que cuéntame: ¿cómo progresa ese asunto?

–Como era de esperar –dijo Skulduggery.

–¿En serio? ¿Era de esperar que no hubiera progresos?

–Solo porque no haya resultados no significa que no hayamos hecho progresos. Estamos buscando a una persona que puede estar, literalmente, en cualquier parte del mundo. Así que en principio es un proceso de eliminación.

–Entiendo –dijo China–. Y de momento, ¿qué sitios has eliminado?

Skulduggery miró a su alrededor.

–Aquí. Oscuretriz no se encuentra aquí, así que podemos eliminar esta sala de la lista de lugares en los que podría estar. A no ser que entre una vez que nos marchemos, con lo cual sería arriesgado descartarlo completamente.

China suspiró.

–Así que lo que me estás diciendo es que es imposible seguir su rastro.

–No, para nada. De hecho, tenemos dos formas de averiguar dónde está. La primera es bastante simple: atraerla hacia nosotros.

–¿Y cómo se supone que vamos a hacer eso?

–Está castigando a Ravel por haber asesinado a Anton y Abominable. Durante veintitrés horas, todos los días, lo somete a una agonía inimaginable. Si los médicos intentan aliviarle el dolor, este se multiplica. Si empieza a acostumbrarse a él, aumenta. Podemos utilizar ese vínculo. Si oscilamos a Ravel hasta otra realidad, el vínculo podría romperse.

–¿Y eso en qué nos ayuda?

–Una vez que el vínculo se rompa, Oscuretriz vendrá en busca de respuestas. Cuando traigamos a Ravel de regreso, él será su primer objetivo. Obviamente, habrá que estar preparados, porque solamente tendremos una oportunidad de engañarla.

China frunció los labios.

–Es arriesgado.

–Oh, sí –asintió el esqueleto–. Tremendamente arriesgado. Un posible suicidio. Pero estaría bien empezar a buscar una dimensión a la que oscilar a Ravel.

China suspiró.

–Muy bien. ¿Y la segunda forma?

–Es un poco más complicado, pero más directo. No tenemos que seguir su rastro... Solamente, el de la gente que la acompaña.

–Te refieres a Tanith Low.

Skulduggery asintió.

–Sí. Tanith Low y Billy-Ray Sanguine.

5

VER ARDER EL MUNDO

HACÍA calor. Lo notó nada más entrar en la habitación. Y allí seguía ella: de pie, en el aire, con los ojos cerrados, justo unos centímetros por encima del suelo de madera. Estaba envuelta en oscuridad, desde los dedos de los pies hasta la mandíbula, una oscuridad tan prieta que marcaba los músculos de sus piernas, la dureza de su vientre. Llevaba días así. No había abierto los ojos ni dicho una palabra. Solo flotaba.

Sanguine se quitó el abrigo y lo lanzó a una silla, el único mueble que había en la habitación. Fuera hacía frío, pero dentro se concentraba el calor que generaba aquella chica de diecinueve años rotando lentamente, en mitad del aire. No tenía ni idea de qué estaría pasando por su mente. ¿Tenía pensamientos humanos u otra cosa? ¿Algo más allá de lo humano? Siendo tan poderosa, suponía que solo sería cuestión de tiempo el que empezara a tener pensamientos sobrehumanos.

Oyó el susurro del cuero a su espalda, pero no se giró. Tanith Low era silenciosa cuando patrullaba por la casita de la pequeña finca fantasma. Si mirara por la ventana, vería una docena de casas idénticas a aquella, pero todas vacías. Se construyeron para albergar a los irlandeses ricos y los inmigrantes con suerte que venían en busca de una vida mejor. Cuando el dinero se acabó

41

y los inmigrantes buscaron su vida mejor en otra parte, se llevaron consigo a buena parte de los irlandeses.

Sanguine estaba harto de Irlanda. Estaban al final del invierno, pero el viento aún rugía de modo cruel y la lluvia resultaba molesta. Quería volver a casa, regresar al calor ardiente del este de Texas. Estaba cansado de vivir como un proscrito. Deseaba sentarse en el porche por las noches y no tener que preocuparse por el fin del mundo ni por el papel que jugaría en él.

Vio cómo Tanith se deslizaba por la ventana y caminaba por la pared hasta situarse en el tejado. Tenía unos prismáticos con los que podía cubrir trescientos sesenta grados. No había hablado mucho desde que llegaron allí, y apenas había dormido. El Vestigio que albergaba en su interior la mantenía despierta, fuerte y alerta. A veces la pillaba mirándole y se preguntaba si aquel era el día en que le mataría.

Porque ella le mataría. Eso lo sabía perfectamente.

Oscuretriz, aquella diosa metida dentro del cuerpo de la chica que había sido Valquiria Caín, y destinada a diezmar la tierra y reducir a cenizas toda la civilización por algún motivo desconocido, era la mesías del Vestigio. Cuando Oscuretriz le había pedido a Tanith que la cuidara mientras «hibernaba» –esa fue la palabra que usó–, ella pareció exultante de alegría. Sanguine la había acompañado, claro que sí. Tanith era su prometida, al fin y al cabo. La amaba. Pero no importaba lo mucho que amara a Tanith: Oscuretriz no era su mesías y no albergaba deseo alguno de ver arder el mundo.

Tanith sabía que, más tarde o más temprano, él tomaría alguna decisión drástica para evitar el apocalipsis, y el único motivo por el que aún no le había matado era porque, evidentemente, consideraba que no iba a estar a la altura. Pero incluso ahora, él ocultaba una daga en su cinto, una de las cuatro armas Asesinas de Dioses. Un arma con el poder de acabar con la vida de aquella muchacha divina.

Había oído lo que Oscuretriz era capaz de hacer. Sabía que le habían arrancado la cabeza y ella se la había vuelto a poner en su sitio en los últimos segundos antes de la muerte cerebral. Aun así, Oscuretriz era asesinable. Muy asesinable. Pero, para asesinarla, tenía que hundirle aquella daga antes de que ella tuviera la oportunidad de formular ningún pensamiento. Podía hacerlo ahora. Tanith estaba en el tejado. Oscuretriz tenía los ojos cerrados y allí estaba él, de pie, con una mano cerrada en torno a la empuñadura de la daga. La sacó del cinto con mucho cuidado y luego la sostuvo apuntando hacia abajo, lejos de su cuerpo. Esas armas mataban a cualquiera al que tocaran, y si podían acabar con un dios, sin duda también matarían al niño favorito de mamá Sanguine.

El peso de la daga le resultaba reconfortante. Estaba bien equilibrada. Tres pasos y se encontraría al lado de ella; todo lo que tendría que hacer sería clavarle la hoja en el cráneo. El asesinato más sencillo de toda su vida, y el más importante. Demonios, estaría salvando el mundo. ¿Cuántos sicarios podían decir lo mismo? Por supuesto, matar a Oscuretriz destruiría los sueños de Tanith Low, la única mujer a la que había amado en su vida, y provocaría su cólera hasta el punto de que tendría que matarla antes de que ella le matara a él.

Oscuretriz flotaba con la cabeza gacha y los ojos cerrados, girando muy lentamente, y Sanguine guardó de nuevo la daga en el cinto. Decidió que podía permitirse un ratito más de esos sentimientos cálidos y difusos que albergaba en su interior.

6

VIDA NORMAL

HOGAR, dulce hogar.

Siempre sonreía al volver a casa. Esos días difíciles llenos de silencios incómodos y ocasionales estallidos enloquecidos de amistad se hacían soportables solamente porque Stephanie tenía un hogar al que regresar cuando acababa todo. La sonrisa apareció cuando salió del Bentley y se extendió de oreja a oreja en el momento de abrir la puerta.

Seguridad.

No, más que seguridad. Pertenencia.

Su padre estaba en la sala de estar, su madre paseaba por la casa, y a esa hora Alice ya se encontraba en la cama. Toda su familia, sana y salva. Apartando de su mente lo que sabía de su posible destino, Stephanie subió a su habitación, se puso unos vaqueros y una sudadera con capucha y guardó el Cetro y la vara debajo de la cama. Descalza, entró en la habitación de Alice y la contempló mientras dormía.

–Hola –musitó–. Siento no haber podido jugar hoy contigo. He estado haciendo cosas importantes. Cuando acabe todo esto, podré jugar contigo todos los días. Te lo prometo.

Alice dormía con los ojos cerrados y la boca abierta, y estaba preciosa. Stephanie sintió una oleada de amor abrumadora y, no por primera vez, aquel estremecimiento, la emoción de saber que aquella era ahora su vida. Tenía una familia. Padres y una hermana. Era una chica normal con una vida normal. O la tendría cuando escapara de toda la locura.

Salió silenciosamente y bajó las escaleras. Su primera parada fue la cocina. Llevaba horas muerta de hambre, pero no le había dicho nada a Skulduggery. Había empezado a sentir que las necesidades biológicas –comer, orinar– eran complicaciones que Skulduggery no necesitaba conocer. Las cosas ya estaban lo bastante tensas entre ellos... No quería molestarle más.

Calentó algunas sobras en el microondas y se las comió con un vaso de leche fría. Ya no le rugían las tripas. Limpió el plato y entró en la sala de estar con el vaso. Su padre no apartó la vista de la televisión.

–Eh –dijo agitando una mano.

–Hola, papá. ¿Qué estás viendo?

–La tele.

–¿Qué echan?

–Una película.

–¿Cómo se llama?

Él no contestó.

–¿Papá? ¿Cómo se llama?

–*Los tres días del cóndor.*

–¿Es buena?

–Mm-humm.

–¿Es complicada?

–Mucho.

–¿De qué trata?

–No estoy muy seguro –dijo–. Creo que de un pájaro.

Stephanie le dejó con su película y cogió un sobre cerrado de la mesilla. Alguien había escrito «Edgley» a mano con una letra que no reconoció. Introdujo el dedo en el sobre, lo abrió y un pincho de memoria cayó en su palma.

–¿Qué es esto? –preguntó.

–¿Qué es qué?

Ella se volvió y se lo mostró.

–Ah, eso –respondió él, girándose de nuevo hacia la tele–. Ni idea.

–Es un pincho de memoria –dijo ella.

–Si ya lo sabes, ¿para qué preguntas?

–Venía en un sobre dirigido a nosotros.

–¿Ah, sí? Qué raro. Es muy raro. Bueno, algo raro; en realidad, no tanto –detuvo la película–. No tengo ni idea de lo que pasa en esta película.

–¿Quién mandó el sobre?

–¿Humm? Ah, alguien llamó a la puerta, me lo entregó, me dijo algo y se fue. La cosa más rara que había visto en mi vida, aunque en realidad no lo fue tanto, como ya he dicho.

–¿Quién era? –preguntó Stephanie.

–No tengo la menor idea.

–¿Qué te dijo?

–No lo recuerdo. Fue hace semanas. Se quedó ahí plantado y recuerdo que pensé: «Esto es raro». Parecía a punto de llorar, de abrazarme o ambas cosas a la vez. Creo que dijo algo como: «Es un honor conocerle». Lo cual, por supuesto, es lo que piensa la mayor parte de la gente, pero normalmente nadie lo dice en voz alta.

–¿Y no abriste el sobre?

–Iba a hacerlo –dijo su padre–. Pero se me fue. ¿Eso es todo lo que había dentro? ¿No venía una nota?

–Solo esto.

–¿Vas a ver qué contiene? –le preguntó–. No sé si deberías. Puede que sea un virus o una inteligencia artificial como Skynet que solo quiere comenzar una guerra nuclear para que nuestros amos robots puedan hacerse con el poder. Creo que no me gustaría cargar con el peso de saber que he puesto todo eso en marcha.

A ver, seguramente sí, porque al menos me haría famoso, pero tener que ver cómo todo el mundo acaba muriendo... No sé. Estoy confuso.

–Dudo que esto provoque el Armagedón.

–Pero no lo sabes seguro. No estoy preparado para sobrevivir al Armagedón, Steph. Tal vez hubo un momento en que podría haber liderado la resistencia, pero me he vuelto blando. He perdido mi ferocidad. Ahora llevo zapatillas. Antes nunca llevaba zapatillas.

–¿Qué pasa con las zapatillas? –intervino la madre de Stephanie, entrando en la sala de estar.

–Papá dice que nunca podría liderar la resistencia contra un ejército de robots porque lleva zapatillas.

–Tiene razón –asintió su madre.

–Entonces, decidido –dijo el padre de Stephanie–. Cuando aparezca el ejército de robots, seré uno de los primeros traidores que les entregue a la raza humana.

–Guau –dijo Stephanie.

–Eso sí que es un cambio radical –añadió su madre.

–Es la única manera –asintió él–. Tengo que asegurarme de que mi familia sobreviva. Vosotras dos y la otra, la pequeñita...

–Alice.

–Esa. Eso es todo lo que me importa. Vosotras sois todo lo que me importa. Traicionaré a la raza humana para que los robots os perdonen la vida. Y después os traicionaré a vosotras para que los robots me perdonen la vida a mí. Es un plan peligroso, pero alguien tiene que asumir el riesgo, y que me aspen si permito que otra persona juegue con el futuro de mi familia.

–Eres tan valiente... –dijo la madre de Valquiria.

–Lo sé –asintió su padre–. Lo sé –repitió más bajo.

Stephanie sonrió, dejó el pincho en la mesilla y se sentó en el sillón con las piernas cruzadas y los pies acurrucados bajo ellas. Todos vieron el final de *Los tres días del cóndor* y luego Stephanie y su madre le explicaron el argumento a su padre. Cuando él quedó satisfecho, Stephanie les dio las buenas noches y se fue a la cama. Se metió entre las sábanas, cerró los ojos y, un instante después, el móvil sonó. Leyó el texto, respondió y encendió la lámpara mientras se sentaba, tapándose con las sábanas.

Fletcher Renn apareció de la nada en medio de la habitación.

–Hola –susurró.

–Eh.

Él se sentó en la cama. Tenía buen aspecto, estaba fuerte, saludable y bronceado. Su pelo era espectacular. Se acercó a ella y se besaron.

–Sabes bien –dijo Stephanie.

–Estaba en Nueva Zelanda, comiendo fresas. ¿Quieres? Podemos ir a...

–Estoy en la cama –repuso Stephanie, sonriendo–. Es hora de dormir. Skulduggery me viene a recoger mañana temprano para ir a ver a Cassandra Pharos, así que nada de irnos de excursión.

–Eres una sosa.

–¿Estabas en Nueva Zelanda con los cazadores de monstruos, o lo que te interesaba era comer fresas?

–Fresas –dijo Fletcher–. Hay una tiendecita en Wellington que me encanta. Siempre tienen las mejores fresas, no sé cómo.

Ella se recostó contra el cabecero.

–Entonces, ¿cómo es la vida del grandioso y feroz cazador de monstruos? ¿Ya es oficial?

Él sonrió.

–Sí, y la verdad es que lo estoy disfrutando. Donegan y Gracius molan. Gracius es un friki, desde luego. Es como si todo lo que siempre le ha gustado estuviera ahora en una camiseta. Le pidieron a Dai Maybury que se uniera a ellos, ¿lo sabías? Dijo que no podía, que era un «lobo solitario» (con esas palabras), pero que estaba dispuesto a ser un cazador de monstruos de emergencia, que le llamaran cuando le necesitaran. Y ahora no se va.

Stephanie se rio suavemente.

–Parece que estás encajando bien.

–Sí –asintió Fletcher–. Me gusta formar parte de algo que... cambia las cosas, ¿sabes? Vamos en busca de los hechiceros renegados sobrecargados de poder, los derrotamos, los esposamos, los metemos en una celda. Impedimos que maten a gente inocente, que descubran la existencia de la magia, y pasamos a otra cosa. Es... es una sensación maravillosa: sentirse útil.

–Eh, mira eso –dijo Stephanie–. Mi novio está orgulloso de su trabajo.

–¿Tu novio? –preguntó él enarcando una ceja, y la sonrisa de Stephanie se desvaneció.

–¿No lo eres?

–No lo sé. ¿Quieres que lo sea?

–Bueno... Sí.

Él se acercó más a ella.

–Vale. Entonces supongo que soy tu novio. ¿Tú eres mi novia?

–Normalmente es así como funciona.

Fletcher volvió a besarla.

–Bien.

7

VISIONES

SKULDUGGERY estaba esperando en el muelle justo a la hora, porque Skulduggery siempre estaba a la hora exacta esperando en el muelle. Stephanie solía llegar unos minutos tarde. Valquiria rara vez llegaba tarde, y hubiera disfrutado de esos pequeños detalles que la hacían diferente.

–Lo siento –se disculpó Stephanie, poniéndose el cinturón de seguridad–. Mi padre no salía de la ducha.

Skulduggery asintió sin responder y salieron a la carretera. Stephanie se aplastó contra el respaldo del asiento. Genial. Era otro de esos días.

Cassandra Pharos estaba esperándolos. La puerta de la casa se encontraba abierta y Skulduggery entró el primero. Bajaron hasta el sótano, donde las brasas que había bajo la rejilla ya brillaban en un intenso color naranja, llenando la estancia de vapor ardiente y denso. Cassandra se había sentado en la silla, con el paraguas abierto y situado cómodamente sobre su cabeza. Su rostro surcado de arrugas, enmarcado por una cascada de pelo gris, se abrió en una sonrisa cuando los vio.

–Hola –dijo alegremente.

A Stephanie le gustaba Cassandra. Era una de las pocas personas que no la trataban como si fuera el pobre sustituto de una persona real.

–Ha habido algunos cambios en la última visión que os mostré –continuó–. Skulduggery, sé bueno y abre el agua, ¿quieres? Ahora, mientras lo sigo teniendo fresco.

Skulduggery giró la válvula que había en la pared y las tuberías del techo empezaron a rociar agua. Las ascuas sisearon, soltando vapor. Skulduggery esperó hasta que perdió de vista a Cassandra y después cerró la válvula.

La primera vez que Valquiria fue allí, había sido testigo de la visión del futuro de Cassandra. La segunda vez vio muchos más detalles y algunos eran distintos. «Conocer el futuro hace que este cambie», le había dicho la sensitiva. La segunda vez, la visión empezó con Erskine Ravel con la túnica de Mayor, las manos esposadas y gritando de agonía. Ese futuro ya había tenido lugar, con algunas pequeñas diferencias: Ravel no llevaba la túnica y la habitación donde se produjo no fue la misma de la visión. En esta ocasión en que la testigo era Stephanie en lugar de Valquiria, la visión varió de nuevo. No comenzó con Abominable corriendo. Empezó con Tanith tambaleándose entre la niebla, apretándose la herida de la tripa con una mano y la otra aferrando la espada. No se materializó una ciudad en ruinas en esa ocasión, sino uno de los pasillos del Santuario. Tanith se apoyó contra una pared y esperó unos segundos para recuperar el aliento.

–Supongo que es lo apropiado –dijo, alzando la vista y contemplando a alguien que estaba por encima del hombro de Stephanie–. Que acabemos luchando tú y yo, después de tanto tiempo.

Una figura atravesó a Stephanie y ella dio un salto hacia atrás, alterando el vapor.

Tanith hizo todo lo posible por mantenerse en pie.

–Ven. Atrévete... –dijo, pero sus palabras se desvanecieron junto a su imagen, el vapor se arremolinó y Stephanie se vio a sí misma de pie, en la ciudad.

Porque era ella. Era Stephanie. Cuando Valquiria había visto aquello, no había entendido por qué existían una Valquiria Caín y una Oscuretriz en la visión al mismo tiempo. Pero es que Valquiria Caín nunca había estado allí. Siempre habían sido Stephanie y Oscuretriz, desde el principio: era el destino.

La Stephanie de la visión llevaba una camiseta rasgada, llena de sangre, negra como sus pantalones. No llevaba chaqueta. El Guantelete del Toque Mortal estaba en su antebrazo derecho, y en el izquierdo tenía un tatuaje. Llevaba una mochila a la espalda; la correa le atravesaba el pecho. Era la misma mochila que solía llevar Stephanie para guardar el Cetro.

—Esto ya lo he visto —dijo su futura yo, mirando directamente a los ojos de Stephanie—. Estaba mirando desde... allí. Hola. Sucede aquí, pero eso ya lo sabes, ¿no? Al menos crees que lo sabes. Crees que ahora es cuando los dejo morir.

—¡Stephanie!

La voz era tan real y aguda que Stephanie olvidó por un segundo que procedía de la visión y se giró buscando a su padre, con el corazón en un puño. El pánico se esfumó tan rápido como vino —aún no era real, todavía no— y vio a sus padres. Su madre llevaba en brazos a Alice y buscaban entre las ruinas.

Su futuro yo negó con la cabeza.

—No quiero ver esto. Por favor. No quiero que suceda. Tengo que pararlo. Por favor, tengo que pararlo —sacó algo del bolsillo y lo miró, con los ojos llenos de lágrimas—. Por favor, funciona. Por favor, tengo que salvarlos.

El futuro yo de Stephanie se perdió entre un remolino de vapor que atravesó las imágenes de sus padres, pero no los desvaneció.

—¡Stephanie! —gritó su padre—. ¡Estamos aquí! ¡Steph!

Oscuretriz aterrizó tras ellos, rajando el cemento. Su piel de sombras la cubría desde los pies hasta la mandíbula, y sonreía mientras el padre de Stephanie se ponía delante de su esposa y su hija.

–Devuélvenos a nuestra hija –dijo.

Oscuretriz no respondió. Solo sonrió.

–¡Devuélvenosla! –rugió Desmond Edgley, y al instante siguiente estaba envuelto en una llamarada negra.

Stephanie sabía que iba a suceder, pero aun así fue como un puñetazo. Se tambaleó, exhaló un gemido como el de un perro herido y, gracias a Dios, el vapor se elevó y se llevó lejos la imagen. La reemplazó una nueva imagen: la silueta de un sombrero negro tirado en una calle llena de grietas. La brisa intentaba moverlo, jugueteaba con él, trataba de girarlo y darle la vuelta, pero el sombrero se resistió y el viento se rindió finalmente. Una mano enguantada descendió, recogió el sombrero y le quitó el polvo. Skulduggery, vestido de negro, se colocó el sombrero en la cabeza y lo inclinó ligeramente.

Estaban llegando al final y Stephanie lo sabía. Lo único que faltaba era Oscuretriz...

... y allí estaba.

Oscuretriz apareció tras Skulduggery y él se volvió sin prisas. Cargó su revólver.

–Mi juguete favorito –dijo Oscuretriz. Su voz resonó ligeramente en la estancia.

–¿Te refieres a mi revólver o a mí? –preguntó el esqueleto, y Oscuretriz soltó una carcajada.

–Sabes que vas a morir ahora mismo, ¿verdad? Y aun así sigues soltando chistes.

Skulduggery alzó ligeramente la cabeza.

–Hice una promesa.

Oscuretriz asintió.

–Hasta el final.

–Así es –dijo Skulduggery–. Hasta el final.

Caminó hacia delante, disparando. Había dado tres pasos cuando el revólver cayó al suelo, seguido por su guante. Stephanie se volvió al Skulduggery auténtico, deseando que tuviera una cara que pudiera leer mientras contemplaba cómo su futuro yo se rompía, los miembros caían y los huesos se esparcían. El Skulduggery de la visión se derrumbó y Oscuretriz recogió su cabeza.

Besó sus dientes, dejó caer la calavera y, mientras el vapor se elevaba y se llevaba consigo los últimos restos de la visión, se giró, miró a Stephanie directamente a los ojos y sonrió.

8

CURIOSIDAD

HABÍA un montón de cosas que hubiera preferido hacer en ese momento: dejarlo, por ejemplo. Alejarse, también. Tomarse unas vacaciones, largarse a algún lugar cálido y perezoso y dejar que otros se encargaran. Pero no podía abandonarlo todo; aún no. No hasta que supiera seguro que había alguien ahí fuera que pudiera detenerla. Así que Sanguine dejó en la mesa la cerveza casi sin tocar y fue a investigar de dónde procedía el grito, aunque no quisiera hacerlo.

Abrió la puerta de la habitación de invitados. Hubo un golpe al otro lado, algo salió rodando y se detuvo lentamente según la puerta se abría. Una cabeza. Masculina. Sanguine no reconoció la cara. Tampoco las otras que había en la habitación, con la expresión retorcida como si las hubieran congelado en una mueca de terror. Era imposible decir cuántas había. Las partes del cuerpo se amontonaban en pilas y las cabezas estaban en la esquina más cercana. La tarima estaba roja y empapada. La sangre salpicaba las paredes, goteaba del techo. En el centro de la habitación se encontraba Oscuretriz, agazapada, hundiendo los dedos en lo que quedaba de un torso. Se había despertado de la hibernación y sentía curiosidad. Alzó la vista hacia él con expresión calmada.

Sanguine no tenía problemas con arrebatar una vida humana, ni siquiera aunque fuera la de un inocente, siempre que le pagaran o tuviera suficientes motivos personales para hacerlo. Era un asesino. Cuando dormía, sus víctimas no le acosaban en sueños, así que era un buen asesino. Y era consciente de todo aquello cuando dijo, bastante horrorizado:

—Pero ¿qué has hecho?

Oscuretriz hundió los dedos un poco más. La sangre no se distinguía en su piel hecha de sombras.

—Estoy investigando —respondió.

Decidió que lo mejor sería elegir con cuidado sus palabras.

—¿Quiénes eran?

—¿Perdona?

—La gente... Los cuerpos.

Oscuretriz se incorporó.

—¿Te refieres a sus nombres? No lo sé. No se lo pregunté. Creo que una se llama Daisy, porque lo tiene escrito en la placa identificativa. Trabaja en un supermercado.

—Ya veo. ¿Por qué has matado a Daisy?

—No lo he hecho.

—¿No la has matado? Entonces, ¿quién ha hecho esto?

Oscuretriz miró a su alrededor y después se giró hacia Sanguine.

—Yo.

—Entonces, la has matado tú.

—No. Bueno, detuve su corazón y su cerebro, si es esa tu pregunta.

—Sí, esa era mi pregunta.

—Pero no la maté. Sigue aquí. Todos están aquí, Billy-Ray. ¿Cómo iba a matarlos sin más? ¿No crees que sería muy cruel?

—Ya —dijo él—. Claro, sería muy cruel. Entonces, cuando dices que siguen aquí, ¿a qué te refieres exactamente?

Oscuretriz hizo un gesto con los dedos.

—Siguen aquí. Están a nuestro alrededor.

—¿Hablas de fantasmas?

–En cierto modo –respondió Oscuretriz, sonriendo–. Me refiero a su energía. ¿No la notas?

–Sinceramente, Oscuretriz: no, no la noto. Será una habilidad especial tuya, porque yo lo que veo es que te has cargado a un montón de gente sin motivo alguno.

–¡Oh! –exclamó ella–. Eso es muy triste.

–Es un pelín deprimente, sí. ¿Y eso es lo que estás investigando, esa energía?

–Estoy viendo cómo funciona.

–¿Lo has averiguado ya?

–Un poco. Puede que necesite hablar con algún experto. Tal vez con científicos. Necesito entender cómo funcionan las cosas antes de ponerme a jugar con ellas, ¿sabes?

–Eso tiene sentido –comentó Sanguine con cautela.

–¿Sabes qué me resultaría útil? Vestigios. Montones de ellos. Poseen a los expertos y ellos me cuentan lo que necesito saber. ¿No te parece muy práctico?

–Uh. Me da la impresión de que sería un problemón para... tan poca cosa.

–Tonterías –sentenció Oscuretriz–. Los Vestigios son encantadores. ¿Acaso no estás prometido con uno?

–Tanith es un caso especial. ¿Y cómo los vas a encontrar? Escondieron el Receptáculo...

–Qué va –exclamó Oscuretriz alegremente–. Había planes para reubicarlo. Planes grandiosos. Planes que se dejaron de lado. Olvidados; abandonados tranquilamente. El Receptáculo continúa en las colinas MacGillycuddy, custodiado por unos cuantos hechiceros y un escuadrón de Hendedores. No hay ningún problema.

–¿De verdad crees que es buena idea? La última vez que los Vestigios anduvieron sueltos, mataste a un montón. Y tienen buena memoria.

–¿Crees que no les caigo bien? –preguntó Oscuretriz, y frunció el ceño–. Tal vez deberíamos preguntárselo a Tanith.

Salió de la habitación y Sanguine vaciló antes de seguirla. Encontraron a Tanith en la cocina, bebiendo una taza de café.

–Voy a liberar a los Vestigios –dijo Oscuretriz–. ¿Qué opinas?

Tanith hizo una pausa, dio otro sorbo y luego se encogió de hombros.

–Sinceramente, me importan un comino. Algunos se alegrarán de verte; otros, no.

–¿Quieres venir conmigo? ¿Decirles hola?

–Claro –respondió ella–. Espera que me acabe esto. Te veo en el tejado.

Oscuretriz sonrió, se acercó a la ventana y salió volando.

Tanith se quedó mirando a Sanguine por un instante.

–Me da la impresión de que quieres decir algo.

Él respondió en voz baja:

–¿Sabías que ha matado a un montón de gente solo para investigar su energía, lo que quiera que signifique eso? Está matando gente y no considera que la esté matando. Tanith, esto no es seguro. Estamos al borde del abismo.

–¿Del abismo de qué? ¿De la cordura? Billy-Ray, ¿qué significa la cordura para alguien como ella? ¿Cómo se aplica?

–Podría matarnos tan fácilmente como a los demás.

–No –negó ella–. No nos matará. No hasta justo antes del final.

–Así que para ti todo lo hace bien, ¿no?

–La verdad es que está haciendo muchas cosas mal –suspiró Tanith–. Está perdiendo el tiempo, para empezar. Vamos a ver, ¿cuál es el problema? Tiene suficiente poder para convertir el mundo en una cáscara carbonizada y negra.

–¿Y es eso lo que quieres?

–Ya sabes qué es lo que quiero.

–Sé que eso era lo que querías –concretó Sanguine–. Pero fue antes de que hablaras con ese tipo que había aprendido a controlar al Vestigio que habitaba en su interior.

–Se llama Moribund. Y no controla al Vestigio, ¿me oyes? ¿Cuántas veces tengo que repetírtelo? Después de unos días, el Vestigio deja de ser una entidad por separado.

–Vale, perdón, pero mi argumento sigue siendo válido. Él te dijo que no tenías por qué ser así. Que podías reconstruir tu conciencia si te esforzabas.

–¿Y para qué? –replicó ella–. Soy muy feliz siendo yo.

–No, qué va.

Tanith soltó una carcajada y dejó el café a un lado.

–¿En serio? Así que eres un experto en saber cómo me siento y qué pienso, ¿no?

–Te he visto trabajar junto a Valquiria, los cazadores de monstruos y los hombres cadáver. Te estabas divirtiendo, sí, pero era algo más que eso. Estabas en tu salsa, te encontrabas justo en el lugar al que perteneces.

–¿Por qué no lo admites de una vez? No quieres que Oscuretriz destruya el mundo, ¿verdad?

Entonces fue Sanguine el que soltó la carcajada.

–Por supuesto que no quiero.

–Entonces, ¿por qué nos ayudas?

–Porque te quiero y deseo estar a tu lado cuando te des cuenta de que estabas equivocada. En ese momento, necesitarás a alguien que te cubra las espaldas.

–Esa es la estupidez más grande que he oído en mi vida.

–El amor nos hace a todos unos estúpidos.

–¿Podrías hacerme el favor de dejar de repetir esa palabra?

–¿Por qué? ¿Te incomoda? Tal vez, cuanto más la oigas, más lo recuerdes. Puede que ese sea el problema.

–No hay ningún problema –le interrumpió Tanith–. Solo quiero que Oscuretriz se dé prisa y mate a todo el mundo.

–Quieres que acabe ya con el mundo porque, cuanto más tarde, más tiempo tendrás para pensar, dudar y hacerte preguntas. Mira, estás abandonando una certeza maravillosa en la que estabas segura de que querías que terminara este mundo. Pero ya no tienes esa certeza, y eso te da miedo.

Tanith le fulminó con la mirada y avanzó hasta la ventana. Antes de saltar, volvió la cabeza.

–No me conoces ni la mitad de bien de lo que crees.

–Tienes razón –asintió Sanguine–. No te conozco. Pero Tanith, maldita sea, es que tú tampoco te conoces a ti misma.

9

SIGNATE

BUENO, ahí estaban: ya de regreso en Roarhaven y ni una sola palabra durante todo el trayecto. Stephanie rememoraba la visión una y otra vez. Los detalles habían cambiado, pero los hechos eran los mismos: Stephanie, de pie, con un tatuaje y el guantelete; Oscuretriz, asesinando a su familia; Skulduggery, con la calavera arrancada de la columna vertebral; aquella sonrisa... Esas cosas no cambiaban. No podían cambiar.

Pasaron junto al anciano hechicero cuyo trabajo consistía en desviar del camino a cualquier mortal que se acercara demasiado. Le hicieron un gesto con la cabeza y, unos instantes después, la carretera se estrechó. Pasaron junto a la ilusión de vacío que protegía Roarhaven de los ojos de los mortales. La ciudadela se alzaba frente a ellos con sus enormes puertas abiertas. El Bentley se deslizó por las calles y, por fin, aparcaron en el subterráneo. Stephanie siguió a Skulduggery por los pasillos del Santuario y descendieron hasta las profundidades. Permanecían en silencio, y en ese momento Stephanie se preguntó si Skulduggery recordaría que ella estaba a su lado.

Llegaron hasta las celdas. El detective esqueleto habló con la persona que estaba al cargo. Le dijo lo que necesitaban y, un momento después, se encontraban en la sala de interrogatorios. Skulduggery se sentó junto a la mesa. Stephanie paseó lentamente de una pared a la otra y vuelta a empezar, las manos en los bolsillos. Cuando la puerta se abrió, ella se volvió y vio entrar a un hombrecillo pequeño y de aspecto pulcro. Creyfon Signate estaba vestido con el mono naranja de prisionero y tenía las manos esposadas.

–¡Por fin! –exclamó cuando vio quién requería su presencia.

Avanzó hasta sentarse en la silla vacía. Skulduggery inclinó la cabeza.

–¿Perdón?

–Llevo pidiendo que me dejen hablar con alguien que esté al mando desde que me arrestaron –comenzó Signate–. ¡Llevo semanas aquí encerrado!

–Erskine Ravel organizó una guerra en la que murieron cientos de hechiceros –indicó Stephanie–. Y tú jugaste un papel muy importante en ella. Por supuesto que estás encerrado. Y tienes suerte de estar aquí y no en una cárcel de verdad.

Signate negó con la cabeza.

–Yo no he tenido absolutamente nada que ver con la guerra. Me trajeron para realizar un trabajo: supervisar la construcción de una ciudad en una dimensión habitable y después oscilar la ciudadela y a sus habitantes de regreso a esta. La ciudadela que construimos tenía que superponerse al pueblo de Roarhaven con exactitud. Fue necesaria una planificación al milímetro, una exagerada dedicación a cada detalle, y eso requería toda mi atención. ¿De verdad piensan que tuve un instante para conspirar con Ravel y los Vástagos de la Araña? Incluso aunque hubiera querido hacerlo, no habría podido.

–Entonces, ¿eres completamente inocente? –preguntó Skulduggery–. ¿Solo hacías tu trabajo?

–Creía en lo que intentaba hacer Ravel, creía en su visión. Pero, que yo sepa, tener una ideología impopular no es un delito. Y aun así, aquí estoy: esposado.

—No estás esposado por tu ideología –precisó Stephanie–. Estás esposado por todo lo que hiciste.

—¡Pero si no hice nada! Yo no he matado a nadie, no he hecho daño a nadie. Ni siquiera he mentido a nadie. Todo lo que hice fue obedecer las órdenes del Gran Mago.

—La construcción de la ciudadela comenzó mucho antes de que Ravel se convirtiera en Gran Mago –indicó Skulduggery–. No puedes aferrarte a eso como excusa.

—No es ninguna excusa, detective. Solo estaba haciendo mi trabajo, y no quebrantaba ninguna ley mientras lo llevaba a cabo. Traiga a sus sensitivos; que me lean la mente. Ellos le dirán que soy inocente.

—Nos dirán que *crees* que eres inocente –replicó Skulduggery–. No es lo mismo.

—Entonces, quiero un juicio. Aún tenemos de eso, ¿no? ¿O han pasado a estar completamente obsoletos? Quiero ser juzgado por mis iguales, basándose en evidencias y testimonios. Quiero que valoren los hechos y entreguen un veredicto.

—No –dijo Skulduggery.

—¡Esto es un escándalo! ¡No pueden dejarme en la cárcel! ¡Merezco la oportunidad de demostrar mi inocencia!

—Señor Signate –prosiguió Skulduggery con voz calmada–, no necesita un juicio porque estamos aquí para ofrecerle un trato.

La furia de Signate desapareció.

—Ah, ¿sí?

—Oscuretriz es una amenaza sin igual; no se parece a nada de lo que hayamos combatido. Aunque tenemos una forma de luchar contra ella, no sabemos cómo localizarla. Podría estar en cualquier parte. Por eso te necesitamos.

—No entiendo cómo podría ayudarles.

—Usted es uno de los mejores osciladores vivos, señor Signate. Precisamos los servicios de alguien con sus habilidades para hacer... lo que hay que hacer.

–Si... sigo sin entender qué...

–Si está interesado –le interrumpió Skulduggery–, si acepta ayudarnos, entonces quedará libre esta misma tarde. Trabajará para el Santuario y todos sus crímenes anteriores serán olvidados. ¿Está interesado?

–S... sí –contestó Signate–. ¿Qué necesitan que haga?

–Antes de desaparecer, Oscuretriz castigó a Erskine Ravel por todo lo que había hecho. En particular, por la muerte de Abominable Bespoke. Se lo tomó como algo personal. Puede que haya oído que Ravel disfruta de una hora libre de agonía todos los días. Las otras veintitrés horas las pasa gritando. No sirven de ayuda los sedantes ni los analgésicos, ningún sensitivo es capaz de calmarlo. Durante su hora de descanso ha empezado a suplicar que quiere morir. Desea que el dolor termine. Obviamente, no pienso permitirlo. Yo también me tomo el asesinato de Abominable como algo personal.

–Yo no sabía que Ravel estaba planeando... matar al Mayor Bespoke –dijo Signate, por primera vez con miedo en los ojos, y Stephanie le creyó.

–El cuerpo humano se adapta –continuó Skulduggery, sin prestar atención a la angustia de Signate–. Si sufre un dolor constante, eleva su umbral de tolerancia. Pero con Ravel no ocurre eso, pues cada vez que se acostumbra al dolor, este se intensifica. Creemos que solo hay una forma de que esto sea posible: que Oscuretriz mantenga algún tipo de vínculo directo con Ravel, de tal manera que ella percibe exactamente cómo se siente él en cada momento. Ella misma va girando la rueda del tormento para aumentar la agonía de Ravel según el cuerpo de este se acostumbra al dolor.

Signate se quedó mirando a Skulduggery unos instantes.

–Quiere que oscile a Ravel hasta otra dimensión –dijo.

Skulduggery asintió.

–Al hacerlo se debería romper el vínculo entre ellos, lo cual llamará la atención de Oscuretriz. Entonces, usted traerá a Ravel de regreso y ella vendrá a por él.

–Y la estarán esperando.

–Sí. Se llevará un grupo de Hendedores con usted cuando oscile a Ravel, para mantenerlo bajo control.

–Es un buen plan –asintió Signate–. Solo hay un problema: tengo acceso a cuatro dimensiones; tres de ellas son totalmente inhóspitas en esta época del año; la cuarta es aquella en la que construimos la ciudadela.

–Entonces, allí es donde lo oscilará.

–Imposible. En esa realidad existen unas criaturas que ya nos costó mantener fuera de los muros de la ciudadela. Algunas son tan grandes como elefantes; otras, del tamaño de perros. En cualquier caso, todas son depredadoras y, ahora que no hay muros que las mantengan a raya, me temo que lo que oscilaríamos serían los derechos a un auténtico banquete.

–Entonces, necesita una nueva dimensión a la que oscilar –Skulduggery se quedó pensativo–. Dígame, señor Signate, ¿conoce a Silas Nadir?

Signate torció el labio con desagrado.

–Le conozco. No he hablado con él desde hace más de sesenta años. Si espera que sepa dónde se encuentra, me temo que no puedo ayudarle. Intento relacionarme lo mínimo posible con los asesinos en serie.

–No necesitamos que lo encuentre. Hemos estado a punto de localizarlo en otras ocasiones; uno de estos días lo atraparemos y nos aseguraremos de que nunca más vuelva a matar. ¿Está familiarizado con la dimensión que encontró?

–Por supuesto –respondió Signate–. Una realidad en la que Mevolent gobierna el mundo. No es un sitio que haya tenido interés en visitar, si me permite que... ¡Oh!

–¿Cree que puede encontrarla? Soy consciente de que cada dimensión tiene su propia frecuencia y hay un número infinito de realidades, pero...

–Una vez que se encuentra una frecuencia –dijo Signate, aprovechando para interrumpirle–, está ahí, esperándonos. Pasa a ser localizable. Si se tienen habilidades de cierto nivel... Y yo las tengo, por supuesto. Me ayudaría mucho contar con ayuda para realizar una lectura. ¿No se traerían de regreso algún recuerdo, por casualidad?

–Tenemos esto –dijo Stephanie, sacando el Cetro de la mochila.

Signate abrió los ojos como platos.

–Oh, Dios mío... Es el Cetro de los Antiguos, ¿verdad? Es un pedazo de historia. Es... magnífico.

–No es el nuestro –replicó ella–. Nuestro Cetro quedó destruido. Este es de la otra dimensión. Digamos que lo rescatamos.

–¿Puedo... puedo tocarlo? –preguntó Signate–. No se apagará, ¿verdad?

–Está en punto muerto –respondió ella–. Está vinculado conmigo, así que solamente funciona si lo tengo yo. ¿Puedes sacar una lectura de él?

Con las manos un poco temblorosas, Signate extendió una mano y rozó con las yemas el Cetro. Cerró los ojos y se mordió el labio. Tamborileó ligeramente con los dedos. Después apartó la mano y alzó la vista.

–Ha sido una gran ayuda. Me habría llevado meses encontrar la frecuencia adecuada. Ahora solo necesitaré semanas.

–Tienes días –dijo Skulduggery–. ¿Crees que podrás hacerlo?

Signate sonrió por primera vez.

–Siempre me han gustado los desafíos.

Skulduggery se incorporó.

–Estarás libre en una hora. Informarás directamente al administrador Tipstaff. Ahora trabajas para nosotros, Creyfon. No me decepciones.

Le dejaron allí y salieron de la sala de interrogatorios. El silencio estaba empezando a afectar a Stephanie. Era un silencio peculiar, duro. Tenía aristas. Se introducía entre los dos y la hería con sus bordes. Pero mantuvo la boca cerrada. Si intentaba iniciar una conversación, aunque fuera para hablar del tiempo, sería un fracaso. Skulduggery no quería hablar con ella, ¿verdad? Entonces, ella tampoco quería hablar con él.

Aunque sí quería. Quería hacerlo de verdad.

10

NOCHE DE CHICAS

E N lo más profundo de la montaña, los Hendedores atacaban y morían, sus cuerpos se derrumbaban y su energía fluía, se liberaba de sus ataduras terrenales y salía disparada hacia los cielos. Era bonito de ver, en medio de la lluvia de sangre y miembros rotos. Oscuretriz descubrió que era capaz de apreciarlo desde un punto de vista artístico completamente nuevo. La miseria y el esplendor de la existencia se abrían ante sus ojos como un gigantesco diorama.

Por desgracia, Tanith no lo apreciaba igual. Saltaba, esquivaba, luchaba y mataba bajo las sombras del gigantesco Receptáculo que encerraba a todos sus compañeros Vestigios, y lo hacía con la misma expresión de concentración en el rostro que siempre mostraba. No sonreía. Cada vez sonreía menos, ahora que Oscuretriz se paraba a pensarlo. Curioso.

Oscuretriz se preguntó qué pensaría Tanith sobre el gran espectáculo de la existencia que tenía ante los ojos. Se había vuelto tan pragmática que seguramente ni siquiera se había fijado. Eso entristecía a Oscuretriz. Ojalá todos pudieran ver las cosas como ella; estaba segura de que la gente sería mucho más feliz. Sonrió mientras avanzaba entre dos Hendedores, sorteando todos y cada uno de sus movimientos.

–¿Sabías que los Hendedores luchan desnudos? –comentó al mismo tiempo que esquivaba la hoja de una guadaña.

Tanith decapitó a un enemigo caído.

–Sí.

Oscuretriz asintió, evitó una patada e inmediatamente se libró de un agarrón.

–En lo más profundo del área de entrenamiento de todos los Santuarios hay un círculo de combate. Se meten ahí, se quitan toda la ropa y pelean.

Los Hendedores seguían atacando. No se detenían y no mostraban ninguna frustración. Impresionante.

–Al parecer es un gran honor entrar en el círculo. Un desafío al que no te puedes negar. Allí es donde se prueban a sí mismos sin ninguna armadura ni protección.

–Lo sé –dijo Tanith–. Te lo conté yo. Hace muchos años.

Oscuretriz la ignoró alegremente.

–Todos estos tipos han luchado desnudos en algún momento. ¿No crees que sería algo digno de ver?

De pronto se echó hacia delante y lanzó la mano contra el pecho del Hendedor que tenía más cerca. Los dos últimos se aproximaron, pero las hojas de sus guadañas se oxidaron antes de que pudieran atacar. Oscuretriz movió las muñecas y sus cuellos se rompieron.

–Bueno, ha sido divertido –dijo.

–¿En serio?

Se volvió hacia Tanith.

–¿No te lo ha parecido?

–Podrías haberlos matado con chascar dos dedos –dijo Tanith–. No hacía falta que lucháramos.

–Pero a ti te gusta luchar.

–Luchar sin motivo es una estupidez. Y si tengo al lado a alguien como tú, pierde toda la gracia.

–Oh –dijo Oscuretriz–. No lo sabía.

Tanith guardó la espada. Contempló el Receptáculo, un orbe de cien metros de diámetro sobre un soporte metálico con gruesos puntales de madera. Dentro de la esfera culebreaba la oscuridad.

–¿De verdad los vas a soltar a todos?

–Sí –asintió Oscuretriz, pasando los dedos por el orbe–. Miles de vestigios, tus hermanos y hermanas... Llevan mucho tiempo encerrados dentro de esta cosa, contemplando siempre el mismo paisaje. Recuerdas lo que era estar encerrada en la habitación del Hotel de Medianoche, ¿verdad?

–Sí –repuso Tanith–. Y no me gustó ni pizca.

Oscuretriz le regaló una sonrisa maliciosa.

–¿Quieres soltarlos tú?

Tanith titubeó.

–No lo sé. Cuanto más tiempo permanece el Vestigio dentro de mí, cuanto más soy yo misma, menos me preocupan los demás Vestigios. Quiero liberarlos, pero no lo... necesito. Es algo que quería hacer hace mucho tiempo. Pero ahora...

–Si quieres mi opinión, creo que es importante aferrarse a las cosas que nos importaban en el pasado. Por eso continúo castigando a Ravel. Es lo que quería hacer hace tiempo, y aún recuerdo la satisfacción que sentí cuando él empezó a gritar. Me gustó esa sensación. Quiero conservarla.

–Entonces, ¿crees que debería soltarlos yo?

Oscuretriz se encogió de hombros.

–Solo si quieres.

–Bueno... Nos daría ventaja. Podemos liberarlos para distraer a Skulduggery y a los demás mientras tú...

–Mientras yo ¿qué? –preguntó Oscuretriz–. ¿Qué crees que voy a hacer?

–He visto el futuro. He visto lo que harás con el mundo. Lo destruirás todo.

–Y eso es lo que quieres, ¿no? ¿Incluso ahora? ¿Quieres un mundo en el que todos estén muertos? Pero entonces no habrá gente a la que poseer, no habrá ningún lío en el que meterse. Y las dos sabemos lo mucho que les gusta a los Vestigios meterse en líos.

–Oscuretriz, conozco el futuro, sé lo que harás... Y aquello... era lo más hermoso que he visto nunca.

–Eso fue entonces. ¿Y ahora?

–No he cambiado de opinión, si es eso lo que me preguntas. Si dudas de mi lealtad...

–Esto no es cuestión de lealtad, Tanith. Ahora eres una persona distinta a la que eras.

–¿Y tú? Hace unos días insistías en que no tenías ninguna intención de matar a todos los seres vivos del planeta, pero me he dado cuenta de que ya no me corriges cuando lo digo.

Oscuretriz ladeó la cabeza.

–Todavía me lo estoy pensando, y me reservo el derecho a cambiar de opinión. Tú también deberías.

Tanith la miró fijamente.

–Puedes contar conmigo.

–Por supuesto que puedo –sonrió Oscuretriz–. Ya lo sé. Échale una mano a tu amigo, ¿quieres? Ha recuperado el conocimiento y está intentando disimular.

Uno de los dos hechiceros que quedaban en la estancia la oyó, pero se quedó donde estaba, tirado en la esquina en la que Tanith lo había noqueado y esposado. Ahora le agarró del pelo y lo levantó. Él gritó de dolor y se derrumbó cuando Tanith se lo presentó a Oscuretriz.

–¿Y tú cómo te llamas? –preguntó ella.

–Maksy –respondió él con lágrimas en los ojos–. Por favor, no me mates.

–¿Como hemos matado a los demás hechiceros? ¿A eso te refieres? ¿A todos estos Hendedores? ¿Como hemos matado a todos los que tenían asignada la protección del Receptáculo?

–Sí –murmuró Maksy–. Por favor, no me mates.

71

–No voy a matarte –dijo Oscuretriz–. Tengo otros planes para ti.

Apretó la mano contra el receptáculo. Puede que el orbe pareciera de cristal, pero no lo era: se trataba de un campo de energía sólida, una versión gigante de un Atrapa Almas. Empujó, lo atravesó con el brazo y las sombras que había al otro lado se agitaron frenéticas.

–¡Ooh! –dijo ella–. Hacen cosquillas.

Sacó el brazo con un Vestigio en la mano. Culebreaba sin cesar, pero no lograba liberarse. Oscuretriz se fijó en que Tanith torcía el labio con disgusto.

–¿Pasa algo?

–No –respondió ella rápidamente–. Nada.

–No me obligues a repetir la pregunta.

Titubeó.

–No sé. Yo... pensaba que los Vestigios eran pedazos de maldad en estado puro. Pero no lo son, ¿verdad? No son más que cositas desagradables que están inacabadas. La criatura que tienes en la mano no es más que un jirón retorcido que necesita un huésped para estar completo. No son malvados. Son patéticos y están desesperados. He visto la maldad. Ahora sé cómo es la maldad, y esto no lo es.

–¿Y cómo es la maldad? –preguntó Oscuretriz.

Tanith la miró de reojo y no respondió.

Oscuretriz se encogió de hombros y se volvió hacia Maksy.

–Di «a».

Él negó con la cabeza. Estaba pálido y sudoroso. Aterrorizado.

–No, por favor. Tengo un hijo recién nacido. Por favor. Necesito estar con él.

–No tengas miedo –dijo Tanith–. Seguirás siendo tú mismo aunque tengas un Vestigio en tu interior. No será por mucho tiempo. Solo necesitamos que lo lleves dentro un día o dos; luego se irá y tú no recordarás nada.

—Mi familia…

—No permitiremos que te acerques a ellos —dijo Tanith—. No harás daño a nadie. Te lo prometo.

Maksy intentó retroceder según Oscuretriz se acercaba, pero Tanith le hundió los dedos en el brazo y él no tuvo más remedio que abrir la boca. El Vestigio llegó hasta él, se estiró y Oscuretriz lo soltó y le permitió que se introdujera dentro. Maksy se tambaleó y Tanith lo soltó. La garganta se hinchó por un instante y luego se desplomó. Muy lentamente, echó la cabeza hacia atrás, los labios se oscurecieron y las venas negras corrieron bajo su piel.

Abrió los ojos y sonrió.

—Lo primero que veo a través de unos ojos humanos en años, y resultan ser dos hermosas mujeres. Casi merece la pena el cautiverio, la verdad —tomó aire y después lo soltó despacio—. Forma física —murmuró—. Es muy agradable, como volver a casa. Aunque este… Antes de liberar a los otros, ¿podría buscar otro huésped? ¿Alguno más guapo? Muchos Vestigios buscan huéspedes con poder, pero yo siempre he considerado que la gente atractiva es la que finalmente obtiene el poder, así que… A ver, preciosidades, ¿cuál de las dos me va a quitar estas esposas?

Tanith le dio un puñetazo y él cayó al suelo inconsciente.

—Así que no has cambiado, ¿eh? —dijo Oscuretriz con una leve sonrisa—. Entonces, cuando estabas siendo amable con él, hace un segundo, cuando le asegurabas que todo iba a salir bien, estabas siendo… ¿qué? ¿Malvada e indiferente?

Tanith ignoró el tono burlón.

—Simplemente he recordado lo que era tener miedo a los Vestigios —respondió ella—. No tiene nada de malo decirle a alguien que no va a matar a su familia si sabemos que no va a hacerlo, ¿verdad?

—¿Malo? —repitió Oscuretriz—. No, no tiene nada de malo.

—Pues eso —Tanith se encogió de hombros—. Ya tenemos un prisionero al que hemos podido meter un Vestigio y llevárnoslo con nosotros. Luego liberamos a los demás y nos largamos mientras ellos provocan el caos y pánico habituales. Asunto arreglado, ¿verdad?

–Asunto arreglado –asintió Oscuretriz–. Me alegro de que hayamos hecho esto, Tanith. Necesitábamos una noche de chicas, ¿no crees? Ha sido divertido.

–Sí –respondió ella–. Fabuloso.

11

CARIÑO, YA ESTOY EN CASA

LA vida como mujer tenía sus pros y sus contras.

Pros: la gente le escuchaba mucho más. Cuando era hombre, Vaurien Scapegrace encontraba difícil que los demás le tomaran en serio. Pero una vez que transfirieron su cerebro al cuerpo escultural de una mujer, todo el mundo parecía estar dispuesto a prestarle atención. Eso era bueno para el negocio del bar.

Contras: a veces le daba la sensación de que en realidad no le escuchaban. A veces sentía que estaban deseosos de soltar una enorme carcajada ante el peor chiste del mundo con tal de que saliera de sus nuevos, voluptuosos e increíbles labios. Tampoco le gustaba la forma en que todos los ojos le seguían cuando iba a buscar las bebidas de algún cliente. Le ponía nervioso.

Caminar por la calle también le ponía nervioso. Era demasiado consciente de sí mismo como para estar cómodo. La semana anterior había salido de Roarhaven para viajar a Dublín y fue aún peor. Había pasado demasiado tiempo lejos del mundo mortal, y casi había olvidado cómo eran los mortales: ni siquiera disimulaban cuando le miraban fijamente. Unos cuantos –gente al azar que pasaba por la calle– le habían soltado comentarios sobre su físico.

¿Acaso era aceptable?

Había visto mucho, Scapegrace. En el tiempo que pasó como supuesto Asesino Supremo, se había rodeado de asesinos, bribones y psicópatas religiosos. En sus tiempos como supuesto Rey de los Zombis, se había rodeado de putrefacción, vileza, decadencia y corrupción. Había visto muchas cosas malvadas. Se había encontrado con mucha gente malvada. Pero eran... malvados «profesionales». Estaban locos, eran retorcidos o simplemente malignos, pero tenían ese aire profesional que los acompañaba dondequiera que fueran. Y, por supuesto, no soltaban bramidos ni silbidos cada vez que veían una mujer cuya figura les llamaba la atención.

Al regresar a Roarhaven, juró que nunca más se marcharía a no ser que fuera absolutamente necesario; al menos allí contaba con un santuario. Y no era el gigantesco palacio que había en medio de la ciudadela, no. Tampoco era la residencia de China Sorrows, rodeada de Hendedores. El santuario de Scapegrace era una pequeña casita escondida en un rincón del distrito sur, y allí era adonde regresaba después de pasar otra larga noche en el bar.

Entró por la puerta, colgó el abrigo en el perchero y se dirigió a la cocina. Se le cayó el alma a los pies: Clarabelle había estado limpiando. Esa mujer poseía una forma única y especial de hacer las cosas... que solo tenía sentido para ella. Su forma de organizar la casa, por ejemplo, consistía en coger todo lo que estaba en desorden y trasladarlo hasta la otra punta de la habitación. Le llevaba tanto tiempo como si hubiera estado limpiando, pero resultaba menos... productivo.

Vaurien oyó unas pisadas suaves en las escaleras. Clarabelle llevaba un esponjoso albornoz rosa, zapatillas de peluche rosas con pompones pintados como si fueran ojos y el pelo teñido de verde rabioso.

–Hola –le dijo.

Raro. Muy raro. No había empezado a parlotear sin parar, como siempre.

–¿Qué has hecho? –preguntó Scapegrace.

Una serie de expresiones se pintaron en el rostro de Clarabelle. Primero, indignación; luego, resignación, seguida de esperanza, reemplazada por la confusión, que finalmente dejó paso a la inocencia.

–Nada.

–¿Has vuelto a prender fuego a algo? –ella negó con la cabeza–. ¿Seguro? –ella frunció el ceño y después asintió convencida–. ¿Dónde estabas?

–En mi habitación –respondió–. Estaba organizando mis calcetines favoritos. Tengo siete. Blancanieves tiene siete enanitos, ¿lo sabías? Yo tengo siete calcetines. En cierto modo, soy igual que Blancanieves.

–Blancanieves limpiaba la cocina de vez en cuando.

–Tenía pajaritos y ardillas que la ayudaban. Yo solo encontré un erizo, y no ha servido de mucho. Lo he tenido que hacer todo sola.

–Mover cosas no es limpiar.

–¿Quieres saber qué es lo que he hecho mal?

Él suspiró.

–Sí.

Clarabelle frunció la boca, como hacía cuando intentaba averiguar la mejor forma de contar algo. Pero antes de que hubiera confesado la verdad, se abrió la puerta y entró Thrasher.

–¡Ya estoy en casa! –gritó, aunque veía perfectamente que los dos se encontraban en la cocina.

–¡Gerald! –dijo Clarabelle, saltando hacia él. Thrasher la abrazó entre sus enormes y musculosos brazos–. ¿Qué tal el día? ¿Te ha pasado algo emocionante?

–Todos los días son emocionantes cuando haces algo que te gusta –respondió Thrasher, y le dedicó una sonrisa ansiosa a Scapegrace, que la ignoró y se dirigió a la nevera mientras parloteaban. Llenó un vaso de leche, apoyó la cadera contra la encimera y dio un sobro.

Resultaba triste comprobar lo rápido que se había vuelto a acostumbrar a las cosas normales. La vida como Rey de los Zombis, por falsa que hubiera sido, trajo consigo la magia, que servía de sostén a su cuerpo, en constante estado de putrefacción. Después, cuando el doctor Nye le puso el cerebro en un nuevo cuerpo, había tenido que lidiar con el despertar gradual de las funciones corporales. Las cosas más normales, como comer y beber, se habían convertido en aventuras asombrosas para sus sentidos. Un vaso de leche era una auténtica delicia. ¿Y ahora? Ahora de nuevo no era más que un vaso de leche. Qué rápido había perdido toda la emoción.

Thrasher y Clarabelle entraron en la cocina charlando. Él los ignoró, algo que hacía mucho últimamente. Ya no podía descargar su ira contra Thrasher. Eso había... desaparecido. Se había evaporado lentamente durante las últimas semanas. Thrasher se había dado cuenta. Thrasher siempre se daba cuenta de esas cosas. Pero había considerado que aquello era el resultado de llevar una vida normal, que tal vez había moderado su actitud, y se sentía mejor. Scapegrace sabía mucho mejor lo que era en realidad: la rabia había desaparecido porque había sido derrotada. Ahora carecía de sentido. Había perdido.

Scapegrace vivía en los suburbios de una ciudad repleta de hechiceros. Ya no se engañaba a sí mismo llamándose el Asesino Supremo. Ya no estaba muerto, no podía denominarse el Rey de los Zombis. Era un ciudadano más, un tipo normal con el cerebro trasplantado en el cuerpo de una hermosa mujer. Normal. Del montón. Esa era su vida.

–¿Maestro? –dijo Thrasher.

Scapegrace se apartó el exuberante cabello de la cara y alzó la vista.

–¿Qué?

Thrasher y Clarabelle le miraban con auténtica preocupación en los ojos. El viejo Scapegrace les habría lanzado un montón de improperios. El nuevo Scapegrace no le veía sentido.

–Decía que he fregado el suelo del bar como me pidió –continuó Thrasher.

–Y yo decía que no deberías obligar a Gerald a hacerlo siempre –indicó Clarabelle–. No es tu esclavo.

–No me importa, en serio –repuso Thrasher, sonrojándose.

–Pues debería –aseguró Clarabelle–. Scapey, no me parece nada bien cómo tratas a Gerald. Es tu mejor amigo, el mejor amigo que tienes en el mundo entero, y vosotros dos sois mis mejores amigos del mundo y los mejores amigos no se deberían tratar así.

Había sido un día muy largo. Lo único que quería Scapegrace era darse una ducha y meterse en la cama.

–Tienes razón –respondió–. Lo siento.

Se quedaron quietos mirándole y parpadearon.

–¿Lo siente? –preguntó Thrasher.

Scapegrace notó una chispa de irritación al fondo de su mente, pero la apartó.

–Sí, lo siento.

–Usted… nunca me había dicho eso antes –dijo Thrasher, con lágrimas en los ojos. Dios mío, iba a ponerse a llorar.

–Pues entonces no lo siento –se apresuró a añadir para evitar el embarazoso estallido emocional–. ¿Eso hace que te sientas mejor?

Thrasher se llevó las manos a la boca y las lágrimas rodaron por sus perfectos pómulos.

–Nunca antes se había preocupado por mis sentimientos.

Scapegrace estuvo a punto de poner los ojos en blanco, pero a mitad del gesto perdió el interés y terminó mirando al techo.

–¿Te encuentras bien? –preguntó Clarabelle.

Scapegrace suspiró.

–Estoy bien.

–¿De verdad?

–Por supuesto. El bar va bien. Tenemos una clientela asidua. Muchos van todas las noches. ¿De qué me puedo quejar?

–No lo sé –dijo Clarabelle. Con una elegancia natural, saltó a la mesa de la cocina y se sentó con las piernas cruzadas mientras los platos que había derribado se estrellaban contra el suelo–. Dímelo tú.

Scapegrace titubeó. Siempre se había considerado un hombre chapado a la antigua: no hablaba de sus sentimientos. Pero las circunstancias habían cambiado. Solo con echar un vistazo a su reflejo en la ventana, estaba claro que habían cambiado.

–Yo... quería hacer algo importante –dijo–. Quería ser alguien importante. Dejar huella.

–A mí me ha dejado huella –intervino Thrasher.

El viejo Scapegrace le habría soltado algún improperio. El nuevo Scapegrace no se molestó en hacerlo.

–Nunca quise ser normal –continuó–. Pero aquí estoy: no soy nada más que una persona normal. En Roarhaven soy... común.

Clarabelle frunció el ceño.

–¿Quieres irte?

–No, no es eso...

–Si te vas, ¿me prometes que me llevarás contigo?

–No me voy a ir.

–Vale –dijo Clarabelle alegremente–. Pero, por favor, no decidas marcharte una mañana cualquiera antes de que me haya despertado. Porque si me despierto una mañana y me encuentro con que te has ido y Gerald se ha ido... me habré quedado sola en esta casa, sin amigos.

Thrasher le pasó un gigantesco brazo por los hombros.

–No vamos a irnos a ninguna parte.

Ella asintió.

–Es que tengo problemas para hacer amigos. La gente piensa que soy rara solo porque a veces veo cosas que en realidad no existen, y porque digo cosas que no entienden. No quieren ser amigos míos. Pero a vosotros no os importa. Sois un encanto.

–No voy a irme –aseguró Scapegrace–. Solo me estaba auto-compadeciendo, nada más.

–¿Por qué?

–No sé. Supongo... que me veo viviendo el resto de mi vida como una persona normal.

–No eres normal –dijo Clarabelle–. Ninguno de nosotros lo es.

–Yo también me pongo triste a veces –admitió Thrasher–. No quería molestar a nadie, pero... a ver, mi nuevo cuerpo es estupendo, lo digo de verdad. Pero cada vez que me miro al espejo, veo a alguien que no soy yo. Y no creo que esa sensación desaparezca nunca.

Scapegrace asintió.

–Siempre miras la cara de un extraño.

–Y eso te acaba afectando –continuó Thrasher–. Al cabo de un tiempo, se termina la novedad y lo único que quieres es volver a ver tu cara.

–Olvidas tus orígenes –murmuró Scapegrace–. Olvidas quién eras.

Clarabelle se inclinó hacia delante.

–¿Te sentirías mejor si pudieras recordarlo?

–Sí.

Ella sonrió.

–Entonces tengo buenas noticias. Hoy he estado explorando. Nunca había ido al lado izquierdo del ala médica porque siempre que entro por la puerta giro a la derecha.

Scapegrace frunció el ceño.

–¿Por qué?

–No lo sé. Siempre quiero girar hacia la izquierda, pero al final nunca lo hago. Creo que en alguna vida anterior giré hacia la izquierda y me decapitaron o algo así. Pero hoy pasó algo distinto. Estaba jugando con un Hendedor a dar vueltas muy rápido. Yo estaba ganando porque a él se le olvidaba que tenía que girar y simplemente se quedaba ahí parado mientras yo daba vueltas y vueltas y más vueltas, y cuando acabó el juego estaba muy mareada; creo que le vomité encima. Un poco, solo en el abrigo, creo. Me parece que no le importó. No se movió del sitio. Seguramente pensó que estábamos jugando a las estatuas –vaciló–. Puede que fuera lo que estábamos haciendo. Ah, pues si era eso, él ganó, porque las estatuas no giran. Bueno, la cuestión es que estaba mareada, entré en el ala médica y me caí. Eso sí, tardé un montón en caer, y fui dando porrazos a algunas personas por el camino. Y cuando se me pasó el mareo, descubrí que estaba en el lado izquierdo del ala médica. ¡Fue increíble! Qué vistas. ¿Sabéis que las mesas son completamente distintas cuando las miras desde otro ángulo?

–Clarabelle –la interrumpió Scapegrace–. He tenido un día muy largo. ¿Podrías ir al grano?

–Sí, perdona. Bueno, hay un montón de habitaciones en el ala médica, así que entré en algunas. Y en una de ellas había un tanque enorme de cristal lleno de agua verde con dos personas flotando dentro. Erais vosotros dos.

Scapegrace frunció el ceño.

–¿Cómo?

–Vuestros antiguos cuerpos –dijo ella–. Todavía tienen vuestros antiguos cuerpos.

12

EL CALDERO

TENÍAN una pista. Llegó poco después de las siete de la tarde. Un hechicero llamado Midnight Blue la había descubierto, había encontrado un vínculo con uno de los antiguos amigos de Billy-Ray Sanguine, un caballero llamado Axle. Era una pista muy débil, pero mientras esperaban a que Signate pudiera oscilar a Ravel y romper la conexión con Oscuretriz, lo único que podían hacer era tratar de localizar a Sanguine y Tanith. La buena noticia era que Axle vivía allí mismo, en Roarhaven. Así que a Stephanie le tocaba otra vez subirse al Bentley y enfrentarse a otro paseo silencioso por las calles de la ciudad.

Llegaron a la casa de Axle. Stephanie fue a la parte trasera mientras Skulduggery llamaba a la puerta. A veces, la gente con un pasado dudoso tenía tendencia a escapar por las ventanas. Ahuecó las manos sobre su boca y sopló. Estaba helando. Roarhaven permanecía tan oscura y silenciosa como siempre. Oyó el murmullo bajo de la voz de Skulduggery. No hubo un grito, no se abrieron las ventanas, nadie intentó huir.

Escuchó cómo se cerraba la puerta y regresó al Bentley. Skulduggery ya estaba al volante. No hablaron mientras se alejaban de la acera. Condujeron unos minutos y pararon frente a un lúgubre bar diminuto llamado El Caldero. Entraron. Skulduggery se abrió paso entre las conversaciones y las risas.

Stephanie carecía de la habilidad del esqueleto. No podía contemplar una habitación y retener cada pequeño detalle, clasificar cada rostro de un solo vistazo. Tardó unos segundos en fijarse en el hombre que estaba sentado en la barra con un taburete vacío al lado. Llevaba unas botas sucias y la ropa no mostraba mejor aspecto. Permanecía con la cabeza gacha y los hombros caídos, uno más alto que otro, mirando su cerveza. Llegaron hasta él; en principio no se dio cuenta de su presencia. Tenía un pequeño corte en la mandíbula y otro en el cuello, una quemadura en la mano derecha, sobre los gruesos nudillos, y una escayola mal puesta en el pulgar de la mano izquierda.

–Señor Axle –dijo Skulduggery, y él alzó la vista rápidamente. Palideció y solamente fue capaz de balbucear una palabra.

–¿Qué?

–Señor Axle, sabe quiénes somos, ¿verdad? No hace falta que nos presentemos o le digamos lo que hacemos. A juzgar por la expresión de su cara, lo sabe a la perfección.

Axle tragó saliva.

–¿Y...? ¿Qué queréis de mí?

–Cuando entrábamos por la puerta, lo único que queríamos saber era dónde se encontraba un amigo suyo: Billy-Ray Sanguine.

–Sanguine no es mi amigo –negó Axle–. Le conozco, nada más. Llevo meses sin verle. A lo mejor un año. No somos amigos. No puedo ayudaros.

El camarero se acercó y Axle volvió a encorvarse sobre su cerveza.

–¿Qué os pongo? –preguntó el camarero.

–Soy un esqueleto –respondió Skulduggery–. Y ella no bebe. Stephanie frunció el ceño.

–¿Cómo sabes que no bebo? Tengo dieciocho años. Puedo beber si quiero.

–¿Y quieres?

Ella siguió con el ceño fruncido.

–Cierra el pico.

El camarero se encogió de hombros y volvió a alejarse, seguido por la mirada de Axle.

–Estamos buscando un sitio en el que Sanguine pudiera haberse refugiado si tuviera problemas –continuó Skulduggery–. Una casa franca, algo así.

Axle se enderezó con expresión dolorida y negó con la cabeza.

–No le conozco tanto. Pregunta a otro. Yo ni siquiera he pisado mucho esta dimensión durante los últimos años.

La ropa, los cortes, las manos ásperas... Un obrero de la construcción.

–¿Ayudaste a construir la ciudadela? –preguntó Stephanie.

Él alzó la vista.

–¿Ayudar? Prácticamente la levanté yo. Ningún otro capataz podría haberlo hecho. Mi equipo era el mejor y el más rápido. Gracias a nosotros, gracias a mí, la ciudadela estaba preparada para que el Gran Mago Ravel la mostrara a la luz. Justo a tiempo para que esos malditos brujos se cargaran la mitad.

–¿Cómo va la reconstrucción?

Axle resopló.

–Te sorprendería lo mucho que se puede complicar un trabajo en cuanto la burocracia se mete de por medio. Cuando trabajábamos en la otra realidad, lo hacíamos de incógnito, en secreto. Así que se trabajaba y punto. Pero ahora hay comisiones, inspecciones de seguridad y todo eso... Vas retrasado y tienes que esperar la aprobación correspondiente y bla, bla, bla.

Skulduggery inclinó la cabeza, contemplando la banqueta vacía.

–¿Esperabas a alguien?

Axle se envaró de nuevo.

–Sí. A un amigo.

–¿Se retrasa?

–Sí, bueno. Pero llegará, supongo.

–¿Sueles hacer esto? ¿Beber un trago después del trabajo?

Axle asintió.

–Al final de una larga jornada, sí. Es bueno relajarse. ¿Es ilegal?

–No –respondió Skulduggery–. El asesinato sí, sin embargo.

Stephanie enarcó una ceja, pero esperó a que Axle respondiera.

–¿De qué demonios estás hablando?

Skulduggery sacó un par de esposas ligeras de la chaqueta y las dejó sobre la barra.

–¿Cómo empezó la discusión? ¿Fue por trabajo? ¿No soportabas la presión?

Axle soltó una risa fuerte y seca.

–¿Qué asesinato? ¿Quién está muerto?

–Tu amigo.

–No digas tonterías. No está muerto. Solo se ha retrasado.

–¿Cómo se llama?

–¡Ajá! ¿Lo ves? ¡Esto es ridículo! ¡Ni siquiera sabes cómo se llama y dices que está muerto!

–¿Cómo se llama tu amigo, Axle?

Él miró fijamente a Skulduggery.

–Brock.

–Pareces sorprendido con mi acusación, pero has empezado a hablar en voz baja. Tienes miedo de cruzar la mirada con el camarero, pero no le quitas los ojos de encima. Te preocupa lo que viera la otra noche, puede que os oyera discutir. Temes que mencione algo delante de nosotros.

–Esto es ridículo. No tengo por qué quedarme aquí sentado y escuchar...

Se dispuso a levantarse de la banqueta, pero Stephanie dio un paso, impidiéndoselo. Skulduggery se echó hacia delante desde el otro lado.

–Tienes barro seco en la pierna izquierda y en la rodilla derecha del pantalón. También en la manga derecha de la chaqueta. Ayer por la noche no llovió, pero sí lo hizo la anterior, y todavía quedan charcos detrás de este bar, ¿no es cierto? Habías bebido demasiado cuando saliste de aquí, la discusión pasó a mayores. Le pegaste. Así fue como te cortaste los nudillos. Él cayó al suelo, y tú con él. Empezaste a estrangularlo. Él se las ingenió para ponerse encima de ti y te manchaste de barro el costado izquierdo. Pero lograste liberarte y montarte a horcajadas sobre él, de ahí la mancha de la otra rodilla. Él te arañó las manos y te dejó todas esas marcas. Luego le presionaste el cuello con ambas manos hasta matarlo.

Axle negó rápidamente con la cabeza.

–Me da la impresión de que te cuesta sentarte derecho –continuó Skulduggery–. ¿Has llevado algo pesado a cuestas recientemente? ¿El cuerpo de tu amigo, por todas esas callejuelas y callejones? No podías con su peso, no estando tan borracho, pero necesitabas llevarlo a un sitio que conocías bien, algún sitio que sabías que estaría desierto. Las obras en las que trabajas no quedan muy lejos de aquí, ¿verdad? Ahí es donde te deshiciste del cuerpo; seguramente lo arrojaste en un pozo que se iba a llenar esta mañana. Pero no podías marcharte; no podías correr el riesgo de que alguien llegara temprano y descubriera el crimen. Así que te quedaste ahí. Cuando aparecieron tus compañeros, tú mismo echaste el hormigón. A toda prisa, a juzgar por el estado de tus botas. Después, tenías que actuar como si no hubiera pasado nada, así que estuviste todo el día trabajando. Fue un día de trabajo algo torpe, puesto que tienes cortes más recientes en las manos. Tenías que cumplir con tu rutina, así que te fuiste corriendo a casa a afeitarte, sin molestarte en cambiarte de ropa, y luego viniste aquí.

Stephanie arrugó el gesto.

–¿Por qué se afeitó?

–Me temo que Brock era un hechicero elemental. Intentó quemarle la cara al señor Axle. Falló por poco. ¿Ves que la piel está un poco más pálida en las mejillas y la barbilla? Llevaba barba hasta hace unas horas. ¿Me equivoco, Axle? Pero se la afeitó. Se cortó un par de veces, aunque no le importó: lo importante era librarse de la barba chamuscada. Incluso se tuvo que cortar el pelo en algunos sitios. Pero se le olvidó la ceja izquierda, me temo.

–No sé de qué estás hablando...

–Queda arrestado por asesinato, señor Axle. Por favor, levántese y ponga las manos detrás de la espalda.

–Yo no he hecho nada –protestó Axle, pero obedeció.

–Haremos que los sensitivos le echen un vistazo a su mente. Puede que vean algo que haga que se reduzca su condena.

–No –dijo Axle, retrocediendo–. Por favor. Os ayudaré. Os diré todo lo que sé sobre Sanguine. ¿Sabéis que tiene la casa de su familia en Texas?

–Los estadounidenses la están vigilando –dijo Skulduggery–. No ha ido allí.

–Conozco otros sitios –continuó Axle–. Hay una casa en Dublín que creo que es suya. Una exnovia mía me lo contó, la llevó allí una vez.

–¿Dónde está? –preguntó Stephanie.

–Stoneybatter, justo al lado de Norseman Place. Eso tiene algún valor, ¿no? Yo no quería hacerlo. No quería matarlo. Fue una discusión estúpida. No sabía lo que hacía.

–Nos aseguraremos de que reciba un trato justo –dijo Skulduggery extendiendo la mano.

–¡No! –gritó Axle, lanzando las palmas hacia delante. El aire se onduló y Stephanie salió volando hacia atrás, chocando con Skulduggery. Las mesas y las sillas cayeron al suelo y la gente empezó a gritar y soltar maldiciones mientras Axle huía.

Skulduggery tiró de ella para levantarla.

–Espera fuera –dijo–. Lo conduciré hasta ti.

Y se lanzó en su persecución.

Stephanie se abrió paso entre los aturdidos clientes a empujones. Corrió por el callejón; sus botas chapoteaban en los charcos.

Ni rastro de Axle. Dio una vuelta sobre sí misma para cerciorarse y justo entonces explotó la ventana que tenía encima. Stephanie soltó una maldición cuando Skulduggery y Axle aterrizaron detrás de ella entre una lluvia de cristales rotos. Axle se tambaleó, con los ojos muy abiertos de terror y las muñecas esposadas. Cayó de rodillas.

Stephanie fulminó a Skulduggery con la mirada.

–¿Qué tenía de malo la puerta? Podías haber bajado por las escaleras y salido por la puerta. ¿Por qué has saltado por la ventana?

–Ya sabes por qué –respondió Skulduggery, echando a andar.

Axle alzó la vista, con lágrimas en los ojos.

–¿Por qué lo ha hecho? ¿Por qué?

Stephanie puso mala cara.

–Porque las puertas son para la gente que carece de imaginación –contestó, y llevó a Axle hasta el coche.

13

MI AMIGO. MI MUEBLE

SANGUINE caminó pegado a la pared y entró en la cocina silenciosa. Había un hombre sentado a la mesa. Se llamaba Levitt. El que no paraba de hablar, Maksy, no estaba. Eso podía significar dos cosas: o Tanith lo había matado en un arranque de cólera u Oscuretriz necesitaba que el Vestigio que llevaba dentro Maksy poseyera a alguien con quien quería hablar. Sanguine no sabía lo que le habría pasado después a Maksy. Seguramente, Oscuretriz lo habría matado.

Continuó avanzando. La casa se había convertido en el lugar donde menos le gustaba estar. Sí, tenía sus cosas buenas. Estaba Tanith y eso estaba bien, a pesar de que apenas le había dirigido la palabra en todo el tiempo que llevaban escondidos allí. Pero le bastaba con tenerla cerca, tenía que reconocerlo. Y una vez que estuvieran casados, toda esa tensión incómoda desaparecería y los abandonaría, y tendrían el resto de su vida por delante para disfrutarla. Dando por sentado que el resto de su vida fuera a durar más de una semana.

Y luego estaba lo malo: Oscuretriz.

Cada vez que regresaba a la casa, necesitaba prepararse mentalmente antes de verla. Lo bueno era que los últimos días se había quedado en la habitación de invitados, llevando a cabo sus terroríficos experimentos.

Sanguine no se sentía capaz de volver a soportarlo si empezaba otra vez a pasearse por...

«Maldita sea».

Oscuretriz estaba en la sala de estar, sentada en el sillón, con las piernas cruzadas. El hombre que se encontraba en el sofá de enfrente podría haber parecido un profesor universitario normal de mediana edad si no fuera por los labios negros y todas las venas oscuras que no se molestaba en ocultar.

–Billy-Ray –dijo Oscuretriz con una sonrisa resplandeciente–. Permíteme que te presente a Nestor Tarry, mi nuevo mejor amigo. Nestor me estaba hablando de su trabajo sobre la mecánica cuántica.

–¿Ah, sí? –respondió Sanguine, apoyándose contra el marco de la puerta e intentando parecer tranquilo, nada intimidado–. Así que una conversación común y corriente, algo de todos los días, sobre mecánica cuántica, ¿eh? ¿Y te enteras de lo que dice?

–En realidad –intervino Tarry–, Oscuretriz está muy familiarizada con la teoría cuántica.

–Leo mucho –dijo Oscuretriz, encogiéndose de hombros–. Y absorbo la información de forma instantánea. Es un don.

Tarry sonrió.

–Uno de tantos, al parecer. Pero ya te he dicho todo lo que sé. Las respuestas que buscas me temo que no se encuentran a mi alcance.

–¿Y quién es capaz de llevarme más lejos?

–Podría darte una lista de nombres... Pero sería una lista corta, puede que aún más corta debido a los acontecimientos de los últimos años. La verdad es que creo que tu siguiente paso debería ser un libro, no una persona. *El Grimorio de Hessian* es una colección que trata sobre las teorías que hay a propósito de las etapas que siguen a la adquisición de la magia: hacia dónde podemos ir, cómo aumentar nuestros conocimientos, de qué forma usar lo que ya sabemos para profundizar en las fuentes de toda la magia...

Desgraciadamente, no sé quién tiene ahora ese libro, pero si lo encuentras, creo que podría ayudarte.

–*El Grimorio de Hessian* –repitió Oscuretriz, asintiendo–. Suena bien. ¿Y después de eso? ¿La lista de nombres que ibas a darme?

Tarry levantó la barbilla y movió la cabeza de un lado a otro, meditando la petición, pero considerando las opciones.

–Hay dos o tres personas vivas que podrían ayudarte... En realidad, quien mejor podría haberlo hecho hubiera sido Walden D'Essai.

–Argeddion.

Tarry asintió.

–Su trabajo estaba... muy por delante del de sus contemporáneos. Nunca me gustó ese hombre, envidiaba sus logros. Y esto es algo que nunca habría admitido de no ser por el Vestigio que llevo en mi interior, por cierto.

Se rio entre dientes y no pareció percatarse de que Oscuretriz no lo acompañaba.

–Pero su mente era algo asombroso. Su trabajo, su investigación... incluso las preguntas que abría en su campo eclipsaban las respuestas que yo obtenía en el mío. Si realmente quieres dominar la magia, si de verdad deseas tocar el infinito... te diría que hablaras con D'Essai. Que hablaras con Argeddion. Pero me temo que es demasiado tarde.

–Argeddion está vivo –replicó Oscuretriz.

Tarry frunció el ceño.

–No. Está muerto. Skulduggery Pleasant lo mató cuando...

Oscuretriz continuó la frase con voz tranquila.

–Oficialmente, Argeddion murió durante el enfrentamiento con los gamberros sobrecargados de poder que había creado. Skulduggery acabó con él. Esa es la historia que circula.

Tarry se echó hacia delante.

–¿Y es mentira?

–No pudieron matarlo –explicó ella–. No sabían cómo. Así que le reescribieron la personalidad, le convencieron de que era alguien normal y lo escondieron. Ni siquiera yo sé dónde se encuentra ahora.

Tarry se quedó callado unos instantes.

–*El Grimorio de Hessian* te ayudará a encontrarlo –dijo.

–¿Cómo?

–Tienes un conocimiento profundo sobre la energía, Oscuretriz. Puede que incluso superior al mío.

–¡Oh! –exclamó ella–. Sí, lo es.

Una leve expresión de rabia cruzó los rasgos de Tarry. Sanguine se dio cuenta. Y si él se había dado cuenta, Oscuretriz, sin duda, también. Esa leve expresión de rabia seguramente acababa de firmar la sentencia de muerte del señor Tarry.

–Pero una vez que leas ese libro –continuó Tarry–, sabrás cómo detectar y seguirle la pista a la energía. Argeddion descubrió su verdadero nombre, igual que tú. A todos los efectos, reluce igual que un faro... si sabes cómo encontrarlo.

–Parece que *El Grimorio de Hessian* es la respuesta a todas mis plegarias –dijo Oscuretriz–. Gracias, Nestor. Has sido de gran ayuda.

Tarry se levantó, pero pareció dudoso. Al fin, se armó de valor.

–¿Podría acompañarte? –preguntó–. Me refiero a cuando encuentres a Argeddion. Necesitarás un Vestigio que lo posea, ¿no? Para que hable. Haría cualquier cosa con tal de poder asomarme a su mente. Es... asombroso.

–Lo es –dijo Oscuretriz–. Pero tendré que usar el otro Vestigio que tengo para que lo posea. Sinceramente, me he aburrido de ti.

Tarry palideció y sus venas negras destacaron más aún.

–¿Qué?

–Me temo que me has molestado –explicó Oscuretriz.

–Lo... lo siento. Te pido disculpas. No quería...

—No es culpa tuya —declaró ella, levantándose—. Es mía. Seguramente me he vuelto hipersensible. Solo llevo unos días estudiando la mecánica cuántica y... no sé. Cualquier destello de crítica o... ¿cuál es la palabra?... irritación por tu parte es... más de lo que estoy dispuesta a aceptar ahora mismo.

Tarry dio un paso atrás.

—No estaba enfadado. No, lo juro. Y yo nunca te criticaría. Jamás. Lo que has aprendido en tan poco tiempo es muy, pero que muy impresionante.

Oscuretriz entrecerró los ojos.

—Ah, no me gusta que me traten con condescendencia —levantó la mano y Tarry explotó en la nada. Sanguine retrocedió asombrado. Nada de sangre, de carne, de huesos. Nada—. Ya está —dijo Oscuretriz, de nuevo sonriendo—. Ahora me siento muchísimo mejor.

—¿Qué le has hecho? —preguntó Sanguine—. ¿Dónde está?

—Sigue aquí —respondió ella, jugueteando con los dedos, acariciando el aire—. Sus átomos están distribuidos por toda la habitación. Es curioso, ¿no te parece? Si vuelvo a reunir todos esos átomos, Nestor tiene un cuerpo. Si los separo, preguntas dónde está. Podría reunirlos si quieres.

—¿Puedes hacer eso?

—Seguro. Creo. Recomponer las cosas es más difícil que separarlas, pero lo intentaré.

Oscuretriz se mordió el labio inferior mientras se concentraba. Pasaron unos instantes, cerró el puño y Tarry reapareció. Se tambaleó, con los ojos vidriosos, y cayó de rodillas.

—Está en estado de shock —explicó Oscuretriz—. O eso o es un vegetal. El cerebro es complicado. Entiendo cómo se recompone el cuerpo, cómo encaja el sistema nervioso, pero me temo que con el cerebro necesito más práctica. ¿Quieres una silla?

Sanguine alzó la vista.

—¿Cómo?

–Una silla –repitió–. ¿Quieres sentarte? Pareces cansado.

Antes de que Sanguine pudiera responder, Oscuretriz extendió la mano y Tarry volvió a explotar en la nada. Esta vez, cuando apretó el puño, lo que apareció fue una silla.

–Toma –dijo Oscuretriz.

–¿Has...? ¿Lo has convertido en una silla?

–Sí –Oscuretriz enseñó los dientes–. Los átomos son átomos. Lo importante es lo que haces con ellos, cómo los organizas. Un hombre se convierte en una silla. Una silla, en un vaso de agua. Sigue siendo Nestor. Sigue estando ahí. No lo he matado.

–Lo has convertido en un mueble.

–Es una forma como otra cualquiera.

–Lo siento, pero no puedo estar de acuerdo con eso, Oscuretriz. Está muerto. Lo has matado. ¿Dónde están sus recuerdos? ¿Y su personalidad? ¿Dónde está todo lo que le define?

Oscuretriz torció la cabeza.

–Ninguna de esas cosas nos define, Billy-Ray. Los recuerdos se pierden. Las personalidades cambian. Lo que somos, nuestra auténtica esencia, es nuestra energía. Si quisiera matarlo, podría hacerlo sin más.

Chasqueó los dedos y la silla ardió en un estallido de fuego negro.

–Ya está –dijo ella–. ¿Estás contento? Nestor ha muerto. Sus átomos, su energía... han desaparecido. Ya no lo puedo traer de vuelta. Así es como se mata a alguien, Billy-Ray. Borrándolo de la existencia. Detener un corazón, eliminar los pensamientos, convertir a *alguien* en *algo*... no significa nada. La conciencia tampoco significa nada. ¿Eres más valioso que una piedra por tener la capacidad de sentir? No, no lo eres.

–Pero continúas castigando a Erskine Ravel por haber matado a Abominable Bespoke.

–Es diferente –dijo ella–. Le castigo por ira.

–¿Y tus amigos? –preguntó Sanguine–. ¿Tanith, China Sorrows o Skulduggery Pleasant? Tienes un vínculo con ellos, ¿no? Los valoras más que a una piedra.

Oscuretriz se encogió de hombros.

–Realmente, no. Así es como veía las cosas antes. Las personalidades pueden ser entretenidas por un tiempo, pero si te paras a pensarlo, y digo pensarlo de veras, solo son efectos secundarios de las funciones cerebrales. No quiero decir con eso que no las valore en absoluto; es simplemente... que ya no me parecen tan importantes.

–Entonces... ¿también los convertirías en muebles?

–Claro. Si quieres te puedo transformar en un cojín.

–Por favor, no. No quiero ser un cojín.

Ella soltó una carcajada.

–Si fueras un cojín, no conocerías nada mejor. ¿Qué echarías de menos? ¿Tus pensamientos? Los cojines no se quedan ahí sentados echando de menos sus pensamientos, Billy-Ray. Tus pensamientos te parecen importantes ahora, pero tengo que decírtelo... No significan nada.

–Significan algo para mí.

–Eso es una estupidez. Lo que estás diciendo, básicamente, es que tus pensamientos significan algo en tus pensamientos. Es un bucle sin sentido. Piénsalo, ¿vale? A mí también me costó un poco entender todo esto, pero he aprendido mucho. Y no solo sobre cómo mezclar y unir átomos, partículas, moléculas y cosas. Otras cosas. Cosas divertidas. ¿Conoces las Asesinas de Dioses?

–Eh... Sí, como el Cetro.

–No, la verdad es que estoy hablando de la espada, la daga y las demás que robasteis Tanith y tú.

Sanguine notó que perdía el color de la cara. Lo sabía. Oh, Dios, lo sabía. Y ni siquiera llevaba la daga encima. Le preocupaba que la notara bajo su chaqueta. ¿Por qué demonios no la había traído?

–Sí, claro –dijo–. ¿Qué les pasa?

–¿Sabes cómo se hicieron? Me refiero a esas cuatro. Hay otras Asesinas de Dioses que se hicieron de otra forma, claro. El Cetro lo forjaron los Sin Rostro, pero estas cuatro armas comenzaron siendo objetos normales y corrientes. No tenían nada de especial. Y entonces las dejaron en ese estanque de agua, en lo más profundo de las cuevas, bajo la casa de Gordon Edgley. No sé qué cualidades tendrá esa agua, pero hizo que las armas absorbieran la magia y adquirieran la capacidad de matar a un dios. ¿No te parece fascinante? Va contra todo lo que nos han dicho del funcionamiento de la magia. Me encantaría encontrar ese estanque. En serio, ¿no te parece fascinante?

–Claro –dijo él–. Absolutamente fascinante.

–¿Billy-Ray?

–¿Sí?

–Pareces nervioso.

–Sí, supongo que estoy nervioso.

–Te preocupa que te vaya a transformar en un cojín... ¿aunque te haya explicado que no tendría ninguna importancia que lo hiciera?

–Sí. Por eso estoy nervioso, Oscuretriz.

Ella soltó una risilla.

–Eres gracioso. No entiendo por qué no me di cuenta cuando Valquiria estaba al mando.

–Puede que para apreciar mi humor se necesite desarrollar el gusto.

–Tal vez.

–Bueno, yo solamente pasaba por aquí para asegurarme de que todo iba, ya sabes... Pero la verdad es que ya me iba.

–¡Oh! ¿Y adónde vas?

–Afuera. Me voy. Tengo cosas que hacer. Volveré luego, así que... Bueno, me tengo que ir.

–Nos vemos –dijo Oscuretriz, sonriendo, y Sanguine le devolvió la sonrisa. Dio un paso atrás e inmediatamente se hundió en las profundidades de la tierra.

Avanzó entre la oscuridad. El estruendo familiar de las piedras llenó sus oídos. Antes hacía que se sintiera seguro. Había muy pocas personas en el mundo capaces de hacer lo que él hacía; menos ahora, después de lo ocurrido en la guerra de los Santuarios, y ese detalle convertía la oscuridad y el frío en un refugio. Allí abajo, nadie podía tocarle. Allí abajo, nadie podía encontrarle.

Pero Oscuretriz sí. No sería capaz de escapar de ella allí abajo, no si ella decidía darle caza.

Aumentó la velocidad.

No prestaba atención a lo rápido que iba. A veces le gustaba cronometrarse. Esta noche, no. Llegó a su casa de Dublín y avanzó entre las grietas, abriendo la tarima del suelo. Los primeros rayos del amanecer iluminaban la casa, aunque él no necesitaba luz para ver. No había bombillas en esa casita situada en una calle silenciosa. Nadie sabía de ese sitio. Ni siquiera Tanith. Las únicas personas a las que había llevado allí estaban...

–Si te mueves, disparo.

Sanguine soltó un grito y se giró en redondo.

Skulduggery Pleasant estaba sentado en el sillón favorito de Sanguine, el de la esquina. Tenía una mano en el reposabrazos. Y en los dedos, un revólver.

14

UN ENEMIGO COMÚN

TÉCNICAMENTE, debería dispararte por eso –dijo el esqueleto–. Pero empecemos de nuevo. Vuelve a moverte y disparo de verdad.

Sanguine se quedó totalmente inmóvil. Estaba demasiado ocupado asumiendo que había alguien en su casa como para pensar en intentar nada.

Entonces entró la chica. El reflejo, Stephanie. Pasó por delante de Sanguine como si no tuviera una sola preocupación en el mundo. Por un instante, la tuvo lo bastante cerca como para agarrarla, tal vez utilizarla de escudo. Pero ella lo sabía perfectamente. Le estaba probando. Los dos lo hacían. Y no iba a picar.

Ella se acercó al sillón. Se sentó. Se le quedó mirando con cara de aburrimiento y él pensó que tal vez era hora de empezar a hablar.

–Cuánto me alegro de que estéis aquí –barbotó.

Stephanie soltó una carcajada y Skulduggery inclinó la cabeza.

–Lo digo en serio –continuó Sanguine–. De hecho, iba a hablar con vosotros. Solamente he parado de camino a Roarhaven para, ya sabéis, poner en orden mis pensamientos. Y otras cosas.

–¿Dónde está? –preguntó Pleasant.

–Oscuretriz está con Tanith.

–¿Y dónde está Tanith? –intervino Stephanie.

99

–Con Oscuretriz.

–No tengo por qué disparar a una parte del cuerpo importante –dijo Pleasant, apuntando a sus piernas–. Puedo limitarme a disparar a una zona dolorosa.

–No quiero que me dispares en ninguna parte, pero no voy a deciros dónde están. ¿De verdad crees que Oscuretriz no se dará cuenta de que van a atacarla si se acercan? ¿Y a quién le echará la culpa por haber confesado dónde se encontraba? Al hijo predilecto de mi querida madre. Eso es lo que hará.

–A ver. Entonces, si no tienes intención de decirnos dónde está –dijo Stephanie–, ¿para qué ibas a vernos? A no ser, claro, que estés mintiendo.

–Stephanie, me siento insultado. Yo nunca os mentiría. No puedo deciros dónde está, pero puedo ayudaros a detenerla. ¿Os interesa la oferta?

Pleasant volvió a inclinar la cabeza, proyectando una sombra más profunda sobre su mandíbula.

–¿Y qué puedes ofrecernos tú?

Sanguine le dedicó una sonrisa.

–Regalos. Unos regalos que vais a encontrar realmente útiles.

–¡Oh! –el esqueleto asintió–. Te refieres a las Asesinas de Dioses.

La sonrisa de Sanguine se desvaneció.

–¿Qué?

Fue entonces cuando se fijó en la manta que había doblada en el sofá, justo al lado de Stephanie. Ella la desdobló y mostró la espada, la daga, la lanza y el arco.

–Las habéis encontrado.

–Eso me temo –dijo Pleasant–. Estaban muy bien escondidas, por cierto. Me llevó seis minutos enteros encontrar las cuatro. Supongo que estos son tus regalos, ¿no? ¿Nos las das?

–Uh... Sí. Más o menos. No fue fácil conseguirlas, sinceramente. A ver, las armas que le dije a Tanith que yo estaba fundiendo eran...

—Falsificaciones —interrumpió Pleasant—. Sí, ya nos lo habíamos imaginado, gracias.

—De nada —replicó Sanguine—. Pero solo os voy a dar tres. Me voy a quedar la daga por mi...

Sanguine dio un paso hacia el sofá y al instante Pleasant se puso de pie. Cruzó la estancia y le apretó con fuerza el cañón del revólver contra la frente.

—Guau.

—Te dije que no te movieras —murmuró Pleasant en un tono de voz peligrosamente calmado.

Sanguine se lamió los labios.

—Creía que ya habíamos superado ese punto. Pensaba que ya éramos amigos. Colegas. Tenemos un enemigo común, ¿no?

Stephanie no se había movido del sitio.

—¿Sueles tratar a tus enemigos como si fueran tus jefes?

—Yo no tengo jefe. Voy por libre, maldita sea.

—Eres un lacayo. Igual que Tanith.

Sanguine estuvo a punto de negar con la cabeza, pero se lo pensó dos veces.

—No somos sus lacayos. Tanith sigue a Oscuretriz porque está convencida desde hace tiempo de que es su mesías, y yo sigo a Tanith porque estamos enamorados y vamos a casarnos. Pero ante todo soy un tipo práctico, y no veo nada más que ventajas en el hecho de que el mesías de mi prometida muera, así que... enemigo común.

—Qué romántico.

—Doy por supuesto que Tanith no sabe que las Asesinas de Dioses no han sido destruidas —dijo Pleasant.

—No, no lo sabe. Seguramente me mataría si lo supiera. Y puede que creas que estoy diciendo todo esto porque tengo un revólver apuntándome a la cabeza, pero esas armas son de verdad para vosotros. Seamos francos: ojalá no tuviera que dároslas. Contaba con vosotros para que encontrarais solos la forma de acabar con

Oscuretriz, pero supongo que os he sobreestimado, ¿eh? Así que aquí estoy, vengo al rescate, soy la caballería de un solo jinete.

Pleasant bajó el arma y Sanguine dio un paso atrás.

—Si quieres ver muerta a Oscuretriz, ¿por qué no lo haces tú? Sanguine sonrió, mostrando los dientes.

—Porque yo no soy el héroe de esta historia. El héroe hace estupideces como enfrentarse a la hermosa chica diosa y lo más probable es que acabe muerto en el proceso. Yo tengo la intención de sobrevivir los próximos días. Si se me presenta la oportunidad, claro que la aprovecharé, pero no pienso buscarla. Ese es vuestro trabajo.

—¿Cuáles son sus planes? —preguntó Skulduggery—. ¿Dónde va a ir?

—¿Tú te crees que yo estoy al tanto de los detalles? Para Oscuretriz soy un criado que ni siquiera ha contratado. No le ha contado sus planes ni a Tanith. Parece que considera que su fe no es tan fuerte como antes.

—¿Y es así? —preguntó Stephanie.

—Si se lo preguntas, mi prometida parece tan decidida como siempre a provocar el fin del mundo. Pero no lo sé. Cuanto más se acerca, más dudas tiene. Le está entrando el canguelo, por así decirlo. Por supuesto, cuando descubra que la he traicionado, querrá matarme. Así que me voy a quedar con la daga.

—¿Eso crees? —dijo Pleasant.

—Oh, lo sé —replicó Sanguine—. Y tú también. A partir de ahora, soy vuestro topo. Y por eso necesito algo para defenderme. Así que la daga se queda conmigo.

Pasó un segundo y Sanguine creyó que había tentado demasiado a la suerte, pero Pleasant le hizo un gesto a Stephanie, que se levantó y le entregó la daga. Sanguine la agarró, pero no por la hoja. Mantuvo las manos muy lejos de la hoja.

—Por cierto, los Vestigios están libres —dijo, una vez que la daga estuvo de nuevo en su poder.

El esqueleto inclinó la cabeza.

–¿Desde cuándo?

–Ayer por la mañana.

–No. Habríamos oído algo. Habría un montón de noticias sobre disturbios y violencia.

–¿Más de las que hay? ¡Nah! Oscuretriz les dio una orden, según me dijo Tanith. Les dijo que se comportaran. Supongo que están obedeciéndola.

–¿Por qué lo ha hecho? –quiso saber Stephanie.

–Por un lado, quiere contar con un ejército por si lo necesita. Por otro, está utilizando a los Vestigios para obligar a los científicos a hablarle de la magia, de la mecánica cuántica y cosas así. Está ampliando sus conocimientos a lo grande. El último tipo con el que habló, al que convirtió en una maldita silla hace menos de media hora, le dijo que leyera algo llamado *El Grimorio de Hessian*. Si tuviera que apostar algo, diría que eso es justo lo que va a hacer.

15

EL SUEÑO DE FINBAR

HOLA, buenos días –les dijo el administrador a Stephanie y Skulduggery en cuanto entraron. Luego se puso a caminar a su lado–. Finbar Wrong ha venido a verles. Le he pedido que espere en el vestíbulo.

–¿Dijo a qué había venido? –preguntó Skulduggery.

–No. Insistí, pero parece que quiere entregar la información personalmente. Le dije que tenían cita con la Gran Maga Sorrows y que cuando hubieran terminado, si les parecía oportuno, hablarían con él.

–Bien –asintió Skulduggery.

–El señor Wrong es un hombre muy particular –continuó Tipstaff, frunciendo ligeramente el ceño–. Intentó convencerme de que me hiciera un tatuaje.

Stephanie se sonrió al pensarlo.

–¿Y le dijiste que no?

–Así es –asintió Tipstaff–. No tengo espacio para uno solo más. La señorita Sorrows se reunirá con ustedes en la Sala de los Prismas en breves momentos. Que tengan un buen día.

Les hizo una inclinación de cabeza y giró por el pasillo, dejándolos solos.

–¿Qué querrá? –preguntó Stephanie.

–No lo sé –dijo Skulduggery.

Fin de la conversación.

Stephanie se detuvo en seco.

–Estoy harta de esto.

Skulduggery se volvió.

–¿Esto?

–Esto –dijo señalando con el dedo a Skulduggery y luego a sí misma–. Tú y yo. La tensión. Los silencios. La sensación incómoda.

Él torció la cabeza.

–Yo no soy ella –continuó Stephanie–. Pareces creer que eso es lo que intento, aunque te he dicho cien veces que no tengo ningún interés en sustituir a Valquiria. Te ayudo porque me lo pediste. Tú viniste a mí y me pediste que te echara una mano, no fue al contrario. No soy una niña pesada que se dedica a perseguirte.

–Lo sé.

Stephanie se encolerizó.

–¡Pues deja de tratarme como si lo fuera!

Skulduggery se quedó callado un instante.

–Entiendo.

–¿En serio? Porque yo creo que no. Estás volcado en tu misión y eso está bien. Estás de duelo por Valquiria y eso también está bien: es comprensible. Pero no me castigues a mí por todo lo que está pasando.

–No quiero castigarte, Stephanie.

–Pues entonces deja de hacerme sentir así.

–Yo... lo intentaré.

Y de pronto, toda su ira se desvaneció. Se sintió culpable. A Skulduggery se le había muerto su mejor amiga y ella se dedicaba a echarle en cara que no estuviera tan alegre como de costumbre.

–Lo siento –musitó ella–. No era mi intención decir todo eso.

–Sí lo era. Y no tiene nada de malo que lo hayas hecho. Ni tú tampoco tienes nada de malo. Eres una buena persona, Stephanie. O te has convertido en una. Sea como sea, te has probado a ti misma. Y sé lo difícil que debe de haber sido para ti decirme todo lo que me has dicho. Gracias.

–De nada –murmuró ella.

Él extendió un brazo hacia delante.

–¿Continuamos? Mejor que no hagamos esperar a la Gran Maga.

Stephanie sonrió y siguieron andando. Abrió la boca para hablar, pero Skulduggery alzó un dedo para que guardara silencio. Inclinó la cabeza al ver la expresión de ella, le agarró el brazo con delicadeza y la condujo al pasillo continuo. Allí, Stephanie oyó una voz que hablaba bastante fuerte. Femenina.

Se asomaron a la esquina y vieron a Eliza Scorn de pie frente a China. Scorn parecía dispuesta a darle un puñetazo, y lo habría hecho si el Hendedor Negro no hubiera estado de pie junto a la Gran Maga.

–¿Por qué no lo admites? –gruñó Scorn–. Tú ordenaste a Vincent Foe y a su banda de degenerados que se unieran a nuestra Iglesia. Quiero que venga un sensitivo en este mismo instante para que saque de tu mente toda la inmundicia que guardas.

–No es necesario –dijo China, que era la calma personificada–. Incluso aunque yo hubiera hecho tal cosa, que por cierto sí que hice, la cuestión es que la comadreja que tienes por esbirro permitió que sucediera. Así que la redada de la que te quejas está plenamente justificada.

–¡Nos tendiste una trampa!

–Y tu esbirro picó, y al hacerlo rompió los términos del acuerdo de tu Iglesia con este Santuario. Todo este asunto resulta lamentable... aunque en realidad no lo es, y quiero asegurarte que de ninguna forma obtengo una satisfacción personal con ello, a pesar de que, obviamente, sí lo hago. Si sientes la necesidad de continuar desahogando tu frustración conmigo, no dudes en hacerlo, ya que tengo la intención de atesorar este momento y me gustaría contar con algunas anécdotas divertidas más que añadir.

Scorn la señaló con un dedo.

–Esto no ha terminado.

–Me temo que estás en lo cierto –dijo China, y sonrió mientras Scorn salía como una tromba. China aguardó unos instantes antes de volver sus ojos azules hacia Stephanie y Skulduggery–. Buenos días. Doy por sentado que lo habéis oído todo, ¿no?

–Así es –asintió Skulduggery.

–¿He estado tan maravillosa como creo?

–Has estado soberbia, odiosa y terroríficamente presuntuosa.

–¡Oh! –exclamó China–. ¡La combinación perfecta! Venid conmigo y dadme las buenas noticias mientras damos un paseo.

Recorrieron los pasillos uno a cada lado de China, con el Hendedor pegado atrás como una sombra silenciosa.

–Me temo que hay escasez de buenas noticias –dijo Skulduggery–. Oscuretriz ha liberado a los Vestigios.

–¿Que ha hecho qué?

–Hemos enviado gente al Receptáculo para comprobarlo. Casi todos los guardias están heridos o muertos. Hay dos desaparecidos, seguramente poseídos.

Durante un instante, China pareció a punto de entrecerrar los ojos y dejarse llevar por la cólera, pero respiró hondo y se tranquilizó.

–¿Dónde han empezado a atacar?

–Esa es la cuestión –repuso Skulduggery–. No han atacado en ninguna parte.

China frunció el ceño.

–Entonces... ¿dónde están?

–No lo sabemos –respondió Stephanie–. No ha habido denuncias en la policía ni noticias en la prensa.

–Justo lo que nos faltaba –gruñó China–. Oscuretriz, los renegados y ahora los Vestigios. ¿No creéis que sería un detalle precioso por vuestra parte que no os metierais en más problemas mientras solucionamos los dos primeros?

–Siempre es posible –respondió Skulduggery.

Pasaron dos hechiceros, hicieron una respetuosa reverencia a China, y Skulduggery esperó hasta que se hubieron alejado para continuar hablando.

–Los Vestigios, en su forma original, son muy difíciles de controlar. Solamente reciben órdenes una vez que están dentro del cuerpo de un huésped. Tal vez Oscuretriz piense que se ha hecho con un ejército, pero también es posible que haya sobreestimado el control que ejerce sobre ellos.

–No me gusta confiar en meras posibilidades –gruñó China–. Los hechiceros renegados que quedan aún no han montado ninguna, ¿no? Bueno, pues hasta que aparezcan, decidles a Vex y Rue que se reúnan con los cazadores de monstruos y busquen a los Vestigios. Una vez que sepamos dónde están, nos encargaremos de ellos de una vez por todas. Si entretanto los renegados asoman la nariz, también nos ocuparemos de ellos. Se acabaron las medias tintas. A partir de ahora, cuando resolvamos un problema, lo haremos de forma definitiva. No importa cómo. Vosotros, mientras tanto, centraos en Oscuretriz. ¿Ha habido algún avance?

–Hemos hablado con Billy-Ray Sanguine.

–¿Lo tenéis?

–Hemos hablado con él.

–¿Lo habéis dejado escapar?

–Sanguine tiene algunas objeciones respecto a los planes de Oscuretriz a largo plazo –respondió el esqueleto–. Parece estar de nuestro lado. A su manera.

–Ya ha estado antes de nuestro lado, y nos traicionó.

–Nos ha entregado tres Asesinas de Dioses como prueba de su buena fe. Las que destruyó eran falsificaciones.

–Ya veo. ¿Te dijo dónde estaba Oscuretriz?

–Nos dijo adónde se dirigía. Busca *El Grimorio de Hessian*.

China frunció el ceño.

–¿*El Grimorio de Hessian?* Pero... eso no es más que... teoría. No hay nada práctico en sus páginas. Podría nombrarte cien grimorios de mayor utilidad que el *Hessian*.

–*El Grimorio de Hessian* contiene conocimientos –dijo Skulduggery–. Y eso es lo que ella busca. El único motivo por el que la mayor parte de esas teorías siguen siéndolo es porque nunca ha habido nadie lo bastante poderoso como para ponerlas a prueba. Hasta ahora. Si cae en sus manos... es el fin. La única ventaja que tenemos es que sabemos dónde se encuentra, y Oscuretriz no.

–No tardará mucho en descubrirlo –replicó China–. Tenéis que haceros con él antes que ella.

–Estoy totalmente de acuerdo –asintió el esqueleto–. Estaba pensando en ir a buscarlo esta misma noche.

–Qué coincidencia –declaró China–. Lo mismo que estaba pensando yo.

Llegaron al vestíbulo y se encontraron a Finbar Wrong durmiendo en las sillas. Se había quitado las botas Doctor Martens y se tapaba con la cazadora vaquera rota como si fuera una manta.

–Finbar –dijo Stephanie zarandeándole suavemente.

–Mmm...

–Finbar, despierta.

Abrió lentamente los ojos, parpadeó y sonrió medio dormido.

–Ah, hola. Mmm... Perdón, ¿dónde estoy?

–En Roarhaven –respondió Skulduggery–. ¿Tienes algo para nosotros?

–¿Estoy en Roarhaven?

–Sí.

–¿Y cómo he llegado hasta aquí?

–No lo sabemos.

–Puede que viniera conduciendo. Creo que vine conduciendo. Seguramente vine conduciendo. ¿Sé conducir?

–Tipstaff nos ha dicho que tenías algo que contarnos.

–¿Quién es Tipstaff?

–El administrador. El hombre con el que estuviste hablando de tatuajes.

–¿Se llama Tipstaff? Le estuve llamando Kevin. Ah, tío, qué vergüenza...

Extendió las manos y Stephanie tiró de él para ayudarle a levantarse de la silla.

–No estás acostumbrado a madrugar, ¿verdad?

Meneó la cabeza.

–Lo de madrugar fue un invento del sistema para mantener a la gente ocupada. Pero yo los tengo calados, a mí no me van a pillar dormido, no. Metafóricamente hablando, claro. Sí que me pueden pillar dormido, claro, como unas cuatro o cinco veces al día, pero metafóricamente hablando... estoy fuera de su alcance.

–Finbar –le interrumpió Skulduggery.

–Hey, hombre calavera.

–Hola, Finbar. Le dijiste a Tipstaff que contabas con información que solo podías darnos en persona. Y aquí estamos.

–Aquí estáis –susurró Finbar, estrechando los ojos y mirando a su alrededor–. ¿Podemos confiar en los otros?

–No hay nadie más aquí –dijo Stephanie.

–¡Oh! Pero ¿no nos graban o algo?

–No.

–Ah. Bueno, entonces vale, aunque yo me pensaría muy en serio lo de instalar unos cuantos micrófonos por aquí. Nunca se sabe qué cosas anda cuchicheando la gente.

–Finbar.

–Sí. Vale. Ha pasado algo importante. Algo grande. Ayer por la noche, cuando dormía, tuve un sueño en el que estaba Valquiria.

–¿Y...? –preguntó Stephanie mirándole fijamente.

–Pues eso... Que tuve un sueño con ella.

–Ya. ¿Y...?

–No, no. No digo que soñara con Valquiria. Aunque sí, también. Pero me refiero a que Valquiria vino hasta mí en un sueño.

–¿A qué te refieres con que vino hasta ti? –preguntó Stephanie.

Skulduggery inclinó la cabeza.

–¿Qué pasó?

–Estaba en una ciudad enorme –explicó Finbar–, llena de luces de neón y rascacielos. Yo era un Power Ranger. No sé por qué, pero lo era. Era el Power Ranger rojo. Sharon estaba disfrazada de Princesa, ¿sabéis quién es? La de Comando G. Bueno, teníamos que rescatar a nuestro hijo, que era ese bicho con forma de tortuga de las pelis japonesas de monstruos, las de Godzilla, Mothra y Rodan, y no sé por qué King Kong también andaba por ahí, pero no me parece relevante.

–¿King Kong no te parece relevante? –Stephanie pestañeó.

–Es que no es un monstruo de película japonesa, ¿no? Técnicamente, no. Es un mono gigante.

–¿Qué tiene que ver Valquiria con todo esto? –intervino Skulduggery.

–Ah, sí, bueno. Pues estábamos ahí Sharon y yo, luchando contra gente hecha de brócoli (estoy seguro de que eso era un guiño a un tebeo de Warren Ellis), y entonces apareció Rodan en un trueno. Parecía que ese sería el fin, que íbamos a morir, el suelo explotó y en ese momento apareció esa... esa cosa... con todos los tentáculos que salieron disparados y agarraron a Rodan y lo arrojaron lejos, por encima de los rascacielos. Y luego la cosa se giró hacia mí. No le vi la cara, pero oí su voz: era Valquiria. Me llamó por mi nombre y dijo: «Ayúdame». Luego me desperté.

–¿Y eso es todo? –preguntó Stephanie frunciendo el ceño.

–Bueno –Finbar carraspeó–. Había un poco más de acción con la nave Fénix y unos cuantos mecas, pero no creo que os interese a no ser que seáis unos fanáticos del anime. ¿Lo sois?

–Me refiero a que si eso es todo con respecto a Valquiria.

–Oh. Sí, eso sí.

–Entonces creo que me estoy perdiendo algo. Has tenido un sueño en el que estabas luchando contra Godzilla y oíste hablar a Valquiria. No es una premonición, ¿no? Godzilla no existe y tú no eres un Power Ranger.

–No es una premonición, no. Pero creo que Valquiria estaba intentando comunicarse conmigo.

–¿Y cómo sabes que no formaba parte del sueño? –insistió Stephanie.

Finbar imitó su ceño fruncido.

–Porque soy un psíquico. Conozco la diferencia. Suelo conocer la diferencia... A veces conozco la diferencia... Estoy seguro de que era ella, eso es lo que intento decir.

–Pero Valquiria ha desaparecido –objetó Stephanie–. Si oíste su voz, era Oscuretriz.

–¿Para qué iba a pedirme ayuda Oscuretriz?

–Eso es justo lo que yo digo –asintió Stephanie–. Que puede que solamente fuera una parte del sueño.

–Era parte del sueño –aseguró Finbar–. Y también era Valquiria intentando comunicarse conmigo.

–¿Estás totalmente seguro? –preguntó Skulduggery.

–Casi –respondió Finbar.

Skulduggery le agarró del brazo para sacarle del vestíbulo.

–Ven conmigo.

–Pero mis Doctor Martens...

–Dentro de un minuto podrás volver a por ellas.

Skulduggery abrió una puerta, se aseguró de que la sala estaba vacía, entró con Finbar y Stephanie y cerró. Sacó el móvil, marcó y lo puso en modo de altavoz.

Cassandra Pharos respondió:

–Eres incapaz de mantenerte alejado de mí, ¿eh?

–Cassandra, te advierto que tengo el teléfono en modo altavoz.

–¡Bah! ¿Y...?

–Estoy con Stephanie y Finbar.

–Buenos días, Steph. Finbar, ¿qué haces despierto a estas horas un día entre semana?

Finbar volvió a fruncir el ceño.

–¿No es fin de semana?

–Valquiria vino hasta él en un sueño –explicó Skulduggery–. Le dijo «ayúdame» y desapareció.

–Ya veo –dijo Cassandra–. Finbar, ¿seguro que hubo comunicación? No te estarás liando otra vez, ¿no?

–Estoy seguro –insistió Finbar–. Esta vez la tele no estaba encendida –miró a Stephanie de soslayo–. La última vez que pensé que alguien se estaba poniendo en contacto conmigo, era William Shatner –volvió a girarse hacia el teléfono–. Pero esta vez estoy seguro, Cassie: era ella. Era Valquiria.

–¿Y cómo sabe Valquiria la forma de contactar con alguien? –preguntó Stephanie–. Si el sueño era real, ¿cómo sabemos que no es alguien haciéndose pasar por ella? Podría ser un sensitivo o la propia Oscuretriz. Puede que quieran engañarnos, distraernos o simplemente espiarnos. No sabemos si es Valquiria. Valquiria ya no existe.

–No estoy del todo segura de eso –señaló Cassandra–. Cabe la posibilidad de que Valquiria simplemente se encuentre sometida, del mismo modo que lo estaba Oscuretriz cuando Valquiria se encontraba al mando. Si ese fuera el caso, me parece razonable pensar que haya sido capaz de desviar algo del poder de Oscuretriz para ponerse en contacto con nosotros sin que ella se entere.

–Pero Valquiria no sabe cómo hacer eso –insistió Stephanie.

–Sabe todo lo que sabe Oscuretriz –declaró Skulduggery–. Y Oscuretriz aprende, se adapta y adquiere nuevas habilidades a una velocidad asombrosa.

–¿Es lo que piensas... o lo que esperas? –le preguntó Stephanie–. Actúas como si todavía existiera una Valquiria a la que salvar. Pues os voy a decir una cosa, porque soy la única en posición

113

de hacerlo: Valquiria ya no existe. Sé lo fuerte que es Oscuretriz. Se la habrá tragado entera.

–¿Es lo que piensas o lo que esperas? –murmuró Skulduggery, y ella le fulminó con la mirada–. Si fuera Valquiria –continuó el esqueleto, hablando al teléfono–, y no estoy diciendo que lo sea, ¿cómo podríamos ayudarla?

–No lo sé –respondió Cassandra–. Dentro de su mente hay dos puntos de vista, y aun así tienen la misma personalidad. Teóricamente podríamos empujar uno de los aspectos, suprimirlo, con alguna de las técnicas que empleamos con Argeddion. Pero necesitaríamos unos sensitivos muy poderosos.

–¡Esto es una locura! –exclamó Stephanie–. Si vamos a por ella con la intención de someterla, nos matará. Skulduggery, teníamos un trato. Quedamos en que si había una oportunidad de matarla, lo harías.

–Si no había otra opción.

–Y no la hay.

–Tenemos esto –dijo–. Esto es una opción. Si es Valquiria la que está intentando comunicarse con nosotros...

–Estás poniendo el mundo entero en peligro por alguien que ya ha muerto.

–No voy a rendirme a no ser que sea absolutamente necesario.

–Supón que funcionara. ¿Luego qué? Empujamos a Oscuretriz a las profundidades más oscuras de la mente de Valquiria. ¿Y...? Volverá a alzarse. Saldrá a la superficie. Tomará el control, igual que lo ha hecho antes. Para salvarla, la única opción sería hacerle lo mismo que a Argeddion: suprimirlo todo. Reprimirlo todo y reescribirle la personalidad. Darle una nueva identidad mortal y mandarla a un sitio donde nunca pueda molestar a nadie de nuevo.

–Puede que tengas razón –susurró Cassandra–. Puede que esa sea la única forma de salvarle la vida.

Skulduggery no contestó.

16

LA JUNTA NACIONAL DE REVISIÓN DE CINTURONES NEGROS

A vida como cazador de monstruos no estaba exenta de ventajas. Podía viajar mucho, por ejemplo; aunque, siendo teletransportador, lo de viajar no era nada nuevo ni emocionante. Pero había otras ventajas, como la de formar parte de un grupo de aventureros mundialmente conocido y respetado... Aunque no tan reconocido y respetado como habían hecho creer a Fletcher. La mayoría de los hechiceros con los que hablaban tenían una noción bastante vaga de lo que los cazadores de monstruos hacían en realidad; estaban más familiarizados con lo que habían leído en los libros que con sus aventuras reales.

Gracius O'Callahan –el tipo bajito, fuerte y musculoso que siempre llevaba camisetas– y Donegan Bane –el alto y atractivo de los pantalones estrechos y las corbatas finas– pasaban la mayor parte del tiempo firmando autógrafos y posando para las fotos mientras Dai Maybury se acariciaba la barba, contemplándolos con envidia, y Fletcher era totalmente ignorado.

El motivo por el que habían llegado tan lejos en su búsqueda de los hechiceros renegados no tenía nada que ver con los cazadores de monstruos, sino con los dos hombres que los acompañaban. Dexter Vex, el de los abdominales perfectamente cincelados y las botas desgastadas, y Saracen Rue, el de la sonrisa triunfal y los trajes de diseño, tenían una reputación que garantizaba las respuestas inmediatas a todas sus preguntas. Allá adonde fueran, los hombres cadáver eran tomados muy en serio.

Y ahora estaban de regreso en un pequeño pueblo de Irlanda con un nuevo objetivo: los Vestigios. Incluso Gracius se mostraba un poco aprensivo ante la idea de atacar a esos pequeños y furtivos invasores de cuerpos. Pero Vex y Saracen no habían pestañeado siquiera, por supuesto, y poco a poco su tranquilidad se fue contagiando al grupo hasta regresar la anterior actitud informal del equipo. Una auténtica desgracia.

–Recuerdo la primera novia que tuve –comentó Gracius mientras merodeaban por las callejuelas tranquilas del pueblo.

–Stephanie no es mi primera novia –replicó Fletcher.

Gracius le ignoró.

–La hija de un granjero, eso es lo que era, aunque por aquel entonces casi todas las chicas eran hijas de granjeros. O granjeras. Tenía los cabellos tan largos como una cuerda, y tenía una nariz. Todos sus ojos eran azules, y su sonrisa resultaba tan radiante como un agujero en el suelo. Un agujero con dientes. Dios, era preciosa.

–Terrorífica –dijo Donegan.

–Silencio. No hables mal de tu hermana.

–Stephanie no es la primera –repitió Fletcher–. No necesito consejos, en serio.

–Chicos –siguió Gracius–. ¿Alguien dispuesto a ofrecer sabios consejos a Fletcher, aquí presente?

Los demás se acercaron.

–Sé sincero, siempre sincero; es lo mejor –dijo Saracen–. Pero si la sinceridad no da resultado, miente, y hazlo de forma convincente.

–Trátala bien y con respeto –indicó Vex–. Incluso cuando la relación termine, debéis seguir siendo amigos.

Donegan se quedó pensativo.

—Mi consejo es que busques a alguien mejor que tú. Eso evita que te vuelvas comodón.

—Déjate barba —dijo Dai.

—¿Perdón? —preguntó Fletcher arrugando el gesto.

—A las mujeres les encanta —asintió Dai—. Una barba como la mía. Es muy varonil.

—Supongo que sí. Es bastante... varonil.

—La tengo desde los doce años.

—Debiste de ser un niño muy peludo.

—El más peludo de todos.

—Un segundo —dijo Donegan, agitando una ramita con una bifurcación en forma de horquilla—. Mi varita mágica ha encontrado algo.

—No es una varita mágica —gruñó Saracen—. Es un palo. Lo acabas de arrancar de un árbol.

—Pues funciona —protestó Gracius—. No es fiable al cien por cien, no nos lleva directamente a la fuente de la magia, pero sí señala la zona.

—Por aquí —Donegan los condujo a un callejón estrecho—. Hay algo cerca. Muy cerca.

—¿Estás seguro? —preguntó Vex.

—Bastante —respondió Donegan—. No es una ciencia exacta.

—No es una ciencia —protestó Saracen.

—¡Ajá! —exclamó Gracius, acelerando y adelantando a Donegan. Luego señaló dos envoltorios de chocolatina que arrastraba el viento.

—Me estoy perdiendo algo —dijo Fletcher.

—Uno de los impulsos más fuertes que tiene un Vestigio una vez que posee un nuevo huésped es saciar el apetito —le informó Vex—. Necesita sensaciones. Necesita experimentar placer o dolor. La comida es una fuente inmediata de placer.

—Entonces, los envoltorios de chocolate son...

–Señales evidentes de la posesión de un Vestigio. Mira. Más.

Siguieron el rastro de una pila de envoltorios debajo de una ventana abierta. Fletcher se asomó y vio un pequeño despacho con una mesa y unos cuantos trofeos baratos en un estante.

–Es un *dojo* –dijo Saracen.

Fletcher se giró.

–¿Un qué?

–Una escuela de artes marciales. Supongo que nuestro Vestigio será el instructor.

Doblaron la esquina y llegaron a la entrada. Era un edificio de lo más común con un cartel cutre en el que se veía un hombre mal dibujado dando una patada voladora. Fletcher siguió a los demás y pasaron junto a la fotografía enmarcada de un hombre con coleta y un kimono negro. Venía el nombre debajo: Noonan.

Pasaron otra puerta y entraron en el vestíbulo. Un grupo de padres estaban sentados en un extremo observando a sus hijos, en posición de guardia, en el espacio libre que había delante de ellos. Llevaban kimonos negros y rojos. Solamente el hombre llamado Noonan, que estaba al cargo, tenía un cinturón negro.

Un alumno adolescente avanzó y se enfrentó a él. Se colocó para iniciar el combate y, cuando Noonan le hizo un gesto de asentimiento, lanzó un puñetazo con la mano derecha. El maestro lo bloqueó como una exhalación, se giró, gritó «¡Ki-yah!» y su puño impactó contra el costado de su alumno, que cayó de rodillas, jadeando.

Noonan se volvió hacia los alumnos y padres.

–¡Una defensa básica contra un directo! –declaró–. Ahora os enseñaré la defensa contra un ataque de navaja.

Le hizo un gesto a una alumna, y Fletcher vio el nerviosismo en sus ojos cuando agarró un cuchillo de goma de entrenamiento y se acercó a la colchoneta. Noonan intercambió unas cuantas palabras con ella, la chica asintió y él se puso en guardia.

Una inclinación cortés hacia su alumna y esta dio un paso hacia delante con un gesto violento. Noonan la esquivó y le dio una patada en la muñeca. El cuchillo salió volando y él continuó con una serie de patadas circulares que lanzaron a su alumna contra la pared.

–¿Este tío es siempre tan duro? –preguntó Saracen en un susurro a un padre, que frunció el ceño.

–Siempre. Es un abusón y un bruto.

–¿Preguntas? –gritó Noonan–. ¿No? ¿Nadie? La técnica habla por sí sola, ¿verdad? –se rio y algunos estudiantes soltaron también risitas incómodas–. Cualquiera puede hacer esto, sin tener en cuenta su edad ni condición física. Soy capaz de enseñar a todos los alumnos a defenderse y a proteger a sus seres queridos. ¿Alguno de los padres querría presentarse voluntario para una demostración? ¿No? ¿Nerviosos de actuar delante de vuestros hijos? –soltó otra carcajada, y entonces Vex dio un paso hacia delante–. ¡Un voluntario! –dijo Noonan–. ¡Un aplauso para este valiente, damas y caballeros!

Todos aplaudieron y Fletcher se unió a ellos.

–Voy a enseñarle algunas defensas sencillas contra un directo –dijo Noonan–. Seré blando con usted, ¡no se preocupe! Quítese los zapatos y... No, quítese los zapatos. Sin zapatos en la colchoneta. Quítese...

Vex paseaba tranquilamente por la colchoneta con las botas. La sonrisa de Noonan se volvió forzada.

–Muy bien –dijo–. Con zapatos entonces, ¿no? Bueno, como es su primera vez, se lo perdonaré –la ira de sus ojos indicaba lo contrario–. Ahora, señor, esta defensa es contra un directo de derecha, así que...

Vex cruzó la colchoneta y le propinó un puñetazo con la izquierda en plena nariz. Noonan dio un paso atrás con las manos en la cara y Vex le rodeó tranquilamente.

–¡Ay! –gritó Noonan–. ¡No! ¡No di la señal para empezar! ¡No se puede empezar antes de que esté preparado! ¿Está sangrando? ¿Estoy sangrando?

Apartó las manos de la nariz para enseñársela a Vex, y él le pegó de nuevo.

–¡Ay! Pero ¿qué haces? ¡No estábamos entrenando! Oh, Dios, ahora sí que estoy sangrando, ¿verdad? ¡Ahora sí que estoy sangrando! –Noonan se limpió la sangre de la nariz y sorbió–. Y ni siquiera eran directos de derecha. Me has lanzado izquierdazos. Y deja de moverte. ¡Deja de moverte, por el amor de Dios!

Vex dejó de pasear de un lado al otro.

–Gracias –dijo Noonan, histérico–. Ahora vas a dar un puñetazo con la derecha, así que tienes que adelantar la pierna izquierda y lanzar el golpe cuando yo diga, ¿de acuerdo? ¿Me has entendido? ¿Queda claro?

Vex le dio un pisotón en el pie descalzo y Noonan aulló.

–¡No puedes hacer eso! ¡Eso no se hace!

Empezó a dar saltos agarrándose el pie, perdió el equilibrio y se cayó al suelo. Alzó la vista furioso.

–Ya veo. Has venido a lucirte, ¿no? Eres un tipo duro y quieres jugar sucio, ¿verdad? Cualquier otra noche te echaría de aquí sin contemplaciones, pero esta noche es distinta. Yo soy distinto. Así que, si quieres pelear sucio... –Noonan se levantó–, hagámoslo.

Noonan empezó a moverse, saltando sobre los pies, cambiando el peso, adelantándose y retrocediendo, con el puño derecho a la altura de la mandíbula y la mano izquierda más baja, hacia el frente: una posición clásica de combate.

Vex, simplemente, se quedó quieto.

Noonan lanzó una patada hacia delante, después otra, saltó y dio una tercera con un giro. Ninguna de las tres se acercó a su objetivo. Vex, sencillamente, no se movió. La expresión de su cara, que mostraba lo poco impresionado que estaba, parecía afectar a Noonan tanto como el pisotón que le había dado. Las venas negras aparecieron en su rostro mientras lanzaba un puñetazo.

Vex se cubrió con los brazos y fue a su encuentro. El puño de Noonan crujió contra el codo de Vex y el hombre gritó de dolor. Vex le agarró, lo empujó hacia atrás y le empotró la cabeza contra la pared. El público soltó un «oooh» horrorizado y Noonan se tambaleó. Las venas negras habían desaparecido tan rápido como surgieron. Vex lo agarró de la nuca con una mano y lo arrastró hasta el despacho.

Saracen dio un paso hacia delante y sonrió a los espectadores.

—Señoras y señores, somos inspectores de la Junta Nacional de Revisión de Cinturones Negros, y tenemos que mantener una conversación con el señor Noonan sobre sus métodos de enseñanza. Me temo que la clase de esta noche va a tener que interrumpirse. Muchas gracias por su atención y buenas noches.

Saracen se inclinó, giró sobre sus talones y siguió a Vex. Los cazadores de monstruos fueron detrás de ellos mientras los alumnos y los padres murmuraban y salían del gimnasio. Fletcher fue el último en entrar en el despacho y cerró la puerta. Noonan estaba sentado en la silla con las manos esposadas, mientras unos cuantos hombres realmente intimidantes le miraban.

—¿Dónde están los demás? —preguntó Vex.

—¿Quiénes? —respondió Noonan—. No tengo ni idea de lo que estás hablando. Necesito hielo para la cabeza. Y creo que tengo la mano rota. Y el pie. Y puede que la nariz.

Saracen se sentó al borde de la mesa.

—¿Te gusta ser él? ¿Este tipo al que has poseído? Parece poca cosa, ¿no crees? Apuesto a que has estado dentro de gente mucho más interesante que este perdedor.

—No soy un perdedor —gruñó Noonan, fulminándole con la mirada.

—Eres un instructor de artes marciales gordito, con mal carácter y falta de autocontrol. Sueles hacer daño a tus alumnos para quedar por encima y satisfacer tu propio ego. Eres un perdedor, amigo mío.

–Quítame estas esposas y te demostraré quién es el perdedor.

–No pongas las cosas más difíciles –dijo Vex–. Mira, he conocido Vestigios peores. Algunos, cuando poseen un cuerpo, su primer instinto es matar. Causar daño. Pero ¿tú? Tu primer instinto fue comer comida basura. Experimentar. Me parece que de verdad querías que la cosa saliera bien.

Noonan asintió.

–Sí. Es lo que quería.

–Seguramente estás cansado de que te den caza, ¿no? De que te capturen y te encierren.

–¡Justo! –gritó Noonan–. Solo quiero encajar. Vivir.

–¿Así? –preguntó Saracen–. ¿Como un perdedor?

–¡Que no soy un perdedor!

–¿Y de verdad creías que ibas a poder seguir con esto? Sabemos lo que eres. Eres un Vestigio. Careces de conciencia. Más tarde o más temprano, matarás a alguien.

–¡No! ¡Esta vez no! ¡Esta vez voy a tener mi propia vida!

Saracen soltó una carcajada.

–Os juro por Dios que casi me creo lo que dice este tipo.

–¡Estoy diciendo la verdad! –insistió Noonan, volviéndose a Vex–. No voy a matar a nadie. Vale, sí, no tengo conciencia, ¿y qué? La mayor parte de los hombres de negocios con éxito del mundo entero son técnicamente psicópatas. Y no matan a nadie, ¿no? Pues yo tampoco tengo por qué hacerlo. Dejadme demostrarlo. Dejadme quedarme en este cuerpo y demostrarlo.

Vex frunció el ceño.

–¿Qué? ¿Quieres que nos larguemos dejándote tan tranquilo? Hemos venido buscando a los Vestigios para encerraros de nuevo.

–Por favor –suplicó Noonan–. Puedo ayudaros. Los demás no están aquí. Se han ido. Si me dejáis en paz, os diré adónde.

–¿Y cómo sabemos que dices la verdad?

–¿Habéis visto más Vestigios? No, ¿verdad? Tú mismo lo has dicho: la mayor parte de ellos empiezan a matar gente en cuanto poseen un nuevo cuerpo. No ha habido asesinatos en esta zona porque no están aquí. Esta vez las cosas son diferentes.

–¿Cómo de diferentes?

Noonan titubeó.

–Soy la única oportunidad que tienes de conseguir lo que quieres –dijo Vex–. O hablas ahora y me dices todo lo que sabes, o sacamos el Atrapa Almas y te encerramos.

–Oscuretriz nos liberó –respondió Noonan–. Quiere contar con un ejército dispuesto a lanzarse bajo sus órdenes. Lo que pasa es que... las cosas han cambiado. Ya no pensamos lo mismo de ella.

–¿Y ella lo sabe? –preguntó Saracen.

–No –contestó Noonan–. No creo. Pero nos ordenó que pasáramos inadvertidos hasta que... ya sabes, nos necesitara. Así que todos se fueron.

–Excepto tú.

–Pasamos por este pueblo, vi a toda la gente y fui incapaz de resistirme. Poseí un cuerpo. Me di cuenta de que, bueno, me gustaría pasar el resto de mi vida sin tener que estar vigilando mis espaldas. Así que pasé a otro cuerpo, y luego a este.

Saracen frunció el ceño.

–¿Este perdedor es lo mejor que has encontrado?

–¡No soy un perdedor! ¡Soy un instructor de artes marciales! ¡Soy muy respetado dentro de la comunidad!

–Tranquilízate –ordenó Vex–. Mírame. Tienes una única oportunidad de conservar este cuerpo. ¿Adónde se dirigen los demás Vestigios?

–Al este.

–¿Eso es todo? –dijo Gracius–. ¿Al este? ¿Eso es todo lo que puedes decirnos?

–Están buscando un pueblo lo bastante pequeño como para conquistarlo –explicó Noonan–. Se establecerán allí y esperarán.

–Pero ¿no sabes dónde? Hay un montón de pueblos al este. ¿Quieres que vayamos comprobando uno por uno?

–Lo siento mucho. No lo sé. Por favor... ¿qué vais a hacer conmigo?

–Estás poseyendo un cuerpo sin permiso –dijo Vex–. Me temo que vas a tener que abandonarlo.

–No. ¡No, por favor, dijiste que podía quedármelo! ¡Lo dijiste!

Dai sacó un objeto que parecía una bola de nieve vacía de su abrigo y Noonan retrocedió.

–Es un Atrapa Almas nuevo y mejorado –explicó Saracen–. China Sorrows en persona le ha grabado unos cuantos símbolos. ¿Notas cómo tira de ti? Sí, ¿verdad? Sientes cómo te atrae a su interior.

Noonan negó con la cabeza. Sudaba muchísimo.

–No. No. No.

Dai acercó el Atrapa Almas y Noonan gritó. Su garganta se hinchó y Fletcher vislumbró el retazo de oscuridad: las garras negras, las mandíbulas chasqueantes que se asomaban a la boca abierta de Noonan. El Vestigio intentaba liberarse y lanzarse contra Gracius, pero la fuerza de atracción de la bola se lo tragó. Al instante, se volvió negra.

Noonan se desplomó en la silla. Después empezó a roncar.

Vex levantó el Atrapa Almas y lo contempló.

–Al menos sabemos que las mejoras de China funcionan –dijo–. Ahora lo único que necesitamos son unos cuantos miles como este y listos.

17

UNA VOZ EN LA OSCURIDAD

AGARRAOS de las manos –dijo Cassandra. Stephanie puso mala cara. Era ridículo. Estaban sentados en torno a una mesa, agarrados de la mano, contemplando fijamente una vela que parpadeaba.

Parecía una sesión cutre de espiritismo de un programa cutre de la tele. Stephanie estaba situada entre Skulduggery y Cassandra y justo en frente tenía el plácido rostro de Finbar Wrong. Se preguntó durante cuánto tiempo habrían de permanecer ahí sentados.

Al cabo de unos minutos, a Finbar se le cayó la barbilla contra el pecho. Se había quedado dormido. Otra vez.

Stephanie se mordió la lengua para no protestar por lo ridículo de aquella situación. Si decía algo, si interrumpía lo que quiera que estuvieran haciendo, seguramente empezarían de nuevo. Lo mejor que podía hacer era esperar hasta que todos se dieran cuenta de la tontería que...

–¿Valquiria? –dijo Cassandra–. ¿Me oyes?

Stephanie lanzó una mirada recelosa a su alrededor. No estaba muy segura de qué venía a continuación. ¿Que apareciera el fantasma de Valquiria, a lo mejor?

–Valquiria –repitió Cassandra–. Si puedes oírme, hazme una señal.

Nada. Cero fantasmas. Ningún relámpago. La llama de la vela no chascó. No pasó nada. Justo lo que esperaba.

–Te oigo –murmuró Finbar sin levantar la cabeza.

Stephanie frunció el ceño. Estaba a punto de comentar que Cassandra no estaba hablando con él cuando masculló algo más y luego dijo:

–¿Skulduggery? ¿Dónde está Skulduggery?

–Estoy aquí –respondió el esqueleto–. Estaba empezando a pensar que te habíamos perdido para siempre.

La boca de Finbar se contrajo en una leve sonrisa.

–Lo siento. No te vas a librar de mí tan fácilmente.

Stephanie abrió los ojos de par en par. *Imposible.*

–Valquiria, ¿qué puedes contarnos del sitio donde estás? –preguntó Cassandra.

–Está... está oscuro aquí –dijo Finbar–. Frío. Finbar es como... como si su mente estuviera al otro extremo de un puente y vosotros más allá, bajo una luz tenue...

–¿Sabes dónde estás físicamente? –intervino Skulduggery–. ¿Dónde está Oscuretriz ahora mismo? ¿Qué está haciendo?

El ceño de Finbar se hizo más profundo.

–Experimentando... –respondió–. Experimentando con la magia. Ampliando sus habilidades. Cuando está así, puedo... puedo hablar, no se da cuenta.

–Un segundo –interrumpió Stephanie–. Espera un segundo. ¿Cómo sabemos que eres Valquiria de verdad?

–No te atrevas a hablarme –gruñó Finbar con voz acerada–. La última vez que te vi intentaste matarme. Skulduggery, ¿qué hace aquí?

–Stephanie nos está ayudando –respondió el esqueleto.

–No puedes confiar en ella.

–No puede confiar en ti –replicó Stephanie, notando cómo la invadía la cólera.

Finbar la señaló con un dedo.

–Cállate –el brazo cayó como un peso muerto contra la mesa–. Vale. Lo que queráis. Ya me ocuparé de ella cuando recupere el control. ¿Cómo lo hago?

Cassandra se inclinó hacia delante.

–Valquiria, necesitamos que te concentres.

–Estoy concentrada.

–Ahora no. Necesitamos que te prepares psíquicamente para lo que tenemos que hacer.

–Ya –dijo Finbar–. ¿Y cómo lo hago?

–Escuchando y comprendiendo. He hablado con todos los sensitivos con los que merece la pena hablar y, aunque las probabilidades son escasas, creemos que hay una forma de obligar a Oscuretriz a salir de tu cuerpo, al menos teóricamente.

–Lo de «teóricamente» no es muy esperanzador –dijo Finbar.

Cassandra esbozó una suave sonrisa.

–Deacon Maybury tiene la habilidad de reescribir personalidades. Para hacerlo construye muros psíquicos, pasillos para los pensamientos, y encierra los aspectos de la personalidad que deben mantenerse ocultos. En esencia, rediseña la arquitectura de la mente. Ni siquiera Argeddion, que también conoce su verdadero nombre, ha podido romper estas paredes.

–Pero no queremos contener a Oscuretriz –protestó Finbar–. Queremos deshacernos de ella. Y el único motivo por el que Argeddion no ha roto los muros es porque no es consciente de su situación. Oscuretriz sabe de lo que es capaz Deacon Maybury.

Cassandra asintió.

–Nuestra meta sigue siendo deshacernos de ella, no te preocupes. Básicamente, lo que hace Deacon es dividir la personalidad original en dos, creando una de bolsillo que se encierra en un rincón. Con la ayuda de algunos amigos míos, creo que sería capaz de aislar esa parte y sacarla de tu mente.

Stephanie puso mala cara.

–¿Y luego dónde la meterías?

Skulduggery depositó una bola de cristal en la mesa.

–Un Atrapa Almas podría encerrar la esencia de Oscuretriz con la misma eficacia que a un Vestigio. Lo que hagamos después con ella es una conversación que tendrá lugar en otro momento. Valquiria, lo único que tienes que hacer es prepararte para luchar con todas tus fuerzas cuando los sensitivos empiecen a trabajar.

–Puedo hacerlo –dijo Finbar.

–No será fácil –indicó Cassandra.

–Vaya por Dios –dijo Finbar.

–Sentirás cómo tus pensamientos se dividen en dos –continuó Cassandra–. Te será muy difícil centrarte, recordar. Pero tienes que concentrarte en algo, una palabra, una frase: algo a lo que aferrarte mientras arrastramos a Oscuretriz y la sacamos de ti.

–El gorrión vuela al sur en invierno –respondió automáticamente Finbar.

–Sí, perfecto –Stephanie notó un punto de humor en la voz de Skulduggery. Ahora hablaba un poco más deprisa, con mayor vitalidad–. Cuando Cassandra y los demás sensitivos se pongan a trabajar, yo estaré contigo y esa frase nos mantendrá unidos. En el momento en que me oigas decirla, concéntrate en ella, repítela, lucha con todas tus fuerzas para aferrarte a esas siete palabras.

–No sé cuánto tiempo puede llevar el proceso –dijo Cassandra–. Tal vez dure minutos. Puede que sean días. Tienes que estar preparada para cualquier cosa.

–¿Cuándo lo hacemos? –preguntó Finbar.

–Pronto –respondió Skulduggery–. No quiero decirte el momento exacto, por si acaso Oscuretriz se enterara de algo. Pero estate preparada.

–Vale –dijo Finbar–. Puedo hacerlo, vale. A ver, sí, es arriesgado. ¿Y si se entera de lo que estoy haciendo?

–Ruega para que no lo haga –respondió Skulduggery.

–Mientras nosotros rogamos para que tú seas realmente Valquiria –gruñó Stephanie–. En caso contrario, somos nosotros los que estamos yendo derechos a una trampa.

Finbar frunció el ceño:

–Qué poco me gustas, de verdad –hizo una pausa–. Tengo que irme. Ya hemos hablado demasiado rato.

Skulduggery le apretó la mano a Finbar.

–Te veré pronto, Valquiria.

Finbar esbozó una sonrisa y de pronto su rostro se quedó inexpresivo. Un instante después, soltó un resoplido, levantó la cabeza, abrió los ojos y miró a su alrededor.

–¿Y bien? ¿Ha funcionado?

Stephanie retiró las manos y se cruzó de brazos.

–Ah, sí. Ha funcionado –declaró Skulduggery.

Estaba insufrible. Stephanie caminaba detrás de él mientras avanzaban por los pasillos del Santuario, y Skulduggery no se callaba. Soltaba chistes, le contaba historias, fanfarroneaba, se portaba de forma arrogante y caprichosa y, lo peor de todo: le prestaba atención.

–Creía que querías que hablara más contigo –dijo cuando notó lo callada que estaba–. No se puede tener todo, Stephanie. No me puedo quedar callado cuando tú quieres estar enfurruñada y ponerme a hablar solo cuando tú quieres hablar. No funciona así. No funciono así.

–No estoy enfurruñada.

–Bueno, pues tu cara tiene una expresión que a mí me parece notablemente parecida a la de estar enfurruñada. ¿Me estás fulminando con la mirada? Creo que sí. Fulminar con la mirada es igual que estar enfurruñada, pero da más miedo.

Entraron en el ascensor y Skulduggery presionó el botón de la planta de arriba. Las puertas se cerraron.

–Sin lugar a dudas, eso es un ceño fruncido, sí –continuó hablando mientras ascendían–. ¿Sabes cuántos músculos se necesitan para fruncir el ceño en comparación con los que se necesitan para sonreír? Porque yo no. Dudo que nadie lo sepa. ¿Y qué es una sonrisa, en cualquier caso? ¿Solamente el movimiento de la boca, o incluye también los ojos? ¿En qué medida se usa cada músculo? Ese dicho popular de que se usan muchos más músculos para fruncir el ceño que para sonreír es totalmente ilógico; a menos, claro está, que nos centremos en el mensaje subyacente, es decir, una idea maravillosa y vitalista que ignora algo tan pedante como los hechos reales y demostrables.

–¿Podríamos volver a los silencios incómodos, por favor?

–Estamos más allá de los silencios, Stephanie. Ahora nos adentramos en un nuevo territorio.

–Odio los nuevos territorios.

–¿Quieres un abrazo? –preguntó Skulduggery.

–Dios, no.

–Seguramente tengas razón. Probablemente debería reservarme los abrazos para después.

El ascensor se detuvo y se abrió. Ambos se acercaron a un par de puertas dobles custodiadas por el Hendedor Negro.

Skulduggery llamó y le hizo un gesto al Hendedor.

–Hola.

El Hendedor Negro no respondió.

–Quería comentarte que me gusta tu nuevo *look* –continuó Skulduggery–. Es siniestro y moderno. Lo que pasa es que no deja mucho espacio para la innovación, eso sí. Eso sería lo único criticable. Has pasado del gris al blanco, y ahora al negro, así que, ¿qué te queda? Podrías ir multicolor, supongo. Podrías mostrar tu apoyo a la comunidad gay, lesbiana y transexual. ¿El Hendedor Arcoíris, tal vez? ¿No? ¿Te parece demasiado? ¿No te va? Ah, qué lástima.

Skulduggery se quedó callado. El Hendedor Negro no se movió ni un milímetro. El esqueleto continuó hablando.

—No sé si lo sabrás; seguramente sí, pero la gente de por aquí lleva rondando unos cuantos siglos y, en fin, las cosas pasan. Acabas dejando de estar tan obsesionado con las cosas que no tienen importancia. La conquista de la felicidad: eso es de lo que trata todo esto. Esto es todo lo que tengo que decir sobre el tema. Está bien ser diferente, porque todos somos diferentes a nuestra manera. Ya está. Fin del sermón. ¿Quieres un abrazo?

Las puertas se abrieron.

—¿Ahora regalas abrazos? —preguntó China.

—Solo a los que los necesitan —replicó Skulduggery, entrando en la sala.

China enarcó una ceja.

—Alguien está de buen humor.

—No se calla ni debajo del agua —masculló Stephanie.

China tenía su apartamento en el último piso de la torre más alta del Santuario. Paredes blancas, techos altos. Era un canto al buen gusto: al arte, la cultura, la historia, la magia. El poder.

China cerró las puertas tras ellos.

—¿He de inferir que este buen humor repentino significa que habéis tenido éxito en comunicaros con Valquiria?

Skulduggery se acercó a los ventanales que iban del suelo al techo y contempló Roarhaven.

—Deberías —dijo.

—¿Y está de acuerdo con el plan de Cassandra?

—Sí.

China sonrió.

—Bueno, esas son buenas noticias.

Por algún motivo, que los recientes acontecimientos alegraran a China Sorrows le resultó a Stephanie aún más molesto que el que Skulduggery anduviera dando saltitos. Ella ya esperaba que Skulduggery diera saltitos de felicidad. Al menos hasta cierto punto.

—Para que los sensitivos puedan hacer su trabajo —intervino Stephanie—, necesitamos mantener encerrada en un sitio a Oscuretriz durante cierto periodo de tiempo, ¿no? ¿Alguien se ha parado a pensar cómo hacerlo, o simplemente confiaremos en que se tropiece sola y pierda el conocimiento?

–Menuda actitud –comentó China–. Me atrevería a sugerir que esta es todavía más sarcástica que la original. Le falta cierta calidez, sin embargo, una cualidad que hacía de Valquiria una persona tan entrañable...

–No estoy aquí para ser cálida ni para caer bien –dijo Stephanie–. Estoy aquí para detener a Oscuretriz y volver a casa. ¿Nos vas a ayudar con eso o no?

China curvó ligeramente la esquina de la boca.

–Por supuesto, querida. Perdona que te haga perder el tiempo con un poco de conversación. Creo que puedo servir de ayuda, sí.

Los condujo hasta una mesa grande llena de libros abiertos. En un hueco junto al borde había un diario en el que estaban dibujados varios símbolos. Había notas garabateadas en diferentes colores, unidas con flechas y subrayados para hacer énfasis. Salían de la página y se extendían por la siguiente, como si las ideas no pudieran contenerse.

–Durante las últimas semanas, he pasado mi preciado tiempo diseñando trampas –dijo China–. El diseño que tenéis ante los ojos es la culminación de mi trabajo. Toma el poder de un hechicero y lo lanza de regreso contra él. Una vez que Oscuretriz entre en este círculo, su propia fuerza regresará contra ella y la dejará incapacitada durante un tiempo que variará entre los cinco y los diez segundos. Como Stephanie es la única de todos nosotros que no cuenta con magia, y por tanto la única a la que esta trampa no afectará, sugiero que ella nos sirva de cebo. Fletcher Renn estará esperando con los sensitivos en un lugar seguro y, mientras Oscuretriz esté aturdida, Stephanie puede desactivar la trampa, Fletcher se teletransporta con los sensitivos y entonces salvamos el mundo. ¿Seguro que Oscuretriz no se recuperará mientras los sensitivos trabajan?

–Cassandra parece convencida –respondió Skulduggery.

–Espléndido. Toda nuestra existencia se basa en la afirmación de una *hippie*.

–Nunca me ha fallado. Me preocupa más esta trampa tuya y si funcionará o no con alguien con el poder de Oscuretriz.

China sonrió.

–Oh, cariño, me ofendes. ¿Te he fallado alguna vez?

–Numerosas veces.

–Me refiero a hoy.

–Ah. Entonces, no. No me has fallado. Que yo sepa.

–Entonces tenemos nuestra trampa, pero no tenemos forma de atraer a Oscuretriz a su interior –dijo Stephanie, interrumpiéndolos–. Creyfon Signate continúa buscando la realidad alternativa de Mevolent, y hasta que no podamos contar con eso, Ravel no nos sirve de cebo.

–No lo necesitamos –contestó Skulduggery–. Oscuretriz busca *El Grimorio de Hessian*. Todo lo que tenemos que hacer es entrar en la Cripta antes que ella.

–¿La Cripta? –se extrañó Stephanie–. ¿La que está bajo la Galería de Arte de Dublín? ¿La que tiene vampiros como guardias de seguridad?

–Justo esa. Lo cierto es que la seguridad se ha reforzado desde que Valquiria y yo nos colamos hace seis años, pero no es nada que no seamos capaces de manejar.

Stephanie puso mala cara.

–¿Y por qué hay que colarse? Pertenecemos al Santuario. ¿Por qué no ponemos una trampa en la galería, Oscuretriz entra y nos hacemos con ella? ¿Cuál es el problema?

–Que el Santuario no tiene jurisdicción sobre la Cripta –respondió China–. No nos dejarán montar una trampa y no podemos obligar a nadie a que nos abra las puertas. Además, el hombre que posee ese grimorio en particular no está muy dispuesto a prestarlo.

–Pues habrá que explicarle que lo necesitamos para salvar el mundo –replicó Stephanie–. ¿Quién diría que no a eso?

China sonrió.

–Como coleccionista privada, llevo intentando ponerle las manos encima a ese libro desde hace siglos. Puede que vea la petición como un sencillo intento de utilizar mi nueva posición de autoridad para hacerme con todas las baratijas que se me llevan antojando siglos... cosa que yo jamás haría, por supuesto. Así que se impone la opción de la delincuencia.

–Nos colaremos y robaremos el grimorio antes de que Oscuretriz lo haga –dijo Skulduggery–. Colocaremos la trampa cerca. Cuando llegue Oscuretriz, Stephanie tomará el libro y la conducirá hasta el círculo. Los sensitivos separarán a Valquiria de Oscuretriz y la meteremos en el Atrapa Almas. Nadie sale herido, nadie muere y Oscuretriz quedará encerrada para siempre. ¿Alguna pregunta?

Stephanie levantó la mano.

–¿Cómo desactivo la trampa?

–Es fácil –respondió China–. NJ te lo enseñará.

–¿NJ? ¿Y tú?

–Me temo que yo no estaré presente –dijo China–. Pero voy a mandaros a NJ y a dos de mis mejores pupilos y, creedme, tienen instrucciones detalladas de lo que deben hacer. Iría yo misma, pero no he tenido oportunidad de comprobar si la trampa funciona, y no quiero morir si falla. ¿Más preguntas? ¿No? Maravilloso. Tengo un buen presentimiento acerca de esta noche. Es un buen plan. Absolutamente nada podría fallar –sonrió de nuevo–. Nada de nada.

18

ACENTOS IRLANDESES
Y BRITÁNICOS

HA llegado el invierno, es un día tranquilo y frío y Danny está en la trastienda rasgueando su guitarra, un trasto viejo de seis cuerdas que tiene desde los catorce años. Inspirado por Stephanie, canta *Spancil Hill*, de The Dubliners.

Toca lo bastante suave como para escuchar la campanita que hay encima de la puerta; entonces deja la guitarra y sale para saludar al cliente. En esta ocasión son dos: un hombre alto que contempla el expositor de revistas, de espaldas a Danny, y otro más joven, más bajo y más gordo, que espera en el mostrador. Lleva el pelo fino y largo recogido en una coleta y una barba de chivo negra que no consigue ocultar las dos verrugas que tiene: una en el labio superior, otra en la barbilla. Da la impresión de que se sentiría mucho más cómodo dentro de una camiseta vieja de Black Sabbath, pero ahí está, con su camisa y su corbata, como un colegial gruñón al que han obligado a vestirse para ir a misa.

–¿Tenéis matarratas? –es lo primero que dice.

–Me temo que no –responde Danny–. Tenemos repelentes para ratas que funcionan por ultrasonidos; le pueden servir si tiene problemas con los roedores.

El gordo se queda pensativo y se muerde el labio.

–¿Tenéis cuchillos?

–¿Navajas? Sí.

–¿Cuchillos de caza?

–No.

–Vale. ¿Tenéis martillos?

–Sí, hay alguno –dice Danny–. Al otro lado de la estantería que está detrás de usted.

El gordo ni siquiera mira por encima del hombro. Normalmente, los que le hacen perder el tiempo son chavales que intentan distraer a Danny mientras otros se escabullen para robar, pero la única persona que hay en la tienda es el viejo, y lo tiene delante.

–¿Tenéis armas? –pregunta el gordo.

–No –responde Danny. De pronto, el vello de la nuca se le ha puesto de punta.

–Lástima –dice el gordo–. Me gustan las armas.

No lo dice en un tono amenazante –de hecho, lo dice con nostalgia, casi con un suspiro–, pero Danny nota que una sensación terrible le invade, una sensación que crece y crece a toda velocidad hasta hacerse enorme.

El gordo tiene acento de Boston. Un viaje largo para comprar un martillo y matarratas. Desde su posición, al otro lado del mostrador, Danny contempla la palidez poco saludable de la piel del hombre y las manchas de la corbata mal anudada, tan apretada que gruesos rollos de carne le sobresalen por el cuello de la camisa.

–¿Puedo ayudarle en algo más? –pregunta Danny, aunque en realidad quiere decir: «Haga el favor de marcharse de mi tienda, muchas gracias». Pero el gordo no se da por aludido y se queda donde está. Sus ojos recorren lentamente los estantes de artículos de la pared hasta que encuentra algo que capta su interés.

–Tenéis candados.

–Sí –responde Danny–. ¿Quiere uno?

El gordo niega con la cabeza.

136

–Ya tenemos todo lo que necesitamos. Cadenas también. Solamente estaba señalando el hecho de que los tenéis. Eso no significa que pretendiera comprarlos.

–De acuerdo.

Por primera vez, los ojos del gordo se encuentran con los de Danny. No es una experiencia agradable.

–No deberías darte tanta prisa en intentar venderme cosas. Ese es el problema de este país, ¿sabes? Ese es el problema de América. Todo el mundo quiere ser el número uno. Todo el mundo es egoísta. Tan deseosos de separarme de mi dinero... Si de pronto me desplomara de un ataque al corazón, seguramente no te lo pensarías dos veces y registrarías mi cartera antes de llamar a una ambulancia, ¿verdad?

–Lo siento –se disculpa Danny–. Usted me habló de candados, interpreté que estaba interesado en comprar uno.

–¿No acabo de decir que tengo suficientes candados? ¿Qué eres, estúpido?

Los últimos restos de cortesía de Danny se desvanecen en ese momento:

–Voy a tener que pedirle que salga de mi tienda.

El gordo pone los ojos como platos.

–¿Qué? ¡Tú has empezado! ¡Tú eres el que quiere quitarme mi dinero! El cliente siempre tiene la razón, ¿no has oído eso nunca? El cliente siempre tiene la razón. ¿Tú te portas como un idiota egoísta y yo no puedo decírtelo? ¿No se me permite defender mis valores?

–Váyase o llamo a la policía.

–¿La policía? –chilla el gordo, con la cara totalmente roja–. ¡Tú eres el que me ataca! ¡Aquí soy yo la víctima! ¡Pues llama a la policía! ¡Adelante, hazlo! ¡Que ellos decidan cuál es la parte agraviada! Ah, ya no te pones tan gallito, he descubierto tu farol, ¿eh?

–¿Va a marcharse o no?

Los labios del gordo se retuercen en una mueca desagradable.

–¿Qué pasa, no quieres que monte una escena delante de los clientes?

–Pero ¿qué dice? Aquí solo hay una persona más, y es su amigo.

–¿Quién, él? –dice el gordo señalándolo–. No había visto a ese caballero en mi vida.

En ese momento, el anciano se gira, sonriente. Su rostro es un fascinante mapa de arrugas y líneas de expresión apretadas contra su piel. Una nariz larga, pequeña, ojos brillantes, boca fina y ancha, el pelo blanco y calvas donde asoma el cuero cabelludo moteado de manchas. Tiene algo de buitre.

Avanza hacia el mostrador, con las manos nudosas en los costados y una agilidad sorprendente en alguien de su edad.

–Discúlpenme –interviene–, pero no he podido evitar oír su animado debate desde donde me encontraba, mirando las revistas. Si se me permite intervenir, como observador imparcial y un desconocido para ambos, me gustaría expresar mi opinión, ya que considero que la raíz de este enfrentamiento no es más que un simple malentendido. Estimados señores, ¿podría preguntarles sus nombres, con la intención de sembrar mejor las semillas de la calma y la hermandad?

–Me llamo Jeremiah Wallow –responde el gordo, colocándose un poco más derecho–. Procedo de Boston, Massachussets, que se encuentra en la región conocida como Nueva Inglaterra.

–Es un singular placer conocerle, Jeremiah Wallow –dice el anciano–. Y he de decir que tiene usted un apellido de lo más inusual. Mi apellido, Gant, también es una rareza. Procedo de un pueblecito de un pequeño país de Europa, pero como podrá deducir por mi acento, hace mucho tiempo que resido en el Medio Oeste, específicamente en San Luis, que se encuentra en Missouri. ¿Y usted, joven? ¿Cómo se llama?

Danny se los queda mirando.

–Soy Danny –responde.

Ambos se quedan esperando, pero él no dice nada más. La sonrisa del anciano, Gant, se amplía.

–¿Y de dónde eres, Danny? ¿Eres nativo de Meek Ridge?

–Sí.

–Debe de haber sido maravilloso criarse en un entorno tan sumamente bello. Soy incapaz de recordar un pueblo con más encanto que este. ¿Y usted, señor Wallow?

–Lo mismo digo –responde Jeremiah.

–¿Lleva viviendo aquí toda la vida, entonces? –pregunta Gant–. ¿Todo ese tiempo contemplando las idas y venidas de los parroquianos y amigos? Su tienda, la General Store, está situada en la avenida principal; dudo que haya algo que le pase inadvertido durante mucho tiempo, ¿me equivoco?

Danny se mantiene en silencio. Espera a que el tipo vaya al grano.

–Me atrevería a sugerir que ha escuchado un montón de acentos distintos, ¿no? –continúa Gant–. Acentos, dialectos y formas de hablar. ¿Cuál es su favorito? ¿Tiene alguno? Personalmente, siempre he sido un poco parcial: me encanta el acento escocés. La forma en que arrastran las erres... ¿Tiene usted alguna preferencia, Danny, muchacho?

–En realidad, no.

–¿No? ¿Ningún favorito? ¿Y usted, señor Wallow? ¿O debo llamarle Jeremiah?

–Por favor, insisto en que lo haga –responde Jeremiah–. Y si me lo pregunta, diría que de todos los acentos del mundo mi favorito es el irlandés, siendo yo de Boston...

Gant da unas palmadas.

–¡Irlandés! ¡Sí! Oh, con esa hermosa musicalidad y esa forma suave de pronunciar las tes, haciendo que cada palabra sea un prodigio en sí misma. Una vez conocí a un irlandés que era capaz de hacer que le siguieran los ratones, como en el cuento del flautista de Hamelín, y era por el acento. ¿Qué opina usted del acento irlandés, Danny?

Danny se esfuerza en mantener la expresión neutra.

–Pues no opino gran cosa.

–¿No? –dice Gant–. Bueno, querido muchacho; en ese caso, hace falta oír hablar a un irlandés para formarse una opinión. ¿Qué somos sin opiniones, al fin y al cabo? ¿Cuándo fue la última vez que oíste hablar a un irlandés?

Gant se le queda mirando con una sonrisa, mientras las cejas de Jeremiah se alzan de una forma levemente burlona.

–Supongo que la última vez que vi una película de Liam Neeson –responde Danny.

Gant agita la mano con desdén.

–Las películas no cuentan. La vida real, esas son las únicas experiencias que merecen la pena. ¿Cuándo fue la última vez que oíste hablar a un irlandés en la vida real?

–Hace años –responde Danny–. Seguramente, cuando estaba en Los Ángeles. La verdad es que no me acuerdo.

La sonrisa de Gant se desvanece.

–Ya veo.

–¿No hay irlandeses por aquí? –pregunta Jeremiah.

Danny niega con la cabeza.

–¿No hay chicas irlandesas? –insiste–. Mujeres irlandesas. ¿Estás seguro de que no?

–En Meek Ridge no hay gran cosa –responde Danny–. Lo normal es que aquí la gente no venga, sino que se vaya.

–Y dices que no hay irlandesas... –insiste Gant.

–No.

–Bueno... Qué raro.

–¿Estaba buscando a alguien? –pregunta Danny.

–A una –dice Gant–. Una amiga mía. Mi sobrina, en realidad. Tiene el pelo negro. Es alta. Muy guapa. El tipo de chica que no se olvida.

–¿Cómo se llama?

Gant sonríe de nuevo.

–Muchas gracias por tu tiempo, Danny, pero tengo que marcharme. Jeremiah, ¿quiere que le lleve?

–Sería muy amable por su parte –responde Jeremiah, siguiendo al anciano fuera de la tienda.

Se marchan, tintinea la campanilla y se hace el silencio.

19

YO Y ELLA

STEPHANIE vio cómo se le caía un goterón de helado en la camiseta y frunció el ceño.

–Agh.

–Deberías haberte puesto un babero –murmuró Skulduggery, inclinándose para echar otro vistazo por el cristal de la cafetería a la galería de arte. Llevaba puesta la cara de un hombre atractivo y bien afeitado. En el exterior, tras el ventanal, la ciudad de Dublín estaba en plena ebullición nocturna, con gente que salía de un bar para dirigirse al siguiente. Nadie prestaba atención a la elegante galería ni a su jardín minimalista decorado con excelente gusto y protegido por una alta valla de hierro forjado. La valla era nueva.

–No debería haber pedido un helado –comentó Stephanie al cabo de un instante–. Aún estamos en invierno. ¿Por qué venden cucuruchos de helado en invierno?

–Porque hay gente como tú que los compra, presumiblemente.

La cafetería era cálida y tranquila. Había una chica aburrida detrás de la caja, leyendo una revista. Faltaba poco para que cerraran. Stephanie se levantó, tiró el helado a la papelera y se limpió la camiseta con una servilleta. También se había manchado la chaqueta, pero eso daba igual: se quitaba solamente con pasar la mano.

Regresó a la mesa, pero se detuvo y se quedó mirando a través de las puertas de cristal.

–Están a punto de ponerte una multa –dijo.

Skulduggery se levantó de inmediato, se puso el sombrero y salió. Stephanie lo siguió hasta el Bentley.

El guardia de tráfico alzó la vista.

–¿Este es su coche?

–Así es –respondió Skulduggery.

El guardia asintió.

–Muy muy bonito. Pero no puede aparcar aquí, ni de día ni de noche.

–No era consciente de eso.

–Hay una señal justo aquí.

–No creía que se aplicara a mí.

–¿Y por qué no iba a aplicarse a usted?

Skulduggery inclinó la cabeza.

–Porque yo soy especial.

–No me importa lo especial que piense que es. Ha aparcado en una zona de estacionamiento prohibido y va a...

–Estamos aquí en misión oficial de la policía.

El guardia de tráfico entrecerró los ojos.

–¿Es policía? Necesito ver una identificación.

–Estamos de incógnito –respondió Skulduggery–. Esta es una operación encubierta muy importante que está usted poniendo en peligro solo por hablar con nosotros –se abrió la chaqueta–. Mire, llevo un arma. Soy el Inspector Detective Yo. Esta es mi compañera, la detective Ella.

El guardia de tráfico arrugó el ceño.

–¿Ella?

–Yo –dijo Stephanie.

–¿Él?

–Yo no –dijo Skulduggery–. Ella.

–Yo –asintió Stephanie.

–¿Tú? –preguntó el guardia.

–Sí –dijo Stephanie.

–Perdón, pero ¿quiénes son ustedes?

Stephanie le miró fijamente.

–Soy Ella, él es Yo. ¿Lo pillas? Bien. Más vale que te largues de aquí si no quieres reventarnos la tapadera. Tienen francotiradores.

El guardia se giró y miró los tejados.

–¿Francotiradores?

–¡No mires! –le dijo Stephanie en voz baja–. ¿Es que quieres que nos maten? ¡Vete de aquí! ¡Corre, pero que parezca que no estás corriendo!

Con los ojos desorbitados, el guardia de tráfico aceleró el paso y fue alternando la forma de andar con la carrera presa del pánico.

–Bien hecho –dijo Skulduggery.

–Gracias –declaró Stephanie–. ¿Ya podemos colarnos?

Skulduggery miró la hora en su reloj de bolsillo.

–Ya que estás tan deseosa... no veo por qué no. Vamos.

Llegaron hasta la verja de hierro y echaron un vistazo a su alrededor para asegurarse de que nadie los estaba mirando.

–Vigila –le dijo Skulduggery, y se elevó del suelo.

Stephanie se metió las manos en los bolsillos e hizo lo que pudo para no resultar sospechosa. Notaba el peso reconfortante del Cetro en su mochila, que aliviaba la ansiedad ante lo que estaba a punto de hacer. Ayudaba. Mucho.

Un minuto más tarde, una ráfaga de viento la levantó en vilo. Pasó por encima de la verja y aterrizó en el césped junto a Skulduggery.

–He desactivado las cámaras y los sensores de movimiento del exterior –informó el esqueleto mientras ella le seguía por el jardín hasta la pared de la galería, donde se alzaban las sombras.

–¿Y cómo vamos a entrar? –preguntó Stephanie–. La última vez fue por una claraboya.

144

–Vamos a usar un truquito de Sanguine –declaró Skulduggery mientras colocaba las dos manos contra la pared.

Stephanie frunció el ceño.

–¿En serio? ¿Vas a intentar...?

La pared se agrietó y se abrieron miles de fisuras diminutas que se extendieron hacia abajo.

–Vamos allá –murmuró Skulduggery–. O quedo como un señor o cometo una estupidez muy gorda... –empujó la mano contra la pared y continuó haciendo fuerza hasta que hundió el codo.

–¿Y bien? –preguntó Stephanie.

Él se volvió hacia ella.

–Sigo estando de una sola pieza. Agárrate a mí.

Stephanie enarcó la ceja izquierda sin querer.

–Uh. No. Creo que no.

–No hay tiempo para discutir.

–¿Quién está discutiendo? Me limito a hacer preguntas relevantes. ¿Es la primera vez que haces esto?

–De hecho, llevo tiempo desarrollando este aspecto de la disciplina elemental. La habilidad de Sanguine simplemente se centra en la magia de la tierra, al fin y al cabo, así que me dije a mí mismo: ¿no sería posible lograr los mismos resultados trabajando un poquito?

–Ya, todo eso es muy interesante, pero ¿es la primera vez que intentas moverte a través de un muro?

Él vaciló.

–No, realmente no.

–¿Ya lo has intentado antes?

–Sí.

–¿Lo lograste?

–¿En el sentido estricto? –titubeó de nuevo–. No. Más bien me quedé atrapado.

–¿Te quedaste atrapado en un muro? –preguntó ella–. ¿Cuánto tiempo?

–Unos minutos. Media hora. Una hora como mucho. Tal vez dos. O un día. ¿Recuerdas el día que llamé a Valquiria y le dije que se tomara la tarde libre? Sí: estaba atrapado en un muro. Pero salí de él, y llevo trabajando en esto desde ese momento. Así que agárrate a mí, Stephanie.

–Te espero aquí, muchas gracias.

–El que no arriesga no gana.

–Y el que arriesga se abre la cabeza.

–Valquiria habría confiado en mí.

Ella le taladró con la mirada, contempló su mano extendida y después suspiró.

–Si me quedo atrapada en una pared voy a enfadarme contigo. De verdad.

–Tomo nota.

Le agarró la mano y él tiró de ella. Stephanie apretó los ojos y entonces atravesaron algo frío e irregular. Notó un montón de esquirlas afiladas que la pincharon por todas partes a la vez. El dolor era soportable. Había un ruido atronador, como si un montón de rocas enormes rechinaran unas contra otras.

Y luego estaba fuera, tambaleándose en el espacio vacío. Abrió los ojos y contempló la galería oscura después de la hora del cierre.

–Ya está –musitó Skulduggery–. Te dije que podía hacerlo.

–Pues pareces sorprendido –susurró ella.

–Sinceramente, estoy atónito –replicó, y echó a caminar.

Atravesaron una sala con pinturas. Skulduggery manipuló el aire para que silenciara el sonido de sus pasos. Cuando llegaron a la esquina, él se asomó primero, luego se giró hacia ella y se llevó un dedo a los labios. Stephanie asintió.

Skulduggery se asomó de nuevo y le indicó que la siguiera. Ella dio un paso adelante. Hubo un movimiento entre las sombras en el extremo de la estancia de al lado. Vislumbró una piel de alabastro. Una persona, una cosa, casi a cuatro patas. Era calvo. Estaba desnudo. Tenía unos enormes ojos negros. Una boca que no podía cerrar del todo debido a la cantidad de colmillos irregulares y gigantescos que tenía dentro. La mano de Skulduggery se cerró en torno a su muñeca, y vio otro vampiro, y otro más. Ese sitio estaba lleno. Retrocedieron para que no los oyeran.

–Parece que han aumentado la seguridad desde la última vez que estuvimos aquí –murmuró–. Va a ser un poco más complicado de lo que había previsto.

Tomaron otro camino y subieron unas escaleras en silencio. Skulduggery iba en cabeza, leyendo el aire que había a su alrededor. Llegaron a la cafetería en penumbra y pasaron junto a las sillas apiladas sobre las mesas. A la izquierda había un balcón con vistas a los objetos expuestos en la sala de abajo. Se asomaron. La Cripta estaba allí, bajando un corredor estrecho en el que había un cartel que anunciaba «solo personal». Stephanie podía ver el cartel perfectamente desde donde se encontraban. Skulduggery le hizo un gesto y ella pasó una pierna por encima de la barandilla del balcón, luego la otra, y se quedó allí, dispuesta a saltar. Skulduggery simplemente se elevó en el aire, flotando sobre el balcón, y descendió hasta Stephanie para que ella pudiera agarrarse a su cuello. Después bajaron despacio, deslizándose entre las pinturas expuestas, y aterrizaron suavemente ante el cartel.

Bajando aquel pasillo había una puerta de madera reforzada con barras de metal. El detective esqueleto se puso a manipular la cerradura mientras Stephanie vigilaba. No había ningún vampiro cerca. Cuando Skulduggery logró abrir, ambos entraron por la puerta. Él la cerró a su espalda con la mayor suavidad que pudo y chasqueó los dedos. Gracias a la luz, le pudo seguir por los escalones. Hacía frío ahí abajo. Hacía frío y resultaba espeluznante. Pasaron media docena de puertas, cada una grabada con un escudo diferente.

–¿Alguna vez piensas recuperar el escudo de tu familia? –preguntó ella en voz baja.

–Ahora no es el momento, Stephanie.

147

—Creo que deberías hacerlo. Reclamarlo, digo. Has salvado el mundo, por el amor de Dios. Eso tiene que compensar todas las cosas malas que has hecho.

—Ese es el problema de la redención —replicó Skulduggery—. Si la buscas, lo más probable es que no la encuentres jamás.

—Bueno, yo creo que tu familia estaría orgullosa de ti, y que lo estaría más aún si recuperaras tu escudo.

—Este es el que buscamos —dijo el esqueleto. El escudo de la puerta era un árbol y un rayo.

—Estás cambiando de tema.

—Imaginaciones tuyas —respondió, y alzó las manos. El aire se desplazó por las rendijas que Stephanie no veía, pero sonaron unos ruiditos, como si hubiera unos ratones corriendo tras los rodapiés. Se oyó un chasquido y la puerta se abrió.

Entraron rápidamente. Skulduggery cerró tras ellos y la luz se encendió. Era una habitación estrecha, con dos muros de cajas fuertes que iban del suelo al techo, cada una con un símbolo sobre la cerradura. El esqueleto se quedó callado durante unos instantes. Cuando habló de nuevo, lo que dijo no fue muy alentador.

—Maldita sea.

Stephanie dio un paso adelante.

—Hay un montón de cajas fuertes. Diez a lo alto y... ¿cuántas? ¿Cincuenta a lo largo? Quinientas cajas a cada lado, por lo menos. ¿Tenemos tiempo para abrirlas todas?

—El tiempo es irrelevante —dijo Skulduggery—. No se pueden forzar estas cerraduras. Y aunque lo lograra, cada caja fuerte tiene una alarma que alertaría a los vampiros en el instante en que lo intentara. Si he de ser sincero, no me lo esperaba.

—Si contrataron más vampiros después de que os colarais, tiene bastante sentido que también hayan aumentado los sistemas de seguridad dentro de la Cripta. Cada acción tiene su consecuencia, ¿no? Lo que hiciste cuando conociste a Valquiria se vuelve contra ti ahora, seis años más tarde. Esto hace que me pregunte qué repercusiones tendrá dentro de seis años lo que hagamos hoy.

–Si no conseguimos el grimorio, dudo que tengamos que preocuparnos por eso –Skulduggery tocó con los nudillos una de las cajas–. Muy bien: queríamos hacer esto en silencio para que nadie se diera cuenta, pero ya no tenemos esa opción. Así que lo haremos a lo bruto.

–¿Qué sugieres?

–Sugiero que apuntes a las cajas con el Cetro y las revientes. Tantas y tan rápido como puedas.

Stephanie sonrió y sacó el Cetro de la mochila.

–Pero no apuntes de frente –le advirtió Skulduggery–. Dispara con ángulo. Un rayo a quemarropa seguramente freiría todo lo que hay dentro de las cajas, no solo la superficie.

Stephanie asintió.

–Haré lo que pueda.

–Las alarmas atraerán a los vampiros. Cuando tengamos el grimorio, haz un agujero en la pared del fondo. Si no me equivoco, por ahí deberíamos llegar a la sala de los manuscritos. Intenta no romper nada allí, todo es muy valioso. La puerta de la derecha nos llevará de nuevo a las salas de exposiciones. Luego subiremos hasta el tejado.

–La última vez que estuviste aquí, Valquiria tuvo que saltar desde ese techo.

–Pero por aquel entonces yo no sabía volar. Ahora sé, así que todo irá bien.

–¿Estás seguro? –dijo Stephanie–. Los vampiros son rápidos.

–Los vampiros están sobrevalorados.

–Una vez dijiste que eran las máquinas de matar más eficientes del planeta.

–Bah, no son tan duros. ¿Preparada?

Ella soltó el aire.

–Qué demonios.

–Ese es el espíritu.

Stephanie esgrimió el Cetro.

–Ahora –dijo Skulduggery.

Un relámpago negro convirtió en polvo una parte de las cajas de acero y sonó la alarma mientras Skulduggery agitaba la mano. El polvo salió despedido a la esquina de la habitación y el esqueleto examinó el contenido.

–¡Sigue disparando!

Stephanie lanzó un rayo tras otro, manteniendo el ángulo necesario para no destruir el contenido de las cajas. El polvo se arremolinaba en la estrecha habitación, y además de la alarma oía unos arañazos frenéticos contra la puerta.

–¡Lo tengo! –exclamó Skulduggery, sacando un grueso tomo encuadernado en piel del montón de polvo. Stephanie se giró para que lo guardara dentro de su mochila y luego disparó contra la pared opuesta. El esqueleto se adelantó y ella le siguió entre toses. Se estampó contra una vitrina de cristal donde se exhibían tres páginas antiguas y curvadas. Skulduggery le agarró la muñeca y corrieron hasta subir de nuevo a la galería que buscaban.

Se oyó un gruñido a su derecha. Stephanie estaba a punto de gritar para advertirle cuando una ráfaga de viento la levantó en vilo y la lanzó a toda velocidad hasta la terraza. Pisó justo en el borde y se quedó balanceándose, mientras Skulduggery se giraba para enfrentarse al vampiro que le embestía. Stephanie perdió pie y cayó al suelo. Se dio un buen golpe y soltó una maldición mientras rodaba. Se puso en pie. Si se encendía la alarma, si se separaban, el plan era subir hasta el tejado. Muy bien. Solamente tenía que encontrar las escaleras y entonces...

Notó cómo el pelo de la nuca se le ponía de punta.

Tenía algo detrás.

Stephanie echó a correr un instante antes de que el vampiro se abalanzara sobre ella. Giró mientras disparaba con el Cetro, pero el vampiro era demasiado rápido y avanzó como una exhalación entre las sombras, derribando mesas y sillas. Stephanie se detuvo intentando apuntar y el relámpago negro convirtió en polvo un buen pedazo de pared. Cruzó por allí y avanzó atravesando un par de paredes más según las iba destruyendo. Llegó a la escalera y empezó a subirla desintegrando los escalones que iban quedando atrás. Llegó a la cima antes de que todo se viniera abajo; era como si el edificio entero estuviera rugiéndole. Se volvió, con la esperanza de que la caída de los escombros hubiera derribado al vampiro, pero este apareció entre el remolino de nubes de polvo, la divisó y gruñó.

Stephanie echó a correr, encontró la puerta y salió a toda prisa al tejado. El vampiro la siguió. Ella retrocedió, apuntándole con el Cetro, pero falló cada disparo que hizo y el vampiro saltó sobre ella. Stephanie reculó y lanzó un rayo contra el suelo justo en el sitio en el que un segundo antes se encontraba ella de pie. El vampiro se cayó por el hueco y desapareció de su vista.

Stephanie se desplomó y se concedió unos instantes para tomar aliento y recuperar las fuerzas. Luego se incorporó y se sacudió el polvo del pelo. Cuando miró el agujero del tejado, se quedó helada. Las garras del vampiro se aferraban al borde. Aquella cosa brincó para salir y Stephanie saltó contra un árbol, preparándose para el impacto, pero algo chocó contra ella, unas manos la agarraron y se elevó –girando– en el cielo, sobre la ciudad: las calles se convirtieron en borrosas estelas de luz bajo sus pies. Los brazos que la sostenían estaban tibios y eran fuertes: brazos de carne y sangre, no huesos. No era Skulduggery. Miró hacia arriba y se encontró con una sonrisa resplandeciente.

–Hola, qué tal –dijo Oscuretriz, y la soltó.

20

ENTREGA A DOMICILIO

AL ver que Gant y Jeremiah se marchan por fin de la tienda, Danny suspira. Luego cuenta hasta sesenta, sale al aire libre y frío y contempla la calle de arriba abajo. No están. Regresa a la calidez del interior y se queda detrás del mostrador. Espera allí media hora antes de llenar dos bolsas de la compra. Confía en que a Stephanie no le importará que le haga la entrega un miércoles en vez de un jueves. Decide que seguramente no, no cuando le cuente el verdadero motivo por el que ha ido a verla.

Cierra antes de la hora, deja las bolsas en el asiento del copiloto y conduce en medio del tráfico. Si alguien intentara seguirle, se perdería entre todo el lío de padres yendo a buscar a sus hijos a clase. Seguramente. Empieza a nevar, y se percata del frío que hace. Pone la calefacción a tope, deja atrás el pueblo y conduce hacia el norte, entre un convoy de coches y varias camionetas. Uno a uno, los vehículos van girando por las carreteras estrechas hasta que deja de ver coches por el retrovisor. Ese tramo está oscuro. Danny gira suavemente en la curva y acelera en la recta. Al no ver faros tras él, reduce un poco la velocidad, mientras los limpiaparabrisas barren los copos de hielo y dejan dos triángulos limpios en el cristal.

No sabe qué esperaba. Es verdad que a veces imaginaba que algún día llegaría alguien preguntando por ella. Tal vez periodistas o fotógrafos. Tal vez policías. Puede que el FBI o el cuerpo de alguaciles, algo así. Desde luego, no esperaba que aparecieran un anciano y un hombre gordo. Ni la amenaza que traían consigo. No era la primera vez que se preguntaba sobre Stephanie, quién sería y qué habría hecho. Tal vez hoy se lo cuente. Confía en que después no tenga que matarlo.

Al acercarse al desvío de la finca, Danny mira por el espejo retrovisor y capta un destello en la nieve, algo reluciente y oscuro. Suelta una maldición en voz alta y gira las ruedas, derrapando un poco antes de volver a controlar el coche. Pasa el desvío a la casa de Stephanie con las palmas sudorosas y la garganta seca. Iban con las luces apagadas. Eso es lo que han hecho. Han apagado las luces y él casi los conduce derechos hasta ella. Casi.

Danny sigue conduciendo con la mente en blanco. ¿Y ahora qué? ¿Conduce hasta que se quede sin gasolina? ¿Y qué pasará cuando se den cuenta de que avanza sin rumbo? ¿Irán a por él? ¿De qué son capaces? ¿Le harán daño?

No lo sabe, no puede saberlo, pero lo siente. Está seguro de que le harán daño. Un viejo y un hombre gordo. Danny es joven, está en mejor condición física que ellos, pero nunca se ha metido en una pelea, en toda su vida. Ni siquiera en el colegio. No está hecho para la confrontación física. No tiene ni idea de qué hacer. Rebusca en su bolsillo y saca el móvil. Sin cobertura. Maldice de nuevo, pero esta vez en voz baja, como si no quisiera que le escucharan.

¿Tendrán armas? El gordo, Jeremiah, le preguntó por cuchillos de caza y pistolas. «Me gustan las armas». Danny no tiene ninguna. Seguramente haya una palanca de hierro en el maletero, pero eso es todo. No guarda nada más que mapas en la guantera y un vaso vacío de café en el portavaso. En las bolsas de supermercado hay filetes, pechugas de pollo, apio, refrescos y una docena de artículos inútiles. Podría arrojarles las bolsas, pero duda que sirviera de mucho.

Entonces se le ocurre una idea.

Sigue avanzando unos minutos y reduce la velocidad en una salida. Toma una carretera más estrecha a la izquierda, conduciendo de forma que parezca despreocupada. El coche va botando en los baches. Después de uno o dos minutos, se detiene ante una vieja cabaña, se levanta y agarra las bolsas de la compra. Se toma su tiempo, espera hasta que, por el rabillo del ojo, distingue el coche negro que se desliza entre los remolinos de nieve y los retazos de oscuridad. Una vez que está seguro de que pueden verle, Danny se acerca a la cabaña y llama a la puerta. Vuelve a llamar.

«Oh, Dios, por favor, que esté en casa, que esté en casa, por favor, que...».

La puerta se abre. Eddie Sullivan le contempla con aire de sospecha. El viejo tarda unos instantes en reconocer a Danny fuera de su entorno habitual: la tienda.

–Hola, señor Sullivan –dice Danny con una gran sonrisa–. Pensé que podría tener problemas para llegar al pueblo con la nieve y eso, así que me pareció buena idea acercarme a traerle algunos artículos de primera necesidad.

Eddie echa un vistazo a las bolsas.

–Yo no he pedido nada.

–Lo sé –asiente Danny–. Solo estaba siendo un buen vecino.

Eddie se muerde el labio.

–Yo no lo he pedido, así que no pienso pagarlo.

Danny asiente.

–Me parece lógico. ¿Puedo entrar?

Eddie gruñe, pero se hace a un lado y permite que Danny se cobije de la nieve en el interior. Deja las bolsas en la mesa y se acerca de inmediato a la ventana, con cuidado de no mover las cortinas mientras echa un vistazo. El coche negro pasa de largo con los faros apagados. Es un modelo antiguo, parece un Cadillac.

Vislumbra el pálido y carnoso rostro de Jeremiah pegado a la ventanilla del pasajero. Contempla la cabaña y, después, el coche cambia de sentido y regresa por donde vino.

–¿Esto va a ser algo habitual? –pregunta Eddie–. ¿Vas a hacer entrega a domicilio?

Danny se vuelve y le ve cotillear dentro de las bolsas.

–Es una prueba, a ver cómo funciona. Piense en ello como un servicio único...

–Me apunto –dice Eddie–. Quiero entrega a domicilio. Pero la próxima vez no traigas tanto maldito apio ni artículos de higiene femenina.

–Ya. Sí.

–Espera aquí. Te voy a hacer una lista. Y más cerveza.

A Eddie Sullivan le lleva diez minutos garabatear una lista desastrosa en la parte de atrás de un recibo arrugado. Después, Danny regresa al coche, que se ha enfriado a toda velocidad. Vuelve a poner la calefacción y regresa despacio a la civilización, pero en esta ocasión mantiene las luces apagadas. No ve ni rastro del Cadillac negro. Gira por el desvío de la finca de Stephanie, frena en la puerta, salta del coche y va corriendo hasta el telefonillo. Aprieta el botón y espera, manteniéndose siempre a la vista para que la cámara, dondequiera que esté, le vea. Unos segundos después, se abre la puerta y conduce hasta el interior.

Stephanie le está esperando de pie, bajo la luz cálida del porche. Está vestida con vaqueros, botas y un jersey enorme y grueso. Lleva el pelo recogido. Danny sale del coche y avanza al trote hasta ella.

–Espero que no te importe que te haya traído la compra un día antes –dice.

–No me importaría... –responde ella–, si la hubieras traído.

Él baja la vista a sus brazos vacíos.

–Ah, sí. Tuve que dársela a otra persona, la verdad. A Eddie Sullivan. Lo siento.

–No te preocupes. Estoy segura de que le encantarán las compresas. Entra, no te quedes en la nieve.

Danny se apresura a pasar, Stephanie cierra la puerta y Xena levanta la cabeza. Está echada junto al fuego que crepita en la chimenea. Cuando ve que solamente es Danny, vuelve a bajar la cabeza y sigue durmiendo. En el sofá de al lado hay una manta y un libro abierto sobre un cojín.

–¿Va todo bien? –pregunta Stephanie.

–La verdad es que no –responde Danny girándose hacia ella–. Han venido dos hombres a la tienda preguntando por ti.

No desorbita los ojos ni abre la boca de sorpresa. No se pone pálida ni retrocede. Simplemente se queda donde está y asiente, aguarda unos instantes y luego pregunta:

–¿Qué dijeron?

–Entraron fingiendo que no se conocían. Un hombre gordo con coleta que dijo llamarse Jeremiah, y un anciano, Gant.

–Nunca he oído hablar de ellos –dice Stephanie–. Continúa.

–Jeremiah empezó a preguntarme si tenía matarratas, cuchillos de caza y pistolas. Comentó algo sobre candados y cadenas. Entonces Gant se acercó y se puso a hablar de sus lugares de origen y cuál era su acento favorito y me preguntó si había oído algún acento irlandés hacía poco y si conocía a alguna mujer irlandesa en el pueblo. Dije que no.

–Gracias.

–Parecieron sorprendidos. Esperé un poco y luego vine hacia aquí, pero me siguieron.

–Y por eso fuiste a ver a Sullivan –asiente Stephanie–. Le diste mi compra para perder su rastro. Muy listo.

–Si hubiera sido listo, no los habría conducido hasta aquí al principio.

–¿Estás seguro de que ahora no te han seguido?

–Bastante.

Stephanie aparta la vista y se queda pensativa. Luego se gira y entra en otra habitación. Danny titubea y la sigue despacio, carraspeando para indicar su presencia. Se la encuentra en una habitación iluminada por un montón de monitores de vigilancia que muestran todos los puntos de entrada en la propiedad. No solamente hay una cámara en la puerta, como siempre supo, sino también a la vuelta de la carretera. Ambas pantallas muestran leves remolinos de nieve: ni rastro de Gant o Wallow.

–Conducían un Cadillac negro –dice Danny.

Stephanie dedica unos instantes a contemplar los monitores.

–Bueno, parece que los perdiste.

–¿Quiénes son? Si no te molesta que te lo pregunte.

–No lo sé. No me suenan sus nombres ni la descripción que me has dado.

–¿Qué quieren?

–Me temo que eso no puedo decírtelo.

–¿Estás metida en algún lío? A lo mejor deberías llamar a la policía o algo. No es que hicieran nada realmente amenazante, pero... me dio la sensación de que podían ser peligrosos si... ya sabes.

Stephanie sonríe y muestra un hoyuelo.

–Estaré bien, en serio. Sé cuidarme sola. Y tengo a Xena. Ella me protegerá.

Danny mira a la perra dormida, que gime suavemente, dando patadas con las patas traseras mientras persigue en sueños a algún pobre conejo desafortunado.

–Ya –dice–. Mira: si te doy mi número, ¿me llamarás si... no sé, si aparecen, si necesitas ayuda o si te pones nerviosa aquí sola?

–Claro –responde Stephanie–. Dame tu número y yo te llamaré si me pasa algo de eso.

Le escribe su número en una libreta y ella ni siquiera lo mira.

–Gracias por venir –dice ella–. Te lo agradezco mucho. Si vuelves a verlos, no cambies tu historia: di que aquí no vive ningún irlandés. Seguramente ya estén de camino al siguiente pueblo y usen el mismo sistema y hagan las mismas preguntas.

–¿No te preocupa que te encuentren?

Stephanie le mira y hay algo especial en su sonrisa.

–Sé cuidarme sola –dice.

21

EL DESALOJO

TEPHANIE estaba a punto de chocar a toda velocidad contra el cristal. Solamente le dio tiempo a cubrirse la cabeza y cerrar los ojos antes de que el mundo entero se rompiera a su alrededor. Aterrizó entre los fragmentos y rodó en la oscuridad hasta que se detuvo. La ropa le había protegido el cuerpo, pero tenía el dorso de las manos lleno de cortes. La sangre fluía libremente, goteaba por sus palmas y resbaló hasta el suelo cuando ella se puso de rodillas.

Se miró las manos ensangrentadas y frunció el ceño, pensando en lo vacías que estaban. Tardó un segundo en caer en la cuenta de que había perdido el Cetro. Oscuretriz ya entraba flotando por la ventana rota.

–Cada vez que te veo estás más guapa –dijo, aterrizando. Su cuerpo absorbió las sombras que había a su alrededor y su silueta negra brillante contrastó con el cielo teñido de naranja de la ciudad nocturna.

Stephanie se levantó, olvidando el dolor de sus manos. Estaban en una tienda, en un centro comercial, rodeadas de maniquíes congelados en diferentes poses. No había sonado ninguna alarma, pero no le sorprendió: hay pocos sistemas de seguridad preparados para la posibilidad de que alguien se estrelle contra el cristal del último piso.

159

–¿Qué hacías en la Cripta? –preguntó Oscuretriz, acercándose despacio–. ¿Finbar ha tenido una visión? ¿Sabe que yo estaba buscando *El Grimorio de Hessian*? ¿Estabais intentando frustrar mi malvado plan?

Soltó una risita. Era suave, burlona y amenazadora. Stephanie retrocedió. Estaba convencida de que llevaba el Cetro en la mano cuando chocó contra el cristal. Sí, seguro. Eso creía. O esperaba. Tenía que estar ahí, en algún lugar, a su alrededor. En el suelo, esperando que ella lo encontrara, lo esgrimiera y lo utilizara para convertir a Oscuretriz en polvo.

–No me vas a matar –dijo Stephanie, y dejó de retroceder. Se mantuvo en el sitio.

–¿Ah, no?

–Si me matas, destrozarás a papá y mamá. Y no quieres hacerles daño, ¿verdad? ¿No fue eso lo que dijiste? Si me haces algo, ellos...

–Lo superarán –sentenció Oscuretriz–. A gran escala, mi querido reflejo, ¿qué importa una vida? ¿Qué importan un millón de vidas? ¿Un billón? La respuesta es que no mucho. Todos somos energía, nada más que eso.

Oscuretriz estaba de pie justo delante de ella. Las botas de Stephanie la hacían ligeramente más alta. Oscuretriz iba descalza.

Allí. El Cetro estaba en el suelo, justo detrás del talón de Oscuretriz.

–Bien –asintió Stephanie–. ¿Quieres matarme? Mátame. Pero no antes de que te rompa la nariz.

Oscuretriz soltó una carcajada.

–Por supuesto. Venga, ataca con todas tus fuerzas.

Stephanie puso una mueca. Esto iba a doler de verdad.

Lanzó un puñetazo con todas sus ganas. La nariz quedó aplastada, pero Oscuretriz no movió la cabeza y los nudillos de Stephanie se destrozaron con el impacto. Mientras Oscuretriz se curaba a sí misma, Stephanie gritó, se agarró la mano y cayó de rodillas.

–Espero que haya merecido la pena –dijo Oscuretriz.

Stephanie agarró el Cetro con la izquierda y Oscuretriz soltó una maldición, retrocediendo, cuando un relámpago negro pasó junto a su rostro y convirtió un maniquí en una nube de polvo.

Oscuretriz se tiró hacia un lado mientras Stephanie volvía a disparar, intentando coger puntería, pero era imposible ver a Oscuretriz en la penumbra: avanzaba entre los percheros llenos de chaquetas y desaparecía entre los huecos de los expositores. Stephanie captó un movimiento, se giró y disparó: Oscuretriz retrocedió con un tropiezo, echó a correr y se lanzó contra la pared. La atravesó, dejando un agujero.

El Cetro estaba húmedo de sudor y sangre. Stephanie se volvió en círculo, despacio. La mano derecha latía y le dolía tanto que tenía ganas de gritar. Vio un movimiento junto a la ventana y se asomó. Nada. Por el rabillo del ojo notó algo, se dio la vuelta en redondo. Nada.

Oyó una risa.

A su espalda sonó un golpe de nudillos contra el cristal, tan fuerte y repentino que Stephanie soltó un grito de sorpresa a la vez que se volvía. Otro golpe contra otra ventana. Y luego, otro. Golpe tras golpe, Stephanie se giraba a cada uno, cada vez más rápido, intentando apuntar contra algo que era más negro que la noche borrosa del exterior, contra esa risa, tan cruel y llena de confianza. Stephanie alzó el Cetro y disparó, una y otra vez, intentando dar a Oscuretriz según pasaba, intentando anticiparse, igualar su velocidad. El relámpago negro desintegraba las paredes, ventanas, partes del suelo y del techo. Un expositor lleno de corbatas se convirtió en polvo.

Stephanie se volvió de nuevo y se quedó quieta. Le zumbaba la cabeza, la adrenalina hacía que le temblaran las puntas de los dedos, el miedo devoraba hasta el último rincón de su mente. El ventanal que tenía delante continuaba entero. Vio su propio reflejo ante ella. Estaba pálida. Parecía pequeña, débil y aterrorizada. Parecía una víctima. Una presa.

Entonces se dio cuenta de que había una cara detrás de la de su reflejo, y estaba sonriendo.

Oscuretriz destrozó el cristal y su mano se cerró en torno a la garganta de Valquiria. La alzó en vilo y apretó con más fuerza; no había nada que pudiera hacer. Iba a morir. Entonces, la mano la soltó; Stephanie se desplomó contra un expositor y los zapatos salieron despedidos. Se frotó la garganta, jadeando sin aliento, y alzó la vista. Skulduggery y Oscuretriz giraban en el aire y se chocaban contra una pared.

Oscuretriz se liberó, abrió la boca:

–A ver, ¿de verdad crees que esto es una buena ide...?

Skulduggery le dio un cabezazo. Ella se estrelló contra la pared y el esqueleto repitió el golpe una y otra vez, machacando los huesos y hundiéndole el cráneo.

No es que eso fuera a detenerla, por supuesto. Se agachó, pasó por debajo del brazo de Skulduggery y le rodeó la cintura con las piernas. Le agarró el cráneo y se dispuso a arrancárselo, pero Skulduggery salió volando hacia atrás. Antes incluso de que chocaran contra el suelo y se separaran, Oscuretriz ya se había curado las heridas de la cara.

Skulduggery chasqueó los dedos.

–Stephanie –dijo–, corre.

Levantó las manos y dos vendavales gemelos envolvieron a Oscuretriz, y sus carcajadas llenaron el aire mientras Stephanie huía hacia las escaleras. Se lanzó contra la puerta abierta, saltó y chocó contra los peldaños, después contra la pared y rebotó. Corrió hasta el siguiente tramo y repitió el salto. Estuvo a punto de torcerse el tobillo al aterrizar, pero se incorporó tambaleándose y saltó el tercer tramo de escaleras. Se dio con el pie contra el último peldaño y rodó por los suelos. Se mordió la lengua, se dio un golpe en la cabeza y se le cayó el Cetro.

Se quedó ahí quieta, aturdida, antes de oír un *crash* arriba que la obligó a ponerse de nuevo en marcha. Se levantó, agarró el Cetro bajo el brazo y bajó las escaleras de tres en tres, agarrándose firmemente a la barandilla.

Llegó a la planta de abajo. Destruyó con un relámpago negro la puerta de emergencia y salió a la calle. Se guardó el Cetro en la mochila, junto al grimorio, y corrió, avanzando entre las últimas personas que quedaban después de la juerga nocturna. De pronto, al darse cuenta de que no tenía ni idea de adónde se dirigía, sacó el móvil y abrió los mapas para ver cuál era el camino más rápido de regreso a la galería. Lo encontró. Estaba a cinco minutos corriendo. Se guardó el móvil en el bolsillo y empezó a andar, pero se detuvo al oír chirriar los frenos de un coche. Se giró lentamente.

Un taxista había frenado de golpe y los faros iluminaban completamente a Oscuretriz, que caminaba lentamente por la mitad de la carretera. El taxista pitó y Oscuretriz giró la cabeza hacia él.

Stephanie echó a correr.

Hubo un estruendo, un chirrido metálico, el conductor chilló y Stephanie corrió, corrió, corrió y corrió. Se le olvidó el dolor de la mano. Se le olvidó lo mucho que le ardían los pulmones, lo cansadas que tenía las piernas, el dolor de los músculos, los cortes, contusiones y la sangre. Corrió porque si no lo hacía, la mataría. Corrió hasta que se quedó sola. Corrió hasta llegar a una puerta azul y se detuvo en seco. Tomó aire y se volvió. Ya no se oían gritos. Sirenas sí, más de una.

Oscuretriz surgió de entre las sombras, a su lado.

–¿Adónde pensabas que llegarías?

Stephanie se derrumbó contra la puerta. Jadeó, sudando, muerta de miedo, mientras Oscuretriz se quedaba ahí de pie tranquilamente, sonriendo.

–¿Skulduggery? –logró preguntar Stephanie.

–Le he arrancado las piernas –dijo Oscuretriz–. Nada demasiado traumático. Acabar con él me hubiera llevado mucho tiempo, y no quería que llegaras demasiado lejos con mi librito.

163

Me han dicho que es totalmente adictivo –extendió la mano. Al ver que Stephanie no movía un músculo, se rio–. Vamos. ¿De verdad prefieres que te lo quite? ¿No es más fácil que me lo entregues de una vez?

–Me vas a matar de todos modos.

–Todos seguís usando esa palabra: matar. No te voy a matar. Te voy a transformar; regresarás de nuevo a tu forma original.

–Lo llames como lo llames, vas a hacerlo te entregue o no el grimorio.

–Es cierto –asintió Oscuretriz–. Pero de este modo contarás con unos cuantos momentos más de conciencia antes de apagarte. ¿No merece la pena rendirse por eso? ¿Incluso humillarse un poquito?

–¿Quieres... quieres que suplique?

La sonrisa de Oscuretriz se hizo más amplia.

–Quiero verte de rodillas.

–No pienso hacerlo.

–Solo porque no te guste suplicar no significa que no vayas a hacerlo. Dame el grimorio, ponte de rodillas y suplica clemencia.

Stephanie echó el brazo hacia atrás, buscando a tientas en la mochila.

–Una advertencia amistosa –dijo Oscuretriz–: Si coges el Cetro, haré que tu muerte dure días.

Se detuvo un instante antes de seguir buscando, ahora mucho más despacio. Oscuretriz soltó una risa suave.

Stephanie agarró el picaporte, lo giró, abrió la puerta de golpe y retrocedió arrastrándose, pero Oscuretriz la siguió, caminando tras ella. Abrió la boca para decir algo, sin notar el círculo de símbolos pintados en el suelo, que despidió una luz cegadora en cuanto el poder de Oscuretriz se reflejó. La fuerza la golpeó, se tambaleó con los ojos desorbitados y cayó de rodillas. Se apoyó contra las manos, con movimientos lentos y pesados. Stephanie se agachó buscando el símbolo central y pasó los dedos por encima como NJ le había enseñado, hasta que el círculo dejó de brillar. Se levantó, sacó el Cetro de la mochila con la derecha y apuntó a la cabeza de Oscuretriz.

Una orden. Eso era todo lo que tenía que hacer. Solo pensar la orden y la gema dispararía un relámpago negro que convertiría en polvo a Oscuretriz. Después de aquello, se acabó. Oscuretriz habría muerto, Valquiria habría desaparecido para siempre y Stephanie podría vivir una vida normal.

Una simple orden.

Con el ceño fruncido, Stephanie golpeó con la palma de la mano rota la pieza metálica triangular que llevaba en el cinturón y, un instante después, Fletcher se teletransportó con Cassandra, Finbar y Deacon Maybury. Al ver a Oscuretriz, Deacon sintió que todo su valor se esfumaba, pero Cassandra lo agarró y lo empujó hacia delante. Presa del pánico, Deacon sostuvo la cabeza de Oscuretriz entre las palmas y los demás formaron un círculo, con las manos unidas, mientras Oscuretriz jadeaba y echaba la cabeza hacia atrás.

Tenía los ojos muy abiertos. Desenfocados. No intentó levantarse.

–La tenemos –susurró Finbar.

Skulduggery apareció de golpe y cerró la puerta a su espalda. Ni siquiera miró a Stephanie. Avanzó hasta donde Oscuretriz se encontraba arrodillada y se agachó junto a ella. Le agarró las manos.

–El gorrión vuela al sur en invierno –dijo–. El gorrión vuela al sur en invierno.

Fletcher se quedó junto a Stephanie y le agarró la mano. En la otra sostenía un Atrapa Almas. Comenzó a brillar, se iluminó el interior con remolinos de luz. Oscuretriz echó la cabeza hacia atrás y chilló, temblando de los pies a la cabeza. Skulduggery la sujetó por los brazos y la mantuvo sentada.

–El gorrión vuela al sur en invierno –repitió en voz alta–. El gorrión vuela al sur en invierno.

El Atrapa Almas brillaba tanto que Stephanie estaba a punto de apartar la vista, pero entonces apareció una grieta de color azul profundo en la superficie que encerraba la luz del interior. Los sensitivos dieron un paso atrás: el enlace se había roto.

–La tenemos –dijo Cassandra, tomando el Atrapa Almas de manos de Fletcher y sosteniéndolo como si fuera una bomba a punto de explotar.

Stephanie dio un paso a un lado para contemplar a Oscuretriz. No, ya no era Oscuretriz. Nunca más. Valquiria.

La piel de sombras de Valquiria sufrió un espasmo y ella se alejó de Skulduggery, de todos, retrocedió hasta la esquina, con los ojos desorbitados de pánico e incomprensión.

Skulduggery alzó las manos.

–Valquiria –dijo–. Soy yo. Soy Skulduggery. Todo está bien. Estás a salvo. Escúchame, escucha mi voz. Te llamas Valquiria Caín. Estás al mando.

La oscuridad que cubría el cuerpo de Valquiria se retorció, caracoleó y el brusco movimiento pareció aterrorizarla más que nada.

Skulduggery sacó un grueso collar de su bolsillo, del que colgaba un pesado amuleto. Lo lanzó al suelo junto a Valquiria y las sombras se deslizaron y fluyeron hasta él. El esqueleto se quitó la chaqueta y cubrió el cuerpo de Valquiria, mientras el amuleto absorbía hasta la última gota de su poder nigromante.

–¿Valquiria? –musitó Skulduggery con suavidad.

Ella pestañeó y le miró. No dijo una palabra durante un buen rato.

–Eres... eres un esqueleto –murmuró al fin.

Skulduggery inclinó la cabeza.

–Así es. Y llevo siéndolo unos cuantos años.

Valquiria asintió.

–Me gustan los esqueletos –dijo, y cerró los ojos. Skulduggery la levantó en brazos.

22

EL REGRESO
DE VALQUIRIA CAÍN

STEPHANIE se fue de compras.

Mientras todo el mundo seguía montando jaleo por el regreso de Valquiria la noche anterior, ella se dio un paseo por el distrito comercial de Roarhaven. Algunas de las tiendas estaban empezando a pasar apuros económicos (no se había hecho realidad el prometido flujo de hechiceros dispuestos a gastarse el dinero), pero, por lo menos, aún seguían todas abiertas.

Encontró una que vendía ropa protectora –no tan efectiva como la de Abominable Bespoke y, desde luego, no tan finamente confeccionada; sin embargo, cumplía la función que se supone debía cumplir–. Se compró un conjunto completo, pagó en caja y, mientras esperaba su cambio, se dio cuenta de que la mujer que había tras el mostrador le profesaba un odio profundo y sincero. Stephanie estaba acostumbrada.

No tenía la culpa de ser idéntica a Oscuretriz.

Regresó al Santuario, tomándose su tiempo, disfrutando de la soledad. Había salido el sol y hacía bastante calor, teniendo en cuenta la época del año en la que se encontraban. Pasó junto a algunas personas que también le lanzaron miradas de odio. Se lo permitió.

Subió los escalones del Santuario. Los Hendedores que montaban guardia eran las únicas personas que habían hecho caso omiso de su presencia en las dos últimas horas. Se preparó para lo que se le venía encima y entró en el gran vestíbulo. Había un montón de hechiceros nerviosísimos paseando de un lado a otro. Oscuretriz había sido derrotada. Era el fin de Oscuretriz. La crisis había terminado. Ya no había nada que temer, nada de lo que preocuparse. Ya no se necesitaba a Stephanie.

Encontró una habitación vacía y se cambió de ropa. No había escogido prendas negras. Ella no era Valquiria Caín. Era Stephanie, y a Stephanie siempre le encantó el abrigo que Abominable le había confeccionado, con las mangas de color rojo oxidado. Se puso unos pantalones y una chaqueta del mismo color. Le venía un poco justo, pero la favorecía: era como si estuviera cubierta de sangre oscura. Sonrió a su reflejo, guardó la ropa negra de Abominable en una bolsa y empezó a caminar sin rumbo. De pronto descubrió que estaba en la sala del Acelerador.

—Hola, Stephanie —dijo el Ingeniero—. ¿Cómo se encuentra?

—Genial —dijo—. De fábula. O debería estarlo. La verdad es que no sé por qué no me siento así.

El Ingeniero asintió.

—Las emociones humanas son difíciles de comprender.

—Así es —asintió ella—. ¿Cuánto nos queda?

—El Acelerador se sobrecargará en once días, cuatro horas y ocho minutos.

—Bien.

—¿Querría usar su alma para desactivarlo?

—Aunque quisiera hacerlo, dudo que funcionara.

—¿Por qué motivo?

—Soy un reflejo —respondió Stephanie—. No he nacido. No soy natural. Funciono mal. No me dieron la vida: la tomé. No creo que tenga alma.

—En ese caso, entre en el Acelerador, suba al podio y trataré de extraerla. Si de verdad cree que no tiene alma, no sufrirá ningún daño, así que ¿de qué tiene miedo?

—No... no tengo miedo, yo...

—Sin embargo, si existe alguna parte de usted que se atreva a creer que todo lo que está vivo cuenta con un alma, en la forma que sea, entonces le recomendaría que declinara mi amable oferta.

Stephanie estrechó los ojos.

—Tienes una forma muy retorcida de ayudar a la gente.

El Ingeniero hizo un movimiento que podría ser un encogimiento de hombros.

—Me gusta la gente. He ayudado a mucha durante mis viajes.

—¿Por qué te fuiste, para empezar? Te construyeron para cuidar del Acelerador. Ese era tu único propósito. Para eso existías.

—Me quedé ahí durante décadas. Luego me aburrí.

—No, eso lo entiendo, lo que digo es... A lo mejor la pregunta que quiero hacer es: ¿cómo?, ¿cómo pudiste ignorar tu propósito original y elegir otro?

—Fue fácil —respondió el Ingeniero—. Se me ocurrió la idea de que yo era el dueño de mi propio destino. Una vez me di cuenta de que podía existir, y me refiero en un sentido puramente intrínseco, el mundo entero se abrió ante mí. Definí mi propio propósito.

—Pero ahora estás aquí, donde empezaste.

—Porque se me necesita. Cuando ya no se me necesite, redefiniré de nuevo mi propósito. ¿Por qué lo pregunta?

—No... no lo sé. Supongo que me preguntaba cuál era mi propósito. Hace unos días, todo estaba muy claro. Terminar la misión, regresar a una vida normal. Pero ahora, yo... no sé si podré conseguirlo.

Se oyeron pasos fuera. Stephanie se giró cuando Fletcher se asomaba.

—Pensé que estarías aquí —dijo—. Hola, Ingeniero.

–Hola, Fletcher. ¿Le gustaría utilizar su alma para desactivar el Acelerador?

–Gracias, pero no –dijo, entrando en la sala–. Venía a ver a Stephanie.

Ella esbozó una sonrisa forzada.

–¿Cómo se encuentra Valquiria?

–Bien –respondió–. La doctora Synecdoche le está haciendo algunas pruebas. Aparte de estar muy hambrienta, parece encontrarse perfectamente. Al parecer, Oscuretriz había superado la necesidad de alimentarse.

–Bien por ella –murmuró Stephanie–. ¿Por qué no estás con Skulduggery, sentado junto a la cama de Valquiria, dando gracias porque haya regresado sana y salva?

Fletcher se la quedó mirando con fijeza.

–¿Qué es lo que te preocupa?

–¿A mí? No me preocupa absolutamente nada. Estoy bien. Estoy genial. Estoy...

–Steph...

–¡Íbamos a matarla! –estalló Stephanie; al instante, se sonrojó–. Quiero decir... No a Valquiria, a Oscuretriz. Ese era el plan. Por ese motivo decidí colaborar. Matamos a Oscuretriz y nos vamos todos a casa. En cambio, ¿qué ha pasado? Oscuretriz está dentro de una bola de nieve, Valquiria en la cama del hospital, ¿y yo? ¿Dónde estoy yo? ¿Cuál es mi sitio ahora? Así de fácil –chasqueó los dedos–. Ya no soy la compañera de Skulduggery. Desde el instante en que aparece la original, la real, de nuevo soy el reflejo terrorífico en el que nadie puede confiar.

–Yo confío en ti –dijo Fletcher.

–¿Tú? En el mismo instante en el que Valquiria te mire y agite las pestañas, olvidarás todo sobre...

Fletcher le acarició la cara, le giró la cabeza y la besó, bebiéndose el resto de sus palabras.

Cuando se apartó, la miró a los ojos.

–Tú eres mi novia –dijo–. Tú. No ella.

–Pero ella es...

–Tú, Steph. ¿Lo pillas? –ella asintió y Fletcher sonrió–. Me encanta la ropa, por cierto.

Subieron las escaleras hasta el ala médica.

Valquiria contaba con su propia habitación. Claro que sí: solo lo mejor para Valquiria Caín. Stephanie y Fletcher entraron y Skulduggery y Valquiria alzaron la vista.

–Hola –dijo Stephanie.

–Hola –dijo Valquiria.

Se hizo un silencio.

–Bueno, menos mal que la situación no resulta embarazosa –comentó Fletcher alegremente.

Se oyó un ruido de tacones altos contra el suelo encerado y Stephanie se apartó a un lado. China avanzó directa hasta la paciente. El Hendedor Negro se quedó en la puerta.

–Bienvenida de nuevo, querida –saludó China, dándole un beso en las mejillas–. De todos los resultados posibles, que no murieras ayer por la noche seguramente sea uno de los mejores.

–Eso significa mucho para mí... viniendo de una Gran Maga –respondió Valquiria–. ¿Cómo lograste amañarlo?

China hizo un aspaviento airoso con la mano.

–La gente desesperada y llena de miedo hace cosas desesperadas y llenas de miedo. Pero ya hemos hablado lo suficiente sobre el proceso electoral. ¿Dónde está Oscuretriz?

Skulduggery sacó el Atrapa Almas y se lo mostró a China.

–¿Y esto la retendrá? –preguntó.

–No tenemos motivos para pensar lo contrario –respondió el esqueleto–. Lo reforzaremos. Nos aseguraremos de que no existe ninguna posibilidad de que escape.

China tamborileó contra el vidrio.

–Entonces, está hecho. Ha terminado. Ha terminado, ¿no?

Skulduggery asintió.

–Ha terminado.

China se enderezó.

–Creo que se impone una celebración. Podría haber salido terriblemente mal, pero míranos: amenaza evitada, villana atrapada, y hasta volvemos a contar con Valquiria. ¡Tipstaff!

El administrador apareció en la puerta.

–¿Sí, Gran Maga?

–Organiza una fiesta, ¿quieres? Una celebración extravagante, pero no decadente.

–Extravagante pero no decadente, por supuesto –Tipstaff asintió–. ¿Quiere algo en particular?

China miró a los demás.

–¿Peticiones? ¿Hay algo que os gustaría ver en la fiesta? ¿Globos? ¿Trapecistas? ¿Elefantes? Tenemos que hacer algo grandioso. La gente necesita garantías de que todo marcha bien de nuevo. Invitaremos a todos los Consejos de todos los Santuarios del mundo. Será maravilloso. Será fabuloso –sus ojos se posaron en Skulduggery–. Y tú entregarás la invitación a Zafira Kerias personalmente.

Skulduggery inclinó la cabeza.

–Ya me estaba preguntando cuánto duraría este respiro.

China agitó su mano otra vez y Tipstaff se marchó.

–Tenemos tres problemas –continuó China–: Oscuretriz era el primero, pero ella ya no supone ninguna amenaza. Nos has salvado a todos y te damos las gracias. Aún quedan dos problemas más: los renegados y los Vestigios. Por suerte para nosotros, he estado pendiente de las noticias, y los últimos informes sugieren que el Santuario estadounidense está ocultando a los renegados. Has resuelto el problema número uno: ahora quiero que vayas con Vex, Rue y los cazadores de monstruos y resuelvas el número dos. Cuando tengamos esposados a los renegados, te encargarás del problema número tres.

–Cuando dices que has estado pendiente de las noticias...

China sonrió.

–Recibí esa información de una fuente confidencial.

–¿Uno de tus espías de los viejos tiempos?

–Precisamente. Siempre me ha entregado información precisa y fiable, y no veo ningún motivo por el que ahora debería ser distinto.

–Fletcher, te vas a teletransportar de nuevo junto a Dexter dentro de unos minutos, ¿no? –dijo Skulduggery.

–Ahora mismo, de hecho –contestó Fletcher–. Quería ayudarle a buscar la siguiente ciudad de nuestra lista. No debería llevarnos más de una hora... más o menos.

Skulduggery asintió.

–Bien. Cuando eso esté hecho, le vamos a hacer todos una visita a la Gran Maga Kerias.

–Se lo diré –asintió Fletcher. Le apretó la mano a Stephanie un instante antes de soltarla y desaparecer.

China se volvió hacia Valquiria.

–Bien, ahora que nos hemos encargado de todos esos asuntos tan inoportunos, puedo decir que me alegro mucho de volver a tenerte con nosotros. ¿Cómo estás?

Valquiria esbozó una lúgubre sonrisa.

–Cansada. No estoy totalmente segura de lo que ha pasado, pero... estoy bien. Bastante sorprendida de que vengas a visitarme, por cierto. Creía que ese no era tu estilo.

–Decidí romper esa norma por ti. Me salvaste la vida, ¿sabes? ¿No lo recuerdas?

–Recuerdo que ardiste en llamas.

China asintió.

–Podrías haberme dejado morir. Oscuretriz podría haberme dejado morir. Pero no lo hizo. Todavía había en ella lo suficiente de ti para salvarme. Nunca olvidaré eso.

–Me alegro de que me detuvierais antes de que hiciera daño a nadie más.

–Todos hemos hecho cosas de las que no nos sentimos orgullosos. Todos hemos hecho cosas cuestionables. Algunos hemos hecho cosas terribles. Pero ahora vuelves a estar con nosotros, sana y salva, y te vas a poner bien –se giró al ver entrar a Synecdoche–. ¿No es cierto, doctora?

Synecdoche echó un vistazo a los monitores.

–Totalmente –murmuró antes de alzar la vista–. Sí. En perfecto estado de salud. No hay ningún motivo por el que Valquiria no pueda salir andando de esta habitación en los próximos minutos. ¿Podría ver el Atrapa Almas, por favor?

Skulduggery se lo mostró y Synecdoche pasó la mano por el cristal. Su palma se iluminó. Incluso desde donde estaba, Stephanie notó el calor que irradiaba.

–¿Qué estás buscando? –preguntó Skulduggery.

–La lectura de energía –respondió ella–. Erskine Ravel continúa sufriendo tortura. Si Oscuretriz ha sido encerrada, como es el caso, el vínculo debería haberse roto. No entiendo por qué sigue sufriendo.

–¿Crees que el vínculo continúa activo? –preguntó China.

–Eso parece –asintió Synecdoche–. Aunque no noto ningún rastro aquí.

–Tal vez tengamos que reforzar el Atrapa Almas antes de que se rompa el vínculo.

Synecdoche masculló algo y después asintió.

–Sí, puede ser. Pero lo primero es aislar el Atrapa Almas. Si el vínculo continúa activo, es posible que Oscuretriz todavía se guarde algunos trucos bajo la manga. ¿Puedo llevármelo?

Skulduggery se lo entregó.

–Que no se te caiga. Contiene a una diosa.

–Lo intentaré.

China se quedó mirando a la doctora que se alejaba con el Atrapa Almas agarrado con las dos manos.

–Espero que Tanith no se sienta demasiado angustiada por haber perdido a su mesías –comentó con ligera malicia–. ¿Estamos un poco más cerca de encontrarla, por cierto?

–Hemos enviado Hendedores a la casa franca de la que nos habló Valquiria –dijo Skulduggery–. Pero no había ni rastro de ella.

China se giró hacia Valquiria.

–¿Alguna idea de adónde puede haber ido?

–No lo sé –contestó ella–. Ahora que Oscuretriz ha desaparecido, estará desesperada. Tal vez... –titubeó.

–¿Sí?

–Tal vez vaya en busca de Argeddion –completó Valquiria, sentándose derecha–. Oscuretriz quería usar el grimorio para encontrarlo; creía que si echaba un vistazo a su cerebro, lograría acelerar el proceso de alcanzar todo su potencial. Si Tanith lo encuentra, podría usarlo como rehén, amenazarnos con recordarle quién es a menos que le entreguemos a Oscuretriz.

–No entregaremos a Oscuretriz a cambio de nada –dijo China–. Aun así, Argeddion se encuentra en un estado demasiado precario como para soportar a alguien tan molesto como Tanith Low. Una sola palabra suya podría romper la ilusión en la que se encuentra, y las consecuencias de eso serían... desastrosas.

–Entonces tendremos que asegurarnos de que Tanith nunca llega hasta él –aseveró Skulduggery–. ¿Quién sabe dónde está?

–Hasta donde yo sé, solo Erskine Ravel y Deacon Maybury saben cuál es la nueva vida de Argeddion –respondió China–. Tenemos que proteger a Maybury, pero Ravel está demasiado ocupado gritando de agonía como para decir nada sobre el asunto, así que supongo que ahora mismo estamos razonablemente seguros. Mientras, necesito que os encarguéis del problema de los renegados.

–Llamaré a Dexter para que me ponga al día –dijo Skulduggery. Se volvió hacia Stephanie–. ¿Qué planes tienes?

Stephanie parpadeó.

–¿A qué te refieres?

–Has cumplido tu parte del trato. Nos has ayudado a detener a Oscuretriz. Si quieres, buscaré a alguien que te lleve a casa.

Sí. Quería decir sí. Quería decir sí y salir de allí y no volver la vista atrás. Pero...

Pero Valquiria estaba allí sentada, y Stephanie sintió que algo se retorcía en sus entrañas al pensar en alejarse de una situación en la que ella estaría deseosa de participar. Ego. Eso es lo que era: orgullo y ego.

–Me quedaré hasta que nos ocupemos de los renegados –declaró–. Cuento con el arma más poderosa, al fin y al cabo. Os ayudaré una última vez y luego me marcharé.

–Se agradece tu ayuda –dijo Skulduggery, girándose para marcharse. Stephanie se dispuso a seguirle y Valquiria salió de la cama, pero él las taladró con la mirada–. Quedaos aquí. Las dos.

–¿Qué? –soltó Stephanie–. He dicho que ayudaría.

–No me vas a dejar al margen de esto –protestó Valquiria.

–No tengo intención de hacerlo –declaró el esqueleto–, pero no quiero que estéis todo el tiempo discutiendo.

Stephanie frunció el ceño.

–No hemos intercambiado más que una palabra.

–Exacto. Quiero que habléis. Tenéis muchas cosas que arreglar, y cuanto antes lo hagáis, más útiles seréis para mí. Nos vamos a teletransportar a Estados Unidos dentro de una hora. Confío en que para entonces seáis amigas.

Se marchó junto a China. El Hendedor Negro los siguió. Stephanie miró a Valquiria. Pasaron unos segundos.

–¿Y ahora qué? –preguntó.

–No lo sé –respondió Valquiria–. Tal vez...

–Te voy a decir lo que va a pasar. Tú te fuiste. Lo dejaste, dejaste todo lo que tenías desde que naciste. Ahora ellos son mi familia.

Valquiria entrecerró los ojos.

176

–Podríamos haber solucionado esto, ¿sabes? No tenías que atacarme. No tenías que intentar matarme. Podríamos haberlo hablado...

–No habríamos hablado –la interrumpió Stephanie–. Ni siquiera habrías considerado la posibilidad de un trato.

–Pues hagamos uno. Todavía voy a necesitar un reflejo para...

–No soy tu reflejo.

Valquiria levantó las manos.

–Lo siento, perdona, no quería decir eso. Me refería a que, ahora que he vuelto, seguiré estando con Skulduggery a diario, y no puedo hacerlo sin ti. Te necesito para que sigas haciendo lo que estás haciendo. Creo que deberíamos compartir mi... nuestra familia. Cuando yo esté en casa, puedes pasar la noche en otro sitio, y el resto del tiempo estás allí.

Stephanie negó con la cabeza.

–No funcionará. No sin el espejo. ¿Y si nos cortamos el pelo distinto? ¿Y si a una le sale un grano? ¿Y si ganas peso?

Valquiria puso mala cara.

–¿Y por qué tengo que ser yo la que engorde?

–Sin el espejo, no funcionará. Y ya no hay ningún espejo. Y aunque lo hubiera, no regresaría allí dentro.

–Tendremos que aprender –dijo Valquiria–. Establecer una rutina y aprender a solucionar los problemas que vayan surgiendo. ¿Te parece razonable?

Stephanie gruñó.

–Puede ser.

–Podemos coexistir, ¿sabes?

Stephanie volvió a gruñir y dejó la bolsa que llevaba en la mano sobre la cama.

–Aquí está tu ropa.

Valquiria pareció muy sorprendida. La abrió y echó un vistazo.

–¿Tú no la quieres?

–No quiero que la gente me confunda contigo. Tengo mi propia ropa. Quédate también con la vara, está ahí dentro. Yo no puedo recargarla y tengo el Cetro.

–Vale. Bueno... Gracias, supongo.

–Entonces, ¿ya somos amigas? ¿Puedo dejarte sola sin que Skulduggery me regañe por ello en cuanto vuelva?

–Yo no le diré nada si tú no lo haces.

Stephanie se encogió de hombros.

–Vale –dijo, acercándose a la...

23

... puerta.

Salió y la habitación se quedó en silencio. Habían llevado a cabo todas las pruebas, los sensitivos la habían examinado, había respondido a todas las preguntas y Oscuretriz los había engañado a todos.

Salió de la cama y se vistió. Pantalones negros –ajustados–. Chaqueta negra –abrochada–. Botas negras –impresionantes–. Había echado de menos aquella ropa que le había confeccionado Abominable. Bueno, se la había confeccionado a Valquiria, pero ¿cuál era la diferencia?

Soltó una carcajada. En realidad, ahora sí había una diferencia. Valquiria estaba encerrada en ese Atrapa Almas, y Oscuretriz, por una vez, estaba sola dentro de su cabeza.

Era agradable.

Lo único que tenía que hacer era recordar cómo se comportaba Valquiria. Debía tener presente qué cosas le importaban. Familia. Amigos. Pegar a la gente. No sabía cuánto tiempo podría mantener el engaño, pero tampoco necesitaba muchísimo. Solo el suficiente para averiguar quién era Argeddion ahora y dónde estaba, echarle un vistazo al *Hessian* y tal vez hacer alguna pequeña travesura, por pura diversión, entretanto...

Dejó el ala médica y salió a dar un paseo.

El Santuario había cambiado desde la última vez que estuvo allí. Ahora le recordaba al palacio de Mevolent de la dimensión alternativa. De hecho, Roarhaven era semejante a la ciudad entera, incluso por la gran muralla que protegía sus fronteras. Se preguntó si esa pequeña coincidencia incomodaría a Skulduggery. Seguramente sí.

Mevolent. Eso sí que había sido divertido. Todo un reto. Ni siquiera había descubierto su verdadero nombre y, sin embargo, pudo enfrentarse a ella en condiciones de igualdad y estuvo muy cerca de derrotarla.

Aguardaba con interés la revancha.

Vagabundeó por los pasillos, sonriendo a todos los que se encontraba, hasta que vislumbró a Deacon Maybury doblando una esquina. Le siguió, retrocediendo cada vez que estaba cerca de la gente. Cuando finalmente se quedó solo, entró en la habitación tras él.

−¡Hola!

Deacon alzó la vista y Oscuretriz vio la sorpresa en su rostro. Estaba acostumbrado a que le despreciaran −especialmente Valquiria−. No esperaba una sonrisa.

Oscuretriz paseó en círculos con aire desinteresado.

−Al parecer tengo que darte las gracias por haber sacado a Oscuretriz de mi cabeza.

Deacon parpadeó un par de veces antes de responder.

−Supongo −dijo−. Bueno, éramos un equipo entero...

−Pero tú eras la clave, ¿no? No hay nadie más capaz de separar nuestras personalidades así, ¿me equivoco? Eres el único con esa habilidad. Al menos, eso fue lo que dijo China.

−¿Eso dijo? Bueno, sí, a ver...

Oscuretriz se rio.

−Estás siendo modesto.

Él se rio junto a ella.

−No estoy acostumbrado a esto.

Al escuchar la broma de Maybury, Oscuretriz transformó su risita en una carcajada algo más sincera para ver lo mucho que a él le satisfacía. La sonrisa resplandeciente de Deacon le dijo todo lo que necesitaba saber. Pobre Maybury: lo único que había deseado toda su vida era que alguien le mostrara un poco de afecto.

–Gracias –dijo ella–. En serio, lo digo de corazón. No sabes lo que era estar ahí y no poder controlar nada, ni siquiera hablar. Entonces sentí tus manos en la cabeza, oí la voz de Skulduggery y me centré, tal y como me dijeron que hiciera. Y me sujeté mientras la arrastrabais, pataleando y chillando.

–Debe de haber sido horrible.

–Pero mereció la pena. Ahora me he liberado, y todo gracias a ti.

–Bueno, como ya he dicho, éramos todo un equipo, pero...

–Pero tú hiciste la mayoría del trabajo –concluyó ella, y Deacon volvió a reírse–. ¿Qué fue más difícil? –le preguntó–. ¿Separarme de Oscuretriz, o reescribir la personalidad de Argeddion?

Deacon meneó la cabeza a un lado y a otro, como si estuviera sopesando la respuesta.

–Ambas cosas fueron un reto –decidió finalmente–. En tu caso, el problema era aislar dos conjuntos de pensamientos y hacer posible que los demás sensitivos pudieran tirar de uno solo de ellos. Nunca había hecho nada parecido. Nadie lo ha hecho. Con Argeddion se trataba de reescribir una personalidad completa, con falsos recuerdos y una identidad falsa. Estoy más familiarizado con ese tipo de trabajo, pero aun así, también me costó bastante.

–¿Al menos le diste una identidad que mola? ¿Una estrella de rock, un multimillonario, algo así? –preguntó ella.

–¡Eso era lo que yo quería! Pero no me dejaron. Tenían razón, claro. Con suerte, esa personalidad le durará toda la vida. La clave para que no resurja era hacerlo aburrido, darle una existencia monótona. No incluir nada que pudiera hacerlo explotar.

–¿Qué es entonces?

–Un profesor de instituto.

Oscuretriz se echó a reír.

–¿En serio crees que ese era el mejor trabajo? ¡No he conocido en la vida un solo profesor que no esté estresado y hasta arriba de trabajo! ¡Si hay algo que pueda hacerlo explotar, es una clase llena de adolescentes maleducados!

Deacon sonrió.

–Pues no lo había pensado. La elección estaba entre un profesor y un bibliotecario, pero a la velocidad a la que están cerrando las bibliotecas, seguramente ya se habría quedado sin trabajo y eso le habría hecho explotar...

–¿Por qué profesor o bibliotecario?

Él pestañeó.

–Porque son los trabajos más aburridos que se me ocurrieron. No iba a hacerlo policía, bombero, o piloto de un jet, o...

–Ya. Vale, es lógico. Pero ¿qué me dices de oficinista o algo así?

–¿En qué oficina?

–¿Qué importa? Le das un escritorio, una grapadora y un trabajo intrascendente y sin sentido, con cero responsabilidad y sin estrés ninguno.

–Ah, pues sí –asintió Deacon–. No se me ocurrió. Seguramente es lo que debería haber hecho.

Oscuretriz meneó la cabeza, divertida.

–Por favor, al menos dime que da clase en un buen instituto.

–No tengo ni idea, la verdad –replicó Deacon–. De los detalles se encargó el Gran Mago (el ex Gran Mago, más bien), Ravel. Él eligió dónde trabajaría y viviría Argeddion. No creo que nadie más lo sepa. Es como un programa de protección de testigos, ¿sabes? Cuanta menos gente lo sepa, más seguro estará.

Oscuretriz asintió.

–Así que no tienes ni idea de dónde vive.

Deacon soltó una risilla.

–¡Ni siquiera sé su apellido!

–Ah. Bueno, supongo que ahora tendré que matarte...

La risa murió en sus labios.

–¿Perdón?

–Bueno, no te mataré exactamente. A ver, sí, terminaré con tu vida y esto, esta persona que estoy viendo, que tengo delante de mí, dejará de existir; pero no te preocupes por eso. La muerte física no significa nada. Todos somos energía, al fin y al cabo, ¿no? Pobrecito Deacon Maybury. Uno de los sextillizos de los cuales solamente quedan dos con vida. ¿Cómo murieron los otros, Deacon? ¿Me lo recuerdas?

–No... Valquiria, ¿qué pasa? ¿Por qué...?

–Davit se encerró en una habitación, pero se le olvidó dejar un hueco para que entrara el aire. Dafydd cayó en una trituradora de madera. Esa es mi favorita. ¿Cómo murieron los otros dos?

Deacon retrocedió despacio.

–Problemas intestinales y una cabra enferma de rabia.

Oscuretriz aplaudió.

–¡Le devoró una cabra rabiosa, sí! Creo que esa será ahora mi favorita. Así que solamente quedáis vivos Dai y tú.

–Tú no... no eres Valquiria...

Oscuretriz le dedicó una sonrisa.

–No. Así que ¿cómo te mato, Deacon? ¿De qué forma absurda y graciosa deseas morir? Es la tradición familiar, ¿no?

–No... no tienes por qué matarme. ¿Por qué ibas a hacerlo? No soy ninguna amenaza.

–Eres el único capaz de hacer lo que haces con las mentes de la gente, Deacon. Si le doy la oportunidad, estoy segura de que Skulduggery descubrirá alguna forma de utilizar tus habilidades contra mí antes de que pueda montar una defensa.

Las lágrimas rodaron por las mejillas de Deacon y juntó las manos en expresión de súplica.

–Por favor... No quiero morir...

–No pasa nada –le tranquilizó Oscuretriz–. No sentirás nada.

Movió la mano y Deacon explotó en átomos.

Ahora venía lo difícil. Todavía tenía el control de esos átomos, así que giró algunos, los manipuló y los cambió todo lo que pudo, lo que sus conocimientos limitados le permitieron. Luego los unió y en el aire apareció un patito amarillo de goma.

Cayó al suelo. Rebotó con un pequeño pitido.

Oscuretriz sonrió y salió de la habitación.

24

UN EXCELENTE PAR
DE EJEMPLARES

CLARABELLE les hizo una señal, y Scapegrace y Thrasher entraron a toda velocidad en el ala médica. Estaban a punto de descubrir el oscuro secretito del Santuario. Si Clarabelle estaba en lo cierto, si sus antiguos cuerpos seguían allí, habría preguntas que necesitaban respuesta. Preguntas como: ¿por qué?, ¿para qué?, ¿cuándo?, ¿dónde? Vale, sí, las dos últimas preguntas posiblemente fueran irrelevantes, y las dos primeras, idénticas, pero Scapegrace iba a encontrar respuestas, básicamente de la primera pregunta, y las iba a encontrar ese mismo día.

Cuando se aseguraron de que ninguno de los ocupados doctores y el personal sanitario los miraba, Scapegrace y Thrasher subieron a una camilla y se quedaron tumbados. Clarabelle les puso encima una sábana blanca de inmediato y no movieron un músculo mientras los empujaba.

Esta era la parte peligrosa. Eran vulnerables. Si alguien se daba cuenta de que Clarabelle estaba actuando raro, todo habría terminado. ¿Y qué pasaría entonces? ¿China Sorrows ordenaría su «desaparición»? ¿Se esfumarían misteriosamente los tres? ¿Hasta dónde llegaría aquel secreto? ¿Cómo de compleja era aquella conspiración?

Mientras los empujaba, Clarabelle tarareaba la canción de *Frozen*. Thrasher empezó a imitarla y Scapegrace lo fulminó con la mirada.

Qué curioso: ahora que de nuevo tenía un propósito en la vida, descubrió que su capacidad de enfadarse con Thrasher volvía. Durante semanas no había tenido energía suficiente para pedirle que cerrara el pico. Pero sentía que aquello estaba a punto de cambiar.

Clarabelle dejó de canturrear. Y también Thrasher, gracias a Dios. Entonces se detuvo la camilla.

—Clarabelle —dijo una voz femenina.

—Hola, doctora Synecdoche —respondió Clarabelle.

Scapegrace contuvo el aliento. Los iban a descubrir. Oh, Dios mío, los iban a descubrir.

—¿Qué llevas ahí? —preguntó la doctora.

—Partes de un cuerpo —replicó Clarabelle.

—¿Perdón?

—Partes de un cuerpo, trozos. Asquerosos y pringosos. Les he puesto una sábana encima porque son demasiado repugnantes como para mirarlos.

Synecdoche se quedó callada un instante.

—¿Y adónde los llevas?

—Por ahí.

—Ya veo. ¿De dónde los has sacado?

Scapegrace miró a Thrasher de soslayo. Thrasher estaba sudando. Él también lo notaba. Ya estaba. Aquello era el fin.

—Skulduggery Pleasant me dijo que los pusiera en un lugar seguro —continuó Clarabelle—. Me dijo que formaban parte de un caso importante en el que trabaja. Son los restos de Lewis Holmes.

Clarabelle pronunció ese nombre como si tuviera algún significado.

—¿Quién? —preguntó Synecdoche.

—Lewis Holmes. ¿No has oído hablar de él?

–Me temo que no.

–Lewis Holmes murió de una forma horrible mientras salvaba el mundo –explicó Clarabelle–. Se enfrentó a un malvado brujo y este le engañó, lo drogó y lo desmembró. Eso significa que le cortó los miembros.

–Sé lo que significa desmembrar, Clarabelle.

–El malvado brujo lo dio por muerto –continuó Clarabelle–, pero Lewis sobrevivió. Según Skulduggery, se ató cuatro torniquetes, y lo hizo solo con los dientes. Luego se levantó atléticamente sobre las nalgas y siguió al brujo gracias a su agudo sentido del olfato. Acorralado y sin salida, el brujo esgrimió su arma con la intención de destruir el mundo. Pero Lewis, valientemente, se interpuso en su camino.

–¿Te estás inventando todo esto?

–Skulduggery dijo que lucharon ocho días y ocho noches. La espada del brujo seccionó diversas partes del cuerpo de Lewis, incluida su oreja favorita, pero Lewis se enfrentó a él con toda su saña.

–Clarabelle, de verdad, estoy muy ocupada.

–Siguieron y siguieron luchando. El brujo creía que iba a ser una batalla sencilla, pero lo que ignoraba era que Lewis sabía más artes marciales de las que él había oído hablar en su vida. Y cuantas más heridas recibía Lewis, más peligroso se volvía. Sería correcto afirmar que, después de su desmembramiento, se convirtió en un auténtico maestro del combate sin armas. Ni brazos.

–Oh, Dios, Clarabelle...

–Al final, el brujo cayó hacia atrás y se empaló con su propia arma. Lewis Holmes se quedó allí, jadeando, contemplando el cielo nocturno. Triunfante.

Scapegrace esperaba lo peor. Veía poco probable que nadie creyera semejante historia, especialmente alguien tan inteligente como una doctora... Pero Clarabelle la había contado de forma bastante convincente. Él casi se la había creído.

–¿Y cómo terminó aquí? –preguntó Synecdoche.

Maldición.

–¿Hummm? –preguntó Clarabelle.

–Si sobrevivió a ocho días de lucha y a la pérdida de sangre y de los brazos y piernas, ¿qué fue lo que le mató finalmente?

–¡Oh! –Clarabelle asintió–. Ah, sí. Bueno, estaba allí tumbado, todo triunfante y sin aliento, y entonces... llegó una manada de lobos y se lo comió.

–Lobos.

–Sí.

–¿Y dónde pasó todo eso?

–En un lugar muy muy lejano. En Gran Bretaña.

–Clarabelle... Te has inventado esa historia, ¿no?

Scapegrace esperó una respuesta astuta y convincente por parte de Clarabelle.

–Nnnnno –dijo ella con lentitud.

–No existe ningún Lewis Holmes, ¿verdad?

–Sí que existe –insistió Clarabelle–. Sus restos están debajo de esta sábana. Podría enseñártelos si quieres, pero son tan asquerosos que seguramente te explotaría el cerebro de la impresión.

–Lewis Holmes no existe, ¿verdad?

La sábana que cubría a Scapegrace se tensó repentinamente cuando Clarabelle la agarró.

–Sí existe. Está justo aquí. Te lo mostraré.

Oh, Dios mío. Iba a tirar de la sábana. Se creía su propia historia. Iba a retirar la sábana y todo habría terminado.

–Clarabelle, espera –la interrumpió Synecdoche–. No hace falta. No pasa nada. Has trabajado muy duro para intentar encajar aquí y... Te creo. En serio. Venga, ve a llevar esos restos a un lugar seguro.

–Lo haré –asintió ella.

Scapegrace oyó cómo Synecdoche se alejaba y, de pronto, la camilla volvió a moverse.

–¡Me ha creído! –musitó Clarabelle. Scapegrace estaba demasiado aliviado como para responder.

El leve rumor del ala médica se amortiguó y la luz que veía a través de la sábana cambió. Estaban en una habitación distinta. Las ruedas de la camilla rechinaron. Clarabelle pasó a otra habitación y la luz cambió de nuevo.

–Vale –dijo ella, retirando la sábana–. Ya estamos.

Scapegrace y Thrasher se incorporaron. Se encontraban en una sala llena de equipos electrónicos que pitaban y chascaban. En el centro había un tanque de agua en el que flotaba el viejo cuerpo de Scapegrace. Tras él estaba el cadáver de Thrasher.

Scapegrace se bajó de la camilla y se acercó al tanque. Era surrealista mirar a su antiguo yo. El cuerpo estaba podrido y quemado, aunque no tanto como lo recordaba. De hecho, no estaba nada mal, teniendo en cuenta todo lo que había pasado. Sus ojos enfocaron ahora su propio reflejo en el cristal del tanque. Dentro del agua, Scapegrace estaba muerto, decrépito y descompuesto. Fuera del tanque, era alta, fuerte y hermosa. Pero mientras miraba su antiguo rostro desde el nuevo, se dio cuenta de que el viejo era su hogar, y siempre lo sería.

–Así que estos son Lewis Holmes, ¿eh?

Se giraron. La doctora Synecdoche se acercó suspirando.

–Clarabelle, por última vez, esta es un área restringida. Eso significa que no puede pasearse por aquí gente sin autorización. Estamos investigando muchos proyectos delicados y hay que ser estrictos. Ya te lo he advertido otras veces.

–Pero ellos son mis amigos –protestó Clarabelle, sonrojándose–. Y echan de menos sus viejos cuerpos.

–Esa no es la cuestión, es que... –Synecdoche meneó la cabeza–. Ay, Clarabelle, ¿qué voy a hacer contigo?

Ella bajó la cabeza.

Scapegrace dio un paso hacia delante y entrecerró los ojos.

–Ella no tiene la culpa. Nos enteramos de lo que ocurría y la obligamos a traernos aquí. Es el momento de que responda unas cuantas preguntas, doctora. ¿Qué están haciendo con nuestros cuerpos? Nye nos dijo que, una vez que les sacara los cerebros, los destruiría. Los quemaría.

Synecdoche asintió.

–Ese era el plan, pero uno de los médicos pidió que los mantuviéramos intactos para poder estudiar los efectos de ciertos procedimientos en el tejido necrótico.

Scapegrace la apuntó con un dedo.

–¡Así que ese es su oscuro secreto!

–¿Perdón?

–¡El secreto que estaban guardando! ¡La conspiración!

Ella se mostró totalmente perpleja.

–Eh… No hay ninguna conspiración y esto no es un oscuro secreto. Deberían haberos informado de que los viejos cuerpos seguían intactos, pero ese es un problema administrativo; todo lo que está pasando aquí es perfectamente conocido.

–¡Oh!

Thrasher se acercó más al cristal para echar un vistazo.

–No están tan podridos como antes.

–No –respondió la doctora, girándose–. Hemos logrado invertir gran cantidad de los daños provocados por el simple desgaste del día a día. El trabajo se ha visto enormemente beneficiado al contar con un excelente par de ejemplares de zombis como estos. Normalmente estas investigaciones las hacemos con pedazos de carne. La investigación que estamos llevando a cabo podría beneficiar todas las áreas de la medicina y la ciencia.

Thrasher enarcó las cejas.

–¿En serio?

–Oh, sí –asintió Synecdoche–. Ambos deberíais sentiros muy orgullosos. Vais a cambiar el mundo.

Thrasher se giró hacia Scapegrace.

–¿Ha oído eso, maestro? Vamos a cambiar el mundo.

¿Era aquello? ¿Aquello era lo que Scapegrace estaba buscando? La oportunidad de hacer algo importante, de cambiar el mundo... Vale, no era lo que había tenido en mente. La verdad era que aquello no tenía nada que ver con él. Era su viejo cuerpo el que estaba haciendo todo el trabajo. Pero aun así... era algo. Era alguien. Importaba. Tal vez fuera eso, tal vez ese era el camino de la felicidad. No iba a salvar el mundo, pero si contribuía a la ciencia... Bueno, era algo de lo que sentirse orgulloso.

A su cara le sucedió algo extraño. Sus músculos faciales se contrajeron, tiraron de la piel y su boca se torció.

–¡Maestro! –exclamó Thrasher–. ¡Está sonriendo! ¡Y es hermoso!

25

VIAJE A AMÉRICA

DEXTER Vex hablaba con Saracen Rue; ambos se giraron al verla. Vex sonrió y se acercó con los brazos abiertos.

–Bienvenida –dijo, y Oscuretriz le abrazó. Olía a agujas de pino y aire fresco. Podría haberle apretado y aplastado la columna vertebral y todos los músculos firmes y duros que tenía bajo la camisa no le hubieran servido de nada. Pero no lo hizo. Se portó bien.

En cuanto a Saracen Rue... sentía curiosidad por ver cómo reaccionaría ante ella. «Saracen Rue sabe cosas», eso era lo que decía la gente. Se preguntó si se dejaría engañar por su actuación. Pero se acercó a ella, le dio un abrazo fuerte, le dijo cosas agradables y le dedicó una sonrisa feliz y encantadora.

Así que tampoco a él le destrozó la espina dorsal.

Devolvió los abrazos de Gracius O'Callahan, embutido en una camiseta del Capitán América, y de Donegan Bane, que iba vestido con unos pantalones vaqueros extraordinariamente ceñidos. Recibió un gesto amistoso de Dai Maybury. Pobre Dai. Tan frío, tan distante y tan solo, hijo único desde hacía muy poco. Se preguntó cómo reaccionaría si le contara lo que acababa de hacerle a su hermano. Seguramente, no muy bien.

Skulduggery entró en la habitación seguido de Stephanie y de Fletcher.

–Hay seis hechiceros renegados escondidos en el Santuario de Nueva York –dijo mientras se ajustaba los gemelos de la camisa. Eran pequeñas calaveras negras que Valquiria le había comprado como regalo de Navidad–. Si los están vigilando y todo es seguro, los dejaremos en paz. Si están libres, si representan un peligro evidente para los hechiceros que los rodean y la gente en general, acabaremos con ellos. ¿Preguntas?

–¿Qué vamos a hacer con Zafira? –preguntó Vex.

–Si la Gran Maga Kerias está acogiendo a esos renegados porque piensa que no les vamos a dar un trato justo... está bien. Si guarda algún otro motivo oculto, lo tendremos en cuenta. Kerias era una de las partidarias acérrimas de Ravel, no hay que olvidarlo. No bajaremos la guardia ni un solo instante.

Hubo asentimientos a su alrededor. Incluso Oscuretriz asintió.

–Agarraos todos –ordenó Skulduggery–. Fletcher, teletranspórtanos directamente al vestíbulo, por favor.

Oscuretriz agarró las manos de Vex y de Donegan y le dio tiempo a pestañear una sola vez antes de que aparecieran en Nueva York.

Los hechiceros dieron un salto hacia atrás de la sorpresa y dos Hendedores se adelantaron.

Skulduggery se giró hacia ellos y se detuvieron. De nuevo se colocaron en posición de guardia junto a la puerta.

–¿Qué demonios queréis?

Se volvieron hacia una mujer joven con un ceño profundo marcado en la frente.

–Adrasdos –saludó Vex–. Ha pasado mucho tiempo.

Adrasdos. Una nigromante. Oscuretriz la miró de arriba abajo. Tenía una espada envainada en la cadera y la empuñadura latía con un poder gélido. Ese era su objeto, sin lugar a dudas, igual que el de Valquiria era un anillo y el de Solomon Wreath un bastón. Esa pequeña empuñadura contenía todo su poder. Maravilloso.

Adrasdos miraba a Vex con una confusa mezcla de emociones en la cara. Enfado ante su presencia, pero también una alegría de verlo, a él en particular, que trataba de ocultar. ¿Tendrían un lío? Seguramente habían tenido algún lío.

–Dexter –dijo Adrasdos–. Me... alegro de verte. Mucho. Pero no podéis teletransportaros al vestíbulo así.

–Íbamos a llamar primero –respondió Skulduggery–. Pero creímos que a la Gran Maga Kerias le haría ilusión que fuera una sorpresa. ¿Está aquí? Tenemos que hablar con ella. He venido a traerle la invitación para una fiesta.

–Me aseguraré de que la reciba.

–Lo siento mucho –se disculpó el esqueleto–. Pero la Gran Maga Sorrows insistió en que se la entregara yo en persona.

Adrasdos se mordió el labio.

–Claro –dijo–. Seguidme.

Se introdujeron en las profundidades del edificio. Oscuretriz iba la última, tomándose su tiempo. Sonrió a toda la gente que pasaba. No estaba intentando ser amable, simplemente necesitaba practicar una sonrisa que no resultara amenazante.

–¡Valquiria!

Se giró. Una chica con el pelo negro llegó corriendo con los ojos brillantes de emoción. Oscuretriz solamente la había visto una vez, cuando Valquiria se enfrentó a ella en Londres.

–Hola, Ivy –dijo.

Los ojos de Ivy se abrieron desmesuradamente.

–¿Sabes mi nombre? ¿En serio?

–Claro –respondió Oscuretriz–. No todos los días salgo derrotada en una pelea.

Ivy soltó una risita.

–Ay, ¡yo no te vencí! Tú me noqueaste, ¿recuerdas?

–Solo porque hablabas demasiado.

Ivy se rio otra vez.

–¡Sí, eso es muy propio de mí! Oye, me he enterado de que has estado siendo Oscuretriz todo este tiempo... ¿Cómo fue? Apuesto a que fue increíble. A ver, sí, sería horrible, daría miedo y resultaría muy... inquietante, obviamente, pero apuesto a que era... guau. ¿Era guau?

–Era guau.

–¡Lo sabía! ¡Lo sabía! Pero me alegro muchísimo de que estés de regreso. A ver, me enteré ayer por la noche y empecé en plan: «¡Oh, Dios mío! Sé que ya te lo he dicho antes, pero ¡soy tu mayor fan!». A todo esto, ¿qué haces aquí? ¿Te quedarás mucho? ¿Te puedo presentar a mis amigos?

–Es una visita relámpago –respondió Oscuretriz, conteniendo el deseo de darle un puñetazo que le partiera el cuello.

–Ay, qué pena. Oye, si te parece, ya sabes, algún día, cuando no estés ocupada...

–Siempre estoy ocupada.

–Ya. Sí. Vale. Lo pillo. Seguramente tienes que irte ya, ¿no? ¿Me puedes hacer un favor? Solo uno, te lo juro, y me voy.

–¿Qué clase de favor?

Ivy hurgó en su bolsillo y sacó un rotulador negro muy grueso.

–¿Me puedes dar tu autógrafo?

–Eh... Claro.

–¡Ay, eres la mejor! –exclamó Ivy–. ¿Me puedes firmar en la cara? De un lado a otro. ¡Muchísimas gracias!

Oscuretriz vaciló.

–Claro –dijo finalmente. Ivy se quedó lo más quieta que pudo y Oscuretriz escribió «Valquiria Caín» desde la mejilla izquierda a la derecha. Le fue un poco difícil pintar encima de la nariz, pero se las apañó y le devolvió el rotulador.

–Oh, Dios mío, esto es genial –jadeó Ivy, poniéndose bizca como si intentara mirarse la cara.

Stephanie apareció en la esquina.

–Oye –dijo–, te estamos esperando.

Los ojos de Ivy casi se salieron de las órbitas.

–¿Dos iguales? ¿Hay dos Valquirias?

–Es una larga historia –dijo Stephanie.

–¡Podríamos ser trillizas! ¡Oh, Dios, esto es increíble!

Oscuretriz asintió.

–Tenemos que irnos ya.

–¡Gracias, Valquiria! –chilló Ivy–. ¡Gracias, otra Valquiria! ¡Os quiero a las dos!

–Claro –dijo Oscuretriz, y siguió a Stephanie a toda velocidad.

Continuaron en silencio y alcanzaron a los demás cuando entraban en la Sala de los Mayores. Adrasdos las fulminó con la mirada, pero Stephanie no le hizo ni caso y Oscuretriz no se lo tomó como algo personal. Adrasdos estaba fulminando con la mirada a todos menos a Vex.

La Gran Maga Zafira Kerias estaba sentada sola en el asiento central de las tres sillas y la luz la iluminaba desde arriba. Era de lo más impresionante.

–Sin duda, este es un extraño honor –dijo Zafira sonriendo con benevolencia–. Lo bastante como para preguntarme qué habré hecho para merecer tan grande honor. Es probable que no se trate de una mera invitación a una fiesta, como Adrasdos asegura.

–Me temo que la hemos engañado hábilmente para que nos concediera audiencia –dijo Skulduggery.

–Qué infame triquiñuela, detective Pleasant.

–Sin duda. Y, por supuesto, pedimos perdón por ella. El motivo real por el que estamos aquí es por unos hechiceros renegados que llevamos tiempo buscando. Son seis. Confío en que recibiera el listado de los nombres.

Zafira asintió.

–Recibí la lista, sí. No recuerdo quién aparecía, pero estoy segura de que...

—Sabemos que están aquí —zanjó Stephanie, y Zafira entrecerró los ojos ante la interrupción—. Sabemos que los estás escondiendo. Dinos la verdad y nos iremos.

—Me preguntó cuál eres tú —dijo Zafira, paseando la mirada de Oscuretriz a Stephanie y de nuevo de vuelta—. ¿El reflejo o la auténtica? Es todo muy confuso, he de admitirlo. Estoy perpleja. Incluso, diría que desconcertada. Detective Pleasant, ¿sería tan amable de ayudarme?

—Esta es Stephanie —dijo Skulduggery, y se volvió hacia Oscuretriz—. Esta es Valquiria.

Oscuretriz sonrió para sus adentros.

—Los informes estaban en lo cierto —asintió Zafira—. Casi podría pasar por humana, ¿no? Si yo no hubiera sabido que una de las dos era falsa, podría haberme engañado. En fin, por favor, recuérdele al reflejo que cuide sus modales. No es educado interrumpir cuando hablan las personas reales...

—Stephanie es bastante educada —replicó Skulduggery—. Lo que pasa es que tiene muy poca paciencia con los jueguecitos.

Zafira le miró en silencio durante unos instantes.

—Los hechiceros de la lista vinieron aquí en busca de refugio —respondió—. Temían por sus vidas después de que la Gran Maga Sorrows enviara en su busca a los escuadrones de la muerte.

Donegan levantó una mano.

—Yo no soy un escuadrón de la muerte.

—Ni yo tampoco —añadió Gracius.

—Esos hechiceros no son refugiados —explicó Skulduggery—. Sus poderes son inestables. Hay que aislarlos y vigilarlos estrechamente hasta que pasen los efectos provocados por el Acelerador.

—Entonces, ¿afirma que no han venido aquí para matarlos? ¿Cómo puedo saber si dicen la verdad? ¿Cómo voy a creerles?

—Lo cierto es que me importa un comino lo que crea —dijo Skulduggery—. Si se han entregado, si se está encargando de ellos, nuestro trabajo aquí ha terminado. Ocúpese de ellos como mejor le parezca.

Se dio media vuelta y Zafira se inclinó hacia delante en el asiento.

–Podría entregarlos.

Skulduggery se giró en redondo.

–¿Por qué iba a hacer eso?

–He oído que algunos mataron a hechiceros, además de brujos, cuando estaban fuera de control. Hay cargos criminales contra ellos, ¿no? Si puede garantizar su seguridad, por supuesto que los entregaremos. Siempre que obtengamos algo a cambio.

–¿Y qué quiere?

–Tenéis a Erskine Ravel en una celda, ¿no? Erskine y yo tenemos un... pasado en común. Apreciaría de veras que lo trasladaran a una prisión nuestra donde podamos vigilar su estado.

–¿Su estado? –barbotó Vex–. Su estado es permanecer veintitrés horas sufriendo una agonía indecible, seguido de una hora de descanso en la que puede comer, beber y temer las siguientes veintitrés horas.

Zafira asintió.

–¿Y qué habéis hecho para aliviar su sufrimiento?

–El dolor de Ravel es resultado de un vínculo directo con Oscuretriz –dijo Rue–. No se puede hacer nada.

–En serio –le cortó Zafira–. ¿Lo habéis intentado de veras? Al fin y al cabo, mató a vuestros amigos. No creo que os preocupe demasiado su bienestar, ¿no? ¿Habéis hecho más pruebas desde que Oscuretriz fue capturada? ¿Habéis descubierto por qué sigue activo el vínculo, ahora que está encerrada en el Atrapa Almas? No debería estarlo, ¿verdad? Es lo que dicen mis expertos: en el instante en que Oscuretriz fue arrastrada al Atrapa Almas, el vínculo se debería haber roto y el dolor de Erskine debería haber desaparecido. Ahí hay un misterio que desentrañar. Permitidme que yo lo resuelva.

Skulduggery inclinó la cabeza.

–¿Cómo de cercanos erais? Antes de la guerra, me refiero. ¿Estuviste a su lado cuando fraguó sus planes? ¿Cuando decidió traicionar y matar a sus amigos y derrocar el gobierno de los mortales en la tierra?

–Por supuesto que no –negó Zafira–. Yo no sabía nada de...

–No insultes nuestra inteligencia y nosotros no insultaremos la tuya. El único motivo por el que no estás encerrada ahora mismo es porque la Gran Maga Sorrows consideró prudente no arrestar a todo el mundo a la vez. Sabemos lo que hiciste, pero mientras hagas lo que te digamos, fingiremos que no lo sabíamos. ¿Está claro?

Zafira enrojeció.

–No puedes hablarme así. Soy la Gran Maga de...

–¿Está claro? –repitió Skulduggery, esta vez más alto. Zafira le lanzó una mirada asesina–. Lo tomaré como un sí.

–Albergaba esperanzas de que esta conversación fuera un poco más amigable –respondió Zafira–. Pero qué le vamos a hacer. Ambos sabemos cuál es nuestra situación ahora. Algo es algo.

–Me alegra que pienses eso. Ahora nos vamos.

Zafira agitó una mano con desdén.

–Dale recuerdos a China, ¿quieres? Es increíble pensar hasta dónde somos capaces de llegar; no puedo evitar sentirme orgullosa ante nuestra actitud y el perdón que hemos otorgado a aquellos que nos han hecho daño. ¿Por qué, si no, contamos con una de las seguidoras más fanáticas de Mevolent a la cabeza del Santuario de Irlanda, acosando a cualquier otro Santuario que se resista a su capricho? Sin duda, vivimos buenos tiempos para... –se abrió la puerta y entró corriendo una hechicera que Oscuretriz había visto una vez. ¿Cómo se llamaba? ¿Vinette?

–Gran Maga –dijo Vinette con la cara congestionada de preocupación–. Tenemos un problema.

26

SENTIMIENTOS RAROS

CUANDO el caos reinó, Oscuretriz se sintió feliz. Disfrutó de cada minuto mientras se disparaban las alarmas, bramaban las sirenas y enviaban varios equipos de hechiceros a distintos puntos del Santuario de Nueva York. Luego, más equipos regresaron sangrando, cargando con los compañeros heridos. Los renegados se habían vuelto locos y, al parecer, era imposible averiguar dónde estaban todos. Oscuretriz se sentó en el vestíbulo junto a Skulduggery y los demás, tranquilamente acomodados. No movieron un dedo hasta que Zafira Kerias se acercó corriendo.

–Detective Pleasant –dijo con un tono de pánico–. Me temo que tenemos una emergencia.

Skulduggery miró a su alrededor y asintió.

–Ajá.

Zafira puso una mueca.

–Le agradecería cualquier... ayuda que pudiera ofrecernos. La mayor parte de mis agentes están fuera, tardarán más de veinte minutos en llegar.

–¿Nos está pidiendo oficialmente asistencia?

–Sí, sí, lo que sea. ¿Nos ayudarán?

Skulduggery se levantó.

–Encantados. ¿Adónde quiere que vayamos?

—A los niveles más bajos –respondió Zafira–. Hemos enviado dos equipos y aún no sabemos nada de ellos.

—Entonces, ese es el sitio en el que queremos estar –sentenció el esqueleto–. La avisaremos cuando los hayamos encontrado.

Oscuretriz siguió a los demás, sonriendo para sí misma. Aquello era divertido.

Se montaron en un extraño aparato parecido a un ascensor para descender a los niveles inferiores. Allí el estruendo de las sirenas sonaba como un pitido lejano.

—No os separéis –ordenó Skulduggery encabezando el grupo que recorría el pasillo con el revólver en la mano–. No sabemos lo que son capaces de hacer estos renegados, e ignoramos si sus poderes están aumentando o reduciéndose. Podrían matarnos a todos en un instante, solo con mirarnos o con pronunciar una palabra. No debemos subestimarlos.

No hacía falta que se lo dijera a Vex o a Rue, y los cazadores de monstruos no necesitaban oírlo. Aquellas palabras iban dirigidas a Stephanie, a Fletcher y a Oscuretriz. Para protegerlos. Ese pequeño gesto hizo que Oscuretriz sonriera.

Había cuerpos más adelante.

Dos muertos. Uno inconsciente. Reconoció a la chica herida: se llamaba Tia. La sangre corría por su ceja. Avanzaron en silencio. Oscuretriz notaba el poder que se alzaba ante ellos, al acecho, pero no dijo nada. Había visto la lista de los renegados. Sabía quién era. Se llamaba Star, un nombre bonito. Era británica y su poder brincaba y se estremecía al tiempo que sus nervios.

Star salió de su escondite cuando se acercaron. Los tomó por sorpresa a todos salvo a Oscuretriz, que vio cómo Dai salía volando y Fletcher retrocedía tambaleándose. Star golpeó a Gracius, que salió despedido. Ah, ¡ese fabuloso poder que la hacía más y más fuerte! Oscuretriz estuvo a punto de reírse. Skulduggery agarró a Star, pero ella le derribó y ambos cayeron al suelo. Stephanie y Saracen se lanzaron contra ella, intentando que retrocediera.

Al mismo tiempo, Vex y Donegan corrieron para liberar a Skulduggery, pero Star se deshizo de ellos y sus manos se encendieron. Antes de que Oscuretriz se diera cuenta de lo que estaba haciendo, dio un paso hacia delante y utilizó la magia para lanzarle una columna de viento que impactó contra su cara. Star cayó como si la hubiera golpeado con un martillo.

Extraño, aquel nuevo impulso de echar una mano.

Oscuretriz vio cómo Star se llevaba por delante a todos los demás para lanzarse directamente contra ella y propinarle un puñetazo. Oscuretriz podría haber aumentado la densidad de su cuerpo en un solo instante, haciendo que el puño de la mujer quedara destrozado. Pero no lo hizo. Permitió que los nudillos impactaran y salió despedida. Se dio contra el suelo y rodó, pero antes incluso de que se detuviera, Skulduggery y los demás estaban delante de ella, protegiéndola. Los vio atacar a Star y vio a Star cubrirse contra la arremetida: se giró hacia la izquierda y se lanzó contra Saracen, que se retorció bajo el cuerpo de Star cuando ambos cayeron al suelo. Luego rodaron y Star soltó un rugido: Saracen le había roto el brazo. Consiguió incorporarse, pero Skulduggery le dio una patada en la rodilla; Oscuretriz oyó perfectamente el «pop» y otro rugido de Star mientras se tambaleaba. La magia hervía en su interior.

Oscuretriz podría haberla matado desde donde estaba; podría haber hecho que estallara como un globo o haberle desgajado la cabeza con un rayo de energía; podría haberse levantado, haberla agarrado y haberle arrancado el corazón del pecho. Pero no hizo nada de eso. Lo que hizo fue extender su magia y sofocar con ella la de Star, evitando que se desbordara. Vio la confusión en el rostro de la chica renegada, como si no hubiera sucedido lo que esperaba que pasara. Gracius terminó la pelea con un gancho de derecha que eliminó toda la perplejidad de su rostro, reemplazándola por una relajación serena en cuanto se estrelló contra el suelo. Donegan la esposó.

Stephanie estaba delante de Oscuretriz. En una mano tenía el Cetro. La otra estaba extendida.

Oscuretriz vaciló un instante y luego le agarró la mano, permitiendo que la ayudara a levantarse.

–¿Estás bien? –preguntó Stephanie.

–Sí –respondió–. Supongo que un poco oxidada.

Stephanie se encogió de hombros.

–Pronto le pillarás el tranquillo.

Eso fue todo. Eso fue todo lo que recibió a cambio. Stephanie se alejó y guardó el Cetro en la mochila. Oscuretriz se la quedó mirando y frunció el ceño. ¿Qué era lo que sentía? ¿Qué era aquella sensación tan extraña? ¿Esa... calidez?

Meneó la cabeza, intentando librarse de ella. Era una sensación extraña, incómoda y agradable al mismo tiempo.

Se dio cuenta de que todos se encontraban alrededor de Fletcher, que estaba sentado contra la pared y se apretaba la cabeza.

–Estoy bien –murmuró.

Saracen se agachó delante de él y le mostró la palma.

–¿Cuántos dedos ves?

Fletcher los contó, frunció el ceño y volvió a contarlos. Finalmente, asintió satisfecho y dijo:

–Seis.

–Oh, Dios –musitó Stephanie–. Tiene daños cerebrales.

Saracen lo ayudó a levantarse.

–Está bien, solamente necesita un médico.

–Vuelvo enseguida –dijo Fletcher, y se quedó ahí quieto. Pestañeó ante Saracen–. Hola, doctor.

–No te has teletransportado –indicó Stephanie.

–Oh.

–Necesitamos que alguien lo lleve de regreso –dijo Skulduggery–. Valquiria, ¿puedes hacerlo?

Stephanie puso mala cara.

–¿Ella?

–Valquiria puede protegerle si se encuentra con alguno de los compañeros de Star y, sinceramente, te necesitamos a ti y al Cetro con nosotros.

–Bueno –respondió Stephanie, poco convencida. Oscuretriz hubiera preferido que discutiera. No quería perder la oportunidad de divertirse un poco más.

Mientras los otros seguían adelante, Fletcher se acercó a ella con las piernas temblorosas. Estaba muy pálido.

–A lo mejor tienes que llevarme a cuestas.

–No pienso llevarte a cuestas.

–¿Y si me caigo?

–Te arrastraré.

–Suena bastante doloroso...

Echaron a andar de regreso por donde habían venido. Fletcher caminaba muy despacio.

–¿Ya puedes teletransportarte? –le preguntó ella.

–Lo intentaré –respondió, y se quedó quieto un instante–. ¿Me he teletransportado?

–No.

–¿Y ahora?

–No.

–Creo que no voy a poder –admitió–. Necesito tener la mente clara. Y no está clara, sino dolorida.

–Puede que tenga que llevarte a cuestas.

–¿En serio? Sería genial. No me gusta andar. Es aburrido y se tarda una eternidad.

Siguió hablando, pero Oscuretriz no le estaba prestando atención. Había alguien más adelante. Alguien que hervía de poder burbujeante. Un hombre. Grande. Fuerte. Tal vez Darian Vector. A Oscuretriz se le escapó una sonrisa. Al parecer, no se iba a perder toda la diversión.

Llegaron hasta la cosa extraña parecida a un ascensor.

–Hale, sube –le dijo Oscuretriz.

Fletcher pareció confundido.

–¿No se supone que deberías llevarme a un médico?

–No. Te he traído hasta aquí y ahora seguiré yo sola. Sube ya. Vamos a necesitar que nos teletransportes de regreso cuando haya terminado todo esto.

–Creo que Skulduggery quería que te quedaras conmigo.

Oscuretriz le agarró el brazo y lo empujó hasta el ascensor.

–No –le dijo, luego salió–. Mejórate pronto.

Las puertas se cerraron antes de que él pudiera contestar.

Oscuretriz continuó andando por el pasillo. Estaba oscuro. Silencioso. Vacío. Perfecto.

Oyó un leve ruido a su espalda y se giró.

Darian Vector se cernía sobre ella. Atractivo. Sin afeitar. Con un brillo en sus ojos que rozaba la locura.

–Mira a quién tenemos aquí –dijo–. O eres el reflejo o la auténtica; da lo mismo. Lo único que importa es que no eres *ella*.

–Oscuretriz –dijo ella.

–¿Qué se siente? –preguntó Vector–. ¿Qué se siente al pasar de ser tan poderosa a ser... tú? ¿Qué se siente al pasar de poder matar a todo el mundo a temblar de pánico?

–Te avisaré cuando empiece a temblar.

–Sigues haciéndote la dura, ¿eh? A ver lo dura que eres cuando te arranque las piernas y los brazos. Tú mataste a unos cuantos amigos míos.

–¿Me ves asustada? ¿Me ves intimidada, por poquito que sea? Incluso alguien como tú, Vector, incluso alguien tan evidentemente idiota e intelectualmente retrasado como tú, debería preguntarse por qué no estoy asustada. ¿Es un farol? ¿Estoy esperando a que lleguen los refuerzos en el último momento? ¿Soy tan estúpida como tú?

–Deja de llamarme estúpido.

–¿O realmente estoy tan segura como aparento? –continuó Oscuretriz–. De ser así, ¿por qué? ¿Por qué estoy tan confiada?

¿Cuál es mi secreto? ¿Qué sé que tú desconoces? O, siendo precisos, ¿qué más sé, además de lo evidente?

Vector retorció el labio.

–¿Acabas de volver a llamarme estúpido?

–No estás prestando atención. Estás permitiendo que tu orgullo se interponga en tu razonamiento. Estoy aquí mirándote, insultándote, burlándome de ti abiertamente, y aun así no me siento amenazada por la horrible muerte que me reservas. Así que vuelvo a preguntártelo: ¿qué crees que sucede?

Vector entrecerró los ojos.

–Estás intentando hacerme creer que sigues siendo ella.

–Sí.

–Pero no lo eres.

–¿Estás seguro?

–El detective esqueleto no iría por ahí contigo si siguieras siendo ella.

–¿Y crees que no soy capaz de engañar a Skulduggery? ¿En serio? ¿Sobre todo cuando, en lo más hondo de su corazón, está deseando que le engañen?

Oscuretriz lo vio perfectamente: vio cómo hundía los hombros, abría los puños, tragaba saliva y desorbitaba los ojos. Vio cómo la sangre abandonaba su rostro y daba un paso atrás.

–Por favor...

–¿Qué decías de arrancarme los brazos y las piernas?

–Por favor, no me mates.

–¿Qué decías de hacerme temblar de pavor?

–Me rindo. Por favor, me rindo.

–Y parecías muy ofendido cuando di a entender que eras un estúpido. Casi como si estuvieras dispuesto a discutirlo. Dime, Vector: ¿quieres discutir conmigo?

–N... no.

–Entonces, ¿eres estúpido?

–Sí. ¿Vas a matarme?

Oscuretriz vaciló.

–Debería. A ver... Quiero hacerlo. Me molestas, así que... –levantó una mano y Vector se estremeció. Pero ella titubeó de nuevo–. Algo va mal –dijo.

Vector creyó que esa era su oportunidad y lanzó el puño con todas sus fuerzas. Se estrelló contra la mandíbula de Oscuretriz, y el hombre aulló de dolor y retrocedió.

–¿Sabes qué es? –continuó Oscuretriz–. Bondad, eso es lo que es. La bondad resulta contagiosa. Llevo cinco minutos rodeada de personas que se dedican a hacer el bien y empiezo a pensar en hacer yo también cosas buenas. ¿No te parece ridículo? Es como si hubiera algo en mi interior que quisiera formar parte de un grupo o gustarles o... algo así. Absolutamente ridículo. Grotesco e inútil. No importa lo mucho que quiera ser como uno de ellos en este momento en particular, es solo cuestión de tiempo que vuelva a ser yo.

–Deberías intentar ser buena durante un ratito más –farfulló Vector agarrándose la mano rota.

–Ah, pero eso lo dices porque crees que te voy a matar de un momento a otro.

–¿Y... y vas a hacerlo?

Oscuretriz se encogió de hombros. Odiaba reventar los finales.

–No debería pasar demasiado tiempo con ellos –meditó ella–. Debería volver con Tanith, Sanguine y los Vestigios. Ninguno de ellos tiene conciencia, no quieren hacer cosas buenas para los demás. Skulduggery y los otros me están infectando con algo como...

–¿Decencia? –sugirió Vector.

Ella chasqueó los dedos.

–Sí. Eso. Justo. No eres tan idiota al fin y al cabo, ¿eh?

–Por favor.

–Deja de suplicar. A no ser que tenga un interés personal en verte hacerlo, resulta aburrido.

–Puedo... puedo ayudarte.

–¿Y cómo vas a ayudarme tú? ¿En qué?

–Hay una... cosa. Una criatura. La encontraron en las Cuevas del Vacío.

Oscuretriz tardó un instante en acceder a aquel recuerdo. Las Cuevas del Vacío era el nombre con el que la gente denominaba las cavernas que había bajo la casa de Gordon.

–Es resistente a la magia –continuó Vector–. Un grupo de científicos logró capturarlo cuando era joven, y lo trajeron aquí para estudiarlo. Se llama Gnarl. Ahora mismo está esperando a tus amigos.

–¿Está libre?

–Creo que sí. A ver, ese era el plan. Yo solo oí una parte, y se supone que no debería haberlo escuchado. Pero me enteré de muchas otras cosas. Sé que Kerias quería hacer un trato con vosotros. Iba a traicionarnos. Nos prometió refugio y luego iba a entregarnos; no se puede confiar en esa mujer. Pero como no habéis aceptado su oferta, os ha mandado aquí abajo, donde os espera el Gnarl. Va a decir que todo fue un desafortunado accidente, pero lo que quiere de verdad es darle una lección a China Sorrows.

–¿Zafira cree que una sola criatura será capaz de matar a todos mis compañeros?

Vector tragó saliva.

–Por lo que he oído, sí.

Oscuretriz soltó un gruñido.

–Debe de ser un monstruo impresionante –se mordió el labio–. Me pregunto qué aspecto tendrá.

27

EL GNARL

SALIÓ por un pasillo y bajó unas escaleras. Los muros de hormigón se convirtieron en piedra. La luz eléctrica dio paso a algunas antorchas colgantes. Llegó al final de las escaleras y avanzó hasta una caverna. Había un ventanuco abierto en la pared de piedra. Tras él se abría un túnel estrecho por el que se podía pasar con ciertas dificultades. Se metió. Soplaba una brisa intermitente, pero no venía del túnel. Era cálida; tan cálida como el aliento.

Oscuretriz siguió avanzando. Oía la respiración de la criatura, pero aún no podía verla, y eso que había cambiado su tipo de visión para abarcar un espectro que solo ella podía dominar: cada cosa viva tenía su propia marca de energía, y ella lo distinguía. Podía ver a través de las paredes a los hechiceros concentrándose en su magia... Pero no veía al Gnarl. Eso resultaba... inquietante.

Algo se movió en la oscuridad y sus ojos regresaron a la visión normal justo a tiempo para vislumbrar una enorme cabeza que rozaba los arcos del techo. Echó otro vistazo: el monstruo tenía cuatro patas y medía diez veces más que ella. Dio un paso dentro de la caverna. Sus patas eran como columnas de piedra, tenía escamas que recubrían todo su cuerpo, como si fuera una armadura, y dos colmillos afilados y curvos. No despedía ni rastro de magia. Qué bestia más curiosa.

Oscuretriz avanzó hasta el centro de la caverna. La criatura siguió sus movimientos con un gruñido profundo y gutural. No le veía ningún punto débil, pero todavía no había encontrado un oponente que pudiera soportar su poder, así que dejó que la magia saliera despedida de sus ojos en dos rayos gemelos. Los chorros de energía golpearon al Gnarl en el hombro. Deberían haberlo atravesado; sin embargo, la herida chisporroteó un poco, como si fuera una ampolla.

Y el Gnarl se lanzó hacia delante.

Oscuretriz fue a su encuentro. Salió volando directa hacia su cabeza, golpeó las escamas blindadas y rebotó contra ellas, saltando en el aire. Su cola –tenía cola– se sacudió como un látigo y la atrapó por la cintura, justo en medio de la ropa protectora. Le rompió los huesos y cayó al suelo.

Se quedó ahí tirada, parpadeando de sorpresa.

Sus huesos se curaron, los órganos internos volvieron a colocarse correctamente y se puso en pie. El Gnarl se giró hacia ella, haciendo temblar el suelo a cada paso.

Oscuretriz no entendía por qué las criaturas del Vacío eran inmunes a la magia. Nadie lo sabía. Había teorías, había pruebas... Pero nadie entendía tampoco la magia; realmente, no. Hacían lo que podían para catalogarla en disciplinas y constreñirla mediante normas, pero nadie sabía qué era la magia, de dónde venía ni cómo funcionaba. No de verdad.

Alguien que entendiera la magia, sin embargo... Alguien que de verdad comprendiera la magia podría cambiar el universo entero.

Y su próximo paso era hacerse con *El Grimorio de Hessian*.

Pero primero tenía que sobrevivir a ese encuentro.

Oscuretriz alzó la mano, preguntándose si podría dividir a aquella criatura átomo por átomo... Pero algo iba mal: era incapaz de verla como veía todas las demás cosas. No la entendía. No sabía cómo entenderla. Intentó quemarla con llamas negras, pero no encontraba nada que pudieran quemar. Era como si el Gnarl ni siquiera estuviera allí.

–Esa ropa protectora debe de ser asombrosa.

Se giró. La Gran Maga Zafira Kerias estaba asomada al ventanuco.

–No sé cómo has sobrevivido a eso, señorita Caín –dijo–. Pero no tendrás tanta suerte la próxima vez.

Sin apartar la mirada del Gnarl, Oscuretriz se acercó a ella. Le faltaban tres pasos para alcanzarla cuando un escudo de energía salió despedido por la ventana, manteniendo a Zafira sana y salva.

–Creéis que habéis ganado –continuó Zafira–. Creéis que habéis terminado con los planes de Ravel... Bueno, pues no. Todavía queda gente como yo, gente que está a favor de lo que él intentaba hacer. Y no nos vamos a detener, ¿me oyes? No me importa si tengo que mataros absolutamente a todos. Tomaremos el control de este mundo y todos los mortales tendrán que... –Oscuretriz puso la mano sobre el escudo de energía, apretó y rápidamente encontró su frecuencia. La barrera se retrajo y Zafira abrió los ojos como platos–. ¿Qué? ¿Cómo has hecho...?

Oscuretriz la agarró y la metió en la caverna a través del ventanuco. La sujetó por unos instantes en alto como si fuera una muñeca.

–Oh, Dios mío –murmuró Zafira, con los ojos desorbitados de pánico–. Tú no eres Valquiria Caín. Eres...

–Sí –respondió Oscuretriz.

Y entonces arrojó a Zafira por los aires.

El Gnarl la atrapó con la boca y los gritos de Zafira se cortaron en seco cuando los molares rompieron la cabeza como si fuera un huevo fresco. Ver comer a aquella criatura era fascinante. No era un espectáculo muy agradable, pero resultaba hipnótico. Masticaba con la boca abierta. Zafira le resultó crujiente y jugosa, pero apenas un aperitivo. Desapareció en cuestión de segundos y el Gnarl volvió sus ojillos brillantes hacia Oscuretriz. Bajó la cabeza y se lanzó contra ella. Lo esquivó en el último segundo y evitó por poco que la corneara, pero el impacto la lanzó por los aires y el Gnarl la atrapó entre los dientes. Apenas le dio tiempo a procesar que estaba dentro de su boca antes de que los colmillos se cerraran y le taladraran el brazo y la pierna izquierdas, rompiendo la ropa blindada como si fuera de papel.

Oscuretriz bloqueó el dolor y se fijó en varias cosas casi a la vez. Lo primero fue el olor, que resultaba repugnante. Lo segundo, que no quedaba ni rastro de Zafira en aquella boca. Lo tercero fue la lengua plana, húmeda y pegajosa, que la empujaba. Estaba oscuro, pero distinguió los dientes a punto de masticarla.

Se le ocurrió que ser devorada viva no era el mejor plan del mundo, así que extendió la mano que tenía libre y lanzó un chorro de energía que brotó de sus dedos y quemó el cielo de la boca del Gnarl. Tenía la esperanza de que el rayo le llegara al cerebro, pero el interior de aquella criatura parecía tan duro como su coraza externa.

Repentinamente, su brazo y su pierna quedaron libres. Los curó, pero antes de que lograra huir entre los huecos de los dientes, la lengua se movió bajo ella, y soltó una maldición cuando se deslizó por la garganta que convulsionaba. Se hundió en la oscuridad y el frío, y todo lo que tocaba estaba húmedo, blando y se movía. La garganta de la bestia se apretó en torno a ella, pero Oscuretriz hizo fuerza, giró y salió despedida hacia arriba. Rebotó contra las paredes de carne, vio la luz y un instante después salió de la boca. Continuó volando hasta llegar al otro extremo de la habitación y se volvió.

Estaba enfadada, frustrada y chorreaba mucosidades. Tenía saliva en el pelo. Quería darse una ducha y meter la cabeza dentro de un cubo de sales perfumadas para librarse del olor.

Pero si se iba, el Gnarl seguiría suelto y acabaría encontrando a Skulduggery y a los demás.

–¿Y qué? –masculló.

Ahí estaba de nuevo: la infección de la decencia. Pues que los matara. ¿Qué demonios le importaba? Ellos habían intentado matarla a ella. El único motivo por el que ahora la trataban con amabilidad era porque pensaban que era Valquiria. Si supieran la verdad, lo último que vería sería a Stephanie apuntándola con el Cetro.

No, lo inteligente era salir volando por el túnel estrecho y seguir todo recto hasta la salida.

Pero cuando miró al Gnarl, supo que no podía marcharse. No podía permitir que esa cosa la derrotara.

Voló contra ella, girando para evitar los colmillos. Aterrizó sobre su espalda y le dio un puñetazo que no hizo mella alguna en sus escamas. La cola se agitó contra Oscuretriz, pero voló fuera de su alcance.

No lo entendía. El Gnarl era inmune a la magia, vale. Oscuretriz podía entender que no le dañaran las explosiones de energía (aunque no supiera cómo funcionaba), pero ¿tampoco la fuerza aumentada por la magia le hería? ¿No le hacía daño la pura fuerza física simplemente por ser mágica?

Voló hasta la pared de roca, le dio un puñetazo, agarró una piedra del tamaño de su cabeza y se la lanzó al Gnarl. Impactó contra sus escamas como si fuera una bala. La criatura chilló de rabia y dolor, y Oscuretriz planeó sobre ella. Sí. Se la podía herir, entonces, pero no con nada mágico.

El Gnarl se encabritó sobre las patas traseras y estuvo a punto de atraparla entre los dientes. Ella voló hasta lo más alto de la caverna y atravesó el techo. Entonces cambió de dirección y empezó a escarbar trazando un círculo en el techo de roca. Continuó girando, haciendo círculos cada vez más pequeños, aumentando la velocidad, hasta que hubo un estruendo y el techo cayó, derribando al Gnarl y rompiéndole el cráneo, que quedó enterrado entre los escombros.

Fue casi decepcionante.

Oscuretriz aterrizó y contempló al monstruo muerto. Después se dio la vuelta y salió por el túnel. Cuando este se amplió y pudo caminar más rápido, distinguió las luces y oyó pasos. Los siguió hasta llegar a una plataforma que la llevó hasta los niveles superiores. Por fin se detuvo, se abrió una puerta. Estaba en los aposentos privados de Zafira Kerias. Entró.

Se dio una ducha y lavó también la ropa. Mientras se secaba, alzó la chaqueta y examinó cómo estaba entretejida la tela reforzada para volver a unirla. No fue sencillo. La ropa de Abominable era extraordinariamente complicada dentro de los tejidos blindados, pero ella era capaz de devolver una persona a la vida átomo a átomo; podía hacer una chaqueta y unos pantalones.

Cuando terminó, se vistió, se aseguró de estar presentable y salió de los cuartos de Zafira por la ventana. Volvió a entrar en el Santuario y se las ingenió para mezclarse con un grupo de gente entre la que se encontraban Skulduggery y los demás, que llevaban a dos prisioneros encadenados tras ellos.

–¿Cómo está Fletcher? –le preguntó Stephanie en medio de la confusión.

–Se pondrá bien –respondió Oscuretriz. Se quedó pensativa unos instantes y luego le ofreció una sonrisa tranquilizadora. Stephanie pareció contentarse con eso.

Se encontraron con otro grupo de hechiceros estadounidenses. Adrasdos iba en cabeza. Llevaba esposado a Darian Vector, que en ese momento alzó los ojos y vio a Oscuretriz. Ella se le quedó mirando sin variar la expresión. Él apartó la vista con rapidez y ella sonrió de nuevo, pero en esta ocasión fue exclusivamente para sí misma.

Mientras esperaba a que los médicos le dieran el alta a Fletcher, Oscuretriz salió a dar un paseo. Se dio cuenta de la alarma creciente cuando los hechiceros no lograron encontrar a la Gran Maga. Podría haberles dicho lo que había pasado, haber dado un paso al frente y soltarlo... Pero no lo hizo, y aquello le resultó interesante.

Obviamente, quería enterarse de dónde estaba Argeddion y, de ser posible, echar un vistazo al *Hessian*, pero había formas más sencillas de conseguir ambas cosas: podía matar a todos los que intentaran detenerla y llevarse el libro; podía terminar con el sufrimiento de Ravel a cambio del nuevo nombre de Argeddion. Sin más. Simple. Pero allí estaba, fingiendo que era Valquiria Caín, trabajando junto a Skulduggery y los demás, como si formara parte del grupo. Como si encajara allí.

Paró de caminar.

¿Quería encajar? ¿Había alguna parte de ella que deseara la antigua vida de Valquiria? ¿Quería gustar a la gente? Había muchas cosas que Oscuretriz podía hacer para gustar a la gente. Incluso ahora, con sus limitados conocimientos. Podía purificar el aire y limpiar los océanos. Podía reforzar la capa de ozono. Investigando un poco, podía extender por el mundo un virus que erradicara el cáncer. Podía desarmar a las naciones, terminar las guerras, acabar con los conflictos antes de que se presentaran. Podía hacer mucho más que salvar el mundo: podía hacer que fuera un lugar mejor. Entonces, tal vez, no desaparecería aquel sentimiento cálido que notaba en su interior. Tal vez se quedara allí para siempre.

Lo único que tenía que hacer era tomar una decisión. No era demasiado tarde. Podía continuar con la actuación hasta que sintiera que era seguro decir la verdad y, entonces, demostrar su valía ayudando a la gente y salvando vidas. Porque tal vez estuviera equivocada. Tal vez la gente era más que energía. Tal vez sus personalidades importaran.

Oscuretriz se giró, volviendo por donde había venido, con una sonrisa cada vez más amplia. Sí. Aquello era el principio de un nuevo amanecer.

Fletcher ya se encontraba bien y listo para teletransportarse cuando se unió a los demás. Cada uno estaba en su sitio, y Oscuretriz tenía el suyo entre Skulduggery y Vex. La habían esperado. Otra vez notó esa cálida sensación.

Les agarró las manos, se unieron todos y Skulduggery le hizo un gesto a Fletcher. Justo antes de que se teletransportaran, Vex se movió ligeramente a un lado y Oscuretriz se dio cuenta de que Stephanie la miraba.

Se teletransportaron a una habitación oscura y Skulduggery y Vex le soltaron las manos justo cuando China apareció ante ellos con algo negro y metálico en el brazo. Lo extendió, tocó a Oscuretriz y...

28

... hubo un crujido. Stephanie vio cómo Oscuretriz caía al suelo y se apresuró a sacar el Cetro de la mochila. Estaban en una habitación vacía del Santuario de Irlanda.

China dio un paso atrás y desactivó el Guantelete del Toque Mortal mientras Finbar se acercaba corriendo desde las sombras.

–¡El cerebro está muerto! –chilló–. ¡Su conciencia ha abandonado el cuerpo!

Hubo un chirrido inhumano y Stephanie se agachó cuando algo sobrevoló por encima de ella. Finbar dio un paso atrás, agitando las manos como si estuviera apartando a una mosca. Fletcher saltó hacia atrás, con las manos sobre su cabeza, lanzando maldiciones; Stephanie notó que algo la pellizcaba y retrocedió, lanzando un puñetazo hacia la nada.

–¡Que no se os acerque! –ordenó China, sacando el Atrapa Almas de la túnica. Lo arrojó al suelo, estalló en mil pedazos y se desató un remolino de luz, liberando a Valquiria. La luz se volcó sobre el cuerpo muerto de Oscuretriz y Skulduggery se arrodilló a su lado.

Hubo otro chillido, pero este fue de angustia, y enmudeció mientras los ojos de Finbar subían hacia el techo.

–Se ha ido –dijo en voz baja de pronto.

China le lanzó una estrella de siete puntas a Skulduggery. Estaba hecha de un metal grueso y tenía inscritos docenas de símbolos delicados. Stephanie ya había visto una así antes, en el ala médica; se llamaba Resplandor. Skulduggery apretó la estrella contra el pecho de Oscuretriz y la mantuvo allí mientras los símbolos se encendían.

Nadie dijo nada. Nadie se movió.

Todos los símbolos se encendieron, brillaron en rojo y se apagaron al instante. Skulduggery le buscó el pulso. No lo encontró.

Volvió a apretar el Resplandor. Una vez más, los símbolos empezaron a encenderse.

A Stephanie le dolía la mano. Bajó la vista al darse cuenta de que estaba apretando el Cetro con tanta fuerza que tenía los nudillos blancos. Lo volvió a meter en la mochila con todo el silencio del que fue capaz.

Los símbolos se volvieron rojos. Seguía sin haber pulso.

Ella estaba en lo cierto. Todos lo sabían ahora. No era Valquiria la que se había estado comunicando a través de Finbar. Siempre había sido Oscuretriz y, una vez que Valquiria se quedó encerrada en el Atrapa Almas, Oscuretriz había sido capaz de engañarlos a todos, Stephanie incluida. Solo Skulduggery había notado que algo iba mal. Una vez que se fijó en las pequeñas diferencias, recogió las diminutas pistas. Solo entonces supo que debía llamar a China, hacer que Fletcher fingiera una herida y se teletransportara de regreso para prepararlo todo. Y así estaban: Oscuretriz había sido arrastrada, pataleando y chillando, del cuerpo de Valquiria, para devolverle este a su dueña. Pero no había pulso. No había funciones cerebrales. El Guantelete del Toque Mortal había sido más efectivo de lo que habían previsto.

Skulduggery puso la mano sobre la boca de Valquiria, buscando el mínimo atisbo de aliento. Volvió a apretar el Resplandor.

–No funciona. No funciona.

Nadie se movió hasta que China dio un paso al frente.

–Skulduggery –murmuró suavemente, poniéndole una mano en el hombro–. Tienes que dejarla marchar.

Él la ignoró y le lanzó el Resplandor a Gracius.

–Arréglalo.

Gracius se quedó ahí plantado mientras Skulduggery enlazaba los dedos y empezaba a empujar el pecho de Valquiria con las palmas. Donegan le dio un codazo y Gracius contempló la estrella y le dio la vuelta entre las manos. Sí, él era algo parecido a un inventor, pero, a juzgar por su cara, Stephanie hubiera jurado que no era ningún experto en Resplandores.

Skulduggery continuó reanimando el cuerpo muerto de Valquiria. Fletcher desapareció y regresó unos segundos después con Synecdoche. La doctora se acercó inmediatamente a Valquiria.

–Necesitamos un Resplandor –dijo, buscando signos vitales.

–Ya lo hemos intentado –respondió China–. No ha funcionado.

Synecdoche alzó la vista, totalmente pálida. Dejó de buscarle el pulso.

Stephanie se sintió mareada.

–Finbar –dijo Vex–, ¿detectas la presencia de Oscuretriz?

–No ha vuelto –murmuró Finbar, aturdido.

–¿Cuánto puede sobrevivir en su estado actual? ¿Finbar? Finbar, necesito que te centres.

El sensitivo le miró.

–Pero Valquiria...

–Podemos llorar a Valquiria después –sentenció Vex–. Tenemos que asegurarnos de que Oscuretriz no regrese.

–Ya. Sí. Bueno. Oscuretriz ahora es... lo que la gente llama una entidad descarnada. No sobrevivirá mucho fuera de... fuera del cuerpo... Hum... Fuera del cuerpo de Val.

–¿Podría poseer otro cuerpo?

Finbar frunció el ceño.

–Tal vez el de un sensitivo, si se dejara o... no sé, si lo tomara por sorpresa. Pero si lo hiciera, quemaría ese cuerpo en cuestión de horas.

–Ningún hechicero normal podría soportar el nivel de poder de Oscuretriz –añadió Synecdoche. Se levantó de mala gana y dejó a Skulduggery solo, de rodillas, junto al cuerpo–. Valquiria es... era... una descendiente de los Antiguos. Eso la hacía especial.

–Mi familia –murmuró Stephanie, abriendo los ojos de par en par–. Comparten el mismo linaje. ¡Oscuretriz irá a por ellos!

–Tu familia está a salvo –aseguró China–. Tengo a los mejores Hendedores protegiéndolos, todos armados con un nuevo Atrapa Almas mejorado. Si Oscuretriz se acerca a ellos, se quedará encerrada. No vamos a dejarle ni la más mínima posibilidad. Valquiria no ha muerto en vano.

–Aún no está muerta –rugió Skulduggery sin parar de masajear el pecho. Pero por supuesto que lo estaba. Todos lo sabían. Stephanie les había advertido que no confiaran en el milagro de la comunicación con Valquiria y no la habían escuchado. Tal vez, si lo hubieran hecho, podrían haber creado un plan un poco mejor, prepararse algo más, y puede que Valquiria siguiera viva. Stephanie no estaría derramando lágrimas ardientes, unas lágrimas horribles, y no tendrían que estar dependiendo de un desfibrilador mágico –el Resplandor con el que Gracius O'Callahan seguía jugando– para que le devolviera la vida.

Gracius cerró la tapadera del Resplandor, lo atornilló con el cortaplumas y se lo lanzó a Skulduggery.

–Inténtalo ahora.

El esqueleto lo apretó contra el pecho de Valquiria. Se encendió. Los símbolos se volvieron rojos.

El Resplandor pitó.

Y Valquiria tomó aire y abrió los ojos.

29

LOS QUE VIVEN
EN LA OSCURIDAD

FRANCAMENTE furiosa, Etta Faulkner sigue argumentando contra la apertura de ese Starbucks en el pueblo y tratando de convencerle de que él la apoye en su protesta. Han pasado cuatro días desde la visita de Gant y Jeremiah Wallow a la tienda de Danny. Él la escucha, asiente y murmura en los momentos adecuados, pero se asegura de no comprometerse a nada. Sabe lo fácil que es dejarse atrapar en la batalla de otra persona, y está decidido a mantenerse fuera.

Cuando a Etta se le agota la cólera justiciera, coge algunos artículos de primera necesidad, los mete en una cesta y los lleva a la caja para pagar.

–Qué cosa más espantosa lo que ha pasado en Giant's Pass –comenta mientras Danny pasa los artículos por la caja registradora.

Giant's Pass es un pueblo que está a seis horas, al norte. Es igual que todos los demás pueblos, idéntico a Meek Ridge, solo que se encuentra aún más alejado de la civilización. Danny nunca ha estado allí.

–¿Qué ha pasado? –le pregunta metiendo los productos en una bolsa.

–¿No te has enterado? –exclama Etta, con los ojos brillantes–. Asesinatos. Una matanza. Toda una familia, es lo que he oído.

–¿En serio?

–Los han encontrado esta mañana: los padres y los niños; bueno, los niños tenían veinte años o así. No deja de salir en las noticias.

–Es horrible –comenta Danny–. ¿Han atrapado al culpable? Etta menea la cabeza.

–Está libre, eso es lo que me han dicho los periodistas.

–¿Has hablado con los periodistas?

–Ajá. Bajando la calle, no hace ni diez minutos. Me preguntaron qué opinaba del tema. Les dije que era terrible, que no entendía cómo había podido pasar algo así en un pueblo tan tranquilo como Giant's Pass, donde todo el mundo se conoce. Creo que eso les gustó. Seguramente lo utilicen en el reportaje. Me comentaron que mandarían un equipo con cámara para hablar conmigo. Puede que salga en las noticias. Según ellos, ha sido un crimen racista, xenofobia contra los irlandeses o algo así.

Danny cierra la bolsa y se queda helado.

–¿Contra los irlandeses?

–Primera vez que oigo algo parecido, pero ellos estaban convencidos.

–¿Y por qué contra los irlandeses?

–La familia que han matado se apellidaba Fitzgerald o Fitzgibbon o algo así. Están seguros de que los atacaron por su origen. Para mí no tiene ni pies ni cabeza, pero supongo que no tengo toda la información.

–¿Y esos periodistas cómo eran?

–Pues no sé de qué periódico serían –responde Etta–. Uno era alto, más o menos de mi edad, y el otro más bajo, con barba y el pelo largo. Y gordo.

En ese instante, Danny sabe lo que ha pasado: Gant y Jeremiah no son federales, alguaciles ni *paparazzis*; son asesinos. En-

222

contraron a los Fitzgerald o Fitzgibbon o como se apellidaran y les hicieron una visita, esperando atrapar a Stephanie. Cuando se dieron cuenta de su error, tuvieron que silenciar a los testigos, o tal vez estaban tan furiosos por el error que mataron a toda la familia solo por despecho. Fuera como fuera, hay una familia muerta y ahora se sienten presionados: deben encontrar a su verdadero objetivo antes de que la policía los encuentre a ellos.

Danny entra corriendo en la trastienda, se pone el abrigo y sale de nuevo.

–¿Te preguntaron si había irlandeses en Meek Ridge?

–Sí –responde Etta, un poco sorprendida de que Danny lo haya adivinado–. Les dije que seguramente la mitad de las familias de aquí tienen ascendencia irlandesa, pero que no hay ningún irlandés irlandés, aparte de esa chica: Edgley.

–¿Les dijiste dónde vive?

–Sí. Les conté que era muy vulnerable porque vivía sola.

Antes de que Etta le pregunte qué sucede, Danny ya tiene las llaves en la mano y sale corriendo por la puerta. Se resbala con la nieve, pero consigue llegar hasta el coche sin caerse. El motor arranca a la primera.

Conduce hasta la casa de Stephanie. La puerta está abierta. Aparca y continúa a pie. Se siente un poco idiota, moviéndose como si fuera un soldado bajo el fuego cruzado, de árbol en árbol, igual que si le estuvieran observando, pero al mismo tiempo le da la impresión de que su forma de actuar es la más apropiada.

El Cadillac está aparcado en la calzada, junto a la camioneta de Stephanie. Tal y como incide la fría luz del sol sobre él, y con la nieve acumulada en la luna trasera, es imposible saber si hay alguien dentro. Danny continúa agazapado un minuto más. No se mueve, no emite un sonido. La casa también está en silencio.

Avanza arrastrándose, dejando unas huellas profundas. Si tuviera que correr de pronto, no tendría ningún lugar donde esconderse. Ignora la voz de su cabeza que le dice que esto es una muy

223

mala idea. Por supuesto que es una mala idea. No necesita que ninguna vocecita se lo diga.

Un paso más y estará lo bastante cerca como para echar un vistazo por la ventanilla trasera. El Cadillac está oscuro, mucho más oscuro de lo que debería. No ve a nadie en la penumbra, pero es imposible estar seguro, así que se desliza por el costado, con mucho cuidado de no tocar el coche. No es porque le dé miedo que se dispare la alarma y alerte a Gant y Jeremiah de su presencia. Es simplemente que no quiere tocar el coche. Le da la absurda impresión de que, si lo toca, sentirá náuseas.

El asiento trasero está vacío. Solo hay un enorme hueco. Los de delante también. Todo esta limpio, ordenado: no hay tazas de café ni recibos de gas arrugados. Reluciente. Sin duda, el señor Gant sabe cómo cuidar de su automóvil.

Por primera vez, Danny se fija en las huellas que hay en la nieve, que van desde el Cadillac hasta la casa. Las pisadas de Gant son estrechas y largas y, a juzgar por la escasa profundidad de las mismas, es un hombre más ligero de lo que parece. Danny las sigue hasta la altura del capó, donde se unen con las huellas de Jeremiah; estas parecen más pesadas: son marcas que se hunden y se arrastran en la nieve. Los dos rastros van hasta el porche y allí, junto a la puerta de entrada a la casa, se acumula la nieve recién pisada.

Debería darle una patada al coche. Sí, eso es lo que debería hacer: darle una patada, disparar la alarma y hacer que Gant y Jeremiah salgan corriendo y se alejen de Stephanie. Cuando salgan, Danny ya habrá huido. Puede que lo localicen con facilidad, pero no serán capaces de atraparlo. Uno está gordo y el otro es un viejo. Seguramente lograría escapar... A no ser que Jeremiah tenga un arma y sea buen tirador...

Darle una patada al coche será el plan B, decide Danny.

Se acerca a la casa. Echa un vistazo por la ventana de la cocina y ve cómo Gant se echa zumo de naranja en un vaso y bebe.

Es un vaso alto. Se lo bebe todo. La nuez sube y baja de forma desagradable.

Jeremiah entra en la cocina y dice algo que Danny no oye. Al parecer, no han encontrado a Stephanie; eso es lo único importante. Gant se cruza de brazos, se da un toquecito en la barbilla con uno de sus largos dedos y, antes de que Danny pueda agacharse, Gant gira la cabeza y sus ojos se encuentran.

Danny nota cómo la sangre se le hiela en las venas y se le para el corazón. Entonces Jeremiah avanza hacia un lado, Gant hacia el otro, y Danny tropieza, se cae hacia atrás. No es la primera vez que siente miedo, pero no como este; nunca había sentido nada parecido. Esto es miedo auténtico, y le provoca tal descarga en el sistema nervioso que, por un instante, ni siquiera es capaz de ponerse derecho. Gatea sobre la nieve, jadeando. Respira demasiado rápido. Está hiperventilando. Se le ocurre que correr sería más útil que gatear, se levanta y sale disparado, pero le tiemblan las piernas y la descarga de energía se agota: ahora se siente torpe y lento, no sabe qué demonios está pasando. Lo único que quiere es sentarse y acurrucarse, pero no puede hacerlo, obviamente: tiene que llegar hasta el coche, marcharse de allí.

Jeremiah Wallow gira por un lado de la casa.

–¡Es Danny! –grita. Tiene una barra de hierro en la mano–. ¡Mire, señor Gant, es Danny!

Danny tropieza, se da la vuelta y ve a Gant doblando la otra esquina. Danny se resbala con el hielo, se cae, se levanta y sale corriendo a toda velocidad. Deja unos surcos profundos en la nieve del jardín. Nota las piernas agotadas, pero no puede pararse. Tiene que llegar hasta los árboles. Es más rápido que ellos. No le van a alcanzar. Se gira y ve que Jeremiah avanza despacio en una lenta persecución. Luego se fija en Gant y le ve correr por encima de la nieve sin apenas hundirse, como si fuera un atleta cincuenta años más joven. Choca contra Danny y el chico sale despedido, girando por el aire, rodando por la nieve, hasta donde está Jeremiah.

La palanca de hierro impacta contra su hombro y Danny suelta un aullido de dolor, se dobla sobre sí mismo. Jeremiah vuelve a levantarla. Esta vez le da en la pierna y Danny chilla.

–Jeremiah, Jeremiah –dice Gant, como si le estuviera regañando. Jeremiah se endereza, con la cara un poco congestionada por el esfuerzo. Gant contempla a Danny desde arriba con una sonrisa amable–. Hola, Danny. Estoy impresionado, he de admitirlo. Fuiste capaz de engañarnos. ¿A que fue capaz de engañarnos, Jeremiah?

–A mí me engañó –asiente Jeremiah.

–¿Has oído eso, muchacho? Engañaste a Jeremiah, que no tiene un pelo de tonto. ¿A que no, Jeremiah?

–Ni un pelo –asiente el otro.

Gant suelta una carcajada.

–¡Sí! ¡Exacto! ¡Ni un pelo de tonto, Jeremiah! Y aun así nos engañaste, muchacho. Ese día te seguimos cuando pasaste por delante de este sitio, ¿no? Supongo que nos viste y, como eres un buen chico, un tipo legal, no quisiste llevarnos directamente a la casa de nuestra presa, así que condujiste a la casa de un viejo que no nos interesaba lo más mínimo. Eso fue pensar rápido, Danny. Eso es tener la cabeza bien amueblada. ¿No estás impresionado, Jeremiah?

–Estoy impresionado –asiente Jeremiah.

–Pero para mal –dice Gant con una risilla que corta en seco–. Nuestras acciones tienen consecuencias. Tienen repercusiones. Es un hecho, triste pero cierto. La vida es así. Jeremiah, quiero que metas a Danny en la casa y lo ates. Luego quiero que vayas con el coche a la casa del viejo y le des una paliza mortal con la barra de hierro que tienes en la mano.

–No –murmura Danny, todavía siseando de dolor–. ¡Él no tiene nada que ver con esto!

–A veces no sufrimos directamente nosotros las consecuencias de nuestros actos. A veces las sufren los inocentes y los ignorantes. Los simples espectadores, si quieres llamarlo así.

Danny intenta luchar, forcejea, pero Jeremiah Wallow es sorprendentemente fuerte para lo gordo y flácido que está. Le esposa las manos y lo mete en la casa. Cuando Danny intenta resistirse, le da una patada en la pierna herida. El chico grita de dolor. Lo tira al sofá de Stephanie y agarra dos pedazos de cuerda. Con uno le ata el cuello y anuda el otro al picaporte de la puerta que tiene detrás; así lo mantendrá derecho en el sitio. Con el otro pedazo de cuerda le ata los tobillos y lo une a la cadena de las esposas para que se quede sentado. Luego se marcha a matar de una paliza a Eddie Sullivan, y deja a Danny con Gant.

Gant contempla la librería. Pasa las uñas por los lomos de los libros, de uno en uno. Saca una edición vieja en tapa blanda de un escritor irlandés de terror que a Danny le gustaba hace tiempo. Se apellidaba igual que Stephanie y por un instante se pregunta si serán familia. No puede haber demasiados Edgley en Irlanda. No puede haber muchos en el mundo.

—¿Cuánto sabes? —pregunta Gant, pasando páginas.

Sabe que seguramente tenga roto el hombro. Le duele como si estuviera roto. Cada vez que se mueve, tiene que contener un grito. La cuerda que le rodea el cuello está apretada, pero no lo bastante como para estrangularlo, y le rasca la piel. Las esposas tienen una decoración con símbolos que Danny no comprende. Y, aunque lograra liberarse los pies, duda mucho que la pierna herida fuera capaz de sostenerlo más de unos pasos. Eso es todo lo que sabe, piensa mientras Gant espera una respuesta. Y entonces se da cuenta de otra cosa: aunque consiguiera de alguna forma liberarse de las cuerdas y las esposas, todavía tendría que enfrentarse a Gant, y el viejo es más duro de pelar de lo que parece.

—No sé dónde está —responde Danny.

Gant deja el libro en la estantería y se vuelve hacia él.

—Las botas están junto a la puerta —dice—. Supongo que no habrá salido de casa en zapatillas, no si hubiera ido simplemente

227

a dar un paseo. Dime, Danny: ¿qué perro tiene? He visto un cuenco y algo de comida para perros. ¿Es grande? Sí, ¿verdad?

—Lo bastante grande como para destrozarte la garganta —contesta Danny.

Gant suelta una carcajada.

—¡Mucho! ¡Sí, claro! ¡Lo bastante grande como para destrozarme la garganta! Siempre que yo no lo mate primero. No ha salido a pasear al perro. Ni siquiera ha cerrado con llave. Vale, sí, vive apartada de la civilización y dará por sentado que las puertas esas que tiene mantendrán alejados a los indeseables... Pero, con tanta seguridad, me atrevo a pensar que siempre cierra la casa con llave, sin importar lo poco que vaya a tardar. Mejor prevenir que curar, ese es su lema. Pero si se marchó a toda prisa, ¿dónde están sus huellas? ¿Por qué no hay huellas en la nieve? ¿La llamaste, muchacho? ¿La avisaste?

—No tengo su teléfono.

—Me cuesta creerlo.

—Ella tiene el mío. Yo no tengo el suyo.

—Ooh... ¿Y eso qué te hace pensar? ¿Crees que no le gustas o simplemente no se fía de ti?

—Me hace pensar que valora su intimidad.

Gant sonríe.

—Sin lugar a dudas. Pero cuando te he preguntado cuánto sabes, no me estaba refiriendo a si sabías adónde había ido Stephanie Edgley. Simplemente preguntaba cuánto sabías.

—¿De qué?

—Del mundo, del otro mundo que hay debajo. Del mundo que existe al lado de este. De la gente que vive en las sombras, de los que viven en la oscuridad. Magia, Danny. Hablo de la magia.

Danny aguarda a que suelte una carcajada, pero Gant no deja de mirarle de una forma angustiosamente directa. Maldición. Danny no está a merced de un asesino: está a merced de un loco.

Gant enarca una ceja.

–A juzgar por tu silencio, no tienes ni la menor idea de lo que estoy hablando. Muy bien. Pues ni caso entonces; haz como si no hubiera dicho nada. Tú imagínate que simplemente somos dos personas dentro de una casa, charlando y pasando el rato.

–¿Qué vas a hacer conmigo?

–Seguramente, matarte.

La revelación le golpea más fuerte que ninguna barra de hierro. Nota la garganta seca y el estómago le da un vuelco.

–¿Por qué?

–Porque has sido un obstáculo –dice Gant–. Una molestia. Y has visto mi cara, muchacho. Podrías identificarme, describirme a las autoridades y hacer que mi vida resultara muy incómoda.

–Si ni siquiera sé tu nombre.

–Cadaverus –dice el viejo–. Cadaverus Gant. Encantado de conocerte.

–No se lo diré a nadie –murmura Danny.

–Los dos sabemos que estás mintiendo. No deberías mentir, Danny; mentir está mal.

–Entonces... ¿por qué estoy aquí? ¿Por qué no estoy muerto?

–Porque aún podrías resultarnos útil. He oído muchas cosas sobre la persona que conoces como Stephanie Edgley, cosas muy contradictorias. Algunos dicen que es noble; otros, que es el mal encarnado. Si es noble, podría usarte para atraerla, para hacer que saliera de su escondite. Si es el mal encarnado... Bueno, habría que replanteárselo todo. Por supuesto, albergo la esperanza de que sea noble. Las personas nobles son fáciles de predecir, fáciles de provocar y aún más fáciles de matar.

–Pero ¿qué te ha hecho?

–¿A mí? –pregunta Gant–. Nada.

–Entonces, ¿por qué quieres matarla?

–Por lo que es y por lo que soy yo.

–¿Y qué eres tú?

Cadaverus Gant se limita a sonreír.

30

PERDONADA

 ALQUIRIA Caín se miró en el espejo. Tocó lentamente la superficie con el dedo, acariciando su propio reflejo.

Era ella. Era ella de nuevo. Se acabó lo de ver el mundo a través de los ojos de Oscuretriz. Se acabó la lucha dentro de su cabeza. La persona que veía en el espejo era ella. Qué sensación más extraña... y reconfortante.

Reverie Synecdoche entró.

—Estás vestida —dijo.

Valquiria agarró la chaqueta y se la puso.

—Sí. Tengo que ir a casa. Llevo sin ir... mucho tiempo. Puedo, ¿verdad?

La doctora vaciló.

—Bueno... Si los sensitivos te han dado el alta...

—Sí —respondió ella—. Estuvieron toda la tarde hurgando en mi cabeza para asegurarse de que no quedaba ni rastro de Oscuretriz aquí dentro. Y de que no los había engañado otra vez. Llegaron a la conclusión de que soy yo de nuevo.

Synecdoche sonrió.

—Bien. Ya tengo los resultados de las pruebas, y me alegra comunicarte que estás en perfecto estado de salud, sin ningún efecto secundario visible.

–A Oscuretriz le gustaba tenerme en perfectas condiciones –respondió Valquiria–. Teniendo eso en cuenta, todo debería ir rodado, supongo.

Synecdoche volvió a sonreír, pero su sonrisa fue educada, el tipo de sonrisa que transmite lo muy ocupada que está y que, si no quieres nada más, ella debería retirarse para continuar cuidando a los pacientes que necesitan su ayuda.

–Me marcho ya –dijo Valquiria.

Synecdoche asintió, giró sobre los tacones de sus zapatos y se fue.

Valquiria salió del ala médica. La doctora tenía razón: se encontraba genial. Fuerte, llena de energía y totalmente descansada. Su cuerpo era como un templo. Sin embargo, su mente era una cabaña vieja que se caía a pedazos en medio de un bosque. Tenía goteras. Había corrientes de aire. Las puertas no cerraban bien, se oían crujidos en la buhardilla y había algo muerto enterrado en el porche. Necesitaba ayuda.

Encontró a los demás en la biblioteca de la torre norte. Había cuatro bibliotecas en el Santuario, pero esa era la más pequeña y menos utilizada. Vex estaba sentado con los pies encima de la mesa, enfrente de Saracen. Gracius y Donegan revolvían en las estanterías y, a juzgar por su expresión de pesar, buscaban en vano ejemplares de sus libros. Stephanie y Fletcher estaban en una esquina, hablando en voz baja. Ni rastro de Skulduggery ni de Dai Maybury.

Saracen fue el primero en verla. Todo el mundo se volvió en redondo.

–Hola –dijo ella.

–Vamos, pasa –la animó Vex–. Siéntate.

Valquiria dio unos pasos, pero no se sentó.

–Quería daros las gracias –murmuró–. Me salvasteis de... de mí misma y evitasteis que hiciera cosas de las que nunca, jamás, habría podido regresar. Arriesgasteis vuestras vidas y os estoy muy... agradecida.

—Cuidamos de los nuestros –dijo Vex.

—Un hombre cadáver siempre es un hombre cadáver –asintió Saracen.

Stephanie se levantó.

—Deberías pedirle perdón a Dai –barbotó. Fletcher se incorporó y le tiró de la manga, pero Stephanie lo apartó–. No. Tiene que disculparse. Dai ya no tiene ningún hermano por culpa suya.

—No seas así –murmuró Fletcher.

—No pasa nada –dijo Valquiria–. Tiene razón. Por supuesto que tengo que pedirle perdón a Dai. Tengo que pedir perdón a todo el mundo. Incluidos vosotros. Estaba intentando encontrar la forma de explicarlo, pero... no sé. A ver, una vez vi una película. Mi padre me hizo verla. Era del Oeste, y no me gustan las pelis del Oeste.

—¿Cómo se llamaba? –preguntó Gracius.

—No me acuerdo.

—¿Quién salía? –dijo Donegan.

—Ese actor, ya sabes... Es alto y mira a todos como si estuviera a punto de pegarles un tiro. Hacía de poli en otra película, llamaba novato a uno y hacía que se quedara pensando cuántas veces había disparado, porque había perdido la cuenta.

—Clint Eastwood –dijo Gracius.

—Eso –asintió Valquiria–. Bueno, pues hay una escena en la película del Oeste en la que salen él y otro vaquero, vestido entero de negro, y le dicen que vaya a por un arma.

—Lee Van Cleef –asintió Gracius–. Es el final de *La muerte tenía un precio.*

—Lo que sea –le cortó Valquiria–. Le dice que vaya a por su pistola y hay una pausa muy larga, porque el hombre que le ha dicho que vaya a por su arma, el sheriff, está armado y listo para disparar.

—Espera –interrumpió Donegan–. No puede ser *La muerte tenía un precio.* El Indio no era el sheriff.

–Estoy bastante segura de que era el sheriff –afirmó Valquiria–. El otro vaquero estaba en una celda. El sheriff era ese tío, el de *Superman*, y el vaquero salía en *Harry Potter*.

Fletcher frunció el ceño.

–¿Harry Potter salió en una del Oeste?

–Oh, Dios –gruñó Stephanie–. Es la peli de *Sin perdón*, ¿vale? ¿Qué tal si la dejáis que acabe y cuente lo que sea que tiene que decir a ver si viene a cuento?

Valquiria continuó.

–Pues el sheriff le dice a otro tipo distinto, uno que creo que salía en una película con Elvis, Tony Soprano y Brad Pitt tirado en un sofá, uno que estaba muy nervioso, bueno, eso, que el sheriff le dice que le dé al vaquero una pistola. Y luego le dice al vaquero que apriete el gatillo, dispare y escape. Y el vaquero no sabe si está cargada o no, y el tío que sale en *Superman* sigue ahí de pie, esperando a ver si la coge. Pero el tipo de *Harry Potter* no puede, así que se vuelve a sentar. Entonces el sheriff, el de *Superman*, la pilla, la abre y caen todas las balas, y el otro se queda en plan: «Ay, podía haberle disparado».

–Vaya por Dios –dijo Stephanie–. No venía a cuento.

–Ese era mi miedo –dijo Stephanie–. El miedo de que, si haces un solo movimiento, otra persona te disparará. Como si estuvieran esperando a que lo hicieras, como si hubieran preparado todo para que cometieras el error y, cuando por fin coges la pistola, resulta que está descargada y ellos abrirán fuego. Eso es lo que creía que iba a pasar. Oscuretriz me apartó de una forma tan... completa que yo ya no era nada. Era tan pequeña, insignificante, sin poder alguno... Me sentía como si estuviera colgando de un hilo: si dejaba de concentrarme, cesaría de existir. Era como si me estuviera vigilando, como si me diera todas las oportunidades para que me atreviera a sacar la cabeza... para que pudiera cortármela.

–Podrías haber sido más fuerte –apuntó Stephanie.

–Debería haberlo sido –asintió Valquiria–. Pero no lo fui. Me rendí. Fue un error enorme, descomunal, imperdonable, pero me rendí. Era demasiado duro enfrentarme a todo lo que estaba pasando. Debería haber seguido luchando. En el instante en que me di por vencida, me empujó hasta un rincón y, a partir de ese momento, lo único que pude hacer fue mirar. Bueno, mirar y... Cuando Oscuretriz hacía todas esas cosas, mataba a toda esa gente, era yo, aunque no lo fuera. Es... es un poco difícil de explicar.

–Lo entendemos –dijo Gracius–. Es como Jean Grey y la fuerza Fénix. Lo entendemos perfectamente.

–No tengo ni idea de lo que estás hablando –declaró Vex–, pero lo entiendo, Valquiria. Todos lo hacemos. Hemos sido testigos de lo que Oscuretriz es capaz. Tenerla dentro de tu cabeza, que sea parte de ti, debe de haber sido... difícil.

Stephanie soltó una carcajada.

–¿Perdón? ¿Ya está? Dice esto y... ¿tan amigos? Ha matado gente.

–Tú mataste a mi prima –la acusó Valquiria.

–Y nadie me permite olvidarlo –respondió Stephanie–. Pero ahora mismo todos están actuando como si nunca fueran a volver a mencionar tu diminuto resbalón en el lado oscuro.

–Todos cometemos errores –declaró Skulduggery, a la espalda de Valquiria. Ella se volvió; estaba junto a Dai Maybury–. Algunos más que otros –continuó el esqueleto–. Tener una vida larga significa que te queda más tiempo para la redención. Ahora todos contamos con una segunda oportunidad. Valquiria está de nuevo con nosotros y Oscuretriz no es más que un montón de ideas furiosas revoloteando. Si no hay Oscuretriz, no hay apocalipsis. El futuro que teníamos que evitar se ha truncado. Hemos ganado.

Valquiria contempló a Dai.

–Siento muchísimo lo que hice.

–No fuiste tú –respondió él–. Deacon no era un gran hermano, pero le echaré de menos. Y cuando lo haga, le echaré la culpa a la persona que le mató: Oscuretriz. Tú no.

Valquiria asintió con la cabeza. Tenía los ojos llenos de lágrimas. Skulduggery dio una palmada.

–Muy bien. Se acabaron los discursos. Oscuretriz es un fantasma, porque me niego a llamarla «entidad descarnada», y está por ahí, libre. Valquiria y yo le seguiremos el rastro hasta que se desvanezca. Fletcher, lleva a Stephanie a casa; se ha ganado un descanso. Luego, vuelve aquí. La búsqueda de los Vestigios continúa en pie. Si alguien tiene un rato libre, por improbable que parezca, podría echar una mano en la búsqueda del doctor Nye. Ha escapado de la cárcel esta mañana temprano; lo ha sacado una persona o personas desconocidas. De todos modos, Nye no es una amenaza inmediata, así que mantengamos las prioridades. Vamos allá.

Arrastraron las sillas, se levantaron, y Skulduggery le puso una mano en la espalda a Valquiria. Fueron los primeros en salir.

Caminaron hasta el coche. Momentos después, el Bentley salía del aparcamiento iluminado y rodaba por las calles oscuras de Roarhaven.

–Antes de que vayamos adonde sea –dijo Valquiria–, ¿podríamos hacer una parada en Haggard? Llevo sin ver a mi familia... ya sabes. Siglos. Y me gustaría ver cómo están y... Creía que no volvería a verlos nunca.

–Vamos a Haggard –respondió el esqueleto–. Le hubiera pedido a Fletcher que te llevara, pero quería hablar contigo a solas. ¿Cómo te encuentras?

Valquiria echó la cabeza hacia atrás y cerró los ojos.

–Bien –dijo–. Estoy... bien. Seguramente no debería estarlo. Debería estar traumatizada. Cuando era Oscuretriz, hice un montón de cosas horribles. Maté a gente. Los asesiné. No puedo echarle la culpa a ella. Fui yo –se volvió hacia él–. Pero ahora que se ha ido, ahora que de nuevo tengo el control, todas las dudas y miedos y malos pensamientos se han... evaporado. Todo lo que me llevó por ese camino hasta que me rendí y le cedí el puesto... ha desaparecido. Todo. ¿No te parece genial?

–Sí –asintió el esqueleto–. Genial.

–¿Y por qué lo dices como si no lo fuera?

–¿Tú qué crees?

–No lo sé. No soy tú, ¿vale? –contempló las calles que iban dejando atrás–. Supongo que será porque piensas que de alguna forma lo estoy reprimiendo todo. Que no estoy preparada para hacer frente a todo lo que he hecho, así que estoy reprimiendo todas las cosas horribles. ¿Es así?

–¿Y si lo es?

–Entonces supongo que seré capaz de reprimirlo durante un tiempo antes de que se me venga encima.

–¿Y estás preparada para eso?

–Seguramente, no –admitió–. ¿Estabas preparado tú cuando te quitaste la armadura de Lord Vile?

Skulduggery guardó silencio unos instantes.

–No –dijo–. Y todavía intento compensar todas las cosas que hice.

–Pero lo tuyo fueron cinco años de muerte y destrucción. Lo mío han sido solo... semanas.

–¿Y crees que el tiempo tiene alguna importancia? La gente ha muerto. Te vas a sentir exactamente igual que me sentí yo. Pero tú eres más fuerte. Puede que lo lleves mejor.

–¿Sabes qué? Para ser un esqueleto, te comportas de un modo de lo más lúgubre. Antes teníamos unas conversaciones estupendas en las que nos pasábamos todo el tiempo insultándonos. ¿Podríamos volver a tener una charla de esas, por favor?

–Por supuesto –asintió él–. En el instante en que me digas qué otra cosa te pasa.

La sonrisa de Valquiria estuvo a punto de borrarse, pero consiguió mantenerla.

–Hagamos un trato –dijo–. Si me dices cómo supiste que no era yo, te cuento lo que me pasa.

Skulduggery se encogió de hombros.

–Pequeños detalles. Pequeños gestos. Expresiones faciales. Un detalle descomunal.

–¿Cuál?

–Oscuretriz jamás dijo que quisiera ir a casa.

Valquiria se quedó pensativa.

–Ah.

–Tu turno. ¿Qué te pasa?

Valquiria tardó en contestar. Se mordió el labio. Notó cómo se le revolvía el estómago. No quería decirlo. No quería decirlo en voz alta. Decirlo en voz alta sería admitir la terrible, espantosa verdad.

–Cuando Oscuretriz fue expulsada… se llevó consigo todos mis malos pensamientos, los sentimientos horribles… y otra cosa más.

–¿El qué?

–Mi magia –dijo Valquiria mirándole–. Se llevó mi magia.

31

NIÑO ESPELUZNANTE

BUSCAR monstruos era la principal actividad de los cazadores de monstruos. Un verdadero asco, la verdad, porque cazar no cazaban nada, principalmente porque los Vestigios no querían que los encontraran, y Fletcher ya había perdido la cuenta de la cantidad de pueblos que habían registrado. Salvo Gracius y Donegan, todos llevaban unas varitas de zahorí y se sentían terriblemente estúpidos.

Pero eso no les impedía entrometerse en la vida personal de Fletcher.

–¿Y a ti qué te pasa? –preguntó Gracius mientras avanzaban en la oscuridad–. Creía que estarías encantado de tener a Valquiria de regreso.

–Lo estoy –respondió Fletcher, intentando por todos los medios concentrarse en la ridícula rama que tenía en las manos–. Claro que lo estoy. Como todos.

–¿Y por qué tienes cara de funeral?

Donegan se volvió hacia ellos.

–Esa es la expresión de un hombre dividido entre dos amores.

Saracen pareció divertido.

–¿Es eso, Fletcher?

–No –gruñó él–. Estoy saliendo con Stephanie. Estaba con Val, pero me dejó nada más y nada menos que por un vampiro, y ahora estoy con Steph. Eso es todo, fin de la historia.

–¿Y no te arrepientes de nada? –preguntó Gracius.

–No –replicó–. ¿Y desde cuándo esto se ha convertido en un grupo de autoayuda?

–Somos cazadores de monstruos –dijo Dai–. Lo compartimos todo.

–¿No crees que te liaste con Stephanie porque no podías tener a Valquiria? –preguntó Saracen.

–¿Qué? No. Dios, no.

–Porque tendría sentido.

–No fue por eso.

–Sería de lo más natural.

–Saracen, te lo voy a decir muy claro: Steph no es el premio de consolación, ¿de acuerdo?

Saracen sonrió satisfecho.

–Bien. Eres un buen tío.

Vex se unió a ellos.

–¿De qué habláis?

–Fletcher está experimentando emociones contradictoras sobre el regreso de Valquiria y lo que puede significar para la relación que mantiene con Stephanie –le informó Donegan.

–Entendido –asintió Vex.

–Sin embargo, debe de ser muy raro –comentó Gracius–. Salir con Stephanie mientras todos pensábamos que Valquiria había desaparecido... vale, es una cosa. Pero salir con ella ahora que Val ha regresado... Bueno. Es raro, ¿no os parece? ¿No creéis que es raro? Para Valquiria tiene que serlo.

Dai asintió.

–Para Valquiria será rarísimo.

–No tiene por qué –protestó Fletcher–. Es como si saliera con su hermana gemela. Si tuviera una.

–Y eso también sería raro –aseguró Donegan.

–Muy raro –añadió Gracius.

–Lo estáis malinterpretando todo –se quejó Fletcher–. A Val le parece bien. O se lo parecerá.

Saracen enarcó una ceja.

–¿No lo sabe?

–¿Lo de Steph y yo? Todavía... no.

–¿Y se lo vas a decir? –preguntó Gracius–. ¿O se lo dirá Stephanie?

–¿Puedo decírselo yo? –pidió Saracen–. Me encantaría ver la cara que pone.

–Yo se lo diré –Fletcher le fulminó con la mirada–. Simplemente, aún no se ha presentado la oportunidad. Han pasado un montón de cosas, y ahora estamos buscando a los Vestigios y... estoy esperando el momento oportuno.

–¿Crees que cuando se lo digas te dará un puñetazo? –intervino Donegan.

–No –gruñó Fletcher–. Al menos, eso espero.

–Cómprale algo para suavizar el golpe –le aconsejó Gracius–. Eh, ¿qué creéis que debería comprarle Fletcher a Valquiria para suavizar el golpe?

–Algo que no pueda tirarle a la cara –respondió Vex–. Como un gatito, por ejemplo. Yo tenía una gatita. Se llamaba Sabrina y, siempre que se sentaba en mi regazo, me clavaba las garras. A mí me entraban ganas de lanzarla volando al otro extremo de la habitación, pero no lo hacía porque era una gatita y era una monada. Así que deberías regalarle un gatito. O un avestruz.

Saracen se detuvo en seco.

–Vale –murmuró–. Algo va mal.

Donegan alzó la vista con expresión esperanzada.

–¿Tu varita de zahorí está vibrando?

–No, mi maldita varita de zahorí no vibra –gruñó Saracen, tirando la rama–. Seguidme. Y con cuidado.

Le siguieron por la calle vacía y vieron a un niño pequeño sentado en medio de la calzada. Tenía la cabeza levantada hacia el cielo nocturno y cantaba con una voz suave que se llevaba la brisa.

–*Estrellita, dónde estás, me pregunto quién serás...*

–Genial –gruñó Gracius–. Casi no es espeluznante...

Temiendo una emboscada, formaron una línea. Al cabo de un rato, el niño dejó de cantar y los miró. Las venas negras surcaban su rostro y lo partían como si fuera un puzle hecho por un loco.

–Deberíais correr –les aconsejó el niño.

–Primero, deja ese cuerpo –replicó Vex–. El cuerpo de un niño no te sirve para nada.

El niño se incorporó.

–La verdad es que este es el mejor cuerpo en el que puedo estar ahora mismo. No vais a atacarme, ¿verdad? Nadie quiere hacerle daño a un niño.

–Yo odio a los niños –dijo Dai.

El niño soltó una carcajada.

–No estaré aquí dentro demasiado tiempo, no te preocupes. Solo he venido para entregaros este mensaje: deberíais correr.

–Los Vestigios normalmente no se dedican a avisar a la gente –indicó Saracen.

–Las cosas han cambiado –respondió el niño–. Mis hermanos se han ido. La mayoría, al menos. Me reuniré con ellos más tarde, una vez que entendáis que no somos la amenaza que creéis.

–Sois Vestigios –dijo Saracen–. Sois exactamente la amenaza que creemos que sois.

–Entonces, ¿por qué no nos hemos apoderado de este pueblo? ¿Por qué no hemos matado a todo el mundo?

–Porque Oscuretriz os dijo que no llamarais la atención.

El niño negó con la cabeza.

–Oscuretriz ya no nos da órdenes. Solo cree que lo hace. No vamos a desobedecerla, por supuesto: no somos idiotas. Pero tampoco vamos a ayudarla. Ahora tenemos nuestros propios planes.

–¿Dónde están los demás? –preguntó Vex.

—No voy a contestarte a eso.

—Será mucho mejor para ti si lo haces.

—¿Mejor para mí? Oh, no, no, no. Yo ya os he advertido. A vosotros se os ha acabado el tiempo, a mí no. Si os hubierais dado media vuelta y hubierais regresado a vuestra casa, habríais sobrevivido unos cuantos días. Eso ya sería algo, ¿no? Pero ahora sois nuestros.

—Lo dudo mucho —dijo Vex.

El niño sonrió.

—Oh, ya ha empezado.

Dai le dio un codazo en la mandíbula a Vex, que cayó al suelo. Saracen se volvió y le propinó un cabezazo a Dai que lo lanzó contra Donegan. Fletcher vislumbró un Vestigio que avanzaba entre las sombras. Se lanzó contra Vex y le abrió la boca.

Gracius derribó a Dai mientras los Vestigios se cernían sobre ellos. Agarró la mano de Fletcher, que se unió a los demás, y en un pestañeo regresaron al Santuario. Sanos y salvos.

Pero con dos hombres menos.

32

LA OFERTA DE TRABAJO

VINCENT Foe solía ir a los bares de los mortales. Le gustaba. El anonimato resultaba de lo más estimulante. Allí podía beber sin preocuparse por si se encontraba con alguien a quien hubiera hecho daño en el pasado. Y había que admitir que había hecho daño a mucha gente, todos ellos víctimas de la guerra particular que estaba librando y que consistía en cargarse a toda la gente que pudiera antes de que él mismo muriera. Era una guerra poco habitual, desde luego. De hecho, durante toda su vida solamente había conocido a cuatro personas que compartieran su sueño, y tres de ellos ahora estaban en lo que él denominaba su «banda».

La gente les había llamado de muchas maneras, apodos de lo más simpáticos, como el de «nihilistas». La verdad es que no le importaba esa etiqueta, aunque el suyo era un nihilismo que ni Kierkegaard ni Nietzsche hubieran reconocido abiertamente. Él se veía más bien como un existencialista fundamentalista con unas tendencias psicópatas genocidas profundamente arraigadas. Su único deseo era ser el responsable de la destrucción del mundo y de todos sus habitantes, él incluido.

Pero hasta que se presentara esa oportunidad, se conformaba con sentarse en bares de mortales y reflexionar sobre la inutilidad de la vida.

–Vincent Foe.

Giró ligeramente la cabeza. La mujer que se dirigía a él era menuda y tenía el pelo castaño despeinado.

–¿Te conozco?

–Nos conocemos –sonrió ella.

–Lo siento. No consigo recordar...

–No te esfuerces –respondió ella–. Este cuerpo es nuevo. Bueno, nuevo para mí. Digamos que es un alquiler. Me desalojaron hace poco del cuerpo que estaba utilizando. Encontré este. Bueno, no es perfecto, pero los pobres no podemos elegir...

Los mortales del bar bebían y charlaban sin prestar ni pizca de atención a Foe y a la mujer.

Foe examinó su rostro. Parecía enferma. Estaba sudando a chorros y tenía los ojos inyectados en sangre.

–¿Y qué quieres? –preguntó con cautela.

–Si puedes permitirte dejar de trabajar para China Sorrows, tengo un trabajo para ti, uno que probablemente provocará la destrucción de la especie humana.

Foe entrecerró los ojos.

–¿Y cómo has dicho que te llamabas?

–Soy alguien a quien todos temen –respondió la mujer–. Soy Oscuretriz. ¿Te interesa?

Foe no quiso parecer demasiado ansioso, así que se tomó unos instantes antes de encogerse de hombros y responder:

–Bueno. A lo mejor. ¿Qué tienes pensado?

33

DESVENTURAS COMO CANGURO

LO cierto es que perder a Dexter Vex y a Dai Maybury frente a los Vestigios fue un golpe muy duro. Cuando recibieron aquella llamada, Valquiria deseó, en parte, quedarse en el Bentley y volver a Roarhaven con Skulduggery; pero otra parte, una más fuerte, quería volver a casa. Se alegró de no prestar atención a la primera. En el instante en que entró por la puerta se sintió ligera, mejor. Más feliz. Y ahí era donde estaba en ese momento, enarcando las cejas en dirección a su padre.

–Tengo que darte un consejo como canguro –dijo él mientras se ponía el abrigo–. Una vez cometí un error y tu madre jamás me ha dejado olvidarlo. El consejo que te voy a dar tiene un valor incalculable, y yo lo aprendí por las malas. ¿Preparada para oírlo?

Valquiria estaba de espaldas a la chimenea encendida. Sonrió.

–Preparada.

–Bien. No pierdas al bebé –dijo su padre–. No lo hagas. ¿Lo has entendido? Además, el término «canguro» puede resultar muy engañoso. En realidad, no se puede meter al bebé dentro de una bolsa. Una vez yo lo hice cuando eras muy pequeña, y tuve suerte de que no te hubieras ahogado cuando me acordé de sacarte. Estuviste un buen rato dentro, la verdad. Me sorprendió que siguieras con vida.

–No voy a meter a Alice en una bolsa.

–Bueno, eso es lo que dices ahora, pero te sorprendería lo fácil que resulta acabar haciéndolo. Es pequeñita y manejable.

La madre de Valquiria entró en ese momento.

–¿Metiste a nuestro bebé en una bolsa?

Su padre negó con la cabeza.

–No, qué va. Bueno, hace mucho. ¿Estás lista?

–Sí –respondió su madre–. Steph, siento mucho dejarte con Alice la primera noche que vuelves, pero eso te pasa por haberte marchado una semana a vivir a casa de Gordon. Alice es maravillosa, es una niña absolutamente estupenda, pero tu padre y yo necesitamos un descanso, de verdad. Si me hubiera acordado de lo agotador que resulta criar a un niño, seguramente habría buscado a alguien que lo hiciera por mí.

Su padre asintió.

–Externalizar. Muy inteligente.

–Está lista para ir a dormir, así que dale el biberón, métela en la cuna y luego vete tú a la cama. Se te ve cansada.

Valquiria sonrió.

–Suena genial –los acompañó hasta la puerta.

–No abras la puerta a los extraños –le advirtió su padre–. A no ser que vendan algo. Entonces, abre la puerta y mira a ver si te gusta. Si crees que a mí me gustaría, cómpramelo. Pero que no sea nada barato, por favor, que uno tiene un nivel... Tampoco demasiado caro. Mi nivel no es tan alto...

–Pasadlo bien –les dijo Valquiria, cerrando la puerta. Volvió al cuarto de estar, puso el guardafuegos delante de la chimenea y cogió a Alice en brazos. Subió las escaleras, metió a su hermana en la cuna con el biberón y la arropó. Se quedó mirándola hasta que vio que se le cerraban los ojos. Salió y se acercó al dormitorio.

Stephanie estaba sentada en la cama, con la mochila a un lado.

–¿Disfrutas del regreso?

A Valquiria se le borró un poco la sonrisa.

–Bueno, la verdad es que sí. Me alegro de haber vuelto a casa.

–Sé lo que estás intentando hacer.

–¿El qué, exactamente?

–Estás intentando reemplazarme.

–¿Yo a ti? Tú eres mi sustituta.

–¡Era! –exclamó Stephanie, levantándose de golpe–. ¡Era tu sustituta! Y ahora te sientes amenazada porque sabes que soy mejor hija de lo que tú fuiste jamás.

Valquiria arrugó los labios.

–Estás loca. Pero eso ya lo sabíamos cuando asesinaste a Carol. ¿De verdad crees que voy a estar tranquila sabiendo que vives con ellos todo el tiempo? ¿Cómo voy a estar segura de que no vas a matar a alguien más? ¿Cómo sabes tú que no vas a hacerlo?

–Porque he cambiado. He evolucionado.

–No se puede confiar en ti.

Stephanie soltó una carcajada.

–¿Y en ti sí? Ambas hemos visto el futuro en el que matabas a nuestros padres y a nuestra hermana. Yo he evolucionado a partir de una asesina. Tú has evolucionado hasta convertirte en una. Ahora, repíteme en cuál de las dos no se puede confiar y en cuál sí. Desde luego, en ti no. He estado trabajando codo con codo con Skulduggery las últimas semanas. Parece que soy capaz de reemplazarte en todos los aspectos de tu vida. Soy mejor hija, mejor compañera y mejor novia.

Valquiria frunció el ceño.

–¿Qué?

–No deberías haber engañado a Fletcher. Yo nunca le haré eso.

–¿Estás...? ¿Estás saliendo con Fletcher? No puede ser. ¡Eres mi copia!

–Eso era lo que yo pensaba. Pero ahora me doy cuenta de que soy una mejora.

Valquiria la miró fijamente.

–Stephanie, esto no va a funcionar. Creía que sí, pero no. Vas a tener que marcharte.

–¿Perdón?

–¿Qué estás? ¿Sorda? –dijo Valquiria–. Que te vayas. Que dejes el país.

–¿Y adónde sugieres que vaya?

–Adonde sea. No me importa. Vete a América, adopta un perro, encuentra una vida.

Stephanie dio un paso hacia ella.

–¿Y tú crees que soy yo la que se va a marchar? ¿En serio? Tú te marchaste una vez. Huiste. Permitiste que Oscuretriz tomara el relevo. Las dos sabemos que tú eres la más débil. Así que esta es mi propuesta, Valquiria: vete tú. ¿De qué sirves ahora? No tienes relevancia ninguna. Has fallado a todo el mundo. Ya ni siquiera tienes magia, ¿verdad? No me mires así. Lo veo en tus ojos. Al menos yo cuento con esto.

Alcanzó la mochila, sacó el Cetro y Valquiria dio un paso atrás de forma involuntaria.

Stephanie entrecerró los ojos.

–Guau.

Valquiria notó cómo enrojecía.

–No iba...

–Guau –repitió Stephanie–. Creías que iba a matarte, ¿no? De verdad pensabas que iba a hacerlo.

–En mi defensa...

–¿En tu defensa qué? Que ya he matado a Carol, ¿no? ¿Por qué no a ti? Ya no soy esa persona. Te lo dije. Se lo he dicho a todos. Todos saben que he cambiado. Incluso Skulduggery. Tú eres la única que sigue tratándome como si fuera una cosa.

–Oye –dijo Valquiria–. Si quieres hablar, hablemos. Pero sin el Cetro en la mano, ¿vale?

Stephanie la apuntó directamente.

–¿Esto? ¿Te da miedo esto? ¿Te da miedo lo que puedo hacer con esto?

–Deja de hacer el tonto con él –murmuró Valquiria. El pulso atronaba en sus oídos–. Se activa con tus pensamientos...

–¡Lo sé! –dijo Stephanie, casi gritando. Bajó inmediatamente la voz, pero la furia no desapareció–. Sé cómo se usa, y no se me va a escapar un rayo por accidente. He estado pensando en ello desde que volví a casa, de hecho; pensando en toda la gente a la que podría matar y la destrucción que podría causar, y ¿sabes qué? No la quiero. Has vuelto. Pues vete a vivir aventuras. Eso es lo que se te da bien. Pero ¿yo? Para mí se acabó. Lo dejo. No quiero volver a usar un arma. No quiero volver a sostener esto nunca más.

Stephanie agarró su mochila y metió dentro el Cetro. Subió la cremallera, se atascó, soltó una maldición y Valquiria extendió la mano.

–Déjame a mí...

Stephanie lo apartó.

–No. Esto no tiene nada que ver contigo. Asombroso, ¿eh? Algo que no tiene nada que ver contigo. Esto tiene que ver conmigo. Es mi decisión.

Pasó a su lado como una exhalación y cerró de un portazo.

La habitación se quedó vacía y silenciosa sin Stephanie. Valquiria esperó unos minutos a ver si regresaba. Como tardaba, colgó la chaqueta y se quitó las botas.

Stephanie volvió. Ya no llevaba el Cetro.

–Ya está –dijo–. Lo he guardado. ¿Contenta?

–¿Dónde está?

–No es asunto tuyo. Lo único que es asunto tuyo es lo que vas a hacer con tu vida. Porque esta es mía.

–No voy a discutir contigo sobre esto –dijo Valquiria. Se sentó en la cama y se quitó los calcetines.

Stephanie abrió los ojos como platos.

–¿Qué crees que estás haciendo?

—Desnudarme para meterme en la cama. ¿Tú qué crees?

Stephanie puso los brazos en jarras.

—¿Y quién dice que te vas a meter en esta cama?

Valquiria soltó una carcajada.

—¿En serio? ¿Quién? —se incorporó—. Lo digo yo porque es mi cama.

—Llevas sin dormir en ella desde hace mucho —replicó Stephanie—. Ahora es mía.

—Mira, *Stephanie*, así son las cosas: mi cama, mi habitación, mi familia, mis normas.

—Abandonaste a tu familia, *Valquiria*. ¿Cómo dicen los abogados? Renunciaste a tus derechos. Eso es. Te rendiste. Permitiste que Oscuretriz te derrotara.

—Y ahora he vuelto.

—Pero no tuvo nada que ver contigo. Nosotros te trajimos de regreso. Tú no hiciste nada.

Valquiria sintió una oleada de furia y entrecerró los ojos.

—Que te jodan —dijo, dándole un empujón con el hombro. Salió de la habitación y empezó a bajar las escaleras. Se dio cuenta de que Stephanie la seguía.

—Tú no venciste a Oscuretriz con tu fuerza de voluntad —continuó—. Tu parte noble y auténtica no triunfó sobre el mal. Si no hubiéramos arriesgado la vida para que volvieras, todavía serías un hilito de voz insignificante en un rincón de su mente.

Valquiria entró en la sala de estar y Stephanie la siguió, pisándole los talones.

—No te mereces esta libertad, ¿lo entiendes?

Valquiria se giró en redondo y se quedaron frente a frente.

—Crees que tienes mucho en común con Skulduggery, ¿verdad? —insistió Stephanie con una mueca—. Él se convirtió en Lord Vile, tú en Oscuretriz. Ambos hicisteis cosas horribles. Pero hay una diferencia: Skulduggery lo superó él solo. Fue lo bastante fuerte, luchó lo suficiente para someter a Lord Vile y resurgir como el Skulduggery que todos conocemos y amamos. Pero ¿tú? Tú no fuiste lo bastante fuerte.

–Cállate.

–No luchaste lo más mínimo –continuó ella–. Nos necesitaste a todos para que te salváramos. ¿Y dices que esa cama es tuya? No. Tú renunciaste a todo cuando permitiste que Oscuretriz tomara el mando, y no te has ganado el derecho a recuperar nada.

Valquiria le clavó el índice en el pecho.

–No te vas a quedar con mi familia.

–No es tu... –Stephanie titubeó. Frunció el ceño–. ¿Dejaste abierta la puerta del jardín?

Valquiria se volvió justo en el instante en que Tanith Low entraba en la habitación. Stephanie se lanzó contra ella mientras Valquiria agarraba el atizador de la chimenea. Tanith le dio una patada a Stephanie que la lanzó contra el sofá. Su espada refulgió, se giró y Valquiria detuvo la hoja con el atizador, que tembló en sus manos por el impacto. Agarró a Tanith y la empujó contra la pared, llevándose un rodillazo en el estómago. Se quedó sin aliento.

Su chaqueta protectora estaba en la planta de arriba.

El rostro de Tanith estaba surcado de venas negras. Cerró la mano en torno a la garganta de Valquiria.

–¿Dónde está Oscuretriz?

–Por favor –jadeó Valquiria–. No tienes por qué hacer esto...

Stephanie se levantó y, cuando Tanith volvió la vista, Valquiria vio el cielo abierto. La agarró como pudo y le hizo una llave de cadera; apretó hasta que la lanzó contra el sillón. Tanith lo derribó cuando cayó, pero se levantó de inmediato con la espada en la mano.

Valquiria fue por la izquierda; Stephanie, por la derecha.

Tanith se lanzó hacia delante y Valquiria esquivó la espada por muy poco. Stephanie se tiró para recuperar el atizador, pero Tanith le hizo un barrido con las piernas, Stephanie tropezó y, antes de que Tanith bajara la espada, Valquiria la atacó por detrás con el abrazo de oso más fuerte que pudo y tiró de ella hacia atrás hasta que soltó la espada y cayó. Valquiria intentó mantenerla en el suelo, pero Tanith se retorció, y era más fuerte que Valquiria incluso sin la ayuda del Vestigio.

Le agarró la cabeza con las dos manos y empezó a hacérsela girar. Valquiria notó el chasquido del cartílago, a punto de romperse, y entró en pánico, intentando librarse de ella como fuera. El pie de Stephanie impactó contra la mandíbula de Tanith y hubo una loca carrera por alcanzar la espada. Tanith fue la primera en llegar, se giró en redondo y la hoja apretó la garganta de Valquiria.

Las tres se quedaron petrificadas.

–Traed a Oscuretriz –exigió Tanith.

–No podemos –musitó Valquiria.

–¿Cómo lo has hecho? ¿Cómo has recuperado el control?

–No lo he hecho yo. Ya no está conmigo. La expulsaron. Se ha ido.

–¿Se ha... ido?

–Finbar la denominó «entidad descarnada».

Tanith las miró fijamente.

–¿Ahora es un fantasma?

–Más o menos.

–Oh –dijo Tanith, y se quedó callada. Luego suspiró y apartó la espada del cuello de Valquiria. Después se sentó en el sofá.

Valquiria y Stephanie cruzaron una mirada.

Las venas negras se desvanecieron y los labios de Tanith regresaron a la normalidad.

–Perdón –dijo.

Stephanie frunció el ceño.

–No lo entiendo. ¿Vas a matarnos o no?

Tanith vaciló.

–Por favor, di que no –murmuró Valquiria.

–No sé –declaró ella–. A ver... Debería mataros. Tendría sentido. Habéis acabado con Oscuretriz, y yo quiero que ella lo destruya todo. O... quería.

Valquiria tomó una decisión. Levantó el sofá caído y se sentó en él.

–¿Has cambiado de idea?

–No sé –respondió Tanith–. Si me paro a pensarlo... Bueno, puede ser. El Vestigio que forma parte de mí va en plan: «¡Uoh! ¡Matemos a todos!». Pero la parte humana piensa: «¿Por qué? Si matamos a todo el mundo, esto será aburridísimo». Y, sinceramente, creo que también la parte del Vestigio se lo está empezando a pensar, aunque nunca llegue a admitirlo.

Stephanie se sentó despacio, frotándose la mandíbula.

–Entonces, ¿no nos vas a matar?

–Seguramente, no. A ver, tampoco bajéis la guardia. No quiero hacer promesas que no pueda cumplir... Pero sí, en este mismo segundo, no, no tengo intención de mataros a ninguna. Aunque puede que cambie de idea.

–Bueno, es un avance –dijo Valquiria–. Es algo, ¿no?

Tanith asintió.

–Creo que sí. Bueno, me da la sensación de que he dado un gran paso hacia delante. Eso es lo que siento. Es como si fuera un momento importante.

–Admitir que tienes un problema es el primer paso para recuperarte –afirmó Stephanie.

–Eso dicen, ¿no? Y sí, tengo un problema. A veces quiero matar a todo el mundo. No tengo conciencia. Y también hago cosas que podrían considerarse... ya sabes...

–Malvadas –completó Stephanie.

–Sí. Eso. Malvadas. A veces hago cosas malvadas. No tengo la intención de ser malvada. No hago el mal por hacer el mal. Pero pasan cosas malas y yo soy la responsable.

–¿Vas a seguir el consejo de Moribund? –preguntó Valquiria.

Tanith la miró sorprendida.

–¿Cómo sabes eso?

–Te oí hablando con Sanguine. O te oyó Oscuretriz.

–¿Quién es Moribund? –preguntó Stephanie.

–Un tipo con un Vestigio vinculado –le explicó Valquiria–. Decidió no ser malvado. Decidió ser bueno. Le dijo a Tanith que lo que tenía que hacer era fingir que era buena durante un tiempo suficiente... y al final lo sería de verdad.

–¿Y crees que funcionará?

–No sé –suspiró Tanith–. Aún no lo he intentado en serio. Pero ahora que Oscuretriz ya no está... ¿Se ha ido? ¿Se ha ido de veras?

–Eh... –dijo Valquiria–. Bueno, no quiero que decidas volver a matarnos, pero... se ha ido *casi* por completo. Finbar dijo que una entidad descarnada como ella únicamente podía sobrevivir un tiempo antes de... evaporarse. Solo la impulsa el instinto de supervivencia, y no la mantendrá durante mucho tiempo.

–¿Y hay alguna forma de que sobreviva?

–Podría poseer a alguien, alguien dispuesto a dejarse. Pero no duraría mucho. Un cuerpo normal no soportaría esa cantidad de poder sin quemarse. Todos los sensitivos están durmiendo dentro de círculos de protección esta noche, por si acaso intenta colarse.

–Pero ¿aún sigue viva? ¿Más o menos? Humm...

Tanith se levantó. Valquiria y Stephanie la imitaron a toda velocidad.

–¿Vas a intentar matarnos otra vez? –preguntó Valquiria.

Tanith envainó la espada.

–Nah. No sé qué hacer. Hace unos años, el apocalipsis parecía una buena idea. Ahora... no sé. A lo mejor ya no me interesa como antes. Por cierto, deberíais cerrar las puertas. Yo he entrado tranquilamente.

–Ya –dijo Valquiria–. Gracias.

Tanith les dedicó una sonrisa.

–Creo que saldré por la puerta principal.

Cuando Tanith se marchó, ordenaron el cuarto de estar y cerraron con llave la puerta trasera. Subieron las escaleras y comprobaron cómo estaba Alice, que había seguido durmiendo tranquilamente durante todo el follón.

Stephanie entró en el baño y tardó un rato en salir. Dejó la puerta abierta.

–¿Estás bien? –le preguntó Valquiria. Stephanie se estaba mirando en el espejo y hundió un dedo en su mejilla.

–Ay. Mira esto. Mañana estará hinchadísimo.

Valquiria trajo de la habitación un paño y lo untó con un puñado de barro que sacó de un bulto de papel de aluminio. Lo puso bajo el grifo.

–Vamos a ver –dijo. Stephanie se giró hacia ella y Valquiria le frotó la piel con el barro–. ¿Mejor?

–Un poco –respondió Stephanie.

–¿Creías que Tanith venía a matarnos? –le preguntó Valquiria.

–Por un instante. Bueno, un instante muy largo. ¿Y tú?

–Al principio, sí. Oye, gracias, por cierto. Seguramente me has salvado la vida.

Stephanie se encogió de hombros.

–Bueno, seguramente tú también me la hayas salvado a mí. Buena llave.

–Lo viste, ¿eh? Sí, no estuvo mal. Pero empiezo a echar de menos la magia, la verdad.

Stephanie sonrió.

–Y yo empiezo a lamentar no tener el Cetro.

Valquiria soltó una carcajada.

–Apuesto a que sí. En el instante en que lo guardas, ¡bam! ¡Aparece Tanith!

–Típico –asintió Stephanie, secándose la cara con la toalla–. Ya está. Supongo que con esto evitaré que se me ponga el ojo morado. Con suerte, esta será la última vez que necesite hacer algo así.

–¿De verdad vas a dejarlo? –le preguntó Valquiria cuando volvieron al dormitorio.

–Por supuesto –dijo Stephanie–. Parece que te sorprende.

–Bueno, sí. No sé cómo eres capaz de dejarlo. A ver, básicamente eres yo.

Stephanie la miró con fijeza mientras se desnudaba.

–¿Qué dices? Yo no soy tú. Solamente fingía serlo. En el instante en que fui consciente, consciente de veras, en ese momento dejé de ser tú y empecé a ser yo. No me interesa lo más mínimo arriesgar la vida por gente que no conozco. Mataría y moriría por mi familia y la gente que quiero, pero los demás... que se cuiden solitos.

–¿Y no vas a echar de menos acompañar a Skulduggery?

–Ni pizca –declaró Stephanie–. Sobre todo porque él nunca estuvo cómodo a mi lado. A veces estaba bien, cuando se comportaba conmigo como lo hacía contigo. Pero luego, de pronto, era como si apretara un interruptor y recordara quién era yo. No voy a echar eso de menos lo más mínimo.

–¿Y la aventura, la emoción...?

–Puede que un poquito –admitió Stephanie–. Al principio, seguramente. Pero estoy deseando volver a ser normal. Puede que suene un poco idiota, pero lo que me parece emocionante es ser normal.

–Sí –asintió Valquiria–. Suena un poco idiota.

Se rieron.

–Sí me gustaría despedirme de ellos mañana –dijo Stephanie–. Ya sabes, de Skulduggery, de China y de...

–¿Fletcher?

–Bueno... No sé si será un adiós o...

–¿Qué... tenéis exactamente vosotros dos?

–No lo sé –admitió Stephanie–. No sé cómo se siente respecto a... todo esto, y qué hará cuando le diga que voy a dejarlo...

–Pero ¿te gusta?

–Bueno... Sí.

–¿Y tú a él?

–Creo que sí.

–¿Y vas a seguir... viéndole?

–Tal vez. Sí. Si él quiere. No sé cómo se tomará que yo quiera ser normal.

–¿Y cómo vamos a hacer esto? –preguntó Valquiria–. Tú y yo y mi... nuestra familia.

–Bueno –Stephanie se lo pensó–. Supongo que podríamos... podríamos hacerlo igual. A ver, si te parece bien, yo pasaría la mayor parte del tiempo aquí, y un par de veces a la semana podría quedarme en casa de Gordon y tú ocupar mi lugar. No será tan sencillo como pasarnos los recuerdos, pero podríamos... ya sabes, contarnos lo que ha pasado antes de intercambiarnos.

–Contarnos lo que ha pasado –repitió Valquiria–. Qué sistema tan revolucionario.

–Ya lo sé, ¿vale?

–Sabes que vamos a discutir un montón, ¿no?

Stephanie se encogió de hombros.

–Me parece bien si a ti te parece bien.

–Bueno, al menos tendremos conversaciones inteligentes.

Stephanie puso los ojos en blanco.

–Esa es una frase de Skulduggery. Completamente.

–Cierra el pico –dijo Valquiria riéndose–. Bueno, supongo que si mañana es el último día en que vas a arriesgar tu vida, tú deberías quedarte con la cama.

–Puede –asintió Stephanie–. O... ya sabes, es una cama grande para una persona. Podemos compartirla.

Valquiria sonrió.

–Genial.

–Pero yo me quedo con la almohada buena.

34

DESPEDIDA

EN realidad, cuando veía a Valquiria y Skulduggery juntos, Stephanie se sentía bastante celosa. Envidiaba su relación, la confianza que Valquiria despertaba en Skulduggery y la seguridad de que contaría con su apoyo y comprensión, pasara lo que pasara. Stephanie no tenía ese tipo de relación con nadie. Todavía caminaba por la cuerda floja, incluso con Fletcher. Tenía que esforzarse por no meter la pata. Aún no era capaz de relajarse. Aun así, todo acabaría mejorando, estaba segura. De hecho, ya era mejor que al principio; cuanto más tiempo pasaba entre la gente, más cambiaba su actitud hacia ella. Para Skulduggery, China, Saracen y los cazadores de monstruos, ya no era un reflejo defectuoso. Era Stephanie. Una persona. Un individuo.

Pero qué típico: justo cuando estaba a punto de empezar a cosechar los frutos de todo el trabajo, de todo lo que se había esforzado, era el momento de dejarlo atrás.

Se alegraba de irse, sin embargo. En gran parte. Ella no era como Valquiria: no estaba insatisfecha con su vida en Haggard ni con ser una persona normal. No le atraían el peligro, la aventura ni la oscuridad. Su propósito original como reflejo era continuar la rutina de Valquiria... ¿Tan difícil resultaba creer que hubiera acabado gustándole? Sus padres, su hermana, sus amigos, su pueblo, su futuro... Eso era todo lo que le interesaba. Eso era todo lo que necesitaba. Sin lugar a dudas, no iba a echar de menos dar puñetazos a la gente. Y desde luego no iba a echar de menos que le dieran puñetazos a ella.

Pero aun así... sentía envidia.

–Mujer mortal de cuarenta y seis años –decía Skulduggery cuando entró junto a Valquiria en el Santuario. Stephanie los seguía un poco por detrás–. La estábamos vigilando porque había mostrado en el pasado algunas tendencias psíquicas. Nada lo bastante poderoso como para montar un alboroto, pero sí lo suficiente como para registrarla como sensitiva inexperta. Esta mañana han encontrado su cuerpo, poco más que una cáscara seca.

–¿Oscuretriz? –preguntó Valquiria.

El detective esqueleto asintió.

–Eso parece. Por lo que sabemos, Oscuretriz no pudo poseerla más de tres horas antes de quemarla.

–¿Dónde se encontró el cuerpo?

–Cerca de Ashbourne. Su coche estaba al lado.

–Entonces, ¿Oscuretriz poseyó a esa mujer y eso es lo más lejos que pudo llegar? –preguntó Valquiria–. ¿Dónde está Ashbourne?

–Nuestros agentes vieron huellas frescas de neumáticos cerca. Una moto.

–¿Tanith?

–Podría ser.

–No sé –Valquiria se giró hacia Stephanie–. ¿Tú qué crees? Tanith ayer hablaba como si estuviera preparada para dejarlo.

–Tal vez cambió de idea –sugirió Stephanie–. Oscuretriz podría haberla llamado después de que nos dejara, cuando todavía estaba dentro del cuerpo de esa mujer, y convencerla de que regresara con ella.

–No voy a asumir que es Tanith hasta que hayamos cotejado las huellas de los neumáticos con las de su moto –intervino Skulduggery–. Puede que se trate de otra persona que no tenga absolutamente nada que ver con esto.

Se encontraron con dos hechiceros que venían en dirección contraria, escoltando a un hombre vestido con un buen traje y una mirada de angustia en la cara. Skulduggery alzó una mano y los tres se detuvieron.

–Keir Tanner –dijo el esqueleto–. ¿Sabe quién soy?

El caballero con aspecto de sentirse acosado asintió distraídamente.

–Por supuesto. No hay muchos esqueletos vivientes, ni siquiera en Roarhaven.

–Evidentemente –asintió Skulduggery–. Valquiria, Stephanie, el señor Tanner es el alcaide de la cárcel Ironpoint, escenario de la audaz fuga, a plena luz del día, de nuestro viejo amigo el doctor Nye. ¿Alguna idea de cómo se produjo la fuga, señor Tanner?

Tanner suspiró.

–Alguien entró, se saltó los protocolos de seguridad y llevó a Nye hasta la superficie. Creemos que desde allí lo transportó en un camión.

–Discúlpeme, alcaide –intervino el esqueleto–, pero lo dice como si fuera asombrosamente sencillo...

Tanner se sonrojó.

–Nuestra prisión no es de alta seguridad, detective Pleasant. El Santuario lo sabía cuando nos mandó a Nye, pero éramos los únicos que contábamos con una celda lo bastante grande para esa criatura. Y Nye no suponía un peligro para la seguridad; al menos, no según el archivo que me enviaron.

–Tampoco esperábamos que alguien fuera capaz de salir andando con el prisionero por la puerta principal –indicó Valquiria, y Tanner apretó los dientes. Stephanie juraría que oyó el chirrido.

–Les aseguro que estamos llevando a cabo una investigación para averiguar cómo ha pasado. Ahora, si me disculpan, vine aquí a ayudar en la búsqueda, no para que una asesina de masas me suelte un sermón.

Stephanie alzó las cejas de golpe y Skulduggery empotró a Tanner contra la pared. Los otros dos hechiceros intentaron apartarlo mientras Valquiria se quedaba petrificada en el sitio, aturdida.

—¡Suélteme! —ordenó Tanner, con la cara roja brillante—. ¡Suélteme ahora mismo!

Sin hacer caso de los intentos por separarlos, Skulduggery se acercó al hombre y le susurró algo al oído. Le dijera lo que le dijera, fue suficiente para hacer que el rostro congestionado de Tanner se quedase mortalmente pálido. Skulduggery dio un paso atrás. Los hechiceros agarraron a Tanner y siguieron avanzando a toda prisa. Pasaron junto a Stephanie, que vio a Tanner completamente aterrorizado.

—¿Por dónde íbamos? —dijo Skulduggery cuando ellos se hubieron marchado.

—¿Así es como me ve la gente? —murmuró Valquiria.

Skulduggery tardó un poco en responder.

—Algunos —se adelantó Stephanie—. Especialmente aquí. Te miran... me miran, y todo lo que ven es la cara de la persona que asesinó a sus seres queridos. Odian a Oscuretriz. Nos odian. Tendrás que acostumbrarte.

Valquiria se volvió hacia ella.

—¿Has tenido que soportar esto desde ese día?

—Aprenderás a ignorarlo. O casi.

Valquiria se mordió el labio durante unos segundos.

—Se acabó la superioridad moral, entonces.

Stephanie soltó una carcajada.

—Sí, me temo que ya no puedes seguir en tu pedestal.

—Me encantaba estar ahí —masculló Valquiria.

—La superioridad moral está sobrevalorada —declaró Skulduggery—. Las vistas son mucho mejores desde aquí abajo. Vamos, pareja de alborotadoras.

—La verdad es que quería despedirme del Ingeniero –indicó Stephanie–. ¿Os importa?

—Por descontado que no –respondió el esqueleto.

—Volveré a buscarte cuando estemos listos para irnos –dijo Valquiria.

Stephanie asintió y siguió ella sola. Al cabo de unos minutos, dejó atrás el nuevo Santuario y regresó a los restos fríos y oscuros del antiguo Santuario. Llegó a la sala del Acelerador y el Ingeniero alzó la vista.

—Hola, Stephanie –dijo.

Ella sonrió.

—¿Cómo sabes que no soy la recién llegada Valquiria Caín? ¿Es porque no voy de negro?

—En absoluto –respondió el Ingeniero–. Caminan de forma distinta. Usted pisa con ligereza, se apoya en las puntas de los pies, y ella avanza como si llevara un enorme peso sobre los hombros.

La sonrisa de Stephanie se desvaneció.

—Eso es… un poco triste, la verdad. Yo creía que, de las dos, ella sería la alegre.

—Supongo que no debe de resultar fácil ser la artífice de la defunción del mundo.

—Me estás deprimiendo.

—¡Oh! –exclamó el Ingeniero–. Bueno. Ciertamente, no era esa mi intención. Debo señalar que las visiones del apocalipsis y las profecías fatalistas rara vez resultan exactas. Hasta la fecha, al menos.

—Voy a echar de menos estas conversaciones.

—¿Se marcha?

—Me retiro –respondió Stephanie–. Voy a dejarle la lucha a Valquiria. Que ella salve el mundo; yo solo quiero vivir en él.

—En ese caso, le deseo un muy feliz retiro –dijo el Ingeniero–. ¿Quiere saber cuánto queda antes de que el Acelerador se sobrecargue, por los viejos tiempos?

Stephanie abrió la boca... y luego la cerró.

–No –sonrió–. Ya no es mi problema.

–Muy bien. Que tenga una buena vida, Stephanie.

–Lo mismo te deseo, Ingeniero –dijo antes de salir.

Y eso fue todo. Eso era lo que necesitaba. Una simple elección como esa y el futuro había cambiado, se abría ante ella igual que una flor. Todas las oportunidades, todos los caminos, aparecieron ante sus ojos con una claridad nítida. Podía ser una buena hija, una gran hermana, una estupenda novia, una persona decente. Se terminaría de leer el libro de Stephen King. Iría a la universidad. Viviría y amaría. Sería alegre, vibrante, fuerte y reflexiva. Había superado sus limitaciones como reflejo, y ahora volvería a superar sus nuevas limitaciones.

Stephanie se rio.

El puño impactó en su sien, el pasillo se inclinó y cayó al suelo con un tropiezo. Rodó, sin saber dónde estaba el techo y dónde el suelo. Logró enderezarse contra la pared, tambaleándose. El mundo entero dio un vuelco; la pared desapareció de pronto y cayó por una puerta abierta.

Un hombre apareció en el umbral, un hombre gigantesco, con unos músculos que reventaban el chaleco vaquero, el pelo largo y negro lleno de enredos. Lo conocía. Conocía su cara horrorosa: Obloquy. Era uno de los miembros de la banda de nihilistas de Vincent Foe. Retrocedió con un traspié, esperando la aparición de Foe. Pero Obloquy parecía estar solo. Obloquy el gigante, el matón. Obloquy el sensitivo.

Pero aquel no era Obloquy, por supuesto. No el de verdad. Estaba sudando y se movía con torpeza. Era el vehículo de alguien que lo había tomado prestado para hacer el examen de conducción, y no tenía intención de devolverlo.

–Oscuretriz –dijo Stephanie.

Oscuretriz retorció el rostro masculino en una sonrisa lasciva y le lanzó un puñetazo que Stephanie vio venir. Se agachó y contraatacó, dirigiéndose a los ojos, pero Oscuretriz levantó la rodilla.

El movimiento fue torpe, pero le dio en pleno vientre. Tenía la chaqueta abierta, sin abrochar, y el rodillazo le cortó la respiración. Retrocedió, tambaleándose, con un espasmo muscular.

–¿He oído bien? –preguntó Oscuretriz, acercándose a ella–. ¿Te retiras? ¿Estás despidiéndote? ¿De verdad creías que iba a suceder eso? ¿En serio? ¿Creías que serías tú, precisamente tú, la única que tendría un final feliz?

Stephanie se enderezó, jadeando. Intentó subirse la cremallera de la chaqueta, pero estaba atascada.

Oscuretriz se apartó el pelo enmarañado de los ojos.

–A ver, lo entiendo; entiendo ese deseo: un final feliz, suena bien, ¿eh? Yo también andaba pensando en un final feliz. Iba a hacer lo que tú estás intentando hacer. Encajar. Formar parte de algo. Pero no estaban contentos. Querían volver a contar con Valquiria. No se iban a conformar con menos.

–No tienes buen aspecto, Oscuretriz –masculló Stephanie con un hilo de voz. Sus pulmones no eran capaces de tomar suficiente aire como para gritar pidiendo ayuda.

–No tengo buen aspecto, no –asintió Oscuretriz–. Noto cómo los órganos hierven en mi interior, y no hay nada que pueda hacer para evitarlo.

–Debe de ser un asco.

–Puede que no sea capaz de utilizar mis poderes, pero este cuerpo servirá: me basta para matarte.

–No voy a morir –dijo Stephanie–. Tengo mucho por vivir.

–La vida y la muerte solamente son dos formas en que la energía se mueve –zanjó Oscuretriz–. Dos caminos posibles dentro de un billón. Mira: te lo enseñaré.

Se acercó, pero Stephanie esquivó el golpe y le dio una patada en la rodilla. Vio cómo ella cambiaba el peso del cuerpo de forma drástica. El instinto de Stephanie la llevaba a atacar a la cabeza, siempre a la cabeza, pero Oscuretriz había escogido a aquel tipo por su envergadura, así que tendría que trabajar desde abajo.

Oscuretriz se lanzó contra ella, le agarró el brazo derecho y alzó el puño. La habría alcanzado si Stephanie no le hubiera dado un cabezazo en la boca. Oscuretriz aulló y la sangre salió despedida de sus labios en una ráfaga. Puede que le hubiera roto uno o dos dientes. Al menos, eso esperaba, porque ella se había hecho daño en la cabeza y en esos momentos estaba viendo las estrellas. Oscuretriz retrocedió con las manos en la cara y Stephanie se agachó y le propinó un gancho de derecha directamente en la ingle. Oscuretriz soltó un chirrido como el de una puerta que se abre, un chillido sordo y hueco, y se dobló con los ojos desorbitados gimiendo mientras el dolor se extendía lentamente por su cuerpo. Stephanie la rodeó y le dio una patada que impactó justo bajo la barbilla. Eso debería haberla noqueado, pero las enormes piernas del hombre temblaron un poco. En un instante, se había enderezado de nuevo.

Stephanie se lanzó a un lado y apuntó a la otra rodilla. ¿Qué decía Patrick Swayze en esa película que Tanith le había obligado a ver? «Por muy alto que sea un tío, con arrearle caña en la rodilla, se viene abajo». Ver a Oscuretriz en ese momento, tambaleándose, cojeando, con la cara ensangrentada retorcida de dolor y jadeando entre silbidos ahogados, parecía darle la razón. Lo único que tenía que hacer ahora Stephanie era mantener la distancia hasta que pudiera huir corriendo.

Oscuretriz retrocedió, fulminándola con la mirada.

—No eres gran cosa sin tu magia, ¿eh? —comentó Stephanie. De nuevo respiraba de forma normal. Su voz tenía fuerza. Continuó moviéndose en círculos, acercándose poco a poco a la puerta.

—Es un cuerpo nuevo —respondió Oscuretriz. La sangre chorreaba desde sus labios—. Lleva un rato pillarle el tranquillo. Además, es un hombre. Tiene algunos puntos vulnerables a los que no estoy acostumbrada.

–Lo compensas con más músculos.

–Supongamos que sí –asintió ella–. Pero no se puede confiar en esas cosas, ¿no? Tengo que recordar quién soy. Tengo que recordar mi entrenamiento. Que, ahora que lo pienso, es el mismo que el tuyo. Esto va a ser interesante, ¿no crees?

Oscuretriz sonrió y dio un paso hacia delante, cojeando. Stephanie retrocedió. Oscuretriz se limpió la boca de sangre, la miró y sacudió la mano. Las gotas salpicaron el rostro de Stephanie, que se estremeció, y en esa décima de segundo, Oscuretriz olvidó su cojera y redujo el espacio que había entre las dos. Una mano enorme agarró a Stephanie del hombro y la otra le arrancó la chaqueta. Recibió un golpe que le rompió las costillas y un codazo con la fuerza de la bola de una grúa de demolición impactó en su mandíbula.

Chilló de dolor y cayó al pasillo. Rodaron y Oscuretriz se situó encima, aplastándola con su peso. Stephanie notó el sabor de la sangre en la boca, tragó dientes rotos. Se retorció frenéticamente, moviendo las caderas. Intentó atacar a los ojos, pero Oscuretriz mantuvo la cabeza fuera de su alcance, así que Stephanie agarró la mano que le apretaba el hombro y alzó las piernas, intentando hacerle una llave, pero Oscuretriz bajó los pies y se levantó, llevándose consigo a Stephanie, antes de dejarse caer de nuevo, aplastándola. Stephanie cayó con los brazos y las piernas estirados por el impacto.

Notó cómo los gruesos dedos se le clavaban en la garganta, pero estaba demasiado aturdida para reaccionar.

Entonces oyó voces. Valquiria. Fletcher.

Intentó gritar, pero el dolor reciente de la mandíbula la taladraba. Oscuretriz dejó de estrangularla y buscó algo dentro de su chaqueta, mientras Stephanie notaba que su cuerpo empezaba a responderle un poco. Oscuretriz sacó una esfera de madera del bolsillo, giró los dos hemisferios en direcciones opuestas y una burbuja de invisibilidad las envolvió en el instante en que Valquiria y Fletcher doblaban la esquina.

–¿No te parece raro? –preguntó Fletcher en voz baja, sin saber que Stephanie y Oscuretriz se encontraban tan solo a unos pasos. Stephanie quería gritar, por poco que sirviera: la esfera de camuflaje evitaba que el sonido saliera de la burbuja. Los dedos de Oscuretriz le apretaban de nuevo el cuello y apenas podía respirar, mucho menos chillar.

–La verdad es que sí –dijo Valquiria–. Me parece muy raro, sinceramente. Has estado haciendo cosas con ella y ella soy yo, básicamente, así que a pesar de que hayamos roto, tú sigues haciendo cosas con... Vale. Mira, es un poco inquietante...

–Puede que te sorprenda, pero esto no tiene nada que ver contigo –gruñó Fletcher.

–¿En serio? –replicó ella, sin ocultar su escepticismo.

Stephanie intentó hacer ruido y gruñó cuando pasaron a su lado, pero ni siquiera bajaron la vista.

Oscuretriz apretó más y Stephanie intentó retorcerse para liberarse. Cambió el peso hacia delante y Stephanie logró hacerle un barrido muy oportuno con las piernas, que terminó con Oscuretriz de espaldas y Stephanie encima de ella. Se levantó a toda prisa, mientras Oscuretriz la agarraba. Le dio un puñetazo en la nariz con todas sus fuerzas, pero se cayó a un lado. Ambas se incorporaron.

–Hola –oyó que decía Valquiria en la sala del Acelerador–. ¿Has visto a Stephanie?

–Sin duda –respondió el Ingeniero–. Estuvo aquí hace dos minutos y cuarenta y nueve segundos.

Stephanie los llamó, pero lo único que se oyó fue un gorgoteo entre sus labios rotos.

Oscuretriz mostró los dientes a modo de sonrisa.

Stephanie se precipitó hacia delante, con los codos al frente, dispuesta a machacar todo lo que se pusiera por delante.

–Típico –resopló Valquiria cuando salieron al pasillo–. Mira, hace este tipo de cosas solo para demostrarme que es una persona distinta a mí.

–No seas mala con Steph –dijo Fletcher. Se quedaron mirándose–. Me gusta y le gusto. Recuerdas cómo era, ¿no? Cuando yo te resultaba irresistible...

Valquiria soltó una carcajada.

–Nunca me resultaste irresistible.

Stephanie enganchó a Oscuretriz por el cuello y empezó a darle codazos, desesperada por avanzar para salir de la burbuja.

–Por supuesto que sí –sonrió Fletcher–. Estabas colada por mí. Antes de que apareciera el vampiro, claro. Tú y tu fase de chicos malos.

–No duró mucho.

Fletcher se encogió de hombros.

–No hizo falta.

Oscuretriz le hizo una llave de cadera a Stephanie y la estrelló contra el suelo. Le retorció el brazo y Stephanie chilló cuando le rompió el hueso.

–No quería hacerte daño –dijo Valquiria–. Eras mi primer novio. No sabía qué demonios estaba haciendo.

–¿Y crees que yo sí? Tú también fuiste mi primera novia.

Valquiria frunció el ceño.

–Creía que era la cuarta. Eso fue lo que dijiste.

Fletcher se rio.

–Bueno... Puede que exagerara un poco.

Valquiria abrió mucho los ojos.

–Oh, Dios mío.

Él volvió a reírse.

–Sí... –dijo, y se quedó callado un instante.

Oscuretriz le soltó el brazo y Stephanie se giró, con lágrimas en los ojos, arrastrándose hasta el borde de la burbuja. No volvió la vista, pero sentía que Oscuretriz la miraba fijamente mientras se acercaba al límite.

–Stephanie me gusta de verdad –murmuró Fletcher.

–Lo sé –dijo Valquiria–. Y si es así, no tengo ningún problema. Pero se merece que seas sincero. ¿Estás seguro de que te gusta ella por ser ella misma o por ser yo?

Stephanie extendió la mano, los dedos se retorcieron, arañaron el suelo, salieron de la burbuja, se arrastraron tras ellos. Lo único que tenían que hacer era volverse. Bastaba con que vieran la mano.

Fletcher respiró hondo.

–No –dijo–. No estoy seguro.

Unos fuertes dedos le rodearon el tobillo y Oscuretriz tiró de ella, volviendo a meterla en la burbuja. Sollozó de dolor y desesperación mientras le daba la vuelta, la rodilla le apretaba el cuerpo y la mano se cerraba en torno a su garganta. El rostro de Obloquy sonreía con los labios llenos de sangre.

Stephanie le arañó las manos, le clavó las uñas, intentó llegar a su cara, intentó doblarle los dedos, hacer algo, cualquier cosa, para seguir viva, para continuar viviendo, para volver a ver a su familia de nuevo, a su madre, su padre y su hermanita, por favor, por Dios, no quería morir, se había esforzado tanto, había hecho tantas cosas, ahora era una persona, quería a Fletcher, quería a su familia, quería este mundo que estaba oscureciéndose y desenfocándose y el sonido se apagaba y ya no podía oír ni sentir ni tocar y todo eran nubes oscuras y frías y entonces ella

35

LA PÉRDIDA

L eco de sus pasos resonaba en los pasillos vacíos. Continuaron buscando a Stephanie perezosamente hasta que Valquiria sacó el teléfono.

Hoy Fletcher estaba resultando encantador; tenía algo, una forma de abandonar su sonrisa arrogante y su actitud de soberbia que permitía vislumbrar el brillo del joven que había detrás de todo eso. Le gustaba cuando era sincero, y era en esos momentos cuando recordaba por qué se había enamorado de él. Hacía tiempo que aquellos sentimientos habían desaparecido, sí, pero quedaba una conexión. Eso significaba algo. No importaba todo lo que hubiera pasado: eso significaba algo.

Y mientras no le rompiera el corazón a Stephanie ni ella se lo rompiera a él, siempre existiría esa conexión

El móvil de Stephanie sonaba y sonaba, y justo cuando Valquiria estaba a punto de colgar, respondieron.

–Valquiria.

Ella frunció el ceño.

–Oye, ¿por qué contestas tú a su teléfono?

–Ven a la sala del Acelerador –dijo Skulduggery–. ¿Fletcher está contigo?

–Sí.

–Que venga también –y colgó.

Fletcher esperó una explicación, pero Valquiria le agarró del brazo y dijo:

–A la sala del Acelerador.

Él se encogió de hombros. Justo cuando los subía, se encontraban en medio de otro corredor iluminado del nuevo Santuario. En el momento de bajarlos, aparecieron junto al Acelerador.

El Ingeniero estaba en el umbral y miraba hacia fuera. Se volvió.

–Es una desgracia –dijo.

El ceño de Valquiria se hizo más profundo. Pasó por delante del robot a toda prisa. Había un grupo de gente en el pasillo, rodeando a alguien que estaba en el suelo. Fletcher la siguió y vieron a Reverie Synecdoche agachada junto al cuerpo inmóvil.

Valquiria se detuvo en seco. Fletcher tropezó con ella. Estaba a punto de pedirle perdón cuando la vio: los pantalones rojos ceñidos, el cabello oscuro. La sangre en la cara. La expresión grave de Synecdoche.

–¿Stephanie? –murmuró.

Skulduggery alzó la vista.

–Fuera –dijo a la gente que se apiñaba a su alrededor–. Todos aquellos a los que no haya llamado, que se marchen inmediatamente.

Hubo una vacilación y la multitud se dispersó, guardándose los murmullos hasta que estuvieran en la planta de arriba. Valquiria y Fletcher continuaban petrificados.

En el suelo, detrás de Synecdoche, había otro cuerpo: un hombre enorme que parecía haber sufrido también muchos daños. Obloquy.

Fletcher dio un paso hacia delante, tembloroso.

–¿Se encuentra bien? –preguntó, como si no le quedara ni una brizna de aliento en el cuerpo.

–Lo siento –respondió Synecdoche–. No se puede hacer nada.

Fletcher se quedó muy quieto. De pronto, se derrumbó de lado, se dio con el hombro contra la pared y se deslizó hasta el suelo, sin apartar los ojos de su novia.

–Estábamos aquí –musitó–. Estábamos aquí mismo. Hablando.

–Debe de haberla atacado justo después de que os marcharais –dijo Synecdoche.

El rostro de Stephanie mostraba una mueca de terror que hacía que Valquiria se sintiera enferma. Se había defendido con uñas y dientes. Había sido una batalla terrible. Pero no había sido suficiente.

–Obloquy –dijo Valquiria. Le costaba hablar. Notaba la cara rígida–. Es un sensitivo.

Skulduggery asintió.

–Oscuretriz lo poseyó. También está muerto. El cuerpo está quemado, igual que la mujer mortal de esta mañana.

La mano de Synecdoche comenzó a brillar. La pasó por encima del cuerpo de Stephanie.

–Estrangulamiento –murmuró, casi para sí misma–. Un brazo roto. También la mandíbula. Pero la asfixia es, posiblemente, la causa de la muerte.

Movió ligeramente el cuerpo de Stephanie, muy ligeramente, y una esfera de camuflaje rodó. Se detuvo contra la pared con un ruido leve.

–Oh, Dios –murmuró Fletcher–. Estaba aquí. La estaban matando y no la vimos –se levantó y miró a Valquiria–. ¿Crees que nos oyó? ¿Crees que oyó lo que estábamos diciendo?

–No... no lo sé –respondió Valquiria.

Fletcher se tapó la cara con las manos. Valquiria se acercó a consolarlo, pero él se apartó y desapareció antes de que le tocara.

Ella contempló de nuevo el cuerpo de Stephanie. Las lágrimas rodaron por sus mejillas. Skulduggery dio un paso hacia ella, la acercó suavemente, la abrazó, y Valquiria se permitió estallar en llanto.

36

UNIRSE A LA CORRIENTE

SKULDUGGERY daba órdenes, la gente hacía cosas con determinación, con urgencia..., pero Valquiria solo fue capaz de quedarse ahí, quieta, aturdida. Al cabo de un rato, echó a caminar y vagó por el Santuario. Cuando levantó la vista, vio que estaba en el comedor. Llevaba horas sin probar bocado. Se puso un plato, se sentó sola en una mesa y se dio cuenta de que no tenía hambre. Apartó el plato a un lado y hundió la cabeza entre los brazos. La sensación de aturdimiento no desapareció.

–Me he enterado de lo de tu reflejo.

Valquiria levantó la cabeza y se secó los ojos. Solomon Wreath estaba delante de ella. El bastón se encontraba sobre la mesa y tenía las manos enlazadas encima de él. Vestía de negro, como siempre, tan atractivo como siempre. Pero parecía preocupado, y eso era una novedad.

–Era más que un reflejo –respondió Valquiria.

–Eso he oído –asintió él–. Mi más sentido pésame.

Valquiria sorbió por la nariz.

–Eres un nigromante. ¿Está bien que intentes consolarme por la muerte de alguien? ¿No va eso en contra de las reglas?

–Consolar a alguien no tiene nada que ver con la persona que se ha ido y, al mismo tiempo, tiene todo que ver con las personas que esta deja detrás.

–¿Me recuerdas qué es lo que sucede cuando morimos?

Wreath sonrió.

–¿Según mi religión? Volvemos a entrar en la gran corriente de la vida y la muerte. Stephanie era única, sin embargo. Tú y yo regresaremos al lugar del que venimos, pero, por lo que sé, tu reflejo se «completó», consiguió una vida real y, por tanto, será la única persona que se «una» a la corriente de verdad, en lugar de, simplemente, regresar.

–Bueno, así es Stephanie –murmuró Valquiria–. Siempre haciéndose la interesante.

–¿Se sabe dónde está Oscuretriz?

Ella negó con la cabeza.

–Se ha fundido entre las sombras. Todos los que tienen algún talento psíquico están vigilados. Si seguimos impidiéndole encontrar un recipiente, puede que se muera de hambre. Dios, no lo sé. Estoy demasiado agotada como para pensar en eso. Y tú, ¿qué haces aquí?

–Decidí venir a hacerte una visita cuando supe que habías caído presa de tu naturaleza más oscura.

–Eso fue hace semanas.

–Estaba un poco ocupado. Pero he vuelto, finalmente, y veo que lo has solucionado sin mí. Casi.

–Ya. Casi.

–Me he fijado en que no llevas el anillo –dijo–. ¿Ya está decidido, entonces? Cuando sea tu iniciación, ¿te decantarás por la magia elemental?

Valquiria titubeó.

–Es… un poco más complicado que eso. Perdí el anillo. Ahora mismo, mis poderes como nigromante están en un… amuletito de lo más cutre… y no puedo acceder a ellos.

–¿Te han arrebatado el amuleto?

–Me han arrebatado la magia.

Él torció la cabeza.

–¿Cómo?

–Oscuretriz es mi magia –murmuró ella–. Cuando nos separamos se la llevó toda, me dejó sin nada.

Wreath se sentó y luego la taladró con la mirada.

–Nunca... nunca había oído nada parecido.

Valquiria le dedicó una media sonrisa.

–Ya ves. Soy única.

–¿Nada de magia?

–Ni pizca.

–Qué... estresante.

–Estoy bastante estresada, sí.

–¿Y qué vas a hacer?

–No lo sé –admitió ella–. Pensaba que mi vida iba a ser la magia, los monstruos y la lucha y... lo que sea. Pero si no tengo magia, entonces...

–¿Eso significa que tendrás una vida mortal? –preguntó Wreath.

A Valquiria le pareció que, en ese momento, el nigromante palidecía.

–Es posible.

Vio por encima del hombro de Wreath la figura de Skulduggery, que entraba en la sala.

–Demonios –murmuró para sí misma.

La sonrisa de Wreath reapareció al instante.

–Es Skulduggery, ¿verdad?

–Por favor, no le molestes.

–¿Yo? ¿Cuándo he molestado yo al gran Skulduggery Pleasant?

El esqueleto se acercó a la mesa y Wreath le sonrió.

–Hola.

–Te meteré un tiro en el ojo –respondió Skulduggery.

Wreath cruzó una mirada con Valquiria.

–Me temo que lo he molestado.

–¿Qué haces aquí, Wreath? ¿Cómo diantres has entrado?

—Los Hendedores me adoran —replicó Wreath—. Si les cuento un par de chistes y nos echamos unas risas, me invitan a entrar. Aparte de eso, pasé entre ellos desplazándome por las sombras. Estoy seguro de que no les importará.

Skulduggery le hizo una seña a alguien que se encontraba detrás de Valquiria.

—Y yo estoy seguro de que a ti no te importará que asigne a uno que no se despegue de tu lado mientras estés aquí.

—Para nada —respondió Wreath—. Me encanta hacer nuevos amigos.

Un Hendedor se acercó y Skulduggery le hizo una seña en dirección a Wreath.

—No le quites los ojos de encima. Valquiria, ¿te importa acompañarme?

Ella se levantó y lo siguió hasta una esquina sin gente.

—Solo estábamos hablando —dijo.

—Wreath no me molesta —respondió—. Necesito que vayas a casa. Con toda la confusión, hemos olvidado algo muy importante: tienes que ir a casa y reclamar el Cetro.

—¿Yo? —ella frunció el ceño—. No, tú deberías ser quien lo controlara. Yo ya ni siquiera tengo magia.

—Eso no impedirá que el Cetro se vincule contigo.

—No, digo que no tengo magia, así que ¿de qué voy a servirte? Él inclinó la cabeza.

—¿A qué te refieres con eso? ¿Estás pensando en marcharte?

—No... no lo sé. No quiero. Quiero... quiero seguir haciendo esto el resto de mi vida. Pero, sin la magia, solamente seré un incordio.

Skulduggery se cruzó de brazos y se dio un toquecito con un dedo enguantado contra la barbilla.

—Humm...

—¿Lo entiendes?

—Creo que sí.

Notó cómo se le escapaban las lágrimas de nuevo.

–Entonces... ¿estás de acuerdo? A ver, ¿crees que debería... parar? Ahora que Stephanie ya no está, podría ir a casa y ser normal y... ¿piensas que debería hacer eso?

El suspiró.

–Si tú crees que es lo mejor...

Ella se quedó helada.

–¿Lo dices en serio?

El esqueleto extendió la mano y le dio un papirotazo en la frente.

–No seas idiota.

–Ay.

–Vete a casa y reclama el Cetro. Te llamaré por la mañana.

–Eso ha dolido.

–Bien –se giró.

–Solo espero encontrarlo –masculló.

Él se dio la vuelta en redondo y la contempló fijamente un largo instante.

–¿Disculpa?

–Stephanie lo escondió. Estábamos discutiendo y... bueno, lo escondió. No es que lo haya tirado a un pozo o algo así. No lo ha enterrado ni nada. Sigue dentro de casa, en algún sitio. Estaba dispuesta a dejarlo todo y ser normal y llevar una... una...

–Vida –completó Skulduggery.

–Sí –Valquiria notó la garganta seca de pronto.

–Bueno, más vale que lo busques, ¿no crees?

Valquiria asintió, pero vaciló antes de marcharse.

–Si te enteras de algo, si averiguas adónde ha ido Oscuretriz...

Él asintió.

–Te llamaré de inmediato. Ahora, por el amor de Dios, vete a casa.

Cuando terminó de registrar todo lo demás, buscó en la habitación de Alice. Revolvió cada milímetro del armario, miró bajo el cambiador, puso patas arriba la enorme caja de juguetes de la esquina. Estaba a punto de salir del cuarto cuando miró la cuna.

Stephanie no podía haber puesto nada cerca de la cuna. El riesgo de que Alice tocara la gema negra por accidente era demasiado alto. Nunca, jamás, Stephanie habría puesto en riesgo a su hermanita pequeña –la de ambas–. Pero...

Pero Alice no estaría en peligro. Alice era una Edgley, igual que Valquiria. Sobreviviría al contacto directo con la gema. Y la cuna... ¿Quién iba a buscar en la cuna de un bebé el arma más poderosa del mundo?

Valquiria miró por debajo, se incorporó, quitó las sábanas. El colchón tenía un pequeño bulto. Lo levantó. La mochila con el Cetro estaba metida en un hueco entre la madera y el colchón. Medio abierta.

La cogió, sacó el Cetro y lo esgrimió con fuerza. La posesión debería haber pasado a ser suya con el contacto, pero tuvo un presentimiento helado. Miró a su alrededor en busca de algo que pudiera desintegrar. Finalmente, abrió la ventana, apuntó a las nubes e intentó disparar.

No sucedió nada.

No se había vinculado con ella. Eso significaba que ya estaba unido a otra persona.

Valquiria se encogió sobre sí misma. Cerró los ojos.

–Ay, Alice...

37

NO SE ADMITEN DISCUSIONES

TUVO una pesadilla de lo más vívida. Valquiria se despertó con el corazón desbocado y las manos aferradas a las sábanas. Se quedó muy quieta hasta que estuvo segura de que solo había sido un sueño.

Un instante después, notó cómo se le llenaban los ojos de lágrimas y empezó a llorar.

Entonces sonó el teléfono. Carraspeó antes de responder.

–El cuerpo de Stephanie ha desaparecido.

Valquiria se sentó de golpe, con los ojos abiertos, olvidando totalmente la pesadilla.

–¿Qué?

–Encontraron inconsciente a la doctora Synecdoche hace una hora –dijo Skulduggery. Hablaba como si estuviera caminando a la vez–. Ha identificado a Vincent Foe como uno de los que la asaltaron cuando llevaba el cuerpo a la morgue. Sucedió a las tres de la mañana.

Valquiria miró la hora en el despertador.

–¿¡Hace seis horas que desapareció el cuerpo!?

–Synecdoche se encuentra bien, nadie más ha salido herido, pero no hay ni rastro del cuerpo ni de Foe.

Valquiria se liberó de las sábanas, se levantó y cogió su ropa.

–¿Sabemos por qué lo han hecho? Obloquy formaba parte de la banda de Foe. ¿Es una venganza contra Oscuretriz o algo así?

–No creo –repuso Skulduggery–. Lo más probable es que sea justo lo contrario: creo que están trabajando juntos.

Casi se cayó al ponerse los pantalones.

–¿Entonces Obloquy se ofreció voluntariamente a que lo poseyera?

–Podría ser. Recuerda que Foe y sus amigos son unos nihilistas un poco particulares. Quieren que se acabe el mundo, y ellos con él. Aparecieron ayer, se les permitió ver el cuerpo de Obloquy, y luego todo el mundo se olvidó de ellos. Estuvieron allí hasta que el cuerpo de Stephanie iba a la morgue, se apoderaron de él y luego desaparecieron. Estamos intentando encontrarlos, pero no confío mucho en nuestras posibilidades teniendo en cuenta que nos llevan seis horas de ventaja.

Calcetines. Calcetines. ¿Dónde demonios estaban sus calcetines?

–Entonces, si le llevan el cuerpo a Oscuretriz, ¿qué va a hacer con él? ¿Puede poseerlo?

–Es poco probable –replicó el esqueleto–. Aparte del detalle de que estaría intentando poseer un cadáver, Stephanie no tenía poderes mágicos: no comparte tus genes, no desciende de los Antiguos. Y Synecdoche calcula que Oscutretriz quemaría el cuerpo en cuestión de segundos. No sé cuál será su plan, pero ya lo descubriremos. Al menos tengo una buena noticia: Creyfon Signate ha encontrado la dimensión de Mevolent. Si escondemos allí a Ravel, podemos atraer a Oscuretriz cuando queramos.

–Bueno, eso es maravilloso –respondió Valquiria, encontrando al fin el calcetín–. Especialmente teniendo en cuenta que ya no podemos usar el Cetro.

–Ten una actitud positiva, Valquiria.

–Ya, claro. Ahora voy para allá a...

Se quedó callada, con un calcetín puesto.

–¿Valquiria?

–Iré a Roarhaven lo más pronto que pueda –dijo, sin dejar de vestirse–. Acabo de recordar una cosa, y quiero comprobarla.

–De acuerdo. ¿Has dejado el Cetro a buen recaudo?

Valquiria se sentó en la cama, sujetando el teléfono entre la barbilla y el hombro, y se puso las botas.

–Sí. Siento mucho lo que ha pasado. El arma más poderosa del mundo y la única que puede usarla es mi hermana de veinte meses.

–No te preocupes: al menos no ha caído en manos del enemigo, eso es lo importante. Bueno, tengo que irme. No hagas ninguna tontería.

Colgó antes de que Valquiria pudiera replicar. Ella terminó de vestirse y bajó a toda prisa las escaleras. Se metió en el coche mientras mordía una manzana. No era lo que llaman «un desayuno completo», pero tendría que apañarse. Condujo hasta casa de Gordon.

Cuando entró en el despacho, la Piedra Eco se encendió en su cuna y Gordon Edgley apareció ante ella. Más o menos. La imagen se desvaneció.

Gordon frunció el ceño.

–Qué raro –dijo.

Valquiria tocó la piedra, la movió un poco en la cuna y la imagen se volvió más nítida.

–Parece que China tiene que repasar el símbolo; de nuevo necesito que me recarguen –dijo Gordon–. Hola, Stephanie. Espero que hayas venido porque tienes noticias de mi sobrina.

Valquiria torció la cabeza.

–¿Qué...? –puso los ojos como platos–. ¡Ay, Gordon! ¡Lo siento muchísimo! ¡No vine a verte! ¡No te lo expliqué!

–¿El qué?

–Soy yo. Soy Valquiria.

Gordon puso mala cara.

–Pero... pero Valquiria se convirtió en Oscuretriz...

–¡Otra vez soy yo! Lo siento mucho, no hubo forma de encontrar un momento para venir a contártelo.

Apareció una sonrisa enorme en el rostro de Gordon.

–¡Mi sobrina favorita ha regresado! ¡El martes siempre fue mi día preferido!

–Es jueves.

–¡Seguido de cerca por el jueves! ¡Valquiria, cuánto me alegro de tenerte de vuelta! Apuesto a que hay una buena historia que contar...

–La hay –respondió–. Pero ahora voy un poco justa de tiempo. Gordon, han pasado un montón de cosas. Obviamente, he regresado. Skulduggery está bien, el Cetro está en mi casa, pero se ha vinculado a Alice y... bueno, esa es otra historia distinta, y Oscuretriz es... una entidad descarnada.

–Sí que han pasado cosas.

–Y Stephanie está... muerta.

–Oh –dijo Gordon–. Vaya, eso es un inconveniente.

–Es mucho más que un inconveniente, Gordon. Stephanie es... era una persona. Y está muerta.

–Lo siento –respondió Gordon–. No quería parecer insensible. Pero ten presente que intentó matarte.

–Lo sé.

–Y mató a la pobre Carol.

–También lo sé. Pero lo único que quería era una familia. Ser normal. Y ahora está muerta y... no sé ni cómo sentirme.

–¿Te caía bien?

–Sí, la verdad. Era... Me gustaba. Tenía algo con Fletcher, por raro que parezca. Le gustaba Fletcher, a Fletcher le gustaba ella...

–Eso tuvo que ser muy confuso para él.

–Pues sí. Stephanie se estaba construyendo su propia vida. ¡Tenía novio, por Dios! Vale, era mi ex, pero aun así cuenta.

–¿Cómo murió?

–Oscuretriz.

–Oh.

–Y ahora el cuerpo ha desaparecido. Creemos que lo tiene Oscuretriz.

–Bueno, no durará... –la voz de Gordon bajó de volumen y la imagen parpadeó.

Valquiria volvió a tocar la piedra.

–Eh, Gordon. Oye, no te oigo.

La imagen se estabilizó y Gordon pestañeó.

–¿Ahora me oyes?

–Ahora sí.

–Ah, bien. ¿Qué estaba diciendo? Ah, sí. Que el cuerpo no le duraría. Una entidad con el poder de Oscuretriz solamente podría sobrevivir en su forma original; en este caso, tú. Quemaría cualquier recipiente temporal en cuestión de...

–Eso ya lo sé –le interrumpió Valquiria–. Y no creo que haya poseído a Stephanie aún. Hizo que otros robaran el cuerpo.

–Ah –masculló Gordon–. ¿Sabes por qué?

Valquiria vaciló antes de responder.

–Me estaba preguntando si, antes de poseer el cuerpo de Stephanie, podría hacer algo para asegurarse de que no se queme.

–¿Alguna idea?

–Cuando yo era Oscuretriz, pasé mucho tiempo informándome de cómo funcionaba la magia. No recuerdo la mayoría de las cosas, y lo que recuerdo ya ni siquiera lo entiendo. Pero hay algunas cosas de las que sí me acuerdo: de una historia sobre un estanque en las cuevas que hay debajo de nosotros, en el que se pueden transformar las armas normales en Asesinas de Dioses.

–Sí –asintió Gordon–. Se llama el Manantial de la Fuente. Lo menciona Anathem Mire en los diarios que escribió cuando exploró las cuevas.

–¿Y encontró ese manantial?

–Así es. Unas propiedades fascinantes, las de esa agua: convertía objetos normales en mágicos. Fascinante de veras.

Valquiria le miró fijamente. Gordon tardó unos instantes en reaccionar. Luego abrió los ojos como platos.

–¡Oh, Dios! ¿Crees que Oscuretriz va a sumergir el cuerpo de Stephanie en el manantial?

–¿Por qué no? ¿Por qué no iba a funcionar? Sería como marinar un cuerpo en la magia, ¿no? Y cuando haya terminado de impregnarse, lo saca y ese cuerpo será capaz de absorber toda la magia que le eche encima. Así es como funciona el manantial, ¿no? ¿Cuánto tardaría en «marinar»?

–Pues no lo sé –respondió Gordon–. Pero sin duda, horas.

–Oscuretriz ya lo ha tenido horas en su poder.

La imagen de Gordon tembló, pero la voz se oyó con fuerza.

–Entonces no hay tiempo que perder. Quienquiera que se llevara el cuerpo tiene todavía que llegar hasta allí y pasar entre esas criaturas horribles y asquerosas. Con suerte, eso le habrá retrasado. Con mucha suerte, puede que le hayan matado. Supongo que pronto lo descubriremos.

–¿Nosotros?

–Oh, sí –asintió Gordon, con los brazos en jarras–. ¿De verdad crees que vas a bajar ahí sin mí? Yo me he leído los diarios de Anathem Mire de cabo a rabo. Conozco sus mapas y sus anotaciones, todos los atajos y callejones sin salida. Me vas a llevar allí abajo, jovencita, y no se admiten discusiones.

Valquiria enarcó una ceja.

–Me parece bien.

–Excelente. ¿Y ahora qué hacemos?

–Voy a llamar a Skulduggery.

–Espléndido. Yo continuaré en esta misma posición, con los brazos en jarras. Y date prisa. Tenemos algunas heroicidades que llevar a cabo.

38

TERRITORIO ENEMIGO

FRENTE a él se encuentra la pared de la sala. Se oye un suave chasquido, la pared se abre y Stephanie se asoma.

¡Una puerta! Es una puerta oculta. Un refugio. Stephanie tiene instalada una habitación secreta dentro de la casa.

Xena asoma la cabeza, olfatea el aire y gruñe, y Stephanie se acerca con el índice en los labios. La perra la sigue, con el pelaje erizado y meneando la cola con una ferocidad contenida. Stephanie se agacha junto a los pies de Danny y mete los dedos en el nudo. Mientras lo desata, Danny oye hablar a Gant; le está diciendo a Jeremiah que lave la sangre de la palanca de hierro.

Stephanie suelta una maldición entre dientes. Es incapaz de deshacer el nudo, así que lo deja para pelearse con la otra cuerda, la que le rodea la garganta. La afloja al instante y levanta a Danny, pero el chico se derrumba y ella tira de él para llevarlo hasta la habitación secreta. Los talones se arrastran sobre el suelo de madera. Van por la mitad cuando oyen los pasos: están regresando.

Danny mira por encima de su hombro. Está muy lejos: jamás lo conseguirán. Antes de que le susurre a Stephanie que lo deje ahí, ella le suelta. Cae pesadamente, se hace daño en el hombro herido y Stephanie le da una orden a Xena. La perra entra corriendo en la habitación secreta, se gira y espera a que Stephanie la siga. Pero ella se agacha tras el sofá y el muro se cierra justo cuando entra Cadaverus Gant.

Danny deja de retorcerse. Gant baja la vista hacia él y frunce el ceño.

–Danny, muchacho –dice Gant–, ¿cómo quieres que confíe en ti cuando en el instante en que salgo de la habitación intentas escapar, por torpe e inefectiva que sea cualquier huida? ¿Qué dice eso de ti, Danny? ¿No crees que dice que no eres de fiar? Eso me temo –Gant lo levanta del suelo como si no pesara nada–. Ahora, por favor, vuelve a tu sitio.

No hay nada que Danny pueda hacer o decir, así que regresa de un salto al sofá, apoyándose en la pierna buena, y se deja caer. No tiene forma de saber si Stephanie continúa escondida detrás.

Entra Jeremiah, deja la barra de hierro en una mesilla y se seca las manos con un paño de cocina.

–¿Ya sabrá que estamos aquí?

Gant echa un vistazo por la ventana.

–Lo sabe. Ahora mismo nos está mirando. Lo noto.

–Entonces deberíamos sacar a Danny fuera –dijo Jeremiah–. Cortarlo un poquito. Que sangre. Vendrá a salvarlo, ¿no?

–¿Tú crees? –preguntó Gant–. ¿Qué sabemos de esa chica, Jeremiah, viejo amigo? Muy poco, esa es la verdad. No hemos podido reunir la cantidad de datos habitual. Por tanto, nos encontramos en una clara desventaja. Podría estar muy lejos ahora mismo, habiendo dejado al pobre y desafortunado Danny en manos de dos asesinos fácilmente irritables.

–¿Deberíamos irnos, entonces? –pregunta Jeremiah–. Eh, ¿y si matamos a Danny y lo dejamos aquí para que ella lo encuentre? Pensará que nos hemos rendido, que hemos acabado con él por pura frustración... Volverá, y entonces la atraparemos y la mataremos.

–Un buen plan –asiente Gant–. Y en circunstancias normales, podría funcionar. Pero algo me dice que Stephanie Edgley no es una chica a la que se pueda subestimar. ¿Qué sabemos de ella?

–Que es ingeniosa –gruñe Jeremiah casi a regañadientes–. Hay que ir con cuidado.

–Sin duda alguna –dice Gant–. De momento lo hemos hecho muy bien, Jeremiah. Era imposible encontrarla y nosotros la hemos encontrado; estamos aquí, en su casa. La hemos obligado a esconderse. Son cosas de las que debemos sentirnos orgullosos. Pero no podemos confiarnos. El exceso de confianza puede ser mortal. Si sabe que estamos aquí, tal vez se haya marchado. Si intenta salvar a Danny, es poco probable que la atrapemos con alguna de nuestras artimañas habituales.

–Entonces, ¿qué hacemos? –pregunta Jeremiah.

Gant se queda callado un instante.

–Ahora mismo nos encontramos en territorio enemigo, Jeremiah: esta es su casa, y como ambos sabemos, tu casa es tu propio dominio. Ella la conoce muy bien. Nosotros, no. Puede que seamos dos, pero ella juega con ventaja. Necesitamos quitársela. Mete a Danny en el coche.

–¿Adónde vamos?

Gant se gira.

–A casa, Jeremiah. Si quiere salvarle, tendrá que seguirnos.

–¿Y si no lo hace?

–Pues lo matamos y continuamos buscándola. Mete a Danny en el coche, anda, sé bueno.

Gant sale de la habitación y Jeremiah se agacha para soltarle los pies a Danny. Después le ata la cuerda a las muñecas esposadas y tira de él para levantarlo del sofá. Sale arrastrándolo.

Danny se gira y ve a Stephanie agachada tras el sillón. Hay tensión y concentración en su rostro, pero permanece inexpresiva. Le mira a los ojos, pero ella no se mueve mientras Jeremiah le da un tirón a la cuerda y lo saca del cuarto. Danny tropieza con la pierna herida y Jeremiah sigue caminando sin importarle si se cae y lo tiene que sacar a rastras. Consigue mantenerse en pie, no obstante, y un momento después cojea en el frío y la nieve.

Jeremiah se acerca al Cadillac y abre el maletero. Danny consigue apoyarse en la pierna buena y toma impulso para embestirlo con el hombro y huir cojeando, pero Jeremiah se aparta y el chico se resbala y cae. Rompe a toser cuando la cuerda se tensa y le corta la respiración.

–Pórtate bien –gruñe Jeremiah, anudándose la cuerda a la muñeca–. Si te soy sincero, tienes muy pocas posibilidades de salir de esto con vida, pero vivirás más tiempo si te portas bien. Ahora, entra ahí.

Jeremiah tira de la cuerda y levanta a Danny. De pie, se reduce el apretón de la garganta. Mira el maletero.

–No hace falta que me metas ahí –murmura–. Me portaré bien, seré bueno, en serio.

–Entra –ordena Jeremiah.

–Me voy a helar.

–Es más cómodo de lo que parece. Entra.

–Jeremiah, por favor, déjame marchar. No se lo diré a nadie, te lo juro.

–El señor Gant y yo nos vamos –dice Jeremiah–. Tú puedes meterte en el maletero ahora mismo sin protestar; si no, ataré la cuerda a la barra de remolque y te llevaremos arrastrando todo el camino a casa. Y es largo, Danny. Serás una mancha roja en la carretera antes de los cincuenta kilómetros. Tú mismo.

Danny entra en el maletero.

39

BUSCANDO EL MANANTIAL

VALQUIRIA bajaba las escaleras de piedra, iluminando la oscuridad con la antorcha. Skulduggery iba detrás de ella y Gordon avanzaba a la deriva, atravesando los objetos sólidos con una alegría apenas disimulada. Allí abajo hacía frío. Las escaleras dieron paso a una superficie más o menos plana. Caminaron en silencio por un túnel excavado en la roca hasta que las paredes y el techo desaparecieron y entraron en la primera de las cavernas. Había algunos resquicios de luz solar y Valquiria dejó la antorcha. Agarró la pistola tranquilizante con las dos manos. Le gustaba la pistola tranquilizante. Skulduggery sostenía su gemela, de cañón largo. No le gustaba separar el juego.

Sin hablar, giraron por el túnel de la derecha y avanzaron, poniendo los pies sobre las franjas de oscuridad y de luz. Alrededor de ellos sonaba el murmullo de muchas patitas diminutas, de garras afiladas contra la piedra. El túnel se hizo más estrecho y Valquiria empezó a sentir claustrofobia. La primera vez que bajó a aquellas cuevas fue en busca del Cetro de los Antiguos. La segunda, Anathem Mire (lo que quedaba de él) la mantuvo allí cautiva durante un tiempo. Su última visita no había sido mucho más feliz; el recuerdo de haber sido arrastrada por un agujero asfixiante, demasiado estrecho incluso para mover los brazos, se apoderó de ella y respiró hondo. Se controló, hizo que sus nervios se volvieran de acero y apartó el miedo de su mente. Si Skulduggery notó la ligera vacilación de sus pasos, no comentó nada.

Algo le rozó el pie y Valquiria saltó hacia atrás, apretando la mandíbula para contener el chillido. El rumor ahora era mayor; las pequeñas criaturas se sentían atraídas por la magia que mantenía unido al esqueleto. Valquiria se obligó a avanzar, dando patadas con los pies para apartarlos de su camino. La bota chocó con una cosa viva y blanda que cedía y con otra más resistente; las demás parecieron captar el mensaje: mantenerse lejos de la chica que vestía de negro.

Pasaron un puente sobre un abismo que eructaba vaharadas de vapor y un viento helado que le sacudió el pelo y estuvo a punto de tirarla. Después siguieron por un túnel tan ancho y elevado como una capilla y tan largo como una pista de carreras. El suelo resultaba resbaladizo. En alguna parte corría el agua: se oían el gorgoteo y las salpicaduras.

Siguieron por otro puente más estrecho y Skulduggery se detuvo. Levantó la mano y leyó los vientos.

—Por una vez me hubiera gustado poder decir que las cosas estaban saliendo a pedir de boca —comentó.

Una criatura apareció de entre las sombras. Tenía el tamaño de un tigre pequeño. El pelaje negro y gris era corto y fino, con mechones más largos alrededor de las protuberancias de los huesos, en las articulaciones y el cráneo.

—Mire les dio un nombre a estas cosas —susurró Gordon—. Los llamaba «tigres falange». Fueron los responsables de la muerte de más de un miembro de la expedición.

—Bueno, puede que este sea más simpático —masculló Skulduggery.

El tigre avanzaba a su encuentro muy lentamente, a través del puente, y el esqueleto se adelantó:

–Tranquila, bonita –le oyó decir Valquiria mientras levantaba el arma–. Estate muy quietecita...

El rifle tranquilizante soltó un silbido justo cuando la tigresa rugía, y el dardo chocó contra una de sus hileras de dientes. Tenía múltiples hileras de dientes.

Las mandíbulas se abrieron. La boca era descomunal; los dientes puntiagudos estaban por todas partes. Se abalanzó contra Skulduggery, que lo esquivó a duras penas. La tigresa aterrizó y giró sin detenerse, y Skulduggery despegó del suelo. La bestia saltó, chocó contra él y ambos cayeron. Las mandíbulas se cerraron en su antebrazo y el esqueleto gritó de dolor. Manipuló el aire para girar a un lado, llevándose consigo al animal, y rodaron hasta que cayeron por el puente hacia el abismo. La tigresa le soltó el brazo y siguió cayendo, mientras el esqueleto ascendía y aterrizaba junto a Valquiria.

Ella le fulminó con la mirada.

–Lo has dejado caer.

Él levantó la manga desgarrada.

–¡Es que me ha mordido!

–Es un tigre. No se tiran tigres a un abismo. Están en peligro de extinción.

–En la superficie, sí. Aquí abajo, no. Además, me parece que estás olvidando el detalle de que me mordió.

–Aun así –Valquiria le miró con mala cara–: es crueldad contra los animales.

–¿Y qué pasa con la crueldad contra mí? –preguntó él, cargando el rifle con otro dardo.

–Hum –intervino Gordon–. Perdonad que os interrumpa, pero Mire llamaba a esas cosas «tigres falange» por un motivo. Falange, del latín, significa «fila de soldados». Nunca cazan solos.

Se volvieron y vieron que en el puente se agrupaba una docena de tigres.

Skulduggery pasó un brazo en torno a la cintura de Valquiria.

—Vámonos de aquí.

—Espera —dijo Gordon—. Si tú te marchas, tu magia hará que te sigan; ignorarán a Valquiria.

Ella puso mala cara.

—No me hace gracia quedarme atrás.

—No hace falta que lo hagas. Skulduggery, condúcelos al este. Te encontrarás con un túnel estrecho. Síguelo y gira a la derecha. Hay un abismo que ellos no podrán cruzar, pero tú sí. Sigue por el único túnel que veas, te llevará directamente al otro lado de este puente, donde te estaremos esperando.

Los tigres empezaron a cruzar.

—Buen plan —dijo el esqueleto. Le tendió el arma a Valquiria—. Escóndete detrás de esa roca. Nos vemos al otro lado.

Gordon desapareció dentro de la Piedra Eco y a Valquiria no se le ocurrió ningún argumento para protestar contra el plan, así que salió corriendo, se parapetó tras la roca y se asomó para ver a Skulduggery, que agitaba las manos llenas de llamas.

Los tigres echaron a correr, el fuego se apagó y el esqueleto huyó a toda velocidad. Le pisaban los talones, así que empezó a volar y le siguieron.

Valquiria echó un vistazo a su alrededor. No había quedado ningún rezagado. Se acercó al puente y lo cruzó con la vista fija en el frente. Era tan ancho como una carretera comarcal y ella era perfectamente capaz de avanzar por una carretera comarcal sin pisar la hierba de los lados, así que debería poder atravesarlo sin ningún problema... Pero ahí no había hierba a los lados. Solamente se abría un abismo y oscuridad. Notó cómo se le aceleraba el corazón.

Llegó al otro lado y siguió caminando sin volver la vista. Se detuvo, guardó la pistola tranquilizante en la cintura y sacó la Piedra Eco. Gordon apareció ante ella y miró a su alrededor.

—¿Ha funcionado mi plan?

—Los ha alejado —respondió Valquiria—. ¿Cuánto tardará en volver?

–Unos minutos –contestó Gordon–. Podemos jugar al veo-veo mientras tanto. Veo, veo, una cosita, con qué letrita... Empieza con la ce.

–Cuevas –dijo Valquiria.

–¡Eres buena!

–Seguramente deberíamos conservar la energía de la Piedra Eco.

–Ah, sí. Supongo que tienes razón. Avísame cuando vuelva Skulduggery.

Gordon se desvaneció y Valquiria esperó.

Gordon volvió a aparecer. Miró a su alrededor.

–¿Dónde está Skulduggery?

–No ha vuelto aún –dijo Valquiria–. Y ha pasado media hora.

La sonrisa de Gordon se borró.

–Oh. Eso... eso resulta inesperado.

–¿Estás seguro de que tus indicaciones eran correctas?

–Totalmente –replicó él–. No me cabe la menor duda. Supongo... Supongo que ha podido producirse algún derrumbe últimamente, se podría haber cortado el túnel, pero...

–¿Crees que estará metido en algún lío?

Gordon se quedó callado un instante. Luego se le iluminaron los ojos.

–Ya sé lo que ha pasado. Si ha habido algún derrumbe, cosa que es muy probable, seguramente haya seguido avanzando. Y el siguiente túnel que se habrá encontrado le ha tenido que llevar por una ruta mucho más compleja. Pero siempre que siga avanzando en la misma dirección, se acabará uniendo a nosotros. Pero no aquí, sino más adelante. ¿Crees prudente que sigamos solos?

Valquiria volvió la vista hacia el puente.

–No lo sé, pero no me gusta la idea de quedarnos aquí a esperar a que los tigres decidan volver.

—Una idea muy sabia —dijo Gordon—. Muy bien, pues adelante. ¡Ah! Me encantan las aventuras. Esta especialmente, porque no tengo que caminar nada.

Valquiria soltó un gruñido y echó a andar. Fue siguiendo las indicaciones de Gordon, aunque estaba convencida de que se las estaba inventando sobre la marcha. Pero como cada vez que decía que estaban a punto de encontrarse con algo en particular, ese algo aparecía finalmente, dejó de dudar. Siguieron avanzando entre la luz y las sombras y, de pronto, le dio una patada a algo que repiqueteó en el suelo de piedra.

Valquiria se agachó y acercó la antorcha. La luz se reflejó contra unos casquillos de bala.

—Humm —dijo Gordon—. Aquí ha habido muchos disparos.

—Armas automáticas —observó Valquiria, moviendo los casquillos con los dedos—. Fusiles de asalto. Y también explosivos, a juzgar por el agujero de esa pared; esto parece de un lanzacohetes, y es reciente.

Gordon pareció impresionado.

—Estás hecha toda una detective.

—Cuando cumplí quince años, Skulduggery me dio un curso de tres meses de balística. Algo se me quedó —se levantó—. Creo que lograron echar a lo que quiera que los atacó. No me da la impresión de que Foe ni nadie de su banda saliera herido.

—Al menos nos estamos acercando —declaró Gordon—. Sigamos.

Valquiria caminó otros diez minutos hasta que Gordon rompió el silencio.

—Hay algo ahí delante.

Ella avanzó con cautela, con la pistola tranquilizante en la mano, pero lo que al principio le pareció una persona tumbada resultó ser un bulto de ropa vieja. Lo empujó y se desperdigó con un traqueteo.

—¿Huesos? —preguntó Gordon.

—Me parece que es el traje que llevaba Anathem Mire —respondió Valquiria, echando un vistazo a su alrededor—. Esto me resulta familiar. ¿Nos estamos acercando a esa horrible casa suya?

—Nos estamos acercando al manantial —respondió Gordon.

—Puede que construyera su casa cerca.

—Eso tendría sentido —asintió Gordon—. Según sus diarios, el manantial está en una caverna a la que ninguna criatura se acerca. Si quería construir una casa mágica, ese era el único lugar posible. Pero ¿qué hace su cuerpo aquí tirado?

—Prometió que me encontraría —dijo Valquiria—. Estaba convencido de que yo tenía que ser su esposa, su reina o lo que fuera, y que me quedaría eternamente en esa casa que se movía, cambiaba, se derretía y... Bueno, la cuestión es que escapé, y mientras huía, él iba gritándome: «Te encontraré, te encontraré», bla, bla, bla. Supongo que intentó seguirme.

—Así que su espíritu regresó al cuerpo —completó Gordon—. Y comenzó la persecución. Pero, desde el instante en que dejó la cueva, se volvió vulnerable y las criaturas lo atacaron. Dejaron los huesos totalmente limpios.

Valquiria puso una mueca.

—Qué pena. Era un tipo encantador. ¿Crees que su espíritu seguirá por aquí?

—Sin un cuerpo que habitar se habrá disipado hace mucho. Una lástima. Me hubiera gustado que me firmara sus diarios. Estaban sorprendentemente bien escritos. Vamos, el manantial no puede estar muy lejos.

No lo estaba. Cinco minutos después, Valquiria entró en una caverna enorme. La última vez que estuvo allí, había una réplica de la casa de Gordon justo en el centro. Ahora no había nada. El suelo estaba liso y la cueva, hasta donde alcanzaba a ver, se encontraba vacía.

—No veo ningún manantial. Ni un estanque. Ni siquiera un charco —musitó.

Gordon le hizo un gesto.

–Por ahí. No se puede ver desde aquí, pero tiene que haber una abertura en la pared de la cueva que conduce a la cámara del manantial.

Valquiria se mordió el labio.

–Puede que Oscuretriz esté allí. Con Foe, Mercy y Samuel.

Gordon asintió.

–Deberíamos esperar a Skulduggery. Buena idea. Más vale prevenir que curar.

Valquiria volvió la vista, deseando que apareciera Skulduggery.

–No. Tenemos que hacer algo. Si ya están ahí, yo podría... no sé, retrasarlos.

–No tienes magia.

–Tengo pistolas tranquilizantes. Y tengo mi vara. Está totalmente cargada. Con suerte, podría derribar a tres o cuatro.

–No me gusta tu plan –protestó Gordon.

–Ni siquiera es un plan.

–Peor todavía. Por favor, espera aquí. No sabemos si Foe y su banda tomaron un camino equivocado; puede que allí no haya nadie.

Valquiria se puso en pie.

–Entonces, no pasa nada por echar un vistazo.

Avanzó agachada y, al ver que no le sucedía nada horrible en el acto, comenzó a trotar. Gordon la siguió.

–Allí –musitó, y Valquiria lo vio. Una grieta en la pared de la cueva. Apenas era una fisura. Se acercó a ella, jadeando un poco, y pegó el oído. No oyó nada. No había ninguna luz. Se apretó para pasar por el hueco.

Una vez que pasó la abertura, el túnel se amplió ligeramente, lo bastante para que caminara con normalidad. La penumbra se iluminó. Delante había luz. Redujo el paso. El túnel se abrió, mostrando una cueva del tamaño del jardín trasero de su casa.

Los rayos de sol que se filtraban por los huecos del techo se reflejaban en el manantial, que no era más grande que una piscina infantil. Vincent Foe estaba sentado con la espalda apoyada contra la roca. Samuel, el vampiro que parecía un contable, dormía con la cabeza apoyada en una chaqueta doblada de color rojo brillante: la chaqueta de Stephanie. Mercy jugaba con el móvil. Aparte del gorgoteo del agua, lo único que se oía en la caverna eran los pitiditos del juego.

Samuel giró la cabeza y abrió los ojos.

–La chica está aquí.

Valquiria soltó una maldición, luego pensó: «Qué demonios», y dio un paso hacia delante hasta quedar a la vista de todos, con la pistola tranquilizante en la mano. Pero, en lugar de atacarla, Foe se limitó a asentir y Mercy ni siquiera alzó la vista del móvil.

Eso no era lo que Valquiria esperaba.

–Os llevasteis el cuerpo de Stephanie –dijo, después de unos segundos de relativo silencio.

–Ya –respondió Foe.

Y eso fue todo. Nada más.

Valquiria avanzó poco a poco hasta que divisó el manantial. El cadáver de Stephanie estaba en el agua, todavía con la camiseta negra y los pantalones de color rojo brillante. Tenía piedras como lastre.

Valquiria retrocedió.

–Estáis preparando el cuerpo para Oscuretriz.

Foe asintió. Luego se levantó despacio y se estiró, como si llevara horas sentado.

–¿Qué pasa, Valquiria? ¿No sabes qué hacer cuando no anda cerca el detective esqueleto para darte órdenes?

Ella entrecerró los ojos.

–¿Cómo sabes que no está aquí?

Mercy soltó una carcajada y guardó el móvil.

–Porque ese era el plan, estúpida mocosa.

A Valquiria eso no le gustó. Oh, no le gustó ni pizca. Dio otro paso atrás.

–¿Qué plan? ¿Nos estabais esperando?

Foe cruzó una mirada con Mercy, que se encogió de hombros, y luego se volvió hacia Valquiria.

–¿Esperándoos? Más o menos. Sabíamos que había muchas posibilidades de que vinierais aquí, pero tampoco habría pasado nada si no hubierais bajado.

–¿Dónde está? ¿Dónde está Oscuretriz?

Foe se volvió a Mercy.

–¿Se lo cuentas tú?

Ella sonrió.

–Encantada. Valquiria, sinceramente, nos has ahorrado un viaje bastante peligroso, así que muchas gracias. De no ser por ti, habríamos tenido que volver nosotros para traerla hasta aquí. Así que te damos las gracias de todo corazón por ahorrarnos las molestias.

Valquiria frunció el ceño.

–Pero no he traído a nadie conmigo.

–Bueno –dijo Gordon a su espalda–. Eso no es del todo cierto.

40

FAMOSAS ÚLTIMAS PALABRAS

VALQUIRIA notó cómo su cara se volvía de color blanco ceniciento por la sorpresa.

–¿Gordon?

La imagen de su tío tembló mientras se acercaba a ella, al borde del manantial.

–Me temo que no –dijo, asomándose–. Entiéndelo, la Piedra Eco tenía todo lo que yo necesitaba para descansar. Pensé que si podía almacenar una personalidad, también podría guardar una... ¿cómo lo llamasteis? ¿Entidad descarnada? Aunque fuera solo temporalmente, me valdría. Sería algo así como un chalé donde pasar las vacaciones, ¿sabes? Señor Foe, ya puede sacar mi cuerpo –Foe y Mercy se metieron en el agua mientras Gordon se giraba hacia Valquiria–. Así que cambié de sitio los muebles –continuó Oscuretriz–, derribé un par de tabiques, rediseñé la decoración...

–¿Qué le has hecho a Gordon?

Puso una mueca.

–Ah. Sí. Desgraciadamente, el anterior inquilino no resultó... cooperativo. Así que tuve que desalojarlo.

–¿Qué significa...?

–Que se ha ido, Valquiria. Borré su conciencia al entrar.

Valquiria notó que se le congelaban las entrañas.

–¡Lo has matado!

–Gordon murió hace seis años. Lo único que pasa es que ha tardado mucho tiempo en callarse, nada más.

Foe y Mercy sacaron el cuerpo de Stephanie y lo tendieron en el suelo. Foe cogió un Resplandor de su chaqueta y se lo puso en el pecho. Inmediatamente se iluminó.

–Mola, ¿eh? –dijo la imagen de Gordon–. Skulduggery usó uno contigo. Reinicia el cerebro, el corazón y todo el sistema nervioso a la vez. Tiene muchas más posibilidades de resucitarte que un desfibrilador normal, y este está modificado para aumentar el poder. Justo lo que necesito.

El símbolo del aparato se puso rojo.

–Deséame suerte –dijo la voz de Gordon, y luego la imagen desapareció. La Piedra Eco despidió una luz brillante y Valquiria oyó un chillido torturado que le taladró los oídos. Retrocedió, tropezando, y Foe y los demás hicieron lo mismo.

Entonces el grito se desvaneció, el cuerpo de Stephanie abrió la boca y se sentó de golpe.

–Guau –dijo Oscuretriz.

Foe le agarró la mano y la ayudó a levantarse. Oscuretriz se tambaleó, inestable.

–No me sueltes –dijo–. Hasta que mi cuerpo empiece a funcionar correctamente, me temo que no soy la persona más ágil del mundo. Ah, me siento bien. Esto es genial –Samuel la ayudó a ponerse la chaqueta–. Valquiria, ¿qué aspecto tengo? ¿Me queda bien este color? Me gusta.

Valquiria la fulminó con la mirada.

–Voy a matarte.

Ella sonrió. El pelo húmedo le caía sobre un rostro que empezaba a adquirir algo de color.

–¿Con un dardo tranquilizante? Qué va. Aunque esté esperando a que este cuerpo se adapte al nivel de poder que necesito, sigo siendo más fuerte y mejor que tú. ¿De verdad quieres comprobar cuál de las dos ganaría en una pelea? ¿En serio? Pues vamos. Todavía no puedo acceder a la mayor parte de mi poder, ni siquiera me puedo mover bien, pero apuesto a que soy capaz de cortarte la cabeza.

–«Solo puede quedar una» –dijo Foe sonriendo.

Oscuretriz le miró con mala cara.

–Estoy convencida de que eso es una referencia a algo que soy demasiado joven para conocer, pero me da lo mismo: cierra el pico. Esto es entre...

Valquiria se giró, intentó correr hacia el túnel, pero al cabo de pocos pasos se detuvo con un tropiezo. Tanith estaba delante de ella, con los labios negros y la cara surcada de venas. Tenía la espada en la mano y los ojos fijos en Valquiria.

–No vas a ir a ninguna parte –decía Oscuretriz–. Sé lo mucho que detestas ser una rehén, así que te denominaremos «Dispositivo de Negociación de Emergencia». Dejémoslo así. Estoy segura de que Skulduggery, si es que sigue vivo, contará con otro plan como último recurso para acabar conmigo... Pero si te tengo a ti, creo que todo irá bien. Mercy, ¿te importa ponerle las esposas a nuestra invitada y buscarle un sitio para que se ponga cómoda?

–Será un placer –respondió Mercy con una sonrisa. Se acercó, le quitó el arma de un golpe y entonces la espada de Tanith, con un giro casi perezoso, le cortó la mano.

Mercy se quedó mirando el muñón ensangrentado y, antes de que nadie reaccionara, Tanith le segó la cabeza.

Luego agarró a Valquiria y la empujó hacia el túnel.

–Corre –le dijo.

Y Valquiria corrió. Huyó de los gritos de rabia de Vincent Foe y del eco del rugido de Samuel. Luego se giró y pasó por la fisura. Guardó la Piedra Eco dentro de la chaqueta mientras avanzaba dando traspiés hacia la caverna. Tanith no la seguía.

Apretó el ritmo.

Dejó la cueva y volvió sobre sus pasos, corriendo y caminando todo lo rápido que le permitían sus piernas y sus pulmones. Pero se perdió. En realidad, era inevitable. Solo era cuestión de tiempo.

Tenía que pararse. Se dejó caer, se sentó y se apoyó contra la pared del túnel. Todo había salido mal. Se suponía que deberían haber vencido, por el amor de Dios. Oscuretriz no era más que una entidad descarnada, ¡un fantasma! No tendría que haber supuesto más que una leve molestia. Un pequeño impedimento. ¿Cómo demonios había pasado esto?

Valquiria se sacó la piedra de la chaqueta.

–Ay, Gordon –musitó.

La piedra se iluminó débilmente y su tío apareció ante ella. Ella se puso en pie de un salto.

–¡Gordon! ¡Estás bien!

La imagen de Gordon tembló y frunció el ceño.

–¿Hola? No... no veo nada. ¿Quién es? ¿Quién habla?

Ella movió las manos delante de su cara.

–¡Soy yo! ¡Soy Valquiria!

Su expresión fue de alivio, pero no parecía verla.

–Oh, gracias a Dios. Oscuretriz estuvo aquí, tomó...

–Lo sé –dijo ella–. Pero ahora se ha ido. ¿Estás bien?

–Sí –respondió su tío–. Yo estoy perfectamente. Sin embargo, la piedra...

–¿Qué? ¿Qué le pasa?

Abrió los ojos como platos y los enfocó en ella.

–¡Ahora veo! ¡Te veo! He de admitir que estaba un poco preocupado. Oía, pero no podía ver absolutamente... –miró a su alrededor–. Conozco este sitio. ¿Ves esa roca? ¿Ves que se parece al rostro de un anciano? Mire habló de este túnel. Si sigues todo recto, llegas a un abismo. No sé cómo lo podrás cruzar, pero las escaleras que llevan a casa están al otro lado. Puede que si tejes un puente con pelo y telarañas...

–¿Qué le pasa a la piedra, Gordon?

Él titubeó.

–Está limpiándose. Oscuretriz creyó que se había deshecho de mí, pero solamente me empujó a un rincón, donde me he acurrucado desde entonces. Pensé que, una vez que se fuera, todo volvería a la normalidad, pero creo que he cometido un error.

–Pero si la piedra se está limpiando...

–Mi personalidad se borrará. Me temo que solamente me quedan unos momentos.

–No –murmuró Valquiria–. Por favor, no. Tiene que haber algo que pueda hacer.

–Oscuretriz alteró la piedra de una forma tan radical que no hay forma de pararlo...

Continuó moviendo la boca, pero no sonó nada.

–¡No te oigo! –gritó Valquiria–. ¡No oigo nada!

Gordon frunció el ceño. Señaló la piedra e hizo el gesto de sacudirla. Valquiria la agarró y le imitó. Le dio un par de golpes con la palma y de pronto volvió el sonido, justo cuando Gordon estaba cantando el estribillo de *My Lovely Horse*, del padre Ted.

–Vale –dijo ella–. Ya te oigo. Para de cantar.

Gordon soltó una suave risilla.

–¿Cómo está mi sobrina favorita? ¿De nuevo en problemas?

–Gordon, ya te perdí una vez. Por favor, no me obligues a pasar por eso de nuevo.

–Lo siento, Valquiria. No depende de mí. Tampoco de ti –empezó a desvanecerse–. Mira el lado bueno: tengo la oportunidad de repetir la escena de mi muerte por segunda vez.

Valquiria hizo el gesto tonto de abrazarlo y la mano atravesó su hombro.

–Espera, tenemos que pensar un poco. ¿No podemos parar la piedra hasta que encontremos a alguien que la arregle? ¿Podemos?

–Valquiria –la voz de su tío sonó distante–. Hay algunas cosas inevitables contra las que puedes luchar, y hay otras contra las que no puedes. Esta es de esas últimas.

Las lágrimas rodaron por el rostro de Valquiria:

–Por favor.

–Silencio –dijo él. Su imagen se iba desvaneciendo–. ¿Recuerdas esas historias que te contaba de pequeña cuando te cuidaba? Todas tenían una cosa en común, ¿sabes cuál? –Valquiria negó con la cabeza y Gordon sonrió. La roca se transparentaba a través de su sonrisa–. La princesa valiente, la sirena valiente, la amazona valiente en su valiente caballo. Tratara de lo que tratara la historia... la niña valiente siempre ganaba al final. Eso es lo que diferencia la vida real de la mayor parte de los libros que escribí. A veces, los buenos sí que ganan.

–Por favor, no te mueras.

–La muerte de la figura del mentor siempre forma parte del viaje del héroe, cariño. Mira a Obi-Wan Kenobi en *La guerra de las galaxias*, a Gandalf el Gris en *El Señor de los Anillos*. ¿Cómo vas a alcanzar todo tu potencial si te están mimando a cada paso que das?

–¿Mimando? –preguntó Valquiria–. ¿Cuándo? ¿Por qué nadie me contó lo de los mimos?

La sonrisa de Gordon se ensanchó.

–Estarás bien sin mí.

–Quería que conocieras a Alice...

–Y yo también quería conocerla... y hablar otra vez con mis hermanos, y con Melissa... Con Beryl no.

–Ya no es tan mala.

–Por favor, déjame ser un poquito malvado en este momento...

Valquiria se frotó los ojos.

–Claro.

Gordon se quedó callado un instante.

–Es curioso –dijo–. Siempre me imaginé que mi muerte implicaría muchas más toses y... largas... pausas... entre... las... palabras... y tal vez una mejilla que acariciar. Algo en plan dramático... Lo bastante dramático como para arrancar unas cuantas lágrimas. Pero, por supuesto, soy yo: ¿cómo iba a llegar al final sin dar una vuelta de tuerca y frustrar todas las expectativas?

Valquiria sonrió entre las lágrimas.

–Siempre se te ha dado bien salir por donde nadie se lo espera.

–Así es, sobrina, así es.

–Si te hace sentir mejor, yo estoy llorando.

–Sí me hace sentir mejor, la verdad –de pronto, una expresión de alarma cruzó su rostro–. ¡Las últimas palabras! ¡Tengo que decir mis famosas últimas palabras! Tienen que estar a la altura de las que pronunciaron James French o Dominique Bouhours y ser tan memorables como las de Oscar Wilde en su lecho de muerte. Tienes que prometerme que cuando salgas de aquí las inscribirás en mi lápida, ¿de acuerdo?

–Te lo prometo.

–Bien. Gracias. Se me ocurrieron hace años. Las he reescrito muchas veces, pero es lo que tiene ser escritor, la verdad: siempre andas retocando, nunca estás satisfecho. Pero finalmente quedaron perfectas y ahora voy a utilizarlas –se aclaró la garganta, hinchó el pecho, abrió la boca y de pronto frunció el ceño–. No, espera...

Y entonces desapareció.

Valquiria se quedó mirando la nada en que antes se encontraba Gordon. Sacudió la piedra, le dio un golpe con la palma. Pero Gordon no reapareció. La piedra estaba limpia. Su tío se había marchado.

41

AQUÍ HAY DRAGONES

VALQUIRIA salió del túnel. Reconoció el sitio: estaba junto al abismo donde hacía años la había perseguido un monstruo con cara de perro, tuvo que agarrarse a unas enredaderas que resultaron no serlo –eran tentáculos– y salió despedida contra la boca abierta de una cosa monstruosa y gelatinosa. Y allí era donde se encontraba Skulduggery en ese momento: los tentáculos le envolvían los brazos y el torso y lo mantenían suspendido sobre el abismo, como si se encontrara clavado en un crucifijo invisible. La chaqueta estaba rota y el sombrero había desaparecido. Tenía la cabeza gacha. Salvo por el balanceo, no se movía.

–Skulduggery –le llamó en voz no muy alta. Él no alzó la cabeza.

Dio un paso hacia el borde con los ojos al frente, sin permitirse bajar la vista hacia la oscuridad. Cada poco tiempo, los tentáculos temblaban ligeramente. Tenían un ritmo, era como un latido suave, y Valquiria entendió de pronto por qué no había devorado a Skulduggery. La cosa que una vez la arrastró hacia sus muchos dientes larguísimos había decidido que se alimentaría mejor drenando despacio la magia de Skulduggery que tragando de golpe los nutrientes que podía sacar masticando sus huesos. Valquiria no sabía cuánta magia podía chuparle antes de destruirlo, pero dio por sentado que la suerte no estaría de su lado y que le quedaba muy poco tiempo. Retrocedió apartándose del borde, corrió a toda velocidad, tomó impulso y saltó.

Se estrelló contra Skulduggery y se agarró de su cintura mientras se bamboleaban hacia atrás por el impacto. Abajo se abría el vacío, pero Valquiria se mantuvo en el sitio, confiando en que la calidad de las ropas de Abominable Bespoke le salvara de nuevo la vida. Se balancearon ahora al otro lado, de nuevo hacia el abismo, con un movimiento de péndulo. Valquiria hizo todo lo que pudo para mantenerse agarrada. Cerró los ojos, apretando su propia muñeca, y finalmente se detuvieron. Cuando se quedaron colgados, Valquiria alzó la vista por primera vez, preguntándose qué demonios hacer ahora.

–Eh –dijo–. Eh, despierta. ¡Eh!

No tenía ojos que pudiera abrir, así que era imposible saber si estaba despierto o no. Lo zarandeó un poco y se apretó contra él cuando se movieron de nuevo.

–¿Qué haces? –preguntó él.

–¡Skulduggery! ¡Gracias a Dios! ¿Estás bien? ¡Skulduggery! ¡Oye, atiéndeme!

Él movió la cabeza levemente.

–Sí, sí. Perdón. ¿Qué decías?

–Estamos colgados encima de un abismo sin fondo, al borde de la muerte. Tienes que volar para sacarnos de aquí. ¿Puedes hacerlo?

–Claro –murmuró. Giró la cabeza y vio el tentáculo que le apresaba el brazo–. Esto es nuevo.

–Creo que se está alimentando de tu magia.

Él asintió.

–Libérame y luego volaré.

–¿Seguro? ¿No necesitas tiempo para recuperarte o algo?

–No. Solo… libérame.

–Vale. Oye, ¿no llevarás un cuchillo encima? ¿No? ¿Hola? Vale, voy a… voy a tener que trepar, ¿vale? Puedo liberarte si subo, pero tienes que mantenerte despierto. Si no, te caerás. ¿Me oyes? ¿Skulduggery?

–Sí –murmuró.

–Tienes que seguir despierto –dijo Valquiria, y le pasó el brazo por el hombro. Subió por encima de él, pero el esqueleto no pareció notarlo. La primera vez que se enfrentó a ese monstruo, los tentáculos estaban fríos y resbaladizos. Ahora parecían calientes y secos. Le estaba sentando bastante bien alimentarse.

Valquiria retorció la mano en torno al tentáculo y apretó. Luego subió el otro brazo y sujetó otro tentáculo. Lo apretó y tiró. De esa forma fue subiendo, retorciéndolo. Tenía los brazos cansados de haberse sujetado a Skulduggery, pero continuó ascendiendo. Era lento. Resultaba doloroso. Apretó las piernas en torno al tentáculo como siempre había visto en las películas. Eso evitó que se balanceara demasiado.

Se tuvo que parar a la mitad para descansar. Le ardían los dedos de tanto apretarlos. Notaba los brazos y las piernas ardiendo. El sudor goteaba por su columna vertebral. Miró hacia abajo e inmediatamente cerró los ojos mientras el miedo se apoderaba de ella y corría por sus venas. No. Mirar abajo era malo.

Abrió de nuevo los ojos, pero ahora miró hacia arriba, a la penumbra.

–¡Eh! –gritó–. ¿Estás despierto?

Su voz resonó con eco, pero Skulduggery no contestó. Valquiria apretó los dientes y continuó ascendiendo.

Por encima de su cabeza, los tentáculos desaparecían por una cornisa. La otra vez la habían arrastrado por allí. Había tratado de evitarlo, pero solo aflojaron la presa cuando dejó de luchar. Se preparó para lo que iba a encontrarse y extendió la mano hasta que se agarró a la roca. Hizo fuerza para subir.

Aquella cosa, fuera lo que fuera, estaba justo donde la había dejado. Una masa gris y asquerosa, como una medusa gigante con unas fauces abiertas enormes. Lo único sólido eran los dientes.

Sin embargo, la encontraba distinta. Parecía... más saludable, por así decirlo. La magia que le estaba chupando a Skulduggery era buena para su cutis.

Valquiria se puso en pie. Le temblaban las piernas. Notaba los brazos débiles. Apenas podía cerrar las manos. Pero esa cosa no le prestaba atención; parecía demasiado ocupada con Skulduggery, o simplemente no le interesaba una presa sin magia: no lo sabía. Tampoco le importaba. Hacía seis años, había cortado los tentáculos con una roca pesada y afilada. La roca seguía allí. La encontró y la sostuvo en la mano.

Cuatro tentáculos sujetaban a Skulduggery. Solo cuatro. Se acercó a la cornisa en cuclillas, con cuidado de no asomarse. Acercó la parte cortante de la piedra al tentáculo más grueso y jugoso, se lamió los labios y levantó la mano. Luego bajó el brazo.

Un líquido verde y espeso brotó de la herida, y Valquiria comenzó a cortar de lado a lado mientras los tentáculos se sacudían. Mantuvo sujetos los otros tres y empezó a cortarlos, mirando hacia atrás. Aparecieron más por detrás, buscando a ciegas el origen del dolor. Valquiria cortó más rápido, notando la diferente resistencia, la textura que pasaba a ser gomosa, pegajosa, y gomosa de nuevo, y luego los atravesó, miró hacia abajo y vio cómo Skulduggery caía.

No volaba. Caía.

Volvió la vista. Los tentáculos se retorcían buscando. Eran docenas. Demasiados como para poder esquivarlos, cortarlos, confiar en que no la atraparan. Soltó la piedra, se volvió hacia la cornisa, se tapó la cara con las manos y saltó.

Valquiria cayó.

Comenzó a gritar.

Pasó el punto donde Skulduggery había estado colgado y se hundió en el abismo. Giró. El viento le sacudía el pelo. Se dio la vuelta. Y siguió gritando.

El abismo se hizo más amplio. Ya no veía las paredes a los lados. Cayó entre la niebla y la oscuridad. Miró hacia abajo y vio algo. Pasó como una mancha borrosa a su lado.

–¡Skulduggery! –chilló, volviéndose para mirar hacia arriba. La cosa era un punto y se alejaba en la distancia. No. Se acercaba. Estaba cayendo. No. Volando. Skulduggery salió despedido hacia ella.

La alcanzó, pero no le tomó la mano. Dejó de volar y empezó a caer a su lado. Extendió los brazos y movió las manos.

El viento los golpeó a ambos.

La caída se hizo más lenta. Al ver que ya no la iba a romper en dos al sujetarla, Skulduggery la acercó hacia él y se detuvieron lentamente.

Se quedaron flotando. Valquiria se aferró a su cuerpo y enterró la cabeza contra su pecho.

–¿Estás bien? –preguntó él en voz baja.

Ella asintió. De pronto se dio cuenta del frío que hacía allí abajo. Todo era helado y oscuro.

–¿Y Oscuretriz? –preguntó el esqueleto.

–Libre –murmuró Valquiria con la voz temblorosa–. Está en el cuerpo de Stephanie. Nosotros la trajimos hasta aquí.

Él asintió.

–Era Gordon. Me lo imaginé cuando sus instrucciones me llevaron a un callejón sin salida.

–Se ha ido –dijo ella–. La Piedra Eco está vacía.

–Ay, Valquiria. Lo siento mucho.

Ella asintió.

–¿Hay algún motivo por el que sigamos flotando?

–Tengo que recuperar fuerzas. No tardaré mucho. Unos minutos.

Ella bajó la vista. Solo veía oscuridad, así que lo que la dejó sin aliento no fue el vértigo. Fue el vacío, el pozo sin fondo. Fue el silencio. El silencio horrible y completo. Si no la hubiera agarrado, todavía seguiría cayendo. Dudaba que hubiera parado de hacerlo nunca.

Valquiria apretó el entrecejo.

–Uh.

–¿Qué pasa? –preguntó el esqueleto.

–Creo que veo visiones. Parece... parece que hay luz ahí abajo.

Se giraron ligeramente para echar un vistazo. En la oscuridad profunda y distante, una luz roja refulgía débilmente.

–Ya lo veo –dijo Skulduggery.

–No estaba ahí hace un segundo. Eh. ¿Es... es más brillante ahora?

Skulduggery inclinó la cabeza.

–Sin lugar a dudas, es más grande.

Ella desorbitó los ojos.

–Se está acercando.

–Ya he recuperado las fuerzas –dijo él, y empezaron a elevarse.

–A lo mejor deberías acelerar un poquito –sugirió Valquiria, y de pronto un bulto enorme apareció bajo ellos; era descomunal, llenaba el abismo.

Vio unos ojos brillantes de color amarillo; la luz roja era una llama que ardía en su garganta y se reflejaba en los dientes. Oyó el estruendo del batir de unas alas enormes. Una ráfaga de aire los impulsó hacia arriba y Skulduggery la aprovechó: el chirrido inhumano hizo que salieran disparados con un poder terrible que le taladró los tímpanos e hizo que le temblaran los huesos.

Volaron por encima del abismo y siguieron por el túnel. Cuando sus pies tocaron el suelo, continuaron corriendo por las escaleras y por el sótano. Valquiria subió la primera a la casa de Gordon. Entró corriendo en la sala de estar y se dio media vuelta, con el pelo alborotado y los ojos con un brillo salvaje.

–¿Has visto eso? ¿Lo has visto? –no pudo evitarlo: una risa de emoción brotó de sus labios–. ¡Eso era un dragón! ¡Un dragón!

Skulduggery negó con la cabeza.

–Un dragón.

–¡Aquí hay dragones! –chilló Valquiria, girando en un círculo antes de tirarse al sofá. Al instante, de nuevo estaba de pie, saltando como si estuviera sobre una colchoneta–. ¡Esto es increíble! ¡Es fantástico! ¡Era enorme! ¡Era descomunal ¿Y si se libera? ¿Crees que se liberará? ¿Crees que podría montarlo?

Skulduggery se ajustó la corbata y se abrochó la chaqueta.

–¿Perdón?

–Montarlo. Ponerle una silla, subirme encima y montarlo. ¿No crees que molaría? ¿No sería lo mejor que podría pasarte en la vida?

–Seguramente no, la verdad.

–¿No quieres que monte en un dragón?

–Te devoraría –dijo Skulduggery.

–No necesariamente. Podría ser su amiga. Podría tenerlo de mascota. O él podría tenerme a mí de mascota, lo que sea. ¿Sabías que existían los dragones? ¿Lo sabías y nunca me lo dijiste?

–No sé. Pensaba... Creía que nunca habían existido. Hay historias, hay leyendas, tenemos las gemas de ojo de dragón, y el hilo de dragón y tal cosa y tal otra de dragón, pero nadie pensaba en serio que esas cosas vinieran de dragones auténticos. Habría sido... ridículo.

Valquiria dejó de dar vueltas y la sonrisa se le borró de pronto.

–Ojalá Gordon estuviera aquí. Esto le habría encantado.

La casa estaba silenciosa.

Valquiria se sacó la pistola tranquilizante de la cintura.

–Toma.

–Ah, gracias. ¿Y la otra?

–Digamos que la perdí –dijo Valquiria.

–Era un juego de dos pistolas.

–Ahora es un juego de una pistola.

–Eso no es un juego, la verdad.

–Lo siento mucho.

–No pasa nada –la consoló con ternura–. Has pasado por mucho.

Ella asintió. Notaba la cabeza pesada. También sentía una opresión en el corazón. Luego pensó en el dragón y se le quitó la angustia. Dio una vuelta.

–¿Crees que intentará escapar, o volverá a meterse en el pozo?

–No lo sé –respondió el esqueleto–. No sé absolutamente nada de dragones. Supongo que no hay ningún motivo para pensar que encontrará la forma de salir si no la ha encontrado antes. Lo despertamos de su sueño. Con suerte, volverá a dormirse.

Valquiria sonrió.

–Dragones.

42

LLUVIA DE IDEAS

A voz de China llenó el Bentley.

–¿Dónde está Oscuretriz ahora?

Skulduggery adelantó a un tractor que avanzaba despacio y tomó una curva cerrada.

–No lo sabemos. Hay docenas de entradas secretas a esas cuevas. Podría estar en cualquier parte.

Hubo un tono afilado en la voz de China, un tono que antes no estaba allí.

–¿Cuánto tardará en recuperar todas sus fuerzas?

–Días, con suerte. China, tenemos que hacer oscilar a Ravel. No nos queda tiempo.

–Estoy de acuerdo –respondió ella–. Volved aquí.

La llamada se cortó y Skulduggery se volvió hacia Valquiria, que continuaba mirando por la ventana. Era consciente de lo histérica que se había mostrado antes y de lo callada que estaba ahora. Pero ese estado de ánimo se había instalado en ella como la sombra de un monolito gigantesco, y no podía hacer nada por evitarlo.

Había vuelto a meter la Piedra Eco en su cuna con la esperanza de que una simple recarga pudiera traer a Gordon de regreso. No había sido así. La piedra estaba vacía. No tenía solución.

Le pesaban los ojos. Le picaban. Quería cerrarlos. Quería meterse en la cama, acurrucarse bajo las mantas y no volver a salir.

–Va a vencer –murmuró.

–Tonterías –replicó Skulduggery.

–No podemos detenerla. Sabes que no podemos.

–Ella misma dijo que el cuerpo iba a tardar un tiempo en acostumbrarse a su poder. Está débil. ¿Qué es lo primero que te enseñé que tenías que hacer en una pelea?

–Nunca luchar según los términos del oponente.

–Eso es. Dentro de unos días, tendrá todo su poder y estará lista para enfrentarse a nosotros. No le vamos a dar esos días. Lucharemos antes de que esté preparada. ¿Estás conmigo?

–Supongo.

–No ha sonado muy entusiasta.

–No estoy de humor.

Pisó a fondo el freno.

–¡Dios! –gritó Valquiria, sujetándose cuando el coche se detuvo con un chirrido. Lo miró fijamente–. ¿Por qué demonios has hecho eso?

Él ladeó la cabeza.

–No tengo mi sombrero –dijo–. Y en todo este tiempo, no me has preguntado ni una sola vez qué ha pasado con él. Te lo contaré: lo perdí. Mientras hablamos, seguramente esté bajando por el tracto digestivo de un tigre falange particularmente interesado en la moda. Espero tus condolencias.

–Eh... Siento lo de tu sombrero.

Él se inclinó hacia ella.

–¿Por qué? Solo es un sombrero. Es una prenda diseñada específicamente para llevar en la cabeza. Es cierto: mi querido amigo Abominable Bespoke lo confeccionó solo para mí... Pero sigue siendo nada más que un sombrero, y tengo muchos más que él me hizo.

Valquiria frunció el ceño.

–Sí. ¿Adónde quieres ir a parar?

315

–¿Por qué tengo que ir a parar a ninguna parte? Lo menciono solo porque es algo que ha pasado. Pasan cosas continuamente. Algunas son buenas. Emocionantes. Cosas como ver un dragón. Cosas como que Tanith te cubra mientras escapas. Otras cosas son malas. Angustiosas. Cosas como perder el sombrero que un amigo te hizo a medida. O perder el último eco de tu tío. Siempre pasan cosas, Valquiria, pero la vida sigue, sin importar cómo nos sintamos.

–¿Estás intentando animarme o algo así?

–No necesitas que te anime. Lo que necesitas es tomar una decisión. Te puedes hundir y revolcarte en tu desgracia...

–¿O...?

Se encogió hombros.

–O no.

Siguió conduciendo.

–¿Esa es tu forma de animarme: dándome un charla? –preguntó ella.

–Más o menos. Quería hablar de mi sombrero. Pero también quería animarte. ¿Ha funcionado? ¿Te sientes mejor? Puedo contarte más cosas, si quieres; puedo hablarte de mi chaqueta desgarrada y...

Ella le interrumpió con un suspiro.

–Con la primera anécdota he tenido suficiente, muchas gracias. ¿Cuál es la canción que siempre andas silbando? *¿Accentuate the Positive?*

–He silbado esa canción exactamente una vez desde que nos conocimos.

–Lo que sea. Hagamos eso –dio una palmada, se sentó derecha y se obligó a animarse–. Vale. Ahora que estamos mucho más positivos, vamos a pensar. Venga, lluvia de ideas. ¿Cómo derrotamos a Oscuretriz?

–Con las Asesinas de Dioses.

–Vale, sí. Muy bien. ¿Algo más?

–He estado pensando –dijo el esqueleto–. He llegado a la conclusión de que deberíamos sacar del coma a Melancolía.

–¡Genial! –exclamó ella, dando otra palmada–. ¿Ves? Eso era lo que necesitábamos, una lluvia de ideas. Ahora, ¿tienes alguna que sea útil? Porque despertar a Melancolía es una ocurrencia malísima.

Skulduggery no respondió.

–Venga ya –murmuró Valquiria–. No podemos despertarla. Es la Invocadora de la Muerte. Vale, cuando la conoces no es tan mala... Pero está desquiciada e intentó matarnos. ¿En serio? ¿Sacarla del coma es lo mejor que se te ocurre? Algo me dice que no va a tener un buen despertar...

–Vamos a necesitarla como refuerzo.

–¿Y quién va a convencerla de que nos ayude?

–Bueno... Tú seguramente seas lo más parecido a una amiga que ella tiene.

–Eso es lo más triste que he oído en mi vida.

–Lo sé –asintió Skulduggery–. Lo sé.

43

OSCILAR A RAVEL

ERSKINE Ravel gritaba.

Los médicos le daban unos líquidos apestosos durante las comidas, para asegurarse de que no se rompía las cuerdas vocales. Gritaba muchísimo. Gritaba y sudaba y lloraba y suplicaba. Veintitrés horas de agonía al día. Así era.

A Valquiria no le daba ninguna lástima.

Vio cómo los Hendedores lo metían en la habitación. Iba vestido con un mono naranja de preso, llevaba las manos esposadas y se retorcía y pataleaba, pero no les costaba ningún esfuerzo sujetarlo. Necesitaba un afeitado y un buen corte de pelo.

Creyfon Signate se acercó. A diferencia de Ravel, ya no llevaba mono. Ahora era un hombre libre y vestía como tal. Más que eso: era un hombre libre con una misión.

–Ya he oscilado unas cuantas veces –les dijo–. No debería haber problemas. El Santuario de la otra dimensión es una ruina, pero esta habitación está intacta y es fácil subir trepando a la superficie. No hay nadie por ahí; al menos, que yo haya visto.

Skulduggery asintió.

–Los Hendedores os protegerán si aparece alguien con malas intenciones. Regresa cada cuatro horas y te informaremos de la situación. Vas a llevarte contigo un médico para que vigile su estado, pero en el momento en que osciléis, desaparecerá el dolor de Ravel. Eso significa que no puedes bajar la guardia, ¿entendido?

–Puedo controlarlo.

–Ravel era un hombre cadáver –advirtió Skulduggery–. Es una de las personas más peligrosas que conozco. No le quites los ojos de encima.

Signate asintió dócilmente.

–Sí, señor.

–Evita el contacto con los nativos. El mundo al que estás oscilando está gobernado por Mevolent. Los mortales son sus esclavos. La Resistencia se está desmoronando. No es un sitio en el que convenga estar mucho tiempo.

–Sí, señor.

–China está trabajando en algo que oculte a Ravel de la vista de Oscuretriz una vez que regrese. Cuando vuelvas, oscila directamente a esta habitación. Si siente su presencia antes de que estemos preparados, Oscuretriz irá derecha a por él.

–Podéis contar conmigo.

–Buena suerte, Signate.

Signate hizo una ligera reverencia y se reunió con su grupo: ocho Hendedores, dos hechiceros, un médico, el propio Signate y Erskine Ravel.

–Casi diría que me gusta que esté sufriendo –dijo Valquiria.

–A mí también –asintió Skulduggery.

–¿Estás seguro de que el dolor desaparecerá en cuanto oscilen?

–Debería.

–Maldita sea.

–Maldita sea.

Signate cerró los ojos. El grupo comenzó a temblar ligeramente. Un instante después, habían desaparecido.

Valquiria suspiró y siguió a Skulduggery fuera de la sala.

–¿Se sabe cuándo despertará Melancolía?

–Mañana por la tarde –respondió él–. Así que puedes pasar la noche en casa y yo puedo cambiarme de traje y ponerme uno con sombrero a juego.

–Todos tus trajes tienen sombrero a juego.

–Este no –murmuró en voz baja–. Ya no.

Ella le miró fijamente.

–¿Qué crees que le hará Oscuretriz a Tanith? ¿Será... muy malo?

–No lo sé. Oscuretriz ha demostrado ser impredecible. También Tanith, la verdad. Solo podemos esperar.

–No me gusta esperar –gruñó Valquiria–. Prefiero saber.

Fueron atravesando pasillos cada vez más cálidos y bulliciosos y llegaron a la sala en que estaban hablando Saracen Rue, Gracius O'Callahan y Donegan Bane.

Saracen los vio llegar. Su habitual sonrisa había desaparecido.

–China nos lo ha contado –dijo–. Justo cuando pensábamos que llevábamos ventaja...

–¿Cómo va la búsqueda de los Vestigios? –preguntó el esqueleto.

–Mal –respondió Gracius–. Dexter y Dai conocen nuestras estrategias. Aún nos quedan algunos trucos bajo la manga, claro: los cazadores de monstruos somos increíblemente astutos... Pero todos los Vestigios se han esfumado.

–Y ya no contamos con la movilidad de antes –añadió Saracen–. ¿Se sabe algo de Fletcher?

Valquiria negó con la cabeza.

–No sabemos dónde está. No contesta.

–Esto va fatal –Saracen se frotó la frente con los nudillos como si estuviera luchando contra un dolor de cabeza–. Fuimos sin estar suficientemente preparados, y ahora lo estamos pagando. Buscamos los signos normales de violencia y disturbios, esperábamos que los Vestigios poseyeran a gente, pero no lo hicieron. Solo hay unos pocos poseídos. Un puñado. Nunca había visto este tipo de conducta...

Donegan asintió.

—Es casi... disciplinada.

—Oscuretriz debe de tener en mente algo especial para ellos —dijo Skulduggery—. De momento, si no están causando estragos, aprovechemos la oportunidad para reagruparnos y establecer una nueva estrategia. Hay otros asuntos que requieren nuestra atención.

Valquiria miró fijamente a Saracen; tenía la mandíbula apretada.

—¿Ravel ya se ha ido? —preguntó.

—Ajá —respondió Skulduggery—. Si estábamos en lo cierto respecto al vínculo psíquico, Oscuretriz ya debe de ser consciente de que está fuera de su alcance. Vendrá a buscarlo, pero aún no. Primero tiene que recuperar fuerzas. Nuestro trabajo es prepararnos para su llegada: conseguir que el escudo de la ciudad esté listo para activarlo, que las fortificaciones sean seguras, que la gente esté en su sitio... Una vez que esté todo listo, traeremos a Ravel de regreso. Oscuretriz volverá a percibirlo y, con suerte, se sentirá obligada a restablecer el vínculo de dolor. Pero tendrá que hacerlo en persona.

—¿Esperas que entre en Roarhaven antes de que haya recuperado sus fuerzas? —preguntó Saracen.

—Sí.

—Y esperas que lo haga por el odio que siente por Ravel.

—Entre otras cosas, sí.

—Vale, bien. Pero ¿puedo pedirte un favor? ¿Hacer que Oscuretriz caiga en la trampa *después* de que haya restablecido el vínculo del dolor?

—Haremos lo que podamos —dijo Skulduggery con tono sombrío, y Saracen asintió y se alejó.

Valquiria cruzó una mirada con Gracius y Donegan.

—Hemos visto un dragón —les dijo entusiasmada.

Ellos la miraron asombrados un instante.

—¿Qué? —preguntó Donegan.

–Un dragón –dijo ella–. Uno de verdad. Vive en las cuevas. ¿A que lo vimos, Skulduggery?

–Lo vimos –asintió él, casi a regañadientes.

Los ojos de Gracius casi se salieron de sus órbitas.

–¿En serio? ¿De verdad visteis un dragón? ¿Uno de verdad?

–Era enorme –sonrió Valquiria–. Más grande que nada que haya visto. Tenía alas y creo que escupía fuego.

–¡Un dragón que escupe fuego! –exclamó Gracius aferrando el brazo de Donegan–. ¡Eso tenemos que verlo! ¿Dónde está?

–Abajo, en un pozo sin fondo.

–¡Maldición! ¡Odio los pozos sin fondo! Una vez estuve atrapado en uno durante días.

–Tenía fondo –dijo Donegan.

–No lo parecía.

–¡Pero si estabas en el fondo!

–Bueno, estaba muy abajo.

–Este pozo no tenía fondo –dijo Valquiria–. O eso creo.

–Un dragón que escupe fuego y vive en un pozo sin fondo... –dijo Gracius alegremente–. Deberíamos darle un nombre. Todos los grandes dragones tienen nombre. Smaug. Drogon. Fin Fang Foom. Puff. Todos tienen nombre.

–Gordon –dijo Valquiria–. ¿Gordon el dragón?

–Le habría encantado.

Gracius sonrió.

–Sí, está bien. Pero ¿qué os parece Destrozacaras?

–Se llamará Gordon –sentenció Donegan, llevándose a Gracius.

–Repartir algo de alegría es un don especial en tiempos oscuros –dijo Skulduggery poniéndole a Valquiria la mano en el hombro–. Y acabas de hacer que esos dos sean los cazadores de monstruos más felices del mundo.

–Hago lo que puedo.

–Vamos. Deja que los demás se preocupen y trabajen durante las próximas horas. Tú te mereces una noche libre.

44

MEJOR PERSONA

SEGÚN le dijo alguien una vez, el olfato es el sentido más poderoso como disparador de recuerdos. Irónicamente, no recordaba quién se lo había dicho ni por qué, ni dónde estaba cuando lo oyó, pero no tenía ningún motivo para dudar de que fuera cierto. Cuando se despertó, después de haber sufrido aquella pesadilla, bajó las escaleras de la casa en la que había crecido, se encontró con el olor del pollo asado y eso no la transportó a ningún momento en particular, a ninguna ocasión especial. Sin embargo, ese recuerdo se apiló sobre otros formando una vaga sensación de calidez, de pertenencia, de amor, de hogar, y notó cómo se le escapaba una sonrisa que, cuando llegó a la cocina, era radiante.

Su madre estaba en la mesa y tenía los ojos fijos en el portátil mientras su padre, por encima de su hombro, apuntaba a la pantalla.

–Pincha ahí –dijo–. Parece importante. Tenemos que pinchar y ver qué pasa.

Su madre le dio un golpe en la mano.

–Fuera. No permito que te acerques a esto.

–Pero si es mío.

–¡Hola! –saludó Valquiria, yendo directamente al horno.

–Buenos días, dormilona –dijo su madre–. La comida todavía tardará media hora, más o menos.

Valquiria abrió el horno, respiró el vapor que salía y lo volvió a cerrar. Se le hacía la boca agua.

–Ay, me muero de hambre –dijo–. ¿Qué estáis haciendo?

–Tu padre tiene una misión –suspiró su madre.

Él se puso derecho.

–El pincho de memoria ese. Es un vídeo. Nos hemos bajado un programa o algo así para poder verlo. Bueno, creo que lo hemos hecho. A lo mejor no. Sinceramente, no tenemos ni idea de lo que estamos haciendo.

–Yo sí sé lo que estoy haciendo –replicó su madre, algo molesta.

–Ah, un pincho –dijo Valquiria–. Qué singular. ¿Has dicho que media hora? Vuelvo enseguida.

–¿Te vas? –preguntó su madre.

–Voy a acercarme a casa de Fergus y Beryl a decir hola.

Sus padres se la quedaron mirando.

–¿Por qué? –dijeron a coro, y Valquiria se rio.

–Qué graciosos sois.

Al salir de casa, oyó a su padre.

–No, en serio, ¿por qué?

Tomó un atajo cruzando la playa. La marea estaba baja, y el cielo, gris. Había gente corriendo y paseando a sus perros. No sabía por qué quería ver a sus tíos. Simplemente, le apetecía hablar con ellos, conectar de alguna forma. Posiblemente fuera por Gordon: había perdido a su tío favorito por segunda vez y estaba... ¿Qué? ¿De duelo?

Valquiria dejó de caminar. Sí. Estaba de duelo.

Las lágrimas asomaron a sus ojos y ella se las secó enfadada. No. Nada de llorar. Ya había llorado bastante. Ya lidiaría con el duelo más adelante, cuando pudiera permitirse el lujo de dedicarle tiempo. Igual que se enfrentaría a la culpa de todas las cosas que había hecho siendo Oscuretriz. Lidiaría con ello a solas, sin que hubiera nadie a su alrededor. Siguió andando.

Cuando llegó a casa de Fergus y Beryl, vio que no estaba el coche. Pensó en darse media vuelta y volver a casa, pero finalmente llamó a la puerta y el reflejo de Carol abrió la puerta.

–Hola, Stephanie.

Valquiria miró al reflejo.

–Hola. ¿Están en casa Fergus o Beryl?

–Me temo que no.

–¿Y Crystal?

–Ha salido. Con su novio. Ahora tiene novio, pero no la trata muy bien.

–Sé lo que eres.

El reflejo de Carol la miró inexpresiva.

–¿A qué te refieres?

–No eres Carol. Eres su reflejo. La auténtica Carol está muerta.

–Y tú eres Oscuretriz.

–No.

–Stephanie vino y me contó lo que pasó. Valquiria te permitió que tomaras el control y ahora eres libre. Valquiria se ha ido y Stephanie asumió el lugar que le correspondía como hija y hermana.

A su pesar, Valquiria sonrió.

–¿Eso te dijo? ¿El lugar que le correspondía? Sí, una frase muy propia de ella. ¿Qué fue lo último que te dijo?

–Vino hace dos semanas –respondió el reflejo–. Me dijo que estaba ayudando a Skulduggery Pleasant a seguirte la pista. Estaba deseando que todo terminara. ¿Vas a matarnos?

–No. Dios, no. No voy a matar a nadie. No soy Oscuretriz. Soy yo otra vez. Soy Valquiria. Pero Stephanie... ha muerto.

La expresión del reflejo no cambió.

–Oh. Siento mucho tu pérdida.

–Ya. Pues no lo parece.

–Puesto que sabes que no soy realmente Carol, no me he molestado en resultar convincente. Si prefieres que responda con las emociones adecuadas...

—No —la interrumpió Valquiria rápidamente—. No hace falta que actúes. Así está bien.

—Vale. Entonces, si no has venido a matarme, ¿qué haces aquí?

—No estoy muy segura —se sinceró Valquiria—. Quería ver a Fergus. Tampoco sabía qué decirle, pero... Y supongo que quería verte, comprobar cómo ibas, ahora que Stephanie ya no puede hacerlo. Quería ver cómo eras. ¿Cómo te sientes?

—No siento. Todas mis emociones son simuladas.

—¿Y qué piensas de tu familia?

—¿Te refieres a qué piensa Carol de su familia o a qué piensa esta representación de Carol de su familia? Porque yo no tengo opinión alguna.

Era tan familiar... Sonaba idéntica al propio reflejo de Valquiria al comienzo.

—¿Entonces no te consideras una mejora frente a la verdadera Carol?

—La única ventaja que tengo sobre Carol es que ella está muerta y yo no.

—¿Y cuáles son tus planes?

—Stephanie me dijo cuál era mi papel —contestó el reflejo—. Debo tomar el lugar de Carol hasta que muera mi familia. Envejeceré con ellos, seguiré la vida de Carol. Conseguiré un trabajo, seguramente me case y tenga mi propia familia, y con suerte haré que mis padres se sientan orgullosos.

—¿Vas a poder formar una familia?

—Soy de carne y hueso. No veo ningún motivo por el que no pueda hacerlo.

—¿Y qué pasa con Crystal?

—Stephanie me dijo que evitara a Crystal de momento. Como es la gemela de Carol, es más probable que ella detecte los fallos de mi actuación. Cuando haya transcurrido un tiempo, me esforzaré en establecer un vínculo fraternal. Se dará cuenta de que hay algunos cambios, pero estoy segura de que los pasará por alto.

–¿Y su novio?

–Stephanie también me aconsejó en ese aspecto. Me dijo que soy la protectora de mi hermana. Si el novio de Crystal le hace daño, ya sea físico o emocional, debo responder dañándole físicamente a él de una forma adecuada y proporcional.

–Uh –dijo Valquiria–. Parece que lo tienes todo controlado.

–Sé cuál es mi papel.

–¿Cómo está Crystal?

–Mientras está en casa se muestra ensimismada, hosca. La brecha que hay entre nosotras la está afectando, lo cual es desafortunado, pero necesario. Pero también está pasando más tiempo fuera de casa. Aparte de su novio, está haciendo nuevos amigos y se muestra bastante sociable.

–Bien –asintió Valquiria–. Eso... eso es bueno, la verdad. ¿Y Beryl y Fergus?

–Mamá está triste –respondió el reflejo–. Pero siempre ha estado triste. Lo contrarresta con su lengua afilada. Pensaba que el dinero mejoraría las cosas, pero no ha sido así. Papá está preocupado por ella. Creo que está preocupado por muchas cosas. Stephanie me dijo que una de mis tareas era mejorar su vida fingiendo que han sido buenos padres. Y eso es lo que tengo intención de hacer.

–Vale –dijo Valquiria–. Pues entonces... me voy.

–Muy bien –asintió el reflejo, y se dispuso a cerrar la puerta.

–Espera –la interrumpió Valquiria–. Escucha. Mi reflejo no funcionaba bien. Hizo algunas cosas horribles. Pero al final... al final, cambió. Se convirtió en una buena persona. Me gustaría que tú también te convirtieras en una buena persona.

–Muy bien.

Valquiria dio un paso atrás.

–Vale. Nos vemos.

El reflejo le dedicó una sonrisa convincente y cerró la puerta.

Cuando Valquiria subía por la carretera, un coche pasó a su lado: Fergus y Beryl volviendo a casa. Los saludó con la mano y siguió andando.

Llevaba meses sin caminar por Haggard. Era agradable. Era normal. Hacía frío y parecía a punto de llover, pero había pasado toda su infancia allí, en esas calles, en esa playa, corriendo, jugando, hablando y riendo. Había tenido una vida normal. No era aburrida, como pensaba antes; no era monótona. Solo había sido normal. Haggard era su santuario personal, el lugar al que podía volver y ser la persona que era antes. Allí, nadie conocía su secreto. Allí podía volver a ser Stephanie Edgley.

Regresó a casa y entró en la cocina. Sus padres estaban en la mesa, mirando fijamente la pantalla del portátil.

—¿Habéis conseguido que funcione? —les preguntó sonriendo.

Al oír su voz, ambos levantaron la vista, sobresaltados. Asustados. Los ojos de Valquiria se posaron en la pantalla. El vídeo mostraba un frente de batalla. Gritos, alaridos, una cámara que se movía y temblaba. Y allí, en el centro, perfectamente enfocada, estaba Stephanie Edgley, disparando un rayo negro con el Cetro de los Antiguos.

45

UN BRUTAL ACTO DE BONDAD

E pie, delante de Tanith, estaba Oscuretriz.

–¿Hay algo que quieras decirme? –preguntó.

Tanith la miró directamente. No fue una mirada de confrontación, no exactamente. Solo despedía... confianza. Seguridad. Desde donde estaba, sentada, con las manos esposadas al radiador, resultaba toda una hazaña.

–¿Algo como qué?

–Ah, no lo sé –dijo Oscuretriz–. ¿Tal vez una disculpa? Dejaste escapar a Valquiria y le cortaste la cabeza a Mercy. Lo segundo fue divertido. Lo primero, no.

–¿Qué más te da? –replicó Tanith–. Estás recuperando tu poder, ¿no? Deja libre a Valquiria. Déjala disfrutar de sus últimos días.

Oscuretriz se agachó.

–¿Qué pasa? ¿Por qué me traicionaste?

Tanith tardó en responder, como si ella misma estuviera intentando entenderlo. Luego abrió la boca y dijo:

–Valquiria es mi amiga.

–Pero eres un Vestigio. No tienes amigos.

–Tampoco lealtad, así que mi traición no debería suponerte ninguna sorpresa.

Oscuretriz suspiró y se incorporó.

–No estoy sorprendida. Pero sí decepcionada, la verdad. Pensaba que tú, precisamente tú, permanecerías a mi lado hasta el final.

–Y tenía intención de hacerlo. Pero luego me di cuenta de que tenía una opción. Podía ser malvada o buena. Así que soy buena.

–Y mira adónde te ha llevado esa decisión. No sabes en qué lío te has metido, ¿verdad? Piensas que te he encadenado, pero que al final te soltaré porque, oye, soy una chica simpática. Pero no es eso lo que va a pasar, no después de todo lo que has hecho. Antes habría encontrado otra forma de hacer esto.

–¿Hacer qué?

–Tienes razón –dijo Oscuretriz–. Mi poder está regresando. Noto cómo crece. Es una sensación agradable. Pero ¿sabes qué es lo que no siento? No siento a Ravel. Ya no está aquí. Tanith, tú sabes que se merece todo el dolor que le he provocado. Pero ahora mismo, el asesino de Abominable está por ahí, en algún sitio, sintiéndose bien, tan a gusto. Sintiéndose superior. Creyendo que me ha vencido. Creyendo que se ha salido con la suya. Pero no lo ha hecho. Voy a encontrarlo y le voy a hacer cosas muchísimo peores de las que él es capaz de imaginar.

–A lo mejor está muerto –repuso Tanith–. Puede que su cuerpo no soportara más el dolor.

–No, lo habría sentido. No está muerto. Simplemente, no está aquí. Se ha ido. Se lo han llevado al único sitio que está fuera de mi alcance. Lo han oscilado.

–¿Y eso qué tiene que ver conmigo?

–Necesito encontrar a Argeddion. Necesito encontrarlo y absorber todos sus conocimientos. Entonces podré oscilar y traer de regreso a Ravel. Hay dos formas de encontrar a Argeddion: la primera es leer *El Grimorio de Hessian*. Por desgracia, está a buen recaudo en el Santuario, así que eso no puedo hacerlo, no es una opción.

–¿Y la segunda?

–Necesito los conocimientos que poseía Kenspeckle Grouse.

–Así que le quieres hacer unas cuantas preguntas a mi Vestigio –concluyó Tanith–. Vale, me apunto a la agonía eterna de Ravel, cuando quieras. Hay muchos recuerdos de Kenspeckle a los que no tengo acceso, pero te contestaré todo lo que sé.

–Me temo que eso no será suficiente, Tanith. Necesito los conocimientos de Kenspeckle de primera mano.

Tanith frunció el ceño.

–No... no lo entiendo.

–Voy a tener que quitarte tu Vestigio.

Inmediatamente, Tanith desmesuró los ojos y aparecieron las venas negras.

–No puedes. No puedes hacer eso. Es imposible. El Vestigio está unido a mí. Forma parte de mí.

Oscuretriz se agachó junto a ella, esta vez más cerca, y musitó dulcemente:

–Y, como cualquier otra parte de ti, se puede separar del resto.

Tanith se apartó del contacto de la mano de Oscuretriz.

–No. Para. No se puede, no es tan simple como recoger los pedacitos del Vestigio y juntarlos.

–En realidad, eso es exactamente lo que voy a hacer –Oscuretriz le dedicó una sonrisa amable–. Olvidas que una vez un Vestigio intentó controlarme y yo lo consumí. Conozco su sabor.

–Oscuretriz, espera, por favor. No lo hagas. Estaré de nuevo dividida en dos. Ya no seré yo. Seré Tanith y seré el Vestigio. Me matarás.

Los dedos de Oscuretriz sujetaron la barbilla de Tanith para mantener la cabeza en su sitio.

–Mírame. Mira la cara de pena que tengo. No pienses ni por un instante que esto me gusta. Pero necesito hacerlo. Necesito los conocimientos que descansan en algún lugar de tu mente, bajo tus pensamientos.

—Ayúdame a encontrarlos —suplicó Tanith a la desesperada—. Ayúdame a desbloquear los recuerdos y te diré todo lo que necesitas...

—Tanith —la interrumpió Oscuretriz con suavidad—. Ya he tomado una decisión.

Si quieres arrancarte un esparadrapo, lo mejor es hacerlo rápido, y eso fue lo que hizo Oscuretriz.

Le abrió la boca a Tanith de golpe y metió la mano dentro, rompiéndole los dientes. Tanith abrió mucho los ojos, los labios se rajaron y la piel se desgarró mientras la mano de Oscuretriz bajaba por su garganta, haciendo caso omiso de los chasquidos de los huesos y los gritos que gorgoteaba. Bajó profundamente, los dedos pincharon los órganos, abrieron la carne y Oscuretriz llamó al Vestigio. Volcó su magia en su brazo, en su mano, y arrastró al Vestigio de Tanith, lo acorraló, lo obligó a tomar forma. Pieza a pieza, fragmento a fragmento, lo reunió. Oscuretriz mantuvo los ojos cerrados durante todo el proceso, visualizándolo, centrándose en lo que quería que sucediera. Apenas fue consciente cuando Tanith dejó de pelear. Sabía de una forma vaga y difusa que le estaba haciendo un daño brutal y que a Tanith le quedaban apenas unos segundos de vida.

Entonces, el Vestigio estuvo de nuevo entero. Oscuretriz cerró los dedos en torno y sacó la mano, arrastrándolo afuera. Se retorció, luchando, y casi se le escapó por un instante, pero ella abrió la boca y lo forzó a entrar dentro de sí. Lo tragó sintiendo cómo le desgarraba la garganta. En cuanto lo tuvo dentro, lo acorraló de nuevo. Los recuerdos de todos sus anfitriones anteriores pasaron a su ser. Los de Tanith eran los más vívidos.

Tanith yacía a sus pies. Estaba destrozada. Había sangre por todas partes. Oscuretriz notaba que estaba a punto de escapársele la vida. Pobre Tanith. No quería hacerle daño. No, de veras. Se arrodilló y le puso la mano en la mejilla. Aún no había recuperado todo su poder —ni de lejos—, pero aun así soldó los huesos rotos, reparó los órganos que fallaban, curó la carne y la piel, y cuando terminó y se puso de pie, estuvo a punto de perder el conocimiento.

Se rio entre dientes mientras se apoyaba en la pared. Posiblemente aquel fuera su último acto de bondad, y nunca le darían las gracias. Típico.

46

LA CONVERSACIÓN

IGUAL de sorprendida que sus padres, Valquiria miraba la pantalla con su imagen congelada en medio de una batalla que ella no recordaba.

–No lo entiendo.

No, no era Valquiria, era Stephanie, y era la batalla de Roarhaven. Alrededor de ella, los hechiceros luchaban contra los brujos y los Despojos en una escena borrosa de violencia y muerte.

–No lo entiendo –repitió su padre–. ¿Qué es esto?

Valquiria sintió que se le helaba la sangre. Tenía mucho frío, estaba mareada y la cabeza le daba vueltas. No. No, no.

–¿Cuándo hiciste esto? –preguntó su madre–. Parece real. No parecen efectos especiales. ¿Cuándo lo hiciste? ¿Quién grabó esto?

El pincho de memoria. Alguien se lo había entregado a sus padres. Valquiria intentó hablar, pero no fue capaz.

–Stephanie –insistió su padre–, lo que sale en este vídeo... lo siento, pero no entiendo lo que es –soltó una risa temblorosa–. A ver, parece real, por el amor de Dios. Y el tipo, el de la voz en *off*, dice que moriste. Que moriste salvándonos a todos, salvando al mundo entero.

Valquiria sabía lo que tenía que hacer. Tenía que sonreír, soltar una broma, exigir que le enseñaran todo el vídeo y soltar chillidos de emoción al ver lo reales que parecían los efectos especiales. Tenía que ganar tiempo mientras elaboraba alguna excusa. Pero no podía. Era incapaz de decir nada.

–Habla de Skulduggery Pleasant –continuó su padre–. Skulduggery Pleasant es ese amigo de Gordon. Estaba en la lectura de su testamento.

–No es un nombre que se pueda olvidar fácilmente –masculló su madre.

Su padre negó con la cabeza.

–No. ¿Qué está pasando, Steph? ¿Qué nos has estado ocultando? Gordon se mezcló con algunos tipos sospechosos, pero yo le dije, le supliqué, que mantuviera toda esa locura apartada de nosotros. Lejos de ti. Por el amor de Dios, Steph, dinos qué demonios está pasando.

–Papá –dijo ella–. Yo...

Alice entró, vio a Valquiria, sonrió y corrió hacia ella. Instintivamente, Valquiria la levantó, la abrazó, con los ojos desorbitados y la sangre congelada en las venas. Alice soltó unos gorgoritos, palmoteó entusiasmada y, finalmente, Valquiria volvió a dejarla en el suelo.

–Tengo que hacer una llamada –murmuró aturdida.

Su madre negó con la cabeza.

–No hasta que nos...

–Tengo que hacer una llamada –repitió, y salió de la estancia.

En realidad hizo dos llamadas, de pie en el pasillo, en voz baja y monocorde. Cuando terminó, regresó a la cocina y se quedó junto a la alacena mientras sus padres volvían a ver el vídeo. Cada pocos segundos apartaban la vista de la pantalla, la miraban a ella y volvían al portátil.

Oyó una voz que le sonaba de algo haciendo una pregunta. Kenny Dunne. El periodista. Oyó su propia voz diciendo cosas que ella nunca había dicho.

–*No sabéis nada de mí.*

Kenny habló de nuevo.

–*Sé un montón de cosas. Puede que esta gente te llame Valquiria, pero sé que eres Stephanie Edgley, tienes dieciocho años y vives en Haggard, en el norte del condado de Dublín. Terminaste el instituto hace poco y estás pensando ir a la universidad. Según tus profesores, eres una chica muy inteligente que...*

Llamaron a la puerta y su madre puso el vídeo en pausa. Valquiria salió de la estancia y regresó unos segundos después con Fergus. Cuando vieron quién era, sus padres se relajaron.

–En realidad, este no es un buen momento... –dijo el padre de Valquiria.

–Lo sé –respondió Fergus–. Yo se lo avisé. ¿Qué fue lo que te dije, Stephanie? Te dije que era una locura. Todo esto era una locura.

–Espera un segundo –su madre puso mala cara–. ¿Qué es una locura? Steph, ¿le has llamado tú? ¿Por qué? ¿Qué tiene que ver Fergus con lo que aparece en este vídeo?

–Todas las cosas sobre las que escribió Gordon –gruñó Fergus–: los hechiceros, los monstruos y la magia... Es real; por mucho que parezca una locura, es real.

Los padres de Valquiria se quedaron como paralizados, su espalda tensa.

–Des –continuó Fergus–, ¿recuerdas las historias que nos contaba el abuelo, las del Último de los Antiguos y todo eso? ¿Lo de que teníamos magia en nuestro interior? Pues resulta que decía la verdad.

El padre de Valquiria tardó mucho en responder a su hermano.

–¿Magia? –exclamó por fin–. ¿Esto tiene que ver con la magia? El abuelo estaba como una cabra, Fergus. Tú mismo lo has dicho un millón de veces. Se volvió loco. La única persona que se molestaba en escuchar sus desvaríos era Gordon, y tú decías que él también estaba chiflado.

Fergus asintió.

–Te estaba protegiendo.

–¿Ah, sí? ¿Protegiéndome de qué?

–De toda esta locura –dijo Fergus–. El abuelo la sufrió, Gordon la sufrió, y papá me hizo prometerle que yo te protegería de ella mientras pudiera. Tú eras el más joven y el más listo de los tres. Le dije que lo intentaría, y es lo que he hecho desde entonces.

Valquiria no estaba acostumbrada a ver a su padre enfadado. Y ahora lo estaba viendo.

–No tengo muy claro cuándo toca reírse –dijo–. Estoy esperando a que sueltes el chiste final.

Fergus levantó la mano, chasqueó los dedos y apareció una llama en su palma.

–Esto es todo lo que soy capaz de hacer –dijo–. Puedo conjurar una llamita, nada más. No puedo lanzar bolas de fuego, volar ni volverme invisible. Piensas que es un truco, ¿verdad? Un truco de feria –cerró la mano y la llama se apagó–. No lo es. Es magia, magia auténtica. Pero no puedo convencerte de que digo la verdad, no con mi truquito de feria.

–Entonces, ¿qué estamos haciendo aquí? –preguntó la madre de Valquiria.

–Estamos esperando –respondió ella.

Pasaron veinte minutos de silencio, salpicados de vez en cuando con preguntas que quedaron sin respuesta.

Durante ese incómodo silencio, sus padres miraron y remiraron el vídeo.

Finalmente, llamaron de nuevo a la puerta. Valquiria salió a abrir.

Por un instante había pensado en llamar a Geoffrey Scrutinus. Que cambiara los recuerdos de sus padres, que los convenciera de que nada de lo que habían visto en la pantalla del portátil era real.

Pero eran sus padres.

Así que no había llamado a Geoffrey.

Regresó a la cocina acompañada por un hombre alto con un traje oscuro, camisa blanca, corbata negra y zapatos relucientes. Llevaba guantes de cuero y el sombrero en la mano. Se había puesto una cara de expresión tranquila. Confiada.

–Mamá, papá, Fergus... este es Skulduggery Pleasant.

Su padre se levantó de golpe.

–¿Qué demonios has estado haciendo con mi hija?

–Desmond –respondió Skulduggery–. Por favor, siéntese. Esto irá mucho mejor si conservamos la calma. Antes de que empecemos, ¿qué les parece si preparo un té? ¿Desmond? ¿Melissa? ¿Y a usted, Fergus, le apetece tomar un té?

–Eh... Sí. Por favor –respondió Fergus.

Valquiria le ayudó. Nadie dijo una palabra mientras la tetera hervía. Nadie habló mientras sumergían las bolsas de té, añadían leche y movían las cucharas. Cuando todos estaban con una taza delante, Skulduggery se sentó. No ocupó ningún lugar en particular, pero daba la sensación de que estaba a la cabecera de la mesa.

–¿Usted no quiere uno? –preguntó Fergus, dubitativo.

Skulduggery sonrió.

–No. Yo no bebo té.

El sombrero estaba en la mesa, junto a su codo. Varió ligeramente su posición. Cuando consideró que estaba preparado, alzó la vista.

–Entonces, ya saben de la existencia de la magia.

–Díganos qué está pasando –exigió la madre de Valquiria.

–Para eso he venido. He venido para probar que lo que dice su hija es cierto. Pero antes de que vean las pruebas, he de advertirles una cosa: estoy muerto.

Los padres de Valquiria aguardaron una explicación. Cuando no se produjo, su madre abrió la boca:

–¿En sentido figurado?

–En sentido literal. Me mataron hace unos trescientos años, cuando había cumplido más de ciento treinta. Me torturaron hasta la muerte; después me quemaron, metieron mis restos en un saco y los arrojaron a un río. Por motivos demasiado complejos para que los exponga en este instante, fui capaz de recomponerme de nuevo. La cara que están viendo ahora mismo es una máscara. Estas ropas, a falta de un término mejor, están encantadas: crean la ilusión de que mi cuerpo posee una masa superior de la que realmente tiene.

–Ah –murmuró el padre de Valquiria–. ¿Eso es lo que cree que es? ¿Un fantasma? ¿Un zombi?

–Ninguno de los dos. Soy... único. Aunque estoy muerto, sería bastante exacto denominarme «esqueleto viviente».

–¿Es usted un esqueleto?

–Bajo el disfraz, sí.

–Pero... pero todos somos esqueletos, ¿no? –intervino la madre de Valquiria–. ¿Bajo la piel?

–Qué visión tan maravillosa de las cosas tiene usted –dijo Skulduggery, sonriendo–. Desgraciadamente, no estoy hablando con metáforas. Ahora voy a quitarme el guante. Por favor, prepárense.

Los padres de Valquiria cruzaron una mirada.

–Claro –dijo Melissa.

Skulduggery pellizcó la punta del pulgar de la mano derecha y tiró ligeramente del guante. Luego fue subiendo cada uno de los dedos, tirando de la tela, y después, con una elegancia reposada, se sacó suavemente el guante y lo dejó sobre la mesa. Durante unos segundos mantuvo su forma, como si todavía conservara una mano dentro, pero después se desinfló y se quedó plano. No es que los padres de Valquiria estuvieran mirando el guante. Sus ojos, y los de Fergus, estaban petrificados en la mano esquelética que se abría y cerraba para que vieran los huesos.

–¿Cómo lo hace? –preguntó su madre sin aliento.

–Magia –respondió Skulduggery.

–Pero ¿cómo se mueven? No hay músculos ni...

–Si me lo permiten, voy a quitarme la máscara.

Asintieron, y las puntas de sus falanges tocaron los símbolos de las clavículas. El rostro se deslizó, dejando al descubierto la calavera que había debajo.

Sus padres saltaron hacia atrás, arrastrando las sillas. Pero una vez que estuvieron de pie, se quedaron congelados.

–Dios mío –musitó Fergus.

Los padres de Valquiria se quedaron en el sitio, con los ojos como platos y totalmente pálidos, pero no entraron en pánico. Eso era bueno. Era una buena señal.

Después, su madre gritó.

–Lo siento –dijo inmediatamente–. No sé por qué he hecho eso.

–No pasa nada –la tranquilizó Skulduggery–. Se están tomando todo esto especialmente bien, teniendo en cuenta las circunstancias.

–Es usted un esqueleto –señaló el padre de Valquiria.

–Así es.

–Pero ¿cómo no se desmorona?

–Magia.

–¿Cómo habla? –preguntó su madre.

–Magia.

–¿Tiene usted cerebro? –preguntó su padre.

–No –respondió Valquiria–. Pero tiene conciencia.

–Es increíble –masculló su madre–. Es... asombroso. ¿Existe Dios?

–Depende de a cuál se refiera –contestó el esqueleto–. La mayoría de los dioses que me he encontrado estaban completamente locos.

–¿Ha conocido dioses?

–Oh, sí.

–Yo le he dado un puñetazo a uno –intervino Valquiria.

—Pero si lo que me está preguntando es si existe algo semejante al Dios judeocristiano del que se habla en la Biblia, me temo que no puedo darle una respuesta. Para mí, la muerte fue oscuridad y silencio, sin indicio alguno de que hubiera una vida futura.

—Mi esposa y yo vamos a misa todos los domingos —gruñó Fergus, visiblemente enfadado—. No se atreva a quedarse ahí sentado y soltar tan campante que no existe Dios.

—Jamás me atrevería a hacer tal cosa —respondió Skulduggery con voz calmada—. Creo en la lógica y la razón, pero he visto prodigios que desafían toda explicación. Los pilares en los que se asientan todas mis creencias se han tambaleado una y otra vez, según salían a la luz nuevas verdades. Justo el otro día, su hija y yo vimos un dragón. No tenía ni idea de que existieran.

—¿Un dragón? —repitió el padre de Valquiria.

—Uno grande. Jamás me oirá decir que sus creencias son equivocadas, ni tampoco le diré que son correctas. Creo que el universo contiene demasiados secretos como para asentarse en términos absolutos, y cualquiera que quiera correr el riesgo de considerarse en lo cierto es un imbécil. Yo soy muchas cosas, pero me gusta pensar que «imbécil» no se encuentra entre ellas. Como ya he dicho, las circunstancias de mi muerte fueron inusuales, así que mi experiencia no puede considerarse como un ejemplo de lo que nos sucede después de morir. Desmond, Melissa, ¿les apetece volver a sentarse con nosotros?

Los padres de Valquiria bajaron la vista, como si acabaran de darse cuenta de que estaban de pie. Acercaron de nuevo las sillas y tomaron asiento junto a la mesa.

—Entonces, ese vídeo... lo que hemos visto es real. Lo que decía ese hombre sobre Stephanie era real —dijo él.

—Pero la hemos visto morir —murmuró su madre con voz temblorosa.

–¿Les importa? –preguntó Skulduggery. Levantó la mano esquelética y el portátil giró y se deslizó por la mesa hasta él.

–¡Guau! –exclamó su padre. Luego se contuvo–. Quería decir que... eso ha sido... increíble.

Valquiria se acercó a Skulduggery mientras él adelantaba el vídeo. Las escenas de la batalla estaban intercaladas con entrevistas. Vio escenas –desenfocadas y con grano– del muelle de Haggard a oscuras, y reconoció el momento en que murió Caelan. Skulduggery volvió a poner el vídeo. La batalla continuaba en Roarhaven y la voz de Kenny Dunne iba hablando.

–... *abandonado mis planes de hacer público este material. ¿Qué haría el mundo si supiera de la existencia de esta gente? Pero no podía ignorar el sacrificio que hizo su hija.*

La figura terrible de Charivari lanzó un rayo de energía que impactó en el pecho de Saracen Rue.

–*Stephanie fue una heroína. No pidió que nadie le diera las gracias, no quiso el reconocimiento. Pero ustedes son sus padres y tienen que saber cómo vivió, por qué luchó...*

Dexter Vex esquivó un chorro de energía y se vio a Stephanie buscando entre los escombros y alzando la vista justo cuando Charivari le disparaba. Hubo una luz brillante y Stephanie desapareció.

–... *y por qué murió.*

Skulduggery hizo retroceder el vídeo durante unos segundos y lo paró de nuevo.

–Esta no es la grabación de su muerte –dijo. Luego giró la pantalla y deslizó el portátil al otro extremo de la mesa–. Miren al fondo, a la izquierda. ¿Qué ven?

La madre de Valquiria echó un vistazo.

–Gente luchando.

–¡Mira! –señaló su padre–. ¡Es Fletcher! ¡Reconocería ese pelo en cualquier parte!

–Dele al *play* y mire qué sucede justo antes de que el caballero terriblemente terrorífico dispare a Valquiria –indicó Skulduggery.

Su madre alzó la vista.

–Se llama Stephanie.

–Por supuesto. Disculpen.

Sus padres dieron al *play* y Fergus se acercó.

–¡Ha desaparecido! –gritó.

–Fletcher es un teletransportador –explicó el esqueleto–. Vio lo que estaba a punto de suceder y se llevó a su hija a un lugar seguro.

La madre de Valquiria parecía confusa.

–¿Fletcher es uno de ellos? Quiero decir, ¿uno de ustedes? ¿Tiene... magia? ¿En serio?

–Eso explicaría lo de su pelo –reflexionó su padre.

–Pero parecía tan buen chico...

–Es un buen chico –dijo Valquiria–. También es un hechicero.

Su madre cerró el portátil y la miró fijamente.

–¿Cómo has hecho todo esto? ¿Cuándo has encontrado el momento? Steph, casi no sales de casa...

No era el momento de contarles lo del reflejo. Nunca sería el momento de contarles lo del reflejo.

–Me escapaba –dijo–. Me he saltado clases. No muchas, pero algunas.

–Casi te matan.

–Mamá...

–No, Steph. Casi te matan. ¿Y esto...? ¿Esto pasa con frecuencia? ¿Cuándo empezó todo? ¿Cuánto tiempo llevas con este asunto?

–Unos años.

–¿Años? ¿Y cuántas veces has estado en peligro en esos años? Y usted, señor Pleasant...

–Puede llamarme Skulduggery.

–No creo que lo haga. ¿Cómo puede justificar haber metido a una niña en todo esto?

–Mamá... –comenzó Valquiria, notando que se ponía roja.

–Silencio, Stephanie –la cortó su madre–. Tienes dieciocho años. Ahora puedes decir que eres una adulta. Pero hace unos años eras una niña, y quiero saber qué demonios ha estado pasando. ¿Y bien, señor Pleasant? Por lo que he podido entender, usted puso en peligro a una niña, una y otra vez. ¿Cuál es su excusa?

Skulduggery inclinó la cabeza.

–¿Excusa? No tengo ninguna. No necesito ninguna.

–¿No? Maldita sea, ya lo creo que sí.

–Valquiria es mi compañera.

–Se llama Stephanie.

–También se llama Valquiria, y es mi compañera. Entró en esto de forma voluntaria, después de que yo le salvara la vida en casa de su tío. Ha demostrado estar del todo capacitada y, con el tiempo, ha pasado a ser absolutamente valiosa. Durante los últimos años, he discutido sobre esta asociación de forma reiterada con amigos y colegas, quienes me recomendaban que la terminara. Todos pensaban que Valquiria debía llevar una vida normal. Pero ella está destinada a cosas más grandiosas que una vida normal. Está destinada a cosas increíbles. Ha salvado muchas vidas. Me ha salvado a mí. Ha salvado el mundo. Comprendo su necesidad de protegerla, de apartarla del peligro y las amenazas. Yo también sentí esa necesidad con mi propio hijo, hace mucho tiempo. Pero si piensan que voy a pedirles disculpas por haberla arrastrado y haberla puesto en peligro, como usted dice, lamento decepcionarla. No cambiaría ni una sola cosa de los últimos años. Valquiria ha demostrado ser una persona asombrosa y estaría encantado de dar mi vida por ella, tal y como es. ¿De cuántas personas que llevan vidas normales podrían ustedes decir lo mismo?

–«Así es como funcionamos. Hasta el final» –murmuró Valquiria.

Skulduggery la miró con una leve inclinación de cabeza.

–No –negó su madre–. No me importa lo que diga ni lo elocuente que sea. Esto se termina aquí.

–Mamá, no –intervino Valquiria.

Su padre tomó la palabra.

–Steph, no puedes continuar con toda esta... locura. Conseguirás que te maten. ¿Quieres que Alice crezca sin su hermana?

–Lo que yo hago es lo mismo que hace un policía o un soldado.

–Tampoco queremos que hagas... eso.

–Espera, espera –dijo su madre–. Me está costando un poco procesar todo esto, así que siento ser un poco lenta. Steph, ¿eres...? ¿Eres como toda esta gente? ¿Eres una hechicera?

Valquiria titubeó.

–No... no lo sé. Lo era. Pero pasó algo y... ahora ya no lo sé.

Su madre se volvió hacia Skulduggery.

–Bueno, eso zanja la cuestión, ¿no? Si no tiene magia, no puede seguir siendo su alumna.

–Socia –corrigieron Valquiria y Skulduggery a la vez.

–Alumna, socia, qué más da. Si no tiene magia, no tiene trabajo. Suena razonable, ¿verdad?

–Ya veremos –dijo Skulduggery–. Si cuando terminemos la misión que tenemos ahora entre manos la magia no ha vuelto a ella...

–... Tomaré una decisión –finalizó Valquiria–. Pero hasta ese momento, no pienso dejarlo.

–Nosotros... no estamos de acuerdo con eso –dijo su madre–. Tenemos que pensar tranquilamente en todo esto. Tu padre y yo tenemos que hablar, y una vez que...

–Mamá, no –Valquiria habló con firmeza–. Esta decisión no es vuestra. Os quiero, pero esto no tiene nada que ver con vosotros. Es cosa mía.

–Steph, no. Sigues siendo nuestra hija...

–Lo soy –se levantó–. Y como hija vuestra que soy, mi labor es manteneros a salvo. Y eso es exactamente lo que voy a hacer.

Valquiria salió de la estancia, dejando atrás el aroma del pollo asado.

47

LA INVOCADORA DE LA MUERTE DESPIERTA

SE dirigieron hacia Roarhaven en el Bentley. Por el camino, Valquiria fue rememorando mentalmente toda la conversación. Lo hizo un centenar de veces, intentando pensar qué podría haber hecho mejor. Siempre se quedaba corta.

—Estás enfadado, ¿verdad? —dijo. Salieron de Dublín y pasaron a carreteras secundarias.

Skulduggery negó con la cabeza.

—Esto no tiene nada que ver conmigo.

—Pero tenías un montón de argumentos para que no se lo contara a mis padres. El Síndrome de la Doble Vida y todo eso: gente a la que quieres que envejece mientras tú sigues siendo joven. Me lo advertiste.

—Lo que ha pasado no es culpa tuya —dijo él—. Ha sido cosa de Kenny Dunne, con muy buenas intenciones, pero mal dirigidas.

—Entonces, ¿no estás enfadado?

Él inclinó ligeramente la cabeza hacia ella.

—Que tus padres sepan la verdad es un problema que ahora podemos manejar. Puede acarrear mayores complicaciones en el camino. Si es que hay un camino.

Valquiria hundió la cabeza entre las manos.

–Lo único que quiero es protegerlos. Y van a intentar impedírmelo.

Skulduggery se quedó callado unos instantes.

–Tu madre ha utilizado un argumento muy válido.

–Lo sé –murmuró Valquiria.

–Sin magia...

–Soy inútil.

–Inútil, no. Nada más lejos de la verdad. Pero sin magia tu futuro se abre. Puedes apartarte de todo sin perder nada. No puedes renunciar a la magia si ya no la tienes.

–Perdería todo esto –dijo ella–: el trabajo, ayudar a la gente. Perdería... Te perdería a ti.

Él se volvió hacia ella.

–No me vas a perder nunca.

A Valquiria se le escaparon las lágrimas y apartó la vista.

–Cuando esto termine, pensaré en... todo. Pero hasta entonces, aquí sigo.

–Muy bien –estaban en una carretera solitaria que no llevaba a ninguna parte salvo a Roarhaven–. En ese caso, seguramente es el momento de tener la conversación.

Ella se giró.

–¿Qué conversación? ¿La de las abejas y las flores? Ya la he tenido.

–¿La conversación?

–Las abejas y las flores...

–Ya, vale, sí... Hablo de la otra conversación. La que es menos divertida. La cuestión, Valquiria, es que si luchamos contra Oscuretriz... puede que esta vez no lo logremos.

–¿Qué? ¿Y qué pasa con lo que decíamos de ser positivos y la canción esa que silbas, *Accentuate the Positive*?

–Y de nuevo traes a colación esa canción en particular.

–Por supuesto que lo lograremos –dijo Valquiria–. Eso es lo que hacemos, es nuestro trabajo. Oscuretriz no es más que otra mala que tenemos que derrotar.

–Es mucho más que eso. La amenaza que supone es mucho mayor que ninguna a la que nos hayamos enfrentado antes.

–¿Me estás diciendo que va a ganar?

–No –Skulduggery hizo una pausa–. Creo que será derrotada. Y creo que tú vas a tener un papel fundamental en su caída. Pero tendrá un precio.

Ella se revolvió en el asiento.

–No me gusta esta conversación.

–Ya lo supongo. Pero tenemos que reconocerlo.

–¿Por qué? Vale, ambos estamos pensando lo mismo, ya está, todo dicho, los dos lo sabemos, ya lo hemos hablado. No volvamos a mencionarlo nunca.

–Puede que no sobrevivamos a los próximos días. Uno de nosotros o los dos.

Ella le dio un golpe en el brazo.

–¡Skulduggery, maldita sea! ¡Te he dicho que no hacía falta hablar del tema! ¡Lo sé! ¿Crees que no lo sé? Pero no quiero hablar de eso. ¡Me molesta! ¡Me enfada, me pone triste, me dan ganas de llorar! No me imagino un mundo en el que tú no estés, ¿de acuerdo?

–Muy bien –dijo–. De acuerdo.

Valquiria apartó la vista, de nuevo con los ojos húmedos.

–Aunque yo estaba dando por supuesto que serías tú la que no sobreviviría –murmuró él.

Ella se dio la vuelta.

–¿Qué? ¿Y por qué tengo que ser yo la que muera?

El esqueleto se encogió de hombros.

–Me parece que es el tipo de cosa que harías tú. Yo encontraría la manera de engañar a la muerte por segunda vez, pero tú... no eres tan inteligente.

–No... no puedo creer que hayas dicho eso.

–No ha sido con mala intención.

Ella se cruzó de brazos.

–No pienso volver a hablar contigo. No sé por qué te dirijo la palabra. No sé por qué he hablado contigo alguna vez.

–Tal vez porque, en el pasado, lo intentaste: te dedicaste a hablar sola y no funcionó. Deseabas demasiado mantener una conversación inteligente.

Valquiria le lanzó una mirada asesina.

–Me preocupa el hecho de que el único modo que encuentras para distraerme de las preocupaciones sea insultarme.

–Lo considero muy divertido.

–Lo sé.

Llegaron a Roarhaven, aparcaron y entraron en el ala médica. Inmediatamente condujeron a Valquiria a una habitación cerrada con media docena de Hendedores montando guardia fuera.

Melancolía St Clair estaba tumbada en la cama, llena de vías y conectada a varios monitores que pitaban. Su cabello, antes brillante y saludable, se extendía sobre la almohada como un halo opaco amarillento. Tenía los ojos cerrados. La piel pálida estaba surcada de una red extraña de cicatrices rosadas en relieve: los símbolos que Vandameer Craven había tallado en todo su cuerpo con el fin de fijar su Iniciación.

Para cualquier otro hechicero, la Iniciación era dolorosa, pero relativamente corta: una explosión de energía pura que fijaba y solidificaba su disciplina mágica. Los hechiceros más fuertes en magia elemental pasaban a ser elementales para siempre, mientras que los más fuertes en las disciplinas adeptas quedaban fijados como tales. La Iniciación de Melancolía, sin embargo, se había capturado y dirigido en un bucle sin fin para incrementar su magia, convirtiéndola en la Invocadora de la Muerte que los nigromantes habían estado esperando.

Y allí estaba, después de tanto tiempo, con las piernas amarradas y las muñecas esposadas.

–Está medio dormida –indicó Synecdoche detrás de Valquiria–. Se despertó antes, pero estaba demasiado desorientada. Ahora debería sentirse más lúcida.

Valquiria frunció el ceño.

–¿Debería... debería despertarla?

–Ya ha dormido bastante –dijo Synecdoche, saliendo de la habitación–. Estoy segura de que lo agradecerá.

Valquiria se sentó en la silla que había junto a la cama. Luego se inclinó hacia delante y le dio un toque en la pierna.

–Eh –murmuró–. Eh –repitió, más fuerte.

Melancolía abrió los ojos. Tardó unos segundos en enfocar la vista. Pestañeó y miró a su alrededor.

–¿Dónde estoy?

Su voz sonó como si necesitara beber un vaso de agua.

–En el Santuario –respondió Valquiria–. ¿Cómo te encuentras?

–¿Qué ha pasado? ¿Dónde está Vile? ¿Cómo he llegado hasta aquí?

–Tranquilízate –dijo Valquiria–. Estás a salvo.

Melancolía intentó incorporarse.

–Estoy esposada.

–Por supuesto que estás esposada. La última vez que estuviste libre intentaste matar a la mitad de la población mundial.

–Lo planeé –dijo Melancolía–. No lo intenté. Hay una diferencia –rápido, muy rápido, estaba volviendo a ser la persona que era–. ¿Dónde está Vile?

Valquiria echó una mirada a la puerta para asegurarse de que nadie las estaba escuchando.

–¿Qué es lo último que recuerdas?

–Tú y yo corriendo por esas cuevas. Recuerdo que Skulduggery Pleasant se convirtió en Lord Vile y vino tras nosotras. ¿Sabías que eran la misma persona? Es una locura.

–Ya. Por cierto, no puedes contárselo a nadie: es nuestro secretito. Y ya no es Lord Vile. Está mucho mejor.

–Ya. Eso me tranquiliza mucho –masculló Melancolía, poniendo los ojos en blanco.

–¿Qué más recuerdas?

–Espera, déjame pensar –Melancolía puso una mueca–. Recuerdo haber salido al exterior. Era de noche, él nos perseguía y yo estaba demasiado agotada para... ¡Y tú me diste un puñetazo!

–Sí.

–No fue muy agradable.

–Necesitaba que intentaras matarme.

–¿Por qué?

–Oscuretriz. Has oído hablar de ella, ¿no?

Melancolía arrugó el entrecejo.

–Es esa hechicera por la que todos los sensitivos andan preocupados...

–Así es. Y soy yo.

–¿Perdón?

–Soy yo. Oscuretriz es mi verdadero nombre. Por aquel entonces, solamente hacía acto de presencia cuando mi vida estaba en peligro. La necesitaba para detener a Lord Vile, así que tenía que hacer que intentaras matarme. Esta historia en particular tiene un final feliz porque, tras una pelea muy sucia, Oscuretriz y Lord Vile se marcharon y todos vivieron felices para siempre. Salvo tú, que pasaste a estar en un coma inducido.

–¿En coma? ¿Me pusieron en coma? ¿Por qué?

–Porque eres la Invocadora de la Muerte, una de las dos nigromantes más poderosas que existen. Y eras inestable, en el aspecto mágico y... mental.

Melancolía pestañeó.

–Qué duro.

–Pero cierto.

–Sigue siendo duro. Llevo en coma... ¿cuánto?

–Año y medio.

Abrió los ojos como platos.

–¿Qué? ¿Año y medio? ¿Qué demonios...?

–Tenían que hacerlo.

–¿Año y medio?

–Por favor, tranquilízate. Si no te calmas, entrarán a sedarte.

Melancolía la miró fijamente y después intentó relajarse todo lo que pudo.

–Guau. Dieciocho meses. Es... Entonces, ya tengo veintidós. He cumplido veintidós años. Vale. Estoy flipando.

–Es lógico.

–Y... ¿qué me he perdido? ¿Ha pasado algo bueno?

–¿En el último año y medio? –preguntó Valquiria–. Bueno, los nigromantes se han retirado a sus templos. Apareció un tipo llamado Argeddion que quería convertir a todos los mortales en hechiceros. Lo paramos, no te preocupes. Te perdiste una guerra entre nuestro Santuario y... el resto del mundo, básicamente. Erskine Ravel nos traicionó, mató a Abominable Bespoke y a Anton Shudder. Ahora China Sorrows está al mando y todo el mundo hace más o menos lo que le decimos. Ah, y también hay alienígenas.

–¿Alienígenas? ¿En serio?

–No.

–No sabes cuánto te odio.

–Pero todo lo demás es verdad. Y... Oscuretriz digamos que... me poseyó, y mató a un montón de gente (esto ha pasado en las últimas semanas). Pero ahora está fuera, habita el cuerpo de mi reflejo y creemos que va a destruir el mundo.

–Así que ahora hay otra tú por ahí.

–No soy yo.

–Así que ahora hay otra persona por ahí que es como tú, habla como tú y es, básicamente, tú, pero malvada, y necesitáis detenerla y por eso me habéis despertado, ¿no?

–Básicamente.

A pesar de todo, Melancolía sonrió.

–Entonces, tienes una hermana gemela malvada.

–No es mi hermana gemela –negó Valquiria–. Es solo... Vale, es malvada, sí, puedes decir que lo es, pero no la puedes considerar mi... ¿De qué te ríes?

–Lo siento, pero es que es muy divertido. ¿Y para qué me necesitáis? ¿Tu amigo esqueleto no puede convertirse en Lord Vile y salir tras ella?

–En primer lugar, te dije que cerraras el pico respecto a eso. En segundo lugar, Vile es difícil de controlar. En tercer lugar, aunque Skulduggery pudiera controlar a Vile, Oscuretriz es demasiado poderosa. Necesitamos pesos pesados. Todos los que podamos encontrar.

–¿Y qué me sucederá a mí cuando acabe todo esto? Si es que sobrevivo, claro. ¿Me volveréis a inducir un maravilloso coma?

–No. Serás libre. Pero...

–¿Pero?

Valquiria titubeó.

–Pero tendremos que apartarte de la magia.

Melancolía ya estaba pálida, pero pasó a estarlo mucho más.

–¿De forma permanente?

Valquiria asintió.

–Lo siento. Ojalá hubiera otra manera, pero todo el mundo opina lo mismo: los experimentos de Craven crearon una potencia demasiado imprevisible. Una vez que acabemos con Oscuretriz, la gente que tiene China intentará contener tu magia todo lo que pueda y los sensitivos te pondrán una barrera en la mente. Alterarán tu memoria y reescribirán... un poco... tu personalidad. Últimamente lo han hecho mucho y...

–Estáis hablando de matarme.

–No, qué va...

–Sí, Valquiria. Si cambian mis recuerdos y mi personalidad, ya no seré la misma. Eso es matarme.

Valquiria se inclinó hacia delante y le agarró la mano.

–La alternativa es mucho peor. La alternativa es volver a ponerte en coma o que vayas por ahí con ese tipo de poder que cambia constantemente. Serías un peligro para todos, incluida tú. Al menos, de esta forma podrías llevar una vida normal.

–Una vida mortal, quieres decir... –murmuró Melancolía–. ¿Y qué sé yo de la vida mortal? Pasan a tu lado por la calle, con los ojos apagados, como ganado, viviendo sus diminutas vidas grises, corriendo a casa para ver sus programas favoritos de la tele, personas ordinarias haciendo cosas ordinarias... ¿Y quieres que yo sea uno de ellos? ¿Quieres que renuncie a la magia, lo único por lo que merece la pena vivir? Dime una cosa, Valquiria: si tuvieras esta oportunidad tan maravillosa, ¿tú lo harías? ¿Abandonarías la magia?

–No tengo que hacerlo.

–Pero si estuvieras en mi situación y tuvieras...

–Me la han arrebatado.

Melancolía frunció el ceño.

–¿Cómo?

–Cuando sacaron a Oscuretriz de mi mente, se llevó toda mi magia consigo.

–¿Eres... mortal?

–No es tan malo.

Melancolía la miró fijamente.

–Estás mintiendo.

–Yo me acabaré acostumbrando; tú, igual.

–No... no creo que pueda.

–Estaré a tu lado para ayudarte cuando lo necesites.

–Pero yo te odio.

Valquiria sonrió.

–Qué va.

–No, en serio. Te odio. Quiero matarte y eso...

–Al final nos hicimos amigas en esas cuevas.

–Eso no fue lo que pasó –gruñó Melancolía.

–Somos colegas. Amigas del alma.

–Si no estuviera esposada, te echaría las manos al cuello.

–Para abrazarme. Porque somos amigas.

–Te odio con toda mi alma.

Valquiria le apretó la mano.

–Voy a dejarte un rato sola para que lo pienses. Es una decisión muy importante. Pero al menos, tú puedes tomarla.

Melancolía intentó luchar contra las lágrimas que amenazaban con escapársele.

–Tienes cara de idiota.

Valquiria le apretó de nuevo la mano y salió del cuarto.

48

UNA NUEVA ROARHAVEN

TANITH se despertó. Notaba el sabor de la sangre en la boca y le dolía la garganta más de lo que le había dolido nunca. Se sentía enferma, como si alguien le hubiera dado un pisotón en las entrañas.

Aparte de eso, parecía encontrarse bien. Ilesa.

Echó un vistazo a su alrededor. Estaba sentada en el suelo, en una pequeña habitación, esposada a un radiador. No recordaba cómo había llegado hasta allí. Lo último que recordaba era...

Meneó la cabeza. Daba igual. Lo importante era salir de allí. Las esposas estaban bastante apretadas y el radiador era muy sólido. Había arañazos en el sitio de la cadena. Alguien había estado exactamente en su misma situación, y hacía poco. Se preguntó si habría logrado escapar.

Poco a poco. Apretó la espalda contra la pared. Billy-Ray Sanguine entró.

–Sabía que estarías involucrado –gruñó Tanith. Su voz sonó áspera y eso la sorprendió–. ¿Qué diablos está pasando? ¿Dónde están los demás?

–¿Los demás? –preguntó Sanguine, cerrando la puerta a su espalda. Tenía la camisa remangada y la corbata floja. Parecía cómodo, como si aquel fuera su hogar.

–Sí –dijo ella–. Los demás. Los que te despedazarán cuando vengan a por mí. Skulduggery. Valquiria. Abominable. Los demás.

No obtuvo una sonrisa como respuesta. Y esperaba una. En su lugar, Billy-Ray se recolocó sus gafas de sol empujándolas con el índice por el puente de la nariz. El gesto fue casi tímido.

–¿Qué...? ¿Qué es lo último que recuerdas?

Tanith no se esperaba eso tampoco. Iba a ignorar la pregunta, pasar de ella y bombardearlo con las suyas, pero el hecho era que...

–Estaba luchando –respondió–. Estaba luchando junto a Valquiria y Skulduggery contra... contra todos.

–Los Vestigios –precisó Sanguine.

Entonces lo recordó. Navidad. Los Vestigios tomando el control. Se sentó derecha.

–¿Eso es lo que eres? ¿Se apoderaron también de ti?

–No, Tanith –dijo Sanguine–. No soy un Vestigio. Pero todo eso... pasó hace algo más de dos años.

–¿Qué?

–Los Vestigios, la mayoría de ellos, quedaron atrapados en esa cosa, el Receptáculo. Todo el mundo se despertó con dolor de cabeza sin recordar nada de lo que había pasado. Todos, salvo...

Sanguine guardó silencio.

El ceño de Tanith se hizo más profundo.

–Estás mintiendo.

–No.

–Estás mintiendo –repitió ella–. ¿De verdad esperas que crea que yo he tenido un Vestigio dentro durante dos años? Respóndeme a una cosa: ¿cómo demonios me he librado de él?

–No fue elección tuya –explicó Sanguine–. Oscuretriz hizo que tomara forma dentro de ti y te lo sacó.

Ella soltó una carcajada.

–Ah, así que ahora Oscuretriz está por ahí suelta.

–Sí. Y es Valquiria –Sanguine puso una mueca–. Bueno, lo era. Ahora es su reflejo... Mira, es complicadísimo, ¿vale? Me encantaría explicártelo todo, de verdad, pero ahora no hay tiempo. Mataste a alguien, a Mercy, una buena pieza. Uno de la banda de

Vincent Foe, ¿vale? Le cortaste la cabeza, y Vincent no está nada contento. Me da la sensación de que anda esperando que Oscuretriz mire a otro lado para venir aquí y cortarte a ti la cabeza, como compensación. Tienes que huir.

Se acercó a ella.

—Ponme la mano encima y nunca volverás a usarla.

Sanguine se quedó congelado y apartó la mano.

—Tanith, han pasado muchas cosas desde que te... fuiste. Oscuretriz está aquí. Ha habido una guerra entre Santuarios. Los Vestigios están libres... de nuevo. Se han apoderado de un pueblecito llamado Thurles o algo parecido. Han pasado cosas y tienes que estar preparada para...

—¿Por qué me hablas como si fuéramos amigos?

—Porque somos... —titubeó—. Porque pensaba que éramos amigos —dijo finalmente—. Hemos pasado mucho juntos. Éramos compañeros, más o menos.

Tanith se rio.

—Ahora sé que estás mintiendo. Jamás me asociaría con alguien como tú.

Las mejillas de Sanguine enrojecieron.

—Ya, bueno, supongo que bajaste tus estándares. Mira, puedes dejarme que te quite las esposas, te devuelva la espada y salgas pitando de aquí, o puedes seguir hablándome con desprecio y esperar a que te corten la cabeza. Es cosa tuya, princesa.

—¿Y por qué quieres ayudarme?

Él la miró fijamente.

—Como te he dicho, éramos amigos.

No confiaba en Sanguine, pero cumplió su palabra: la dejó libre, le devolvió la espada y no intentó cortarle la cabeza. Pero no lo entendía. No entendía absolutamente nada. Saltó por los tejados hasta que llegó al vecindario que buscaba. Era medianoche. Al otro lado de la calle, había un hombre dando un paseo con el perro. No había nada sospechoso en él. Tampoco había nada sospechoso en el perro. Todo parecía muy normal. Muy civilizado. Muy mortal.

Pero esa calle estaba llena de hechiceros. O lo estaba la última vez que Tanith había paseado por allí. Cada una de esas casas era mucho más de lo que parecía, debía tener cuidado. Si de hecho había pasado los dos últimos años como Vestigio, a saber qué clase de enemigos se había buscado.

Cuando el hombre se marchó y no hubo nadie más a su alrededor, Tanith descendió hasta la calle. Con una mano cerrada en torno a la empuñadura de su espada, oculta bajo el abrigo, corrió hasta la puerta de «Sastre Abominable» y la golpeó con el puño.

La tienda estaba a oscuras. Llamó de nuevo, esta vez más fuerte. No se encendió ninguna luz en su interior. No había nadie en casa.

Antes, cuando los teléfonos eran cosas que estaban quietas en su sitio y tenían diales que giraban, Tanith podía recitar de memoria los números de decenas de personas sin ni siquiera pensarlo. Pero ahora las cosas eran diferentes. Dudaba que hubiera tecleado alguna vez los números de Abominable para llamarle, ni los de Valquiria o Skulduggery, de hecho. Así que allí estaba, sola en pleno Dublín, sin tener la menor idea de cómo ponerse en contacto con sus amigos.

Ni siquiera sabía dónde se encontraba el Santuario. Lo último que recordaba era que se estaba planeando utilizar Roarhaven como nueva base de operaciones. No le gustaba la idea. Era un pueblucho gris lleno de gente rencorosa y estrecha de miras. Torment había vivido en Roarhaven, y seguramente también otros Vástagos de la Araña. Cualquier persona a la que no le gustaran los mortales encontraría un hombro en el que apoyarse en aquel horrible lugar. Por desgracia, era la mejor oportunidad que tenía de entrar en contacto con sus amigos.

No tenía dinero para pagar un taxi, así que fue saltando por los tejados hasta que encontró una moto, le hizo un puente y la robó. Ni siquiera tenía lápiz y papel para dejar una nota pidiendo perdón.

Salió a la carretera y aceleró.

Se perdió dos veces. Solamente había estado en una ocasión en Roarhaven, hacía años, y era difícil encontrar la salida. Pero mientras seguía por la tortuosa carretera, empezó a pensar que algo le resultaba familiar.

Cuando la carretera se hizo recta, Tanith supo que iba por buen camino.

Vio unas luces traseras ante ella. Había un coche aparcado a un lado de la carretera. Un anciano la saludó con la mano y Tanith frenó.

–Me temo que la carretera está cortada, señorita –le dijo.

–El Santuario está aquí, ¿verdad? –preguntó Tanith.

La sonrisa no se borró de su rostro.

–¿El qué? Disculpe, no sé de qué...

–Me llamo Tanith Low. Si el Santuario se encuentra en Roarhaven, quiero entrar. He estado poseída por un Vestigio los últimos dos años. Esperaré mientras avisa a alguien.

El anciano perdió la sonrisa. Asintió y retrocedió. Tanith apagó el motor y se quedó montada en la moto. Le oyó hablar por un intercomunicador, aunque no entendió lo que decía. Treinta segundos después, regresó, pero mantuvo las distancias.

–Señorita Low –dijo–. Los Hendedores están en camino para escoltarla. Me han pedido que intente esposarla. ¿Tiene algún inconveniente?

–Depende –replicó Tanith–. ¿Quién es el Gran Mago?

–China Sorrows.

Tanith frunció el ceño.

–¿Y cómo demonios ha conseguido llegar tan alto?

–No sabría decirle –respondió el viejo–. Entonces... ¿le puedo poner las esposas?

Tanith suspiró y extendió las manos. A esas alturas, ya se acercaban los faros de una furgoneta.

Aquel Roarhaven era distinto al que conocía. No era un pueblo: era una ciudad. Vislumbró algunos restos de la antigua monotonía, pero eso hacía que los edificios recientes resultaran aún más gloriosos.

La última vez que estuvo allí, el Santuario era un edificio chato circular, carente de encanto. Ahora era un palacio. Tenía torres y campanarios, y un faro bien iluminado que mantenía a raya la oscuridad. El interior era igual de glorioso, aunque fuera escoltada por un círculo de Hendedores.

Una vez que los médicos determinaron que no tenía ningún Vestigio en su interior, le quitaron las esposas y la llevaron a una habitación silenciosa para interrogarla. Le trajeron un café. Se lo tragó de golpe; le rugía el estómago. Esperó a quienquiera que fuera a verla.

El picaporte giró y entró Valquiria.

–Oh, gracias a Dios –soltó Tanith, echándose a reír–. Estaba empezando a preocuparme...

No la dejó terminar. Ni siquiera la dejó levantarse. Valquiria la abrazó tan fuerte que le costó moverse.

–Estás viva –susurró Valquiria.

–Pareces sorprendida.

Valquiria la estrechó con más fuerza.

–Te vi ayer. Me ayudaste a escapar.

–¿Te ayudé? –preguntó Tanith–. ¿Incluso con un Vestigio en mi interior?

Valquiria la soltó y dio un paso atrás, sonriendo.

–Incluso así –dijo.

Valquiria había cambiado. Estaba más alta, para empezar. Más fuerte. Tanith lo había notado durante el abrazo, y en ese momento lo vio en sus hombros.

—Estás estupenda —le dijo.

—No sabes cuánto me alegro de que estés de vuelta.

Valquiria ignoró la silla y se sentó en la esquina de la mesa.

—Voy a tener que creerme que es verdad... —dijo Tanith—. Para mí, es como si te hubiera visto hace unas horas. Val, Sanguine me contó unas cuantas cosas de lo más raras. Sé qué habrá pasado de todo desde que desaparecí, pero lo que me dijo... parecía una locura. Me dijo que tú eras Oscuretriz.

Valquiria tomó aire.

—No te mintió.

—Pero... pero entonces... ¿qué...?

Valquiria le dedicó una media sonrisa.

—Es gracioso. Acabo de tener esta misma conversación con Melancolía.

—Melancolía... ¿La nigromante rubia? ¿Una muy molesta?

—Que más tarde se convirtió en la Invocadora de la Muerte —concluyó Valquiria—. Oscuretriz era mi verdadero nombre, pero fui incapaz de controlar su poder. Adquirió vida propia, una personalidad. Ahora tiene mi cuerpo... El de mi reflejo.

—Eres... ¿Tú eres esa con la que todos los sensitivos tenían pesadillas?

—Lo era. Ahora lo es ella.

—Y Sanguine me dijo que yo había trabajado para ella. ¿Para Oscuretriz?

—Me temo que sí. El Vestigio que tenías dentro vislumbró el apocalipsis que traería consigo Oscuretriz. La estuviste ayudando.

—¿Y Sanguine era mi socio?

—¿Eso es lo que te dijo?

—Dijo que incluso, en un determinado momento, habíamos llegado a tener nuestra propia banda.

–Sí, es cierto. Aunque lo de socios a lo mejor es un poco exagerado. Más bien, él obedecía todas tus órdenes.

–Bueno, algo es algo –suspiró Tanith–. Por lo menos no bajé tanto mis estándares.

Valquiria cambió de posición.

–¿No te dijo nada más?

–¿Sanguine? No. ¿Hay algo más que deba saber?

–No –sentenció Valquiria–. Da igual. No sabes cuánto me alegro de tenerte de vuelta. Te he echado de menos.

–Me he perdido muchas cosas. ¿Te importaría traerme algo de comer? Estoy muerta de hambre.

–Sí, sí. Claro. Ven.

Mientras caminaban, Tanith pensó que Valquiria le estaba ocultando algo, pero no la presionó. Serían malas noticias. Fuera lo que fuera, serían malas noticias.

El teléfono de Valquiria sonó en ese momento. Ella escuchó unos instantes, abrió los ojos como platos y colgó.

–Vamos –dijo, y echó a correr. Tanith la siguió.

Llegaron a una estancia enorme llena de finos prismas de espejo. El lugar perfecto donde encontrar a China Sorrows. Tanith se quedó en la puerta mientras Valquiria corría y se acercaba a China, a Skulduggery y a un hombre delgado y desaliñado.

–¿Qué ha pasado? –preguntó Valquiria–. ¿Dónde está Ravel? ¿Dónde están todos?

–El señor Signate estaba a punto de explicárnoslo –volvió la vista hacia el hombre–. Por favor, continúe. Decía que nuestro plan había funcionado...

Signate asintió.

–Sí. Funcionó. A ver, lo primero es lo primero: oscilar a Ravel a otra dimensión rompió el vínculo con Oscuretriz, como esperábamos. El dolor desapareció instantáneamente. La expresión de su rostro fue... Bueno, da igual. Llegamos. Todo estaba silencioso. La habitación a la que oscilamos no era adecuada para permanecer mucho tiempo en ella, así que instalamos un campamento en la superficie. Ravel estaba esposado. Montamos un perímetro de vigilancia y me dispuse a pasar la noche.

Tanith no sabía de qué demonios estaban hablando, pero a juzgar por la expresión de Valquiria, no era nada bueno.

–Entonces me desperté –continuó Signate–. Había gente luchando. Estaban esos Hendedores, como me dijeron, los Capuchas Rojas, y había muchísimos, y gente con túnicas y...

Skulduggery inclinó la cabeza.

–¿Qué sucedió, señor Signate?

–Yo... yo no soy un luchador. No soy un soldado. No podía hacer nada. Corrí hasta un Hendedor herido, uno de los nuestros, el único que pude salvar, y oscilé de regreso hasta aquí.

–Están atendiendo al Hendedor en el ala médica –dijo China–. Creo que podemos asumir que los demás están muertos.

–¿Y qué pasa con Ravel? –preguntó Valquiria, como si esa fuera la única pregunta que importaba.

–Le vi –respondió Signate–. Solo fue un segundo, pero le vi. Estaba corriendo. Puede que lograra huir durante la confusión. Lo siento, no sé nada más.

China se volvió hacia Skulduggery.

–¿Y bien?

–Lo necesitamos de regreso –dijo el esqueleto–. La única constante de Oscuretriz hasta el momento ha sido su deseo expreso de que Ravel fuera castigado.

Tanith frunció el ceño. ¿Castigado?

–Que oscilara y se escapara de sus garras habrá despertado su atención, sin duda, pero si queremos atraerla, lo necesitamos aquí.

–Más que eso –dijo China–. Oscuretriz tiende a desarrollar nuevas habilidades a un ritmo alarmante. Si descubre cómo oscilar y va detrás de Ravel, si lo encuentra antes que nosotros, perderemos nuestra única oportunidad de predecir sus movimientos.

–Tenemos que ir –dijo Skulduggery–. Ahora.

—Estoy de acuerdo —asintió China—. Pero ten presente que Mevolent ya es consciente de nuestra incursión, y podría estar esperando otra visita. Si te ordeno...

—No tienes que ordenarlo —dijo Skulduggery—. Me presento voluntario.

—Yo también —dijo Valquiria. Luego titubeó—. Bueno, si...

Skulduggery se volvió hacia ella.

—¿Si qué?

—Si quieres que vaya. Seguramente no pueda hacer gran cosa.

Él se giró hacia China.

—Entonces, ambos nos presentamos voluntarios. Pero solo nosotros dos: nadie más. Un grupo grande sería fácil de detectar.

China asintió.

—Estoy de acuerdo. Señor Signate, quiero que oscile a mis detectives y facilite su viaje de regreso. Skulduggery, Valquiria, me gustaría poder decir que disponéis de una hora para preparaos, pero el tiempo es esencial. Si Ravel está libre, tenéis que perseguirlo inmediatamente. Si las fuerzas de Mevolent lo han tomado prisionero... tenéis que traerlo de vuelta.

Skulduggery asintió.

—Salimos en cinco minutos.

Valquiria se acercó corriendo a Tanith.

—¿Qué demonios está pasando? —le preguntó ella cuando salieron al pasillo—. ¿Mevolent? Mevolent está muerto.

—Nuestro Mevolent está muerto —explicó Valquiria—. Hace un año, oscilamos a una dimensión alternativa en la que está vivito y coleando y básicamente gobierna el mundo.

—¿Y vais a volver allí? ¿Y qué pasa con Ravel? ¿Por qué quiere castigarlo Oscuretriz?

Valquiria vaciló.

—¿Qué pasa? —insistió Tanith—. Me estás escondiendo algo, algo malo, pero no tenemos tiempo. Te vas dentro de unos minutos. Dime qué cosa horrible ha sucedido y termina de una vez.

La furia de Tanith no logró que Valquiria consiguiera darle la noticia más rápido. Se lamió los labios:

–Me han dicho que fuiste primero a casa de Abominable antes de venir aquí...

–Sí. Pero no estaba.

–No –murmuró Valquiria con un hilo de voz–. No estaba.

49

PARAR A POR GASOLINA

AUNQUE suene raro, Danny se queda dormido. Y no es fácil: El maletero del Cadillac es más pequeño de lo que parece, resulta frío e incómodo, y a cada bache de la carretera se hace daño en el hombro herido. Pero después de una hora más o menos cierra los ojos, y solamente vuelve a abrirlos cuando el coche frena. Mira el reloj a la luz del resplandor rojo de las luces traseras. Lleva dormido casi dos horas.

El coche se detiene y oye voces amortiguadas, y después cómo se abren y cierran las puertas. Se queda muy quieto, pendiente de los pasos que se alejan y de otros que se acercan. Se produce un ruido fuerte y por un instante no sabe qué es. A continuación hay un choque metálico y, antes de oír el gorgoteo y el chapoteo, ya sabe que están llenando el tanque de gasolina.

Dan un golpe contra el maletero.

–¿Vas bien ahí dentro, Danny, muchacho?

Danny frunce el ceño. Sinceramente, no sabe ni qué contestar.

–¿Danny? –repite Gant–. ¿Estás bien?

–Sí –responde. Se da cuenta de lo alto que suena su voz y tarda unos instantes en caer en lo más evidente–. ¡Ayuda! ¡Que alguien me ayude! ¡Estoy atrapado aquí dentro! ¡Llamad a la policía!

Oye una risita de Gant.

–Ese es el espíritu. ¿Qué tal las piernas? Supongo que un poco incómodas. ¿Y la vejiga? No sé a ti, pero a mí los largos viajes suelen apretarme un poco, no sé si sabes a lo que me refiero. Si quieres ir al baño, dímelo.

–Quiero ir –dice Danny al instante.

–¿Seguro? ¿No será un hábil intento de escapar?

–Tengo que ir al baño –insiste Danny.

Y no es mentira. De pronto es consciente de la presión.

Deja de sonar el gorgoteo y el maletero se abre con un chasquido. Es de noche y las luces de la gasolinera le hacen daño en los ojos. Palpa a tientas hasta que se sienta. Nota los dedos largos y fuertes de Gant contra las cuerdas, que se aflojan y caen. Sale torpemente del maletero. Una vez de pie, se frota las piernas entumecidas. Gant sigue llenando el depósito.

La carretera no está iluminada, pero la gasolinera es relativamente grande. Hay otro coche repostando, una camioneta y dos vehículos más en el aparcamiento. Eso significa gente. Eso significa una salida. Danny se endereza.

–Ve al baño y vuelve –dice Gant–. Sin perder el tiempo.

Danny asiente y avanza con rigidez por la gasolinera. No tiene el hombro izquierdo tan mal como se temía. Apenas puede moverlo, pero el dolor ha remitido. La pierna está muchísimo mejor. Sigue fingiendo cojera, pero cuando empuja la puerta de la estación de servicio está bastante seguro de que podría correr si fuera necesario. Lo primero que ve es el mostrador. Allí está Jeremiah Wallow, metiéndose un bizcochito relleno en la boca mientras espera a que el encargado salga de la trastienda. Jeremiah le mira a los ojos y se lleva un dedo a los labios llenos de crema.

Danny va al baño. Hay dos urinarios y una puertecita con un inodoro. Está vacío. La ventana está demasiado alta como para subir y es demasiado pequeña para pasar a través. Danny hace sus necesidades, se asoma y se mete en el baño de chicas. Está totalmente vacío. ¿Dónde demonios está todo el mundo?

369

Se acerca a la puerta. ¿Cuánto tiempo tardará en ir a buscarlo Jeremiah? ¿Vendrá solo o llamará a Gant? Seguramente irá solo. Se acercará, dará un golpe con el puño en el baño y le dirá que se dé prisa. Entonces Danny podría saltar sobre él y noquearle con... ¿Con qué? No tiene armas. Ha visto muchos programas antiguos en la tele en que la gente cae inconsciente por un golpe en la nuca, pero duda muchísimo que él sea capaz de hacer eso. ¿Y entonces qué? ¿Se lanza sobre Jeremiah y lo tira al suelo? ¿Y si cae él debajo? Le saca por lo menos treinta kilos y Danny no es un gran luchador.

No. Cuanto más lo piensa, peor idea le parece elegir ese sitio como campo de batalla. Toma aire y sale del baño con toda la tranquilidad que puede.

–Te lo has tomado con calma –le dice Jeremiah desde el mostrador.

–Tengo hambre –responde Danny.

Jeremiah se encoge de hombros.

–Pues llévate algo de comer. Pero yo no pienso pagarlo.

Danny examina las estanterías llenas de garrafas de aceite y líquido limpiacristales. No hay nada agudo, no hay nada pesado, nada que pueda usar como arma. Va hasta el pasillo de los sándwiches, escoge dos y se acerca al mostrador.

Jeremiah se lame la crema del bigote.

–¿Qué tal vas en el maletero? –pregunta sonriendo.

–Hace frío –responde Danny–. ¿Adónde vamos?

–A casa del señor Gant.

–¿Está lejos?

–Lo bastante.

–¿Cuánto tiempo tendré que ir en el maletero?

Jeremiah se encoge de hombros.

–Puede que lleguemos por la mañana. Puede que no. A partir de ahora vamos a ir por carreteras secundarias. Me temo que irás dando unos cuantos botes.

Danny deja los sándwiches en el mostrador, junto a la caja registradora.

–Jeremiah, ¿puedo hacerte una pregunta? ¿Quiénes sois? ¿Por qué hacéis esto? ¿Por qué estáis tan interesados en Stephanie?

–Eso son tres preguntas –responde Jeremiah–. Cuatro, si cuentas la primera en que me preguntabas si podías hacerme una pregunta. Te responderé a una. ¿Cuál te interesa más?

Danny vacila.

–¿Por qué os interesa Stephanie?

–Porque es especial. No es como vosotros, como la gente normal. Es especial, igual que yo soy especial, y también el señor Gant. Este mundo está plagado de gente especial; algunos son simpáticos y otros muy desagradables. El señor Gant y yo, sin duda, somos totalmente desagradables y nuestro trabajo consiste en encontrar a las personas especiales agradables, como Stephanie, y quitarlas de en medio como tú arrancas de cuajo una flor de un jardín.

–¿Qué te hace tan especial?

La lengua de Jeremiah encuentra el último resto de crema azucarada en los bigotes y se chupa los labios blandos y rosados.

–Todo –responde.

Danny lo mira y el silencio que hay a su alrededor de pronto le resulta totalmente antinatural.

–¿Dónde está todo el mundo?

Jeremiah le mira con inocencia.

–¿Todo el mundo?

–La gente que trabaja aquí. Los de los coches aparcados fuera.

Jeremiah hace un gesto con la cabeza en dirección a la trastienda.

–Están todos ahí –dice.

Lo dice como si no fuera nada. Como si no mereciera la pena responder.

Despacio, Danny rodea a Jeremiah y pasa por detrás del mostrador. Jeremiah no intenta detenerlo. Con la boca seca, Danny entra en la trastienda, ve los cuerpos apilados en la esquina y retrocede de inmediato.

–Stephanie nos está siguiendo –dice Jeremiah, comiéndose uno de los sándwiches que Danny ha dejado en el mostrador–. El señor Gant la ha visto a lo lejos. A veces le gusta hablar de pesca, y ahora dice que esto es como tirar de un pez cuando ha picado. Lo atraes más y más hasta que sale del agua y acaba saltando a la cubierta de la barca. Obviamente, en este caso, ella ni siquiera sabe que tiene un anzuelo enorme en la boca, así que es mucho más divertido.

Se oye un bocinazo fuerte. Gant se está impacientando. Jeremiah saca el arma del bolsillo y apunta a la tripa de Danny.

–Hora de irse. ¿Te llevas tu sándwich?

–Ya no tengo hambre –murmura Danny.

Jeremiah se encoge de hombros.

–Como quieras. Al maletero.

50

EL TRUCO DE CARTAS

SE quedó allí parada, bajo la lluvia. Resultaba agradable. Levitt la miraba. Le gustaba Levitt. Era un hombre callado, incluso con un Vestigio dentro. Oscuretriz valoraba el detalle de que no hablara nunca. Respetaba en un hombre la capacidad de cerrar el pico.

Cuando estuvo lo bastante mojada, se acercó a la puerta y llamó. Llamar a la puerta también resultaba agradable. Podría haberla derribado. Podría haberla hecho desaparecer. Podría haberla convertido en un millón de burbujas. Pero llamó, y esperó, y fue agradable.

Movimiento. Sonidos. Un pestillo que se deslizaba. La puerta se abrió y apareció un hombre de unos treinta años con cara simpática: Argeddion.

–Hola –dijo Oscuretriz–. Siento mucho molestarle, pero se me ha roto el coche y no tengo móvil. ¿Le importaría dejarme llamar por teléfono a mi casa?

–Sin problema –dijo Argeddion, apartándose a un lado–. Pasa; el teléfono está en esa mesa.

Oscuretriz le dedicó una sonrisa de agradecimiento y se acercó al teléfono. Marcó un número inventado mientras él la dejaba sola en el pasillo.

–Hola, mamá –comenzó ella–. Se me ha roto el coche. Sí, ya lo sé, tenías razón. ¿Puedes venir a buscarme? Estoy en la casa que está delante de la entrada del parque. ¿Sabes cuál? La que tiene la puerta grande de hierro. No, no pasa nada. Sí, se llama... –dio un paso atrás y se volvió hacia la cocina–. Disculpe, ¿me puede decir su nombre?

Argeddion se acercó y le entregó una toalla con una sonrisa.

–Soy Michael Tolan.

Oscuretriz agarró la toalla y empezó a secarse el pelo con una mano.

–Se llama Michael Tolan. No, mamá. Es normal. No da miedo.

Argeddion se rio.

–Soy profesor, no asesino en serie.

–¿Lo has oído, mamá? Un profesor. Sí. Estoy bien. Vale, vale, gracias. Te quiero. Adiós, venga adiós, adiós, adióoos –colgó el teléfono–. Muchas gracias. Viene en diez minutos.

–Puedes esperarla aquí si quieres.

–No, no. No puedo. Mejor espero dentro del coche.

–Está diluviando –dijo él–. Y he puesto a calentar la tetera.

–Bueno... Me apetece tomar una taza de té.

Él sonrió y ella le siguió hasta la cocina.

–Perdona el desorden –le dijo, vertiendo el agua hirviendo en una taza–. Me acabo de mudar y no estoy acostumbrado a recibir visitas.

Ella se sentó junto a la mesa.

–¿Cuánto tiempo lleva trabajando de profesor?

Él soltó una risa.

–Demasiado. Pero he empezado a dar clase en St James en septiembre.

–¿Y qué tal?

–Es un gran colegio. ¿Estudias allí?

–No, pero tengo muchos amigos que sí –recogió la taza de té de sus manos–. Gracias, señor Tolan.

–Fuera de clase, la gente me llama Michael.

Ella sonrió.

–Gracias, Michael. No pareces profesor.

–¿No? –preguntó él, apoyado en la cocina–. ¿Qué parezco?

–No sé. Un médico. O un científico.

–Je. Debo de tener cara de listo...

–O un mago, a lo mejor.

–Guau. Vaya, eso nunca me lo habían dicho. ¿Parezco un mago?

Oscuretriz se encogió de hombros y bebió un sorbo de té.

–Hay magos de todo tipo y condición.

–Supongo que tienes razón.

–¿Alguna vez has intentado hacer magia?

Él negó con la cabeza, con expresión divertida.

–No, que yo recuerde.

–Pues no sabes lo que te pierdes.

–¿En serio? Me da la impresión de que sabes de lo que hablas. ¿Conoces algún truco?

–Prefiero pensar que creo ilusiones, Michael. ¿No tendrás a mano una baraja de cartas?

–Debería tener una –murmuró Argeddion mirando a su alrededor–. Recuerdo que tenía una en una caja y la puse...

Le vio buscar en los cajones. Finalmente, soltó un grito de triunfo y se acercó con una cajita de naipes todavía envuelta con plástico transparente.

–Perfecto –dijo ella. Él se sentó y Oscuretriz le quitó el plástico: era su parte favorita. Abrió la caja y deslizó las cartas en la mano. Las barajó y las desplegó–. Elige una. Cualquiera.

Argeddion sacó una, le echó un vistazo y la mantuvo contra el pecho. Oscuretriz barajó de nuevo, las puso boca abajo en la mesa y las extendió con un gesto suave de la mano.

–¿Las cartas eran nuevas? –le preguntó.

–Sí –respondió él.

–¿Las compraste tú? ¿Las guardaste tú en ese cajón?

–Sí.

–¿No hay ninguna posibilidad de que yo haya manipulado esas cartas?

–Ninguna en absoluto.

–Por favor, levanta tu carta –Argeddion lo hizo.

–El siete de bastos –dijo ella–. Y ahora, si todas y cada una de las cartas que hay en la mesa resultan ser el siete de bastos, estarías bastante impresionado, ¿no?

Él se rio.

–Supongo que sí.

Sonriendo, dio la vuelta a las cartas con un barrido.

–Hum –dijo Argeddion–. Creo que no te ha salido.

Oscuretriz se quedó mirando el mazo absolutamente corriente de cartas que tenía delante.

–Pues tienes razón –dijo–. Odio los trucos de cartas. Probemos otra cosa.

Chasqueó los dedos y todos los de la mano derecha de Argeddion crujieron hacia atrás, rompiéndose. El siete de bastos se deslizó hasta el suelo mientras Argeddion se caía de la silla, gritando. Ella se acercó a la ventana, hizo un gesto y, un instante después, la puerta se abrió de una patada y entró Levitt. Oscuretriz no se molestó en decir nada; sujetó a Argeddion primero de la camisa y después del pelo, agarró la cabeza de Levitt y tiró hacia atrás.

Él forcejeó, pero no era rival para ella. La garganta de Levitt se hinchó mientras el Vestigio ascendía y su anfitrión se derrumbaba. El Vestigio onduló en el espacio antes de lanzarse contra la cara de Argeddion. En cuestión de segundos, se abrió paso por su garganta. Oscuretriz lo soltó y Argeddion cayó de rodillas. Ya no se oían gritos, sino arcadas. Un instante después, estas también desaparecieron.

Oscuretriz hizo que Levitt volviera a su ser mientras esperaba, solo por hacer algo. Argeddion se levantó; las venas negras recorrían su rostro.

–Interesante –dijo.

–¿Cuánto recuerdas? –le preguntó Oscuretriz.

Él frunció el ceño.

–Lo recuerdo todo como Michael Tolan. Los falsos recuerdos que me implantaron, las falsas experiencias... son buenas de verdad.

–¿Y tus recuerdos como Argeddion?

–Están... ocultos. Tapados. Pero puedo... puedo llegar hasta ellos si...

Abrió los ojos de golpe y sonrió.

–Ahí está... –jadeó–. Ahí...

Oscuretriz le dio un poco más de tiempo y luego lo agarró, le metió la mano en la boca y forcejeó dentro de su garganta.

Argeddion se retorció. Todavía no era lo bastante fuerte, pero Oscuretriz notó cómo regresaba su poder. No tardaría mucho en regresar del todo.

Agarró al Vestigio, cerró los dedos en torno a él y lo sacó de golpe. Mientras se retorcía y chillaba, Argeddion se derrumbó, con la garganta hecha trizas y la boca destrozada. Oscuretriz separó los labios y obligó al Vestigio a entrar en su boca. Tragó, sintiendo las garritas que le rasgaban las entrañas. Sonrió, curando cada herida al instante. El Vestigio culebreó en su interior e intentó escapar, pero ella lo mantuvo en su sitio. Unos instantes después, acabó teniendo lugar el proceso natural y notó cómo intentaba colarse dentro de su mente. Lo acorraló, lo aisló y extrajo todos sus recuerdos. Cuando terminó con él, lo quemó y se alimentó de su poder.

Tantos recuerdos... Le llevaría tiempo ordenarlos. Por suerte, Oscuretriz tenía mucha experiencia con ese tipo de cosas; en cierto modo, era muy semejante a la manera en que Valquiria absorbía todas las experiencias de su reflejo.

Regresó al presente al ver que Argeddion se ponía en pie. Estaba recuperando su poder. Lo vio perfectamente. En unos instantes, sabría cómo curarse a sí mismo.

Oscuretriz le lanzó un chorro de magia a través de los ojos. Un rayo de energía tan delgado como un lápiz se hundió en el corazón de Argeddion, que dio un paso atrás y se desplomó. Vio cómo perdía la vida y su esencia se reincorporaba a «la gran corriente», como la llamaban los nigromantes; una corriente que pronto reventaría y desbordaría su cauce.

51

EL TEMPLO DE LA ARAÑA

CREYFON Signate vibró y desapareció, dejando a Valquiria y Skulduggery solos en la oscuridad. Los Capuchas Rojas montaban guardia en torno a los restos del Santuario de aquella dimensión. Sus guadañas tenían el mismo aspecto terrible que las de los Hendedores de su hogar, pero sus uniformes rojos eran más inquietantes que los grises. El gris era el color de la neutralidad; el rojo era el color de la violencia, la pasión.

–No veo supervivientes –musitó Valquiria–. He contado siete Hendedores muertos, tres hechiceros muertos, y ni rastro de Ravel.

–Si lo han atrapado, o está muerto o se lo han llevado a Mevolent –dijo Skulduggery–. Vamos.

Agachados, avanzaron aprovechando la oscuridad nocturna.

–¿Qué crees que le hará Mevolent? –preguntó Valquiria.

–Torturarle –respondió el esqueleto–. Pero después de todo lo que ha pasado Ravel, una simple tortura le resultaría casi agradable. Lo interrogarán. Con el tiempo le contará a Mevolent todo lo que quiera saber de nuestra dimensión. Y si Mevolent cuenta con algún oscilador a su servicio, y no tenemos ninguna razón para creer que no lo tenga, eso puede suponer un problema.

–¿Crees que Mevolent nos invadiría?

−Es posible. La última visita que recibió de nuestra dimensión fue Oscuretriz, y demostró ser una amenaza considerable. Mevolent no es del tipo de personas que se quedan esperando a que lleguen los problemas.

−¿Y si no han atrapado a Ravel? ¿Cómo lo encontramos?

−Sabe bastante de este sitio. Ha leído los informes. Conoce cómo es la ciudad y cómo se entra.

−¿Crees que se dirigirá allí?

−Durante toda su vida ha luchado contra Mevolent, pero si borras de la ecuación el culto a los Sin Rostro, ¿qué te queda? ¿Qué une a Mevolent y a Ravel?

−Ambos quieren que los hechiceros gobiernen sobre los mortales.

Skulduggery asintió.

−La ciudad es perfecta para él; sin duda, encontrará almas afines. Además, sabe que le perseguiremos. Es el mejor sitio donde esconderse. Si ha entrado por propia voluntad, lo atraparemos, lo abofetearemos y lo traeremos de vuelta. Si está prisionero, lo rescataremos. Luego lo abofetearemos y lo traeremos de vuelta.

−Vale −dijo Valquiria, y le pasó un brazo por la cintura. Él se la quedó mirando.

−Uh...

Ella parpadeó.

−¿Qué? ¿No vamos a ir volando?

−No con los Capuchas Rojas y los controlamentes vigilando. Iremos caminando. Es más seguro.

−Oh −murmuró ella, retirando el brazo.

−Pero si querías un abrazo, solo tenías que pedirlo.

−Cierra el pico.

−Me ha parecido bonito, la verdad.

−Que te calles.

Echaron a andar. Cuando Valquiria se cansó, Skulduggery la llevó a cuestas y se quedó dormida con la cabeza contra su pecho.

Skulduggery caminaba con una suavidad sorprendente. Solo se despertó en las escasas ocasiones en que el esqueleto echaba a correr para esconderse, cuando una barcaza pasaba por encima de ellos o se metía detrás de un árbol para esquivar a alguien en el camino.

Salió el sol, la dejó en el suelo y volvieron a caminar juntos. A ratos hablaban. Otros, no. El silencio que los acompañaba resultaba cómodo y tranquilo.

Llegaron a la parte de Dublín que se encontraba dentro del muro poco antes del mediodía. La muralla que rodeaba la ciudad era gigantesca incluso comparada con la de Roarhaven. Vieron a algunos mortales vestidos con harapos marrones que se dedicaban a meter y sacar mercancía por las puertas inmensas.

–Si ha llegado hasta aquí solo, ha tenido que entrar por ahí –dijo Valquiria.

–Ha venido por su propio pie –asintió Skulduggery–. Nos hemos cruzado con sus huellas unas cuantas veces de camino.

–¿Seguro que era él?

Skulduggery asintió.

–Lleva zapatos de preso. Dejan una huella distinta a cualquier otra.

–¿Iba justo por delante de nosotros? Así que, si hubiéramos ido más rápido, tal vez lo habríamos pillado…

–Es posible –respondió el esqueleto–. O también puede que lo hubiéramos adelantado y alertado de nuestra presencia. En tal caso, habríamos perdido para siempre la oportunidad de atraparlo. Hemos hecho lo correcto: ir despacio y seguro. Va por delante de nosotros, sí, y creo que tienes razón: ya está dentro de la ciudad.

–¿Y cómo entramos?

Skulduggery no respondió; simplemente, se alejó de las puertas. Cuando estuvieron lo bastante lejos como para que ningún ojo pudiera alcanzarlos, se acercaron a la propia muralla.

–Vale. Ahora puedes abrazarme.

Ella puso mala cara.

—¿Vamos a volar por encima de la muralla?

—No exactamente. Vamos: abrázame.

Valquiria suspiró, le abrazó, se apoyaron contra la pared...

... Y la pared se agrietó, se rajó y pasaron a través, entre el frío, la oscuridad, la tierra, la piedra y las rocas que giraban, se desplazaban... El mundo entero temblaba hasta que apareció una explosión de luz brillante y salieron por el otro lado. Valquiria tosió y se tambaleó, jadeando.

—¿Desde cuándo puedes hacer esto?

—¿A qué te refieres? —dijo Skulduggery, manipulando el aire para quitarse el polvo del traje—. Ya lo hemos hecho antes, cuando íbamos en busca del *Hessian*... Oh.

—Esa no era yo —dijo Valquiria—. Fue con Stephanie.

—Sí. Eso me temo.

—Qué... incómodo...

—Sin duda. Vamos a hacer como si no hubiera dicho nada, ¿te parece? Así que sí: ahora puedo atravesar las paredes. No lo hago tan bien como Sanguine y hay ciertos materiales que no consigo cruzar. Pero es un buen truco cuando estás en una situación complicada.

—Eres una caja de sorpresas.

Él se encogió de hombros. Cualquiera hubiera pensado que aquel era un gesto de modestia, pero Valquiria sabía que simplemente significaba: «Sí, ya lo creo que sí».

No pudo evitar sonreír.

—¿Y ahora adónde vamos? Si Ravel estuviera aquí, ¿adónde crees que iría?

—Lo primero que hará será buscar viejos amigos —dijo Skulduggery—. La última vez que estuvimos aquí, pasamos junto a una iglesia un tanto peculiar. ¿La recuerdas?

—Aquí todo es peculiar. ¿Una iglesia de los Sin Rostro?

—No, y eso es lo que la hacía peculiar. Vamos, tendremos que ir por calles secundarias, pero creo que sé cómo llegar.

Solo había estado allí una vez y ya se ponía a hablar de cómo coger un atajo. Pero Valquiria no discutió: si Skulduggery pensaba que sabía algo, por lo general era cierto.

Caminaron durante casi dos horas. El detective esqueleto utilizó el tatuaje fachada solo cuando le resultó estrictamente necesario, pero incluso así estuvo a punto de fallarle cuando llegaron a su destino. La iglesia no era nada comparada con el palacio de Mevolent, las iglesias de los Sin Rostro o el Santuario de Roarhaven, pero era más grande e impresionante que ningún lugar de culto que Valquiria hubiera visto nunca en su dimensión. Frunció el ceño al ver la iconografía.

–¿Los Vástagos de la Araña? –dijo–. ¿Tienen su propia iglesia?

–Eso parece –respondió Skulduggery–. Y si Ravel ha buscado un refugio, será este. Planeó la toma de Roarhaven con ellos. Tiene sentido que los busque en esta dimensión.

Comprobaron que no hubiera ninguna patrulla de la Guardia Mágica en la calle y entraron rápidamente por la puerta.

De inmediato vieron una jaula suspendida con cadenas. Dentro había un anciano con una larga barba blanca y una larga melena gris. La altura de la jaula le impedía ponerse en pie, debía permanecer agachado. Valquiria conocía bien a ese anciano: era Torment.

El tatuaje fachada de Skulduggery falló en ese instante y retrocedió en su cráneo. Torment lo miró con los ojos entrecerrados.

–Esqueleto –dijo–. Había oído decir que tus huesos se convirtieron en polvo que se llevó el viento hace décadas... A no ser que seas otro desgraciado al que hayan despojado de su carne.

–No –respondió Skulduggery–. Soy el mismo desgraciado, me temo.

Torment fijó los ojos en Valquiria, su ceño se hizo más profundo y torció el labio bajo el amasijo de pelo.

–¿Y tú qué eres exactamente?

Ella suspiró.

–Ahórrate la cara de asco, ¿vale? Ya lo he oído antes. No te gusto porque por mis venas corre la sangre de los Antiguos y tú no me gustas a mí porque eres viejo, desagradable y espeluznante, y porque le robaste la barba a Gandalf.

–No sé quién es ese Gandalf, pero no es ese el motivo por el que me das asco, pequeña insolente...

Valquiria le señaló con un dedo.

–Sin insultar, ¿me oyes? Ni estoy de humor ni hay tiempo para eso. Me da la impresión de que llevas mucho tiempo en esa jaula, y la gente que está dentro de una jaula normalmente no tiene muchas oportunidades de conversar, así que aprovecha mientras puedas, miserable cabra vieja.

–Lo que mi amiga intenta preguntar –intervino Skulduggery, desviando la atención de Torment– es por qué te encuentras dentro de una jaula. Este es un Templo de la Araña. Sin duda, este es tu hogar, ¿no?

Torment se sentó con las piernas cruzadas y no contestó.

–Tal vez esté haciendo penitencia o algo así –dijo Valquiria–. En lugar de flagelarse o ponerse una camisa de esas con pinchos, como quiera que se llamen...

–Cilicios –dijo Skulduggery.

–Pues eso: en vez de hacerlo, se encierra en una jaula para que todo el mundo vea lo mucho que sufre. Seguramente piense que es algo muy noble y muy dramático.

–No creo que sea eso. Pero la verdad es que ni siquiera está atado... y esa jaula no impide que pueda usar su magia...

Torment soltó un resoplido.

–Mi magia, como tú dices, consiste en crecer hasta convertirme en una hermosísima araña que hace que parezcas un enano a mi lado. Esta jaula me impide crecer. Cumple su cometido.

–Estoy convencido –Skulduggery se acercó un paso–. Estamos buscando a un amigo nuestro que puede que haya venido hace unas horas.

–Ravel –dijo Torment–. Sí, estuvo aquí. Pareció sorprenderse cuando los demás le encontraron. Creo que no era eso lo que esperaba.

–¿Dónde está?

–Se lo llevaron. Están decidiendo ahora qué hacer con él. Discutirán y debatirán, pero finalmente acabarán haciendo lo de siempre: llevárselo a Mevolent como las miserables sabandijas cobardes que son.

Skulduggery inclinó la cabeza.

–Por eso estás encerrado –dijo–. No te doblegaste.

–Mevolent adora a los Sin Rostro –escupió Torment–. Para asegurar su propia supervivencia, los Vástagos de la Araña han terminado adorándolos también. Yo me rebelé, igual que Madame Mist y unos pocos más. Pero nuestros propios hermanos y hermanas nos traicionaron. Yo fui el único que quedó con vida después de la purga, porque eso fue, y aquí estoy ahora: un trofeo más de Mevolent.

Valquiria recordó el cadáver del señor Bliss flotando en el tanque del palacio de Mevolent. Parecía gustarle eso de exhibir a sus enemigos para que todos los contemplaran.

–Tenemos que encontrar a Ravel –dijo Skulduggery–. ¿Dónde lo tienen?

Torment emitió un sonido a mitad de camino entre una tos y una carcajada.

–¿Y por qué motivo iba a ayudarte, esqueleto? Estás muerto; deberías haber renunciado a la vida hace mucho tiempo. Y la chica... Ni siquiera ella sabe la abominación que es.

–Da igual la dimensión: en la nuestra y en la tuya sigues siendo el mismo bastardo –gruñó Valquiria.

–Si nos ayudaras, harías daño a Mevolent –dijo Skulduggery–. Molestarías a todos aquellos que te traicionaron. Si hurgas en tu diminuto y podrido corazón, llegarás a la conclusión de que vale la pena. Incluso ahí, encerrado en una jaula, todavía eres capaz de hacerle daño.

–O podría ignorarte –dijo Torment–. Y al ignorarte, hacerte daño a ti. Al menos podría ver la frustración en la cara de la abominación.

–Por favor, llámala Valquiria. No pienso escuchar una palabra más si sigues llamándola... de la otra forma. Tienes toda la razón: si no nos ayudas, verás la frustración en nuestras caras. Aunque nosotros no te hemos hecho daño, ¿verdad? Puede que nuestra presencia haya ofendido tu delicadísima sensibilidad, pero nunca, y lo digo con total certidumbre, nunca hemos hecho nada contra ti. ¿Y Mevolent? ¿Y los Vástagos de la Araña? Ellos son los responsables directos de que estés encerrado. Son los culpables de la muerte de Madame Mist. Y esta es tu oportunidad, al fin, de devolverles el golpe, por magro y pequeño que sea. Dime que no sería mucho más satisfactorio eso que ver durante un instante la frustración en nuestro rostro.

–Hablas demasiado.

Skulduggery asintió.

–Eso dicen.

Torment se acomodó. Y justo cuando Valquiria creía que no pronunciaría ni una sola palabra más, habló:

–Vuestro amigo estuvo aquí. Me vio enjaulado, habló conmigo como si me conociera. Pero antes de que dijera demasiado, se lo llevaron. A Terror le gusta hacer ofrendas a su amo y señor, Mevolent, con cierta regularidad. Supongo que vuestro amigo será una de ellas dentro de no demasiado tiempo.

–Entonces, ¿todavía no lo ha entregado?

–Hasta donde yo sé, sigue recluido en el Confesionario, que se encuentra en la torre más alta. Si estáis pensando en intentar rescatarlo, apoyo fervientemente la idea, ya que lo más probable es que ambos acabéis muertos.

–¿Tienes una mejor?

–No, y no siento la necesidad de aportarla. El tiempo, sin embargo, no está de vuestro lado. Dentro de poco, el barón Vengeus vendrá a visitar el templo.

Valquiria frunció el ceño.

–Vengeus está muerto. La última vez que estuve aquí, vi cómo Anton Shudder lo mataba.

Torment retorció el labio bajo la barba.

–La muerte significa muy poco para los generales de Mevolent, aunque admito que Vengeus no es el hombre que era antes. El estanque de Mevolent, en el que se baña a diario, tiene propiedades tan extrañas como antinaturales. El barón Vengeus es un hombre transformado y, cuando llegue, vuestro amigo pasará a estar bajo su custodia.

–Muy bien –asintió Skulduggery–. Entonces, tendremos que procurar no estar aquí cuando aparezca. ¿En lo más alto de las escaleras, dijiste?

Skulduggery no esperó respuesta. Valquiria le lanzó una mirada asesina a Torment antes de seguir al esqueleto por el arco. Pasaron junto a tres Vástagos de la Araña y Valquiria se tensó, preparándose para luchar, pero Skulduggery caminó tranquilamente, como si ese sitio fuera de su propiedad. Era uno de sus trucos favoritos y, por lo general, funcionaba. Nadie quiere molestar a alguien que parece muy ocupado. Ni siquiera a un esqueleto andante.

Llegaron a una enorme sala con escaleras cuya sola visión hizo que Valquiria se sobresaltara. La base de la escalinata era muy ancha, pero después, en la segunda planta, se dividía en varios afluentes estrechos que se enroscaban en espirales y se volvían a dividir una y otra vez, entrecruzándose según ascendían en la penumbra densa. Varios pilares, de distintos grosores, servían de apoyo. Se alzaban como árboles de una altura imposible, tan elevados que Valquiria no veía el fin. Skulduggery se deslizó por el bosque de columnas como si fuera algo de lo más normal. Valquiria lo siguió, incapaz de cerrar la boca. Lo único que pasaba por su mente era el ferviente deseo de que los Vástagos de la Araña hubieran sido tan listos como para poner un ascensor.

El detective esqueleto se detuvo y miró hacia arriba. Justo en esa posición, podía ver el alto techo sin interrupciones. Valquiria se acercó y Skulduggery le rodeó la cintura.

Se levantaron del suelo y volaron, provocando algunos gritos de sorpresa entre las personas con las que se cruzaban (una mera mancha a la velocidad que iban). Llegaron a lo más alto y aterrizaron detrás de un hombre con una melena extrañamente larga; seguramente era el último grito en el Dublín de dentro del muro. Se volvió, Skulduggery le pegó un puñetazo y el hombre cayó y rebotó contra el suelo antes de quedarse quieto.

Corrieron por un pasillo que se iba estrechando según avanzaban. Había otro guardia delante. Cuando estaba a punto de impedirles el paso, Skulduggery le dio un golpe. No cayó con tanta facilidad como el anterior, así que le aplastó la cabeza contra la pared. Llegaron hasta una encrucijada, oyeron un grito de dolor y, un instante después, Erskine Ravel apareció corriendo por la esquina.

Cuando los vio, abrió los ojos como platos. Alzó la mano, pero Skulduggery fue más rápido. Ravel salió despedido hacia atrás, cayó y se levantó al instante, para encontrarse el revólver del esqueleto apuntándole de frente.

Se quedó petrificado.

Valquiria se asomó a la esquina. Había tres personas inconscientes. Detrás de ellas, una puerta abierta y otra persona noqueada. En el suelo había un par de esposas abiertas.

–¿Por qué? –preguntó Ravel–. ¿Por qué habéis venido? ¿Para qué molestarse? Podríais haberme dejado en paz. No es que vaya a tener una vida muy feliz aquí. Seguramente me capturen de nuevo, me lleven hasta Mevolent y me torturen hasta la muerte. Ahí está la diferencia con Oscuretriz: en su caso, la agonía era increíble, pero nunca moriría. El sistema de Mevolent me parece mucho más justo.

–¿De verdad pensaste que iba a permitir que te libraras tan fácilmente? ¿Después de lo que hiciste? –preguntó Skulduggery.

–Te mereces pasar el resto de tu vida sufriendo –gruñó Valquiria, acercándose a ellos.

–Eso pensaba yo –dijo Ravel–. Pero lo que me hizo Oscuretriz... os aseguro que es algo realmente cruel e inusual. No puedo regresar a eso. Simplemente, no puedo. No tenéis ni idea. No sabéis lo que me ha hecho. Estoy agotado. Necesito recuperarme. Necesito fortalecerme.

–Necesitas ponerte de nuevo esas esposas y volver con nosotros –dijo Skulduggery.

–¡No! –dijo Ravel, casi gritando. Después se obligó a calmarse de forma ostensible–. No. No me vais a llevar de vuelta. Oscuretriz me encontrará y volverá a empezar todo.

Skulduggery amartilló el revólver.

–Esto no es una negociación.

Ravel respondió con una débil sonrisa.

–No me vas a disparar. Me necesitas vivo.

–Me conformo con «herido».

–Adelante: hiéreme. Confía en que la herida me haga más lento pero no me desangre. En que me haga más cooperativo, no más obstinado.

Skulduggery no respondió de entrada. Luego se encogió de hombros.

–Muy bien –dijo. Le entregó a Valquiria el sombrero y el revólver–. Sostenme esto.

Ravel se rio entre dientes cuando Skulduggery dio un paso hacia delante con los dedos flexionados, dispuesto a atacarle con su magia. Antes de que levantara las manos, se abrió la puerta tras él y entraron cuatro Vástagos de la Araña que no esperaban.

La alarma se pintó en todos los rostros, y Ravel se lanzó contra uno mientras Skulduggery peleaba contra otro. Ravel aún se estaba recuperando del castigo de Oscuretriz, así que no podía incapacitar a sus enemigos con la precisión de Skulduggery; a pesar de ello, resultaba impresionante. Valquiria ya había visto luchar así a Skulduggery en otras ocasiones, codo con codo con Abominable o cualquier otro de los hombres cadáver, con la absoluta confianza de que su compañero estaba haciendo su trabajo. Los Vástagos de la Araña no tuvieron tiempo ni siquiera de gritar para pedir ayuda. Un puño impactó contra una barbilla, un codo chocó con una mandíbula, una frente se encontró con una nariz y, en breves instantes, Skulduggery y Ravel estaban de pie junto a cuatro cuerpos rotos e inconscientes.

–Vais a necesitar que os eche una mano para salir de la ciudad –dijo Ravel–. Vine aquí en busca de ayuda, y es obvio que no la voy a encontrar, así que yo también necesito huir.

–¿Cuando salgamos de aquí te rendirás? –preguntó el esqueleto.

–Bajo ningún concepto. Pero podemos volver a discutirlo una vez estemos a salvo.

Cerca de ellos se oyó ruido de gente corriendo. Mucha gente.

–Vamos –dijo Skulduggery, volviéndose hacia la ventana. Movió las manos y el cristal explotó hacia fuera. Los tres se apresuraron a saltar por la ventana.

El viento los golpeó y atrajo a Valquiria hasta Skulduggery. Ella se agarró a él mientras la calle se acercaba a toda velocidad. No había Capuchas Rojas concentrados abajo. Aún no.

Redujeron la velocidad, siguiendo la trayectoria de Ravel, y aterrizaron los tres a la vez.

–Vamos a las calles secundarias –ordenó Skulduggery–. Ocultaos lo más rápido que...

El esqueleto calló de pronto. Valquiria se giró hacia él, luego hacia Ravel, y vio lo pálidos que ambos estaban. Fue entonces cuando se dio cuenta de lo que ellos estaban mirando. Tres hombres se acercaban a ellos.

El barón Vengeus.

Lord Vile.

Y Mevolent.

52

EL DIABLO VIENE A JUGAR

TODO se quedó en silencio.

El barón Vengeus llevaba el pelo gris corto y la barba cana recortada. Su uniforme estaba impecable, las botas relucientes, el sable envainado al cinto. Valquiria se esperaba todo eso. Lo que no esperaba era que su piel fuera tan pálida, casi azulada. Su rostro, normalmente severo y lleno de cólera, se veía flácido. Sin vida. Anton Shudder lo había matado... pero Mevolent no le había permitido descansar.

La armadura negra de Lord Vile culebreaba perezosamente a su alrededor, saboreando la calma antes de la tormenta.

Entre sus dos generales, más alto que ellos, avanzaba Mevolent. Portaba su armadura de combate de malla gris y cuero negro. La capa hecha jirones, cubierta de símbolos, se sacudía con la brisa. Llevaba la capucha puesta. Ese rostro, blanco amarillento, como manchado de nicotina, estaba oculto bajo el casco metálico decorado con un rostro que gritaba.

Las sombras se cerraron en torno a Vile, que desapareció en ellas. Casi al mismo tiempo, reapareció de entre ellas justo delante de Skulduggery.

Se miraron fijamente.

–Puede que pienses que tú y yo tenemos mucho de lo que hablar –dijo Skulduggery. Vile no contestó–. Puede que creas que tienes preguntas que necesitan respuesta. Pero yo no. Lo único que yo necesito saber es que sigues aquí. No luchaste contra ello como deberías haber hecho. No fuiste lo bastante fuerte como para controlarlo.

En la armadura de Vile aparecieron unos pinchos.

–He hecho cosas terribles –continuó Skulduggery–. Cosas que jamás podré compensar. Pero hay algo de lo que estoy seguro: soy mejor hombre que tú.

Las sombras chocaron contra Skulduggery, que salió despedido. Ravel movió las palmas contra el viento, pero Vile ya se había apartado. Hubo un borrón vertiginoso de oscuridad que le golpeó los brazos y le hizo un barrido en las piernas. Antes de que Ravel lograra levantarse, las sombras lo agarraron y lo lanzaron por los aires. Rodó por el suelo y, cuando se puso en pie, descubrió que Vengeus estaba detrás de él. Su rostro flácido no varió la expresión mientras le rodeaba el cuello con el brazo. Lo levantó en vilo y le apretó la garganta. En cuestión de segundos, Ravel se desplomó.

Valquiria se quedó inmóvil. La vara conmocionadora seguía en su espalda. Vile la miraba, esperando a que hiciera un movimiento. Hasta donde él sabía, ella era Oscuretriz y podía partir la ciudad en dos. Un ligero gesto lo lanzaría por los aires y lo mataría en el acto.

Valquiria dejó la vara donde estaba.

Y entonces, al oeste, oyó una sirena.

Vile y Vengeus se giraron.

Oscuretriz se acercaba. Caminaba con esa lentitud característica de los que se saben poderosos.

Vile miró a Valquiria y decidió rápidamente que ella no era la amenaza que creía que era. Se acercó a Mevolent y Vengeus y la sirena se apagó.

Oscuretriz les dedicó una sonrisa y señaló a Ravel, que hacía lo imposible por ponerse en pie.

—Solo lo quiero a él —declaró en voz alta—. He aprendido a oscilar y he venido hasta aquí simplemente para asegurarme de que no huya. Entregádmelo. Haced lo que queráis con los otros.

Vile y Vengeus no respondieron. Solo habló Mevolent:

—Te estaba esperando.

Oscuretriz se rio.

—Apuesto a que no has pensado en otra cosa. Pero no he venido a jugar la revancha. Tú no me interesas; ninguno de vosotros me interesa. Solo él. Solo Ravel.

Mevolent se giró hacia Erskine y lo contempló unos instantes.

—No me parece que sea tan especial.

—Ah, tiene un valor sentimental —repuso Oscuretriz—. No quiero aburrirte con los detalles. No es que me queden muchos sentimientos, la verdad, pero él se ha ganado un lugar especial en mi corazón. Entregádmelo y os dejaré vivir.

Como si les hubieran dado una orden silenciosa, los Capuchas Rojas aparecieron de los portales y los callejones y rodearon a Oscuretriz. Ella negó con la cabeza mientras se elevaba en el aire.

—No quieras ponerme a prueba, Mevolent. Tengo castigos que impartir.

Valquiria se dio cuenta de pronto de que Skulduggery estaba junto a ella. Ambos vieron cómo Alexander Remit se teletransportaba, le entregaba a Mevolent un arma metálica de color marrón y desaparecía de nuevo.

Parecía una escopeta, pero era más gruesa, como un lanzacohetes. Tenía símbolos grabados que brillaban. Mevolent cerró la mano derecha en torno a su empuñadura. La boca del cañón era irregular, como si tuviera dientes.

Oscuretriz se rodeó de una burbuja de energía sin moverse del sitio.

—No me vas a hacer daño con juguetitos —dijo.

El arma escupió un rayo de luz verde, cortó limpiamente la burbuja y le dio en el pecho. El escudo se desvaneció y Oscuretriz cayó, pero lo hizo de pie. Se tambaleó ligeramente, se enderezó y soltó una carcajada.

–¿Eso es todo? Apenas pica.

Entonces, un Hendedor la golpeó por detrás y la lanzó al suelo. Valquiria abrió los ojos como platos.

Oscuretriz recibió una patada en la nuca. Se levantó con una expresión que mezclaba la confusión y la ira. Agarró al Capucha Roja más cercano y lo despedazó. Una guadaña cayó sobre ella, que atrapó la hoja y la partió. Después se encargó de su portador lanzando un chorro de energía por los ojos.

Mevolent disparó de nuevo y dio a Oscuretriz en el costado justo cuando ella movía la mano.

Una guadaña bajó como un relámpago y le segó los dedos.

Oscuretriz chilló y se agarró la mano, demasiado sorprendida por la sangre que manaba a borbotones como para reaccionar a tiempo. El Capucha Roja giró y le hizo un barrido a las piernas. Cayó al suelo e intentó huir. La chaqueta se le había levantado y tenía la espalda al descubierto, así que el Capucha Roja aprovechó para atravesarla con el filo.

El grito se cortó en seco. Tenía la boca abierta, pero no producía ningún sonido. En sus ojos danzaba un brillo de dolor.

Y entonces, como si la expresión de agonía solo hubiera sido una actuación, entrecerró los ojos y el terror desapareció. Las llamas negras alcanzaron de inmediato al Capucha Roja, que ardió hasta consumirse. Oscuretriz se levantó, se sacó la guadaña del cuerpo y la dejó caer mientras hacía que volvieran a crecerle los dedos de la mano.

Los demás Capuchas Rojas la cercaron. Ella extendió los brazos y todos desaparecieron con una explosión. Después fijó la mirada en Mevolent. Se lanzó hacia arriba y voló contra él, pero el disparo del deslumbrante rayo verde le dio de lleno y la derribó.

Lord Vile se desplazó entre las sombras y apareció a su lado. Ella lanzó la mano contra él, pero no sucedió nada. Los zarcillos de oscuridad de Vile le arañaron la cara hasta saltarle la sangre y arrancarle gritos de dolor. Ni siquiera vio al barón Vengeus, que la esperaba para clavarle el sable en la cintura desprotegida. Oscuretriz boqueó, ahogada, cayó a un lado y la hoja se deslizó hacia fuera.

De inmediato, recuperó las fuerzas y arremetió salvajemente, pero Vengeus ya había dado un paso atrás con calma. Oscuretriz se incorporó, se curó las heridas y, en lugar de atacar, se quedó donde estaba, mirando a Vengeus, Vile y Mevolent. Tenía el rostro tenso de ira, pero templado por una emoción distinta...

... La comprensión de que no iba a ganar esa pelea.

Su silueta tembló, primero lentamente, después más rápido. Mevolent se preparó para disparar de nuevo, pero antes de que apuntara, Oscuretriz se enderezó, le echó una mirada a Valquiria, se encogió de hombros y osciló.

Mevolent bajó el arma.

Unas manos atraparon a Valquiria por detrás. Skulduggery intentó resistirse, pero había demasiados Capuchas Rojas. Vio cómo arrojaban a Ravel al suelo y lo esposaban. Valquiria recibió un golpe y vio las estrellas. Se le doblaron las rodillas, pero no permitieron que cayera al suelo.

El barón Vengeus se acercó. A esa distancia, parecía un cadáver.

–Llevad al esqueleto y a la elemental a las mazmorras –ordenó–. Quiero oír sus gritos antes de que termine esta hora.

–¿Y la chica?

Vengeus apenas le dedicó una mirada.

–Llevádsela al profesor Nye. Decidle que puede hacer con ella lo que más le apetezca.

53

EL FINAL ES NYE

SE encontraba atada a otra maldita mesa. Era una mesa elevada y Valquiria estaba casi en posición vertical. No veía el mecanismo que la sostenía, no podía decir si era mágico o tecnológico. Era silencioso, eso sí, y suave, producto de una mente esforzada e ingeniosa. El trabajo de alguien a quien le gustaba ir directo al grano.

El profesor Nye se agachó para pasar por la puerta del laboratorio y, una vez en su interior, desplegó su enorme y desgarbada estatura. La bata quirúrgica que llevaba era de color rojo brillante y el delantal de cuero era negro y viejo. Al igual que su homólogo de la otra dimensión, llevaba una mascarilla y un gorro, de forma que solo se veían sus ojillos amarillentos.

–Profesor –dijo su asistente, acercándose a toda prisa–. Tenemos un nuevo paciente. Mujer, aproximadamente de dieciocho años. Buen estado de salud.

El asistente se llamaba Civet. En su propia dimensión, había trabajado con Kenspeckle Grouse antes de que el Grotesco lo matara una tarde perezosa. Había sido un tipo torpe y gracioso. Aquí, ayudaba a un sádico asesino.

–Eso ya lo veo –replicó Nye con su curiosa voz aguda, quitándole la carpetilla de las manos–. Lo único que no veo es qué hace aquí.

–Nos la ha mandado el barón Vengeus –explicó Civet–. Acompañaba al esqueleto viviente y a otro hombre. El barón quiere saber más sobre ella.

Nye se inclinó hacia delante y sus largos dedos recorrieron el brazo de Valquiria.

–Esta chaqueta está blindada –dijo, casi con asombro–. No había visto algo de tanta calidad desde… creo que nunca había visto nada de esta calidad –se acercó a los armarios y sacó bandejas con instrumental–. Quítale la ropa –dijo–. Quiero examinar cada centímetro de ese material.

Civet asintió, dio un paso hacia delante y Valquiria le lanzó una mirada asesina.

–Tócame y te mato.

A pesar de las sujeciones y correas, Civet vaciló.

Nye observó la distancia que había entre su ayudante y Valquiria y se bajó la mascarilla con expresión molesta. Tenía la piel tan pálida como el Nye que conocía, pero este no tenía cosida la boca ni la nariz cortada, así que su fealdad resultaba ligeramente menos horripilante.

–¿Te intimida? Carece de poder, cretino. Está amarrada. ¿Con qué te amenaza exactamente?

–Esto… parece… parece tener malas pulgas.

–Y lo único que puede lanzarte son insultos. ¿Te dan miedo los insultos? ¿No? Pues quítale la ropa antes de que yo te quite la piel a ti.

Nye se volvió hacia las bandejas llenas de instrumentos cortantes, y Civet dio otro paso titubeante hacia Valquiria. Se estiró para bajar la cremallera de la chaqueta y ella le mostró los dientes, así que decidió poner las manos en cualquier lugar alejado de su boca. Bajó hasta la cintura y titubeó de nuevo. Alzó los ojos, vio que ella le fulminaba con la mirada y bajó la cabeza de inmediato. Tras unos segundos, se arrodilló y le puso una mano en el tobillo.

–Si te quito la correa del pie para sacarte la bota, ¿me darás una patada?

–Sin lugar a dudas –replicó Valquiria.

–Eso me parecía –murmuró tristemente Civet.

Nye empujó a Civet.

–Déjame a mí, payaso. Ya le quitarás la ropa al cadáver; eso es lo único para lo que vales.

–Sí, profesor –dijo Civet con una reverencia mientras se marchaba–. Lo siento, profesor.

–¿Qué me vas a hacer? –preguntó Valquiria.

–Pincharte –respondió Nye–. Hacerte pruebas. Cosas desagradables.

–¿Por qué?

–Porque puedo –dijo, echando un vistazo a la información de la carpeta–, porque me divierte y porque eres una criatura curiosa. Claramente eres mortal, no tienes ninguna aptitud para la magia, y aun así...

–Y aun así, ¿qué?

Nye examinó un monitor que tenía cerca.

–Y aun así hay algo...

La última vez que Valquiria había estado amarrada a una mesa como esa, Nye le había practicado una autopsia mientras estaba consciente. Dudaba que aquel Nye fuera más amable que el otro. No podía escapar. Carecía de magia y su vara conmocionadora estaba en una mesa al otro extremo de la estancia. Lo único que podía hacer era retrasar lo inevitable, crear una distracción.

–Te ahorraré tiempo –dijo–. Descubrí mi verdadero nombre. Luego cobró vida propia y hace poco se separó de mí.

Nye giró la cabeza hacia ella.

–¿Me das libremente esa información?

–Me interesa saber quién soy más que a ti. Has dicho que había algo. ¿El qué? ¿Magia?

Nye pestañeó un par de veces.

—Yo... no sé... esto... ah...

Valquiria suspiró.

—Lo entiendo, ¿vale? No estás acostumbrado a que la gente con la que experimentas te haga preguntas, pero esto me interesa, así que espabila, anda. Ya no tengo nombre verdadero. Mi magia me ha abandonado. ¿Puedo recuperarla?

—Jamás había oído que nadie se hubiera separado de su verdadero nombre —murmuró Nye—. Me llevará tiempo establecer una hipótesis y hay... hay que hacer tantas pruebas y... No sé, no creo que pueda hacer esto.

—¿Hacer qué?

No respondió.

—¿Hacer las pruebas? —insistió Valquiria.

—¡No puedo trabajar contigo si te portas así! —estalló—. ¡Yo soy el final, la última cosa que ven todos y cada uno de mis especímenes! Estoy acostumbrado al terror. ¡Me gusta el terror! Prefiero que los sujetos griten y supliquen, ¡no que pidan resultados!

—Puedo pedirte resultados a gritos, si eso te ayuda.

—No —dijo tristemente—. Sé que solo intentas hacerme sentir mejor.

—Bueno, entonces me parece que tienes por delante unas cuantas horas incómodas, profesor. A no ser, claro, que quieras decirle a Mevolent que no has tenido éxito.

Nye entrecerró sus diminutos ojos.

—Haz tus pruebas —añadió Valquiria—. Hasta que acabes y me des una respuesta, me comportaré.

En otro lugar del Dublín dentro del muro, estaban torturando a Skulduggery Pleasant y a Erskine Ravel. Lo sabía. Le importaba un comino el daño que le hicieran a Ravel, pero estaba preocupada por Skulduggery. No le parecía justo. Ya había recibido suficiente tortura en su vida. Así fue como murió. Nefarian Serpine lo torturó durante tres días con la mano roja, con todo tipo de técnicas salvajes y de crueles instrumentos. Skulduggery murió gritando, mirando el rostro del hombre que había matado a su esposa y a su hijo. Y ahora había vuelto a la mesa de torturas, mientras Mevolent, Vengeus y puede que incluso Vile se turnaban.

–Curioso –murmuró Nye.

Valquiria alzó la vista.

–¿Qué pasa?

–Dijiste que fingirías que estabas inconsciente.

–Bueno, ahora estoy fingiendo que me despierto. ¿Qué es curioso? ¿Qué pasa?

Nye suspiró.

–Solo es una teoría basada en las pruebas rudimentarias que he hecho, y no sé cómo explicarla exactamente.

–Por favor, con palabras sencillas –suplicó Valquiria.

–Tu magia, sin duda, ha desaparecido. Cuando te arrancaron el nombre verdadero, se llevó toda la magia consigo. Pero mis pruebas han encontrado algo. Y ese algo hace que se me ocurra una idea, y esa idea me lleva a una teoría y, finalmente, a una hipótesis. Nuestros nombres verdaderos actúan como vínculo con la fuente de toda la magia, eso lo sabemos. Y cada ser vivo tiene un nombre. En teoría.

–¿Solo en teoría?

–La magia es un tema demasiado inmenso para poder dominarlo. Vemos la magia de una forma, desde una perspectiva. Los brujos y brujas están prácticamente extinguidos gracias a las purgas de Mevolent de hace cien años, pero ellos no seguían nuestras normas y, aun así, accedían a la fuente, y podría decirse que de una forma más pura que nosotros. Es posible que existan mil aspectos de la magia que no conocemos, que permanecen ocultos, que nunca sabremos.

–¿Y eso qué tiene que ver conmigo?

—No tienes un nombre verdadero y, aun así, como ya he dicho, hay algo. O más bien, la ausencia total de algo. Que en sí mismo ya es algo.

—Sé que estás intentando explicármelo para tontos, pero a lo mejor te estás pasando un pelo.

—Mis pruebas no muestran nada —dijo Nye con impaciencia—. No hay absolutamente ningún rastro de magia en tu interior. Cero. Incluso en el mortal más mundano hay una traza. No es suficiente para que se active nunca ni afecte ni se vea afectada, pero hay una traza. Dentro de ti no hay nada.

—Entonces, Oscuretriz se lo llevó todo.

—Sí. Pero eso no es lo importante. La falta absoluta de magia no indica necesariamente que no haya magia en tu interior. Puede indicar, por el contrario, que hay algo que la bloquea.

—Pero como no tengo un nombre verdadero...

—Entonces eres un recipiente vacío —declaró Nye casi con entusiasmo—. Eres algo único. Algo que nunca había visto antes. Y como cualquier recipiente vacío, solo estás esperando a ser llenada.

—¿Y cómo consigo... llenarme?

—No lo sé. Como ya he dicho, todo esto es una conjetura. Tendré más información después de la autopsia.

—Perdona —le cortó Valquiria—. ¿La qué?

—Ya he hecho todo lo que podía con tu cuerpo vivo. Una vez que te diseccione, sabré mucho más.

—No te seré de mucha utilidad muerta.

—Eso es lo que siempre dicen los vivos. Os equivocáis.

—Pero tiene que haber más pruebas que...

—Por ese motivo no me gusta mantener conversaciones con los especímenes de la mesa —dijo Nye, interrumpiéndola—. Quejas. Discusiones. Llamamientos a mi humanidad. Soy un crengarrion. No soy un ser humano. Te voy a cortar en pedacitos pequeños que pesaré y catalogaré. A partir de ahora, solo me interesas como conjunto de partes del cuerpo.

–¿Y qué pasa con el alma? –preguntó Valquiria–. El Nye de mi dimensión siempre estaba buscando el alma. ¿No quieres hacer eso?

Nye se cernió sobre ella.

–¿El alma? Descubrí dónde se encontraba hace cuatro años. No te preocupes, te aseguro que también la pienso diseccionar.

Civet regresó. Caminaba rígido y parecía aterrado.

–Profesor...

Nye se volvió.

–¿Qué? ¿Qué pasa? ¿Qué quie...?

Civet recibió un empujón que le echó a un lado y una pistola con silenciador que sujetaba una mano roja apuntó directamente a la cara de sorpresa de Nye.

–¿Qué...? ¿Qué es esto? –preguntó la criatura, levantando las manos.

–¿Tú qué crees, ridículo monstruo? –dijo Nefarian Serpine–. Es un maldito rescate.

54

EL TRATO

EN la dimensión de Valquiria, Emmet Peregrine era un teletransportador al que la Diablería había matado hacía años. En esta realidad estaba vivo, en buen estado de salud y esperándolos en el pasillo del laboratorio de Nye. Con la vara en una mano, Valquiria le agarró del brazo, Serpine se sujetó al otro, y de pronto se encontraron en el exterior.

Valquiria se alejó de los dos. Estaban en un pueblo pequeño. La gente pasaba deprisa. Oía el mar. Olía a pescado en el aire de la tarde.

Peregrine desapareció y Serpine se volvió hacia ella con una sonrisa.

–Hola, Valquiria.

–¿Qué quieres?

–¿Ese es todo tu agradecimiento? Te acabo de salvar la vida. Sería bonito recibir un poco de gratitud.

–¿Qué quieres? –repitió ella.

A Serpine no parecía intimidarle demasiado la vara que Valquiria tenía en la mano.

–Valquiria, puede que esto te sorprenda, teniendo en cuenta el pasado que compartes conmigo y con mi otro yo de tu dimensión, pero no soy un mal tipo. No del todo. Tengo mis buenos momentos. Tengo rasgos positivos. Desde la última vez que estuviste aquí, me he convertido en el líder de la Resistencia. ¿Te sorprende?

–No me importa lo bastante para que me sorprenda.

–Que no te importe es señal de sorpresa. Después de que China Sorrows muriera trágicamente durante el ataque de Mevolent a la Resistencia, yo me puse al frente para...

–La mataste tú.

–¿Eh?

–Que tú mataste a China. Le partiste el cuello.

Serpine frunció el ceño.

–¿Lo viste?

–Lo vio Oscuretriz, lo que significa que lo vi yo.

–Ah. Bueno, fue un día muy caótico. Hubo mucha gente haciendo muchas cosas. Resultó bastante confuso. ¿Quién sabe quién hizo qué?

–Sé que tú mataste a China.

–Pero no nos perdamos con los detalles –murmuró–. Sí, maté a China, pero, hablando en un sentido más genérico, China murió y yo estaba cerca. Es una forma más suave de decirlo, ¿no? No es tan peliagudo como decir que yo la maté. Así que dejémoslo en eso: que China murió y yo estaba cerca. Nadie más tiene por qué enterarse de lo contrario. Complicaría las cosas: te las complicaría a ti y también a mí. Y ahora estoy aquí, lanzando un ataque contra los tiranos al liberarte, Valquiria Caín. De nada, por cierto.

–¿Por qué?

–Porque te necesito. Ven. Acompáñame.

–No –respondió ella.

Él suspiró.

–Eres tozuda. Habrá personas que lo consideren una virtud. Para mí resulta molesto.

Valquiria miró a su alrededor.

–¿Todos estos son hechiceros?

–¿Humm? Ah, no –soltó una risita–. De ningún modo. Míralos. Mira en qué estado lamentable se encuentran.

–Entonces, ¿estamos en un pueblo mortal?

–Sí. El escondite perfecto. Hay suficiente ambiente depresivo y mundano para asustar incluso al más ferviente de los controlamentes antes de que se acerque.

–¿No será peligroso?

–No, lo tengo controlado.

–No digo que sea peligroso para ti –dijo ella, echándole una mirada asesina–. Hablo de ellos: los mortales. Si Mevolent descubre que tenéis aquí vuestra base, toda esta gente inocente sufrirá el fuego cruzado.

Serpine asintió.

–¿Y...?

–Y se supone que esta es la gente a la que deberíais proteger.

–¿Quién te ha dicho eso? Nuestra labor no es protegerlos. Es luchar contra Mevolent.

–¿Y si lo derrotáis?

–Cuando lo derrotemos –corrigió él.

–¿Entonces qué? ¿Vais a gobernar sobre esta gente igual que él?

–Por supuesto –replicó Serpine–. ¿Qué esperabas? ¿De verdad pensabas que dejaríamos que los mortales gobernaran el mundo? Míralos. Mira cómo caminan, cómo tropiezan. Fíjate en sus ojos apagados. ¿Acaso ves el menor atisbo de inteligencia? Los mortales no están capacitados para gobernar sus propias vidas, Valquiria, así que mucho menos el mundo.

–Si se les da la oportunidad...

–No quieren una oportunidad. Necesitan una guía. Necesitan sabiduría. El mortal más anciano es solo un niño en comparación con un hechicero. ¿Dejarías que un niño dirigiera tu vida?

–No son niños.

–Todavía no has pasado por la Iniciación, ¿verdad? Eres tan joven como pareces, así que seguramente aún tengas apego sentimental por una familia o amigos mortales... pero ya aprenderás. Solo necesitas unos cuantos años. Por favor, ¿vienes conmigo?

Valquiria le fulminó con la mirada, pero no podía quedarse quieta hasta que se le ocurriera otra cosa que hacer. Avanzaron por la carretera y llegaron a una taberna.

—No me vas a invitar a tomar algo, claro... —dijo ella.

Serpine sonrió.

—Puedo ser bastante encantador si me lo propongo, ¿sabes? A lo mejor descubres de pronto que te gusto.

Ella ni siquiera se molestó en responder. Serpine soltó una carcajada y entraron en la taberna. De inmediato notó que la atmósfera era distinta. La gente que había allí tenía una postura decidida, recta. Eran más fuertes. Parecían más alertas.

Hechiceros.

Una chica se acercó a ellos. Era pálida y tenía una cicatriz en el extremo de la boca.

—Valquiria —dijo Serpine—. Recuerdas a Harmony, ¿no? Es mi... ayudante.

—Valquiria —saludó Harmony—. Es un placer volver a verte.

—Harmony antes me decía lo que tenía que hacer —continuó Serpine—. Se burlaba de mí. Creo que sería justo admitir que yo no le gustaba lo más mínimo. Puede que me despreciara tanto como tú. ¿Faltaría a la verdad, Harmony? —ella le miró con mala cara y Serpine sonrió—. Pero eso no impidió que sucumbiera a mis encantos. Ah, fue un romance prohibido. Yo diría que tórrido. Ella me odiaba, pero se sentía atraída por mí. Muy apasionado.

—De verdad, no necesito saber todo eso —protestó Valquiria.

—Y luego, cuando nuestra apreciada y fallecida China Sorrows me ordenó que os ayudara a ti a tu amigo el esqueleto a colaros en la ciudad, Harmony se asustó. Creyó que me había perdido. Pasaste miedo, ¿eh, Harmony? Pensaste que había muerto. Pero regresé. Y fue China la que murió de forma muy, muy trágica. La Resistencia estaba destrozada. Se necesitaba a alguien especial que recogiera los pedazos. Solo había una persona capacitada para ese trabajo. Pero también murió, también de forma trágica, y yo era el único lo bastante valiente para reemplazarlo. Después de eso, Harmony comenzó a mirarme de una forma distinta. Con respeto. Nah, admitámoslo: con admiración.

Harmony apretó la mandíbula.

—Esta gente me necesita, Valquiria. Me vieron como su salvador. Ha sido una gran responsabilidad y... lo admito, he cometido errores. ¿Cuántos errores he cometido, Harmony? Vamos a contarlos, si te parece. A ver: Flaring, Sakra, Ashione, Kallista, Luciana, Rosella, Rapture y...

—Muchos errores —gruñó Harmony.

—Pero finalmente recuperé la razón —dijo Serpine— y hallamos el camino de la reconciliación. Ahora Harmony se encarga de sostenerme el abrigo —se lo quitó y se lo tendió.

Harmony apretó los labios, pero agarró la chaqueta y no la tiró al suelo mientras se alejaba.

Valquiria ya había tenido bastante.

—¿Para qué me sacaste de allí? ¿Qué quieres de mí?

Serpine le hizo un gesto en dirección a una mesa y tomaron asiento.

—Esa arma que absorbe la magia que Mevolent ha usado con tu doble malvada —dijo Serpine—. Ha estado trabajando en ella desde la última vez que estuviste aquí. Eso es lo que quiero. Me lo debes.

Valquiria frunció el ceño.

—No te debo nada.

Serpine puso los codos sobre la mesa y se inclinó hacia delante.

—Yo tuve el Cetro en la mano, la única forma de derrotar a Mevolent y a su sombrío y psicótico perro faldero. Pero Oscuretriz se lo llevó a tu dimensión. Así que sí, me debes un arma imparable.

—¿Y cómo quieres que la consiga?

–Tengo un plan.

Ella negó con la cabeza.

–Ya no tengo magia.

–¿Perdón?

–No voy a entrar en detalles, pero me han arrebatado la magia. Se ha ido. No puedo ayudarte.

–¿Alguien te quitó la magia? ¿Con un arma como la de Mevolent o…?

–No. Otra cosa.

–Eso es… horrible –murmuró Serpine–. Ahora entiendo por qué defendías a los mortales. Eres una de ellos. Dios mío, debe de ser descorazonador. Pobre y patética criatura…

–Lo que sea –zanjó Valquiria–. No puedo ayudarte.

–No importa. No necesitas magia. Solo tienes que hacer lo que yo te diga y parecer convincente.

–¿Convincente?

La sonrisa regresó a los labios de Serpine.

–Como Oscuretriz, claro.

–¿Qué?

–Quiero esa arma. La única manera de que Mevolent la vuelva a sacar es ante Oscuretriz, si aparece de nuevo. Por lo que yo sé, ha vuelto a tu dimensión con el rabo entre las piernas. ¿Nunca te han dicho lo mucho que te pareces a ella?

–¿Y cómo quieres que funcione? –preguntó Valquiria–. Sabrá que soy yo en cuanto me ataque y yo muera de forma horrible y espantosa y no vuelva a levantarme.

Serpine se encogió de hombros.

–Entonces tendremos que asegurarnos de que no mueras.

–Ardo de impaciencia por saber cómo vamos a conseguir eso.

–Hace poco ha llegado a nuestras manos un artefacto extraordinariamente raro –sacó una esfera de camuflaje del bolsillo–. ¿Sabes lo que puede hacer esto? Envuelve a su portador en una burbuja de invisibilidad. Es algo muy ingenioso…

–Sé lo que es. ¿Quieres que lleve la esfera a la batalla contra Mevolent?

–No, no la vas a llevar tú –negó Serpine–. Lo hará mi teletransportador. Es un artículo demasiado preciado como para confiárselo a alguien que podría llevárselo a su propia dimensión. Peregrine estará a tu lado en todo momento, invisible. Mevolent usará su arma, te acertará, y Peregrine te transportará unos pasos hacia atrás o hacia delante. Para Mevolent, parecerá que Oscuretriz ha descubierto una forma de superar los efectos del arma. Cuando abandone su juguete roto para acabar contigo con sus propias manos, y lo hará, Peregrine te sacará de allí, te transportará de regreso junto a nosotros. ¿Preguntas?

–¿Qué pasa con Skulduggery?

–Si estás de acuerdo con esto, Pleasant y Ravel te estarán esperando cuando regreses.

–¿Los vas a liberar? –preguntó Valquiria.

–Naturalmente.

–No te creo.

–Me siento muy dolido. Sorprendido no, pero sí dolido. La cuestión es que me habría encantado mentirte, pero como sé cómo eres, en realidad cuento con un plan de rescate muy sólido que pronto pondré en marcha. Mañana por la mañana, todo el mundo estará distraído con tu heroico enfrentamiento contra Mevolent, lo cual permitirá que entre en las mazmorras un equipo con mis mejores hombres. Te puedo enseñar el plan, puedes conocer al equipo, puedes satisfacer tu curiosidad y descubrir que son, al menos, personas honorables. Siempre y cuando aceptes ahora mismo.

–Si intentas engañarme...

–Ni en sueños –dijo Serpine extendiendo la mano–. ¿Y bien? ¿Tenemos un trato?

Valquiria titubeó, pero no por mucho tiempo. Cada instante que desperdiciaba era un momento más de dolor para Skulduggery.

Cogió la mano de Serpine y la estrechó.

55

LOS EXILIADOS

CHINA volvió de la reunión con Melancolía St Clair y Solomon Wreath, y le ordenó a su atractiva ayudante que le preparara un baño. Melancolía se había mostrado educada en presencia de la autoridad, pero Wreath había sido tan odioso como de costumbre. Si no le necesitara para hacer que Melancolía se sintiera como en casa en el Santuario, habría dispuesto que lo echaran de los muros de la ciudadela hacía días.

Se desnudó mientras esperaba a que la bañera estuviera lista, y se miró en el espejo del dormitorio. Le dolía la cabeza. Reuniones, conflictos, nervios, interrupciones, expectativas y responsabilidades. Aquello era lo que llenaba ahora su vida. Tenía una arruga de preocupación en el ceño. Llevaba un pequeño símbolo invisible junto al ojo izquierdo. Lo rozó con la punta del dedo, brilló, y una sensación cálida y lenta se extendió por su cuerpo, eliminando el dolor de cabeza y haciendo que su rostro recuperara su expresión perfecta.

Su hermosa asistente estaba a la entrada del baño. China se quitó un delicado brazalete y el collar y los depositó cuidadosamente en el armario. Llamaron a la puerta y la arruga reapareció.

Su asistente salió corriendo a buscar una bata, pero China cruzó la habitación antes de que la encontrara y abrió la puerta.

Tipstaff abrió la boca para hablar, pero no fue capaz de decir nada. Detrás de él había siete personas esperando tranquilamente.

–Gracias, Tipstaff –dijo China de forma cortante–. Eso es todo.

Tipstaff se inclinó con el rostro encendido y se retiró, dejando allí a los siete visitantes. China se dirigió al hombre de cabello negro cuya belleza solo se deslucía por una cicatriz.

–No me gustan los vampiros, señor Dusk.

Él inclinó la cabeza muy ligeramente.

–Soy consciente de ello.

–Y aun así trae usted a seis de ellos hasta mis aposentos privados. Ha sido un día largo y me espera una larga noche. Si Tipstaff le ha traído hasta aquí es porque tiene algo de interés que decirme, así que adelante.

–Representamos a los exiliados –dijo Dusk–, vampiros que han roto el más sagrado de nuestros códigos.

–Haber matado a otros vampiros.

De nuevo, un asentimiento casi imperceptible.

–Por ese motivo hemos sido expulsados. No es... fácil estar solo. No para un vampiro. No es seguro. Ni para nosotros ni para los demás.

China les dedicó una sonrisa.

–Si han venido hasta aquí para que acabemos con su sufrimiento, estoy convencida de que podremos solucionarlo.

–¿Sacrificarnos como animales? ¿A eso se refiere? No voy a insultar la inteligencia que sé que posee, Gran Maga, y decidiré creer que realmente no piensa en nosotros en esos términos. Que no le guste nuestra especie...

–Desprecio a su especie –dijo China–. Así que, por favor, al grano. Me estoy quedando fría.

–Hemos venido a Roarhaven a pedir asilo.

–Petición denegada.

–Ni siquiera nos ha escuchado.

–Señor Dusk, una ciudad floreciente como Roarhaven no puede contar con vampiros dentro de sus muros.

–Aquí tiene hechiceros que han hecho cosas mucho peores que ningún vampiro –repuso Dusk.

–Y aun así, preferiría tomar el té con cualquiera de ellos en lugar de hacerlo con uno solo de los suyos.

–Si disponemos de suero, los vampiros podemos vivir en una sociedad civilizada.

–El problema es que a nadie le gustan los vampiros, señor Dusk. Ponen nerviosa a la gente.

–Pueden sobrevivir con un poquito de nerviosismo.

A su pesar, China sonrió.

–Sin duda. Pero la respuesta sigue siendo no.

–Aún no nos ha escuchado.

Ella suspiró.

–Muy bien. Planteen su caso. Pero rápido; me espera la bañera.

–Queremos un hogar –dijo Dusk–. Queremos acceso al suero y queremos los mismos derechos que todos los demás.

Eso hizo que China se quedara pensativa.

–¿A cambio de qué?

–De nosotros.

–¿Perdón?

–Vampiros –dijo–. Roarhaven no solo sería la primera ciudad de hechiceros del mundo, sino también la primera comunidad mágica que contaría con vampiros entre sus ciudadanos. Mostraría a todos los Santuarios del planeta que no hay nada a lo que Roarhaven tema. No hay ninguna amenaza que no pueda controlar. Ninguna bestia que no pueda dominar.

–¿Me está ofreciendo sus servicios? ¿Serían nuestros vampiros domesticados?

Él asintió.

–Nos gustaría formar parte de la ciudad, parte del Santuario. Tendría sus agentes, sus hechiceros, sus Hendedores... y sus vampiros.

China vaciló.

–Eso no se ha hecho nunca.

–Y con razón. Pero los tiempos están cambiando.

–¿Y por qué ha decidido hacerme esta oferta en este momento?

–Oscuretriz. Un grupo de vampiros no puede hacer nada contra ella, pero si ese grupo forma parte de un plan estratégico...

–Entonces, ¿viene a prestarnos ayuda en un momento de necesidad?

–Nosotros los necesitamos. Puede que ustedes nos necesiten a nosotros. Es un momento oportuno para hacer un trato, creo yo. ¿No está de acuerdo?

China tenía que admitir que le gustaba la idea. La primera comunidad mágica que contaba con sus propios vampiros. Menudo símbolo. Menudo mensaje enviaría aquello. Dusk tenía razón: Roarhaven se ganaría inmediatamente la reputación que necesitaba que tuviera. Y le gustaba lo que supondría para la propia reputación de China.

–Pasa –dijo–. Hablaremos mientras me baño.

56

CARA A CARA

HORA de la función.

El sol del mediodía, distante e indiferente, brillaba sobre su cabeza. Valquiria caminaba por la ancha calzada, obligándose a mostrar confianza mientras se dirigía al palacio, viendo cómo la gente se dispersaba y la calle quedaba vacía. Incluso los Capuchas Rojas se apartaron. Los controlamentes, con túnicas blancas, la miraban, pero no intentaban penetrar en su cabeza. Ya habían aprendido la lección cuando lo intentaron con Oscuretriz.

Se sentía vulnerable. Para disfrazarse, solo había necesitado cambiarse de ropa... lo que significaba que no llevaba el traje negro blindado. El que le habían dado –rojo, como el de Oscuretriz– ni siquiera era protector. No le gustaba aquello. Ni pizca. Tuvo que resistir el impulso de extender la mano hacia atrás para comprobar que Peregrine seguía allí. Ni siquiera oía sus pasos.

Notaba la boca seca. Se moría de ganas de lamerse los labios, pero le daba miedo parecer nerviosa. No podía permitirse el lujo de dejar de actuar ni siquiera un instante.

Valquiria se detuvo, puso los brazos en jarras y sonrió.

Esperaba que Mevolent hubiera aparecido mucho antes. Tal vez no fuera a acudir. Tal vez no había creído que ella fuera Oscu-

415

retriz. Tal vez alguien le dispararía desde una azotea antes de que Peregrine pudiera transportarla a un lugar seguro. Una bala entre los ojos. ¿Cómo de estúpida se sentiría entonces?

Casi sintió alivio cuando vio que Mevolent caía desde el cielo. Casi.

No le acompañaban Vile ni Vengeus. ¿Estarían demasiado ocupados torturando a Skulduggery y Ravel, o se habrían escondido tras ella, dispuestos a atacarla? Estuvo a punto de volverse, pero se obligó a mantener los ojos fijos al frente.

—Siento lo de ayer —dijo en voz alta—. Me pillaste desprevenida. ¿Continuamos donde lo dejamos?

Le tembló la voz un poco, justo al principio, pero no le pareció que se hubiera dado cuenta. Al menos, eso esperaba. Mevolent llevaba el arma que absorbía la magia bajo la capa. Valquiria mantuvo la sonrisa y se preguntó si dolería.

El rayo la golpeó y notó calor en la piel. El impacto tuvo suficiente fuerza para hacer que retrocediera un paso. Pero al no tener magia que pudiera absorber, una vez que superó el golpe inicial, lo único que sintió fue un leve hormigueo. A pesar de ello, imitó la reacción de Oscuretriz y cayó de rodillas como si estuviera agotada.

Mevolent cortó el rayo y avanzó hacia delante. Antes de que pudiera acabar con ella, Valquiria se levantó, notó la mano de Peregrine a su espalda y de pronto se encontró al otro lado de la calle.

—¿Eso es todo? —preguntó, forzando una sonrisa—. ¿Eso es todo lo que tienes?

Mevolent alzó el arma y volvió a disparar. En esta ocasión, cuando recibió el rayo, Valquiria soltó una carcajada.

Peregrine la transportó tres pasos a la izquierda.

—Tus juguetitos solo funcionan un instante conmigo —dijo—. Luego aprendo. Me adapto. Hay una raza de criaturas en mi universo: los llamamos Borg. Ellos me han enseñado todo lo que sé sobre la adaptación a nuevas armas. No puedes derrotarme, Mevolent. La resistencia es inútil.

Mevolent disparó de nuevo, una y otra vez. A cada impacto, Valquiria ampliaba la sonrisa fingida.

Mevolent saltó hacia Valquiria, pero ella reapareció de pronto al otro extremo de la calle. Intentó soltar una carcajada, pero lo que brotó de sus labios fue un ladrido estrangulado que esperaba con toda su alma que nadie hubiera oído.

Mevolent se giró hacia ella y Valquiria hizo todo lo que pudo para parecer arrogante. Después de tantos años de serlo, debería haberle salido más natural.

–No he venido a por ti –dijo–. He venido a buscar a Skulduggery Pleasant y Erskine Ravel. Entrégamelos y me marcharé de esta dimensión deprimente y no volveré más. Te doy mi palabra.

Mevolent la observó desde las hendiduras de su casco. Luego dejó caer el arma que absorbía la magia y extendió la mano. Por un instante, se quedó quieto en esa posición, y entonces cayó desde un tejado la espada Asesina de Dioses. Cerró la mano en torno a la empuñadura.

Valquiria extendió el brazo hacia atrás de forma involuntaria, buscando a Peregrine, pero no tocó más que el aire. Sintió un escalofrío.

–¿Estás ahí? –musitó, intentando no mover los labios–. ¡Eh!

No hubo respuesta, no se produjo el toque tranquilizante de la mano en la espalda. En el instante en que Mevolent había soltado el arma, Peregrine se había ido.

Estaba sola.

Mevolent se acercó despacio, con la espada descansando sobre el hombro. La chupamagia que estaba en el suelo tras él desapareció, recogida por el teletransportador invisible.

Valquiria no podía correr. Aunque hubiera tenido algún sitio al que ir, nunca sería lo bastante rápida. No podía luchar. Ni siquiera llevaba la ropa protectora –aunque tampoco le habría servido de mucho contra una Asesina de Dioses–. Esa espada la cortaría en dos, de un tajo, con absoluta limpieza. Dudaba incluso que la hoja se llegara a manchar de sangre.

–¡Quieto! –gritó. Mevolent se detuvo. El miedo de Valquiria se convirtió en furia y surgió como una explosión desde la tripa hasta la garganta–. ¿Crees que puedes matarme? –rugió, y se dio cuenta de que, sin pensarlo, había avanzado hacia él–. ¿Crees que alguien como tú puede matarme? ¡Soy Oscuretriz! ¡He vivido dentro de vuestras pesadillas incluso antes de haber nacido! ¡Siempre he estado aquí! ¡Estaba destinada a estar aquí! ¡Voy a matar a todos los hombres, mujeres y niños, a todos los animales, plantas y organismos de mi dimensión, y lo voy a hacer porque puedo! Soy una diosa, patético hombrecillo. Soy la oscuridad al final del día. Soy el frío que vence al calor. Soy inevitable, sapo insignificante. ¿Quién demonios te crees que eres tú para atreverte a amenazarme a mí?

Cuando terminó el discurso, estaba justo delante de él y miraba hacia arriba, a los agujeros del casco, lamentando de verdad lo que acababa de hacer. Tenía ganas de hacer pis. La pierna izquierda le temblaba tanto que pensó que se desplomaría. Por suerte, la espada de Mevolent continuaba descansando en su hombro. Parecía creer que era quien decía ser, que era capaz de cumplir sus amenazas...

Mevolent levantó la mano izquierda sin prisas. Valquiria se obligó a ignorarlo, a mantener los ojos fijos. Él le tomó la barbilla. Con el apretón más pequeño podía partirle la mandíbula, lo sabía, pero se había quedado sin ideas y permanecer inmóvil, mostrándose muy enfadada, le parecía lo mejor que podía hacer en esa situación.

Sintió cómo la observaba durante un instante interminable, como si estuviera hurgando en su alma y sopesando lo que allí encontraba. Si la consideraba lo bastante fuerte, puede que la dejara marchar. Si descubría su debilidad, la mataría en el acto.

La mano se apartó.

–No eres Oscuretriz –dijo. Al tiempo que retrocedía para blandir la espada, Valquiria notó unas manos en la espalda. Al instante se encontraba bajo techo.

Reconoció aquel sitio, la oscuridad y el olor. Era el calabozo que se encontraba bajo el palacio de Mevolent. La esfera de camuflaje se retrajo y Peregrine la guardó en el abrigo. Sostenía la chupamagia en la otra mano.

–Volviste a buscarme –dijo Valquiria, con los ojos como platos.

–Por supuesto –dijo Peregrine–. ¿Creías que te dejaría ahí? Somos los buenos, Valquiria.

–Por supuesto que lo somos –dijo una voz a su espalda. Valquiria se giró y vio a Serpine, seguido por Skulduggery y Ravel, esposados y escoltados por un grupo de hechiceros sombríos–. ¿Lo ves? Tus amigos, como te prometí. Desde luego, te puedo asegurar que soy un hombre que algunas veces mantiene su palabra. Peregrine, ¿qué es ese maravilloso objeto que tienes en la mano? ¿No será, quizá, el arma que estaba esperando?

Peregrine se la tendió y, mientras Serpine la examinaba por encima, Valquiria se acercó corriendo a Skulduggery.

–¿Estás bien? Quería haberte sacado antes, pero...

–Me sacaste cuando pudiste –dijo el esqueleto–. No tienes que disculparte.

–¿Dónde está la llave? –preguntó Valquiria a Serpine–. La llave de las esposas, ¿dónde está?

–Te aseguro que no tengo ni idea –masculló Serpine, todavía centrado en el arma–. Y te aseguro que no me importa en absoluto –satisfecho, alzó la vista–. Tu amigo el esqueleto tiene la manía de pegarme, así que permanecerá esposado hasta que vuelva a casa, lo que espero que suceda muy pronto. Peregrine, creo que es hora de que todos nos...

–¡Tenemos compañía! –rugió uno de los hechiceros de Serpine viendo cómo el barón Vengeus se cernía sobre ellos.

–Ah, esto va a ser divertido –dijo Serpine, apuntándole con el arma.

Apretó el gatillo y no pasó nada. Serpine la sacudió.

–Funciona, maldita sea.

–Sacadnos de aquí –ordenó Skulduggery, y todos se agarraron. Antes de que Valquiria pensara la siguiente frase, estaban de regreso en el pequeño pueblo pescador, al otro lado del país.

–¡Maldición! ¿Por qué no funciona? –chilló Serpine, alejándose de ellos. Intentó disparar al cielo, se volvió en redondo y disparó contra Peregrine, pero no sucedió nada–. ¿Por qué no funciona?

–A lo mejor no funciona porque no sabes cómo hacerla funcionar –señaló Valquiria–. Puede que no sea tan simple como apretar el gatillo. Pareces un niño que acaba de recibir un juguete en Navidad, no consigue ponerlo en marcha a la primera y lo tira.

–¿Por qué demonios va a recibir un niño un juguete en Navidad? –gritó Serpine–. ¿Y por qué seguís aquí? ¿No tenéis una dimensión a la que volver?

–No nos encontraremos con nuestro oscilador hasta dentro de veintiséis horas –informó Skulduggery.

–Bueno, eso es un verdadero incordio. Hacedme un favor y apartaos de nuestro camino –le entregó el arma a uno de sus hombres–. Tú, consigue que esto funcione. Estaré en mis aposentos.

Se alejó gritando el nombre de Harmony, que apareció por la puerta y se acercó a él con el ceño fruncido.

Peregrine le entregó una llavecita a Valquiria.

–Para las esposas –dijo–. Doy por supuesto que quedasteis en encontraros con vuestro oscilador en Roarhaven, ¿no? Cuando tengáis que ir, avisadme.

–Lo haremos –dijo ella–. Gracias.

Peregrine y los demás hechiceros se dispersaron. Valquiria ignoró a Ravel y le quitó las esposas a Skulduggery.

–¿Estás bien? –le preguntó.

–Sí –respondió el esqueleto, ajustándose los gemelos–. Acaban de robar un arma muy útil.

–Sí –dijo Valquiria–. La llaman «chupamagia».

–Un término muy técnico, ¿no crees?

–Sí.

–¿Sabes? Sería mucho más fácil derrotar a Oscuretriz con eso.

–Justo lo que yo estaba pensando –asintió ella–. Pero Serpine no nos lo permitirá. Ya tenemos el Cetro en nuestra dimensión. Si nos llevamos...

–¿Cómo puedes hablar con él? –intervino Ravel con cara de asco.

Skulduggery se giró lentamente.

–¿Disculpa?

–Serpine –gruñó Ravel–. Durante cientos de años, tu único objetivo, lo que te impulsaba a seguir adelante, era dar caza a ese hombre. Lo que nos impulsaba a todos. Lo perseguimos por el mundo entero para obligarle a pagar lo que hizo. Mató a nuestros amigos, Skulduggery. Mató a tu...

Skulduggery caminó hacia él, y cuando estuvo tan cerca que el ala de su sombrero tocaba la frente de Ravel, habló.

–Sé lo que hizo Nefarian Serpine –dijo en voz baja, sin alterarse–. Y el Nefarian Serpine que mató a esas personas está muerto.

–Son el mismo hombre.

–En muchos aspectos. Pero el Serpine que se acaba de marchar no es el que mató a nuestros amigos. Cargué con esa ira durante demasiado tiempo. Permití que me cambiara. ¿De verdad quieres que la vuelva a llevar a cuestas?

Ravel titubeó.

–Él es el enemigo.

Skulduggery no le contestó. No hizo falta. Ravel dio un paso atrás y apartó la mirada.

El detective esqueleto se volvió hacia Valquiria.

—Serpine piensa que estaremos aquí durante veintiséis horas más. Pero podemos quitarle la chupamagia, robar unos caballos y llegar a Roarhaven en diez horas: justo a tiempo para el encuentro real con Signate.

Valquiria sonrió.

—Eres muy astuto.

—Cuando es necesario.

Esperaron un par de horas a que se presentara la oportunidad; a esas alturas, ya estaba oscureciendo. Valquiria, de nuevo vestida con la ropa negra, montaba guardia. Ravel estaba de pie a su lado; seguía esposado. La vara conmocionadora que Valquiria llevaba a la espalda estaba totalmente cargada. Si intentaba algo, estaría preparada. Pasaron los minutos.

Skulduggery apareció por la puerta con la chupamagia envuelta en una sábana. No dijeron una sola palabra. Avanzaron por el pueblo a toda velocidad. Llegaron a unos establos.

—Quietos.

Valquiria se detuvo en seco. Se dio la vuelta lentamente y vio que Skulduggery y Ravel hacían lo mismo. Serpine se acercaba. Tras él, un escuadrón de hechiceros armados con escopetas y armas automáticas.

—Sabía que no podía confiar en ti —dijo Serpine—. Sabía que resultaría demasiado tentador. Venís aquí, montáis un lío y luego desaparecéis con algo que nos pertenece. Bueno, esta vez no. Habéis fracasado. Devuélvemela.

—¿Por qué? —preguntó Skulduggery—. No es como si pudieras hacerla funcionar.

—Lo haremos —gruñó Serpine—. Y si no lo conseguimos, qué le vamos a hacer. Pero no te la vas a llevar.

—Solo era un préstamo, en serio. La devolveremos.

–Suéltala. Déjala en el suelo o daré la orden y los tres quedaréis despedazados.

Skulduggery dejó el arma en el suelo, despacio, y después se enderezó con las manos en alto.

–Si alguna vez vuelvo a veros –dijo Serpine–, daré por sentado que habéis venido para intentar robar algo más, y os trataré como enemigos. Podéis iros.

Valquiria y Skulduggery se alejaron del arma chupamagia, llevándose consigo a Ravel. Valquiria esperaba que en cualquier momento Serpine diera la orden de disparar, pero tan pronto fue evidente que habían perdido el interés en ellos, se relajó. Vio cómo le hacía un gesto a uno de sus hechiceros para que recogiera el arma. Pero otro se adelantó, un hombre con una capa con capucha hecha jirones. Vislumbró su rostro, frunció el ceño y regresó sobre sus pasos.

–Valquiria –advirtió Skulduggery, pero ella le ignoró. Se acercó otro paso, intentando vislumbrar bajo la capucha al hechicero que se inclinaba para recuperar el arma. No estaba afeitado y los labios se estiraban en una mueca. Toda la cara, de hecho; era como si fuera una máscara demasiado tensa. El hechicero levantó la cabeza y Valquiria vio la negrura en sus ojos vacíos. Entonces supo que era una máscara; sí: la cara cortada de la cabeza de otro hombre.

–¡Lord Vile! –gritó, y Vile se enderezó. Los zarcillos de oscuridad rasgaron la ropa en pedazos y se lanzaron contra los sorprendidos hechiceros. Las balas no hicieron mella en su armadura: rebotaron o fueron absorbidas, y Serpine soltó una maldición, esquivando una sombra que se disponía a cortarle la cabeza.

Skulduggery agarró a Valquiria del brazo y corrieron junto a Ravel para ponerse a cubierto. Las balas silbaban, crepitaban los rayos de energía, explotaban las llamas y los gritos se mezclaban con aullidos hasta que lo único que oyeron fue la agonía de los que morían.

Valquiria asomó la cabeza y vio los cuerpos esparcidos. Solo Vile y Serpine permanecían en pie.

De la mano derecha de Serpine surgió un chorro de energía roja que chocó contra la oscuridad que brotaba del puño de Vile. Al principio parecían igualados, pero Valquiria vio que las sombras avanzaban lentamente mientras Serpine hacía fuerza. Estaba pálido, sudoroso y le temblaba el brazo.

La chupamagia captó entonces su atención. Vile la había dejado caer o alguien se la había arrebatado; la cuestión es que de nuevo estaba en el suelo. Recordaba cómo la había usado Mevolent, cómo la sujetaba en la mano. Justo antes de apretar el gatillo, había hecho fuerza contra el cañón. Tal vez fuera eso. Tal vez lo único necesario para que funcionara era apretar los símbolos.

Las piernas de Serpine cedieron. Se desplomó, el rayo rojo se disipó y las sombras se cernieron sobre su hombro. Gruñó, retrocedió, y la oscuridad de Vile se volvió afilada.

Vile se detuvo un instante. Nefarian Serpine era el hombre que había matado a su mujer y a su hijo; el hombre responsable de que Skulduggery Pleasant se convirtiera en Lord Vile. Valquiria consideró que querría saborear el momento.

Salió corriendo del parapeto y agarró el arma, pero antes de que apuntara contra Vile, este lanzó una sombra hacia ella.

Todo sucedió lentamente a partir de ese momento. La chupamagia zumbó ligeramente en su mano, notó que se activaba, que estaba lista para disparar. El fragmento de sombra chasqueó como un látigo y agarró el arma justo por el centro, casi junto al índice de Valquiria. El arma se partió y una luz salió disparada de ella. Valquiria no vio nada más.

No fue consciente de que salía despedida hacia atrás. No vio que Vile tropezaba. No se percató de su propio grito. Lo único que notaba era dolor, y era más que suficiente.

57

UN MUNDO DE DOLOR

VALQUIRIA se perdió todo el largo viaje de regreso a Roarhaven. El trayecto, por largo que fuera, se vio sustituido por completo por un dolor interminable. Skulduggery le contaría más tarde que, después de la explosión, Lord Vile se desplazó entre las sombras y desapareció, herido. Serpine agarró las dos mitades de la chupamagia, las examinó, soltó una maldición, y Peregrine lo teletransportó.

Skulduggery le sujetó a Valquiria los brazos y las piernas para poderla manejar de forma más fácil y la subió a su caballo. Ravel iba delante; los caballos estaban atados. Avanzaron lentamente y no llegaron a la hora del encuentro, pero sí al siguiente que habían pactado. Signate los osciló de regreso hasta el círculo que China había creado en el Santuario de su propia dimensión. Dejaron a Ravel dentro de ese círculo, a la espera de Oscuretriz.

Valquiria se perdió todo aquello. Solo veía rostros borrosos y no oía más que voces lejanas. Con suerte, si perdía el conocimiento, se alejaría del dolor durante unas horas.

Pocas veces tenía suerte.

58

EL DOLOR DE VALQUIRIA

DESUBICADA, así era como se sentía Tanith. Como si nada funcionara correctamente; como si hubiera perdido el pulso de su propia vida. No lograba librarse de la sensación de que todo se tambaleaba bajo sus pies. De que los pies le pesaban como el plomo.

Estaba intentando retomar una vida interrumpida, se sentía perdida y sola y no tenía nadie que la guiara. No había llamado a su familia. Quería esperar hasta saber qué estaba sucediendo, qué iba a pasar. Lo cual sería un buen cambio.

Abominable está muerto.

Esas tres palabras la atormentaban. La esperaban después de cada pensamiento. A veces se desvanecían un poco, le permitían una distracción, un breve momento para conectar con la realidad. Pero nunca la dejaban sola durante demasiado tiempo. Eran insistentes, las tres palabritas.

Se puso a explorar Roarhaven. Había intentado ayudar con los preparativos antes de la llegada de Oscuretriz, pero lo único que había hecho era estorbar. Saracen Rue estaba demasiado ocupado para hablar y, aunque había leído sus libros, no conocía a Donegan Bane ni a Gracius O'Callahan. Su Vestigio sí los conocía, al parecer. Era gracioso: su Vestigio había continuado con su vida mejor que la propia Tanith.

426

Así que todo lo que hacía era dar vueltas por el Santuario y esperar a que Valquiria regresara. Estaba allí cuando oscilaron de vuelta. Gracias a Dios. Incluso fue a ver a Ravel, encerrado en su círculo. Antes le gustaba. Era tan elegante, tan encantador, tan atractivo... Y sus ojos, esos preciosos ojos dorados. Pero ahora le odiaba.

Abominable está muerto.

Necesitaba salir de allí. Necesitaba montarse en la moto y alejarse.

Dejó Roarhaven entre una nube de polvo. No sabía adónde iba. Llegó a la autopista, se unió al tráfico y descubrió que giraba por una salida que le resultaba familiar.

Ah. Así que era allí adonde iba.

Aparcó delante de la casa de Valquiria. Llamó a la puerta. Abrió Melissa Edgley. Desmond pasó por detrás de ella, con la pequeña Alice corriendo a su alrededor.

Tanith sonrió.

–Hola –dijo–. Soy...

–Te conozco –la interrumpió Melissa. Parecía nerviosa–. Viniste a casa hace unos años, después de Navidad. ¿No eras la profesora sustituta de Stephanie?

–Ah. Vale. Bueno, esa no era yo. Realmente, no. Y no lo recuerdo, así que le pido disculpas si hice o dije algo inconveniente. Estaba poseída en ese momento por una cosa horrible que me volvió malvada durante algún tiempo. Me he librado de ella, por cierto. Este es mi primer sábado libre del Vestigio desde hace dos años. Me llamo Tanith Low, y supongo que realmente sí, fui la profesora de su hija. Me ocupé de la mitad de su entrenamiento de lucha.

Melissa la miró fijamente.

–Valquiria me contó que ya saben todo lo de la magia. Yo... Oh, espero que... Lo entendí bien, ¿no? Eso espero...

–¿Dónde está? –preguntó Melissa–. No responde al teléfono, no sabemos qué ha pasado. ¿Se encuentra bien?

–Está en el ala médica del Santuario. Básicamente, en un hospital. Pensé que estarían preocupados por ella y a Skulduggery no se le ocurriría jamás informarles de este tipo de cosas...

Melissa palideció.

–Llévanos con ella.

–No es buena idea.

–Es nuestra hija y más vale que...

–Melissa –Tanith la interrumpió–, no es buena idea que la vean porque seguramente les angustie muchísimo.

–¿Qué le pasa?

–Sufre dolor –dijo Tanith–. Un dolor espantoso, si he de ser sincera. Pero no tardará mucho en terminar.

–¿Qué ha sucedido?

–Es una larga historia y está llena de acontecimientos que les resultarán muy confusos, así que me ceñiré a lo más simple, si no les importa: Valquiria y Skulduggery fueron a cumplir una misión. Mientras estaban fuera, Valquiria sufrió lo que podríamos llamar una explosión.

–¿Una explosión?

–Por decirlo de algún modo. Físicamente está bien, no está herida, pero sufre muchísimo dolor. Nuestros médicos al principio no sabían qué hacer, hasta que se dieron cuenta de que no era tan complejo como creían. De hecho, Valquiria está pasando por algo con lo que todos estamos familiarizados.

–¿El qué? –preguntó Melissa–. Por el amor de Dios, ¿qué le pasa?

–Es una cosa mágica.

–Pero ella no tiene magia. Nos lo dijo, nos dijo que la había perdido.

–Lo sé –asintió Tanith–. Pero así son las cosas, y lo que ha pasado es que la explosión ha desatado su Iniciación. Es una incógnita lo que acabará sucediendo cuando salga de ella.

59

EL RASTRO DE CADÁVERES

TIENE mucho frío. Aun así, es capaz de distinguir que el Cadillac va más despacio, porque el zumbido agudo contra el asfalto se convierte en el crujido de la grava; después, no se oye nada salvo algún ruidito residual. El motor está apagado. Los dientes de Danny dejan de castañetear el tiempo suficiente para escuchar unas palabras amortiguadas. No lo entiende todo –tiene demasiado frío, una jaqueca tremenda, náuseas y necesita orinar de nuevo con desesperación–, pero capta la esencia. Tienen miedo de haber perdido a Stephanie. O más bien, de que Stephanie los haya perdido a ellos.

Jeremiah sugiere que den media vuelta para que los vuelva a encontrar, pero Gant está en contra. No quiere que resulte evidente que la están atrayendo a una trampa. Hablan durante unos minutos y Jeremiah lanza ideas al azar como un empleado deseoso de agradar al jefe. Gant, por su parte, cada vez se muestra más furioso, hasta que Jeremiah capta el mensaje y deja de decir tonterías.

Hay movimiento, se abre una puerta –solo una– y sale alguien. Es Gant. Sus pasos resuenan al lado del coche y se paran en algún punto cerca de donde Danny tiene la cabeza.

–Necesito hacer pis –dice Danny.

Gant da un golpe fuerte con el puño en el capó.

–Silencio –gruñe.

Un instante después, Danny oye cómo se acerca un coche. Por un instante ve el destello de la luz de los faros por la hendidura del maletero. Luego frena. No es Stephanie; ella no iría directa hacia Gant. Oye una voz de hombre que dice algo; posiblemente esté ofreciendo ayuda. Danny pega un brinco, sobresaltado, al escuchar tres disparos.

Gant camina con parsimonia y se mete de nuevo en el Cadillac. Se enciende el motor y continúan avanzando por la carretera.

Danny no necesita oír la conversación para saber que le han dejado una nueva señal a Stephanie.

Media hora después, ya no aguanta más. Se baja la cremallera y orina en la alfombrilla que hay bajo el pestillo. La sensación de alivio ahoga momentáneamente la vergüenza que amenaza con tragárselo. Se sube la cremallera y se echa hacia atrás todo lo que puede, tapándose la boca y la nariz con la chaqueta. Prueba a tomar aire cada pocos minutos hasta que ve que no huele rancio y vuelve a respirar normalmente.

Después de la gasolinera no se han molestado en atarlo de nuevo. Saben que está derrotado. Él también lo sabe. Lo acepta de pronto. Es una sensación inesperada, que no invalida el siguiente pensamiento: puede que esté vencido ahora, en ese preciso momento, pero una vez que le dejen salir del maletero, una vez que recupere las fuerzas... volverá a tener una oportunidad.

El Cadillac reduce la velocidad y Danny despierta. Ya es por la mañana. Una fina línea de luz cálida incide sobre su rostro. Oye a Gant decir muy claramente: «¡Disculpe!», como si se hubiera asomado a la ventanilla del coche. Oye los pasos de alguien que se aproximan. Pasos rápidos. Una voz de mujer. Una mujer que ha salido a correr por la mañana temprano.

En las tinieblas de la mente de Danny se abre paso un pensamiento. El hombre del coche. Los disparos. El rastro de cadáveres que están dejando para que Stephanie los siga.

–¡Huye! –grita Danny–. ¡Corre! ¡Va a matarte!

Oye la voz de la mujer. No entiende lo que dice, pero el tono es confuso, cauteloso de pronto. Gant intenta ser amable y convencerla de que se acerque. Se oye un rechinar de las suelas de goma, la mujer echa a correr y Gant suelta una maldición. Se abren las puertas. Dos disparos. Más tacos.

–¡Síguela! –grita Gant, y Danny oye cómo Jeremiah sale en su persecución.

Gant entra de nuevo en el coche y avanzan hacia delante. Los neumáticos giran, el Cadillac se desvía violentamente y Danny se da un golpe en la cabeza y en el hombro. Todo se tambalea a su alrededor. Ya no están en la carretera, están rodando sobre tierra. Las ramas arañan la carrocería y el agua salpica los bajos del coche. Otro giro, y otro, y a Danny le da la impresión de que han volcado y están a punto de chocarse, pero Gant recupera el control del coche y aumentan la velocidad.

Toman una curva amplia, luego hay un frenazo con derrape, se apaga el motor, se abre la puerta y Danny oye el grito de la mujer. Un golpe contra una superficie que cruje. Ramas. El suelo está cubierto de ramas y hojas secas y Gant y la mujer ruedan sobre él. La mujer lucha con fiereza. Gant suelta tacos. Hay un chasquido de ramas que se rompen, de maleza aplastada, otro golpe seco y un jadeo pesado: Jeremiah se ha unido al lío.

–¡Suéltame! –chilla la mujer–. ¡Déjame! ¡Déja...!

Resuena un disparo.

Danny, a oscuras, oye cómo Jeremiah recupera el aliento mientras Gant mascullala algo entre dientes. Un minuto después, Jeremiah se pone en pie con dificultades. Resuella, gruñe y Danny oye cómo arrastra algo. Cada vez suena más cerca. Lo mueve hasta el maletero. Un tintineo de llaves.

431

Se abre el capó y Danny se cubre los ojos. Jeremiah suelta un grito de desagrado cuando le golpea el olor. Gant comenta algo y Danny finalmente se atreve a alzar la vista.

–¡No! –grita Danny, pero Jeremiah le tira encima el cadáver de la mujer y cierra el maletero.

Danny chilla, retrocede, intenta apartarse del lío de brazos y del pelo largo, empuja el cuerpo, y de pronto nota que sus manos se han mojado con algo tibio y pegajoso. Hay un nuevo olor en el maletero: el olor metálico de la sangre.

–Te lo has ganado –dice Gant desde fuera–. Te lo has ganado.

Danny quiere gritar y desgañitarse, pero reprime el alarido, se lo guarda en el pecho, y respira rápido y de forma superficial. Puede oler el champú de coco de la mujer.

Se cierran las puertas del coche, se enciende el motor y el Cadillac da media vuelta y regresa a velocidad media.

Cuando llegan a la carretera, se detienen. Jeremiah sale y abre de nuevo el maletero. Tiene la cara roja por el esfuerzo y le resbalan gotas de sudor por la frente. Fulmina a Danny con la mirada, agarra a la mujer del torso y la saca. Deja caer el cuerpo a sus pies y contempla a Danny con asco, arrugando la nariz.

Luego, vuelve a cerrar el maletero.

60

MONSTRUOS

FINALMENTE, el dolor desapareció. Le hicieron unas cuantas pruebas más y luego le dieron el alta. Se sentó en la cama con dificultad. Le dolían las articulaciones. Se vistió lentamente. Estaba subiéndose la cremallera de la chaqueta cuando entró Skulduggery.

–Clarabelle me ha dicho que he pasado por la Iniciación –dijo Valquiria.

–Todos lo hemos hecho –respondió él–. No es agradable, pero sí necesario. Al menos, ahora vuelves a tener magia. ¿Cómo te encuentras?

–Cansada. Dolorida. Pero, sobre todo, distinta. Noto la magia en mi interior, pero no es como antes. Y no siento el aire de la misma forma. Creo que ya no soy una elemental –Valquiria chasqueó los dedos. No apareció ninguna chispa, pero siguió intentándolo–. En la otra dimensión, también tenían un Nye –explicó–. Era profesor. Y también una criatura oscura. Mientras Mevolent os retenía, yo estuve en sus delicadas manos. Después de hacerme unas cuantas pruebas, llegó a una teoría: cuando Oscuretriz se separó de mí, pasé a ser un recipiente vacío. La Iniciación me ha vuelto a llenar, pero ¿con qué?

–Con magia.

Ella dejó de chasquear los dedos.

–Pero ¿de qué clase? Nye dijo que podía haber un montón de tipos de magia distintos que ni siquiera los hechiceros conocían.

–Eso es cierto –asintió Skulduggery. Salieron del ala médica–. Me he encontrado con algunos casos: las Niñas Espasmódicas, por ejemplo. No tenemos ninguna forma de explicarlas. No sabemos cómo ni por qué existen. Simplemente, lo hacen. Desconozco en qué te convertirás. Ya no tienes un nombre verdadero, Valquiria; ya no te ciñes a nuestras normas. La magia que albergas en tu interior procede directamente de la llamada «fuente», sin filtro alguno.

–¿Podría convertirme en una Niña Espasmódica?

–Lo veo improbable. Por lo que sabemos de ellas, hubo unas circunstancias muy específicas que las llevaron a su situación actual. Es posible que tú estés ahora más cerca de los brujos y brujas que de los hechiceros. Sonríe, Valquiria. Eres única. Tan única como yo.

–Somos dos monstruitos, ¿no? Tal para cual.

Él inclinó la cabeza, divertido:

–Y no lo cambiaría por nada.

Avanzaron por los pasillos resplandecientes y atravesaron uno con plantas y flores que crecían en los muros como explosiones de color brillante.

–Fletcher ha regresado –dijo él.

–¿Está bien?

Skulduggery no respondió de inmediato.

–Sí. Eso creo. Ha pedido disculpas, ha dicho que necesitaba alejarse. No creo que nadie se lo pueda echar en cara. ¿Piensas que podrá hacer frente a lo de Oscuretriz?

–¿A qué te refieres?

–Su juicio. ¿Perderá los nervios?

–¿Si se dejará llevar por la ira, dices? No sé, no creo. Fletcher no es ese tipo de persona, no es vengativo. Sería capaz de hacer cualquier cosa por ayudar, pero tampoco haría nada estúpido. No más estúpido de lo normal, por lo menos.

–Bien. Porque dependeremos de él.

–No nos defraudará –afirmó ella. Luego sonrió–. Voy a echar esto de menos, ¿sabes?

–¿El qué?

–Esto –Valquiria hizo un gesto en torno–. Planes, misiones, informes. Tú y yo. Si morimos, voy a echar esto de menos de verdad.

–Si morimos, me temo que no echarás nada de menos. Pero ha sido muy bonito lo que has dicho.

–¿Y tú?

–¿Yo qué?

–Si tú echarás algo de menos.

–¿Estás pensando en alguna cosa en particular?

–Bueno, no sé –gruñó ella, parándose frente a él y obligándole a detenerse–. ¿Tal vez a una persona en particular? ¿Alguien que está muy cerca de ti en este mismo instante?

–¿Esta planta?

–No, la planta no. He dicho «alguien».

–¿Y no es la planta?

–Sé a quién echarás más de menos. No pasa nada si lo admites. Él la rodeó y siguió avanzando.

–Está bien.

Ella le alcanzó.

–¿En serio? ¿Después de todo este tiempo, no piensas regalarme los oídos con un poquito de honradez? ¿Con todo lo que significamos el uno para el otro?

–Te refieres a todo lo que yo significo para ti.

–Me refiero a que yo significo para ti lo mismo que tú para mí.

–Eso es discutible.

–Por favor, admítelo y ya está –dijo Valquiria–. Me vas a extrañar, ¿a que sí?

–Obviamente –asintió Skulduggery.

–Gracias.

–Te extrañaré como se extraña el hogar cuando estás lejos.

–Ooooh...

–Como se extraña la cama cuando duermes en un hotel.

–Eso es...

–Como se extraña la almohada cuando está dura.

–Tengo la sensación de que te estás burlando de mí, pero no sabría explicar exactamente cómo.

Entraron en la Sala de los Prismas. China estaba sentada en el trono y revolvía papeles. Saracen, Donegan y Gracius hablaban con Fletcher y Tanith. A un lado se encontraban Solomon Wreath y Melancolía St Clair. Al otro, Dusk.

–Guau –dijo Valquiria.

Dusk la miró fijamente. La cicatriz que le había hecho se reflejaba en cientos de espejos diminutos.

–No te guardo ningún rencor –dijo.

Ella pestañeó.

–Vale. Genial.

Skulduggery se volvió hacia China.

–¿Lees algo interesante?

–Informes preliminares de nuestra redada contra la Iglesia de los Sin Rostro –respondió ella, bajando los papeles–. Me he encontrado con muchos nombres, posiblemente fieles de los que no sabía nada: Gettamein, Verdant, incluso tu nuevo amigo Keir Tanner, el alcaide de la prisión.

–Le caigo bien –dijo Skulduggery–. Estoy seguro.

China se incorporó.

–De acuerdo entonces. Antes de empezar, quiero decir que todos estamos muy contentos de ver a Valquiria recuperada y apreciamos de veras que Fletcher nos acompañe después de todo lo que ha pasado. Ah, y Tanith también está aquí.

Ella sonrió.

–Es tan bonito sentirse querida...

China la ignoró.

–En primer lugar, ¿cuál es la situación respecto a los Vestigios?

–Los hemos perdido –murmuró Saracen con tono sombrío–. Y todas nuestras posibilidades de localizarlos se esfumaron cuando se llevaron a Dexter.

–Sin embargo, en cuanto causen problemas, lo sabremos –añadió Donegan–. De momento, y esto me parece tan maravilloso como preocupante, no han dicho ni pío.

China asintió.

–Centremos nuestros esfuerzos. Oscuretriz es nuestra única preocupación a partir de este instante. ¿Cómo va ese frente?

–Erskine Ravel sigue en el círculo –respondió Skulduggery–. Oscuretriz aún no ha derribado la puerta, así que creo que podemos asumir que está funcionando correctamente y lo oculta de sus sentidos.

–Así que de nuevo contamos con nuestro cebo. ¿Cómo va la trampa?

–Eso es más complicado.

–Estoy convencida.

–Hasta donde sabemos, Oscuretriz no tiene ninguna debilidad –continuó el esqueleto–. Sí, si la golpeamos las suficientes veces, acabará muriendo, pero la pregunta es: ¿con qué?

–Es el cuento de nunca acabar –murmuró Gracius.

–El arma de Mevolent la afectó, ¿verdad? –inquirió China.

–Absorbió su poder durante unos segundos –dijo Valquiria–. Pero no tenemos ni idea de cómo funciona.

–La tecnología mágica lleva doscientos años en pleno apogeo en esa dimensión –añadió Skulduggery–. Están mucho más avanzados que nosotros. Es imposible que podamos replicar la chupamagia.

China torció el labio.

–¿La piensas llamar así?

Valquiria asintió.

–Es el término técnico.

–¿Y los sensitivos? ¿Han visto alguna novedad?

–Acabo de hablar con Cassandra –dijo Saracen–. Están teniendo las mismas visiones y sueños. Cambian los detalles, pero el resultado siempre es el mismo: muerte y destrucción.

China se recostó contra el asiento.

–Quiero que todos comprendáis una cosa: llevo en este puesto poco más de un mes, y me gusta que la gente haga lo que yo digo. Es divertido. Y no me apetece ni pizca que se acabe el mundo justo cuando lo estoy disfrutando. Vamos a usar a Ravel para atraer a Oscuretriz. Cuando venga, la combatiremos. Le echaremos todo lo que tenemos: hechiceros, Hendedores... Dusk y sus exiliados formarán parte de la estrategia, obviamente, y por supuesto también lo harán las armas Asesinas de Dioses. Si acabamos con el problema, maravilloso: podremos irnos a casa. Pero nuestro principal objetivo es mantener ocupada a Oscuretriz. Distraerla. Valquiria, eso significa que hay muchas posibilidades de que te enfrentes personalmente a ella.

Valquiria asintió y China suspiró.

–Así que necesitarás algo con lo que luchar.

–De nuevo tengo magia.

–Pero aún no se ha manifestado, ¿verdad? La sientes, pero no sabes qué es. Puede que acabes descubriendo que tienes la habilidad mágica de hablar con los peces de colores. Puede que tu magia se manifieste como una habilidad para el combate, o puede que no. Necesitas algo.

Hizo un gesto y Tipstaff apareció de la nada. Llevaba el Guantelete del Toque Mortal.

Ella puso mala cara.

–Me niego a llevar eso.

–Me temo que debo insistir –dijo China.

–¿De qué me va a servir? Tendría que acercarme a Oscuretriz para usarlo, y me mataría de una bofetada.

—Puede que tenga algo interesante que aportar en esta cuestión —comentó Solomon Wreath.

—Habla —ordenó China.

—Hace doce años, los clérigos del nivel más alto de la Orden de los Nigromantes se unieron y crearon un símbolo que otorga una fuerza increíble y la invulnerabilidad completa. ¿Conoces ese símbolo, Gran Maga?

—Por supuesto —replicó China—. El símbolo de Meryyn. Elegante y complejo. Su belleza solo la empaña el insignificante detalle de que no funciona.

—Hablamos de nigromantes —sonrió Wreath—. ¿De verdad creías que mostrarían uno de sus secretos sin guardarse nada para sí? Es necesario activarlo de forma física para que funcione. Pero los clérigos de alto nivel, sabiamente, decidieron que la fuerza y la invulnerabilidad eran un regalo solo digno de algunos nigromantes: los hechiceros que hubieran dominado la muerte. Pensaban que el futuro estaría lleno de gente así.

—¿Cuántos ha habido? —preguntó Valquiria.

—¿En los últimos mil doscientos años? Ninguno.

—¿Y eso de qué nos sirve? —interrumpió Saracen.

—A nosotros, de nada —repuso Wreath—. Le sirve a Valquiria.

—Espera —dijo ella—. Cuando dices símbolo... ¿te refieres a un tatuaje? No. Llevaba uno en la visión, además del guantelete. Me niego a llevar ninguna de esas dos cosas. Bajo ningún concepto.

—Me temo que tendrás que hacerlo —susurró China.

Valquiria se dispuso a utilizar todos los viejos argumentos, pero se le cayeron uno tras otro antes de pronunciar una sola palabra. No usar el guantelete, no llevar el símbolo... No había ninguna garantía de que aquello fuera suficiente para salvar a su familia. De hecho, sin ellos era probable que muriera antes de intentarlo.

—Da igual —concluyó Valquiria—. Lo tiene que activar alguien que haya triunfado sobre la muerte, ¿no? Vale, pues yo no lo he hecho.

–No –asintió Wreath–. Pero no hay ninguna regla que diga que la persona que lleva el símbolo sea la misma que lo active. Y si hay alguien aquí que pueda presumir de haber derrotado a la muerte, es el detective Pleasant.

Skulduggery inclinó la cabeza.

–¿En qué consiste esa activación?

–Sinceramente, no lo sé –respondió Wreath–. Tienes que pasar tres pruebas. Estoy seguro de que no te supondrán ningún problema.

–¿Dónde hay que hacer esas pruebas?

–En Meryyn ta Uul. También conocida como la Necrópolis, la Ciudad de los Muertos, la Ciudad Subterránea... Te puedo llevar hasta allí, si quieres. Valquiria se queda a salvo, tú pasas las pruebas, activas el símbolo y, de pronto, ella es invulnerable.

–¿Por cuánto tiempo? –preguntó Valquiria.

Wreath se encogió de hombros.

–El suficiente, diría yo. Si de verdad tienes la intención de enfrentarte a Oscuretriz, necesitarás ventajas, todas las que puedas conseguir.

–Skulduggery –intervino China–, si estás dispuesto a pasar las tres pruebas en la Necrópolis, conseguiré las instrucciones del símbolo y se lo haré a Valquiria yo personalmente.

Skulduggery asintió antes de volverse hacia Wreath.

–¿Cuánto tiempo necesitas?

–Unas horas –respondió Wreath–. Nunca he estado en la Necrópolis, así que tendré que hacer averiguaciones. Además, puede que requiramos transporte.

–Fletcher os acompañará –dijo China–. Valquiria, estaré lista en media hora. Por favor, ven a mi despacho. Todos los demás, a trabajar.

El grupo se dispersó y Skulduggery condujo a Valquiria fuera de la habitación con las puntas de los dedos en su espalda.

–No me gusta –dijo ella.

–¿No? Creía que siempre habías querido tener un tatuaje.

–No. Me. Gusta.

–Bueno, sí, no te culpo. Pero teniendo en cuenta que tú estás haciendo todo lo posible por prepararte para una posible confrontación, no sería educado que yo no hiciera lo mismo.

Ella frunció el ceño.

–¿Adónde...? Oh.

Habían entrado en el antiguo Santuario y llegaron a la sala del Acelerador.

–Hola, Valquiria –saludó el Ingeniero–. Hola, detective Pleasant. ¿Ha venido a desactivar el Acelerador?

–Todavía no –respondió el esqueleto.

Valquiria se quedó en la puerta y se aseguró de que no había nadie más. Intentó no mirar el sitio donde Stephanie había muerto, pero sus ojos regresaron allí. Era incapaz de dejar de recordarla. Imaginó cómo habrían sido sus últimos momentos. Tan sola, tan asustada...

–Quedan tres días, diecinueve horas y un minuto –dijo el Ingeniero–. Mucho tiempo para decidir quién entregará su alma.

–No hemos venido a apagar el Acelerador –dijo Skulduggery–. Hemos venido a usarlo. ¿Se puede?

–Por supuesto.

–¿Eso afectará al tiempo que queda? Por lo que sé de su funcionamiento, utilizarlo a estas alturas podría acelerar la sobrecarga.

–Está en lo cierto –asintió el Ingeniero–. Un aumento completo de su poder tendría un efecto acumulativo sobre los sistemas del Acelerador. Si desea evitarlo, puedo reducir el nivel de mejora de sus capacidades. En lugar de llegar al cien por cien de aumento de poder, llegará al sesenta y tres por ciento. Sigue siendo una mejora significativa, si se me permite decirlo.

Skulduggery se giró hacia Valquiria.

–¿Alguna idea?

–Muchas, y todas magníficas –replicó ella–. Pero tú eres el que ha dicho que necesitamos toda la ayuda que podamos conseguir.

–Aun así, tomar este camino es peligroso.

–Todos los caminos que tomamos normalmente lo son.

–Ya ha oído a la señorita –le dijo Skulduggery al Ingeniero–. Pero antes que nada, ¿podemos contar con su discreción?

–Soy un robot –respondió él–. No cotilleo. Por favor, entre en el Acelerador.

–La verdad es que me voy a quedar donde estoy –dijo Skulduggery, y empezó a desabotonarse la camisa. Los zarcillos de sombras culebreaban entre sus costillas. Se trenzaron en su mano extendida y formaron una esfera de oscuridad que giraba y crecía según fluían las sombras. Finalmente, los tentáculos se recogieron y el poder de Lord Vile pasó de la mano de Skulduggery al Acelerador, se cernió sobre el pedestal y este tembló. La superficie de la máquina brilló y la esfera giró más deprisa, expandiéndose y contrayéndose a una velocidad increíble. El fulgor del Acelerador pasó a dañar la vista. Valquiria se giró hacia el pasillo. No venía nadie. Se fijó en su propia sombra que se proyectaba contra la pared. Entonces, la sombra empezó a desvanecerse según se apagaba la luz a su espalda.

Se volvió. El Acelerador había dejado de funcionar, pero la esfera continuaba girando tan rápido que parecía estar a punto de desatarse. Sabía que a Skulduggery le estaba costando todo su autocontrol mantenerla de una sola pieza.

Salió despedida contra la mano del esqueleto. Ese era el momento en que todo podía terminar horriblemente mal. Si las sombras se metamorfoseaban en una armadura y lo envolvían, un Lord Vile sobrecargado de poder podía destruir el mundo con tanta facilidad como Oscuretriz.

Skulduggery torció la cabeza.

La esfera se rompió en mil tentáculos y Valquiria se estremeció de pánico, con un miedo repentino y terrible. Pero los zarcillos fluyeron bajo la manga de Skulduggery, subieron por su brazo y anidaron bajo su chaqueta. Se retorcieron en el cuello de la camisa, culebrearon en las cuencas de sus ojos y entonces Skulduggery arqueó la espalda, como si tomara aliento, y las sombras quedaron encerradas en su caja torácica.

–¿Lo ves? –exhaló Valquiria–. Te dije que todo saldría bien.

Skulduggery se abotonó la camisa.

–No me dijiste nada de eso.

–Ya, pero lo pensé. ¿Cómo te sientes?

Se colocó la corbata y le quitó una pelusa a la solapa.

–Me siento... furioso.

–¡Vaya!.

–Era necesario. Aunque no hubiera necesitado aumentar mi poder de nigromante para superar las tres pruebas de Meryyn ta Uul, yo diría que nos resultará útil para enfrentarnos a Oscuretriz. Ingeniero, muchas gracias por su ayuda. Y su discreción.

El Ingeniero hizo una reverencia y Skulduggery y Valquiria se marcharon.

–¿Y si, simplemente, Oscuretriz nos pide que le entreguemos a Ravel y nosotros lo hacemos? ¿Tendríamos más posibilidades?

–No muchas. Ravel es lo único que sabemos que quiere. Al margen de eso, no sabemos nada. No tenemos ni idea de adónde irá ni de qué hará porque desconocemos qué cosas la impulsan.

–Yo debería saber lo que quiere –murmuró Valquiria–. Debería, ¿no? Soy ella. Vale, ahora ya no, pero lo fui dentro de su mente, durante suficiente tiempo como para averiguar algunas cosas, ¿no?

–En teoría.

–Pues pregúntame –dijo Valquiria–. Vamos. Hazme un interrogatorio. Tengo la respuesta; debo tenerla. Simplemente, no sé cuál es. No sé lo que sería útil. Sácamelo.

–Interesante –declaró Skulduggery–. Eso podría funcionar. Muy bien, vamos a intentarlo. ¿Qué quiere Oscuretriz?

–No tengo ni idea –respondió Valquiria, y luego frunció el ceño–. No ha sido un buen comienzo.

–Es poco esperanzador, he de admitirlo. Valquiria, Oscuretriz eres tú. Es tu lado oscuro. Es tu mal humor. Sigue siendo tú, pero está creciendo. Evolucionando.

–¿Me estás diciendo que yo no he evolucionado?

–Está evolucionando más allá de lo que eres. ¿Para convertirse en qué? ¿En qué se está convirtiendo?

–Lo que siempre hemos temido –murmuró Valquiria con un hilo de voz que casi la sorprendió–. Una diosa.

–¿Y qué hacen los dioses si pueden?

–Castigan a la gente.

–No todos.

–Todos los que conozco –replicó ella–. Los Sin Rostro estaban locos, eran despiadados y tan malignos y desagradables que, a pesar de no poder existir en forma física, quieren regresar aquí solo para castigarnos por haberlos echado.

–Pero Oscuretriz no es así.

–No era así –corrigió ella–. Empezó bien. No entendía por qué la gente tenía visiones en las que ella destruía el mundo. No pretendía hacer daño a nadie. Pero cuanto más divina se volvía, menos le importaban las cosas pequeñas como las personas. Ahora lo ve todo como energía. La vida y la muerte son la misma cosa.

–Así que entonces no quiere hacernos daño. No exactamente.

–Bueno, puede que no. No considera que matarnos sea hacernos daño.

–¿Por eso quiere expandir su mente?

–Quiere saber más de la materia, de los átomos, la energía. Ya sabe mucho, pero es todo... instintivo. No sabe convertirlo en palabras, y eso es lo que está buscando. Cuando las conozca, cuando tenga el marco teórico para lidiar con todo esto, será capaz de hacer lo que quiere.

–¿Y qué quiere?

–No lo sé. Está creciendo, como has dicho. Está evolucionando. Va contra algo, decide cómo derrotarlo o controlarlo y pasa a lo siguiente.

–Busca un desafío –dijo Skulduggery.

–Sí –asintió Valquiria–. Es lo que le hace más feliz.

–¿Y cuál es su mayor desafío?

–Nosotros no, eso te lo aseguro.

–Entonces, ¿qué?

–No lo sé...

–No pienses, no intentes ponerte en su lugar, solo contesta. ¿Para qué está evolucionando? ¿A qué se va a enfrentar?

–¡No lo sé! –replicó ella, exasperada–. ¿A los Sin Rostro, a lo mejor?

Skulduggery inclinó la cabeza.

–¿Qué?

Valquiria abrió los ojos como platos.

–Eso es. Eso es lo que quiere. Está evolucionando para derrotar a los Sin Rostro, y después buscará otra cosa contra la que pelear. Ese es su objetivo. Tiene que serlo, ¿no crees?

–Sin duda alguna, es un desafío –sentenció Skulduggery.

–¿Y esto en qué nos ayuda? ¿De qué nos sirve?

–Para derrotar a tu enemigo, primero tienes que entenderlo. Hasta ahora, no éramos capaces de hacerlo. Ahora sí, y podemos adaptar nuestro plan para que encaje.

Valquiria sonrió.

–Soy un genio.

61

EL PLAN

TENÍA la daga Asesina de Dioses colgada en el cinto. Le pesaba, pero aun así, no podía resistir el impulso de comprobar continuamente que seguía allí. Un pequeño resbalón y la hoja acabaría con él. Sanguine desaparecería para siempre.

Era un riesgo llevarla encima. Pero más arriesgado resultaba dejarla.

Oscuretriz se mostraba inquieta. No, tal vez esa no fuera la palabra. Estaba preocupada. Y perpleja. Era incapaz de permanecer quieta. Paseaba por la pequeña sala de estar, mascullando para sus adentros y alzando la vista de vez en cuando. Apenas había abierto la boca desde que regresó de la otra dimensión. Lo único que sabía Sanguine era que no había conseguido traer de vuelta a Ravel y Mevolent había encontrado una forma de derrotarla. Y eso no le había sentado muy bien.

–Así, sin más –dijo chasqueando los dedos–. Así, y estaba indefensa. Indefensa. Yo. Nunca había oído hablar de nada parecido, y estoy segura de que Kenspeckle tampoco. Argeddion a lo mejor podría haber concebido algo así, pero... yo ni siquiera sabía que eso fuera posible.

Sanguine la observó sin decir nada. Le alegraba su repentina preocupación. De momento no había dicho nada de la huida de

446

Tanith, a pesar de que todos sabían que era culpa de él. Vincent Foe y su espeluznante vampiro estaban sentados al otro lado de la habitación y, cada poco, Foe le miraba fijamente. Los ojos del vampiro jamás se apartaban de él.

Alguien llamó a la puerta. Oscuretriz no pareció enterarse.

—Yo voy —dijo Sanguine.

Hizo todo lo posible por caminar de forma normal, pero andaba bastante rígido por culpa de la daga. Se acercó a la pared que había junto a la puerta y apretó la frente contra ella. El muro se resquebrajó y asomó la cabeza por el otro lado. Dexter Vex esperaba.

—¿Está? —preguntó Vex.

—Está —respondió Sanguine.

Volvió a meter la cabeza, abrió la puerta y Vex entró como si aquella fuera su casa. Sanguine lo siguió hasta la sala de estar y se quedó en su sitio habitual, junto a la ventana.

—¿Me llamabas? —le preguntó Vex a Oscuretriz.

Ella dejó de pasear en círculos y alzó la vista. Hubo un destello de irritación en sus ojos.

—Sí. Hace horas. Llegas tarde.

Vex hizo una leve reverencia.

—Lo lamento. Me costó mucho esfuerzo dejar de alabarte junto a los demás Vestigios. Pero ahora estoy aquí y, al igual que mis compañeros, solo existo para servirte. ¿Cuál es tu voluntad, mi señora?

Oscuretriz le miró con fijeza.

—¿Detecto impertinencia en tu voz, Dexter?

Vex torció el borde de la boca en una sonrisa.

—Tal vez.

—Normalmente me da igual la impertinencia —gruñó Oscuretriz—. Pero hoy estoy de mal humor. Mucho. He sentido un atisbo de vulnerabilidad, y no me ha gustado. Es un recordatorio de que no importa lo poderoso que seas: siempre habrá algo que pueda derribarte.

447

–Sabias palabras –asintió Vex.

–Cuando recupere todo mi poder, volveré a tener mi encantador carácter de siempre, pero ahora mismo quiero que cierres el pico y obedezcas. El Cetro está escondido en la casa de Valquiria, seguramente en su habitación. Está vinculado a su hermana pequeña, así que no puede usarlo, pero aun así existe, y es una amenaza. Es algo que puede herirme. Que puede matarme. No soporto esas cosas.

Sanguine temió que se girara en redondo y saltara sobre él. Acercó la mano a la daga.

–Quiero el Cetro en mi poder –continuó Oscuretriz–. Estoy pensando en ocultarlo en la Luna, una vez que domine el viaje espacial.

–El Cetro –repitió Vex, asintiendo–. Te lo entregaremos, tienes mi palabra. ¿Hay algo más en lo que pueda ayudarte?

Ante la actitud calmada de Vex, Oscuretriz se obligó a tranquilizarse.

–Tus hermanos y hermanas. ¿Están dispuestos para el ataque?

–Esperan tus órdenes.

–No ha habido disturbios de Vestigios.

–Nos pediste que no llamáramos la atención –replicó Vex–. Es lo que estamos haciendo.

–¿Cómo los mantienes bajo control?

Vex se encogió de hombros.

–Me gusta pensar que lo único que necesitaban era un liderazgo adecuado. Soy su jefe, pero también su amigo, ¿me sigues?

Oscuretriz se quedó callada un instante.

–Tú no me hablas como los demás.

–Es porque te temen –dijo Vex.

–¿Y tú no?

–¿Por qué motivo? Vas a destruir el mundo. Eres la chica de mis sueños.

Oscuretriz gruñó.

–La próxima vez que requiera tu presencia, no tardes.

Vex le dedicó una deslumbrante sonrisa.

–Tus deseos son órdenes, mi señora.

Se inclinó de nuevo y se marchó.

Oscuretriz se giró hacia Foe y Samuel.

–¿Me tenéis miedo?

Samuel no respondió. Sanguine dudó que nadie esperara que lo hiciera.

–Tengo un saludable respeto por tu poder –dijo Foe–. Algunas personas podrían denominarlo miedo.

–¿Y tú, Billy-Ray? ¿Me tienes miedo?

No tenía sentido mentir.

–Sí.

–Y aun así –Oscuretriz se acercó a él– liberaste a Tanith. La dejaste escapar y tú te quedaste conmigo. Ni siquiera has intentado huir. Si me tienes tanto miedo, ¿por qué sigues aquí?

–Porque me encontrarías –confesó Sanguine–. Pensé que sería mejor poder hablar contigo cara a cara que huir. Al menos, vería llegar el golpe mortal.

–Interesante –Oscuretriz se detuvo justo antes de poder estar al alcance del brazo de Sanguine. ¿Lo sabría? ¿Sabría que Sanguine contaba con una de las pocas armas del mundo que podían matarla? Esperó a que diera otro paso. Un paso más, decidió, y sacaría la daga, pasara lo que pasara.

–La echas de menos, ¿verdad?

Sanguine se lamió los labios.

–¿Perdón?

–A Tanith. Ya no está aquí y eso te pone triste. Oye, Billy-Ray, recuerdo lo que es estar triste. No es divertido. ¿Qué vas a hacer al respecto?

–¿Al respecto de qué?

–De mí. De nosotros. Creo que ya va siendo hora de que seamos sinceros el uno con el otro, ¿no te parece? Estabas de mi parte solo porque seguías a Tanith. Ella era el único motivo por el que permanecías aquí.

–Supongo.

–¿Y ahora qué? ¿Vas a abandonarme tú también? –ella dio otro paso hacia delante, pero Sanguine no movió la mano. La daga se quedó donde estaba.

Sanguine eligió con cuidado sus palabras.

–Bueno, a ver... Me imagino que este es el lado de los ganadores y nunca había estado en ese bando antes, así que seguramente me quede. Si quieres.

–¿Lo dices en serio? –preguntó Oscuretriz, palmoteando de placer.

–Claro –respondió mientras el corazón le daba un vuelco–. ¿Por qué no?

–¿Qué opinas, Vincent? ¿Tú qué crees, Samuel? ¿Deberíamos confiar en él?

–Bajo ningún concepto –gruñó Foe.

–¡Eres un aguafiestas! –exclamó Oscuretriz, y se volvió hacia Sanguine con una sonrisa–. Esto significa mucho para mí. Lo digo en serio. ¿De verdad quieres que destruya el mundo? ¿Quieres que acabe con tu vida igual que con la de todos los demás?

–Eeeh...

–Ah, eso son buenas noticias.

–Aunque seguramente deberías matarme el último. Por lo de la lealtad y eso...

–Lealtad –repitió Oscuretriz–. Por supuesto.

Ella mantuvo la sonrisa de placer en la cara, pero Sanguine no picó:

–Entonces, ¿cuál es el plan, jefa?

–¿El plan? Bueno... Ya he aprendido todo lo que podía en mi forma física. Creo que el siguiente paso será el del pensamiento puro. Sí, la idea me gusta. Pero hay dos cosas que me están retrasando. La primera es Erskine Ravel. Mató a Abominable. Sigo enfadada por eso, así que creo que necesito cerrar ese tema, encontrar a Ravel y castigarlo. Necesito que se vuelva loco de dolor y después destruirlo. No merece vivir en forma de energía.

–¿Y la segunda cosa?

Oscuretriz vaciló antes de responder:

–Valquiria. Me cuesta admitirlo, lo digo de verdad, pero sin ella no soy todo lo que podría ser. Nunca alcanzaré todo mi potencial hasta que no formemos un solo ser. Me gustaría ver a Mevolent emplear la chupamagia esa contra mí entonces...

–Vale, bien. Entonces, ¿qué vas a hacer?

–Acabar con su vida –respondió ella simplemente–. Absorber su energía. Una vez que esté completa, estaré preparada.

–¿Preparada para qué?

Ella sonrió.

–Para lo que viene después.

62

LA LLAMADA A LA PUERTA

FLETCHER se teletransportó a la casa de Valquiria.

–¿Puedo verlo? –preguntó.

Ella se llevó el índice a los labios, se acercó a la puerta del dormitorio y pegó la oreja. Sus padres estaban en la planta de abajo. Se giró hacia Fletcher, se quitó la chaqueta y le mostró el brazo.

–Guau –dijo él.

Se subió la manga de la camiseta y le enseñó el tatuaje completo: los remolinos de color negro brillante bajaban del hombro, se enroscaban en el bíceps y las puntas afiladas corrían por el tríceps hasta debajo del codo. Entre las formas había una docena de diferentes marcas que iban partiendo, separando y uniendo las dos secciones. Era un símbolo compuesto de otros más pequeños, un tatuaje que China nunca había realizado antes. Sin embargo, estaba segura de que funcionaría.

–Estaba pensando en hacerme uno –dijo Fletcher–. No ese, claro. Pero sí un tatuaje.

–¿De qué? –preguntó Valquiria–. ¿De tu cara? Te veo llevando un tatuaje de tu propia cara, sí. Te pega.

Fletcher intentó sonreír.

–Ya. Sí, me pegaría. Pero la verdad es que pensaba tatuarme «Stephanie» en el brazo.

–Oh. Ya. Bueno, ya sabes, eso es muy... Mira, no hemos hablado desde que... desde que murió. Y lo siento mucho, de verdad.

–No lo sientas –replicó Fletcher–. Yo fui el que salió corriendo. Y cuando me recuperé lo bastante como para volver, estabas pasando por la Iniciación. ¿Cómo fue, a todo esto?

–Dolorosa. ¿Sabes cuando la gente te dice siempre que eso de la Iniciación es doloroso? Pues créelos. En serio.

–Qué felicidad –masculló–. Estoy deseando pasar por la mía.

–Fletch, ¿estás bien?

Él sonrió de nuevo, pero no fue forzado esta vez. Fue una sonrisa triste.

–No lo sé, Val. Por fuera siento las cosas normales: me duele, la echo de menos, creo que la quería, a lo mejor. Siento todo eso y pienso en ello. Pero por dentro me siento fatal. Culpable, algo así. Por todas las cosas que seguramente escuchó y lo que pensó antes de morir, lo que pensaría de mí y... Así que tengo la sensación normal de duelo, pero también un montón de sentimientos egoístas: yo, yo, yo. Y no sé qué es más fuerte. No estoy seguro de ser una buena persona.

–Lo eres, Fletcher.

–Pero no estoy triste solo por Stephanie. En gran parte es por mí.

–Claro. La has perdido. Has sufrido una pérdida. Tienes que lidiar con eso.

Él negó con la cabeza.

–No todo el mundo es así. Hay gente que es capaz de sentirse triste solo por la persona que ha muerto.

–¿Y cómo lo sabes? ¿Les has leído la mente? A lo mejor todo el mundo siente exactamente eso cuando pierde a alguien que le importa. Estar de luto es algo egoísta en sí mismo... y no tiene nada de malo.

Un pitido suave sonó en el triángulo metálico del cinturón de Fletcher.

–Hora de irse –dijo–. Tenemos que seguir unas indicaciones complicadísimas para llegar a la Necrópolis esa. Nos vamos a teletransportar en lugar de caminar, pero aun así tenemos que ir despacio o perderemos las señales o los giros o lo que sea. Skulduggery dice que seguramente tardemos un día en encontrarla.

–Mejor que te vayas ya, entonces. Gracias por traerme a casa –Valquiria le abrazó siguiendo un impulso–. Todo irá bien –musitó.

Él sonrió y desapareció.

Valquiria se cambió de ropa, se puso unos vaqueros y una sudadera. Luego tomó aire y bajó las escaleras. Sus padres estaban en el cuarto de estar, jugando con Alice. Tenían una expresión extrañamente sombría para estar jugando.

–Hola –dijo Valquiria.

–¡Ste'nee! –chilló Alice, lanzándose sobre ella.

–No te hemos oído llegar –dijo su madre. Se quedó en el suelo, sentada sobre sus pies.

Valquiria abrazó a Alice.

–Fletcher me trajo. Nos teletransportamos.

Su madre suspiró.

–Ya. Claro.

–Tanith me dijo que había venido a veros.

Su padre asintió y se sentó en el sofá.

–Vino y nos dijo que estabas pasando por la Iniciación. ¿Se llama así? ¿Iniciación?

–Sí.

–Ah, bien. Dijo que estabas sufriendo un montón de dolor.

–No fue para tanto.

–También nos habló de lo que hacían los hechiceros –intervino su madre–. Nos explicó cosas. Nos dijo que había un hombre capaz de hacer creer a la gente lo que le contara.

–Ese es Geoffrey.

–Podías haberle pedido a Geoffrey que nos lavara el cerebro, ¿no? Hacernos olvidar la magia.

–Sí –admitió Valquiria–. Lo pensé. Pero no quería mentiros más. Es demasiado duro. Demasiado complicado. Creo que tenéis derecho a saberlo. Nadie más lo piensa, por cierto. Si tienes familia mortal, la norma general es que no deben enterarse de nada durante todo el tiempo que puedas.

–¿Y luego?

–Luego te marchas. Les cuentas una historia muy complicada, o desapareces, o finges tu propia muerte.

–¿Querían que fingieras tu propia muerte?

Valquiria vaciló.

–Los hechiceros viven más que los demás. Viven durante cientos de años. Si el mundo no se acaba en los próximos días, y si sobrevivo, seguramente seguiré aparentando dieciocho años hasta que cumpla cuarenta o cincuenta.

Su madre se levantó. Tenía lágrimas en los ojos.

–¿No vas a crecer nunca?

Valquiria sonrió.

–Ya he crecido, mamá. Simplemente, envejeceré muy despacio a partir de ahora. Seré la cuarentona mejor conservada que conozcas.

–Te vas a perder una vida normal.

–¿Y qué tiene de interesante una vida normal? Voy a ser fuerte, voy a estar en forma y en perfecto estado de salud durante siglos. Voy a tener una vida extraordinaria.

–Si a eso se le puede llamar vida. ¿Y conocer a alguien? ¿Enamorarse? ¿Tener una familia?

–Puedo hacer todo eso.

–Pero nosotros no lo veremos. Envejeceremos. Moriremos y tú seguirás viva y no tendrás a nadie. No veremos cómo tienes una familia. Quiero tener nietos, Steph.

–Mamá, no estás siendo justa.

–¡Tú eres la que no está siendo justa! Esto no te incumbe solo a ti. Cuando Alice sea mayor, ¿qué pensará? ¿Será como tú?

–¿Como yo?

–Hechicera –dijo su madre, y lo pronunció como si fuera un taco.

–No lo sé –murmuró Valquiria, herida. Dejó a su hermanita en el suelo con cuidado–. Puede que sí, puede que no. Pero no tenemos por qué contárselo.

–¿Y cuando se dé cuenta de que su hermana mayor no envejece, o cuando la vea volar en una escoba o lanzar conjuros o lo que sea que haces? ¿Crees que no querrá participar en la diversión?

–Mamá, no tengo todas las respuestas.

–Cuando naciste, yo quería que fueras especial. Claro que sí; todas las madres lo quieren. Es el sueño de todos los padres. «Por favor, Dios mío, que mi bebé sea el más listo y el más guapo y el mejor en todo. Que tenga todas las ventajas del mundo». Pero hay otro deseo, y está justo debajo de ese. Ese deseo es: «Por favor, por favor, que mi bebé sea normal. Que sea solo lo bastante listo y guapo y especial como para conseguir lo que quiera y ser feliz». La gente extraordinaria está marginada, Steph. Sufren rechazo. Insultos. Los temen, los odian y no los comprenden. Yo solo quería que fueras feliz.

–Yo soy feliz.

–Des, participa. No me hagas quedar como la mala.

El padre de Valquiria permaneció callado y ella supo que estaba ordenando sus pensamientos para llegar a alguna conclusión. Cuando lo hizo, dijo:

–Yo creo que es maravilloso.

Valquiria alzó la vista.

–No puedes hablar en serio –murmuró su madre.

–A ver, me apetece tan poco como a ti que nuestra hija arriesgue su vida, Melissa. Pero es lo que hace: arriesga su vida por los demás. Es asombroso. Es… inspirador. Cuando era niña no querías leerle historias de princesas, ¿lo recuerdas? Decías que ya le comían la cabeza lo suficiente con princesas en los dibujos, los

456

juguetes y los libros de colorear... Querías que coloreara astro-
nautas, aventureras y científicas locas. ¿Recuerdas que a pesar de
todo pasó por una etapa rosa en que todo tenía que ver con princesas? Se aburrió rapidísimo de eso, ¿verdad?

–No estar conforme con lo que dice la sociedad que deben hacer las niñas es una cosa, Des, y es bueno. Pero ¿esto? Esto es una
locura.

–Es lo que querías para ella.

La madre de Valquiria se quedó perpleja.

–¿Estás diciendo que es culpa mía?

–No es culpa de nadie, Melissa. No hay ninguna culpa. Lo que
hace no tiene nada de malo. Es una heroína. Nuestro trabajo es
apoyarla.

–No puedo apoyar que nuestra hija viva esta vida. No puedes
pretender que lo haga. Dios mío, Des, ¡va a conseguir que la maten!

–Está luchando para salvarnos a todos.

–¡Que lo hagan otros! –gritó su madre, y Alice empezó a llorar–. ¡Hay un montón de gente con poderes mágicos por ahí!
¡Que ellos se encarguen!

–No funciona así, y lo sabes.

La madre de Valquiria agarró a Alice en brazos.

–Si le pasa algo, Des, si se hace daño, si... si nuestra hija muere,
jamás te lo perdonaré.

Apretando a Alice entre los brazos, salió del cuarto de estar. Su
marido la siguió con la mirada.

–Intenta por todos los medios no morirte, cariño –murmuró–.
Ella es la única que sabe poner en marcha el lavavajillas –dijo,
y se fue tras ella.

Valquiria se fue temprano a la cama. Le hubiera gustado llamar
a Skulduggery para hablar de todo lo que había pasado, pero estaba intentando encontrar la Necrópolis. Podría llamar a Tanith,

pero se dio cuenta de que vacilaba. Aunque ya no tuviera el Vestigio, aunque fuera de nuevo la de antes, no se sentía capaz de olvidar los dos últimos años con facilidad. Entonces se dio cuenta de que la persona con la que necesitaba hablar ya no estaba, y lloró por Stephanie hasta que se quedó dormida.

La mañana comenzó silenciosa. Valquiria se despertó temprano por culpa de las pesadillas, pero se levantó tarde, casi al mediodía. Se puso unos pantalones cortos, una camiseta y la bata encima. Se quedó en la habitación y oyó hablar a sus padres en la planta de abajo. Ni siquiera sabía qué día era. ¿Fin de semana? ¿Domingo? No quería bajar. No quería descubrir que sus padres no se habían dirigido la palabra desde la noche anterior. Sus padres nunca discutían. Jamás había tensión en el ambiente.

Salió de la habitación. La puerta del cuarto de Alice estaba abierta y la niña dormía la siesta en la cuna. Valquiria no pudo evitarlo; se acercó a verla y sonrió. Su hermana pequeña siempre le sacaba una sonrisa.

Bajó las escaleras. Alguien llamó a la puerta, y se acercó a abrir mientras se cerraba la bata con el cinturón. Pisó la alfombra de la entrada con los pies descalzos y movió el pestillo a la derecha. Abrió la puerta, sonriendo de forma amable y educada. La sonrisa se le congeló en la cara cuando vio a Dai Maybury.

Se le borró cuando él la golpeó. Mientras reculaba con sangre en la nariz y lágrimas en los ojos, abrió la boca para... ¿hacer qué? ¿Soltar una maldición? ¿Gritar? ¿Amenazarle? Nunca lo supo, porque para entonces él ya había entrado en el recibidor, la agarraba y la arrojaba contra la puerta del cuarto de estar, que se abrió con el impacto. Valquiria chocó contra el sillón, oyó el grito de alarma de su madre, oyó cómo echaba a correr, y levantó la cabeza justo en el momento en que Dai le daba un puñetazo en la mandíbula. Su madre se desplomó.

458

Valquiria empujó el sillón y se lanzó contra Dai. Él se protegió con los brazos, evitando que le metiera los dedos en los ojos, y ella le propinó un cabezazo, pero se dio cuenta demasiado tarde de que lo había visto venir: la detuvo con el codo contra el pómulo y Valquiria vio las estrellas. Él se apartó y Valquiria se dio contra la pared. Derribó con el hombro unas cuantas fotografías. Una de ellas, que tenía un marco pesado, le golpeó en el pie, pero ni se dio cuenta.

Su padre entró corriendo y se lanzó contra Dai, que se quedó esperándole tranquilamente y se apartó en el último momento. Desmond Edgley acabó tirado en la alfombra. Dai se inclinó sobre él, le propinó tres golpes y el padre de Valquiria ya no se movió.

Valquiria luchó para ponerse en pie. Todo le daba vueltas. Intentó correr hacia Dai, pero se le doblaron las rodillas y tropezó, chocando contra la mesilla. Dai pasó por su lado andando tranquilamente y Valquiria vio entre brumas cómo subía las escaleras. Estaba aturdida. Le fallaba el equilibrio. Le sangraba la nariz. Estaba a punto de desmayarse. ¿Tendría una conmoción cerebral? Tal vez. Si era eso, entonces lo peor que podía hacer era desmayarse. Tomó aire despacio por la boca e intentó pensar con claridad. Oía ruidos arriba. Dai estaba buscando algo. ¿El qué?

El Cetro.

Valquiria se levantó. Ya no se oían ruidos: lo había encontrado. Ya no veía borroso. De nuevo tenía el control.

Agarró el atizador de la chimenea justo cuando Dai bajaba las escaleras. Echó a correr hacia el recibidor, alzando el atizador para descargarlo sobre su cabeza. Pero Dai parecía tranquilo. ¿Por qué estaba tan tranquilo? Vio la mochila que contenía el Cetro en su hombro. En los brazos llevaba a la bella durmiente, a la pequeña Alice.

Valquiria se quedó helada, horrorizada hasta la médula.

Dai le dio una patada en el estómago tan fuerte que salió despedida. Se chocó contra la pared, rebotó y acabó a cuatro patas antes de hacerse una bola. El pánico se apoderó de ella, un terror que le impedía hasta respirar.

Se obligó a abrir los ojos y a moverse. Logró ver la puerta; Dai estaba abriendo el coche de su madre con una calma desconcertante, fruto de una confianza antinatural. Dai colocó a Alice en el asiento para bebés y le puso el cinturón.

Apretando los dientes, Valquiria se enderezó. Le dolían todos los músculos y pugnaban por contraerse, pero logró poner la columna derecha, curvar la espalda, tomar aire. Estaba mareada, débil, sin aliento, aterrorizada y desesperada, pero rodó sobre sí misma y se incorporó, todavía con el atizador en la mano.

Tras haber asegurado a Alice, Dai pareció satisfecho, cerró la puerta con cuidado para no despertarla y dejó la mochila con el Cetro en el asiento del copiloto. Rodeó el coche y, cuando estaba en el punto más cercano a la casa, Valquiria corrió hacia él. Dai la vio en el último momento y pudo esquivar el atizador, pero ella siguió atacando y le clavó el hombro en el esternón. Cayó contra el capó y Valquiria alzó el atizador para descargarlo sobre su cabeza. Él rodó por encima del coche y el atizador golpeó el parabrisas, destrozándolo. Dai le agarró la muñeca, Valquiria soltó el arma y le metió los dedos en los ojos. Dai soltó una maldición, la soltó y retrocedió, intentando ver algo.

Ella se quitó el cinturón de la bata, se lo pasó por encima de la cabeza y le apretó el cuello. Dai trató de liberarse hundiendo los dedos en su propio cuello, intentando aflojar el agarre. Valquiria tiró de él hacia atrás y apretó todo lo que pudo, dando tirones. Él pataleó, destrozando las flores del jardín. Consiguió apoyar los pies hacia atrás e hizo fuerza, dándole con la nuca en la cara a Valquiria.

Los dos cayeron al suelo. El cinturón se perdió. Valquiria notaba en la cara la sensación de entumecimiento que precede al dolor. Sintió que las manos de Dai la levantaban, pero se liberó de las mangas y le dejó sosteniendo la bata. Giró, le dio un golpe

460

en la nuca y saltó, propinándole un rodillazo en el plexo solar. Siguió lanzando rodillazos como Tanith le había enseñado, sin dejarle descansar, sin permitirle contraatacar.

Aterrizó sobre el pie derecho y su tobillo cedió. En ese momento, Dai le pasó el brazo izquierdo por el hombro, el derecho por las piernas, la agarró por detrás de los pantalones cortos y le hizo una llave. La levantó en vilo, la giró y ella se aferró a él, pero no podía hacer absolutamente nada para evitar que Dai acabara encima de ella.

Cayeron en la entrada de la casa, con Dai encima, y Valquiria sintió que se asfixiaban por segunda vez en menos de un minuto. Se quedó ahí quieta, gruñendo, con los ojos desorbitados, pestañeando. Dai la miró fijamente y las venas negras corrieron bajo su piel.

–Buen intento –dijo, y se levantó. Valquiria intentó agarrarle el tobillo. Él bajó la vista, contempló la mano que se extendía débilmente y alzó el pie. Ella le soltó y la mano cayó al suelo. Dai sonrió ligeramente y le dio un pisotón.

Valquiria se sentó de golpe, chillando, apretando los dedos rotos contra el pecho. Dai se acercó al coche, se puso al volante y salió a la carretera. Los gritos de Valquiria se convirtieron en sollozos en el momento en que él se alejaba.

63

LA CIUDAD SUBTERRÁNEA

TENÍA frío. Le dolían los pies. La búsqueda de la Necrópolis los había llevado hasta Escocia y Fletcher estaba muy cansado. Se había quedado un poco rezagado respecto a Skulduggery y Wreath, hasta que finalmente renunció y se sentó. Dejó la búsqueda a los expertos; siempre que los tuviera a la vista, podía teletransportarse a su lado en cuanto lo necesitaran. Por ese motivo, solo oía fragmentos de su conversación. Al principio, había reinado el silencio; sabía que aquellos dos hombres jamás se habían caído bien, así que tampoco le había sorprendido. Pero poco a poco habían empezado a tener un atisbo de conversación. De hecho, cuando estaba cerca de ellos, Fletcher captaba las frases punzantes que se dedicaban el uno al otro. Nombraron un par de veces Wyoming y la guerra, la antigua guerra, contra Mevolent.

Por eso Fletcher se había quedado atrás, para dejarlos discutir. Cuando tenía hambre se teletransportaba para comer algo apetitoso. Cuando tenía frío, se teletransportaba para coger una chaqueta. Cuando necesitaba ir al baño, se teletransportaba a la casa de algún famoso desagradable y no se molestaba en tirar de la cadena. La mayor parte del tiempo se concentraba en evitar cualquier pensamiento sobre Stephanie.

462

Cuando salió el sol, lo único que quería hacer Fletcher era dormir. Se apoyó contra un árbol y sesteó hasta que sonó el móvil.

–Lo hemos encontrado –dijo Skulduggery.

Fletcher se levantó. Hacía frío y la parte de atrás de sus vaqueros estaba húmeda. Miró a su alrededor y no vio nada más que árboles, piedras y cielo.

–Gira al sur –señaló Skulduggery, y Fletcher obedeció–. Eso es el este. Sí, eso es el sur. Ahí. ¿Nos ves?

A lo lejos, Fletcher divisó un fuego. Guardó el teléfono y se teletransportó junto a Skulduggery. Wreath estaba de pie en el umbral de una puerta abierta en un muro de roca. El esqueleto todavía tenía el teléfono en la mano, y cuando se acercó a la puerta, dejó de funcionar.

Skulduggery lo examinó.

–No hay cobertura –murmuró–. Fletcher, no te alejes de nosotros. No vamos a poder usar el móvil.

Él asintió.

Los peldaños eran de mármol negro. Wreath fue el primero, y Fletcher se quedó al lado de Skulduggery. Cada vez hacía más frío. Estaba oscuro, cada vez más. Había antorchas en los soportes metálicos de las paredes. Era un pasillo estrecho y con el techo inclinado. Nadie dijo una palabra. Sus pasos creaban eco.

Siguieron bajando. Más frío. La penumbra se hizo más oscura.

Y entonces el techo se terminó de pronto y se abrió una ciudad enorme de hormigón con un cielo de piedra. Había miles de esferas brillantes que despedían luz. Fletcher se paró en seco, congelado de asombro. Los edificios, sin ningún rasgo distintivo salvo las estrechas ventanas rectangulares, formaban un laberinto de ángulos rectos. Las calles eran angostas, pensadas para peatones, no para vehículos.

Poner un pie en esa ciudad significaba perderse: Fletcher lo supo al instante.

–No podemos seguir –dijo Wreath–. Los vivos no pueden cruzar la Necrópolis. Solo los muertos.

–Supongo que no tendrás un mapa a mano –masculló Skulduggery.

Wreath sonrió.

–Me temo que no. Te estaremos viendo, eso sí. Hay un mirador en la piedra desde donde tendremos una vista panorámica de todo el lugar. Podemos gritarte la dirección desde allí, si quieres.

–Maravilloso. ¿Qué he de esperar?

–Para poder activar el símbolo, tienes que llegar a la plaza que hay justo en el centro de la ciudad. De camino te encontrarás con dos desafíos. No sé cuáles son y no sé cómo se superan. Una vez que los pases, te enfrentarás al Guardián en el desafío final. Doy por supuesto que será una pelea, lo cual te hará muy feliz. Sé que te gusta dar puñetazos.

–Es una de mis aficiones –murmuró Skulduggery.

El esqueleto continuó andando mientras Fletcher seguía a Wreath hasta una escalinata oculta que llevaba a una estancia alargada con un mirador abierto. Fletcher apoyó las manos en la piedra helada y bajó la vista a la ciudad. Inmediatamente distinguió a Skulduggery, una figura solitaria que se movía entre la quietud. También lo oyó. Oyó cada paso que daba. La acústica de aquella enorme cámara hacía que el eco retumbara en el mirador.

Wreath extendió la mano y Fletcher se dio cuenta de que había un cristal delante de él. Al menos, parecía cristal. El nigromante le dio unos toques y la «pantalla» les mostró a Skulduggery más de cerca.

–Mola –dijo Fletcher.

–Sin duda alguna –asintió Wreath.

Siguieron el avance de Skulduggery durante diez minutos. No hizo falta que le gritaran indicaciones; el esqueleto estaba leyendo el aire y así adivinaba qué caminos le llevaban a un callejón sin salida y por cuáles podía continuar.

Entonces hubo un movimiento y una silueta surgió de las sombras.

–¿Quién va? –preguntó la silueta. La voz era masculina. Tenía acento escocés. El cristal les mostró a una persona con túnica negra y una máscara de porcelana.

Skulduggery se detuvo y contempló la figura.

–Me llamo Skulduggery Pleasant. He venido a activar el símbolo de Meryyn. ¿Vas a detenerme?

–No –dijo la silueta, y Fletcher se percató de que no llevaba una máscara: era su propia cara, de porcelana, delicada y totalmente espeluznante–. Soy el Inquisidor. Solo voy a probarte. Si te detengo o no, dependerá de los resultados.

–¿Cuál es la prueba?

–Una muy simple: una prueba de pureza. Veo que no tienes piel, ni sangre, ni órganos.

–Así es.

–Eres una curiosa criatura. Sé de algunos a los que les gustaría mucho examinarte. ¿Estás dispuesto a ser examinado?

–Probablemente, no.

–Una lástima –suspiró el Inquisidor–. Si accedieras al examen, te podría dejar pasar. Lo consideraría un compromiso suficiente.

–No estoy aquí para comprometerme –repuso Skulduggery–. Estoy aquí para hacer la prueba y activar el símbolo.

–Pero el camino que yo te ofrezco es más sencillo. Lo único que hace falta es que consientas. Te aseguro que no nos llevará más de un día.

–He dicho que no.

El Inquisidor se quedó callado un instante.

–Sé de algunos que te conocen, esqueleto. Me susurran al oído ahora mismo. Saben las cosas que has hecho. Saben las cosas que te han hecho. Conocen a tu mujer y a tu hijo.

Ahora fue Skulduggery el que guardó silencio.

–¿Qué tiene que ver esto con la prueba?

–Tu mujer y tu hijo –continuó el Inquisidor–. Asesinados ante tus ojos por un hombre al que después convertiste en polvo. Murieron gritando. Murieron suplicando que los salvaras. Toda tu existencia posterior se definió en ese momento.

–Si estás intentando provocarme, no funcionará –repuso Skulduggery.

–No son mis palabras. Son las palabras que me susurran al oído.

–¿Quién las susurra?

Hubo una nota de diversión en la voz del Inquisidor.

–Los que te conocen. Los que son conscientes de tu presencia. Los que desearían no serlo.

–¿Alguno de ellos tiene algo parecido a un nombre?

–Tú y los tuyos dependéis demasiado de los nombres –dijo el Inquisidor–. Hay otros que no lo hacen.

–Fantástico –gruñó Skulduggery–. Por favor, ¿podríamos ir al grano antes de que...?

–Tu mujer y tu hijo –concluyó el Inquisidor.

Skulduggery se paró en seco.

–¿Qué?

–También ellos me susurran. Están aquí, en esta ciudad. Esperándote.

–Están muertos.

–¿Acaso no estamos en la Ciudad de los Muertos?

–Llevan muertos cientos de años –objetó Skulduggery–. Se han ido. No están aquí. Mientes. ¿Por qué?

–Si crees que miento, continúa avanzando y no te detendré.

–¿Qué pasa con la prueba?

–Esta es la prueba.

Skulduggery no se movió durante unos segundos. Fletcher cruzó una mirada con Wreath. El nigromante tenía el ceño ligeramente fruncido.

–Pues ha sido fácil –comentó Fletcher.

–Eso parece –respondió Wreath.

Fletcher arrugó el entrecejo.

–Demasiado fácil, ¿no?

Wreath asintió.

–Eso parece.

64

DETRÁS DE ALICE

VALQUIRIA dejó que su madre la ayudara a vestirse.

–Busca a Fletcher –dijo su padre, frenético–. Aparece y desaparece, ¿no? Nos llevará justo...

–Fletch se puede teletransportar a sitios, no ante personas –precisó Valquiria mientras su madre le metía la bota en el pie derecho. Tenía el tobillo dolorido, pero al menos podía apoyarlo. En realidad le dolía todo: las costillas, la cara, la mandíbula. La mano izquierda estaba hinchada al doble de lo normal. El dolor habría resultado insoportable de no ser por las hojas que estaba masticando.

Su madre le sacó por fuera de las botas las perneras de los pantalones y Valquiria se levantó de la cama. Siseando, pasó el brazo izquierdo por la manga de la chaqueta. Su madre la ayudó a meter el derecho y luego le subió la cremallera.

–Vamos contigo –dijo ella. Había permanecido callada todo el tiempo, desde que Valquiria había entrado en casa arrastrando la pierna. Ahora entendía por qué.

–No –negó ella, cojeando fuera de la habitación–. Es peligroso. Tenéis que quedaros aquí.

–Alice es nuestra hija y vamos a ir contigo –zanjó su madre.

Valquiria entró en el baño, agarró la toalla, la mojó y se limpió la sangre de la cara. También se frotó los ojos.

—Dai os matará.

—Creía que Dai era de los buenos —dijo su padre.

—Lo es —asintió Valquiria—. Tiene un Vestigio en su interior. Está poseído —dejó la toalla y se giró hacia ellos—. Papá, dime que entiendes por qué no podéis venir, por favor. Voy a buscar a Alice. Conozco este mundo y a esta gente y estoy acostumbrada a estas cosas.

—Estamos perdiendo el tiempo —dijo su madre.

Valquiria miró a sus padres y se dio cuenta de que no iba a ganar en esa discusión y que su madre tenía razón. Dai ya les llevaba cinco minutos de ventaja.

—Vale —dijo—. Yo conduzco.

—No, yo —corrigió su padre, bajando las escaleras—. Estás herida, tu coche es lento y no conduces demasiado bien.

Valquiria le siguió cojeando.

—Conduzco fenomenal —protestó.

Él agarró las llaves de la mesa y esperó en la puerta con impaciencia.

—No a la velocidad a la que vamos a ir.

Había dos carreteras para salir de Haggard: una dirección sur, otra dirección norte. Tomaron la del sur y el paisaje familiar se desplazó a una velocidad preocupante. Con los baches, el coche se salió de la carretera un par de veces, provocando sensaciones de ingravidez en la tripa de Valquiria.

Melissa Edgley, en el asiento del copiloto, se sujetó con fuerza, pero no le dijo a su marido que redujera la velocidad. Él adelantó a un tractor en una curva cerrada, y ni siquiera eso provocó una sola protesta. Valquiria se dio cuenta de que sus padres eran como misiles, pendientes de su objetivo, sin importar nada más.

Por un instante le sucedió algo curioso: se sintió como si de nuevo fuera una niña, con el cinturón puesto en el asiento de atrás del coche de sus padres. A lo mejor iban al cine, o al zoo, o a la casa de sus tíos. Allá adonde fueran, se encontraba a salvo, porque estaba con sus padres y a su lado no podía pasarle nada malo.

El dolor de la mano la trajo de vuelta al presente. Los dedos tenían un cardenal feo y oscuro que se extendía hasta los nudillos. Podía mover el pulgar y el meñique, pero el resto, no. Cada vez que el coche giraba, cada vez que se balanceaba en el asiento, el dolor la taladraba a pesar de las hojas que había estado masticando y que le habían dejado en la boca el sabor amargo de siempre.

–¿Por dónde? –preguntó su padre con voz tensa.

Valquiria alzó la vista. Después de unas cuantas curvas, había un tramo recto y, al final, una bifurcación. Podían ir a la izquierda, hacia Balbriggan, o recto, a Dublín.

–A la izquierda –dijo ella.

–¿Adónde la va a llevar? –preguntó su madre, sin apartar la vista de la carretera.

–A Thurles –respondió Valquiria–. Allí es donde están los demás Vestigios. Allí está Dexter Vex. –No les dijo por qué se habían llevado a su hermanita. No mencionó el Cetro ni que, para usarlo, Dex tendría que matar a Alice–. No le pasará nada –dijo en su lugar–. Dexter no le hará daño. Solamente la ha utilizado para atraerme.

Llegaron al tramo recto. Había una fila de coches que avanzaban despacio, perezosamente, delante de ellos. El padre de Valquiria hizo sonar la bocina y puso las luces, avisando de que estaba a punto de hacer algo realmente estúpido. Luego se desvió por la mitad de la carretera y avanzó en sentido contrario, mientras los demás coches giraban bruscamente para evitar chocar con él. Dio un golpe a un retrovisor y recibió un pitido por respuesta, pero ya había llegado a la bifurcación. El coche derrapó un poco al tomar la curva.

Valquiria llevaba el móvil en el bolsillo izquierdo. Metió la mano buena, levantando las caderas para agarrarlo con los dedos. No lo logró. Lo intentó de nuevo y se las arregló para sacarlo un poco, como una tortuga que se asoma en el caparazón. Alzó de nuevo las caderas y consiguió sacarlo del todo. Inmediatamente, marcó el número de Skulduggery.

Le salió un mensaje de voz. Justo como temía.

–Skulduggery no contesta.

–Tienes otros amigos –dijo Melissa–. Llámalos. Llama a la chica de la espada. Llama a todos los hechiceros.

No podía hacer eso. Si se descubría que Alice estaba vinculada al Cetro, su hermana nunca más se encontraría a salvo.

–Roarhaven está bloqueada –respondió–. No reciben llamadas ni pueden hacerlas. Pero no los necesitamos. Puedo rescatar a Alice yo sola.

–Con nuestra ayuda –precisó su padre.

Valquiria no contestó.

La luz iba reduciéndose y cuando llegaron a Thurles era totalmente de noche. Las calles estaban silenciosas. Vacías. No había coches. No pasaba gente. El padre de Valquiria redujo la velocidad hasta avanzar a paso de tortuga.

–No me gusta esto –dijo–. Parece una trampa.

–¿Y cómo sabes lo que parece una trampa? –preguntó su madre.

–Lo sé sin más. ¿Steph?

Ella asintió.

–Parece una trampa. Para donde puedas. Voy a echar un vistazo y ahora vuelvo.

–Ni de broma –dijo su madre, girándose en el asiento–. Vamos todos.

–¿Y qué vais a hacer si hay problemas? Esta gente va a intentar matarnos.

–Pues lucharé –aseguró su madre–. Si alguien me ataca, le daré una patada en la entrepierna.

Valquiria suspiró.

–Mamá...

–No voy a quedarme esperando, Steph. Ya he tomado una decisión.

–Vale –gruñó Valquiria, conteniendo la frustración. Miró la calle residencial que tenían delante y, tras unos segundos, su ceño se suavizó–. Pero no les des una patada ahí.

–¿Por qué no? ¿No es el mejor sitio? Des, a ti no te gusta que te den patadas ahí, ¿verdad?

Él puso mala cara.

–No me gusta que me den patadas en ningún sitio.

–Para empezar –dijo Valquiria–, darle una patada a alguien no es buena idea cuando estás en peligro. Tienes miedo, la adrenalina se te dispara, tus instintos te están gritando, tu cuerpo quiere luchar o huir, necesita sentirse más ligero, así que desea liberar los intestinos o vaciar la vejiga. Te haces pis encima. Es totalmente normal. Pero te tiemblan las piernas. Tiritas tanto que te castañetean los dientes. ¿De verdad quieres darle una patada a alguien cuando ni siquiera sabes si te sostendrá la otra pierna?

–Supongo que no –respondió su madre, frunciendo el ceño.

–Y si consigues darle la patada, no tienes ninguna garantía de que vayas a acertar donde apuntabas. Y aunque le des, el dolor tarda unos segundos en llegar al cerebro. Te puede hacer muchísimo daño en esos segundos. Además, está el riesgo de que darle una patada ahí solo consiga enfurecerle.

–Vale –dijo su madre–. Pues no les daré patadas en la entrepierna. Pero... ¿puedo pegarles en algún sitio? No creo que pueda dar un puñetazo muy efectivo si todos tienen tanta fuerza como Dai Maybury...

–No se puede crear músculo en la garganta –dijo Valquiria–. La garganta es vulnerable. Y da igual las flexiones que hagas, los párpados no se van a volver más duros. Todo el mundo tiene ojos. Bueno, casi todo el mundo.

–Garganta y ojos –dijo su madre–. Vale. Parece fácil.

Su padre aparcó. Salieron del coche, y Valquiria se estremeció a cada movimiento. Cojeó hasta un arbolito de un jardín y arrancó tres ramas largas. Se quedó con una y les entregó las otras dos a sus padres.

–Sujetadlas apretando el pulgar –dijo–. Así.

–¿Esto mantendrá a los Vestigios a raya? –preguntó su madre. Valquiria negó con la cabeza.

–No hay nada para enfrentarse a ellos. Mira, los Vestigios son unas criaturas oscuras que revolotean y cuando te poseen, cuando están dentro de ti, es instantáneo. Ya no eres tú, al instante eres otro.

–¿Y cómo se te meten dentro?

–Se pegan a tu cara y bajan por tu garganta.

Su padre se tapó la boca con la mano.

–No sirve de nada, papá. La cosa es que, si nos descubren, un Vestigio podría poseer a uno en cuestión de segundos y los otros dos no nos enteraríamos de nada. Así que, si veis uno, romped la rama, ¿vale? Apretad con el pulgar y partidla. Si todas las ramas están enteras, somos quienes decimos que somos. Si alguna está rota, no.

Su madre se acuclilló de pronto.

–No me siento bien. Se me doblan las piernas. Me tiemblan un montón.

–Pues quédate en el coche –dijo Valquiria.

–No, no. Son los nervios. Ya se me pasa. Mira –se obligó a incorporarse. Estaba muy pálida.

–Mamá, sé que quieres ayudar, pero si no estás preparada para esto, solamente nos retrasarás.

–No lo haré –dijo–. Mis hijas me necesitan. Vamos, Steph.

De mala gana, Valquiria empezó a andar.

Recorrieron la ciudad lentamente. Iban de parapeto en parapeto siempre que podían, pero a menudo se encontraban con una zona al descubierto donde no podían esconderse. Por suerte, no había nadie cerca que diera la alarma, pero cuanto más se acercaban al centro del pueblo, más cautelosa se volvía Valquiria. Se detuvo en una esquina y sintió cómo se le ponían de punta los pelos de la nuca. Ahí. Una mujer con una barra de hierro, de pie, de espaldas a Valquiria. Una centinela.

Valquiria se llevó el dedo a los labios y les indicó a sus padres que se agacharan, le entregó la rama a su padre y los dejó allí. Se desplazó en silencio. La mujer se metió la barra bajo el brazo y se sopló las manos un par de veces para entrar en calor, así que Valquiria pudo situarse detrás de ella con sigilo.

La vara conmocionadora estaba totalmente cargada, pero no la utilizó. No sabía cuándo le resultaría útil. Esperó hasta que la mujer bajó las manos y le envolvió el cuello con el brazo derecho en una llave estranguladora. La mujer retrocedió, se le cayó la barra y le clavó los dedos en la manga blindada. Valquiria apretó. El dolor de la mano rota le taladró el cerebro como mil cuchillos al rojo vivo.

La mujer se echó hacia atrás y la empujó contra la pared. Valquiria se dio un golpe en la cabeza, pero no la soltó. La fuerza que le daba el Vestigio a la mujer era sorprendente. Intentó voltear a Valquiria por encima del hombro, pero ella le rodeó la delgada cintura con las piernas. Cayeron al suelo y la mujer se retorció, entrando en pánico, pero lo único que consiguió fue que Valquiria se agarrara mejor y sujetara el pie bajo la rodilla. Unos segundos después, la mujer se quedó quieta y Valquiria la soltó.

Sus padres se acercaron corriendo. Valquiria se incorporó y su padre le entregó la rama.

–Eso ha sido increíble –le dijo.

–Ya –respondió ella, intentando no chillar de dolor–. Lo sé.

Apretaron el paso y se encontraron con dos guardias más, que dejaron inconscientes. Las calles se hacían más anchas y abiertas y Valquiria se dio cuenta de que cada vez perdía más tiempo intentando encontrar formas de avanzar sin que los descubrieran. Tuvieron que regresar dos veces sobre sus pasos y probar un camino distinto.

–Mamá –dijo Valquiria, llena de frustración–. Quédate aquí. Papá, asómate a la esquina y mira a ver si podemos llegar al otro lado de la calle por ahí. Voy a mirar un poco más arriba.

Se volvió antes de que pudieran protestar. Llevaba la vara en la mano. Notaba la pierna mejor cuanto más la movía, pero cada paso le dolía. Solo le quedaban unas cuantas hojas, así que decidió soportar el malestar. Llegó al final del callejón y encontró un muro que podría haber sobrepasado fácilmente con la ayuda de la magia elemental, pero que ahora mismo era igual de infranqueable que si midiera un kilómetro de alto.

Maldijo entre dientes. Se permitió unos instantes de rabia pura e impotencia y se volvió, dándole un puñetazo al aire.

Luego, recuperó el control y regresó sobre sus pasos. Vio a su madre en la bocacalle. Parecía totalmente despreocupada.

Valquiria redujo el paso.

La ansiedad de su madre había desaparecido. Estaba muy derecha y no parecía nada asustada.

Valquiria notó cómo la invadía el pánico. ¿Habría...?

La rama. Tenía que comprobar la rama. ¿Dónde estaba la rama? Se acercó, la miró de arriba abajo y vio que estaba entera.

–¿Te conozco? –preguntó un hombre. Valquiria no lo veía.

Su madre negó con la cabeza.

–No, creo que no.

El hombre quedó a la vista. Era de mediana edad, llevaba unos pantalones de vestir y un jersey grueso.

–Pareces nerviosa.

–¿Sí? –dijo ella–. Es que no me encuentro muy bien. Habré comido algo que me ha sentado mal, seguramente.

Valquiria reptó hacia ellos mientras el hombre asentía.

–Ajá –dijo él–. Mira, no quiero ser maleducado, pero... eres de los nuestros, ¿verdad?

–¿De los...? Ah, te refieres a si soy... estoy... ¿poseída?

El hombre soltó una carcajada.

–Sí, sí, a eso me refiero.

La madre de Valquiria se rio junto a él.

–No me lo tomo como una ofensa, no te preocupes. En realidad, me lo tomo como un cumplido.

–¡Bien! –exclamó él entre carcajadas.

–Pero la pregunta no es esa; la pregunta es: ¿cómo sé yo que tú estás poseído?

Al hombre le pareció hilarante.

–¡No! ¡Me has pillado! ¡Lo estoy fingiendo!

–¡Lo sabía! –respondió ella riéndose.

–¿Cómo te lo demuestro? ¿Cómo podrías estar segura? Ah, ya sé –los labios sonrientes se volvieron negros y las venas se marcaron contra la piel–. ¿Qué te parece?

Su madre se quedó callada un instante y luego volvió a reír.

–¡Eso ha sido muy convincente!

–¡A que sí! ¡Te toca!

–¡Eso, me toca a mí!

–¡Justo!

–¡Venga, que me toca!

–¡No te hagas de rogar!

La risa de la madre de Valquiria cada vez era más forzada.

–¿Estás preparado? Yo creo que no.

–¡Estoy preparado!

–¡No sé yo!

Su madre continuó riendo sin parar, pero las carcajadas del hombre se convirtieron en una simple sonrisa.

–Vamos a ver –dijo.

Su madre se dobló de la risa.

–¡Venga! ¡Empiezo! ¿Preparado? ¡Espero que estés preparado! ¡Tres, dos... uno!

Su madre se enderezó y pestañeó.

–No eres de los nuestros –dijo él, sin asomo de risa.

–No –admitió Melissa.

–Estoy un poco... confuso. ¿Qué esperabas que pasara cuando terminaras la cuenta atrás?

–No sé. No se me da muy bien hablar en público.

–Ya veo –miró a su alrededor–. ¿Eres la madre de Valquiria Caín? Dijeron que a lo mejor venías. ¿Dónde está tu hija?

–No lo sé.

–Más vale que me lo digas. Vendrá corriendo igualmente cuando empieces a gritar.

–Si me pones encima un solo dedo...

El hombre le puso despacio el índice contra el pecho y apretó.

–¿Sí?

La madre de Valquiria vaciló.

–¿Decías? –insistió el hombre, inclinándose hacia delante–. ¿Qué decías?

Valquiria salió de su escondite, pero el hombre la oyó venir y le dio un golpe en el brazo, haciendo que soltara la vara. Ella chilló de dolor y él le dio un puñetazo en el hombro que la hizo caer de rodillas y ver las estrellas. Oyó una carrera enloquecida: su padre se acercaba por detrás. Levantó la vista y vio cómo recibía un puñetazo en plena cara. Retrocedió y se quedó sentado con expresión perpleja.

Valquiria puso una mueca y se obligó a levantarse mientras el hombre se giraba hacia su madre.

–¿Por dónde íbamos? ¿Qué estabas diciendo?

Melissa le clavó los dedos en los ojos y él aulló de dolor, reculando. Tropezó y cayó a cuatro patas. Valquiria se acercó corriendo y le dio una patada en la barbilla que lo levantó del suelo. Al instante, se dobló y cayó inconsciente.

Valquiria se volvió hacia su madre, intentando ignorar el dolor del brazo.

–¿Estás bien? ¿Mamá?

–Estoy... estoy...

–Mamá, ¿estás bien?

Su madre levantó la vista.

–Todo el mundo tiene ojos –masculló.

65

LA SEGUNDA PRUEBA

LETCHER vio cómo Skulduggery avanzaba por la ciudad muerta. El cristal del mirador, o lo que fuera, era mucho mejor que ninguna pantalla. Con un solo gesto, Wreath podía cambiar el punto de vista cada vez que el esqueleto desaparecía detrás de un edificio. Podía hacer *zoom*, moverse a un lado, hacia arriba y hacia abajo: era una cámara totalmente manejable con una resolución perfecta. Algo así podría cambiar para siempre la industria del cine.

–¿A ningún hechicero se le ha ocurrido vender magia como tecnología? –preguntó Fletcher.

Wreath se encogió de hombros.

–Claro. Los Santuarios normalmente lo evitan, pero de vez en cuando se les escapa algo y se filtra algún invento ligeramente mágico.

–¿Como qué? ¿*Smartphones*? ¿*Bluetooth*?

–Imanes para la nevera que brillan en la oscuridad.

–¿Hablas en serio?

–Ah, sí. ¿Cómo crees que se pegan a la nevera?

–Magnetismo.

–Magia.

–¿Y el brillo?

–Magia también.

–Increíble.

Wreath asintió.

–Sin duda –entrecerró los ojos–. ¿Has visto eso? Hay algo...

En la Necrópolis apareció otro hombre con el rostro de porcelana. Se situó en mitad de la calle.

–¿Y tú quién eres? –preguntó Skulduggery. Wreath cambió el punto de vista del cristal.

–Tengo muchos nombres y ninguno –dijo el hombre–. Soy el que soy. Como todos lo somos. Me puedes llamar Validador, puesto que, al parecer, ese es mi propósito.

Tenía acento francés.

–Vale. ¿Qué tal si nos saltamos los acertijos y vamos directos a la parte en que me cuentas qué prueba tengo que hacer?

–Esta prueba es sobre ti –respondió el Validador–. Es una prueba que solo tú puedes hacer, solo tú puedes pasar... y solo tú puedes fallar.

–¿Es de matemáticas?

–Empleas el humor para evitar tomarte en serio la situación.

–Al contrario: empleo el humor porque es muy, pero que muy divertido. Pero tengo curiosidad: ¿vives aquí?, ¿sales alguna vez? Si no te mueves de aquí y solamente hablas con el último tipo al que he visto, entiendo por qué eres tan pesado.

–La Ciudad Subterránea es mi hogar. ¿Por qué iba a querer marcharme?

–Pues en eso tienes toda la razón: es tranquila, es apacible, tiene un encanto... inquietante... Pero es un poco solitaria.

–Ah, no –dijo el Validador–. Es cualquier cosa menos solitaria. A veces, sin embargo, sus ciudadanos necesitan algo de persuasión para salir. Los muertos son tan tímidos...

–No es esa mi experiencia.

Una voz de mujer sonó:

–Entonces, deberías rodearte de otra clase de muertos.

Wreath frunció el ceño, cambió el ángulo y vio una forma, un fantasma, que salía de una de las puertas oscuras. Era una mujer,

Fletcher no distinguió más. Tenía la cara borrosa. Vio unos ojos y una boca.

–Hola, amor mío –dijo la mujer. Skulduggery se quedó mirando al fantasma sin decir una palabra–. Te he echado de menos.

El esqueleto se volvió hacia el Validador.

–¿Cómo lo haces?

–No es ningún truco.

–Soy yo de verdad –le aseguró el fantasma.

–No tienes permiso para hablar –dijo Skulduggery; la ira asomaba a su voz–. No me importa cómo lo estés haciendo. Te lo advierto: detente antes de que pierda la paciencia.

El Validador retrocedió un paso, permitiendo que el fantasma se acercara más a Skulduggery.

–Te estaba esperando –dijo.

–Tú no eres mi esposa.

–Y tú no eres mi marido –replicó el fantasma–. Él era amable, gentil y cariñoso, y hacía todo lo posible por evitar la violencia y el derramamiento de sangre. Pero tú... tú eres oscuro y retorcido, y tu alma está atormentada por todos los crímenes que has cometido. Ya no eres quien eras.

–Ese hombre está muerto. Yo soy el que lo ha sustituido.

–Deberías quedarte aquí conmigo –dijo ella–. Con nosotros.

Fletcher vio otra figura nebulosa más pequeña, del tamaño de un niño. Corrió sin rumbo, entró y salió por las puertas, como si estuviera jugando.

Skulduggery dio un paso atrás como si le hubieran dado un puñetazo. Hundió los hombros.

–Cuando ese loco nos mató –continuó ella–, te vimos desde el otro lado. Vimos cómo caías. Vimos lo que te hizo después. Vimos cómo gritabas, llorabas y suplicabas. Rezamos para que murieras, para que acabara tu sufrimiento. Y cuando tu agonía terminó por fin, intentamos alcanzarte y atraerte hasta nosotros. Pero tú te resististe. Regresaste al mundo de los vivos. Ahora ha llegado el momento, otra vez, de que te unas a nosotros.

El niño corrió hasta su madre y Skulduggery dio otro paso atrás.

–No pienso ir a ninguna parte.

–Ya te has cobrado tu venganza –dijo el fantasma–. Ya has matado al hombre que nos asesinó. ¿Qué más te retiene aquí?

–Tengo deudas que debo pagar.

Hablaba con la mujer, pero mantenía la cabeza gacha, mirando al niño directamente. Dio un paso hacia delante, extendió la mano hacia él, se detuvo y retrocedió de nuevo. Se quedó quieto, temblando. De pronto, a Fletcher no le apetecía ni pizca ver todo aquello. No quería verlo. Bajo ningún concepto.

–Amor mío –dijo el fantasma–. Cariño, has hecho cosas terribles, cosas que han marcado tu alma. Las llevas a cuestas dondequiera que vayas, porque has trabajado muy duro para redimirte. Has salvado el mundo. Ya has hecho mucho. ¿No crees que es hora de descansar?

–Tal vez algún día. Pero hoy, no.

–Cariño, tu lugar está entre los muertos.

Y entonces se oyó otra voz y una tercera figura borrosa apareció ante él. Una voz familiar.

–Tu lugar está entre los muertos –dijo Abominable Bespoke.

Skulduggery reculó y levantó la mano como si quisiera alejarlo.

–¿Abominable?

–Te estábamos esperando –dijo–. En el frío y la oscuridad. Te esperamos. Te observamos. Lo vemos… todo.

–¿Qué eres? –preguntó Skulduggery–. ¿Quién eres?

–Mataste a mi madre –dijo Abominable, y Skulduggery se quedó totalmente callado–. Vemos el pasado, el presente y el futuro. Sé todo lo que has hecho. Sé las mentiras que has dicho. Que me has dicho a mí. A tu mejor amigo.

–Si de verdad puedes ver mi pasado, entonces sabes lo que pasó. Sabes que no era yo mismo.

–No me importa –replicó Abominable–. A un muerto no le importa nada. No guardas resentimiento. Solo necesitas. Y te necesitamos a ti, amigo mío. Tu tiempo llega a su fin.

–No –dijo Skulduggery.

–Nunca pudimos decirnos adiós. Nunca nos estrechamos la mano. Te la ofrezco ahora. Únete a nosotros.

Abominable le tendió la mano.

–Lo siento. No puedo.

Apareció otra figura por un callejón.

–Te lo dije –murmuró Anton Shudder.

Otras sombras borrosas surgieron ante sus ojos.

–Tu lugar está entre los muertos –dijo Shudder–. Mereces descansar. Cuando estaba vivo, jamás conocí el reposo. ¿Ahora? Ahora soy feliz. Ahora puedo sonreír.

Skulduggery dio otro paso atrás.

–¿Qué es esto?

–Somos las personas que dejaste atrás –dijo su esposa–. Somos las personas que dejaste morir. Somos las personas que murieron a tu lado. Somos las personas que has matado.

Más figuras engrosaron la multitud. Fletcher atisbó al señor Bliss, a Kenspeckle Grouse, al asesino Tesseract y al nigromante Craven. Fue mirando las caras, pasando los ojos de una bruma a la siguiente, hasta que la encontró. Ella se giró en ese instante, como si le hubiera visto. Stephanie.

Fletcher agarró el brazo de Wreath.

–¿Esto es real? ¿De verdad son ellos?

–No lo sé –replicó el nigromante, liberándose del agarre sin apartar la vista de la escena–. No sé cómo funciona la Necrópolis. No sé de lo que son capaces.

–Pero tiene que ser un truco –insistió Fletcher–. Le están sacando los recuerdos de su mente o algo así, ¿no?

–Skulduggery Pleasant no tiene una mente que se pueda leer –repuso Wreath–. Pero sí, podría ser un truco de algún tipo. O…

–¿O qué?

–O podrían ser ellos realmente; los podrían haber sacado de la gran corriente de la vida y de la muerte. Pescados como peces.

Una de las siluetas fantasmales intentó retener a Skulduggery y le agarró de la manga.

Él retiró el brazo.

–¿Qué queréis de mí?

–Tu lugar está entre los muertos –repitió Abominable.

–Quédate con nosotros –dijo su esposa.

En el suelo se abrió un agujero, que se fue haciendo más grande hasta que ocupó toda la callejuela. Algunas de las figuras resbalaron y cayeron dentro, sin parecer alarmadas. Otras lo vieron y se lanzaron de buen grado.

Skulduggery se volvió hacia el Validador.

–¿Esto forma parte de la prueba? ¿Para qué sirve? ¿Qué demuestra? ¿Que he conocido a gente que está muerta? Llevo vivo más de cuatrocientos años. En todo ese tiempo ha muerto mucha gente.

–Estos son tus muertos –respondió el Validador.

–¿Los has traído tú? ¿Qué derecho tienes a retenerlos en este sitio?

–No estamos solo aquí –respondió Abominable–. Estamos en todas partes. En todo momento. Estamos contigo cuando eras niño. Estamos contigo el día de tu boda. El día de tu muerte. El día en que mueres de nuevo. Te vemos reír y gritar. Te vemos entero y te vemos roto. Te vemos cuando chocan los mundos y se cierne la oscuridad. Te vemos rodeado de sangre, de fuego y de carne podrida.

–Ves mi futuro –dijo Skulduggery–. Así que sabes que lo tengo. No puedo acompañarte hoy, Abominable. Pero si quieres ayudarme, si de verdad quieres hacerlo, dime cómo puedo derrotar a Oscuretriz.

–No se la puede derrotar –dijo Shudder.

–No me lo creo.

–No importa lo que creas –dijo su esposa.

Su mano se cerró en torno a su brazo y Abominable también le agarró. Skulduggery intentó retroceder, pero Shudder también le sujetó, y luego llegó otro, y otro más, y todos tiraban hacia el agujero mientras perdían los rasgos de la cara y se fundían en una masa borrosa que se hundía bajo la superficie. Skulduggery soltó una maldición y se retorció, pero no pudo hacer nada; más manos lo agarraban por debajo. Una le sujetó el tobillo y lo arrastró. Perdió el sombrero y quedó colgando mientras docenas de manos tiraban de él, lo agarraban, y de pronto se resbaló y el agujero se cerró.

Skulduggery había desaparecido.

–¿Qué... qué significa eso? –preguntó Fletcher.

–No lo sé –respondió Wreath, que parecía realmente perplejo.

–¿Está bien? ¿Dónde está?

Wreath meneó la cabeza.

–La verdad es que no estoy seguro de qué ha pasado.

Fletcher vio cómo el Validador daba un paso hacia delante mirando el sombrero de Skulduggery. Se agachó para recogerlo y, en ese instante, se quedó congelado.

El agujero se abrió y Skulduggery salió despedido hacia arriba, con la chaqueta desgarrada y la corbata torcida. Le seguía un coro demoniaco de gritos angustiados y centenares de manos que se alzaban en la oscuridad. Skulduggery rodó y se puso de pie justo al lado del Validador.

–Entonces, ¿está prueba consiste en que me enfrente a mis demonios o algo así? –preguntó–. Bueno, ¿qué tal si tú te enfrentas a ellos en mi lugar?

Empujó al Validador, que cayó sobre las manos. Lo agarraron y lo sumergieron en el agujero hasta que desapareció. Se cerró de nuevo y se hizo el silencio.

Skulduggery se colocó la corbata, se abotonó la chaqueta, recogió su sombrero, le sacudió el polvo y se lo puso.

66

MODALES EN LA MESA

N realidad, no tenía sentido esconderse, así que al final dejaron de hacerlo. Los Vestigios sabían que estaban allí, por supuesto que lo sabían. Era imposible que no.

Valquiria, seguida de sus padres, caminó hasta la plaza del pueblo, donde estaban todos. Labios negros. Venas negras. Permanecían en silencio, observándola. Cientos de ellos. Por encima de su cabeza revoloteaban más Vestigios. Miles. Pero no se abatieron sobre ellos. No atacaron.

La multitud se apartó. Valquiria y sus padres pasaron por el hueco que les abrieron. Avanzaron hasta un restaurante. Dai Maybury sostenía la puerta abierta. No dijo nada cuando pasaron a su lado.

Vex estaba sentado en la mesa de la esquina y cortaba un filete sanguinolento. La correa de la mochila del Cetro le cruzaba el pecho. En la mesa, junto a él, al alcance de la mano, estaba Alice, durmiendo en la sillita del coche.

Los padres de Valquiria estuvieron a punto de echar a correr, pero Vex alzó la vista, las venas negras se destacaron bajo su piel, y se quedaron congelados. Las venas desaparecieron y Vex siguió comiendo. Pinchó un trozo de carne con el tenedor, se lo metió en la boca y lo masticó con los ojos cerrados.

—Yo fui vegetariano una temporada —dijo—. Unos dos años, en los sesenta. Conocí a una chica, Sally, que seguramente...

—Devuélvenos a Alice —exigió Valquiria.

Vex abrió los ojos.

—Déjame terminar —dio un sorbo de vino, dejó el vaso en la mesa y continuó—. Bueno, Sally era una buena chica. Seguramente la consideraríais una *hippie*. Esto pasó en San Francisco durante la guerra de Vietnam. Yo iba a las manifestaciones pacifistas, me dejé el pelo largo y pensé que... bueno, que eso estaba bien. Me hizo comer arroz, lentejas y judías verdes una temporada y, oye, la vida era buena. Pero fuimos una vez al aeropuerto a recoger a unos amigos que venían de Nueva York, y vimos pasar a un soldado que venía de regreso de la guerra, con el uniforme verde del ejército y la mochila al hombro. Estaba buscando entre la multitud a su esposa, a su novia o a sus padres... Sally no se lo pensó; simplemente, le escupió. Le escupió y le llamó asesino de bebés. Seamos claros: yo no estoy de acuerdo con lo que hicieron los americanos en Vietnam, pero aunque estés en contra de la guerra, debes respetar a un guerrero. Siempre he pensado así. Así que me corté el pelo y dos días después estaba en el Congo detrás del cabecilla de una secta que rendía culto a la muerte. No puedes ser vegetariano durante mucho tiempo en la jungla.

Masticó otro pedazo de carne, la saboreó y la tragó. Valquiria le miró directamente a los ojos.

—¿Qué quieres?

—Bueno, esa es la cuestión, ¿sabes? Tengo un conflicto interno enorme. El hombre que hay en mí quiere ayudarte. El Vestigio quiere despedazarte. Pero los dos juntos solamente queremos un compromiso.

—Devuélvenos a Alice y nos comprometeremos —dijo el padre de Valquiria.

Vex se llevó el índice a los labios.

–Chitón, Desmond. Están hablando los mayores. La primera vez que nos enteramos de la visión del futuro, de que Oscuretriz diezmaría el mundo entero, estábamos bailando de alegría. «Ese es nuestro mundo», dijimos. Lo que nos gustaría, lo que nos encantaría, sería un futuro en el que quedara viva solo la décima parte de la población. Suficiente para jugar con ella, pero no lo bastante para causarnos ningún problema.

–Oscuretriz no va a dejar a nadie con vida –observó Valquiria.

–Exacto –asintió Dex–. Cuando nos dimos cuenta de la magnitud de sus planes, dejamos de bailar. Solo Foe y su grupito de nihilistas chalados encontrarían atractiva la meta final de Oscuretriz, porque no solo quieren morir, sino llevarse al mundo entero consigo. Y, sinceramente, también hemos visto cómo trata a los Vestigios que ya han cumplido su propósito. Digamos que no les guarda un cariño especial.

–Así que le tenéis miedo.

Vex sonrió.

–Como todo el mundo.

–Repito: ¿qué quieres?

–Queremos ofrecerte nuestro apoyo. Hechiceros y Vestigios trabajando juntos en perfecta armonía. ¿Se te ocurre algo más hermoso?

–El problema es que no se puede confiar en los Vestigios.

–Normalmente estaría de acuerdo contigo –asintió Vex–. Bueno, de hecho ahora mismo estoy de acuerdo contigo. Pero prometemos ser buenos.

–¿Y cómo quieres que funcione exactamente? ¿Te vas a unir a nuestro ejército? ¿Para que poseáis a cientos de hechiceros o miles de mortales? ¿De verdad crees que alguien estará de acuerdo?

–¿Tú crees que se puede dejar pasar esta oportunidad? –preguntó Vex–. Como has dicho, somos miles, cada uno con una vastísima cantidad de conocimientos y talentos personales, deseando compartirlos.

Valquiria agarró una silla y se sentó.

–Si toda la sabiduría que habéis acumulado es tan grande, entonces, ¿cómo no habéis encontrado una forma de detener a Oscuretriz sin nuestra ayuda?

Vex sonrió.

–Oscuretriz es complicada.

–Es imposible que China acepte esto. Pero si nos dejas marcharnos con Alice, haré todo lo que pueda para convencerla.

–¿Por qué estáis tan preocupados por el bebé? –dijo Vex–. Mírala. Está bien. Antes se puso a llorar un poquito, pero le cambié el pañal, le di de comer y se volvió a dormir de inmediato.

–Entonces me quedo aquí –dijo Valquiria–. Que mis padres se la lleven; tú te puedes quedar conmigo.

–Eso no nos sirve, me temo. Necesito a Alice si quiero activar el Cetro.

–¿A qué te refieres? –preguntó Melissa, y Valquiria palideció.

Vex miró a Melissa y, en lugar de decidirse por la opción más cruel, en lugar de contarle que Alice tendría que morir, dijo:

–Por motivos demasiado complejos como para explicarlos ahora, tu bebé es el único que puede cargar un arma muy poderosa. Necesito tenerla cerca por si me hace falta usarla –se giró hacia Valquiria–. ¿Nos entendemos?

La verdad haría daño a sus padres. No solo los sorprendería, no solo los horrorizaría: perjudicaría de verdad su capacidad de moverse y reaccionar. De ser útiles. Si insistían en acompañarla, Valquiria necesitaba que pudieran moverse. Y eso significaba que tendría que ocultarles la verdad.

–Solo tú –accedió ella finalmente–. Tus amigos se quedan aquí. Te llevaré a Roarhaven y le pediré a China que te escuche. Es lo máximo que puedo hacer.

–Accedo de mala gana a tus condiciones –sonrió Vex, y Valquiria supo que eso era exactamente lo que deseaba que pasara. Se limpió las comisuras de la boca con una servilleta y se levantó–. ¿Nos vamos? Doy por sentado que tus padres nos acompañarán, ¿no?

–No vamos a quitarle los ojos de encima a Alice –replicó la madre de Valquiria.

–Ese es el espíritu.

Agarró la sillita del bebé, pero Valquiria le cerró el paso. Miró por encima del hombro a sus padres.

–¿Nos dais un minuto, por favor?

Su madre frunció el ceño, preocupada, pero dejó que su marido la apartara unos pasos.

Valquiria se volvió hacia Vex y bajó el tono de voz hasta el susurro.

–El doctor Nye tiene un almacén... –dijo–. Si vas allí, estás muerto. Los cuerpos vivos mueren, pero siguen... conscientes. Se pueden mover y pensar. Déjame llevar a Alice. Técnicamente, estará muerta y podrás tomar posesión del Cetro. Luego la sacaré y estará viva de nuevo. No quiero hacerlo, no quiero exponer a Alice a esa sensación horrible y fría, no quiero que experimente eso, pero si así la dejas marchar...

–El almacén de Nye sufrió una redada –respondió Vex con suavidad–. Toda la magia se han desmantelado. Ahora no es más que un edificio normal.

–Entonces, el cochero –dijo Valquiria–. El cochero al que llama la *banshee*, el jinete sin cabeza...

–El Dullahan no hace favores, Valquiria. Si se lleva a tu hermana, jamás la recuperarás –le puso una mano en la espalda–. Además, mientras yo la tenga, harás exactamente lo que te diga. Porque si intentas algo, la mataré sin pensármelo dos veces.

Le dio la espalda, bajando la guardia, mostrándose vulnerable, desafiándola a ponerle a prueba.

Valquiria hundió los hombros y siguió a Dex y a sus padres al exterior, donde la multitud de personas con los rostros surcados de venas se apartó para mostrar un monovolumen azul celeste.

—He aquí nuestra furgoneta de combate –dijo Vex al deslizar la puerta lateral. Había dos filas de asientos además de los delanteros. Vex se sentó en el último y colocó la sillita de Alice a su lado.

—Melissa –dijo–. Puedes sentarte en medio. Desmond, tú conduces. Valquiria puede ir delante contigo. Ella sabe adónde vamos. Si alguien necesita hacer pis, mejor que vaya ahora. Tenemos por delante un viaje de una hora y no vamos a hacer paradas.

67

RELÁMPAGO

TODAVÍA estaban en la carretera, camino de Roarhaven. Valquiria ya no tenía hojas y el dolor de la mano rota la hacía sudar. Se secó la frente y volvió la vista. Al fondo de la furgoneta, Vex permanecía sentado con la cabeza gacha. Estaba demasiado oscuro para verle los ojos, pero su respiración era regular. Estaba convencida de que dormía, pero no hizo un solo movimiento. Conocía lo bastante a los hombres cadáver para saber que nunca dormían profundamente. Si intentaba hacer algo, se despertaría totalmente alerta y recuperaría el control en un solo instante.

Miró a su madre para asegurarse de que no intentaba hacer nada desesperado, y se extrañó al ver que no tenía los ojos fijos en Alice. Miraba por la ventana con el ceño fruncido.

–¿Mamá? –murmuró suavemente.

El ceño de su madre se hizo más profundo.

–¿Has oído algo?

Valquiria echó un vistazo al exterior oscuro. Las sombras negras de los árboles y los setos se fundían en siluetas borrosas. Oyó el motor de la furgoneta, el crujido de los neumáticos sobre la carretera en mal estado y el murmullo de la calefacción... Y por debajo de todo eso, ¿qué? ¿Qué era aquello? ¿Otro motor?

–Veo algo –dijo su padre, con los ojos puestos en el retrovisor–. Creo que hay alguien...

De pronto, unos faros se encendieron cortando la oscuridad a ambos lados de la furgoneta. Hubo un fuerte estallido, como un disparo o una pequeña explosión, y la furgoneta se tambaleó violentamente. El padre de Valquiria soltó una maldición, pero Vex abrió los ojos muy tranquilo.

–¡Sujetaos! –exclamó Desmond. La furgoneta derrapó antes de detenerse en seco. Dos motos aceleraron, avanzaron entre el resplandor amarillo de los faros y continuaron su camino hasta desaparecer en la oscuridad.

–¡Alice! –dijo Melissa Edgley, girándose hacia el asiento trasero mientras su marido encendía la luz interior.

–Está bien –intervino Vex, alzando la mano para impedir que se acercara. La palma brilló levemente, pero lo suficiente para que la madre de Valquiria se quedara congelada.

–Baje la mano –ordenó el padre de Valquiria–. Melissa, no te muevas. Señor Vex, no amenace a mi mujer. Baje la mano.

Vex sonrió ligeramente y obedeció.

–¿Quiénes eran? –preguntó Desmond–. Steph, ¿conoces a esa gente? Nos han pinchado una rueda.

El que respondió fue Vex.

–Un hombre llamado Vincent Foe y su banda de moteros, Desmond. Da la casualidad de que están trabajando para Oscuretriz.

–¿Crees que está aquí? –preguntó Valquiria.

–No –replicó Vex–. Manda a Foe a hacer los trabajitos que no se molesta en hacer ella. Los únicos que hay ahí fuera son Foe y Samuel.

–Podemos ocuparnos de ellos –dijo Valquiria.

–Estoy convencido de que podrás.

–¿No vas a venir? –Valquiria frunció el ceño–. Aún no he recuperado mi magia.

–Estarás bien –dijo Vex.

–Tiene que acompañarla –suplicó la madre de Valquiria–. No puede salir sola.

—Tiene su vara, ¿verdad? No me necesita. Además, estoy de canguro. Vamos, Valquiria, date prisa. No querrás que se despierte Alice...

Sabía que ponerse a discutir sería una pérdida de tiempo, así que se quitó el cinturón de seguridad.

—Voy contigo —dijo su padre.

—No —respondió ella—. Puede que aún no pueda hacer magia, pero llevo ropa blindada. Tú no. Quedaos aquí. Voy a ver si logro que sigamos adelante.

Cerró la puerta al salir. La carretera era estrecha y había árboles a los lados. Estaba silenciosa. Se quedó frente a la furgoneta. Su sombra se estiraba hacia delante, fundiéndose con la oscuridad.

Las motos regresaban. Se detuvieron justo fuera del alcance de los faros de la furgoneta y apagaron los motores. Un instante más tarde, Valquiria vio a Foe y Samuel y se le aceleró el corazón. Samuel estaba sudando. Apretaba los puños. Necesitaba suero. Estaba a punto de convertirse.

—Si las cosas hubieran sido distintas —dijo Foe—, nos hubiéramos conformado con llevarnos el Cetro. Todos los que desean el Cetro también quieren llevarse a tu hermana para matarla y tomar el control. Pero nosotros no queremos controlar el Cetro. Oscuretriz no va a usarlo, solo quiere que nadie lo haga. Así que, como ya he dicho, si las cosas hubieran sido distintas, te habríamos pedido que nos dieras el Cetro y nos habríamos marchado. Pero las cosas no han sido distintas. Han sido como han sido.

Samuel se acercó al borde de la luz y se sumergió en las tinieblas.

—Obloquy está muerto —continuó Foe—. No es culpa tuya: Oscuretriz acabó con él, y él estuvo de acuerdo. Pero Mercy... Mercy murió por tu culpa. He de admitirlo, de acuerdo: tenía debilidad por ella. Llámame romántico trasnochado, pero soñaba con morir a su lado. Entre sangre y gritos y fuego y dolor, y los dos ahí... juntos.

Foe dio un paso hacia la sombra de Valquiria, y también dejó de verlo.

–Pero eso ya no puede ser –siguió hablando–. Por culpa tuya. Y por ese motivo, a pesar de que solamente hemos venido aquí para buscar el Cetro, y tenemos órdenes estrictas de no matarte, lo haremos. Vamos a mataros a todos. Vamos a matar a tu familia: a tu papá, a tu mamá y a tu hermanita. Vamos a reducirte a pulpa, vamos a hacerte gritar, llorar y suplicar, y vamos a matarlos ante tus ojos. Luego nos llevaremos el Cetro y lo lanzaremos a una zanja –salió a la luz–. ¿Te parece bien?

–Dexter Vex está conmigo –dijo Valquiria.

–También lo mataremos –asintió Foe.

–¿Crees que podrás acabar con él? Conmigo sí, claro. Pero ¿con él? Estamos hablando de Dexter Vex, uno de los hombres cadáver. Y con el Vestigio es más fuerte y más rápido, y carece de piedad. Si yo fuera tú, me montaría en la moto y saldría huyendo. Y rápido.

–Me caes bien –rio Foe–. A pesar de todo, me caes bien. Estás en un callejón sin salida y te comportas como si esto fuera una pelea justa. Tienes agallas. Pero yo tengo un vampiro.

Por el rabillo del ojo, Valquiria vio algo que se movía. Samuel se lanzó sobre ella y le aplastó la mano rota. Ella chilló, él rugió y la lanzó por los aires. Valquiria chocó contra el suelo y se levantó gritando, pero Samuel ya estaba de nuevo a su lado.

–Machácala –ordenó Foe, acercándose a la furgoneta–. Yo voy a matar a su familia.

Samuel la golpeó y Valquiria cayó sobre una rodilla. La cabeza le daba vueltas. La chaqueta absorbió la mayor parte de la patada que le propinó el vampiro, pero aun así la lanzó hacia atrás. Valquiria apretó la mano rota contra el pecho, agarró la vara de la espalda y saltó contra él, pero Samuel se agachó para evitar el primer golpe y se echó hacia atrás esquivando el segundo. Luego, la agarró de la muñeca y la retorció hasta que Valquiria soltó la vara. Le dio un puñetazo el vientre y ella reculó, balanceándose y jadeando.

Con los ojos llorosos, vio cómo Foe se acercaba a la furgoneta.

Samuel la agarró del pelo y tiró hacia atrás. Ella se retorció, pero él la lanzó despedida al otro lado de la carretera. Valquiria trató de manipular el aire, intentó chasquear los dedos, pero nada funcionó. La magia estaba en su interior, burbujeaba, hervía y se agitaba, pero no pasaba nada, no funcionaba nada. Nada...

Una luz blanca danzó en las puntas de sus dedos y Samuel retrocedió.

Valquiria se echó hacia atrás. Su mano. La mano derecha resplandecía.

Samuel se dobló. Sus rugidos se volvieron guturales. Se enderezó de pronto, las garras desgarraron la ropa y la piel y surgió el vampiro de debajo. Piel blanca de alabastro. Calvo, con unos ojos negros enormes. El vampiro se lanzó contra ella, con las garras dispuestas a destrozarla, los colmillos preparados para despedazarla. Valquiria se cayó de espaldas, levantó la mano brillante y la magia salió despedida.

Un relámpago surgió de sus dedos. Atrapó al vampiro a la mitad del salto y lo lanzó hacia atrás como si hubiera chocado contra un muro. Una carcasa carbonizada y humeante cayó en la carretera.

–¿Qué has hecho?

Se volvió. Foe se acercaba, sin apartar la vista del cadáver del vampiro, con la cara desencajada.

–¿Qué has hecho? –repitió.

Había algo en su cara. Algo que Valquiria reconoció. Había ira, por supuesto. Sorpresa. Confusión.

Pero también miedo.

Estaba oscuro al borde de la carretera. Mientras Valquiria contemplaba el cuerpo de Samuel, el lugar donde se encontraba pareció iluminarse. Al principio, Valquiria pensó que era un rayo de luna, pero se fue haciendo más y más brillante.

Su mano. Resplandecía otra vez con un fulgor plateado que surgía del interior de su cuerpo. Sus dos manos. Su rostro. Su cuello. La piel, debajo de la ropa, irradiaba luz. Se incorporó. Las yemas de sus dedos ardían. La magia se revolvió en su interior. Su cabello se puso de punta. La energía crepitó a su alrededor y formó una barrera que la levantó en vilo. Siseando de pánico, se desvió a un lado. La barrera de energía evitó que chocara con un árbol. No sabía cómo sostenerse en el sitio. Cayó, pero no llegó a chocar contra el suelo. Giró. Rodó. Intentó enderezarse.

–¿Qué demonios estás haciendo? –preguntó Foe.

Ella se giró y cayó hacia atrás dentro de su capullo de energía. Foe la contemplaba con la boca abierta; su rostro estaba iluminado por la luz que proyectaba Valquiria.

Ella logró mantenerse en pie de forma inestable. Foe le lanzó un chorro de energía que golpeó el capullo y resbaló en torno. No le hizo daño. Ni siquiera la rozó. Le lanzó otro rayo, y otro.

Estaba pasando algo. Valquiria lo notó. La magia bullía en su interior. Estaba creando algo.

–Corre –dijo.

Foe volcó todo su poder en un nuevo rayo de energía. Fue tan inútil como los anteriores.

–Corre –repitió ella, pero era demasiado tarde.

La magia explotó en una onda que convirtió los árboles en astillas. Chocó contra Foe y este desapareció. Desintegrado. Sintió cómo la onda de energía se extendía en todas las direcciones. Notaba que se acercaba a la furgoneta. Arrugó la frente, intentó controlarla mentalmente, logró contener el borde de la onda, la agarró, tiró de ella hacia atrás y la arrastró hasta que la magia regresó.

Cayó de rodillas en el cráter que se había formado a su alrededor. Su cuerpo ya no brillaba.

Se levantó con las piernas temblorosas. Se encontraba exhausta. La carretera estaba a oscuras de nuevo.

–¡Stephanie!

Su madre corrió hasta ella y Valquiria se dejó caer en sus brazos.

–Oh, Dios mío, Steph. ¿Estás bien? Por favor, dime que estás bien.

–Estoy bien –murmuró ella.

–Gracias a Dios. Oh, Dios, gracias. ¿Qué ha pasado? Brillabas tanto que era imposible mirarte; todo resplandecía. ¿Qué ha sido eso? ¿Dónde está ese hombre?

Valquiria logró abrir los ojos.

–Mamá, necesito que me ayudes a llegar a la furgoneta. Estoy demasiado cansada para...

Su madre la ayudó a levantarse.

–Ssh... No hables. No hace falta que hables.

Regresaron a la furgoneta y Valquiria se quedó dormida mientras su padre cambiaba la rueda.

68

EL RELOJ DE ARENA

UBICADOS en lo alto del mirador, Fletcher y Wreath seguían observando a Skulduggery. Lo vieron entrar en la plaza del centro exacto de la Necrópolis. Allí le estaba esperando otro hombre con túnica negra de nigromante. Bajo la capucha, al igual que los otros, tenía una cara de porcelana.

Skulduggery se acercó.

–¿Tienes nombre o estás por encima de esas nimiedades?

El rostro de porcelana sonrió.

–Soy conocido como el Guardián. Yo soy la prueba final.

Skulduggery asintió, miró a su alrededor y después fijó la vista en la figura.

–Tengo que pasar por encima de ti para activar el símbolo, ¿no?

–En esencia. Pero, por supuesto, hay mucho más.

–Por supuesto –Skulduggery inclinó la cabeza–. Supongo que no piensas decirme qué me espera, ¿no?

–La comprensión auténtica viene después.

–Eso es lo normal.

El Guardián sonrió de nuevo.

–Eres un guerrero.

–Cuando es necesario.

–Eres un hombre violento.

–Cuando es necesario.

–¿Crees que es una respuesta adecuada al mundo que te rodea?

–¿La violencia? –preguntó el esqueleto–. La violencia nunca es la respuesta, hasta que es la única que queda.

Otra sonrisa de porcelana.

–Usas palabras un poco… aburridas.

–No. Solo están trilladas. Si pudiera salvar el mundo con palabras, lo haría. Dejaría el revólver y me pondría a hablar hasta que mis huesos se convirtieran en polvo. Pero las palabras solo sirven con la gente razonable. Y es frecuente que conozca a gente muy poco razonable.

–Tus manos están manchadas de sangre.

–Así evito que otros manchen las suyas… –replicó Skulduggery.

–Pero no luchas por eso. Luchas porque eso es todo lo que tienes. Luchas porque disfrutas con ello.

–¿Qué estás buscando? –preguntó Skulduggery–. ¿Cómo es mi alma? ¿Quieres sorprenderme para que admita algún sucio secretito que me he guardado durante todos estos años? Acabo de hablar con unas criaturas que juraban que eran los fantasmas de mis amigos, de mi esposa… He visto a mi hijo. Después de todos estos años, he vuelto a ver la cara de mi hijo. Ya he tenido bastantes sorpresas por hoy. Si vamos a luchar, empieza –Skulduggery alzó los puños–. Hay gente viva que me necesita.

–Que así sea –dijo el Guardián–. Si superas esto, podrás activar el símbolo de Meryyn y el poder que procede de la fuente de toda la magia dotará a la persona que lleve el símbolo de una fuerza prodigiosa y la protegerá del daño hasta que caiga el último grano de arena.

Skulduggery bajó las manos.

–Perdona, ¿cómo has dicho?

El Guardián señaló el centro de la plaza y una baldosa se levantó del suelo. Un reloj de arena se elevó desde el hueco.

–Una vez que se active el símbolo de Meryyn, el reloj de arena se dará la vuelta y empezará a contar.

–¿Cuánto tiempo? –preguntó Skulduggery, acercándose a contemplar la base–. Esa cantidad de arena... me da la impresión de que durará... ¿Cuánto? ¿Unos veinte minutos?

El Guardián asintió.

–Veintitrés exactamente.

Skulduggery se volvió hacia él.

–Entonces, si lucho ahora contra ti y te venzo y se activa el símbolo, ¿Valquiria será invulnerable durante los veintitrés minutos siguientes?

–Sí –respondió el Guardián, que parecía algo sorprendido con la pregunta–. Consideramos que veintitrés minutos de fuerza e invulnerabilidad es bastante generoso.

Skulduggery alzó la vista y a Fletcher le dio la impresión de que estaba mirando a Wreath. Luego volvió a mirar al Guardián.

–¿No hay forma de retrasarlo? ¿No puedo activar el símbolo y que aparezca la invulnerabilidad cuando la necesitemos?

–Me temo que eso no es posible. ¿Hay algún problema?

–Pues sí –murmuró el esqueleto–. Que no nos sirve.

–Pues lamento decir que no hay forma de evitarlo.

Skulduggery le miró fijamente.

–¿Hace falta que luche contigo ahora? ¿Justo en este momento?

Las cejas de porcelana se enarcaron ligeramente.

–Bueno... No, supongo que no.

–Entonces, ¿puedo volver?

–Es de lo más inusitado –respondió el Guardián–. Pero sí. Las pruebas solo vuelven a empezar después de que yo haya combatido.

–¿Así que puedo venir aquí directamente?

–Exacto.

–Pues eso es lo que haré.

El Guardián hizo una reverencia.

–Esperaré tu regreso.

Skulduggery alzó la vista hacia el mirador.

–Volvemos a Roarhaven –dijo.

69

EXTRAÑOS COMPAÑEROS DE CAMA

TRANSITARON durante unos cuantos kilómetros más, pero Valquiria siguió durmiendo.

–Ahí delante hay alguien –señaló su padre.

Valquiria se despertó de golpe como si la hubieran disparado por un cañón. Había tenido un sueño agitado. Le dolía el cuerpo. La mano rota le daba ganas de llorar. La furgoneta frenó delante de un hombre anciano que sonrió a la luz de los faros. Se acercó a la ventanilla del conductor y su padre la bajó.

–Me temo que la carretera está cerrada –dijo–. Se han caído unos árboles. ¿Adónde iban? –entonces vio a Valquiria y su expresión cambió–. Ah, perdón, no me había dado cuenta. Adelante.

Les hizo un gesto de asentimiento y se apartó a un lado, desapareciendo en la oscuridad.

–Trabaja para el Santuario –explicó Valquiria–. Podemos seguir.

El padre de Valquiria puso la furgoneta en marcha y continuaron moviéndose.

–Vamos a hacer un pequeño cambio de planes –dijo Vex, como si hubiera estado esperando ese momento–. China me meterá en una celda en el instante en que me vea, así que voy a permanecer oculto hasta que lleguemos. Si alguno de vosotros intenta avisar a los guardias de que algo no va bien, mataré a Alice. Es lo primero que haré. ¿Está claro?

–Sí –dijo Valquiria.

Vex le dedicó una sonrisa.

–Y respecto a ti y tus resplandecientes nuevos poderes, como se te ocurra usarlos contra mí, mataré a Alice y después a ti antes de que aprendas a apuntar.

La madre de Valquiria se revolvió en su asiento.

–Por favor, ¿podría dejar de amenazar a mis hijas, señor Vex? Se lo agradecería muchísimo.

Vex sonrió.

–Por supuesto, Melissa. Mis disculpas.

–No veo nada –masculló su padre–. Dijiste que había un muro enorme y una puerta. Se supone que había una ciudad.

–Espera unos segundos –le dijo Valquiria.

Y entonces, de repente, Roarhaven. Un instante tenían delante la carretera barrida por los faros, larga y estrecha, rodeada de arbolitos delgados; al siguiente, un muro resplandeciente, lo bastante alto como para llenar toda la luna de la furgoneta y bloquear las estrellas. Su padre estuvo a punto de frenar en seco en cuanto se materializó ante él, pero se contuvo. Llegaron hasta la puerta abierta.

Hechiceros y Hendedores montaban guardia. Un hombre llamado Krull les hizo gestos para que se detuvieran. Se acercó al asiento del copiloto y Valquiria bajó la ventanilla.

–Bienvenida –dijo Krull, echando una ojeada a la gente de la furgoneta. Valquiria puso en duda que pudiera distinguir a Vex, sentado al fondo en la oscuridad.

–Gracias –respondió–. Vamos al Santuario.

Krull asintió, pero no hizo el menor gesto que indicara que los dejaba pasar.

–Vivimos tiempos curiosos –comentó.

–Así es –asintió Valquiria.

–¿Te importaría salir del coche un segundo?

–¿Yo sola?

–Sí, si no te molesta.

–Claro –dijo, un poco dubitativa. Volvió la vista hacia Vex, preguntándose si estaría tenso, preguntándose cómo reaccionaría ante aquello. Pero se quedó ahí, sentado en la penumbra.

Valquiria se quitó el cinturón de seguridad y abrió la puerta, Cuando estaba a punto de salir, Krull la agarró de la muñeca y tiró de ella. Valquiria cayó al suelo, se le llenaron los ojos de lágrimas y hubo una algarabía considerable: sus padres chillaron que la dejaran en paz, los hechiceros les exigían que no salieran de la furgoneta y Krull le ordenaba que se quedara quieta. Notó algo frío en la muñeca derecha y su magia disminuyó de inmediato. Se cerró en torno a la izquierda y le apretó los huesos rotos.

–¡Soy Valquiria Caín! –gritó ella mientras Krull le ponía la rodilla en la espalda.

–Hasta donde yo sé, tú eres Oscuretriz –dijo Krull, agarrándola del cuello. La levantó en vilo y la empotró contra la furgoneta–. Si te mueves te matamos, ¿me oyes?

Tenía la cara aplastada contra el cristal. Su madre la miraba horrorizada desde dentro. En el asiento de atrás, Vex avanzaba lentamente hacia la puerta.

–Mataste a mi hijo –gruñó Krull al oído de Valquiria.

Notó que se le helaban las entrañas. Le dio un vuelco el estómago.

–Lo siento –dijo–. Pero fue Oscuretriz, no fui...

–Tú le mataste aquí, durante la batalla. Hace cuatro semanas. Cuando eras Oscuretriz.

–Yo no tenía el control. Krull, lo siento, lo siento de verdad, pero...

Le agarró la mano rota, la retorció y Valquiria chilló.

–Algunos nos preguntamos por qué demonios Sorrows te ha dejado volver al redil –murmuró en su oído–. Creemos que es porque le caes bien. Tú y el detective esqueleto. Sois sus favoritos. Nos hace plantearnos por qué motivo está al mando. ¿Quién la ha elegido? ¿Quién la votado? Yo, desde luego, no.

–Por favor, me estás haciendo daño.

–Ya lo creo que sí.

–Sabes que no soy Oscuretriz –dijo Valquiria con los dientes apretados.

–No, no lo sé.

Ella trató de girarse, pero él la aplastó con todo su peso y ella chilló de nuevo. Su padre no lo soportó más. Abrió la puerta, pero los Hendedores lo agarraron en cuanto puso un pie fuera. Al verlos distraídos, Vex abrió la puerta lateral e intentó escapar con Alice. Era evidente que pensaba que su plan se había ido al garete. Pero Melissa se lanzó sobre él y cayeron fuera de la furgoneta mientras Krull separaba a Valquiria del cristal. Ella se retorció y le clavó el hombro en el pecho; después intentó darle una patada en la rodilla, pero acertó en la espinilla. Krull soltó un gruñido, le devolvió el golpe y Valquiria cayó de rodillas. Él la agarró del pelo y tiró de ella, arrastrándola. Con los ojos llenos de lágrimas, vio algo en el muro que se alzaba por encima de ella, algo que caía en una voltereta, y Tanith aterrizó a su lado.

No vio el golpe, pero lo oyó. Krull cayó contra la furgoneta y Tanith le puso la mano en la garganta. Los dedos se apretaron en torno a su tráquea; le clavó la cabeza contra la esquina de la furgoneta y él boqueó.

–La llave –exigió Tanith.

Krull la sacó de su bolsillo. Tanith le soltó, le dio un golpe en la mandíbula y lo dejó caer. Tanith ayudó a Valquiria a levantarse y le abrió las esposas.

–Ve a ver a tus padres –dijo Tanith–. Me voy a llevar a este tipo tan simpático a la celda a ver si se le enfrían los ánimos.

Valquiria asintió y no esperó un segundo. Mientras Tanith se lo llevaba de la oreja, dio la vuelta a la furgoneta. Los Hendedores no hacían nada; simplemente, permitieron que su padre se pusiera en pie. Había una mujer atractiva, Korb, junto a ellos, pidiendo disculpas sin parar.

Su madre estaba de rodillas, de espaldas a Valquiria.

—Vex —dijo ella—. ¿Dónde está?

—Ha huido —respondió Korb—. Hubo un poco de revuelo, pero salió pitando cuando nos vio.

—No —jadeó Valquiria—. Alice.

Su madre se levantó, con lágrimas en los ojos y Alice en los brazos.

—Sigue dormida —dijo riendo—. ¿Te lo puedes creer? Sigue dormida después de todo esto. Tienes una hermana increíble.

—Tengo una madre increíble —exclamó Valquiria, corriendo a abrazarlas a las dos.

Valquiria entró en la Sala de los Prismas junto a Skulduggery, limpiándose el barro curativo de la mano. Synecdoche la había curado: le había aliviado el dolor de los cardenales y había enmendado los huesos rotos de los dedos, y ahora se sentía fenomenal. Descansada, fuerte y con un arsenal nuevo de poderes que todavía no había explorado.

China estaba resplandeciente, vestida de rojo, sentada en el trono como una reina fría y soberbia, contemplando desde arriba a sus fieles súbditos: los cazadores de monstruos, Saracen, Fletcher, Wreath y Tanith. De pie a su lado estaba el Hendedor Negro.

—Gracias por unirte a nosotros —dijo China en un tono que hacía imposible adivinar si estaba siendo sarcástica—. ¿Todo el mundo está informado de los últimos acontecimientos? ¿Todos sabemos lo que está pasando? Valquiria, ¿dónde están tus padres?

—En el comedor —respondió ella—. El chef les está preparando algo y Alice está rompiendo las paredes con sus llantos.

—Eso he oído —asintió China—. ¿Les has dicho que no es seguro para ellos salir del Santuario?

—Sí. No saben la verdad sobre Alice y el Cetro, pero dudo que tengan pensado dar un paseo. Ya le han pedido a un Hendedor que les traiga papillas y pañales. Nunca se me hubiera ocurrido que se podían comprar pañales en Roarhaven.

–Sin duda es un lugar maravilloso –declaró China–. Centrémonos en los negocios, entonces. Antes de empezar, me gustaría presentaros a un nuevo invitado. Por supuesto, empleo el verbo «gustar» en su sentido más genérico.

Se abrió la puerta y Tanith masculló algo cuando Billy-Ray Sanguine entró. Les dedicó una sonrisa de dientes blancos perfectos, una sonrisa que se desvaneció ligeramente cuando se fijó en Tanith.

–¡Ey, gente! –dijo a modo de saludo–. Parece que, una vez más, estamos en el mismo bando. Empieza a convertirse en un hábito.

–Señor Sanguine –le interrumpió China–, por favor, cuéntenos lo mismo que le ha dicho al señor Tipstaff.

–Oscuretriz se está preparando –comenzó Sanguine–. Tenía que pasar un tiempo para que su nuevo cuerpo absorbiera todo su poder. También dijo algo sobre que necesitaba absorber la esencia de Valquiria para estar completa.

–Repugnante –gruñó Valquiria.

Skulduggery inclinó la cabeza.

–¿Oscuretriz no goza de plenos poderes?

–Al parecer, no. Pero pronto los tendrá. Yo diría que en un día o dos, como mucho.

–Debemos atraerla ahora –dijo Saracen–. Antes de que esté preparada para enfrentarse a nosotros.

–Pero nosotros necesitamos estar preparados para enfrentarnos a ella –replicó China–. Skulduggery, ¿tenemos algún tipo de margen?

–La ciudadela jamás estará preparada –respondió el esqueleto–. Pero podemos hacerle suficiente daño. Necesitaremos esta noche. Mañana por la mañana, sacaremos a Ravel del círculo donde está escondido. En cuanto Oscuretriz lo sienta, vendrá aquí.

–Lo hará –asintió Sanguine–. Creo que castigarle es lo último remotamente humano que hará, y hay una parte de ella que se aferra a eso.

–Cuando llegue, ¿qué hacemos con Ravel? –preguntó Donegan.

China se echó contra el respaldo.

–Le daremos armas.

Saracen frunció el ceño.

–¿Cómo?

–Le interesa ayudarnos –explicó China.

–No pienso luchar junto a ese hombre –gruñó Saracen–. ¡Asesinó a Abominable, por el amor de Dios! Shudder está muerto por su culpa. Skulduggery, haz que entre en razón.

–La verdad es que ha sido idea suya –concretó China, y Valquiria enarcó las cejas.

–¿Qué?

–Ravel luchará a nuestro lado o pasará el resto de su vida sufriendo una agonía indescriptible –dijo Skulduggery–. No tiene otra opción. Me gusta tan poco como a vosotros, pero nos vamos a enfrentar a un enemigo sin igual. Necesitamos toda la ayuda que podamos conseguir. Y sabemos cómo lucha Ravel.

–Esto es increíble –farfulló Saracen, pero no dijo nada más.

–Contamos con tres Asesinas de Dioses –continuó China–. El señor Sanguine tiene en su poder una cuarta, pero dudo muchísimo que vaya a cedérnosla sin pelear.

Sanguine mostró los dientes.

–Ni de broma.

–Tres Asesinas de Dioses, por tanto. Skulduggery, Saracen y Ravel las portarán. Hay otra, claro, la más poderosa, pero Dexter Vex ha huido con ella. Si alguien lo encuentra en las próximas horas, que no dude en arrebatarle el Cetro.

–¿Y eso de qué sirve? –preguntó Valquiria–. Está vinculado a mi hermana. Nadie le va a poner un solo dedo encima a mi hermana aunque recuperemos el Cetro.

—No era eso lo que estaba sugiriendo —dijo China, pero no detalló lo que sí sugería—. Y hablando de armas secretas... —continuó—, hay otra que debemos tener en cuenta —sacó el Guantelete del Toque Mortal y lo puso en el brazo del trono.

—Ya te lo he dicho: no pienso llevar eso. Ni siquiera lo necesito ahora que tengo unos nuevos poderes rarísimos.

—Unos poderes que nunca habíamos visto —dijo China—. Relámpago blanco, un tipo de energía que aún tenemos que identificar... Ni siquiera sabemos en qué disciplina clasificarte.

—A mí lo de «rarísima» me suena bien —apuntó Sanguine.

China le fulminó con la mirada.

—Nadie te ha preguntado. Valquiria, no sabes qué puedes hacer ni cómo controlarlo, así que me temo que necesitas ventajas. Toma el guantelete. Por favor.

Ella negó con la cabeza.

—Lo llevaba en la visión, justo antes de que Oscuretriz matara a mi familia. Están aquí ahora, China. Por culpa de Vex, tienen que estar aquí; no puedo permitir que se marchen. Mi visión se está haciendo realidad. Si llevo eso, permitiré que se haga realidad.

—Y si no lo llevas, es posible que se haga realidad mucho más rápido.

Valquiria le sostuvo la mirada con los ojos ardientes contra los suyos, azules como el hielo. Finalmente, apartó la vista y se giró hacia Skulduggery.

—No puedo llevarlo...

—Tienes que hacerlo —repuso él—. China tiene razón.

—Es «Gran Maga Sorrows» —corrigió China—. Dirígete a mí debidamente u os mandaré azotar a ambos.

—Puede que las circunstancias de la visión se estén haciendo realidad —dijo Skulduggery, ignorando a China—, así que ya sabes que tendrás que pelear. Has de contar con todas las ventajas que puedas. Te lo debes a ti misma y a tu familia. Las circunstancias no han cambiado; los detalles, sí. Hemos visto cómo cambiaban las ropas. Aparecía gente en las primeras versiones que ya no estaba en las últimas. ¿La muerte de tu familia? Podría ser un detalle más que cambie. Pero solo si peleas lo bastante duro.

Valquiria se cruzó de brazos.

—Pues vale —masculló.

Skulduggery movió la mano y el guantelete flotó hasta Valquiria, que lo agarró y se lo metió en el bolsillo de la chaqueta. No entraba entero.

—Cuéntanos el plan —le pidió China a Skulduggery—. Cuando ataque Oscuretriz, necesitamos que estés aquí para dirigir la primera defensa.

Skulduggery asintió.

—Si Sanguine está en lo cierto, sus objetivos serán Ravel y Valquiria. Ravel la atraerá, pero cuando se dé cuenta de que Valquiria está aquí, lo esperable es que se olvide de él y se centre en ella. Así que nuestro objetivo principal en el primer momento será proteger a Valquiria Caín. ¿Preguntas?

—Tenemos de nuestro lado Hendedores, hechiceros y Asesinas de Dioses —dijo Gracius—, por no hablar de nuestra propia Invocadora de la Muerte chalada. Pero a no ser que tengamos mucha suerte, no podremos contener a Oscuretriz durante demasiado tiempo.

—Ahí es donde entra Fletcher —dijo el esqueleto—. Me teletransportará a la Necrópolis y me enfrentaré al Guardián en la prueba final. Así que, si Oscuretriz llega hasta Valquiria, con suerte se llevará una desagradable sorpresa.

—¿Y cuánto durará la prueba final? —preguntó Saracen.

—No tengo la menor idea.

—Pues eso no es lo ideal. Ni de lejos.

—Soy muy consciente de ello.

—¿Seguro que es lo más sensato? —preguntó Donegan—. Skulduggery, nos guste o no, eres uno de nuestros pesos pesados. No podemos permitirnos que te vayas en medio de una batalla campal.

–No tenemos otra opción –dijo él–. Si Oscuretriz mata a Valquiria y absorbe su esencia o su alma, su poder o lo que sea que busca, se acabó. Estamos perdidos. Veintitrés minutos de invulnerabilidad, sumándole los nuevos poderes de Valquiria y el guantelete, puede ser lo único que se interponga entre Oscuretriz y el fin del mundo.

–Pero no podemos perderte –dijo Saracen.

–No hay otra alternativa: solo los muertos pueden entrar en la Necrópolis, y no veo a muchos muertos que se presenten voluntarios para ocupar mi puesto. ¿Tú sí?

En ese preciso instante, se abrió la puerta y todos se giraron para ver a una hermosa y atlética mujer que entraba seguida de un hombre atractivo y musculoso.

–Soy Vaurien Scapegrace –anunció la mujer–. Y he venido a salvar el mundo.

70

EL REGRESO DEL MUERTO VIVIENTE

L O que sucedió a continuación resultó de lo más confuso. Valquiria no participó. Los observó mientras discutían y se rebatían y no dijo nada. Los vio cambiar de opinión, arrepentirse, cambiar otra vez. Poco a poco fue imponiéndose el resultado más improbable: estaban de acuerdo en que el cerebro de Scapegrace volviera a su cuerpo viejo, zombi y muerto, para ir a la Necrópolis y enfrentarse al Guardián.

Era todo de lo más inquietante.

Acompañó a Skulduggery, Scapegrace y Thrasher al ala médica, y Synecdoche los llevó para ver sus cuerpos originales en todo su esplendor zombi.

Flotaban en un líquido verde dentro de un enorme tanque de cristal. Tenían un aspecto repugnante.

–¿Seguro que quieres hacer esto? –preguntó Valquiria–. A ver... Se están cayendo a trozos. Y ahora tienes un aspecto... bueno, mucho más atractivo.

Scapegrace la miró fijamente.

–Soy una mujer.

–Y eso no tiene nada de malo.

–Lo acepto –asintió él–. Lo entiendo. He ampliado considerablemente mis miras durante el tiempo que he pasado en este cuerpo. No tanto como les gustaría a los clientes de mi bar, pero las he ampliado igualmente. Sin embargo, nuestros cuerpos son esas cáscaras en descomposición, Valquiria. Si es que es posible regresar a ellos... –se giró hacia Synecdoche–. Díganos la verdad, doctora: existe la posibilidad de que nuestros cerebros no sobrevivan al trasplante, ¿no?

Ella vaciló.

–No... no pueden sobrevivir. No hay ninguna posibilidad. Si lo intentamos, vuestros cerebros se harán trizas. Solo están sujetos con un hilo.

–¿Un hilo? –repitió Scapegrace con mala cara.

–Sí.

–¿Tenemos los cerebros atados con un cordel?

–Eso me temo.

Scapegrace meneó la cabeza.

–No sabe lo mucho que odio al doctor Nye en este instante...

–¿Y para qué vamos a hacer esto si nuestros cerebros se van a desmoronar? –preguntó Thrasher.

–He estado hablando con mis colegas –dijo Synecdoche–. Hemos llegado a la conclusión de que no hace falta hacer un trasplante de cerebro. Basta con trasplantar la mente.

Valquiria se quedó callada esperando a ver si decía algo que tuviera algún sentido.

–Hemos estado trabajando en un híbrido vegetal, modificando los genes y los receptores, mutando las proteínas y los ácidos de forma que sean neurotransmisores. El trabajo con las sinapsis ha sido de lo más esclarecedor.

Y Valquiria continuó esperando a que dijera algo que tuviera sentido.

–Bueno –Synecdoche se ruborizó–. Creemos que podemos meter esos híbridos en vuestros antiguos cuerpos y, con la ayuda de algunos sensitivos, transferir vuestra mente dentro de ellos.

–Suena de maravilla –dijo Thrasher con una enorme sonrisa.

–Un segundo... –intervino Scapegrace–. ¿Está diciendo que va a... meter nuestra mente en... dentro de unos híbridos vegetales?

–Sí.

–Entonces, ¿tendremos un cerebro vegetal?

Synecdoche vaciló antes de responder:

–Más o menos.

Valquiria no pudo contenerse: rompió a reír con ganas.

La operación les llevó casi toda la noche. Valquiria estuvo durmiendo en la sala de mando, una estancia muy iluminada llena de pantallas y ordenadores raros. En el centro había una mesa larga donde se encontraba una especie de maqueta detallada de todo Roarhaven. Solo cuando parpadeó ligeramente, Valquiria se dio cuenta de que era un holograma. Personitas de luz corrían por las calles. Incluso le pareció reconocer algunas de sus caras.

La estancia bullía de actividad. Nadie la necesitaba, así que se quedó al fondo, a oscuras. Sacó el Guantelete del Toque Mortal del bolsillo de la chaqueta y lo puso en una mesa que nadie estaba utilizando. Lo dejó allí.

Iba por la tercera taza de café cuando se abrieron las puertas y aparecieron los dos zombis, sonriendo como héroes conquistadores. A Scapegrace se le cayó un diente y, de una patada, lo lanzó debajo de una silla.

Skulduggery los seguía.

–Lo que estáis haciendo es algo de un valor sorprendente –dijo.

–Lo sé –asintió Scapegrace–. Justo lo estaba pensando. Pero creo que me sentía más heroico dentro del cuerpo de mujer. Era más fuerte, estaba en forma y con su voz resultaba más sencillo parecer valiente. Yo tengo la voz un poco nasal. ¿Te habías dado cuenta? ¿Cómo puede sonar nasal mi voz si se me cayó la nariz hace años?

–No se preocupe, maestro –dijo Thrasher–. Yo estaré justo detrás de usted, a cada paso del...

—Silencio —ordenó Scapegrace.

Thrasher pareció extrañamente contento al responder:

—Perdón, maestro.

—La prueba final —dijo Scapegrace—. ¿Hay alguna forma de hacer trampas?

—Seguramente, no —contestó el esqueleto, y le entregó un papel doblado—. Esto es un mapa. Cuando Fletcher te teletransporte, estarás al fondo de unas escaleras de piedra. Ante ti estará la Necrópolis. Sigue estas instrucciones y llegarás a la plaza, donde te espera el Guardián.

—¿A mí?

—Me espera a mí. Le tienes que explicar que yo no voy a ir, y no aceptes un no por respuesta. Entonces empezará el combate.

—He recibido entrenamiento en artes marciales —dijo Scapegrace, inclinándose ligeramente—. Aunque fue cuando tenía un cuerpo más fuerte y atlético... Pero seguro que lo haré bien.

—Tienes que estar más que seguro. Dependemos de ti, Vaurien, ¿de acuerdo? Puede que el destino del mundo esté en tus manos.

—Puedes contar conmigo.

—¡Y conmigo! —exclamó encantado Thrasher.

—Con él, menos —dijo Scapegrace.

—Quedaos en esta habitación —ordenó Skulduggery—. Me da la sensación de que, cuando os necesitemos, todo irá muy deprisa.

Thrasher hizo una entusiástica reverencia, pero Scapegrace parecía mucho más pálido que antes. Valquiria se preguntó cómo era posible.

Saracen se acercó a ellos.

—Estamos preparados. Lo bastante preparados. No podemos esperar más.

—Muy bien —asintió el detective esqueleto—. Pues vamos a hablar con Ravel.

Ravel estaba de pie dentro del círculo protector. Había dos Hendedores montando guardia en la puerta. Skulduggery entró el primero en la habitación, seguido de Saracen. Valquiria iba la última.

–Necesitamos que salgas del círculo –dijo el esqueleto.

Ravel negó con la cabeza.

–Skulduggery, no me puedes pedir eso.

–Sal o te sacaremos a rastras.

–Vendrá a por mí. Por favor, si nuestra amistad ha significado algo para...

–¿Amistad? –interrumpió Saracen–. ¿Te atreves a hablar de amistad?

–Saracen, soy muy consciente de lo que he hecho, pero eso...

–Asesinaste a Abominable –gruñó Saracen–. Hiciste que decapitaran a Anton. Conspiraste a nuestras espaldas durante Dios sabe cuánto tiempo, y luego nos traicionaste a todos.

–Intentaba hacer lo correcto.

–Los mataste.

–Había que hacer sacrificios –repuso Ravel, que parecía haber tenido esa conversación miles de veces antes, lo cual seguramente fuera cierto–. No espero que lo entiendas, pero yo sé lo que se nos viene encima, ¿de acuerdo? Más tarde o más temprano, el mundo sabrá de nuestra pequeña comunidad mágica y vendrán a por nosotros. Y por muy poderosos que seamos, sencillamente, son muchos más que nosotros. Nos perseguirán, nos darán caza y nos matarán.

–Nuestra misión es proteger a los mortales.

Ravel puso cara de fastidio.

–¿Y quién lo dice? En serio, Saracen, ¿quién? ¿Quién lo ordena? Fue decisión nuestra. Solo porque en el pasado decidiéramos protegerlos, no significa que ahora no podamos gobernar sobre ellos. Sería por su propio bien; no se puede confiar en ellos. Solo fíjate en lo que han hecho con el medio ambiente en la última...

–Esto no es un debate –dijo Saracen–. Puedes soltar todas las excusas que quieras, pero eso no cambia lo que has hecho.

–Lo sé –murmuró Ravel–. Pero, Saracen, Skulduggery... Valquiria... si salgo del círculo, Oscuretriz vendrá a buscarme. No sabéis lo que es. Por favor, no me hagáis pasar de nuevo por eso.

–Eres el cebo –dijo Skulduggery–. Lo sabías desde hace días. Sabías perfectamente que pasaría esto.

–¿Y eso es todo? ¿Me vais a dejar solo e indefenso contra ella?

–No, porque no somos como tú. Preferimos dar a la gente la oportunidad de luchar. Va a venir a buscarte y vamos a estar preparados. Estarás a nuestro lado.

Ravel le miró perplejo.

–¿Queréis que luche junto a vosotros? ¿Después... después de todo lo que he hecho?

–¿Que si te queremos a nuestro lado? –dijo Skulduggery–. Pues no, pero ahí es donde vas a estar. No sabemos cuánto tiempo tardará en llegar Oscuretriz, pero estaremos todo lo preparados que podamos. Vamos.

Por un instante, Ravel se quedó clavado en el sitio. Luego tomó aire con un estremecimiento y salió del círculo.

71

Ravel.

Lo oyó alto y claro, se encendió en su mente como una estrella en el firmamento nocturno. Se giró, con los ojos cerrados, hasta que la estrella ardió con suficiente brillo como para seguir su rastro.

Al sur. En Roarhaven. Estaba en el Santuario.

Era una trampa. Una trampa muy obvia.

Oscuretriz abrió los ojos y sonrió.

Bien.

72

La misión estaba en marcha.

Scapegrace nunca había sentido nada parecido. Aunque su estómago era incapaz de producir el efecto de notar mariposas, estaba seguro de que eso sería lo que sentiría en ese momento si estuviera vivo. Estaba más allá del deleite por el hecho de poder hacer algo tan importante. Tan digno.

Thrasher permanecía extrañamente callado, lo cual era bueno. Y ahí se quedaron, quietos en la sala de mando, mientras todo el mundo a su alrededor hablaba y se movía muy deprisa.

–Ya viene –dijo Saracen Rue.

China Sorrows, la mujer más hermosa que Scapegrace había visto nunca, se acercó corriendo al holograma de la ciudadela.

–¿La ha visto alguien?

–Nuestros sensitivos han perdido el conocimiento –respondió Rue–. Los que estaban buscándola. Finbar dice que sus mentes se sobrecargan según se acerca.

–Mantened aislado a Finbar –ordenó China–. Y a Cassandra. ¿Dónde están Geoffrey Scrutinus y Philomena Random? Necesitamos aislarlos también.

–Ya he mandado a buscarlos –respondió Skulduggery–. Estarán listos cuando los necesitemos, cuenta con eso. ¿Dónde está el Hendedor Negro?

China frunció el ceño.

–Pues no tengo ni idea.

Skulduggery asintió y se volvió hacia Tanith Low.

–Tanith, en este mismo momento quedas nombrada guardaespaldas.

–¿Yo? –exclamó Tanith, horrorizada.

–¿Ella? –preguntó China, igual de horrorizada.

–Asumidlo y superadlo –sentenció Skulduggery–. ¿Cuánto tiempo tenemos hasta que Oscuretriz llegue aquí?

–No más de media hora –contestó Rue.

Skulduggery se volvió hacia Scapegrace.

–¿Estáis preparados?

–Sí –respondió Scapegrace, y de pronto se dio cuenta de que se sentía inmensamente agradecido de que Thrasher lo acompañara. No quería ir solo, por duro que aparentara ser. Miró a Thrasher y le espetó:

–Eres un idiota.

–Gracias, maestro –respondió Thrasher.

–Fletcher os llevará ahora a la Necrópolis –siguió Skulduggery–. Si corréis, llegaréis hasta el Guardián en poco más de veinte minutos. Pase lo que pase, debe aceptar luchar contra ti. Y pase lo que pase, debes ganar. ¿Me has entendido?

–Sí.

–Vamos a centrarnos en mantener a Oscuretriz alejada de Valquiria durante veinticinco minutos aproximadamente. Si tardáis más, si os perdéis o si la lucha dura demasiado, todo habrá sido para nada.

–No os defraudaré.

–Contamos con vosotros. El mundo entero cuenta con vosotros.

Skulduggery extendió la mano. Scapegrace la estrechó. En ese instante, Clarabelle entró por la puerta y corrió hacia él.

–¡Scapey! ¡Gerald! ¡Llevadme con vosotros! ¡Quiero ayudar!

–Clarabelle, no –dijo Scapegrace.

Skulduggery dio un paso atrás y le hizo un gesto a Fletcher.

–¡Puedo coseros si salís heridos! –exclamó Clarabelle–. ¡Si se os cae un trozo, puedo pegarlo! ¡Os seré útil!

–Estás viva –murmuró Scapegrace con suavidad–. Ningún vivo puede entrar en la Necrópota.

–Necrópolis –corrigió Thrasher en voz baja.

–Pero... sois mis únicos amigos –gimió ella, echándose a llorar.

El corazón de Scapegrace era un trozo de carne podrida, pero, aun así, se le partió al ver sus lágrimas.

La abrazó.

–Esto lo hacemos para salvarte –dijo.

–Por favor, no vayáis.

–Aquí tienes otros amigos.

–Creen que soy rara.

–Yo también creo que eres rara.

–Pero tú eres raro también, así que no importa. Gerald, por favor...

–Lo siento –dijo Thrasher–. Pero si volvemos, nos reuniremos contigo. Porque somos una familia, Clarabelle. Y siempre regresas con tu familia.

Clarabelle se tapó la cara con las manos.

–No me dejéis...

Scapegrace dio un paso atrás. Agarró la muñeca de Thrasher y Fletcher le sujetó a él.

–Adiós –dijo Scapegrace. No le dio tiempo a pestañear: ya estaban en otro sitio. Uno nuevo. Se encontraban en una cueva, al final de unos escalones de mármol, frente a una ciudad.

–Entrad –dijo Fletcher–. Tenéis el mapa, ¿verdad?

–Sí –respondió Thrasher alzándolo.

Fletcher asintió.

–Si sobrevivo, si sobrevivís... volveremos a vernos. Buena suerte a los dos.

Y desapareció.

Scapegrace y Thrasher. Solos, en la Ciudad de los Muertos.

–Esto me pone triste –dijo Thrasher.

–Cierra la boca –rugió Scapegrace.

Y echaron a correr.

Se perdieron cuatro veces, gracias a la incapacidad de Thrasher para leer un mapa. A pesar de ello, recorrieron el camino en menos tiempo de lo esperado: llegaron a la plaza del centro de la Necrópolis en diecinueve minutos.

Allí había un hombre alto con una túnica negra. Su rostro parecía una máscara viva de porcelana.

–No sois quien yo esperaba –dijo el Guardián.

–Skulduggery no puede venir –explicó Scapegrace–. Me ha mandado en su lugar.

–Y a mí –añadió Thrasher.

–A él no –aclaró Scapegrace–. Pero yo he venido a enfrentarme a la prueba final. ¿Lucharás conmigo?

–Y conmigo –dijo Thrasher.

–No puedo –respondió el Guardián–. Sois valientes, los dos, por haberos atrevido a venir hasta aquí. Pero aquel que comienza las pruebas debe terminarlas.

–Me dijo que no podía aceptar un no por respuesta.

El Guardián sonrió ligeramente.

–Debes de ser un gran héroe para que te haya otorgado semejante responsabilidad.

–No soy ningún héroe –repuso Scapegrace–. Solo soy un hombre que antes era una mujer y antes era un hombre. Me llamo Vaurien Scapegrace, y he venido a...

–¿El Rey de los Zombis?

Scapegrace se quedó petrificado.

–Uh... –dijo finalmente–. ¿Has oído hablar de mí?

–Esta es la Necrópolis, la Ciudad de los Muertos. Por supuesto que he oído hablar de ti. No había existido un Rey de los Zombis desde hacía siglos. Es un honor tenerte aquí.

Scapegrace esperó a que terminara la frase con algún chiste. Thrasher le dio un codazo.

–Creo que habla en serio –musitó.

–Si el esqueleto te ha pedido que vengas aquí en su lugar –dijo el Guardián–, será un honor para mí entablar combate contigo.

Scapegrace parpadeó.

–Entonces, ¿podemos luchar?

–¿Los dos? –preguntó Thrasher–. ¿Contra ti?

El Guardián hizo una reverencia.

–Si así lo deseáis... Por favor, escoged arma.

Un pilar se alzó con un ruido atronador. De él colgaban espadas, cuchillos, mazas y lanzas. Scapegrace contempló al Guardián, quieto, con una expresión pacífica en su rostro de porcelana, y escogió una cimitarra resplandeciente. Thrasher eligió dos espadas cortas. El pilar retumbó de nuevo y se hundió en el suelo.

Blandiendo la cimitarra, Scapegrace se acercó al Guardián.

–¿Empezamos?

–Por supuesto –respondió el Guardián, y se materializó en sus manos la espada más grande que Scapegrace había visto nunca.

–Oh –murmuró Thrasher–. Oh, Dios.

73

Hace una hora que la radio está sonando; pop de los ochenta. Probablemente Gant esté harto de oír a Jeremiah. Ahora se escucha *Don't You Want Me*, de The Human League. Danny escucha la canción y el motor del Cadillac desde la oscuridad del maletero. A su madre le encantaba el pop de los ochenta: The Human League, Duran Duran, Erasure... Su padre prefería el rock de los setenta: Led Zeppelin, Rush, Sabbath... A los dos les gustaba la música; seguro que Danny lo heredó de ellos.

El Cadillac se detiene. Se apaga el motor y también la música. Se abren las puertas. Danny aguarda. Oye a duras penas una conversación y luego pasos. Un chasquido y se abre el maletero. Danny se encoge como una planta que se arruga ante el frío repentino, con las manos en los ojos para protegerse de la luz. Un metal le aprieta las muñecas: esposas.

–Fuera –ordena Jeremiah.

Parpadeando como loco, Danny mueve los doloridos huesos. Se siente entumecido, cansado, helado, y apesta. Le late el hombro izquierdo y tiene hinchado el tobillo derecho. Está muerto de sed y tiene el estómago vacío. Logra sacar una pierna y baja con torpeza del maletero. Están en una calle residencial. Es mediodía, pero no se oye nada. No hay nadie a su alrededor. Podría gritar para pedir ayuda, pero no se molesta. Gant lo estaría esperando. Jeremiah estaría preparado.

Los dos lados de la calle son prácticamente idénticos. Grandes casas de estilo colonial con un montón de espacio entre cada una. Jeremiah obliga a Danny a caminar delante de él y siguen a Gant hasta el número 4. Gant mete la llave en la cerradura, Jeremiah empuja a Danny para que pase y, en cuanto cruza, entra directo en el infierno.

Primero le golpea el calor, tan fuerte que Danny cierra los ojos y gira la cabeza. Intenta retroceder, pero Jeremiah está justo detrás y cierra la puerta. Oye agua que corre y que hierve, y gritos. Gente que chilla. Abre ligeramente los ojos y se queda petrificado de pánico.

Está en una pasarela metálica, un puente suspendido con cadenas que cruza por encima de un lago de fuego y de lava fundida. El paisaje es imposible. El interior de la casa de estilo colonial es una iglesia tan grande que no ve el final. Hay puentes por encima de su cabeza, techos y pasillos, pero son de una altura inalcanzable, y la arquitectura retorcida se funde en una oscuridad que solo se ve interrumpida por pequeños retazos de luz a lo lejos.

Gant está a la mitad del puente. Jeremiah le da un empujón a Danny, que se agarra a la fina barandilla para evitar caerse, pero le quema los dedos. Sisea y pega las manos al pecho. Cojea despacio detrás de Gant, lo más lejos posible de Jeremiah. El calor es opresivo. Tiene la camiseta empapada en sudor. Los gritos continúan.

Llegan a una plataforma que se balancea bajo su peso. Danny camina con las rodillas flexionadas, mareado. La cabeza le da vueltas. El calor no parece afectar a Gant, pero Danny se da cuenta con placer de que aquello le resulta tan incómodo a Jeremiah como a él: grandes manchas de sudor empapan su chaqueta, tiene los mofletes rojos y jadea como si le costara respirar. Jeremiah no se queja, sin embargo, y no camina como si le diera miedo caerse.

Suben por unas escaleras de hierro. Danny no separa las manos del cuerpo. Nota el calor a través de los zapatos. La subida es muy empinada y hay muchos escalones. Cuando llega a lo más alto, le tiemblan las piernas. Vuelve la vista y ve que a Jeremiah le está costando subir. Bien.

Delante hay una cabaña. Gant entra. Como no hay ningún otro camino posible, Danny le sigue.

Al menos, la cabaña cuenta con un suelo sólido. No se bambolea de un lado a otro ni tiene una rejilla por la que el vapor del fuego líquido sube y le escalda la piel. Las paredes también son sólidas. Del techo elevado cuelgan cadenas. Gant se vuelve hacia él.

–¿Qué me habéis dado? –pregunta Danny.

Gant sonríe.

–Crees que te hemos drogado. Crees que este sitio es una alucinación espantosa. Crees que es imposible que exista.

–Es que es imposible.

–Y, sin embargo, existe –le espeta Gant–. ¿Qué te indica eso sobre tus conocimientos? ¿Acaso no te das cuenta ahora de que en este mundo hay muchas más cosas de las que has visto en tu corta y limitada vida? «Hay más cosas en el cielo y la tierra, Horacio, que las que sospecha tu filosofía». ¿Sabes de dónde es eso?

–De *Hamlet* –responde Danny–. Todo el mundo conoce esa frase.

Gant se ríe por lo bajo.

–Qué va. Sigue habiendo personas para las que Shakespeare es un misterio que no les interesa resolver.

Jeremiah se une a ellos, aspirando aire caliente a bocanadas como si estuviera a punto de sufrir un ataque al corazón. Gant le mira con desagrado.

–¿Dónde estamos? –pregunta Danny.

–En mi casa –responde Gant–. El hogar de un hombre es su propio castillo, ¿verdad? Y un hombre debe gobernar sobre sus dominios. Estos son mis dominios, Danny, muchacho, y gobierno sobre ellos.

–Pero ¿cómo es posible que exista esto? No tiene sentido. Es imposible.

Gant tira de una de las cadenas, una con un gancho al final.

–Hay muchas formas de llamarlo. La más simple, para que lo entiendas, sería, sencillamente, «magia».

Mete el gancho por las esposas de Danny y se vuelve hacia Jeremiah, que aún sigue intentando recuperar el aliento.

–Jeremiah –ruge con voz cortante.

Este asiente y avanza a trompicones hasta la rueda que hay en la pared. Se saca un pañuelo del bolsillo, se limpia inútilmente la frente y luego se envuelve con él la mano. Agarra la rueda y, a cada giro, la cadena va subiendo hacia el techo, tirando de los brazos de Danny. Jeremiah jadea y gruñe mientras Gant espera. Finalmente, los pies de Danny se alejan del suelo y se queda colgado. Las esposas le cortan la piel.

Jeremiah traba la rueda y se acerca a su amo.

–¿Eres el diablo? –pregunta Danny.

Gant se ríe a carcajadas.

–No, hijo, no. Aunque no serías el primero que comete esa equivocación.

–¿Crees que Stephanie va a venir corriendo a salvarme? ¡Si apenas me conoce!

–Vendrá –dice Gant con una sonrisa–. Y estaremos preparados, ¿verdad, Jeremiah?

–Oh, sí. Ya lo creo que estaremos preparados –responde Jeremiah.

–Entonces veremos –continúa Gant–. Veremos quién es y qué es. ¿Es noble, como dicen algunos? ¿O es el mal encarnado, como dicen otros? ¿Tú qué crees, Danny, muchacho? ¿Quién crees que está viniendo a rescatarte en este preciso momento? ¿El ángel... o el demonio?

74

Valquiria y Skulduggery estaban en el tejado cuando apareció Oscuretriz.

La vieron descender en picado como una mancha roja y brillante. Llegó hasta el escudo que envolvía la ciudad, puso la mano sobre él y una ola de colores relucientes empezó a extenderse alrededor. El escudo se oscureció y una sombra grisácea cayó sobre Roarhaven.

–No soportará mucho –dijo Valquiria.

Skulduggery apretó un botón del móvil y habló.

–Ahora –dijo.

Valquiria se dio cuenta de pronto de que, a pesar de todo, estaba deseando saber lo que vendría después.

El escudo tembló, se rajó y Oscuretriz se quedó flotando encima, viendo cómo se retiraba, sin percatarse de que había un helicóptero militar armado –recientemente sustraído a un ejército privado sin escrúpulos que operaba en Oriente Medio– justo detrás de ella.

Un helicóptero de combate. Guau. Aquello era impresionante.

Hubo un rayo de luz y un chorro de humo, y antes de que Oscuretriz reaccionara, un misil le cayó encima.

La explosión la lanzó volando por el cielo y dejó una estela de humo y fuego que se perdió detrás de un edificio. Skulduggery agarró a Valquiria de la cintura y volaron hasta una azotea desde la que se veía la plaza. Oscuretriz estaba de rodillas, intentando incorporarse. El helicóptero –un AH-64 Apache, según el piloto con el que iba Fletcher– abrió fuego con la ametralladora. Las balas se hundieron en el suelo alrededor de Oscuretriz, chocaron contra ella y la obligaron a caer de nuevo de rodillas. El piloto, un hechicero capaz de pilotar cualquier cosa, con preferencia por las que estaban llenas de armas divertidas, le lanzó otro misil, y la explosión la lanzó despedida como una muñeca de trapo. Rodó, con el cuerpo inerte. Estaba herida, pero no había sangre, ni quemaduras.

Oscuretriz se levantó de pronto, se apartó de las balas rabiosas de la ametralladora y alzó las manos hacia el Apache. La ametralladora volvió a apuntar y le lanzó una nueva ráfaga que retumbó contra su pecho. Oscuretriz cayó hacia atrás hasta quedarse sentada, pero Valquiria alzó la vista y vio que las palas del rotor se estaban desintegrando. El Apache chirrió y cayó en picado. Fletcher agarró al piloto y ambos saltaron, desapareciendo en el mismo instante en que se alejaban de la nave. El Apache giró antes de caer al suelo, justo encima de Oscuretriz.

–Me toca –dijo Skulduggery, alejándose de Valquiria. Alzó la espada Asesina de Dioses mientras Ravel y Saracen aparecían en el tejado de enfrente. Saracen tenía una flecha en el arco. Skulduggery y Ravel saltaron a la plaza. Hubo un chirrido de metal, como si protestara, y Oscuretriz salió tambaleándose de los restos humeantes. Saracen soltó la flecha, pero Oscuretriz se giró en redondo y la agarró en el aire antes de que la alcanzara. Saracen le tiró dos más, manteniéndola ocupada mientras Skulduggery corría tras ella. Atrapó las dos flechas y las partió; acto seguido, se agachó para esquivar el espadazo que le habría cortado la cabeza. Skulduggery volteó la hoja y atacó a las piernas, pero Oscuretriz evitó el golpe echándose hacia atrás, dirigiéndose justo donde le esperaba la lanza de Ravel. En el último instante pareció presentir su presencia y se apartó a un lado, alejándose de los dos.

–¿Ravel? –dijo Oscuretriz tan alto que incluso Valquiria la oyó–. ¿Estás trabajando con Ravel, después de lo que le hizo a Abominable?

–Hasta que acabemos contigo –replicó el esqueleto–, haría un trato con el mismísimo Mevolent.

Saracen le lanzó otra flecha, pero ella la atrapó a unos milímetros del ojo.

–Asesinas de Dioses –murmuró ella–. Y yo que pensaba que Tanith las había destruido todas.

Valquiria frunció el ceño. Oscuretriz estaba fanfarroneando; le estaban dando tiempo para recuperarse.

–Déjame adivinar –continuó ella–. Billy-Ray, ¿no? ¿Qué hizo? ¿Las cambió? Oooh, ese Billy-Ray. En menudo lío se ha metido.

–Es tu última oportunidad de rendirte –dijo Skulduggery.

Ravel alzó la lanza y se acercó. Skulduggery se aproximó por la izquierda. Ella sonrió y se movió ligeramente para evitar ser un blanco fácil para Saracen.

–No, qué va –repuso Oscuretriz–. Si me rindo, me matarás en el acto. Soy demasiado peligrosa, y no puedes mantenerme con vida. Solamente quieres que te lo ponga fácil, que te deje acercarte lo bastante para acabar conmigo. Astuto, Skulduggery, muy astuto...

–Pensé que merecía la pena intentarlo. Me gusta este traje; no quiero que se arrugue.

–Ah, sí. Ese es el traje con el que mueres, ¿no? En la visión de Cassandra. Admito que es bonito. Te queda bien el negro. Muy elegante. Me alegro de que no hayas hecho la tontería de ponerte uno a rayas azul marino, como si cambiarse de ropa pudiera impedir lo que va a pasar... Ambos lo hemos visto. Ambos sabemos cómo morirás. Aquí fuera, en las calles. Sin embargo, Erskine y Saracen... Sus muertes son un misterio para mí. ¿Os mataré aquí? ¿Ahora o después? ¿Cómo de heridos estaréis? ¿Cuánto tiempo tardaréis en morir? ¿Será algo rápido y clemente, o lento y agónico? Tantas preguntas... Y hablando de preguntas... Saracen, ¿nos vas a contar por fin cuál es tu poder?

–Te morirás sin saberlo –replicó él desde lo alto.

–Me gusta tu optimismo –dijo Oscuretriz–. Pero todos sabéis que puedo mataros con un chasquido de dedos.

–Pues hazlo –la retó Skulduggery, y ella sonrió.

Junto a Valquiria pasó un borrón de figuras que le arrancaron un grito de los labios. Ni siquiera los había oído llegar, pero allí estaban: saltando del edificio, abatiéndose con elegancia sobre la plaza, aterrizando silenciosamente en pie.

Los vampiros se abalanzaron sobre Oscuretriz. Puede que no fueran tan poderosos ni tan salvajes como su versión nocturna, pero eran fuertes y ágiles, y resultaron suficiente distracción para evitar que Oscuretriz chasqueara los dedos. Había doce, o quince, era difícil contarlos con lo rápido que se movían. Oscuretriz atrapó a dos por pura casualidad, pero los demás no le daban tiempo suficiente para atacar. Retrocedió entre un torbellino de vampiros que no conseguía agarrar; le impedían alzar las manos a golpes. Skulduggery se acercó a ellos y se dedicó a atacarla con la espada cada vez que veía un hueco.

Valquiria se fijó en el crujido del suelo detrás de Oscuretriz; había una grieta ahí que hacía unos instantes no estaba. Oscuretriz dio otro paso atrás y Billy-Ray Sanguine sacó las manos, la agarró de los tobillos y la tiró al suelo, de rodillas. Los vampiros se detuvieron en el momento exacto y Skulduggery alzó la espada por encima de su cabeza... Pero Oscuretriz levantó la mano y la hoja chocó contra una barrera invisible a centímetros de su pelo.

Valquiria abrió los ojos como platos.

De pronto, veía la magia.

Todo el mundo que había en la plaza estaba rodeado por un aura. Los vampiros brillaban con una luz azul, pálida y apagada. Saracen refulgía en morado oscuro y Ravel despedía un naranja fuerte. Oscuretriz tenía una luz plateada que brotaba de lo más profundo de su interior, y contra ella presionaba la espada, intentando romperla.

Skulduggery Pleasant ardía en rojo brillante.

Mientras Valquiria observaba el espectáculo, encantada con la nueva faceta de su poder, la luz plateada envolvió la espada. Iba a gritar para avisar a Skulduggery cuando la hoja se rompió. Oscuretriz agarró al esqueleto y lo lanzó contra Saracen, que estaba a punto de disparar otra flecha. Los vampiros volvieron a atacarla, pero ahora estaba preparada. La luz plateada latió y tres explotaron y desaparecieron.

No, eso no era exacto. Valquiria seguía viendo los colores arremolinándose, ahora sin una forma física en la que habitar: la magia, su energía, fluía en una corriente continua de vida y muerte. Se miró su propia mano y la giró, maravillada con el brillo que salía del interior de su piel. Casi podía ver las venas, los capilares, los huesos de los dedos... Y entonces Oscuretriz salió volando y le dio un golpe que la derribó. Rodó por el tejado, y cuando se detuvo, su mano estaba normal; los colores brillantes habían desaparecido.

Oscuretriz voló trazando giros amplios y piruetas, intentando escapar de las dos flechas que la perseguían. Skulduggery levantó a Saracen por los aires, lo dejó en la azotea y desde allí lanzó otra flecha más, que estuvo a punto de acertar a Oscuretriz y se unió en persecución a las otras dos flechas. Oscuretriz ascendió hasta perderse entre las nubes. Las flechas subieron tras ella.

Ravel aterrizó cerca con una ráfaga de viento y ayudó a Valquiria a levantarse antes de que se diera cuenta de lo que estaba pasando. Ella se libró del contacto de un tirón, pero probablemente Ravel ni siquiera se dio cuenta. Estaba de pie junto a Skulduggery y Saracen, mirando hacia arriba, como si formara parte del equipo.

Skulduggery se volvió hacia ella.

–Pronto llegará tu turno.

Valquiria asintió. El miedo que sentía no era solo porque tuviera que luchar contra Oscuretriz, sino porque su vida estaba ahora mismo en manos de los zombis más incompetentes que hubieran muerto jamás.

75

Scapegrace luchó bien.

En su imaginación, luchó bien: esquivó, giró, contraatacó, paró los golpes y embistió. En su imaginación, la cimitarra era una extensión de su propio brazo, y estuvo magnífico.

En la realidad, las cosas no fueron tan impresionantes.

Lanzó como cien estocadas y las cien dieron al aire; el Guardián ya no estaba allí. Un paso a un lado, hacia atrás o hacia delante, y Scapegrace acababa tropezando, mientras el Guardián se giraba hacia Thrasher y evitaba todos sus ridículos ataques. En comparación con aquel extraño de rostro de porcelana, eran dos torpes idiotas que no sabían lo que hacían.

Comparados con cualquiera, eran dos torpes idiotas que no sabían lo que hacían.

Sin embargo, Scapegrace no se rindió. No podía hacerlo. Su cimitarra chocó contra la espada del Guardián con un chasquido metálico. Aquello ya no tenía que ver con él. Ahora sabía lo patético que era; ahora distinguía con claridad sus delirios pasados. Era una broma, un chiste, ¿y qué? Nada de eso importaba. Lo que importaba era ganar. Lo que importaba era ayudar a Valquiria Caín a salvar el mundo.

Se giró mientras Thrasher distraía al Guardián. Tal vez esta era su oportunidad: le estaba dando la espalda, estaba ocupado defendiéndose de Thrasher. ¿Resultaría heroico atacar a un enemigo por la espalda? Ni lo más mínimo, pero Scapegrace no era ningún héroe. Solo era un hombre que hacía lo que podía para ayudar a los demás. Dio un paso hacia delante, y entonces el Guardián hundió la espada en la cabeza de Thrasher.

–¡No! –chilló Scapegrace mientras Thrasher se desplomaba, todavía con la espada clavada. Una cólera ciega se apoderó de Scapegrace, que soltó la espada y se abalanzó contra el Guardián.

Rodaron por el suelo, pero Scapegrace se levantó el primero, con los dientes apretados y los ojos ardiendo de odio. Una y otra vez estrelló el puño contra la cara irrompible del Guardián. Intentó sacar fuerzas de la cólera, pero se sentía cada vez más débil. Era como si Thrasher, el idiota de Thrasher, hubiera sido la fuerza que le sostenía, y ahora que ya no estaba...

Scapegrace se derrumbó hasta quedarse sentado. El Guardián lo contempló y después se sentó también.

–Has pasado la prueba final –dijo, pero a Scapegrace no le importó–. El esqueleto comenzó las pruebas –continuó el Guardián–. Se le dijo que la primera era de pureza, pero todas las pruebas lo eran. Has pasado la prueba más importante de todas: tu corazón es puro, Vaurien Scapegrace.

–Thrasher tenía el corazón puro. Yo no. Soy egoísta, malvado y estúpido. Qué tengo de puro, ¿eh? Si ves algo puro en mi interior, dímelo.

–Veo dentro de tu alma –respondió el Guardián–. Las cosas que has dicho sobre ti mismo son ciertas, pero la pureza de corazón crece desde los orígenes más humildes. A veces todo lo que se necesita es un solo instante para redimirse.

–¿Y yo lo he tenido?

–Así es. Has tenido un instante de compasión pura. Fue fugaz. Tanto, que casi me lo pierdo. Pero estaba allí. En ese momento, al pensar en tu amigo, tu corazón fue puro. Y ahora el símbolo es tuyo: puedes activarlo.

El Guardián abrió la túnica; una luz ardía donde debería estar su corazón. Sin necesidad de que nadie se lo dijera, Scapegrace supo lo que tenía que hacer. Alcanzó la luz, notó su calor contra la piel muerta y la agarró. La luz se encendió, se extendió a través de las venas ocultas del rostro del Guardián y brilló tanto que Scapegrace tuvo que apartar la cara.

Cuando se desvaneció, en su mano no había nada y el Guardián había desaparecido. El reloj de arena se dio la vuelta despacio y empezó a correr.

–Lo he hecho –dijo Scapegrace–. Lo... lo he hecho.

A su espalda, oyó la más débil de las voces.

–Yo... siempre supe que lo conseguiría, maestro.

Scapegrace se volvió a cuatro patas y se arrastró hasta donde estaba Thrasher. Le agarró la mano y la apretó con fuerza.

–Ha sido un... honor... servirle, señor –dijo Thrasher.

–Ay... Pedazo de idiota, ¿qué has hecho?

–Creo que tengo... una espada clavada en el cerebro, maestro. Eso no es... bueno, ¿verdad?

–No.

–Eso me parecía. Maestro, me gustaría decirle algunas cosas.

–Llámame Vaurien.

Thrasher pestañeó para contener unas lágrimas que jamás caerían.

–Vaurien –jadeó–. Qué nombre tan bonito.

–Gracias, Gerald.

Esbozó una sonrisa pacífica.

–Vaurien, hasta que te conocí, mi vida era... ordinaria. Yo era un hombre solitario. No tenía amigos. No tenía a... nadie.

–Ssh, Gerald –dijo Scapegrace–. Conserva las fuerzas.

–Tengo que hablar, Vaurien. Tengo mucho que decir y muy poco... tiempo. Cuando te conocí, mi vida... terminó. Y aun así... comenzó.

–Oh, Dios.

–Nunca he sido valiente –continuó Thrasher–. Nunca me he considerado digno de las cosas que otras personas dan por... sentadas: gustar, ser amado... Pero, Vaurien, tú... tú me hiciste valiente.

–Te he tratado de forma espantosa.

Una risa suave.

–Sí.

–Te he insultado, te he tratado como un idiota. Debería haber valorado cada instante a tu lado.

–Yo los he valorado... por los dos. Yo... Ay, Vaurien, siento que me voy...

–Aguanta, Gerald. Voy a buscar ayuda. Voy a...

–Es demasiado tarde para mí, maestro. Pero quiero que sepas que siempre estaré contigo... Estaré aquí... –levantó la mano y le puso el dedo contra el pecho– mismo...

A su pesar, Scapegrace sonrió.

–¿Has citado una frase de *E.T.* en un momento como este?

–Amo esa película –dijo Thrasher con un hilo de voz–. Pero te amo más... a ti.

Entonces, cerró los ojos y se quedó rígido.

El cuerpo de Scapegrace era incapaz de derramar lágrimas, pero lloró igualmente. Lloró por su amigo, su compañero, por la única persona que siempre estaba a su lado sin importar lo que pasara. Lloró por el hombre que había sido Gerald, el hombre en que se había convertido y el hombre que ya nunca sería. Y lloró por sí mismo, por la soledad que le atenazaba lo que le quedaba de corazón, un corazón que ya no latía, sabiendo que si por algún milagro volviera a hacerlo, seguramente latiría por Gerald.

Scapegrace se levantó despacio, aferró la empuñadura de la espada del Guardián y, con mucho esfuerzo, la sacó de la cabeza de su amigo. Inmediatamente, Thrasher abrió los ojos.

–¡Oh! Creo que ya está.

Scapegrace soltó un chillido y dejó caer la espada mientras brincaba hacia atrás. Thrasher se levantó.

–Estos cerebros son impresionantes –comentó–. Supongo que eso de tener un cerebro vegetal tiene sus ventajas.

Scapegrace lo miró fijamente mientras se incorporaba. El idiota sonreía.

–Todas esas cosas bonitas que me has dicho... A lo mejor era lo que necesitábamos. A partir de ahora, Vaurien, ¿seremos como iguales? Si vamos con cuidado, tenemos mucho tiempo por delante, cientos de vidas para...

–Cierra el pico.

Thrasher pestañeó.

–¿Vaurien?

–Llámame maestro y trátame de usted. Solo estaba siendo amable contigo porque creía que te estabas muriendo.

–Me estaba muriendo.

–Ya no. Ahora no eres más que un idiota con un agujero en la cabeza.

–Pero... las cosas que me has dicho... ¡Me has llamado Gerald!

–Gerald es un nombre estúpido para un zombi. Te llamas Thrasher. Siempre te llamarás Thrasher.

Thrasher hundió los hombros.

–Sí, maestro.

–Ahora dame el mapa. Voy a salir de aquí.

–Eh... ¿Maestro?

Scapegrace alzó la vista y se quedó petrificado. Estaban rodeados de figuras borrosas, cuyos rostros y siluetas formaban una masa indistinta.

Fantasmas.

Dos personas, dos que eran sólidas, dieron un paso al frente. Vestían como el Guardián, con túnicas y máscaras de porcelana.

–Te estábamos esperando –dijo el primero, con acento escocés–. Soy el Inquisidor. Has demostrado tu valía y, por supuesto, tienes derecho a abandonar Meryyn ta Uul si lo deseas, pero antes, te pido unos instantes de tu tiempo.

Scapegrace volvió la vista hacia Thrasher.

–Vale, sí. ¿En qué puedo ayudaros?

El rostro de porcelana pareció esperanzado.

–Eres un Rey de los Zombis, ¿verdad?

–Lo fui –dijo Scapegrace.

–Lo sigue siendo –añadió Thrasher.

–Lo dejé –insistió Scapegrace–. Ahora soy solo yo otra vez. Un tipo normal, como siempre. No soy un Rey de los Zombis. No de verdad. Creo que nunca lo fui.

–Pero necesitamos que lo seas –dijo el Inquisidor–. Esperábamos a alguien como tú. Llevamos siglos esperando.

Scapegrace frunció el ceño.

–¿A mí? ¿Por qué?

El Inquisidor extendió los brazos.

–Esta es Meryyn ta Uul. La Ciudad Subterránea. La Necrópolis. La Ciudad de los Muertos. Aquí abajo, los muertos son cientos de miles. Y todos nos están mirando ahora mismo, esperando a que te haga una petición.

–¿Cuál?

–Que seas nuestro rey.

Scapegrace pestañeó.

–¿Cómo?

–«Rey de los Zombis» es otra forma de llamar a un Rey de los Muertos. Le necesitamos aquí, mi señor. Se lo ruego. Estamos a sus órdenes.

–¿En serio?

Thrasher dio un paso hacia él.

–¿Y qué pasa con Clarabelle? –susurró a su oído–. Le dijimos que volveríamos. Nos está esperando.

Scapegrace asintió.

–Es cierto. Escuche, señor Inquisidor, tenemos una amiga que nos necesita.

–Nosotros le necesitamos mucho más.

–Pero se lo prometimos.

–La promesa que se hace a un vivo carece de importancia –dijo el Inquisidor–. Nuestro juramento de serviros, sin embargo, será eterno.

Scapegrace vaciló. La eternidad era mucho tiempo. Y gobernar allí, asumir un cargo tan importante como ser el Rey de los Muertos... jamás lo habría considerado posible.

Pero para eso tenía que abandonar a Clarabelle... y no podía hacerlo, igual que no podía arrancarse un brazo. Aunque seguramente podría arrancarse un brazo con bastante facilidad.

–Algún día –dijo–, cuando haya terminado mi labor en el mundo de los vivos, cuando ya no me necesiten más, volveré aquí. Lo juro.

El Inquisidor hizo una reverencia. Todos los fantasmas le imitaron.

–Como ordenéis, mi señor.

Scapegrace les hizo un gesto con la cabeza a todos y, con Thrasher detrás, se alejó todo lo digno que pudo.

76

Oscuretriz se los había llevado a todos por delante. Como si nunca hubieran estado allí.

Primero había acabado con Saracen: las flechas empezaban a acercarse demasiado a ella, así que le tiró una pared encima. Ahora estaba tendido en el suelo con los huesos rotos. Valquiria no sabía si estaba vivo o muerto. Oscuretriz había matado o herido también a todos los hechiceros, vampiros y Hendedores que la habían atacado, y después se había lanzado contra Skulduggery. Valquiria lo había visto todo desde donde estaba escondida. Él había estado lanzando estocadas y abriéndose paso con lo que le quedaba de la espada. Oscuretriz jugó un rato con él, solo para divertirse, hasta que se cansó, le arrebató el arma y le dio un golpe tan fuerte que Valquiria no fue capaz de distinguir dónde aterrizaba. Luego, Oscuretriz había utilizado esa misma espada para matar a unos cuantos Hendedores más.

Entonces fue cuando Solomon Wreath la atacó desde las sombras y Oscuretriz lo cortó en diagonal, desde la cadera hasta el hombro. Su cuerpo se desgarró violentamente entre salpicaduras de sangre y entrañas. Valquiria se tapó la boca con las manos para no gritar. Cuando los restos de Solomon cayeron al suelo, Oscuretriz tiró la espada y fue detrás de Ravel. Y ante eso, ¿qué hizo Erskine?

Soltó la lanza y echó a correr. Valquiria escuchó las carcajadas de Oscuretriz.

No lo soportaba más. El símbolo de Meryyn no se había activado aún –no sentía nada distinto–, pero no podía seguir escondida mientras tanta gente arriesgaba la vida y la perdía solo para conseguirle tiempo. Vio a un Hendedor atacar a Oscuretriz en solitario; vio cómo la guadaña reventaba y sus piernas se rompían. Cayó entre los escombros de la calle y Oscuretriz se acercó para terminar el trabajo con las manos desnudas.

Al infierno.

Valquiria salió del escondite, corrió por la azotea y saltó hacia abajo. La altura era considerable.

Mientras caía, se concentró en la magia, se centró en la energía que había en su interior, trató de convocar una barrera que la protegiera al aterrizar, el mismo colchón de luz que había doblado los árboles en la carretera...

No sucedió nada.

Sentía la magia, chisporroteaba entre sus dedos, pero no sabía cómo convocarla, no tenía ni idea de cómo controlarla y estaba cayendo, iba derecha a una muerte segura y estúpida, iba a morir...

El tatuaje comenzó a arder...

... y aterrizó de pie, sin romperse los huesos.

Se enderezó y se miró el brazo por debajo de la chaqueta. El símbolo brillaba. Así que ahora era invulnerable. Genial.

Extendió la mano, se concentró en su magia y un relámpago blanco surgió de sus dedos y chocó contra Oscuretriz, haciéndola tropezar. Ella se giró en redondo, olvidándose del Hendedor herido. Su expresión de ira se convirtió en curiosidad.

–Vaya, vaya –dijo–. Fíjate quién tiene un nuevo arsenal de truquitos.

–Ya lo creo –replicó Valquiria, avanzando a zancadas hacia ella.

–¿Qué eres, lanzadora de energía? La magia hierve en tu interior, está en ebullición, lo veo desde aquí. Es impresionante. Es...

distinto. No eres solo lanzadora de energía, ¿no? Hay otra cosa. Tu magia es más pura que... –Oscuretriz frunció el ceño–. ¿Qué eres?

–Soy más fuerte que tú.

–Bueno, eso ya lo veremos.

Oscuretriz sonrió y golpeó a Valquiria con todas sus fuerzas. Por un momento, lo único que vio Valquiria fue haces de luz explotando detrás de sus ojos. Cuando quiso recuperar el sentido, estaba tambaleándose hacia atrás por la calle, y un segundo después, frenando y cayendo torpemente al lado de un coche aparcado. Esperó a que se le aclarara la cabeza. Al parecer, ser invulnerable no significaba que no pudiera sentir dolor. Estaba bien saberlo.

Se puso de pie y se frotó la mandíbula.

–No eres tan poderosa... –dijo Oscuretriz, avanzando hacia ella–. Puede que tengas magia nueva y flamante, pero no puedes ser tan fuerte. Te han hecho algo, ¿a que sí? Han aumentado tu fuerza. ¿Has entrado en el Acelerador? ¿Te ha vuelto loca?

La fuerza hormigueaba por las venas de Valquiria. Esperó a que Oscuretriz se acercara un poco más y luego hundió los puños en el coche, dispuesta a lanzárselo, pero las puertas se rompieron y se quedó con ellas en las manos, así que terminó arrojándoselas. Falló.

Oscuretriz soltó una carcajada.

–La superfuerza no es tan fácil de manejar como parece, ¿eh? Mira, hay que pensar las cosas: si quieres levantar un coche, lo tienes que agarrar del chasis.

Se acercó a un Volvo pequeño, metió una mano por debajo, lo sujetó con la otra y luego lo lanzó como un disco en los juegos olímpicos. Valquiria intentó apartarse, pero le dio en el hombro y la hizo girar como una peonza hasta desplomarse en la acera. Oscuretriz salió volando hacia ella, chocaron, se estamparon contra una pared y se agarraron del cuello. Valquiria le propinó un cabezazo en la cara a Oscuretriz, que se dio con la nuca contra el Volvo que había caído al lado. Repitió el golpe una y otra vez para reventarle el cráneo, pero lo que se destrozó fue el coche.

Oscuretriz cayó a un lado, agarró a Valquiria del pelo y le dio un rodillazo que, de no ser por el símbolo, le habría destrozado la cara. Antes de que pudiera recuperarse, Oscuretriz lanzó por los ojos dos rayos de energía contra su pecho. Valquiria atravesó un cristal y cayó dentro de una casa en la que había una familia, que salió corriendo entre gritos.

Mientras se intentaba incorporar, la puerta se rompió en un millón de astillas y Oscuretriz arremetió como un tren bala, la hizo atravesar la pared y entraron en la cocina entre una lluvia de yeso. Rodaron por el suelo, arañándose y mordiéndose. Valquiria la agarró del pelo y la lanzó contra el frigorífico antes de darle una patada en la cabeza tan fuerte que oyó cómo se partía la columna vertebral. Pero mientras caía también pudo oír los chasquidos de las vértebras curándose y colocándose solas.

Oscuretriz se incorporó. Valquiria le partió una silla en la cabeza, agarró una pata, se la clavó en la garganta y le dio un puñetazo en la cara mientras la ahogaba. Oscuretriz se tambaleó, pero lanzó el puño hacia atrás y Valquiria acabó en el pasillo. Se arrancó la pata de la silla, se curó y escupió sangre, sonriendo. Valquiria corrió hacia ella, pero Oscuretriz salió despedida hacia arriba y atravesó el techo.

Valquiria salió corriendo a la calle y alzó la vista. Oscuretriz era un punto en el cielo. Planeó por encima y luego se lanzó hacia abajo a una velocidad preocupante. El poder crepitó en las manos de Valquiria, lo soltó y el relámpago la dio de lleno, desviándola de su curso y haciendo que chocara contra el suelo.

Valquiria se acercó a toda prisa para lanzarle una patada en el costado al mismo tiempo que Oscuretriz se levantaba. Le dio otra mientras rodaba, pero Oscuretriz paró la tercera e intentó retorcerle la pierna. Se agarraron, hubo tirones de pelo, dedos en los ojos, cabezazos y mordiscos, y se elevaron del suelo, subieron por encima de la ciudadela, aún arañándose y gruñendo. Entonces, Oscuretriz la soltó y Valquiria cayó.

Ah, cómo cayó.

En picado, con el viento silbando en sus oídos y el pelo azotando su cara. Se alegró de no llevar la vara encima; seguramente no hubiera sobrevivido a lo que vino después.

Se dio contra el suelo.

Fue muy doloroso.

Rodó sobre su espalda y se quedó ahí tirada, jadeando. Oscuretriz descendió hasta una fuente ornamental de hormigón y aterrizó de pie en el borde.

—¿Esto es todo? ¿Este es tu plan? Por favor, Valquiria, dime que te guardas algún as en la manga. Ha sido una buena pelea, sí, pero seamos sinceros: lo único que tengo que hacer es seguir pegándote hasta que se pasen los efectos de lo que quiera que esté dándote poder. Y dudo que dure mucho más tiempo.

Algo se movió en las sombras detrás de Oscuretriz. Valquiria no dijo nada.

—Si fueras tan inteligente como crees —continuó Oscuretriz—, ahora mismo estarías escondiéndote de mí. A ver, tú eres mi objetivo. Eso lo sabes, ¿no? He venido aquí para volver a estar completa.

—¿Esa es tu forma de rendirte? —preguntó Valquiria.

—Yo no soy la que se va a rendir —replicó con una sonrisa—. Y no será como antes. Se acabó tu molesta vocecita en mi cabeza. Cuando desaparezcas, lo que eres, tu esencia, lo que hay debajo de tus pensamientos y comentarios sarcásticos, permanecerá. Y eso es lo que quiero, Valquiria. Formas parte de mí. Debemos estar juntas. Tú también lo sientes, ¿verdad? ¿Sientes la parte que te falta?

Sí. No podía negarlo. Había un vacío en su interior, una soledad que nunca había sentido. Y ni siquiera su nueva magia, fuera lo que fuera, era capaz de llenarla.

–Vamos –Oscuretriz le tendió la mano–. ¿Por qué luchas? Eso es lo único que haces: pelear. ¿Por qué? ¿Quién dice que tienes que hacerlo? Hay otros caminos, Valquiria. Intenta aceptarlo. Acepta que debemos estar juntas, que somos más fuertes unidas. Deja de pelear. Deja de sufrir. Yo ya no quiero hacer daño a nadie. Ni siquiera a Ravel. Estoy cansada; me he cansado de esto. Vamos, toma mi mano. Nunca volverás a estar sola.

–Bueno, puede que eso sea lo que nos diferencia –dijo Valquiria, incorporándose–. No me importa la soledad. ¿Sabes por qué? Porque sé que tengo amigos. Y están justo detrás de ti.

Skulduggery y Melancolía aparecieron bajo un arco. Las sombras culebreaban en torno al cuerpo de Melancolía como serpientes rabiosas y se filtraban por debajo de la camisa de Skulduggery a cada paso. Esas mismas sombras cubrieron al esqueleto, formando una armadura, y cuando se elevaron, formando una marea de oscuridad, el que se alzaba en su cresta ya no era Skulduggery Pleasant, sino Lord Vile, en toda su terrible gloria.

77

Lord Vile y Melancolía atacaron.

Eran implacables. Los dos nigromantes más poderosos del último millar de años luchando juntos contra Oscuretriz.

Las sombras se convertían en cuchillos, látigos, martillos y cadenas. Cortaban, rasgaban, desgarraban y golpeaban. Oscuretriz no tuvo ni un instante para recuperarse, ni un segundo para curarse. Valquiria contempló atónita cómo su enemiga, *la* enemiga, caía una y otra vez al suelo.

Oscuretriz se levantó, puede que por décima vez, dio un paso y se tambaleó.

Con el ceño fruncido, se miró el pie izquierdo. Estaba torcido en un ángulo antinatural. Lo fulminó con la mirada y finalmente se movió, colocándose en la posición correcta. Pero el ceño no cambió.

Vile y Melancolía se acercaban.

Oscuretriz les lanzó rayos por los ojos, pero Vile se desplazó entre las sombras, Melancolía saltó en el aire y le arrojó cientos de espinas de oscuridad que la atravesaron, desgarrando la ropa blindada y rajando su carne. Valquiria vio una inconfundible mueca de dolor en su cara.

Oscuretriz estaba herida.

Las sombras culebrearon. Vile le agarró la cabeza y se la retorció, partiéndole el cuello. Y aunque se curó inmediatamente, el chillido de dolor que acompañó al salvaje movimiento espoleó a Melancolía. Las sombras cortaron una y otra vez todas las defensas de Oscuretriz. Estaba empleando tanto poder en curarse que era incapaz de suprimir el dolor. Ahora sentía cada golpe y le costaba más tiempo cerrar las heridas.

De pronto, se lanzó hacia delante y se quedó frente a Melancolía. Ella tropezó, sorprendida, y Oscuretriz la atacó echándose encima. Llovieron los puñetazos y la armadura de sombras de la nigromante se sacudió de pánico. No estaba acostumbrada a los enfrentamientos físicos.

Valquiria se acercó corriendo y le rodeó el cuello con un brazo, tirando hacia atrás. Melancolía, a cuatro patas, se recuperó, mientras Oscuretriz giraba y metía un pie entre los de Valquiria, derribándola y cayendo sobre ella. La golpeó con todas sus fuerzas, pero Valquiria le agarró la muñeca, pasó una pierna por encima de la cabeza de Oscuretriz y se enderezó mientras tiraba del brazo. Oyó el chasquido del codo. Oscuretriz gritó.

Valquiria no consiguió sujetarla; Oscuretriz rodó, chillando mientras se incorporaba, sujetándose el brazo. Antes de que se curara, Vile le lanzó una cuchilla de oscuridad contra el pecho.

Oscuretriz se quedó petrificada, con los ojos como platos. La sombra se retiró y ella se tambaleó, perpleja.

Iban a vencer.

La oscuridad se concentró en torno a ella como el cepo de una planta carnívora. Las dos mitades empezaron a cerrarse, llenas de púas que la ensartaban. Las sombras se derritieron y Oscuretriz avanzó a tientas, cayó de rodillas y su figura vibró. Estaba intentando oscilar a otra dimensión.

Valquiria alzó las dos manos y un relámpago blanco surgió de las yemas de sus dedos. Estalló contra Oscuretriz, que cayó de lado. Había dejado de vibrar.

Melancolía y Vile se acercaron por la espalda mientras Oscuretriz se arrastraba.

Había que admitir que estaba dándolo todo; no estaba dispuesta a rendirse sin presentar batalla.

Melancolía la agarró del pelo y la puso de rodillas. Oscuretriz jadeó, con la cara llena de sangre. Melancolía permitió que su armadura de sombras se retrajera y culebreara salvajemente por el suelo, como un niño con una rabieta porque se le niega un juguete.

—Esto ha sido muy estimulante —dijo Melancolía—. Mucho, de verdad. Al fin me doy cuenta de mi potencial. Puedo… puedo sentir la vida y la muerte. La veo. La veo a nuestro alrededor. La veo en ti, Oscuretriz. Veo lo sencillo que sería… arrebatártela.

Oscuretriz se estiró para intentar liberarse, pero el movimiento fue débil y Melancolía le dio un golpe, bajándole la mano que había alzado.

—Soy la Invocadora de la Muerte —continuó Melancolía—. Soy la nigromante definitiva. ¿Y tú quién eres? El lado oscuro de Valquiria Caín albergado en el cuerpo de su reflejo. No eres más que un montón de piezas descartadas. ¿Y todos te tenían miedo? ¿En serio? —soltó una carcajada. Tenía los ojos negros y un vapor negro salía de su cuerpo—. Es a mí a quien deberían tener miedo. ¿Crees que eres una diosa? Quizá lo seas. Pero incluso los dioses pueden morir. ¿Yo, en cambio? Yo soy la muerte.

—Melancolía —murmuró Valquiria.

La nigromante alzó la vista y pestañeó.

—Valquiria —dijo, un poco aturdida. Enfocó la vista—. Sí. Lo siento. Me he dejado llevar con la cosa del poder y todo eso… ¿Tengo los ojos negros? Me da la sensación de que están negros.

—Están negros.

—Genial —Melancolía taladró a Vile con la vista—. Hagamos lo que hemos venido a hacer.

Las sombras se retorcieron como miles de serpientes diminutas y penetraron lentamente en el cuerpo de Oscuretriz, que chilló mientras manaba la sangre. No iba a poder curarse. No sobreviviría. La matarían lentamente y se asegurarían de que no quedara nada.

Valquiria notó un cosquilleo en las manos. Se bajó la cremallera de la chaqueta y se miró el brazo. El tatuaje estaba latiendo. No quedaba mucho tiempo. Casi podía sentir cómo la invulnerabilidad se desvanecía. No importaba. Oscuretriz estaba acabada. Derrotada. Lo único que necesitaban eran unos segundos más. Las sombras la destrozarían y todo habría terminado.

Oscuretriz juntó las manos. Vile y Melancolía no se dieron cuenta. Los brazos de Oscuretriz comenzaron a temblar y una luz plateada se derramó entre sus dedos.

Una luz muy muy brillante.

Valquiria se acercó corriendo.

—¡Detenedla! —chilló—. ¡No dejéis que...!

Pero era demasiado tarde.

Oscuretriz separó las manos.

78

La luz plateada explotó y consumió el mundo.

79

Se tragó a Vile y a Melancolía.

80

una tormenta ensordecedora de

                       escombros que llenaron el mundo

ladrillos y piedra

            y cristales y

                  madera y metal

Valquiria salió despedida

                rodando

                    y

                      girando

edificios en pedazos

                  doblándose

              como

            papel.

calles des   das.

      pe   za

        da

           Farolas arran

                 ca

                d

               a

                s

81

Y luego, todo fue silencio.

82

Una ráfaga de viento.

Valquiria no sabía de dónde venía. Hacía un instante, no corría una gota.

¿Un instante?
¿Un minuto?
¿Una hora?

Pero ahora soplaba el viento, y fuerte, atrapaba las nubes de polvo y las hacía girar en pequeños remolinos.

Se giró

83

sobre sí misma. Tenía polvo en los ojos. Polvo en la boca.

Tenía frío. Había perdido la chaqueta. La onda expansiva la había lanzado lejos. ¿Estaba herida? Movió los dedos de los pies. Dobló las falanges de los dedos. No tenía nada roto. ¿Sangraba? No lo parecía. Se encontraba bien. No estaba herida. ¿Era invulnerable? No, ya no. El tatuaje no brillaba. Seguramente la había mantenido con vida durante... ¿qué? ¿Qué había sido eso? Desde luego, mucho más que una explosión corriente. Una pequeña bomba nuclear.

Gimiendo, Valquiria logró sentarse.

84

Roarhaven estaba en ruinas.

Toda la parte oriental se había desintegrado. Era un paisaje liso y humeante salpicado de escombros. Había incendios en los distritos del sur. Algunas zonas del norte seguían en pie. Las alarmas de los coches sonaban en la distancia, a través del viento, como quejidos de gente agonizando.

Valquiria empezó a caminar. Cuando se aseguró de que las piernas la sostenían, corrió.

Orientarse en Roarhaven cuando se alzaba orgullosamente en las alturas ya era bastante difícil, pero ahora que los puntos de referencia estaban destrozados o simplemente desaparecidos, le resultaba imposible. Se perdió un par de veces, tuvo que volver sobre sus pasos y trepar por encima de los edificios demolidos para ganar tiempo. Pasó junto a los cuerpos tendidos aquí y allá sin prestarles atención.

De pronto, una piedra voló hacia ella, le golpeó la sien y Valquiria rodó por una montaña de escombros.

Se quedó allí tendida, con los codos rajados y la sangre que manaba desde la herida de la frente hasta el ojo. Oyó pasos que resbalaban y avanzaban entre el desastre, luchando por llegar hasta ella. Valquiria consiguió ponerse de rodillas, pero veía borroso. Se acercaban unas figuras, y vio odio en sus rostros.

–Le hemos hecho daño –dijo uno.

–Acabemos con ella –dijo otro.

Valquiria levantó las manos.

–¡No soy ella! –exclamó. Su voz sonaba rara, como si estuviera borracha–. No soy Oscuretriz.

Ni siquiera vio llegar el golpe, pero notó un dolor agudo en las costillas y cayó de lado con un grito. La rodearon y las botas buscaron su cuerpo, lo encontraron y lo aplastaron. Se cubrió como pudo, suplicando que pararan. Le partieron una costilla. Una patada en los riñones hizo que viera las estrellas. Recibió otra patada en el cráneo. Le rompieron los dedos de la mano derecha. Otra vez. Gritaban, maldecían y oyó lo que decían. Sabían quién era y no les importaba. Desde su punto de vista, Valquiria Caín era tan culpable de aquello como Oscuretriz.

Una patada en la sien la hizo rodar. Se quedó rígida. Lo curioso es que pareció aclararle la vista. Vio perfectamente el pie que bajaba contra su cara. Estaba enfundado en una bota de obrero, pesada, con puntera de acero. «Bien», decidió. Le hubiera parecido odioso que la matara una simple zapatilla de deporte.

Pero la bota no llegó a su destino. En el último momento desapareció. Vio otras botas. Marrones. Bien confeccionadas. Familiares. Dieron un paso, giraron sobre su eje, se levantaron y todos los demás pies desaparecieron. Las botas marrones se doblaron y una rodilla enfundada en cuero apareció ante sus ojos. Unas manos suaves le rozaron la cara.

–Val –dijo Tanith–. Val, ¿me oyes?

Valquiria sintió que le movían la cabeza e intentó enfocar los ojos en el rostro preocupado de Tanith, pero fue incapaz. Notó que la alzaba en vilo y se la echaba por encima del hombro en la postura que llaman «el acarreo del bombero».

Tanith empezó a correr.

Atravesó los escombros sin dificultades, como si estuviera patinando sobre hielo. Corrió por las paredes de los edificios rotos con un equilibrio impecable. Cruzó los huecos entre las ruinas y saltó de techo en techo con tal suavidad que Valquiria sentía como si fuera en una nube. Perdió el conocimiento varias veces, pero no fue por culpa de Tanith. Fue porque se estaba muriendo.

Pronto llegaron al interior del Santuario, la tumbaron en una camilla del ala médica y sintió una luz en los ojos.

–Fracturas múltiples –dijo Synecdoche–. Conmoción. Valquiria, ¿me oyes?

Había gritos. El ala médica estaba llena de gente herida. En la camilla de al lado, Saracen Rue estaba conectado a un respirador artificial. Valquiria intentó sentarse, pero dos manos fuertes se lo impidieron. Vio el rostro de Tanith.

–Quieta ahí, ¿vale? Te están ayudando. No te levantes. Val, la explosión... ¿Estabas allí? ¿Qué pasó? ¿Oscuretriz ha muerto?

Synecdoche se acercó, apartó a Tanith con el hombro y le puso a Valquiria una inyección en el brazo. El calor inundó su cuerpo tan rápidamente que la hizo jadear, y el dolor se desvaneció.

–Necesito rayos X –le gritó la doctora a un asistente mientras le levantaba la camiseta a Valquiria–. Tiene hemorragia interna.

Hubo un revuelo a su alrededor. Alguien levantó un escáner, hubo un resplandor azul y Valquiria se quedó tumbada mirando al techo. Tosió, pero no le dolía. Ni siquiera se asustó cuando notó el sabor de la sangre. Y debería. Toser sangre no es bueno. Frunció el ceño. La sensación de calor era agradable. Demasiado. Quería zambullirse en ella, rendirse totalmente. Pero tenía cosas que hacer. No podía quedarse ahí y desangrarse. ¿Qué decía aquel tipo en esa película?

–No tengo tiempo para sangrar –masculló Valquiria, sentándose.

Synecdoche la miró horrorizada.

–Valquiria, túmbate. Tienes heridas graves.

Ahora que estaba sentada, notaba la cabeza más clara. Extendió la mano izquierda; tenía los dedos morados e hinchados.

–Véndame.

–Túmbate.

–Me tumbaré cuando haya acabado todo.

Synecdoche apretó la mandíbula, pero le hizo un gesto a un ayudante, que se acercó corriendo con un rollo de vendas. Mientras él la vendaba, Synecdoche le aplicó un gel transparente en el corte que tenía en la frente. Valquiria echó un vistazo a su alrededor. Donegan Bane estaba a tres camillas de distancia. No vio a Gracius.

La puerta se abrió y China entró como una tromba. Vestía de negro y tenía los ojos brillantes de preocupación.

–¿Qué ha pasado?

–La explosión ha sido cosa de Oscuretriz –respondió Valquiria–. Hubo una luz, la tenía en las manos, y luego… no lo sé. No sé lo que era. No vi lo que le pasó.

–Me han informado de que Vile estaba en la zona –dijo China. Valquiria asintió.

–Estaba con Melancolía.

–¿Y qué le ha pasado a Skulduggery? –preguntó Tanith.

–No… no lo sé –murmuró Valquiria.

–Vile –insistió China con ansiedad–. ¿Qué le ha pasado a Vile? Valquiria la miró fijamente. Lo sabía. De alguna forma, lo sabía.

–Tampoco lo sé –respondió ella–. Estaba más cerca que yo de la explosión. No sé qué le habrá pasado.

China titubeó, su rostro dejó de traicionarla y de mostrar emociones, asintió y salió de la estancia.

Valquiria se deslizó de la camilla con todo el cuidado que pudo. No podía mover la mano izquierda vendada, tenía la pierna derecha rígida y, cuando se la tocó con un dedo, no notó casi nada. Tosió y volvió a saborear la sangre.

–Mastica esto cuando regrese el dolor –le dijo Synecdoche entregándole un paquete de hojas. Valquiria asintió, se las guardó en el bolsillo y se marchó antes de que la doctora encontrara algún motivo para obligarla a quedarse allí. Seguida por Tanith, vio que China estaba hablando con Cassandra y Finbar y se acercó corriendo, haciendo caso omiso de la sensación desagradable que notaba en todo el cuerpo a cada paso.

Cassandra tenía los ojos cerrados cuando Valquiria llegó hasta ellos.

–Oscuretriz está viva –dijo–. Está débil, pero se está recuperando. A este ritmo, se encontrará perfectamente en veinte minutos.

–Quince –corrigió Finbar.

–¿Y Skulduggery? –preguntó Valquiria antes de que China se le adelantara.

Cassandra negó con la cabeza.

–No le sentimos, pero es que nunca hemos podido detectarlo. Sus pensamientos funcionan de una forma distinta a la nuestra, y eso lo esconde de nosotros. Pudimos sentir a Melancolía cuando sucedió todo, pero… lamento decir que no ha sobrevivido.

–¿Está muerta?

–La chica da igual –gruñó China–. ¿Podéis ver a Vile?

Cassandra frunció el ceño.

–¿Lord Vile está aquí? No hemos visto nada de él. ¿Estás segura?

–¿Y los demás? –preguntó China, sin responderle–. ¿Hay supervivientes?

Cassandra asintió.

–Algunos, heridos. Muchos, aterrorizados. Están huyendo de la explosión… alejándose… –inclinó la cabeza y se quedó callada unos instantes–. Tus padres, Valquiria. Tus padres y tu hermana.

Valquiria sintió un escalofrío.

–¿Están ahí fuera?

–Están corriendo hacia el lugar de la explosión –dijo Cassandra–. Te están buscando. Hay alguien… alguien tras ellos, persiguiéndolos… Me cuesta ver quién es, es difícil ver… Un Vestigio. Es un Vestigio.

–Vex –dijo Valquiria–. Los está conduciendo directamente hacia las garras de Oscuretriz. Tenemos que irnos. Tengo que...

De pronto, se le ocurrió una idea y se quedó callada mientras asumía lo que iba a tener que hacer, con todas sus implicaciones. Se le cayó el alma a los pies y notó el estómago vacío.

–¿Val? –dijo Tanith.

Valquiria se volvió hacia China.

–El guantelete –dijo–. El Guantelete del Toque Mortal. Lo dejé en la sala de mando. Tráemelo, por favor. Tengo que volver al ala médica.

Tanith le agarró el brazo, como si temiera que fuera a derrumbarse.

–¿Qué pasa? ¿Te encuentras bien?

–Sí –contestó Valquiria, liberándose de su mano–. Tengo que buscar una cosa. Te veo en la sala de mando.

Echó a correr volviendo sobre sus pasos, sujetándose el costado, donde empezaba a notar un dolor sordo. Cuando volvió al ala médica, todo el personal estaba demasiado ocupado como para fijarse en ella, así que entró sin ser vista, encontró lo que buscaba y se lo guardó en el bolsillo. Un chillido de dolor la sobresaltó y se giró. Le estaban colocando un hueso roto a una mujer. Horrible. Pero detrás de ella, alguien se movía, alguien se escurría por una de las puertas pequeñas: Ravel.

No tenía tiempo para eso. De verdad que no. Pero fue detrás de él igualmente.

En cuanto la puerta se cerró a su espalda, dejó prácticamente de oír el ruido del ala médica. Avanzó por el pasillo y llegó a una parte del Santuario que no conocía. Pasó por una biblioteca con estanterías de libros que se alzaban hasta el techo. Cruzó un cuarto lleno de espadas, otro lleno de máscaras y otro con frascos de vidrio con un líquido en el que flotaban partes del cuerpo viejas y arrugadas.

Distinguió una luz naranja que titilaba en las paredes y se giró muy, pero que muy despacio.

Ravel estaba de pie contra el muro. La mano derecha, a la altura de la tripa, brillaba de energía. Parecía cansado.

–¿Qué estás haciendo? –preguntó con voz débil–. ¿No tienes suficientes preocupaciones como para molestarte en perseguirme? No soy ninguna amenaza para ti.

–Eres un prisionero.

Él negó con la cabeza.

–Ya no. Pensaba que lo aceptaría. Cuando lo planeé todo, hace tanto tiempo, sabía que terminaría muerto o esposado. Lo asumí, lo acepté. Pero después de lo que Oscuretriz me hizo... No tienes ni idea de lo que fue.

–Eso lo dices tú.

–Me marcho, Valquiria. No volverás a verme nunca. Pasaré solo el resto de mi vida. Es suficiente castigo, ¿no crees? El exilio.

–¿Suficiente? Hiciste que mataran a Shudder. Asesinaste a Abominable con tus propias manos. Comenzaste una guerra en la que murieron cientos de hechiceros. ¿En serio me estás diciendo que consideras que el castigo justo es sentirte solo?

–No voy justificarme ante ti.

–Me alegro.

–Pero tampoco me vas a detener. Oscuretriz aún sigue ahí fuera, ¿verdad? Eso sí que es asunto tuyo. Preocúpate de ella, no de mí. No soy tu enemigo.

–Tu mano está brillando. ¿Vas a disparar? ¿Cómo quieres que luche contra Oscuretriz si me matas? ¿Qué pasa si fallamos y luego va contra ti?

En los ojos de Ravel brilló un destello de fría determinación.

–Estaré preparado. Si viene a buscarme, tendrá que terminar el trabajo. Basta de tortura. Basta de recrearse –levantó la mano–. Vamos, Valquiria. No llevas la chaqueta. Si disparo, estás muerta.

No tenía tiempo para eso. No tenía tiempo para él.

–Vale –dijo–. Pero cuando acabemos con Oscuretriz, iremos a por ti.

Ravel sonrió tristemente.

–Nunca me encontraréis.

La mano de Ravel dejó de brillar y dio un paso atrás. Valquiria se marchó por donde había venido.

Llegó a la sala de mando justo al mismo tiempo que Fletcher teletransportaba a los sensitivos a otra parte. China estaba junto a la mesa con Tanith y Sanguine. No había nadie más en la habitación; las pantallas, abandonadas.

–Valquiria –saludó Sanguine–. Estás horrible.

Ella le ignoró. El tembloroso holograma de Roarhaven mostraba toda la destrucción de la explosión. Salía humo de los escombros. Incluso veía pequeños cuerpos en las calles.

China le entregó el Guantelete del Toque Mortal y Valquiria se lo puso. Pesaba y estaba frío.

–Usa el símbolo para activarlo y desactivarlo –le indicó China señalándole la marca en el acero negro–. Cuando esté activado, pase lo que pase, no te rasques la nariz.

Valquiria flexionó los dedos.

–¿Mata sin provocar dolor?

China asintió.

–Muerte indolora e instantánea de todo lo que toques. ¿Seguro que podrás acercarte lo bastante para poder usarlo?

–Sin problemas –murmuró Valquiria. Notó una presión en el pecho y tosió de forma dolorosa. Se limpió la sangre de la boca.

–Dios mío, Val... –musitó Tanith.

–He visto a Ravel –dijo Valquiria–. Estaba huyendo. Me dijo que si Oscuretriz le encontraba, estaría preparado. Creo que va a utilizar el Acelerador.

China entrecerró los ojos.

–Si se vuelve a usar, se podría sobrecargar. Muy bien: Tanith y Sanguine, acompañad a Valquiria. No podemos detectar a Oscuretriz en el mapa, pero seguramente continúe en la zona de la explosión. Yo bajaré al Acelerador y me encargaré de... –paró de hablar de pronto y puso mala cara–. ¿Dónde te habías metido?

El Hendedor Negro estaba en la puerta.

–¿Cómo se supone que vas a ser mi guardaespaldas si nunca estás a mi lado? –continuó China.

El Hendedor sacó la guadaña.

–¿Y ahora qué haces? Aquí no hay nadie de quien tengas que protegerme, idiota. Espera a que aparezcan nuestros enemigos antes de desenvainar esa cosa.

Valquiria le agarró la muñeca a China.

–Espera.

–No te preocupes, Valquiria. Es defectuoso. Siempre lo ha sido.

–No –respondió ella–. Lo que siempre ha hecho es obedecer órdenes. Regresó a la vida gracias a una técnica de nigromancia y empezó a servir a los nigromantes. Pero Nye lo recompuso, así que parece lógico pensar que le obedezca a él.

–¿Y qué?

–Que Nye se ha escapado de la cárcel.

China dejó de intentar liberar la mano de la presa de Valquiria.

–Con una facilidad de lo más sospechosa. De una prisión dirigida por un miembro secreto de la Iglesia de los Sin Rostro.

–Y Eliza no estaba muy contenta contigo, ¿no?

China contempló fijamente al Hendedor Negro.

–¿Te han enviado a asesinarme, asquerosa serpiente traicionera?

El Hendedor hizo un volatín con la guadaña y avanzó hacia el frente. Valquiria y los demás comenzaron a retroceder.

–Billy-Ray –dijo Tanith, con la espada en la mano–. Lleva a Valquiria adonde tiene que ir.

–No pienso abandonarte –protestó Sanguine, rebuscando en su chaqueta.

Tanith no apartó la vista del Hendedor.

–Ya lo creo que sí, maldita sea.

–Pero regresa aquí enseguida –dijo China.

Tanith asintió rápidamente.

–De inmediato.

El rostro de Sanguine mostraba un cúmulo de emociones con-tradictorias. Al final, agarró a Valquiria.

–Vale –gruñó–. Pero no te mueras antes de que vuelva.

El suelo se agrietó y se los tragó.

85

El pánico que se apoderó de Tanith mientras luchaba contra el Hendedor Negro no era nuevo. Lo había sentido antes, en unos pasillos muy semejantes a aquel en el que ahora se encontraba, en lo más profundo de las entrañas del viejo Santuario, en Dublín. Allí se había enfrentado al mismo hombre cuando vestía de blanco y era el supuesto peón de Nefarian Serpine. Había visto esos mismos movimientos, sus ataques y sus paradas, y cuando creía que había conseguido derrotarle... él había respondido con un golpe que casi acabó con su vida.

Y allí estaba de nuevo.

Tanith se agachó, evitando la hoja, y se abalanzó sobre él, pero el Hendedor detuvo la estocada con un giro de la guadaña y le hizo perder el equilibrio con un golpe del mango. Astil, así se llamaba el agarradero de madera. Por lo menos, había aprendido mucho desde la última vez que se enfrentaron. Le gustaba conocer el nombre de las cosas que le hacían daño. Estaba bien tener algo en lo que descargar su frustración.

La guadaña silbó cerca de la cara de Tanith, que se echó hacia atrás y estuvo a punto de caerse, pero consiguió mantenerse derecha mientras el Hendedor Negro avanzaba. China había salido de la sala de mando, hacia el pasillo, y Tanith la siguió. El Hendedor Negro fue el último en abandonar la sala; la cuchilla reflejaba la luz cuando la giraba en un ángulo en particular. En cierto modo, era bonito. La espada de Tanith también brillaba, pero no al mismo ritmo. Contra un oponente como ese, sus habilidades palidecían. La gracia y la fluidez que la caracterizaban desaparecieron, reemplazadas por movimientos torpes y ataques salvajes y desesperados. El miedo hacía que se moviera de forma rígida, descoordinada, y la cabeza le bullía con estrategias y pensamientos confusos cuando lo que necesitaba era mantener las ideas claras. El Hendedor Negro dejaba que fuera su cuerpo el que pensara. A Tanith se le había olvidado cómo hacerlo.

El Hendedor giró y la alcanzó con una patada.

China extendió los brazos y se desató una ola de energía azul que resquebrajó el techo y el suelo, pero el Hendedor Negro la atravesó como si no fuera nada más que un viento fuerte. China dio un paso atrás, tocó los tatuajes ocultos de su cuerpo y estos despidieron una breve luz bajo su ropa. Los símbolos de las piernas la hicieron más rápida, no solo en sus movimientos, sino también en sus reacciones. Aun así, apenas consiguió esquivar la hoja de la guadaña por un palmo.

Tanith dio un salto y el Hendedor se volvió en el último instante, parando su espada; en cuanto aterrizó, Tanith pegó otro brinco girando en mitad del aire y logró alcanzarlo con una patada. Al mismo tiempo, China se tocó el pecho con ambos índices y un chorro de energía salió despedido de su esternón. Le dio en la espalda y lo hizo caer de rodillas.

El rayo se cortó de pronto y China se tambaleó, muy pálida. El Hendedor se levantó; de su chaqueta salían espirales de humo. Se volvió hacia ellas, haciendo volatines con la guadaña entre las manos.

86

Valquiria se aferró a Sanguine mientras atravesaban la tierra. El estruendo retumbaba en sus oídos. Mantuvo los ojos cerrados para evitar el flujo constante de tierra, piedras y rocas que le arañaban dolorosamente la camiseta y los brazos desnudos. Cambiaron de dirección unas cuantas veces y finalmente subieron, abandonaron la oscuridad y salieron a la luz del día.

Sanguine la soltó sin decir una palabra y se sumergió de nuevo en las profundidades.

En esa parte de Roarhaven, las calles eran ruinas humeantes. Alguien la llamaba por su nombre –su nombre mortal–. Se subió a una montaña de escombros, pero el viento era engañoso, arrastraba los sonidos por las calles destruidas y los alejaba de un latigazo antes de que pudiera determinar de dónde venían. Lo único que veía era desolación y humo. Se abrazó a sí misma, temblando de frío. Ojalá hubiera tenido aún su chaqueta.

–No te lo tomes a mal –dijo la voz de Oscuretriz a su espalda–, pero estás horrible.

Valquiria se giró y Oscuretriz se fijó en sus brazos.

–¡Lo llevas! –exclamó Oscuretriz, casi con entusiasmo–. ¡El guantelete! ¡Y tienes el tatuaje! Sabes lo que significa eso, ¿no? La visión se va a hacer realidad.

–No necesariamente –replicó Valquiria, bajando con cuidado de la cima. Entrecerró los ojos, intentando distinguir el aura que la avisaría de que Oscuretriz estaba intentando utilizar su magia–. Hay cosas que son distintas. Abominable ya no está, para empezar. Y llevas una ropa diferente.

–Pero tú no, así que no todo ha cambiado. Todavía voy a arrebatarte a tu familia.

–¿Por qué? Procedes de mí... En cierto modo, también es tu familia –. Valquiria captó una débil luz plateada que manaba de Oscuretriz–. Dijiste que no les harías daño.

–No tengo la menor intención de hacerles daño –respondió Oscuretriz–. De hecho, va a ser distinto de la visión, porque no pienso quemarlos hasta que se desintegren; les permitiré vivir como energía. ¿Ves? No eres la única que ha aprendido algunas cosas al ver el futuro –volvió la vista hacia el guantelete y su sonrisa se ensanchó–. Venga, ¿para qué sirve eso? ¿Te hace más fuerte? Te estaba pegando con todas mis fuerzas y ni siquiera sangrabas; parecías indestructible. Y ahora no lo pareces. ¿Qué pasa? ¿Lo has roto?

–¿Por qué no vienes a descubrirlo?

Oscuretriz soltó una carcajada y, de pronto, Valquiria distinguió el aura que la rodeaba, como si le hubiera dado a un interruptor que convirtiera una luz suave en otra que brillara con toda su intensidad.

–¡Ah! Lo haría, pero me temo que eres un poco tramposa y traicionera. No debería fiarme, ¿verdad? Seguramente lo mejor será que acabe contigo desde esta distancia.

Levantó la mano, la luz plateada latió y Valquiria extendió el brazo izquierdo. Su mano brillaba bajo el vendaje. La energía blanca empujó a la plateada, manteniéndola lejos. Oscuretriz frunció el ceño y la luz plateada se retiró, mientras Valquiria bajaba la mano.

–¿Cómo has hecho eso? –preguntó.

Valquiria quería responder, pero tenía las piernas temblorosas y la boca seca. Aquel acto en defensa propia la había dejado exhausta. Oscuretriz se acercó despacio y Valquiria se centró en no caerse. Si Oscuretriz se daba cuenta de lo débil que estaba, todo habría terminado, así que la contempló con lo que esperaba que pareciera una expresión calmada. No habría podido correr aunque quisiera. Oscuretriz se acercó más y Valquiria se dio cuenta de que casi estaba deseando que avanzara más rápido. Sus piernas no la sostendrían durante demasiado...

Se le doblaron y cayó de rodillas.

87

La guadaña le dio a Tanith en el brazo y China tuvo que cubrirse, retrocediendo para protegerse del rebote del arma. La sangre corrió por la mano de Tanith; notó la empuñadura de la espada pegajosa. Otro corte para su colección. Tenía heridas idénticas en la pierna izquierda y en la espalda.

China recibió un taconazo en la mandíbula que la hizo girar como una peonza antes de desplomarse. Tanith se lanzó contra el Hendedor apretando los dientes, pero él la recibió con frialdad y, como si estuviera demostrando lo que era capaz de hacer, le propinó exactamente la misma patada que había derribado a China.

Tanith cayó al suelo y perdió la espada.

Oyó pasos: varias personas acercándose a toda prisa. Alguien habría pedido ayuda. Por fin. Los Hendedores lo cercaron: manchas grises alrededor de la negra. No perdieron el tiempo preguntando, no gastaron saliva negociando. Los grises vieron a su enemigo y atacaron. Lo hicieron en equipo, unos con fintas mientras los demás ganaban terreno y avanzaban cuando otro caía. Las guadañas subían y bajaban y el Hendedor Negro giraba, los esquivaba, los repelía y paraba a toda velocidad. El chasquido metálico de las hojas que entrechocaban y los golpes sordos de los astiles de madera llenaron el pasillo a un ritmo frenético. Durante el furioso intercambio de golpes, pocas veces dejaban aber-

572

turas, pero cuando las había, las guadañas chocaban inútilmente contra los uniformes blindados. A no ser que alguien interviniera, la lucha seguiría eternamente.

Entonces, al Hendedor Negro se le cayó la guadaña.

Esquivó dos golpes, le agarró la cabeza al Hendedor más cercano y le partió el cuello al tiempo que giraba para colocarse tras él. Lanzó el cadáver a sus compañeros y se tiró contra el que había logrado esquivarlo. Ambos intercambiaron codazos y rodillazos mientras luchaban por hacerse con la guadaña, hasta que el Hendedor Negro le dio una patada en la cabeza con tal fuerza que Tanith oyó el chasquido de las vértebras.

Pero los dos Hendedores que quedaban estaban demasiado cerca como para que el Hendedor Negro pudiera esquivarlos. Uno de ellos apartó de un golpe la guadaña que estaba en el suelo mientras el otro levantaba la suya. Con una precisión aterradora, la hoja se deslizó entre el casco y el cuello del Hendedor Negro y se clavó profundamente en su torso.

El Hendedor Negro cayó de rodillas.

—¡La cabeza! —gritó Tanith—. ¡Cortadle la cabeza!

El gris agarró la guadaña con las dos manos y mantuvo sujeto al Hendedor Negro, mientras su compañero adoptaba la posición del verdugo, delante de él. Bajó el arma sin ceremonia alguna, sin perder un solo instante para recrearse ni pensar, pero aun así fue demasiado lento. El Hendedor Negro se agachó y la hoja cortó el astil que lo mantenía sujeto. Todavía con el filo hundido en su cuerpo, el Hendedor Negro saltó hacia el verdugo, lo agarró del casco y giró a un lado.

Tres Hendedores. Tres cuellos rotos.

Los que quedaban le atacaron con los puños, los pies, los codos y las rodillas. El Hendedor Negro se movía tan deprisa que parecía un borrón. No se cansaba, no vacilaba. Uno cometió el error de responder ante un amago cuando debería haber retrocedido, y el Hendedor Negro añadió otro cuello roto a la cuenta.

Agarró la hoja que tenía clavada en el cuello y tiró de ella. La sangre negra salpicó a su alrededor y el pedazo de hoja tintineó contra el suelo. Recogió otra guadaña.

–¿Dónde está Fletcher cuando se le necesita? –masculló China mientras ayudaba a Tanith a levantarse.

–Vete –dijo ella esgrimiendo su espada–. Yo le contendré.

China se la quedó mirando.

–¿Tú?

–Soy tu guardaespaldas, ¿recuerdas? Además, hay que detener a Ravel y yo no sé llegar a la sala del Acelerador. Así que parece que se impone un gesto grandioso y noble por mi parte.

China enarcó una ceja.

–Casi diría que estoy impresionada.

–Ya, bueno, no lo hago por...

Se detuvo. Alguien estaba silbando. Ennio Morricone: el tema de *El bueno, el feo y el malo*. El Hendedor Negro se giró.

Billy-Ray Sanguine estaba con una mano en el bolsillo, silbando tranquilamente, de pie bajo la luz parpadeante. En la otra mano sostenía la daga Asesina de Dioses.

China le apretó el brazo a Tanith y echó a correr.

Sanguine acabó de silbar la melodía y levantó ligeramente la cabeza. Tanith supo que era perfectamente consciente de lo mucho que molaba en ese instante.

–Tienes la oportunidad de huir –dijo Sanguine–. Yo que tú la aprovecharía.

El Hendedor Negro se le encaró, con la guadaña preparada.

Sanguine se encogió de hombros, como si se sintiera decepcionado, y dio un paso al frente.

88

Oscuretriz no se rio cuando Valquiria cayó. Ni siquiera hizo un comentario. De hecho, no la estaba mirando. Tenía los ojos fijos en el hombre que salía de una puerta rota.

–Ah, aquí estás, por fin –dijo–. Mi pequeño traidor.

–Oh, no soy ningún traidor –Dexter Vex sonrió–. Simplemente soy alguien que no se dejo seducir por la carnicería que nos prometías. Alguien que comprendió que nuestros objetivos no eran exactamente... compatibles.

Oscuretriz se encogió de hombros.

–Tus amigos Vestigios creyeron lo que quisieron creer.

–Es cierto –asintió Vex–. Y casi nos condenaron a todos.

Valquiria se obligó a incorporarse. Tenía las piernas flojas, pero poco a poco iba recuperando la fuerza. Muy despacio.

–¿Y tú crees que puedes salvar el mundo? –preguntó Oscuretriz acercándose a él.

–Yo... y unos cuantos amigos –asintió Vex.

Un Vestigio se lanzó a la cara de Oscuretriz, que lo agarró y lo apartó, mientras otro la atacaba por la espalda. Intentó atraparlo, pero un tercero se agarró a su pelo y las diminutas garras le arañaron el cráneo. Un cuarto Vestigio voló contra ella, y un quinto, y todos se pegaron a su rostro, le abrieron la boca y Oscuretriz tropezó, maldiciendo...

Cuando separó los labios, el primer Vestigio se coló dentro. Luego, el segundo. Y el tercero.

Acto seguido, un chorro de Vestigios cayó desde el cielo y se precipitó directamente en su boca. Oscuretriz se apretó la garganta hinchada con las manos, con los ojos como platos, pero no podía hacer nada por impedirlo. Cientos de Vestigios –no, miles– volaban contra ella, cada vez más rápido, dominándola, tomando el control mientras las venas negras comenzaban a abultarse bajo su piel.

La cascada terminó, y Oscuretriz jadeó y se tambaleó mientras Vex la contemplaba con las manos en los bolsillos.

–Ahora nos entregarás lo que nos prometiste –dijo–: Nos vas a regalar un patio de recreo donde jugar que será nuestro para siempre.

Las venas negras se mitigaron ligeramente.

–Crees que puedes... Crees...

Se ahogó de nuevo y las venas se marcaron otra vez. Los labios se oscurecieron.

–Ahora eres una de los nuestros –dijo Vex–. Hemos tenido que intervenir casi todos los Vestigios, pero creo que ha merecido la pena, ¿tú no? Ahora te toca hacer lo que mejor se te da. Mata. Destruye. Diviértete.

Oscuretriz sonrió, pero su sonrisa se volvió agria y frunció el ceño. Las venas desaparecieron otra vez. Estaba luchando contra ellos.

–¿Casi todos? –le espetó–. Deberíais haber atacado más –se puso derecha y miró fijamente a Vex–. Estoy matando a tus hermanos y hermanas.

Por primera vez, Vex pareció perder la confianza.

–Imposible.

–Estoy matando –repitió Oscuretriz muy despacio– a todos y cada uno de ellos. Los estoy quemando en mi interior. Quieren... quieren salir...

–Para –dijo Vex–. ¡Para!

Le lanzó energía con la mano, pero Oscuretriz la detuvo con la palma. Su piel chisporroteó y se curó al instante.

–Me están haciendo más fuerte –dijo–. Cada uno que mato me hace un poco más… fuerte.

La última vena negra que le quedaba desapareció. Sus labios recuperaron su color natural y sonrió.

Vex se abalanzó sobre Oscuretriz, pero ella le apartó las manos y lo agarró del cuello. Le metió la mano por la boca y bajó.

–Vamos, ¿dónde estás? No te molestes en esconderte. Puedo obligarte a reintegrarte. Sabes que puedo. Puedo hacerte sólido de nuevo. Ah, aquí estás… Venga, sal. Vamos.

Tiró del Vestigio y Vex se desplomó. Oscuretriz lo lanzó por los aires y chocó contra el suelo, rodando. Con tanta sangre, Valquiria no sabía si estaba muerto o inconsciente. Lo único que sabía era que había aterrizado a su lado.

El Vestigio se retorció en la mano de Oscuretriz, pero sus esfuerzos solo la hicieron sonreír más ampliamente.

–Tienes miedo, ¿eh? Apuesto a que sí. En este estado no puedes pensar, ¿verdad? No realmente. Eres puro instinto. Emociones. Y ahora, eres puro miedo.

Valquiria llegó junto a Vex sin que Oscuretriz se fijara. Le quitó la mochila del hombro. Le gustaría haber comprobado si tenía pulso, si seguía vivo, pero no podía, no había tiempo, así que corrió al otro lado de la calle. Una vez escondida tras un muro medio derruido, se echó la mochila a la espalda, colocó la correa y notó el peso tranquilizador del Cetro. Se asomó y vio cómo Oscuretriz soltaba al Vestigio y se reía de lo rápido que huía volando.

Valquiria atajó por lo que quedaba de un callejón y echó a correr.

89

Tenía que admitirlo: estaba impresionada.

Sanguine no corría riesgos contra el Hendedor negro, pero tampoco desaprovechaba ninguna oportunidad. La daga Asesina de Dioses le daba confianza, pero no se había dejado llevar por la chulería. Atacaba con habilidad, en el momento, y con paciencia, y había estado a punto de alcanzarle unas cuantas veces. El Hendedor Negro, obviamente, sabía lo que era esa daga, porque giraba, esquivaba y se apartaba de su alcance. Los dos hombres luchaban con un respeto considerable.

Sanguine tropezó evitando la guadaña y se dio contra el muro. Sonrió.

La pared se derrumbó y se hundió en ella. El Hendedor Negro se giró, cauteloso, avanzando con pasos ligeros.

Sanguine salió de la pared opuesta y el Hendedor paró el golpe, pero la daga atravesó la hoja de la guadaña como si fuera de papel. El Hendedor Negro soltó el arma y corrió hacia la puerta de la sala de mando. Agarró una guadaña caída y se giró para enfrentarse a Sanguine, pero él ya había desaparecido.

Ahora, el Hendedor Negro estaba en inferioridad de condiciones.

Giró su casco con visera hacia Tanith, pegó una carrera y ella se preparó para recibirlo, pero Sanguine saltó de un muro a otro en zigzag por el pasillo, lanzando estocadas a cada instante. El Hendedor las esquivaba con saltos y giros, y cuanto más se acercaba a Tanith, más desesperadamente atacaba Sanguine. Ella aferró la empuñadura de la espada y mostró los dientes.

Tenía al Hendedor a cinco pasos cuando Sanguine lo derribó. Se le cayó la daga, pero lanzó un codazo a la mandíbula del tejano, que giró y acabó delante de Tanith. El Hendedor Negro estaba justo detrás y volteaba la guadaña entre las manos.

Tanith abrió la boca para gritar una advertencia.

La hoja se abatió contra la garganta de Sanguine, pero él ya se había movido, esquivándola y avanzando. Tanith ya había presenciado cómo las paredes y el suelo se abrían a su paso, pero nunca le había visto atravesar la ropa y la carne. En ese momento lo vio. La chaqueta protectora del Hendedor se rasgó y la piel pálida se desgarró demasiado rápido para verlo, mientras Sanguine penetraba en el Hendedor, que cayó al suelo y se levantó chorreando sangre negra. El Hendedor contempló su torso destrozado y Sanguine sonrió con chulería. Tenía derecho a presumir: atravesar un cuerpo acabaría con cualquier criatura viva.

Pero el Hendedor Negro no estaba vivo.

Sanguine seguía sonriendo cuando el Hendedor Negro se dio la vuelta y la punta de su guadaña le rajó la garganta con un silbido.

Por un instante, se quedó ahí quieto con el ceño fruncido. Luego apareció una línea delgada de color rojo en su cuello. Tosió, y la herida se abrió, se hizo más ancha y Sanguine dio un paso atrás, ahogándose, apretándose la garganta con las manos para evitar que se derramara la sangre. Cayó de rodillas, con la camisa y la corbata empapadas. Chorreó sangre en el suelo, salpicó sus pantalones y cayó de lado. Perdió las gafas de sol. Se quedó quieto, con la boca abierta, intentando tomar un aire que no podía retener, ahogado con una sangre que no lograba escupir.

Y luego murió.

Tanith sintió que algo se rompía en su interior. El Hendedor Negro se giró hacia ella.

La atacó y ella se defendió. Las hojas chocaron. Él era rápido, ella también. Ardía por dentro. Sanguine estaba muerto. ¿Le importaba?

A una parte de ella, sí.

La furia le dio fuerza. Todavía le sangraban las heridas y la cabeza le daba vueltas, pero ahora estaba centrada y se dejó llevar, permitió que su cuerpo tomara el mando. Ya no sentía que el miedo le nublara el entendimiento. El pánico no la obstaculizaba. Su cuerpo era una extensión de su arma; su arma, una extensión de su cuerpo.

Hundió la espada en el pecho, donde la chaqueta estaba destrozada; luego la sacó y se apartó antes de que la guadaña la alcanzara. Sintió una extraña satisfacción al ver la sangre negra manando. Pero podría estar todo el día acuchillándole y no pasaría nada. Era un zombi. La única forma de pararlo era cortarle la cabeza, y no lo conseguiría mientras llevara puesto el uniforme.

Entonces recordó algo que Valquiria le había contado hacía muchos años y sonrió ligeramente.

El Hendedor la vio recuperar el aliento de la misma forma que un león contempla a una gacela herida.

–Supongo que es lo apropiado –dijo, alzando la vista–. Que acabemos luchando tú y yo, después de tanto tiempo. A veces me da la sensación de que debería haber muerto aquel día en que nos enfrentamos en el Santuario de Dublín. Creo que tu hoja estaba destinada a matarme hace seis años. Bueno, puede que el destino cambiara de idea o estuviera mirando en otra dirección, pero sobreviví. Siempre sobrevivo. Y siempre lo haré.

Entonces se dio media vuelta y echó a correr.

El Hendedor Negro se quedó quieto un instante, seguramente creyendo que era un truco, esperando un nuevo ataque. Cuando se dio cuenta de que Tanith no regresaba, comenzó la persecución.

Pero ella no lo condujo hacia donde estaba la gente, hacia los hechiceros y Hendedores: lo llevó a las zonas más desiertas del Santuario.

La alcanzó fuera de las barracas de los Hendedores. Sus hojas chocaron de nuevo. Ella retrocedió y cruzó la puerta. Entró en el campo de entrenamiento. No sabía si el Hendedor Negro habría adivinado cuál era su plan; tampoco sabía si tenía la más remota posibilidad de funcionar. Estaba a punto de poner a prueba la formación del Hendedor Negro frente a las órdenes de su nuevo amo.

Tanith entró en el círculo de combate y se defendió de los ataques. Tenía los brazos destrozados. Sus músculos ardían. La espada le pesaba más a cada paso.

Saltó hacia atrás, ganando algo de espacio, y el Hendedor Negro bajó la vista y se dio cuenta de dónde estaban. La miró fijamente y Tanith comenzó a quitarse el abrigo. Era justo como le había dicho a Valquiria, como Oscuretriz se lo había repetido. Una vez que alguien pisaba el círculo, había que aceptar el desafío. Sin armadura. Sin ropa. Esas eran las reglas.

Pero el Hendedor Negro se quedó donde estaba.

Tanith lanzó el abrigo fuera del círculo. Luego se agachó sobre una rodilla y empezó a quitarse las botas. Se levantó, miró al Hendedor y dijo:

–Ven. Atrévete, si crees que eres lo bastante duro.

El Hendedor Negro la contempló un instante. Luego bajó la guadaña y se abrió la chaqueta.

90

Valquiria los oyó. Cruzó una calle en ruinas y luego otras. Los vio llegar. Parecían agotados. Histéricos, asustados y cansados. Su madre extendió los brazos y su padre le tendió a Alice. Iban turnándose para llevarla.

Valquiria dio un paso atrás, ocultándose de su vista. Tenía un nudo en el estómago y la cabeza hecha un lío: ideas y opciones que se mezclaban; era incapaz de pensar en otra cosa, en nada mejor. Frunció el ceño, bajó la vista y de pronto tuvo una terrible sensación de *déjà vu*.

–Esto ya lo he visto –musitó–. Estaba mirando desde... allí –fijó los ojos en el espacio. Estaba vacío, solo había polvo en remolino. Pero sabía que no lo estaba. En el sótano de Cassandra Pharos, ella misma estaba viendo cómo sucedía todo aquello al lado de Skulduggery–. Hola –dijo, porque no se le ocurrió qué otra cosa podía decirse a sí misma–. Sucede aquí, pero eso ya lo sabes, ¿no? Al menos, crees que lo sabes. Crees que ahora es cuando los dejo morir.

Su padre gritaba su nombre. Se estaban acercando.

Recordó lo que pasaría a continuación: Oscuretriz movería la mano y su familia se consumiría entre llamaradas negras. Meneó la cabeza para librarse de la imagen.

–No quiero ver esto –dijo–. Por favor. No quiero que suceda. Tengo que pararlo. Por favor, tengo que pararlo.

Sacó del bolsillo el dispositivo que había robado del ala médica y lo miró con los ojos llenos de lágrimas.

–Por favor, funciona –musitó–. Por favor, tengo que salvarlos.

Se lo metió de nuevo en el bolsillo, se secó los ojos y corrió hasta la mitad de la calle.

–¡Steph! –gritó su madre, abrazándola. Su padre se acercó corriendo y las estrechó a ambas. Valquiria luchó por liberarse.

–Mamá, papá, tenéis que salir de aquí.

–Sin ti, no –sentenció su padre–. Oímos la explosión y pensamos... pensamos que podías estar en medio...

–Estaba al otro lado de la ciudad –mintió Valquiria–. Tenéis que iros, ¿de acuerdo? Es demasiado peligroso.

Su madre le agarró el brazo izquierdo.

–¿Qué te ha pasado en la mano? ¿Está rota? Oh, Dios mío, Steph, estás llena de heridas.

–Estoy bien –replicó ella apartando el brazo.

–Vimos a tu amiga –dijo su padre–. Pobre chica.

Valquiria se giró.

–¿Melancolía?

–Estaba tirada en la calle. Está... Steph, está muerta. Lo siento.

–Lo sé. No... no se lo merecía.

–Ven con nosotros –dijo su madre–. Por favor, olvida todo esto, vámonos. Stephanie, esto es una locura. Vas a conseguir que te maten. Por favor, cariño, ven con nosotros.

–No puedo, mamá. Ya sabes que no puedo.

–No, no lo sé. No tienes ningún motivo para quedarte aquí.

–Tengo el motivo, el único que importa: Oscuretriz forma parte de mí.

–Steph, por favor, te lo suplico...

–Mamá, escúchame: puede que yo sea la única persona capaz de detenerla. Tengo que hacerlo. Nada de lo que me digas me hará cambiar de opinión. Estoy haciendo esto por vosotros, y por Alice, y por todos. Por todos, mamá. Si no lo hago, morirán todos.

Su madre arrugó la cara.

—Pero no podemos quedarnos contigo. Tenemos que proteger a Alice.

—Lo sé —murmuró Valquiria—. Y eso es lo que quiero que hagáis —notó una arcada que le subía por la garganta cuando extendió las manos—. Déjamela. Solo un minuto. Puedo ponerle un conjuro.

—¿Un conjuro mágico? ¿Para mantenerla a salvo?

Valquiria asintió. No dijo nada; no confiaba en que no le fallara la voz.

Su madre le entregó a Alice. Era sorprendentemente pesada, envuelta en su manta.

—Tengo que hacer esto sola —murmuró—. Si estáis cerca, no funcionará.

Su padre le pasó el brazo por los hombros a su madre.

—Te esperamos aquí. No tardes.

Valquiria se giró y echó a correr a toda prisa para que no le vieran la cara.

Dobló una esquina, encontró un edificio que aún seguía en pie y entró. La mesa del cuarto de estar tenía una fuente con fruta. La tiró al suelo y dejó a Alice encima.

Se quedó mirando a su hermanita pequeña.

—Lo siento mucho —dijo—. Lo siento muchísimo, cariño.

Se le escaparon las lágrimas y se dejó caer contra la mesa. Los sollozos sacudieron su cuerpo y el movimiento hizo que el dolor la taladrara de nuevo. Apenas lo notó.

—Por favor, perdóname. Te quiero mucho, Alice. Te quiero muchísimo, cariño.

Tenía la cara llena de lágrimas. Moqueaba y salpicaba saliva a cada palabra. Su llanto se convirtió en un rugido. Apretó el puño y se golpeó su propia cabeza. El filo del guantelete hizo que brotara la sangre, pero no fue suficiente. No bastaba con ese dolor. No era suficiente sufrimiento. No bastaba con ese castigo. Puso la mano izquierda que tenía herida sobre la mesa y bajó el puño derecho sobre ella. Aulló, cayó hacia atrás, se acurrucó en el suelo y chilló hasta que los gritos se convirtieron en gemidos largos de angustia. En parte se daba cuenta de lo patética que resultaba. Y esa parte se alegraba de parecer patética. Merecía ser patética. Merecía todo lo malo que pudiera pasarle por lo que estaba a punto de hacer.

El llanto de Alice la trajo de vuelta a la realidad. Se levantó temblando de la cabeza a los pies.

—Lo siento, cariño, lo siento mucho. No quería asustarte. Por favor, no llores...

No quiere asustarte, pero agárrate, porque está a punto de hacer algo mucho peor.

—Cállate —dijo Valquiria.

Discutiendo contigo misma, ¿eh? Es el primer signo de locura.

—He dicho que te calles —se inclinó sobre Alice, intentando calmarla.

Creías que esto era cosa del pasado, ¿no? ¿La vocecita en tu cabeza? ¿Creías que ahora que Oscuretriz se había ido estabas sola ahí dentro? O puede que pensaras que cuando te dejó se llevó toda tu maldad consigo...

¿En serio?

¿Pensabas eso?

Si ella se llevó todo lo malo que tenías dentro, ¿cómo demonios vas a hacer lo que estás a punto de hacer?

Valquiria se metió unas hojas en la boca y las masticó rápido, obligándose a tragarlas. El dolor de la mano disminuyó. Se limpió los ojos y la nariz con la camiseta destrozada, sucia y llena de sangre.

sucia asquerosa sucia asquerosa sucia asquerosa sucia

Sacó el Resplandor del bolsillo y lo colocó con cuidado sobre la mesa. Luego agarró el Cetro de la mochila y lo puso al lado.

Dile que la quieres. Venga. Díselo.

—Te quiero —dijo Valquiria.

Hipócrita.

–Te quiero, Alice. Nunca he querido a nadie tanto como a ti. Lo que... lo que voy a hacer me... me mata.

¿Sí?

No tanto como la va a matar a ella.

Con el índice de la mano izquierda –roto y torcido–, tocó el símbolo de la parte posterior del guantelete. Apretando los dientes, arrastró el dedo en el sentido de las agujas del reloj, y el símbolo se iluminó.

Entonces acercó la mano al cuerpecito de Alice.

Se dio cuenta de que estaba hablando, repitiendo «lo siento» tan rápido que casi formaba una única palabra.

Tenía que hacerlo. No se le ocurría otra forma.

Había que detener a Oscuretriz. El plan de Skulduggery era demasiado precario. El Cetro era lo único que funcionaría.

Pues hazlo. Mátala. Mata a tu hermana.

Alice balbuceó en su propio idioma de bebé; ya se le había pasado el ataque de llanto. Miró a Valquiria, pestañeó y sonrió, mostrando los hoyuelos. Era la niña más preciosa del mundo. Extendió el bracito hacia el guantelete y Valquiria le retiró la mano de forma instintiva.

–¡No lo toques! –se dio cuenta de que había dicho.

Y dentro de su cabeza oyó una carcajada burlona. Bajó de nuevo la mano.

–Te quiero –dijo, y le puso a Alice el dedo en la frente.

91

Sonó un «crac» y el corazón le dio un vuelco cuando el cuerpo de su hermanita se quedó rígido. Fue como si se le congelara la mente. Casi se arrancó el guantelete sin desactivarlo. Apretó el símbolo con el dedo roto hasta que dejó de brillar, lo dejó en la mesa y agarró el Cetro.

Sus poderes estaban activos de nuevo. Funcionaba. Vio cómo la magia de su interior se retorcía de pronto mientras reconocía a su nueva dueña.

Lo soltó, agarró el Resplandor y se lo puso a Alice en el pecho.

–Por favor funciona por favor funciona por favor funciona por favor...

La estrella soltó un pitido mientras lanzaba una descarga que atravesaba el cuerpo de Alice.

Y no pasó nada.

–¡No! –chilló Valquiria–. ¡NO! ¡POR FAVOR!

La apagó con las manos temblorosas. Todo se movía demasiado rápido y demasiado despacio a la vez. Volvió a encenderla y los símbolos se iluminaron.

Vamos. Vamos.

La has matado.

Vamos. Funciona. Por favor.

La has matado.

La estrella latió.

Y esos preciosos ojos se abrieron y Alice dejó escapar un gemido.

Valquiria la agarró y la apretó con todas sus fuerzas.

—Lo siento, lo siento muchísimo; lo siento, cariño; por favor, perdóname, por favor...

Alice lloraba y lloraba, asustada y dolorida, y Valquiria lloró con ella, aliviada pero aterrada a la vez. Había matado a su hermana. Daba igual lo que hiciera el resto de su vida de ahora en adelante: jamás podría escapar del hecho de que había matado a su propia hermana con total conocimiento y de forma voluntaria. Y ni siquiera podía echarle la culpa a Oscuretriz.

92

Luchar desnuda era una experiencia tremendamente liberadora.

Tanith esquivó el golpe dentro del círculo de combate, con los pies descalzos firmemente asentados en el suelo, y el Hendedor Negro atacó de nuevo. Tanith detuvo la hoja y le dio una patada en la pierna por cuarta vez. Él se desplazó hacia la izquierda, manteniéndola a raya con la guadaña. Ella bajó la vista y vio que la rodilla hinchada del Hendedor se le estaba curando sola. Seguía siendo una batalla desigual, pero ya no estaba en tanta inferioridad de condiciones. Lo único que necesitaba era un buen golpe para separarle la cabeza de los hombros y, con un renovado optimismo, notó los brazos insuflados de nueva fuerza.

Se lanzó contra él. Ahora que podía verle la cara, ya no sentía el pavor que la había convertido en una luchadora torpe y asustada. Su rostro no tenía nada de especial. Llevaba la cabeza rapada, como todos los Hendedores. Sus ojos estaban apagados. La piel era pálida. El rostro, igual que el cuerpo, formaba un puzle de cicatrices. Tanith había oído que el doctor Nye lo había recompuesto, pedazo a pedazo, y no parecía haberle preocupado demasiado la estética.

La espada de Tanith dejó una línea de sangre negra en el pecho del Hendedor; una nueva cicatriz para su colección. Esperaba que le gustara. Le dio un revés en la pierna, subió y buscó su cuello, pero él, en el último instante, apartó la cabeza. Tanith estaba demasiado estirada hacia delante; él aprovechó y le hizo un barrido.

Tanith cayó al suelo e intentó rodar para mitigar el impacto, pero no fue lo bastante rápida. Él bajó la guadaña. Tanith pudo esquivarla, pero se llevó un rodillazo en la cara. Aterrizó de culo y casi perdió la espada. Evitó el segundo tajo retrocediendo y girando a la izquierda, pero estaba un poco mareada y se tambaleó. Él podría haber terminado la lucha en ese mismo momento, podría haberla matado antes de que se levantara, pero en lugar de encontrarse con la hoja en la espalda, se llevó una patada en las costillas.

Perdió el aliento y notó un dolor agudo y desagradable en el costado, pero al menos no estaba muerta. No como Sanguine. El rostro de Billy-Ray se repetía en su mente.

¿Qué demonios?

Paró la guadaña e intentó contraatacar, pero se estaba quedando de nuevo sin fuerzas. El Hendedor era implacable; rompió sus defensas y le hizo una herida poco profunda en el brazo. Apenas la sentía, pero estaba allí. La sangre llamaba a la sangre; una herida llevó a otra, y en unos instantes le sangraba también la pierna derecha.

Cojeó hacia un lado, sosteniendo la espada con una sola mano. El Hendedor Negro avanzó en paralelo y después se lanzó hacia delante. Al principio, Tanith no cayó en la cuenta –estaba demasiado agotada para pensar en nada–, pero luego se percató de que había llegado al borde del círculo de combate. Por eso él no había descargado el golpe mortal. La primera norma del círculo era luchar sin ropas, sin armadura. La segunda norma era que nadie salía del círculo hasta que el vencedor derrotaba al vencido.

La formación del Hendedor Negro le había dado a Tanith la oportunidad de pelear en igualdad de condiciones. Al parecer, ahora también le podía permitir vencer... si estaba dispuesta a hacer trampas.

Y, por supuesto, lo estaba.

Agarró la espada con las dos manos y se enfrentó a su atacante con una estocada; después se movió a la derecha tan rápido como se lo permitieron sus piernas heridas. Comenzó a seguir el borde del círculo, y él se anticipó al movimiento y fue a impedirle la huida.

Y entonces, Tanith hizo trampas.

Dio un paso a un lado, salió del círculo, se agachó y, con un giro, le cortó la rodilla al Hendedor. Mientras caía con torpeza, Tanith le propinó un tajo hacia arriba y se llevó los dedos de la mano derecha por delante. Sin embargo, no se detuvo ahí. Acto seguido, le cortó la muñeca y la sangre negra manó del muñón mientras la guadaña caía. El Hendedor reculó rodando, intentando ganar espacio. Tanith estaba bastante segura de que él no podría matarla solamente a base de patadas, pero tampoco estaba dispuesta a comprobarlo. Se acercó, cortándole todos los intentos de huida, mientras él retrocedía hasta llegar al borde del círculo con los pies descalzos.

Ella sonrió.

—Me gustan tus zapatos —dijo, y él la miró con extrañeza antes de lanzarse contra ella. Tanith apuntaba al cuello, pero se resbaló con toda la sangre y lo que hizo fue partirle la cabeza en dos. El cuerpo del Hendedor cayó al suelo de forma desgarbada.

Tanith le cortó la cabeza y buscó su ropa.

Si se iba a acabar el mundo, más valía estar vestida para la ocasión.

93

Alice dejó de llorar y Valquiria fue a llevársela a sus padres. Pero, mientras se acercaba, oyó un temblor profundo que salía de debajo del edificio que tenían al lado. Debilitado por la explosión, había empezado a balancearse. Valquiria gritó para advertirles, pero, con el ruido, no la oyeron. Vio cómo su padre agarraba a su madre de la mano y cómo corrían a toda prisa mientras el edificio se derrumbaba.

Valquiria se agachó bajo el marco de una puerta, entre las nubes de polvo que llenaban la calle, y cubrió a Alice con la manta. La polvareda las alcanzó y Valquiria echó a correr, cruzó dos habitaciones y salió por una pared en ruinas hasta la calle de al lado. Se dobló, tosiendo, y se aseguró de que Alice se encontraba bien antes de enderezarse.

–¡Stephanie! –oyó el grito de su padre. Sonaba cerca–. ¡Estamos aquí! ¡Steph!

Trepó por un montón de escombros y vio a sus padres mientras se sacudían el polvo. Iba a hacerles un gesto y responder al grito cuando Oscuretriz aterrizó detrás de ellos.

Valquiria se agachó. Eso era. Ese era el momento de la visión. Dejó a Alice entre los escombros y hurgó en la mochila, una mochila vacía, con un agujero en el fondo.

Abrió los ojos como platos.

Tropezó, regresando sobre sus pasos. El Cetro se le había caído mientras corría; antes no: habría notado el cambio de peso. Sí, allí estaba, en el suelo del edificio por el que acababa de pasar.

Corrió hasta él, lo esgrimió y regresó, pasó junto a Alice y subió a la montaña de escombros justo cuando Oscuretriz movía la mano y sus padres se desintegraban en la nada.

—¡NO! —chilló.

Oscuretriz la miró sorprendida; de inmediato, su expresión se convirtió en una sonrisa, y después en un ceño, al ver el Cetro en alto. Valquiria corrió y un relámpago negro convirtió en polvo la pared que Oscuretriz tenía al lado. Se apartó rápidamente, pero Valquiria volvió a disparar. Allá donde fuera, en todas las direcciones, Valquiria le cortó el paso con el relámpago negro, hasta que Oscuretriz terminó en el suelo, reculando, y Valquiria sobre ella, jadeando, con la gema negra apuntando a su cara.

El Cetro temblaba. Una rabia incontrolable y desesperada recorría a Valquiria de los pies a la cabeza, llenando su mente.

—Tráelos de vuelta —dijo.

Oscuretriz la miró y se lamió los labios. Valquiria reconoció el gesto; lo hacía a veces. Cuando estaba nerviosa. Incluso Oscuretriz tenía miedo del Cetro.

—Tráelos de vuelta —repitió.

—Son energía —replicó Oscuretriz—. No pienses en ellos como si estuvieran muertos, piensa en ellos como...

—Voy a matarte si no los traes de vuelta ahora mismo. Sé que puedes hacerlo.

Oscuretriz negó con la cabeza.

—Antes, es posible. Cuando estaba entera. Cuando estábamos juntas. Pero ya no soy tan fuerte como antes. Si te unes a mí, si me dejas absorber tu energía, podría...

—Voy a matarte —dijo Valquiria con tono monocorde—. Tráelos de vuelta. Tienes tres segundos.

—Valquiria, venga...

–Tres.

–¡Ya no soy lo bastante fuerte!

–Dos.

–¡Por favor! ¡Los traeré de vuelta cuando...!

–Uno.

–¡Vale! ¡Vale! Ya lo hago.

Valquiria no bajó el Cetro.

Oscuretriz levantó la mano lenta, muy lentamente, hacia el sitio donde estaban los padres de Valquiria antes de desaparecer. Entrecerró los ojos, se mordió el labio...

... y entonces, con un suave «pop», los padres de Valquiria reaparecieron, pestañeando.

–¿Qué demonios ha pasado? –preguntó su padre.

Valquiria los miró para asegurarse de que estaban bien, y unas manos le agarraron la garganta y le arrebataron el Cetro.

–Niñata estúpida –dijo Oscuretriz, levantándola en vilo. Valquiria pataleó inútilmente mientras sus padres se acercaban para ayudarla–. Tuviste la oportunidad de matarme. La única oportunidad de matarme. Y la perdiste.

Con un giro de muñeca, la lanzó contra sus padres. Los tres chocaron y cayeron al suelo.

Oscuretriz examinó el Cetro.

–Esta era la única arma que tenías. Estoy decepcionada. Te creía más inteligente. Hay que aprovechar la oportunidad, Valquiria. ¿Es que no has aprendido nada de Skulduggery? Hay que ser implacable, no hay otra. Porque ¿sabes lo que has conseguido? Me has obligado a traer de regreso a tus padres a cambio de permitirme tomar el control de la situación.

Levantó la mano y lanzó el Cetro por los aires. En un instante se convirtió en un punto a lo lejos. Luego, desapareció.

–Y lo que voy a hacer es volver a matarlos. Junto a ti. Y a todos los demás. Así que enhorabuena, Valquiria: has condenado al mundo entero.

Valquiria se incorporó lenta y dolorosamente y su padre intentó ayudarla tirando de ella.

No, no estaba tirando de ella. Estaba avisándola de algo. Se volvió y se fijó en que estaba mirando un punto detrás de Oscuretriz. Siguió sus ojos y vio a Fletcher, en el umbral de una puerta al otro lado de la calle. Tenía la mano levantada y le mostraba cinco dedos.

Comenzó una cuenta atrás.

Cuatro dedos. Tres dedos.

Desapareció, y cuando Valquiria miró a Oscuretriz, continuó contando mentalmente. Dos. Uno.

Valquiria le lanzó a Oscuretriz un chorro de energía a la cara que la hizo chillar y tambalearse. Rabiosa, agarró a Valquiria de la mano y la lanzó por los aires. Antes de chocar contra el muro, de que el impacto le partiera los huesos como si fueran ramas secas, vio a Fletcher aparecer detrás de Oscuretriz. Y no estaba solo.

94

Todos estaban alrededor de Oscuretriz antes de que ella se diera cuenta de lo que había pasado. Gracias a Fletcher. Claro. Por ese motivo lo habían mantenido alejado de la lucha hasta ese momento. Muy listos. Distinguió contornos borrosos, oyó voces, notó manos. El chorro de energía de Valquiria, fuera lo fuera, la había dejado desorientada un segundo.

Pero fue solo un segundo.

Lo primero que se curó fueron los ojos para ver qué demonios estaba pasando. Estaba de rodillas. Había cuatro personas rodeándola, formando un círculo. Cassandra Pharos se encontraba delante de ella con los ojos cerrados y una mano contra su cabeza. Finbar Wrong y Geoffrey Scrutinus estaban uno a cada lado, con una mano sobre los hombros de Cassandra y la otra agarrada a Philomena Random, que se encontraba detrás de Oscuretriz, cerrando el círculo. No tenía ni idea de lo que pretendían esos viejos *hippies* chiflados. Seguramente, matarla con su amor o algo parecido.

Mientras se curaba el resto de la cara, extendió la mano y le agarró la muñeca a Cassandra. Le molestaba esa mano en la cabeza. La partió y la sensitiva abrió los ojos asombrada, como si no se hubiera esperado que algo tan prosaico interrumpiera su meditación.

Los ojos de Oscuretriz se iluminaron y le disparó un rayo. La cabeza de la anciana voló en pedazos. Geoffrey intentó huir, pero Oscuretriz lo agarró, le rompió el cuello con un giró y dejó caer el cuerpo sin vida. Finbar, hay que ser justos, al menos intentó atacarla. En sus últimos momentos, se dio cuenta de que el pacifismo no era para él y se lanzó contra Oscuretriz con un alarido de guerra. Obviamente, lo mató con facilidad, y se preguntó si Sharon lloraría su pérdida.

Philomena le disparó en la cabeza. Oscuretriz sonrió, le arrebató el arma de los dedos temblorosos y se la hundió en el cráneo.

Fletcher estaba arrodillado al lado de Valquiria, junto a Desmond y Melissa. No parecían haberse dado cuenta de que el círculo del amor había fracasado de forma espectacular. Melissa estaba sollozando y Valquiria no se movía.

–Fletcher –dijo Oscuretriz.

Los teletransportadores eran los hechiceros más peligrosos de todos; esa era la conclusión a la que había llegado Oscuretriz. El poder de Fletcher no estaba diseñado para herir ni matar, pero le bastaba con tener una motivación siniestra para que absolutamente nadie pudiera enfrentarse a él. Se había dado cuenta de eso hacía tiempo y había tomado la decisión de matarlo sin previo aviso la primera vez que se le presentara la oportunidad.

Vale, llamarlo por su nombre no podía considerarse exactamente «sin previo aviso», pero se merecía que al menos le mirara a la cara mientras lo mataba.

Se giró hacia ella y, en ese instante, Oscuretriz examinó su poder, hundió los dedos en él, lo probó y vio cómo funcionaba. Luego chasqueó los dedos y el corazón de Fletcher estalló en llamas dentro de su pecho. El chico emitió un pequeño gemido y se desplomó, mientras Desmond y Melissa se ponían en pie.

–Mamá –dijo Oscuretriz–, papá: es hora de despedirnos entre lágrimas.

Desmond se puso delante de su esposa, protegiéndola. Oscuretriz no esperaba menos de él.

–Tú no eres nuestra hija –dijo Desmond. Las lágrimas corrían por su rostro–. Has matado a nuestra hija.

–Todos somos... –comenzó Oscuretriz; luego soltó una carcajada y meneó la cabeza–. Iba a decir que todos somos energía, nada más que energía. Iba a decir que no existe la muerte. ¿Esto, lo que estoy haciendo? A gran escala, no significa nada. Solo... solo que si realmente, de verdad de la buena, no me produce ningún placer, entonces, ¿por qué hacerlo de forma física? ¿Por qué hacer explotar la cabeza de Cassandra? ¿Para qué mancharme las manos?

–Porque estás enferma –replicó Melissa, con los ojos relucientes de odio.

–Puede que tengas razón –asintió Oscuretriz–. Creo que estoy enferma. Seguramente soy malvada. Debo de serlo si me divierto haciendo esto, ¿no?

Se rio de nuevo. El viento se llevó su risa quién sabe adónde.

–Qué alivio admitirlo –suspiró–. No solo ante vosotros, vaya, sino ante mí misma; admitir que me gusta hacer esto: luchar, matar, destruir. Es... es tan satisfactorio. ¿Sabéis? Debo de ser malvada. Es la única explicación que se me ocurre. Pero entonces... yo procedo de vuestra hija. ¿Eso significa que vuestra hija era malvada?

–Es una heroína –dijo Desmond.

–Era –corrigió Oscuretriz–. Más vale que os acostumbréis a hablar de ella en pasado. O, bueno, da igual. No tenéis por qué acostumbraros a nada. También vais a morir pronto, ¿no? Pero es interesante. Durante todo este tiempo pensaba que estaba haciendo algo bueno para el universo, y la verdad es que... en realidad, no: solamente quería destrozarlo. ¿No creéis que a lo mejor todos somos así? Las personas, digo. Debajo de todas sus ideas, del concepto de quiénes son, ¿no creéis que son... malvados?

Humm... No estáis de humor para mantener un debate filosófico, ¿eh? Vale, lo entiendo. No pasa nada. Creo... creo que Valquiria, eso sí, porque la conozco muy bien, mucho mejor que vosotros... creo que Valquiria estaría de acuerdo conmigo. Tenía el corazón muy negro, en lo más hondo. Negro y retorcido. Creo que os debía esto: que conocierais a vuestra propia hija antes de morir.

Oscuretriz juntó las manos, extendió los brazos a los lados y Desmond y Melissa Edgley saltaron por los aires. El espectáculo de sangre y entrañas fue tan desagradable que Oscuretriz se sintió mareada. Su reacción le pareció tan absurda que se rio y se acercó a Valquiria avanzando con cuidado para evitar pisar en los charcos de sus padres.

El cuerpo de Valquiria Caín estaba hecho pedazos a sus pies, y la energía que contenía lo había abandonado. Oscuretriz podía paladearla en el aire, quedaba algún resto, pero su esencia se había disipado después de su muerte. Su energía se había perdido, fluía de nuevo en la corriente de la existencia. No quería matarla de esa forma. No quería lanzarla con tanta fuerza. Pensaba que, cuando todos los demás estuvieran muertos, quedarían ellas dos solas y hablarían hasta que se acabara el mundo. Finalmente, Valquiria se rendiría y Oscuretriz volvería a estar completa.

Pero la vida tenía una forma curiosa de decepcionarte.

Oscuretriz se apartó el pelo, intentando liberarse de la desagradable sensación de presión que le había dejado la mano de Cassandra en la cabeza. Se metió un mechón detrás de la oreja y alzó la vista. Al final de la calle había un sombrero negro que rodaba con el viento. Desapareció detrás de una esquina y Oscuretriz se permitió esbozar una sonrisa triste.

95

–¿Funciona? Dime que está funcionando.

96

Utilizó lo que había aprendido de la magia de Fletcher para teletransportarse hasta la esquina. Vio cómo el viento arrastraba el sombrero hasta la mitad de la calle y lo hacía girar como una moneda lentamente hasta que se detuvo. Skulduggery apareció por un callejón lateral. Se acercó al sombrero, se quedó de pie unos instantes, luego se agachó, lo recogió y le sacudió el polvo. Se lo puso en la cabeza y lo torció.

Había visto la visión. Sabía lo que iba a suceder.

Oscuretriz se acercaba por detrás. Se giró hacia ella lentamente y vació el revólver, dejando que los casquillos cayeran al suelo. Se sacó las balas del bolsillo del chaleco y las metió en el tambor vacío. Una a una. Hasta la sexta. Disfrutando del ritual.

–Mi juguete favorito... –dijo Oscuretriz.

«¿Te refieres a mi revólver o a mí?», era lo que se suponía que debía contestar Skulduggery. Pero, por supuesto, no lo hizo. Se quedó callado y Oscuretriz aguardó a que dijera algo.

Terminó de cargar el arma, la cerró con un chasquido y la guardó.

–Está muerta –dijo Oscuretriz, rompiendo el silencio–. No quería matarla tan pronto, pero... en fin –él no dijo nada–. ¿Hay algo que quieras saber antes de morir? –inquirió–. ¿Alguna última pregunta? Pregúntame lo que quieras sobre Valquiria y te responderé con toda la sinceridad que pueda. ¿Hay algo que siempre hayas querido saber?

Ni un sonido.

Ella sonrió.

–Eres un hombre impresionante, Skulduggery. Nunca habrá otro como tú. Y si no deseas hablar, lo entiendo. Prefieres ir al grano. Te... te voy a echar de menos. Quiero que lo sepas –tomó aliento y le dedicó una sonrisa triste–. Sé que hiciste una promesa –dijo–. Hasta el...

Fue tan rápido que ni siquiera le vio levantar el arma. La primera bala le dio en la garganta, la segunda le atravesó la mejilla y la tercera salió por la nuca. No le preocuparon, claro: las tres heridas de entrada ya se estaban curando antes de que se abrieran las de salida. La cuarta y la quinta sí la inquietaron un poco, al reventarle el cráneo de esa forma, y la sexta le atravesó el esternón y se hundió en su corazón. Esa seguramente fue simbólica.

Seis balas, sin embargo. Había disparado seis balas. En la visión, solo fueron tres.

Extendió su magia para alcanzarle, comenzó a tirar de la energía que lo sujetaba y lo mantenía unido. Los dedos fueron los primeros; cayeron el arma y el guante y las falanges se desparramaron por el suelo. Continuó haciendo fuerza, desgarrando su magia, y el brazo se soltó y la manga ondeó con el viento.

Después, el otro brazo. Luego descendió para evitar que se acercara más a ella. Rajó la magia que envolvía sus pies y los tobillos se soltaron, cayó de rodillas, las caderas se separaron, se desplomó hacia atrás y pasó a ser un esqueleto con un traje que se desinflaba rápidamente.

Intentó sentarse, levantar la cabeza, pero ella terminó con él y los huesos castañetearon contra el suelo. Solamente quedaba magia en la calavera. Oscuretriz la separó de la columna vertebral, la sostuvo en alto y se aseguró de que la estuviera viendo antes de besarlo con todo el amor del que fue capaz. Tras el beso de despedida, soltó el cráneo. Los últimos restos que quedaban de su ser desaparecieron en el éter, la calavera se rompió y la mandíbula se separó.

Oscuretriz se quedó allí mirándole, y de pronto se dio cuenta de que aquello lo estaban viendo una versión del pasado de Valquiria y el propio Skulduggery, así que se giró para contemplar el punto desde donde estarían mirándola y se obligó a sonreír.

97

–Preparados –dijo Skulduggery mientras

98

Oscuretriz se elevaba del suelo. Se alzó en el aire y el viento le secó las lágrimas. Roarhaven estaba tendido a sus pies como un animal moribundo a la espera del sacrificio. Se desplazó hasta su corazón herido, que ya apenas latía, posó los pies en el suelo y entró por la puerta principal del Santuario. Los Hendedores se lanzaron contra ella y, con un gesto de la mano, los borró de la existencia. Los hechiceros que intentaron luchar contra ella se desintegraron. Mató con mayor brutalidad a los que intentaron huir. No era tan fuerte como lo había sido antes, pero el esfuerzo que le costó lo hizo todo mucho más gratificante.

Tanith salió de las sombras. Oscuretriz permitió que la espada estuviera a punto de alcanzarla en el cuello y se teletransportó justo antes de que la rozara. Su grito de sorpresa le resultó divertido. Oscuretriz le dio un golpe en la espalda y el puño le atravesó el pecho.

Tanith Low contempló su propio corazón antes de morir.

Oscuretriz recorrió una habitación tras otra. Matando. Llamas negras y sangre. Nadie fue capaz de resistirse. Nadie pudo razonar con ella. China Sorrows lo intentó. China Sorrows murió.

Cuando no quedaba un solo ser vivo en el Santuario, cuando Synecdoche y Clarabelle descansaban en paz y Erskine Ravel soltó su último grito, Oscuretriz extendió su magia hasta los mismos cimientos del edificio y los hizo sacudirse. Las paredes se rajaron, los suelos se abrieron y todo se llenó de miles de rugidos antes de que el Santuario se hundiera.

Roarhaven lo siguió poco después. Dejó una ruina humeante y llana, devastada. Cuando llegó a Dublín, notaba un peso en el corazón. Destrozó las calles, lanzó los coches contra los edificios y pensó en lo que había hecho. Ni siquiera los gritos y las sirenas le levantaron el ánimo.

Al principio, quería acabar con las ciudades una a una. Así que destruyó Londres, Nueva York, Moscú, París, Berlín y Pekín. Convirtió los misiles en flores y las balas en lluvia. Respiró gas nervioso y eso le descongestionó las fosas nasales. Sobrevivió a los tres primeros ataques nucleares dentro de una pequeña burbuja. Cuando llegó el cuarto, ya había averiguado cómo superarlos sin esa protección. Puede que no fuera tan fuerte como antes, pero seguía aprendiendo a ser indestructible. Y aunque notara ese extraño dolor de cabeza de vez en cuando, seguía siendo una diosa.

Pero lo de Pekín la molestó. Los mortales seguían luchando contra ella y los hechiceros los ayudaban. En el mundo entero se negaban a aceptar que sus pequeñas vidas sin sentido llegaban a su fin. Era insultante, la verdad. Creían que todavía tenían una

99

oportunidad, solo una.

Skulduggery tiró de Fletcher para ponerlo en pie, le señaló a Valquiria y a sus padres.

–Agarrad a Alice y largaos de

100

aquí estaba ella, la destrucción encarnada, y aquellos mortales se atrevían a pensar que tal vez, con la ayuda de esos hechiceros, encontrarían la forma de derrotarla.

Era insultante.

Se alejó una semana, pensó qué hacer y decidió matarlos a todos, absorber toda la energía que pudiera y seguir avanzando. Se sentía inquieta. Quería explorar el universo. Buscar nueva vida, nuevas civilizaciones.

Y luego, matarlas también.

Así que destruyó el mundo, lo convirtió en cenizas y voló por el espacio.

Pisó la Luna. Se teletransportó a Marte. Los gases de Neptuno hicieron que le lloraran los ojos. Cuando salió de la galaxia, había dejado de necesitar el cuerpo para seguir viajando. Su cuerpo se convirtió en su mente y avanzó a la velocidad del pensamiento; cuando encontrara vida, volvería a tomar forma física.

Apareció como una grandiosa divinidad alienígena ante aquellas especies de otros mundos. Y no fue una diosa compasiva.

Tuvo que superar desafíos. Armas con las que no estaba familiarizada. Ciclos vitales desconocidos. Una presión constante en la cabeza, como si se la estuvieran apretando con una mano. Pero su mayor reto era el aburrimiento.

Cuando se cansó del universo, regresó a lo que quedaba de la Tierra. Deseaba algo nuevo. Algo distinto.

Utilizando todo lo que había aprendido de los miles de Vestigios que había absorbido, logró resolver el mecanismo de la realidad, se elevó del suelo y

101

ascendió por los aires. Fletcher la observó, convencido de que despertaría de pronto y los miraría fijamente, pero no lo hizo: siguió ascendiendo con una expresión peculiar en el rostro. Extendió las manos y desgarró

102

el espacio vacío. Oscuretriz notó un hormigueo en los dedos. Era una nueva forma de hacerlo, un nuevo sistema para crear un portal, una puerta a un mundo con el

103

cielo rojo, el cielo era rojo, y Fletcher notó un nudo en el estómago cuando oyó ese ruido, ese horrible y espantoso

104

quejido de los Sin Rostro, bello a su manera, y Oscuretriz sonrió al fin. No había sonreído desde que mató a Skulduggery Pleasant, hacía tantos años.

Dio un paso, abandonando su hogar, el universo sin vida, y el portal se cerró a su espalda.

105

Fletcher pestañeó.

–¿Ha funcionado?

Cassandra se tambaleó y Skulduggery la sostuvo, evitando que se cayera al suelo. Finbar se desplomó; Fletcher no se dio cuenta hasta que oyó el golpe que se dio contra el suelo.

–Oh –dijo–. Perdón.

Finbar masculló algo y agitó débilmente la mano. Fletcher alzó la vista hacia el lugar donde se había abierto el portal. Donde Oscuretriz había desaparecido.

–¿La hemos derrotado?

–No la hemos derrotado. La hemos engañado –concretó Skulduggery–. Hay una diferencia. Agarraos todos.

Geoffrey y Philomena extendieron las manos. Estaban pálidos, débiles. Lo que acababan de hacer les había exigido mucho. Fletcher se aseguró de que todos estaban en contacto y se teletransportó de regreso al ala médica.

Valquiria fue la primera que los vio –por supuesto–. Se sentó en la camilla e intentó apartar a un lado a Synecdoche y a sus padres, pero la doctora no se lo permitió.

–No te muevas –ordenó con severidad.

Fletcher y Skulduggery se acercaron. Valquiria llevaba un collarín y tenía la cara hinchada, llena de cortes. La mano izquierda lucía un nuevo vendaje a juego con los de los codos.

–Se ha ido –declaró Skulduggery.

Valquiria intentó asentir, pero hizo una mueca.

–Lo sé –dijo–. Lo sentí, no sé cómo. Parecía feliz.

–Tiene un nuevo universo entero que conquistar; seguro que está encantada.

Fletcher vio a Tanith al otro extremo de la habitación, sentada en el borde de una camilla, con la cabeza gacha.

–¿Tanith se encuentra bien?

Valquiria titubeó, insegura.

–Sí. Pero Billy-Ray está muerto. Y... se lo conté, ya sabes, lo de los dos. Cuando tenía el Vestigio. No podía ocultárselo. No después de que él diera su vida para protegerla. Pensé que tenía derecho a conocer toda la historia.

–¿Cómo se lo ha tomado?

Valquiria negó con la cabeza.

–Aún no lo sé.

Synecdoche la ayudó a sentarse, le levantó la camiseta y le aplicó un gel transparente en las enormes heridas del torso.

–Tenemos un buen puñado de costillas rotas que después arreglaremos, el brazo roto, la conmoción, el cráneo fracturado y las lesiones internas. Pero de momento, te vendamos y fuera. Necesitamos la camilla y, aunque resulte sorprendente, no estás en estado crítico.

Synecdoche le pidió a uno de sus ayudantes que terminara el trabajo y se fue a atender a otro paciente.

–¿Ya está? –preguntó Desmond–. ¿Oscuretriz ha desaparecido? ¿Ha terminado todo?

Skulduggery asintió.

–Cassandra, Finbar y los demás crearon la realidad que quería y luego le permitieron abandonarla. Desde su punto de vista, estamos todos muertos. Nuestro universo está muerto. No tiene motivos para volver.

–¿Se acabó el peligro? –preguntó Melissa.

–El de Oscuretriz, sí.

Melissa se tragó las lágrimas, se giró y le agarró la mano sana a su hija.

–Cariño...

–Mamá...

–Cariño, estoy muy orgullosa de ti. Muy... orgullosa. Ningún padre ha estado nunca más orgulloso de su hija que yo.

Valquiria esbozó una sonrisa tensa que a Fletcher le resultó extraña sin saber por qué. El ayudante terminó de vendarla y Skulduggery la ayudó a incorporarse.

–¿Vienes con nosotros? –preguntó su madre.

–Luego –respondió ella–. Cuando acabemos aquí.

–Steph, por favor...

–Mamá. Fletcher os va a llevar ahora mismo a los tres a casa y yo iré tan pronto como la doctora Synecdoche me diga que puedo. Aún tengo cosas que hacer aquí y quiero ver cómo están algunas personas. Te prometo que hoy no me voy a hacer más daño.

Melissa vaciló, terminó asintiendo y se volvió hacia Skulduggery.

–Le debo una disculpa.

–No, qué va.

–Le dije unas cosas horribles.

–Totalmente justificadas.

–No, si eso ya lo sé –asintió Melissa–. Pero estoy empezando a pensar que tiene usted cosas positivas que superan las malas. Steph dice que está viva gracias a usted.

–Puede ser. Pero yo estoy aquí gracias a ella.

Melissa se giró hacia su hija.

–¿Te puedo abrazar? ¿O te dolerá demasiado?

–Abrázame un poquito –respondió Valquiria, dejando entrever una sonrisa auténtica. Sus padres le dieron el abrazo más suave del mundo, pero duró eones. Luego, su padre dio un paso atrás.

–Gordon estaría orgullosísimo de ti –dijo–. Yo lo estoy. Cariño, has ayudado a salvar el mundo. Mi hija ha ayudado a salvar el mundo. En cierto modo... en cierto modo, supongo que eso significa que yo he salvado el mundo.

–Si hay alguien escuchando –intervino Melissa–, quiero pedir disculpas por mi marido.

–Voy a hacerme una camiseta. A lo mejor, una taza –continuó Desmond.

Melissa se volvió hacia Fletcher.

–Cuando nos lleves a casa, ¿volveremos a marearnos y vomitar?

No podía mentirle.

–Probablemente –respondió.

Ella suspiró.

Desmond le dio un golpecito con el índice a Alice.

–Y no creas que me he olvidado de ti, señorita. Tu hermana mayor ha salvado el mundo hoy. ¿Qué demonios has hecho tú?

Alice se rio y Fletcher los llevó a casa.

106

Valquiria y Skulduggery salieron del ala médica. En el Santuario reinaba el caos: la gente corría e intercambiaba gritos; los equipos de emergencia habían tomado el mando. Ambos ignoraron todo el follón: ya habían tenido bastante.

–¿Seguro que estás bien? –le preguntó él cuando entraron en la zona silenciosa y tranquila del antiguo Santuario.

–Sí.

–Tienes hemorragia interna.

–Un poco de hemorragia interna no hace daño a nadie.

–Eso no es del todo cierto, la verdad. ¿Quieres que te lleve a cuestas o...?

Ella le fulminó con la mirada.

–¿Te estoy retrasando? ¿Es eso? ¿Preferirías que avanzara más rápido?

–Sinceramente, sí.

–Bueno, pues mala suerte.

Siguieron caminando sin hablar durante un rato.

–Felicidades por salvar el mundo –dijo Skulduggery, rompiendo el silencio–. O por ayudar a salvarlo. O por estar cerca cuando pasó. Porque Cassandra, Finbar y los otros han sido los que lo han salvado. Pero era mi plan, y funcionó gracias a ti, así que... creo que somos unos héroes.

–Bien por nosotros.

—No pareces demasiado feliz.

—¿Debería? No he ayudado a salvar el mundo, Skulduggery: ayudé a evitar la amenaza que yo misma representaba para él. Esa gente, los que me atacaron, tenían razón. La culpa de todo es mía.

—Sabes que no es tan simple.

—Oscuretriz formaba parte de mí. Ese detalle es ineludible —Valquiria hizo una pausa—. No me has preguntado todavía cómo es que fui capaz de usar de pronto el Cetro.

—No, no te lo he preguntado. Y no pienso hacerlo. Valquiria, tenemos que hacer cosas, una y otra vez, que nadie debería tener que hacer nunca. Pero al final encontramos la forma. Tu familia está a salvo y Oscuretriz ha desaparecido. Me parece que esta vez vamos a tener un final feliz.

Ella gruñó.

—¿Desde cuándo tenemos un final feliz?

—Es raro —dijo él—. Pero es posible.

Comenzaron a bajar las escaleras.

—¿Crees que tiene alguna oportunidad de vencer a los Sin Rostro? —preguntó ella.

—No lo sé. Parte de la realidad que crearon los sensitivos era para convencerla de que había acumulado más poder del que tenía. Pero pudo abrir el portal. Seguramente la dejó agotada, pero no fue una ilusión. Si fue capaz de hacerlo, puede que logre vencer a un Sin Rostro. Tal vez a dos.

—Pero no a una raza entera —concluyó Valquiria, y Skulduggery negó con la cabeza—. Entonces se ha ido. Mi mal humor ha desaparecido. Lo raro es que no me siento más feliz. Pensaba...

—¿Sí?

Llegaron al final de los escalones y entraron al frío pasillo que llevaba al siguiente tramo de escaleras.

—Pensaba que Oscuretriz era mi lado malo —dijo—. Pero hice algo tan... tan terrible...

Skulduggery la miró fijamente.

–Tener una vida larga puede ser una maldición. Cuanto más tiempo vivas, más probabilidades tienes de hacer cosas de las que te arrepentirás. Pero una larga vida también puede ser una bendición, porque tienes un montón de tiempo para arreglarlo.

–¿Y si no hay forma de arreglarlo?

–El castigo no es la respuesta –susurró Skulduggery–. El castigo es fácil. Es de perezosos. La redención es dura. La redención te obliga a trabajar.

–Llevas ya mucho tiempo trabajando en tu redención. ¿Estás más cerca de conseguirla? ¿Estás listo para reclamar de nuevo tu escudo familiar?

Él inclinó la cabeza.

–Veo que lo recuerdas.

–¿Que no llevarás el escudo familiar hasta que te consideres digno de él? Sí, me acuerdo. ¿Estás listo ya para reclamarlo? ¿Cómo sabrás que has completado tu redención?

–Confío simplemente en... saberlo.

–Qué método tan científico.

Skulduggery separó la mandíbula y estuvo a punto de decir algo, algo como «justamente», pero no lo hizo. Se quedó parado. China estaba en el suelo, muy quieta, en el pasillo que tenían delante.

Skulduggery corrió a toda velocidad hacia ella y Valquiria lo siguió, cojeando, todo lo rápido que pudo. Llegó justo cuando China abría los ojos.

–Estoy bien –susurró–. ¿Oscuretriz?

–Se acabó –respondió Skulduggery, sosteniéndole la cabeza entre las manos.

–Aún no –replicó ella con una ligera sonrisa. Sus ojos azules se desviaron a un lado–. Ravel. Problemas.

Volvió a perder el conocimiento y Skulduggery la dejó allí. Se levantó y se dirigió a la sala del Acelerador.

El Acelerador temblaba. De su núcleo más profundo surgía un zumbido. Y cada vez era más fuerte. El Ingeniero estaba de pie contemplándolo. Ravel se encontraba en el suelo, con las manos esposadas a la espalda. Estaba consciente, pero parecía aturdido.

–¿Qué ha pasado? –preguntó Skulduggery.

–Erskine Ravel exigió aumentar su poder con el Acelerador –respondió el Ingeniero–. Aunque yo sabía que el título de Gran Mago actualmente descansa en China Sorrows, nunca recibí instrucciones de hacer caso omiso de las órdenes del señor Ravel.

Valquiria le lanzó una mirada asesina.

–Entonces, ¿le dijiste que sí?

–Soy un robot –respondió el Ingeniero–. Obedezco mis instrucciones al pie de la letra. No queda margen para la interpretación personal.

–¿Y funcionó? –preguntó Skulduggery.

–Sí. Pero cuando el señor Ravel salió del Acelerador, estaba algo desorientado. La Gran Maga Sorrows vino y tuvo lugar una espectacular confrontación física, durante la cual le pudo colocar esas esposas.

Valquiria miró el Acelerador con el ceño fruncido.

–Se está sobrecargando.

–Me temo que sí –dijo el Ingeniero–. Advertí al señor Ravel de que si lo usaba adelantaría la cuenta atrás hasta el límite. Eligió no escucharme.

–¿Cuánto nos queda?

–Doce minutos y once segundos.

Valquiria palideció.

La plataforma circular del Acelerador se iluminó.

–Un alma –dijo el Ingeniero–. Entregada voluntariamente. El individuo entra en la tarima. La muerte es instantánea. Su energía, lo que mi creador denominaba alma, se emplea para desactivar el Acelerador.

–Bueno, vale –dijo Valquiria–. Vale, hay un montón de gente herida arriba. Un montón de gente moribunda. Seguro que podemos encontrar un voluntario que esté dispuesto.

El Ingeniero levantó un dedo metálico.

–Tengo que hacer una aclaración –dijo–. Cuando se emplea un alma para desactivar el Acelerador, se usa por completo. Si hay un cielo, un más allá, no realizará ese viaje. La energía no se unirá a la gran corriente, si es que esta existe. El alma se utilizará aquí y ahora. No regresará jamás.

–Pero... –Valquiria titubeó–. Pero... espera... Erskine, esto es culpa tuya, es tu oportunidad de...

Ravel alzó la vista y negó con la cabeza.

–Yo ya me he sacrificado bastante –dijo–. No contéis conmigo.

Valquiria se volvió hacia Skulduggery, que inclinó la cabeza. Acto seguido, echó a correr hacia la tarima, pero él la atrapó y tiró de ella hacia atrás. Valquiria chilló y le empujó, y él le dio un golpe fuerte en el costado. Ella se dobló, jadeando.

–Lo siento –dijo.

Tenía lágrimas en los ojos, y no solo de dolor.

–Ni se te ocurra –boqueó ella.

–Desgraciadamente, tengo pocas opciones –Skulduggery se dirigió al Ingeniero–. Un alma entregada voluntariamente –dijo–. ¿Es eso? ¿Nada más?

–Correcto –respondió el Ingeniero.

–¿No hay ningún truco? ¿No existe ninguna forma de darle la vuelta?

–Ninguna.

–Un alma entregada voluntariamente. ¿Eso es lo que tu creador te programó? ¿Con esas palabras, no con otras? ¿No hay ninguna cláusula? ¿No hace falta una cualificación? ¿No hay excepciones?

–Ninguna.

Skulduggery se giró hacia Valquiria.

–Ya has oído al robot.

Ella ignoró el dolor y se obligó a ponerse en pie.

–Por favor, no lo hagas. Déjame a mí.

–Tonterías.

Iba a girarse cuando ella le agarró el brazo.

–¡No! ¡Escúchame! ¡Podemos pensar otra cosa!

–No tenemos tiempo.

Valquiria se interpuso en su camino y le sujetó el pecho con las dos manos. Le notó las costillas.

–Por el amor de Dios –dijo–. Por favor, no me hagas esto. Skulduggery, por favor. No puedo perderte.

El inclinó la cabeza y le quitó una lágrima de la mejilla con el dedo enguantado.

–Nunca me perderás, Valquiria.

–Pero te necesito a mi lado –dijo–. He hecho cosas horribles... He... Skulduggery, he matado a Alice.

–Alice está viva.

–Pero la maté. No importa lo que haga después de eso. Maté a un bebé, a mi propia hermana. ¿Qué clase de persona haría eso?

–Una persona que no tiene otra opción.

–Te necesito aquí. Por favor. He hecho cosas espantosas. Me... me odio a mí misma. Tengo que irme, pero necesito que haya alguien a quien regresar. No puedes dejarme sola.

–Valquiria...

–Por favor, no lo hagas, Skulduggery. Te lo suplico.

–Estás montando un alboroto por nada.

Ella le dio un derechazo en la mandíbula. El dolor le atravesó el puño y se extendió por todo su cuerpo.

–¡Tú no eres nada, idiota! ¡Tú me has cambiado la vida! ¡La has hecho mejor! ¡Me has hecho mejor a mí! ¿Qué crees que haré cuando te hayas ido? ¿Crees que voy a ser feliz? Te juro por Dios que si te vas, yo también.

–Bueno... –dijo él–. Eso sí que sería estúpido.

–Quedan nueve minutos y catorce segundos –avisó el Ingeniero.

–Nueve minutos –repitió Valquiria–. Nueve. Podemos pensar algo en nueve minutos. Podemos encontrar un voluntario en nueve minutos. ¡Por favor!

Skulduggery le puso las manos en los hombros.

–Valquiria, confía en mí y quítate de en medio. Tengo que hacer esto.

Ella le miró fijamente.

–No quiero que me dejes.

–Y nunca lo haré.

–Dijiste que estaríamos juntos hasta el final.

Él asintió.

–Así es.

Sobre la calavera fluyó un rostro, una cara sin ningún rasgo en particular, totalmente común. Skulduggery se inclinó y le dio un suave beso en la mejilla. La cara se retrajo y la abrazó, le apartó las manos de su cuello, se quitó el sombrero y se lo puso a ella en la cabeza. Dedicó unos instantes a torcerlo en el ángulo adecuado.

–Ya está –dijo–. Te queda bien.

Valquiria fue incapaz de hablar mientras él caminaba, rodeándola, y se dirigía al Acelerador. El Ingeniero lo observaba impasible.

Ravel apartó la vista.

–Te quiero –barbotó Valquiria.

Skulduggery no se dio la vuelta.

107

–Danny, Danny.

Danny abre los ojos. Tiene a alguien detrás sosteniéndole, abrazándole las piernas, levantando su peso.

–¿Stephanie? –murmura él.

–Mejor llámame Valquiria –dice–. ¿Puedes levantar las manos para sacarlas del gancho?

Danny comete el error de alzar la vista. Un río de sudor le cae en los ojos y le ciega. Aprieta los dientes e intenta liberarse.

–No puedo mover los brazos –masculla.

Ella le suelta y todo el peso de su cuerpo cuelga de nuevo de sus muñecas. Se balancea un poco, lo bastante para verla correr hasta la rueda de la pared cuando consigue abrir un ojo.

Stephanie, o Valquiria, está vestida entera de negro y suda por el calor, pero no parece demasiado preocupada por la temperatura.

–Te están esperando –dice. Dios, se muere de sed. Las palabras suenan pesadas y lentas–. Es una trampa.

–Ya –responde ella–. Tenía toda la pinta –deja la rueda y se vuelve a acercar–. Vaya sitio, ¿eh? Más grande por dentro que por fuera. Igual que la TARDIS. No mires –levanta la mano–. Esto te va a cegar.

Cierra los ojos, pero no del todo, y ve un relámpago blanco que chisporrotea en las puntas de sus dedos y luego choca contra la cadena. De pronto, se balancea salvajemente. Mira hacia arriba: la cadena está quemada y hay un eslabón con una grieta.

–Perdona –dice Valquiria sujetándole–. Llevaba tiempo sin hacer esto. Con otro disparo bastará...

Una figura grande aparece por la puerta y Danny grita para avisar, pero es demasiado tarde. Jeremiah balancea una maza y se la clava a Valquiria en las costillas. El impacto la levanta por los aires y la derriba a un lado.

–¡Señor Gant! –chilla Jeremiah–. ¡Está aquí! ¡Está aquí!

Valquiria intenta incorporarse con un gemido, pero Jeremiah no se lo permite. El martillo baja y le da justo entre los omóplatos. Cae como una piedra.

–¡Señor Gant! ¡La tengo! ¡La tengo, señor Gant!

De pronto se queda callado y adopta la expresión de un hombre al que se le acaba de ocurrir una idea. Deja la maza contra la pared, agarra a Valquiria del cuello de la chaqueta y la arrastra por la habitación.

Sorprendentemente, ella sigue medio consciente, pero no está en condiciones de defenderse. Lo último que ve Danny son sus botas.

Empieza a balancearse salvajemente, dando patadas y retorciéndose. El eslabón roto se dobla un poco. Gira, gruñendo del esfuerzo. Se para cuando oye pasos. Un instante después, entra Gant con una sonrisa enorme, que se desvanece al comprobar que Danny es la única persona presente.

–¿Dónde están? –pregunta.

Danny se balancea de un lado al otro, pero no responde. Gant lo fulmina con la mirada.

–Ella está aquí. Tu utilidad llega a su fin. Disfruta de unos minutos más de vida y dime adónde han ido.

–Jeremiah se la llevó –dice Danny–. Por allí.

Gant frunce el ceño con preocupación y sale de la cabaña.

Danny patalea hacia delante y se balancea hacia atrás. Se impulsa con fuerza, y a cada movimiento, la patada es más alta. La cadena cruje. Patada al frente, impulso hacia atrás. Mira hacia arriba mientras se columpia; el eslabón se está abriendo.

Patada e impulso. Su hombro arde. Patada e impulso. Patada...

Todo gira de pronto y sin aviso. El eslabón roto cede y se estrella contra el suelo. Rueda y consigue ponerse de rodillas, pero no puede esperar a que los músculos dejen de dolerle. Se levanta; nota cómo recupera sensibilidad en los brazos. Tiene las manos esposadas, pero siente un hormigueo en los dedos. Los dobla hasta que se asegura de que puede agarrar algo, y recoge la maza. Sale de la cabaña, cojeando ligeramente, y pisa un puente suspendido con cadenas. Se balancea bajo su peso y casi lo lanza al mar de fuego. Cruza, intentando por todos los medios no mirar hacia abajo. Sigue oyendo gritos.

Danny llega a la plataforma de enfrente y empieza a bajar unos escalones metálicos. Se detiene para secarse el sudor de los ojos y continúa hasta una superficie plana de rejilla de la que salen más escaleras y puentes. Se inclina sobre la barandilla y ve a Gant un nivel por debajo de él. Piensa por dónde llegará más rápido y corre a su encuentro.

Con la maza en alto, se acerca a una cabaña suspendida con cadenas. Oye la voz de Gant allí dentro.

–Qué atrevimiento –dice en ese momento–. Qué audacia la tuya. Casi estaría impresionado si no me sintiera tan decepcionado.

Danny se asoma. La habitación es pequeña y hay una mesa de trabajo de aspecto pesado junto al muro más lejano. Está manchada de sangre. Valquiria está en el suelo y no se mueve. Gant se encuentra de pie delante de ella, con los brazos en jarras.

–No –dice Jeremiah–. Solamente la estaba preparando para usted, solo...

–Te voy a decir lo que estabas haciendo –gruñe Gant–. Ibas a matarla. Ibas a matarla y atribuirte el mérito tú solo.

–Señor Gant, no. Yo nunca haría...

–Y sin embargo, lo has hecho, Jeremiah. La has traído a tu fétido agujero y te he pillado con tus sucias manos alrededor de su garganta. ¿Crees que le gustaría morir así? ¿Crees que a alguien le gustaría morir así?

–No –responde dócilmente Jeremiah.

–Te creía mejor, Jeremiah. Creía que me respetabas más.

–Lo... lo siento, señor Gant. He sido débil. La vi, la derribé, iba a entregársela a usted, lo juro. Pero... señor Gant, llevo mucho tiempo sin matar a nadie como ella.

–Te permito matar a la gente normal. ¿No te basta?

Jeremiah parece vacilar. Danny se limpia las manos contra los pantalones y aferra la maza. No con tanta precisión como le gustaría, por culpa de las esposas, pero la sujeta con firmeza.

–¿Qué? –exclama Gant, irritado–. Suéltala de una vez, por Dios.

–Me dijo que me dejaría matar al siguiente –murmura Jeremiah.

–No estás preparado, Jeremiah.

–Siempre dice eso –parece a punto de llorar–. ¿Cuándo voy a estar preparado?

Gant adopta el tono de un padre decepcionado.

–No lo sé. Hasta hace unos minutos, habría dicho que pronto. Muy muy pronto. Puede que incluso hoy. Estaba a punto de dejarte hacer esto... Pero después de lo que has hecho... Después de esto, Jeremiah, la verdad es que no lo sé.

–Señor Gant –dice Jeremiah, llorando–. Señor Gant, lo siento.

Danny vuelve a asomarse. Gant está mirando a Valquiria.

–Necesito saber que puedo confiar en ti, Jeremiah.

–Puede hacerlo –dice Jeremiah–. Se lo prometo.

–No lo sé. Creo que no.

Gant se gira un poco más y Danny ve una oportunidad de oro. Echa a correr enarbolando la maza. Jeremiah le oye y se agacha, pero lo único que consigue es dejarle vía libre al golpe para que le dé en plena cara a Gant.

Y es como dar un martillazo contra una viga de acero.

La fuerza del impacto hace que se le suelte la maza. Danny grita, tambaleándose hacia atrás. La maza repiquetea contra el suelo y Gant le lanza una sonrisa.

Jeremiah se abalanza contra Danny rugiendo, lo derriba y se tira encima con todo su peso. Danny apenas puede luchar. Jeremiah saca un cuchillo de alguna parte. Danny consigue agarrarle la muñeca con las dos manos, pero no es lo bastante rápido para evitar que le raje el brazo. Forcejean por el cuchillo. Gant no dice nada. Ni siquiera se mueve.

Ruedan por el suelo y Danny descubre con sorpresa que aún le quedan fuerzas. Gant no presta atención a la lucha. Sigue ahí quieto, sonriendo, sin moverse.

No, un momento: sí se mueve. Muy, pero que muy despacio.

Mientras pelea contra Jeremiah, Danny recuerda a la gente de la gasolinera, los cuerpos apilados en la trastienda. ¿Cómo tuvo Jeremiah tiempo para hacer todo eso? A no ser...

Gant dijo que su casa era mágica. Danny no sabe absolutamente nada de la magia, pero ese lugar, sin duda, desafía a la razón. Valquiria disparó una luz extraña con las manos y Gant ni siquiera ha parpadeado al recibir el golpe de la maza. Vale, si la casa es mágica de verdad, si Gant y Valquiria poseen magia, tal vez Jeremiah también. Y le da la impresión de que su poder consiste en la capacidad de llevar a cabo sus crímenes mientras el mundo se mueve mucho más despacio a su alrededor. El poder perfecto para un asesino en serie.

Danny se centra en el cuchillo. La fuerza de Jeremiah se agota a cada jadeo y resoplido. Confía en que su peso mantenga la hoja en su sitio; está reservando sus energías para el último golpe. Las gotas de sudor ruedan por su frente y le caen a Danny en la cara, en los dientes apretados. Danny forcejea, giran y por un momento consigue quedarse encima, pero Jeremiah le vuelve a aplastar debajo. Se da con la cabeza contra la pierna de Valquiria y la punta del cuchillo le araña el pecho.

Danny deja que entre la hoja. Pensando que lo ha conseguido, Jeremiah gruñe y hace fuerza, pero Danny le sorprende deteniéndolo, luchan de nuevo, forcejean y Jeremiah es el primero en agotarse. Danny lo empuja, se pone encima y Jeremiah jadea y gimotea, como si ya no tuviera ganas de jugar. Danny le quita el cuchillo de la mano y, sin más, el tiempo vuelve a correr de nuevo normalmente a su alrededor.

Gant se gira y su sonrisa se convierte rápidamente en un ceño cuando Danny se da cuenta de que le están levantando del suelo. Valquiria lo alza.

—Corre —dice.

Y Danny corre. Ella le sigue por detrás. Avanzan a toda prisa por un puente que se balancea entre el chirrido de cadenas y mallas metálicas. Danny se resbala dos veces, está a punto de caer al fuego, y las dos veces Valquiria tira de él hacia atrás. Llegan a una escalera de caracol al otro extremo y empiezan a subir.

—No puedo —jadea Danny.

—Tienes que hacerlo —dice ella.

Se tropieza, cae y se quema las rodillas y las manos con el metal caliente, pero sigue avanzando. No sabe cómo, pero lo hace. Cuando llegan a lo alto, tiene las piernas como un flan. Valquiria le agarra de la cintura y prácticamente lo lleva a cuestas. En alguna parte de su mente, Danny se sorprende por la fuerza de Valquiria.

—Estoy totalmente perdida —dice ella—. ¿Sabes cómo salir de aquí? ¿Alguna idea?

Él mira a su alrededor y señala a una plataforma lejana.

—Creo que por ahí.

Ella examina la zona y busca el camino más rápido entre todos los puentes y pasarelas.

—Ya lo tengo –dice, y siguen avanzando.

Danny se deja llevar. Está demasiado cansado para hacer otra cosa más que seguirla ciegamente. Valquiria es la experta. Es la guerrera. Él solamente es un tipo normal.

Cruzan otro puente de cadenas, y están a punto de llegar a la plataforma cuando ven a Gant subiendo por una escalera al otro lado.

Valquiria extiende la mano. Aprieta los dientes, concentrándose, y surge un relámpago. Le da en el pecho y le quema la camisa, pero no deja de sonreír.

—Me temo que no puedes derrotarme –dice mientras se acerca–. Pero si te rindes ahora, te prometo que tu muerte será relativamente dolorosa.

—Retrocede –musita Valquiria.

Danny regresa sobre sus pasos. El puente se bambolea. Llega a la última plataforma y se vuelve para mirar. Las manos de Valquiria brillan en blanco, pero en lugar de dispararle un rayo a Gant, agarra las cadenas del puente, que se rompen con un chasquido. Se produce una sacudida y el puente cae mientras Valquiria se gira y salta. Danny logra agarrarla y contemplan la otra plataforma. Gant menea la cabeza con diversión. Tranquilamente, escoge otras escaleras.

—Antes esto era fácil –masculla Valquiria–. Disparas a alguien y ese alguien cae. Pero este tipo... a este tipo no se le puede hacer daño.

—No –dice Danny–. Sí que se puede. Creo que sí. Yo lo oí: estaban persiguiendo a una mujer, hubo una pelea y le oí gritar... de dolor. No mucho dolor, pero sí... le dolió, desde luego.

Valquiria se seca la frente con la manga. Su chaqueta está seca y limpia, al contrario que la camiseta empapada de sudor de Danny.

—Bueno, pues aquí no siente ningún dolor.

—Dijo que era el señor de sus dominios.

Valquiria le mira fijamente.

–Puede que sea eso. En su casa no se le puede ganar.

–Entonces, ¿qué hacemos?

–Sacarlo.

Echa otro vistazo a las pasarelas que se entrecruzan y elige una nueva ruta. Danny corre solo hasta el nuevo tramo de escaleras, pero necesita ayuda para subirlas. Cuando están cerca del final, se encuentran al mismo nivel que la puerta de salida. Valquiria va la primera por el puente colgante. Danny la sigue con un paso lento pero constante, agarrándose a las cadenas y asegurándose de que los pies no resbalan hacia el borde. Es el puente más largo que han pasado, y se balancea de forma espectacular.

–Humm –dice Valquiria. Ha dejado de caminar y escudriña la zona–. No lo veo.

Danny se detiene tras ella, agradecido de poder recuperar el aliento.

–¿Lo ves? –pregunta ella.

Danny gruñe y niega con la cabeza sin molestarse en mirar de verdad. Lo único que tienen que hacer es llegar a la plataforma del otro extremo, cruzar la cabaña en la que le encadenaron, seguir el pasillo y llegar a la puerta. Queda muy poco. Casi están fuera.

Valquiria suelta una maldición, le empuja y Danny grita, a punto de resbalarse y caerse del puente. Una figura oscura se abalanza sobre él, cloqueando de alegría.

Cadaverus Gant se balancea agarrado a una cadena, como Tarzán, y regresa con un movimiento de péndulo.

Valquiria agarra a Danny de las manos y le levanta al mismo tiempo que Gant pasa de nuevo a su lado; sus largos dedos rozan la camiseta de Danny. Sube muy alto y salta como un acróbata de circo; se agarra a otra cadena y se columpia en un ángulo distinto. Esta vez, cuando pasa junto a ellos, le pega una patada a la barandilla y el puente da tales bandazos que Valquiria está a punto de caerse. Danny se lanza a sujetarla y consigue sostenerla de la chaqueta. Valquiria suelta un montón de juramentos de lo más imaginativos. Entonces, Danny nota que lo cogen del cuello de la camiseta y lo levantan en vilo, pero Valquiria se gira y le agarra de la cadena de las esposas, deteniendo de golpe su ascenso. Por encima de su cabeza, se oye a Gant gruñir con sorpresa.

Danny cuelga en el aire entre los dos. Bajo él no hay nada más que fuego.

–Puedo aguantar así eternamente, jovencita –dice Gant riendo–. ¿Y tú?

La mano que Valquiria tiene libre resplandece. El relámpago estalla contra la cadena de la que cuelga Gant, que suelta a Danny. Él cae como un plomo, pero Valquiria consigue sujetarlo y frena de golpe; el dolor del hombro hace que Danny vea las estrellas. Se queda allí colgado, sin atreverse ni a gritar, y con el rabillo del ojo ve a Gant balanceándose con suavidad por encima de los dos.

Danny no sabe cómo Valquiria es capaz de sujetarlo, pero lo hace. Y aunque parezca increíble, empieza a tirar de él hacia arriba.

Gant contempla cómo sudan y forcejean. Cuando resulta evidente que Danny va a lograr subir de nuevo al puente, suspira, mira a su alrededor y empieza a trepar por la cadena hasta la oscuridad de lo alto.

Danny se pone en pie. Está temblando como una hoja.

–Vamos –dice Valquiria, y él asiente tontamente antes de seguirla. Llegan a la plataforma. Las piernas de Danny ceden; intenta levantarse antes de que ella se dé la vuelta, pero no lo consigue.

–Estoy bien –dice, a pesar de todo.

–Ya casi hemos llegado.

–Lo sé. Estoy bien –se levanta, sonríe para tranquilizarla y abre los ojos como platos.

Valquiria se vuelve justo cuando Jeremiah se lanza contra ella y le lanza un tajo con el cuchillo. Danny se sorprende de nuevo de su rapidez, pero Valquiria no se agacha ni salta a un lado: se enfrenta a él directamente, avanza parando el arma y dándole varios golpes con la palma contra la cara. Jeremiah sangra por la nariz, se le rompen los labios y la sangre salta por todas partes. El cuchillo repiquetea contra el suelo metálico. Valquiria le hace un barrido; Jeremiah cae pesadamente y aterriza maullando como un niño mimado, pero extiende el brazo, consigue agarrarla del pelo y tira hacia él. Le rodea la garganta con las manos y, entonces, se convierten en un borrón.

Se dispone a matarla, y Danny ve su poder desde el exterior. Para él, es una mancha en movimiento. Para Valquiria, un forcejeo que parece durar eternamente.

Danny intenta ayudar, pero las figuras borrosas han desaparecido. Oye un chillido a su espalda y se vuelve. Valquiria está tirada al borde de la plataforma, agarrando la mano de Jeremiah, que cuelga sobre el océano de fuego líquido.

—¡Ayúdame! —chilla Jeremiah.

Pero su peso y el sudor son demasiado: a Valquiria se le escurre entre las manos y desaparece, gritando, en las llamas del fondo.

Valquiria se queda quieta un instante. Luego se levanta y se limpia la mano en los pantalones.

—¡No!

Los dos se vuelven. Cadaverus Gant está en una plataforma elevada, agarrado a una cadena.

—Danny —dice Valquiria—, tenemos que irnos...

No le da tiempo a decir «ya». Gant salta y se balancea violentamente colgado de la cadena. Cuando llega a lo más alto, suelta la cadena y, por un instante, Danny cree que no conseguirá llegar a la cabaña, pero cae como un fardo sobre ella, se resbala un poco y se agarra. Hunde los dedos y trepa hasta el techo. Luego se lanza al corredor y se dirige a toda prisa hacia la plataforma.

—En cuanto veas la más mínima oportunidad, sal de aquí —susurra Valquiria.

Danny niega con la cabeza.

–No pienso abandonarte.

–Sal de aquí y busca ayuda –dice Valquiria, y avanza hacia Gant, con las manos resplandecientes.

Dispara un rayo, pero Gant sigue andando como si nada y luego le da un golpe a Valquiria que casi la tira.

–Voy a arrancarte el corazón –dice Gant.

108

Gant la levanta solo para volver a tirarla. Luego le da una patada y Valquiria rueda por la plataforma, jadeando.

–Conocía a ese muchacho desde antes de que nacierais ninguno de vosotros dos –dice con un gruñido gutural–. Prácticamente lo he criado yo. Tenía sus defectos, por supuesto, pero era un buen chico, trabajaba duro y lo único que quería era hacerme feliz. Y tú... tú entras en mi casa y... –Gant la agarra del cuello y la alza en vilo–. ¿Qué derecho tenías? ¿Qué derecho tenías a matar a ese pobre muchacho?

Valquiria lucha por respirar.

–¿A cuánta... gente... ha... matado... él?

–¡Esos no cuentan! –vocifera Gant–. ¡No cuentan! –le da un cabezazo y la suelta, y Valquiria recula para alejarse de él, con la cara chorreando sangre–. ¡Eran ganado! –sigue gritando–. ¡Servían para practicar! ¡Sus vidas no significaban nada!

Danny ve la oportunidad de huir. No hay nadie en la pasarela. Pero titubea, con los pies clavados al suelo.

Valquiria le echa una mirada y le hace un gesto con la mano.

–Vete –dice escupiendo sangre–. Huye.

–Sí, Danny –asiente Gant, dándole una patada en las piernas a Valquiria–. Vete. Corre. Te daré caza dentro de nada –le da un pisotón en la espalda y Valquiria suelta un alarido.

Cojeando, trastabillando, arrastrando un pie tras otro con dificultad, rezando para que no se le doblen las rodillas, Danny

636

cruza la pasarela. Casi se cae en la cabaña, pero consigue seguir avanzando. No vuelve la vista. No se gira a cada grito de dolor. Se tambalea, se aferra a las cadenas. El eslabón roto se bambolea y él lo contempla un instante antes de soltarlo y guardárselo en el bolsillo. Avanza entre tropiezos hasta el otro lado. Descansa ahí un segundo. Está casi fuera. Solamente tiene que aguantar unos minutos. Solo queda un puente pequeño, y luego la puerta principal, el aire fresco y la libertad. Eso es todo.

Sale de la cabaña. Un pie detrás de otro. Las manos en la barandilla. Es fácil. No te distraigas. No mires lo que le está pasando a Valquiria. No mires lo que le está haciendo Gant.

Un pie detrás de otro. Un pie detrás de...

Danny se derrumba contra la puerta. Agarra el picaporte. Se le resbala entre los dedos. Por primera vez se le ocurre pensar que podría estar cerrado, que tal vez no se abra, que puede haber algún tipo de magia que le impida escapar; pero cuando finalmente consigue agarrarlo, la puerta sí gira, la abre de par en par y el aire frío llena todo su cuerpo.

Solloza de alivio y se lanza hacia delante, sin reparar en los peldaños. Se cae en la acera y se despelleja las palmas de las manos, pero ni lo siente. Gatea arrastrándose, intenta pedir ayuda, pero la calle está tan vacía como cuando le trajeron.

Llega hasta el Cadillac, se agarra a la puerta y hace fuerza para ponerse en pie. La camioneta de Valquiria está aparcada justo detrás. Oye cómo grita de dolor.

Vuelve los ojos hacia la casa. Todavía divisa la coronilla de Gant, que se mueve de un lado a otro mientras le da una paliza de muerte a Valquiria. Danny toma aire profundamente y se limpia el sudor de los ojos. Luego se endereza y se saca el eslabón de la cadena del bolsillo. Es pesado y grande.

Se gira hacia el Cadillac y rompe la ventanilla del conductor. Luego, el espejo retrovisor, que se parte con facilidad y hace un montón de ruido.

–¡Eh! –grita Gant desde dentro de la casa.

Danny le ignora y da la vuelta al coche. Clava el eslabón roto contra el faro izquierdo.

–¡Eh! –vocea Gant–. ¡Deja en paz el coche!

Danny se acerca despacio al otro retrovisor, abollando el capó según avanza. Clang. Clang. Clang.

Luego, un «cras». Y ya no hay faros.

–¡Eh!

Danny alza la vista. Cadaverus Gant está en el umbral de la puerta y enseña los dientes. Está lívido. Bajo la luz del sol se destacan las manchas de su piel. Parece un cadáver muy enfadado. Danny se ríe. Eso solamente le pone más frenético.

–¿Primero matáis a Jeremiah y ahora te cargas mi coche?

Danny baja el eslabón contra el capó. Clang.

–¡Para! Jeremiah cuidaba ese coche con gran orgullo. Lo enceraba a diario hasta que pudiera ver mi...

Clang.

–¡Detente! –chilla Gant–. ¡Para ya!

–Oblígame –responde Danny. Tiene la garganta tan seca que le duele hablar–. Sal de ahí y enfréntate a mí como un hombre.

–¿A qué viene esto? –Gant resopla una carcajada–. ¿Crees que eres el héroe? ¿Crees que puedes...?

Danny no cree nada parecido. Danny se limita a romper la ventanilla del pasajero.

Gant deja escapar un grito de rabia y horror y salta los escalones. Danny retrocede hasta la mitad de la calle para ganar un poco de espacio, pero Gant se planta delante de él. Danny sube los puños, pensando que a lo mejor puede usar el eslabón para romperle algunos dientes amarillos, ahora que no está dentro de la casa que lo hace imparable. Pero incluso ahí fuera, el anciano le sorprende con su velocidad y fuerza. Danny apenas ve llegar el puñetazo que le lanza la cabeza hacia atrás. Y no predice ni por lo más remoto el que le hace caer de culo.

Aturdido, mira hacia arriba. Gant se saca del bolsillo el cuchillo de Jeremiah Wallow. Danny cierra los ojos. No quiere ver el final, y no le quedan fuerzas para luchar. De pronto, nota que lo levantan. Gant lo agarra por detrás y le pone el cuchillo en la garganta. Danny abre los ojos.

Valquiria está en los escalones de la casa. La cara es una costra de sangre y se sujeta las costillas con la mano izquierda. Tiene extendida la derecha, que brilla con un fulgor blanco.

–No tienes buena puntería –ruge Gant, casi al oído de Danny–. Le vas a dar a tu amigo. Puede que lo mates.

–Estoy mejorando –replica Valquiria–. Solo me falta un poco de práctica, nada más.

–Pues adelante –gruñe Gant–. Dispara. Si crees que puedes, hazlo. Te voy a decir una cosa; te lo voy a poner fácil. Voy a contar hasta tres. Si no has disparado, le corto el cuello. ¿Te parece justo?

–Tengo otra idea –dice Valquiria, bajando los escalones con los ojos ardiendo de furia–. Suéltalo y tira el cuchillo. Ríndete y te arresto. Me cuentas por qué me buscabas y quién me quiere ver muerta. Eso sí me parece un trato justo.

Danny casi nota la sonrisa de Gant en su tono de voz mientras Valquiria llega a la calle.

–Tres.

La mano brilla más.

–Dos –dice ella.

El cuchillo se hunde un poco más en la garganta de Danny.

–Uno –dice Gant.

–¡Vale! –exclama Valquiria, y el fulgor de la mano desaparece–. Vale, tú ganas.

–Naturalmente –asiente Gant–. Doy por sentado que tienes esposas. Póntelas.

Valquiria adopta una expresión dura. La risa de Gant no contiene un ápice de alegría.

–¿Crees que soy idiota, niña? ¿Crees que te voy a permitir la más mínima ventaja?

Ella titubea.

–Las esposas están en mi camioneta –dice, y avanza hacia delante. Se queda congelada cuando Gant aprieta la hoja lo bastante para que gotee la sangre.

–No des un paso más, niñata insolente.

Valquiria entrecierra los ojos.

–¿Quieres las esposas o no? Voy a...

–No vas a hacer nada –interrumpe Gant, arrastrando a Danny hacia la camioneta–. Lo sé todo sobre ti –dice mientras avanzan–. He oído las cosas que has hecho. Hasta ahora me preguntaba qué versión tuya me iba a encontrar: el ángel o el demonio. Jeremiah y yo estábamos preparados para ambos.

Valquiria no puede contener la sonrisa.

–Jamás podrías estar preparado para Oscuretriz.

–Te sorprenderías si supieras la clase de gente que he matado haciendo mi trabajo.

–¿Y cuál es tu trabajo, si puede saberse?

–Matar gente como tú –se detiene junto a la puerta de la camioneta–. Ángel o demonio, nos preguntábamos. Ahora lo sé.

–No –responde Valquiria–. Solo crees que lo sabes.

Danny nota que se afloja la presión en su cuello cuando Gant busca el picaporte de la puerta.

–¿Ah, sí? Bueno, entonces dímelo tú, jovencita. ¿Qué eres? ¿Ángel o demonio?

Valquiria sonríe de nuevo.

–Soy como cualquier persona –responde–: un poco de cada.

Gant abre la puerta y lo único que ve Danny es un borrón marrón y negro: Xena salta del asiento. Danny retrocede y Gant cae al suelo mientras la enorme perra pastor alemán gruñe, se tira contra su pecho y cierra las fauces en torno a su antebrazo. Gant chilla y Xena sacude la cabeza con furia. El anciano se tambalea y le da una patada a la perra en el costado. Xena gime, retrocede y vuelve a atacar, haciendo presa en el tobillo. Aullando, Gant le da una cuchillada, y esta vez la perra chilla de dolor auténtico y le suelta. Gant vuelve a intentar apuñalarla, falla y Valquiria se tira contra él, que pierde el cuchillo mientras ella le da un codazo en la mandíbula. Él intenta ganar espacio, pero ella le sujeta con una llave y no le suelta. Le clava los dedos en la cara y le araña; él entra en pánico y forcejea, pero Valquiria se pega como una lapa. No hay forma de librarse de ella. Gant mantiene los ojos cerrados con fuerza. Está sangrando. Danny contempla la furia desatada de Valquiria. Es terrorífica.

Caen, Valquiria encima. Xena bailotea de un lado a otro, ladrando con rabia y sed de sangre. Valquiria trepa sobre Gant y le estampa la palma contra la cara. Él intenta empujarla, pero ella le agarra la muñeca y se la retuerce hasta que grita de dolor.

Valquiria se echa hacia delante.

–No es tan divertido cuando eres el que recibe, ¿verdad? –ruge.

–¡Por favor! –chilla Gant–. ¡Soy un anciano!

–Sí, eso es lo que eres, maldita sea –mascula ella, metiéndole un codazo en la mandíbula. Gant se queda rígido.

Valquiria apoya las dos manos contra su cara y hace fuerza para ponerse en pie de un salto. Luego se incorpora, alejándose de él.

–Xena –dice–. Calla.

La perra se tranquiliza al instante, pero no deja de mover la cola ni aparta la vista de Gant.

Valquiria se acerca a Danny y le ayuda a levantarse. Él ni siquiera se había dado cuenta de que sus piernas, por fin, habían cedido.

–¿Estás bien?

Danny asiente. Es una mentira descarada, pero a Valquiria no parece importarle. Se acerca a la puerta de la casa y la cierra.

La perra ladra y Danny vuelve la vista. Gant está a punto de llegar al Cadillac, arrastrando a Xena, que le muerde la pierna ensangrentada del mordisco anterior. Maldice de dolor y se lanza por la ventanilla rota, sacudiéndose a la perra cuando pasa las piernas dentro del coche. Las manos de Valquiria refulgen y el relámpago blanco le da en el hombro mientras se retuerce para colocarse al volante. El motor ruge y el coche se pone en marcha. Valquiria vuelve a disparar y deja una quemadura profunda en la carrocería, pero es demasiado tarde para detenerlo. El coche acelera, dando bandazos peligrosos. Cuando lo pierden de vista, Xena deja de ladrar.

–Maldita sea –masculla Valquiria. Se vuelve hacia Danny–. ¿Estás de humor para una persecución de coches?

–Ve tú si quieres –dice–. Yo te espero aquí.

Valquiria menea la cabeza.

–Nah. Creo que ya hemos hecho bastante por hoy, ¿no te parece?

Pone la mano en la cadena de las esposas, que se ilumina en blanco; un instante después, la cadena se rompe.

–Entra en la camioneta –le dice–. Voy a hacer un par de llamadas y luego volvemos a Meek Ridge.

Danny obedece y gruñe un poco cuando Xena salta por encima de él. La perra se acomoda en el medio, se gira y se lame el pelaje ensangrentado. De vez en cuando le da un lengüetazo en la cara a Danny, que está demasiado agotado para impedirlo.

Valquiria habla un rato por teléfono y luego se pone al volante.

–Ya viene gente de camino –dice–. Sellarán el sitio y se asegurarán de que Gant no pueda entrar. Con suerte, le atraparán en la carretera. Si no, contarás con protección las veinticuatro horas del día, hasta que lo detengan.

Danny asiente.

–Vale –dice.

Valquiria busca en los bolsillos de su chaqueta y saca un paquete fino de hojas secas. Dobla una y se la ofrece a Xena. La perra traga y Valquiria le rasca detrás de las orejas.

–¿Quién es una perrita buena, eh? ¿Quién es una perrita buena?

Xena mueve la cola a un ritmo constante de alegría.

Valquiria se mete una hoja en la boca y la mastica. Le entrega otra a Danny.

–Es para el dolor –le explica.

Él la toma sin preguntar qué es. Sabe exactamente como esperaba: a hoja. Pero la sensación que inunda su cuerpo le toma totalmente por sorpresa.

–Guau.

Valquiria pone en marcha la camioneta y salen de la acera.

–Tenemos una buena tirada hasta Meek Ridge –dice–. ¿Te apetece que ponga la radio?

Hasta hace un momento, lo único que quería era dormir, pero la hoja ha hecho maravillas y ahora tiene otras cosas más importantes en mente.

–No –responde–. Quiero saber qué está pasando. Stephanie, Valquiria, como te llames... Por favor, ¿quién eres?

Ella sonríe.

–Bueno, vale. Supongo que te lo has ganado. Empezaré por el principio, ¿te parece bien?

–Buena idea –dice.

Ella clava los ojos en la carretera.

–Todo empezó con la muerte de mi tío.

Cuando Valquiria termina la historia, cuando le ha contado todo sobre Skulduggery, Tanith, Abominable, Oscuretriz y el Acelerador, ya han llegado a Meek Ridge y están pasando por delante de la tienda de comestibles.

No está quemada; es una buena señal. Giran y toman la salida hacia la casa de Valquiria. Pasan por delante del coche de Danny, pero no se detienen hasta que llegan a la casa.

Salen de la camioneta y Xena desaparece de inmediato. Valquiria se estira. Danny la mira sin decir nada. La sigue, suben los escalones y entran. Hace frío dentro.

–Hazte un poco de café –le dice, y Danny obedece mientras ella se ocupa de otras cosas en otra habitación.

Danny se sienta en la mesa de la cocina y mira su reflejo en el cristal. Se han lavado en una gasolinera, pero tiene la cara hecha un desastre, hinchada, y la ropa está manchada de sudor y de sangre seca. Clava los ojos en la taza de café que le ha hecho a ella. Sale vapor del borde.

Unos minutos más tarde, entra Xena. Va derecha hacia Danny y le mete el hocico en la mano hasta que él la acaricia. Oye correr el agua en otra habitación.

Xena se va a su cama, da un par de vueltas y se echa. Apoya la cabeza en las zarpas y le mira con sus ojos castaños y brillantes.

Valquiria aparece vestida con unos vaqueros y una chaqueta. Tiene el pelo recién lavado. No la ha oído entrar.

–Eres tan silenciosa como un ninja –dice él. Tiene dos bolsas a los pies–. ¿Vas a alguna parte?

–A casa –responde.

Eso le sorprende.

–¿Después...? ¿Después de todo lo que ha pasado?

–Ya va siendo hora.

Se acerca a la mesa, agarra la taza de café y le da un sorbo.

–Está helado.

–Has tardado.

–Supongo que sí.

–¿Por qué te fuiste? –le pregunta–. A ver, entiendo que el trauma tuvo que ser... increíble, pero...

–Ganamos –dice–. Pero las cosas que hice cuando era Oscuretriz, y las que hice después, para derrotarla... Tenía que irme. No podía quedarme allí. No después de lo que le hice a...

–Alice.

Ella asiente.

–Yo no merecía tener una hermana ni una familia. Stephanie sí que merecía una. Todo lo que hizo fue por amor hacia ellos.

–Pero tú también. Tú misma lo has dicho: todo lo que hiciste fue para protegerlos.

–Pero lo hice mal. Lo hice fatal.

–Hiciste lo que tenías que hacer. No puedo creer que lleves viviendo aquí sola desde hace cinco años, culpándote y odiándote por todo lo que has hecho. Nos salvaste a todos.

–No. Yo no os salvé. Esa vez no.

Danny se termina el café. Está tibio.

–Skulduggery debía de ser... un tipo increíble.

Valquiria le dedica una de sus suaves sonrisas.

–Sí.

–Fue un auténtico héroe, dando su vida así.

–¿Humm? Ah, no, no dio su vida.

Danny frunció el ceño.

–¿No? Pero si me dijiste que entró en el Acelerador.

–No –niega con la cabeza–. Dije que se dirigió al Acelerador. Luego me dijo, cuando recuperó su sombrero, que no merecería la pena vivir en un mundo en el que él no estuviera. No, lo que hizo fue agarrar a Ravel y empujarlo dentro.

Danny pestañea.

–Pero... pero el alma tenía que ser entregada libremente.

–Así es –asiente Valquiria–. Pero no hay ninguna norma que diga que el alma entregada libremente tenga que ser la tuya.

–¿Y eso... funcionó?

–Sí. El Ingeniero se encogió de hombros, dijo que Skulduggery tenía razón, permitió que el alma apagara el Acelerador y Skulduggery se dio media vuelta y se partió de risa de mí.

Llaman a la puerta y Valquiria mira su reloj.

–Debe de ser él.

Danny se pone en pie de un salto.

–¿Skulduggery? ¿Es Skulduggery Pleasant?

–Seguramente, sí. Le llamé y le dije que ya era hora de regresar a casa. Es lo que me dijo hace años: el castigo es la opción fácil.

Si de verdad quiero arreglar las cosas que hice, tengo que ayudar a la gente. Si quiero compensar lo que le hice a mi hermana, tendré que estar cerca de ella, formar parte de su vida. Ahora tiene seis años, Dios mío... Seis. Y apenas me conoce. Es... es hora de cambiar eso –recoge sus bolsas–. Sabes salir, ¿no?

–Uh... Sí.

Valquiria sonríe.

–Haré que me manden el resto de cosas y luego, no sé... –mira a su alrededor–. Venderé este sitio, aunque me gusta bastante.

–¿Te volveré a ver alguna vez? –pregunta Danny.

–Puede ser.

–Pero puede que sea un anciano, ¿no? Y tú seguirás idéntica.

–Sí –sonríe tristemente–. Puede ser. Vendrá gente a hablar contigo. Hechiceros. Buena gente. Se asegurarán de que todo vaya bien.

–Ya. Genial.

Valquiria enarca una ceja.

–¿Estás bien?

–No... no lo sé. Me estás pidiendo que vuelva a mi antigua y aburrida vida después... después de todo esto. Después de conocerte. No sé si podré.

–Pues no lo hagas. ¿No tienes sueños? ¿Quieres pasar el resto de tu vida detrás del mostrador de una tienda de Meek Ridge?

–No... Hace tiempo, tenía un contrato con una discográfica.

Valquiria inclina la cabeza.

–¿En serio? Guau. Bueno, pues adelante. Consigue otro. Conviértete en una estrella del rock. Vive una vida extraordinaria. No tienes que salvar el mundo para cambiarlo.

Se da una palmada en la pierna y Xena se acerca al trote. Danny la acompaña hasta el recibidor. Por el cristal esmerilado de la puerta principal distingue la silueta de un hombre alto y delgado con un sombrero.

En ese momento recuerda que, cuando era pequeño, le daba miedo Papá Noel. En Nochebuena se quedaba en la cama, hecho una bola, con los ojos muy abiertos, y cada vez que crujía algo en la casa, daba un respingo esperando su visita fantasmal. Ahora siente exactamente el mismo miedo: miedo a lo sobrenatural mezclado con una emoción pura, sin diluir.

–¿Quieres conocerle?

Danny titubea –y lo hace un buen rato– antes de negar con la cabeza.

–Ya tengo bastante embrollada la cabeza, muchas gracias. Creo que si ahora veo un esqueleto que habla... directamente explotará.

La sonrisa de Valquiria se convierte en una mueca.

–Vale, lo entiendo. Oye, ten una buena vida, Danny, ¿me oyes?

–Lo mismo digo, Valquiria –le hace un gesto de despedida con la mano, nota un tirón en el hombro herido y pone mala cara–. ¿Qué le digo a la gente de todo esto?

–Nadie te va a creer, así que diles la verdad.

Ahora le toca a Danny enarcar una ceja.

–¿Qué? ¿Quieres que les hable de hechiceros, lunáticos, secuestros y asesinatos?

–Nah –dice ella–. La verdad auténtica. Diles lo que de verdad importa.

–Ya, ¿y qué es lo que de verdad importa?

Valquiria levanta la mano con la palma hacia arriba y esta comienza a brillar desde el interior. Le dedica una sonrisa.

–La magia –dice.

GLOSARIO DE PERSONAJES

PROTAGONISTAS

Skulduggery Pleasant: Hechicero elemental, esqueleto viviente de más de cuatrocientos años de edad, detective del Santuario de Irlanda. Encabezó el legendario escuadrón de los hombres cadáver durante la guerra contra Mevolent. Serpine hizo que mataran a su esposa y a su hijo y después lo asesinó a él, pero los huesos volvieron a la vida. El esqueleto, loco de rabia, se dejó llevar por el odio y se convirtió en Lord Vile, hechicero nigromante y el más poderoso de los tres generales de Mevolent. Cinco años después, recuperó el sentido, pero su enemigo más temible es él mismo: pocos saben que Lord Vile habita en su interior. Skulduggery es sarcástico, mordaz, inteligente, encantador y está un poco chiflado. Tiene un ingenio inagotable y un exquisito gusto para los trajes y los sombreros; puede pasar desapercibido entre los mortales gracias al tatuaje fachada, que cubre su calavera con un rostro al azar. Ha salvado el mundo en multitud de ocasiones en compañía de Valquiria Caín... y ahora debe enfrentarse a ella para salvarlo de nuevo.

Valquiria Caín: Su nombre mortal es Stephanie Edgley. Tiene dieciocho años y desciende de los Antiguos, hechiceros extraordinariamente poderosos que emplearon el Cetro para expulsar a los Sin Rostro, unos dioses maléficos que buscaban la destrucción del mundo. Hechicera elemental, aún no ha pasado por la Iniciación para decidir cuál será su disciplina mágica definitiva, así que, además de manipular los elementos, podía practicar nigromancia con un anillo que controlaba las sombras, pero este se rompió y la oscuridad la rodeó como una segunda piel. Su verdadero nombre es Oscuretriz; cuando descubrió en la visión de una sensitiva que Oscuretriz destruiría el mundo y mataría a su familia, selló su nombre para que nadie pudiera controlarla, pero Oscuretriz continuaba tomando el poder cuando Valquiria se encontraba en un grave peligro. Oscuretriz, capaz de realizar magia poderosísima y matar sin remordimientos, se fue haciendo cada vez más fuerte en el interior de Valquiria, que oía continuamente su voz. Durante una batalla terrible contra una bruja, Valquiria sufrió heridas tan graves que dejó de luchar contra Oscuretriz, y esta se apoderó completamente de su cuerpo. En la batalla de Roarhaven, Oscuretriz mató a muchos, de ambos bandos, por simple diversión. Se despidió de Skulduggery diciéndole que Valquiria había desaparecido y que ya solo existía Oscuretriz.

Stephanie Edgley, el reflejo de Valquiria Caín: Para que Valquiria pudiera investigar crímenes mágicos junto a Skulduggery, el esqueleto creó una doble que seguiría con su vida normal y evitaría que sus padres se preocuparan por sus ausencias. Los reflejos no están pensados para estar activos continuamente, son cáscaras vacías que pasan los recuerdos a sus dueños y pierden la vida al entrar en el espejo; pero el reflejo de Valquiria llevaba años funcionando y parecía increíblemente real, incluso a los ojos de un hechicero. Poco a poco, el reflejo de Valquiria fue cobrando conciencia de su propio ser: adora a sus padres y a su hermana pequeña y tiene intención de quedarse con la vida que Valquiria ha abandonado para correr aventuras. Pero, para lograrlo, necesitaba acabar con la amenaza de Oscuretriz, así que se guardó el Cetro de los Antiguos y asesinó a su prima Carol para recargar su poder. Cuando el espejo se rompió y Valquiria llamó al reflejo por su nombre, Stephanie pasó a ser una persona real, con todas sus consecuencias, incluidos los remordimientos por haber matado a Carol. Ya que Stephanie es la única que puede utilizar el Cetro, una de las pocas armas capaces de acabar con Oscuretriz, Skulduggery le pidió que le ayudara a detenerla, y Stephanie aceptó, pero con una condición: si se presentaba la oportunidad, mataría a Oscuretriz. Porque Valquiria... ya no existe.

HECHICEROS

Abominable Bespoke: Hechicero elemental y excelente boxeador. Su verdadera pasión era su trabajo: era sastre, y tan bueno que podía tomar las medidas de un solo vistazo. Cuando su madre estaba embarazada, le echaron mal de ojo y Abominable nació con la cara llena de espantosas cicatrices: por ese motivo no pudo llevar una vida normal entre los mortales. Era el mejor amigo de Skulduggery y formó parte de los hombres cadáver en la guerra contra Mevolent, pero nunca supo que el esqueleto era Lord Vile, el asesino de su madre. Abominable se enamoró de Tanith Low, pero cuando finalmente se atrevió a pedirle que saliera con él, ella fue poseída por un Vestigio y se volvió malvada. Abominable aceptó convertirse en Mayor del Santuario de Irlanda con tal de poder contar con más recursos para ayudarla, pero el Gran Mago Erskine Ravel lo asesinó por la espalda.

Adrasdos: Hechicera nigromante. Trabaja para el Santuario estadounidense. Junto a otros agentes, intentó destruir el Acelerador, la máquina capaz de sobrecargar de poder a los hechiceros, para evitar que el Santuario irlandés contara con tanta ventaja sobre los demás Santuarios. Fracasó.

Alexander Remit: Hechicero teletransportador al que casi mató Vaurien Scapegrace con notable torpeza. Otros completaron el trabajo, puesto que solamente existe un teletransportador vivo, y no es él. Otra versión de sí mismo continúa viviendo en la dimensión alternativa gobernada por Mevolent a la que pueden acceder los hechiceros osciladores.

Anathem Mire: Construyó la casa de Gordon encima de las Cuevas del Vacío y dedicó su vida a estudiarlas, a escribir sobre ellas y a intentar entender por qué las criaturas que las habitaban eran inmunes a la magia. También encerraba a sus enemigos en las cuevas para que los devoraran los monstruos: en vida, no era un hombre muy amable. Después de muerto, tampoco. Su fantasma creó una casa mágica idéntica a la de Gordon dentro de las cuevas, alrededor de su cadáver descompuesto, e intentó secuestrar a Valquiria para que fuera su reina oscura y señora de los dominios desiertos y sombríos, para que le hiciera compañía, le entretuviera y le hablara del exterior, o para obligarla a casarse con él. Valquiria no se quedó a averiguarlo.

Anton Shudder: Hechicero adepto. Alto y con el pelo negro, vistiera como vistiera, parecía el dueño de una funeraria. Amigo de Skulduggery desde hacía siglos, formó parte de los hombres cadáver durante la guerra contra Mevolent. Era capaz de desatar su esencia, su parte malvada, su ira, su odio y su determinación a través de una entidad fantasmagórica que salía de su cuerpo y trituraba a sus enemigos de forma implacable con los dientes y las garras. No le sirvió de mucho cuando Erskine Ravel le traicionó y le lanzó a los Hendedores, que le hicieron pedazos con las guadañas.

Argeddion: Walden D'Essai descubrió su verdadero nombre: Argeddion. De ese modo accedió a un poder inimaginable. Quiso compartir la magia con todos los mortales y llevó a cabo un experimento: sobrecargar de magia a unos adolescentes para comprobar qué nivel de poder podían soportar sin volverse locos. Deacon Maybury, junto a otros sensitivos, le reescribió la identidad para que no recordara jamás que tenía poderes mágicos y viviera como mortal.

Ashione: Hechicera elemental, soldado bajo las órdenes del Consejo Supremo de Santuarios que se enfrentaron al Santuario irlandés. Los brujos la quemaron, pero puede que siga viva otra versión suya en la dimensión gobernada por Mevolent a la que pueden acceder los hechiceros osciladores. Mantuvo una aventura con Saracen Rue.

Barón Vengeus: Adorador de los Sin Rostro, uno de los tres generales de Mevolent durante la guerra. Está muerto en ambas dimensiones. En la dimensión original, lo mató el grotesco. En la dimensión gobernada por Mevolent, lo mató Anton Shudder. Pero a las órdenes de Mevolent, los muertos no se mantienen en ese estado durante demasiado tiempo...

Billy-Ray Sanguine: No es un simple asesino a sueldo: es un asesino a sueldo de lujo, cuyos servicios han contratado muchos villanos. Es tejano y un hechicero elemental especializado en la magia de la tierra, que taladra como una lombriz para avanzar por túneles a toda velocidad. Carece de ojos: siempre lleva gafas de sol y su arma favorita es una navaja de afeitar que deja heridas que jamás cicatrizan. Le gustó Tanith Low desde la primera vez que la vio y pasó muchas noches en vela pensando diferentes formas de matarla y considerando que todos los intentos de ella por destruirle no eran más que muestras de coquetería. Cuando la poseyó el Vestigio y se volvió malvada, iniciaron una relación sentimental, aunque ella le advirtió que, como era una psicópata, no podía sentir aprecio real por nadie. Ya que él también es un psicópata, pasaron a estar felizmente prometidos. Sanguine es un tipo práctico, y no le emocionan los planes de Oscuretriz de acabar con el mundo. Por este motivo no destruyó las armas Asesinas de Dioses que podrían matarla, sino que se las guardó.

Bliss: El hombre más fuerte del mundo; hermano de China Sorrows y hechicero adepto. Renegó de los Sin Rostro mucho antes que China y pasó a trabajar para el Santuario de Irlanda. Era un hombre imponente, enorme y musculoso, totalmente calvo y con los ojos azules; había algo en él que provocaba la necesidad de acurrucarse y romper a llorar. Extremadamente difícil de matar, China lo intentó en tres ocasiones sin éxito. Al final, lo despedazó un Sin Rostro.

Cadaverus Gant: Hechicero adepto anciano con aspecto de buitre. Tiene una fuerza asombrosa, en especial dentro de sus dominios, y es completamente malvado.

Cassandra Pharos: Hechicera sensitiva, amiga de Finbar Wrong. Aparenta unos cincuenta años, tiene el pelo gris y siempre se rodea de artilugios esotéricos. Aunque es menos poderosa que Finbar y necesita mucho trabajo para obtener pocos resultados, tiene visiones muy claras sobre el futuro. Hace años le mostró a Valquiria una visión en que Oscuretriz mataba a sus padres y destruía el mundo. Pero el futuro no es inamovible...

China Sorrows: Es la mujer más hermosa del mundo y todos los que la conocen se enamoran irremediablemente de ella. Poderosa hechicera adepta, especialista en la magia de símbolos, procede de una familia de hechiceros que veneraban a los Sin Rostro, pero terminó distanciándose de todo aquello al considerar que eran unos dioses malvados y locos que traerían la destrucción no solo a sus enemigos, sino también a sus fieles devotos. China colecciona objetos mágicos y libros raros; tiene una red de informantes y hay pocas cosas que pasen en el mundo mágico sin que ella lo sepa. Siempre ha sido traicionera y manipuladora: los únicos intereses a los que servía eran los suyos propios, pero con el paso del tiempo llegó a apreciar de veras a Skulduggery y a Valquiria. Eliza Scorn, intentando levantar la Iglesia de los Sin Rostro, puso una bomba en su biblioteca, le arrebató todas sus posesiones y le contó a Skulduggery el gran secreto de China: que estuvo implicada en la muerte de su esposa y su hijo. Skulduggery terminó perdonándola, puesto que considera que sería hipócrita guardarle rencor cuando él mismo hizo tantas cosas horribles en el pasado. Cuando China se enfrentó a Oscuretriz, intentó inmolarse y llevársela consigo, pero vaciló: no era capaz de matar a Valquiria. Oscuretriz, en un último acto de misericordia, la salvó de morir quemada. Ante el vacío de poder del Santuario de Irlanda, China eliminó el Consejo de los Mayores y se autoproclamó Gran Maga. Está totalmente dispuesta a abusar de su poder.

Clarabelle: Cuando le pidió trabajo al doctor Nye, se presentó diciendo que no tenía formación médica ni científica, no le apetecía aprender y le costaba entender las cosas porque sufría falta de atención, cualidades altamente positivas desde su particular punto de vista. Le faltan unas cuantas tuercas, a veces combina vestidos veraniegos de flores con máscaras de gas, lleva el pelo teñido de azul y es una de las pocas personas en el mundo capaces de apreciar a Vaurien Scapegrace. Vive con él y con Thrasher, y los considera sus mejores amigos del mundo entero, además de sus héroes. Cree en ellos, pero también cree en muchas tonterías.

Creyfon Signate: Hechicero oscilador, procede de una larga y distinguida estirpe de osciladores dimensionales, exploradores de realidades. Es menudo, delgado y tiene el pelo cortado al rape. Trabajó para Erskine Ravel y los Vástagos de la Araña y osciló la ciudadela de Roarhaven, construida en otra dimensión, hasta esta.

Dai Maybury: El único tipo decente del desafortunado clan de los Maybury. Es un hombre estoico con una frondosa barba. Todos sus hermanos tuvieron muertes ridículas: Davit se encerró en una habitación secreta y se quedó sin aire, Dafydd se cayó en una trituradora de madera, Daveth fue devorado por unas cabras rabiosas y Davon murió por culpa de un problema intestinal. El único de sus hermanos que sigue vivo es Deacon.

Deacon Maybury: Uno de los sextillizos Maybury. Salvo Dai Maybury, todos eran unos sinvergüenzas, y Deacon no es ninguna excepción. Hechicero sensitivo, trabajaba para el Santuario de Irlanda insertando nuevas personalidades a los criminales que no tenían posibilidad de reinserción. Era muy bueno en su oficio, pero quería vivir aventuras y emociones, ansiaba dinero y poder, y terminó en compañía de unos villanos de la peor calaña: la banda de Vincent Foe. Skulduggery y Valquiria le salvaron la vida y Deacon quedó en deuda con ellos, pero eso no significa que le tengan ningún aprecio. Volvió a trabajar para el Santuario de Irlanda y le reescribió la identidad a Argeddion.

Dexter Vex: Hechicero lanzador de energía. Amigo de Skulduggery, formó parte de los hombres cadáver en la guerra contra Mevolent. Cuando esta terminó, se dedicó a viajar y vivir aventuras. Aparenta unos treinta años, tiene el pelo rubio y corto y unos abdominales impresionantes. Asegura que fue quien enseñó a bailar a Skulduggery, pero puede que no sea cierto: siempre está contando anécdotas embarazosas. Intentó robar las Asesinas de Dioses y ponerlas a buen recaudo para evitar que Tanith las destruyera, luchó en el lado irlandés en la guerra de los Santuarios, recuperó al Ingeniero que se encontraba en el Santuario francés y se enfrentó a Charivari.

Donegan Bane: Cazador de monstruos, lanzador de energía y francotirador experto. Británico, viste de forma elegante y es mucho más serio que su compañero Gracius, junto al que ha escrito *Caza de monstruos para principiantes* y sus secuelas: *Seguramente sea desaconsejable la caza de monstruos para principiantes* y *En serio, tío, deja de cazar monstruos*. Formó parte del grupo de Dexter Vex que intentaba evitar que Tanith Low destruyera las Asesinas de Dioses; posteriormente pasó a trabajar para el Santuario de Irlanda y participó en varias misiones, además de luchar en la batalla de Roarhaven.

Eliza Scorn: Hechicera adepta, coleccionista de libros y objetos mágicos, devota creyente de los Sin Rostro. Pelirroja muy hermosa, muchos hombres se han enamorado de ella y la han olvidado en el mismo instante en que China entraba en la habitación. Eliza la odia no solo por ese motivo: la considera una traidora infiel por haber dado la espalda a los Dioses Oscuros. Decidió levantar la Iglesia de los Sin Rostro y chantajeó a China para que la ayudara con sus recursos, amenazándola con contarle a Skulduggery su implicación en la muerte de su esposa e hijo. China intentó obtener la lista de los mecenas de la Iglesia para asesinarlos a todos, pero finalmente Eliza destruyó su biblioteca y le contó su secreto a Skulduggery. China condujo a la banda de Foe hasta la iglesia de los Sin Rostro y la obligó a luchar mientras ella escapaba, pero seguramente no se contente con una venganza tan suave ahora que es Gran Maga.

Emmet Peregrine: Hechicero teletransportador que murió a pesar de contar con Tanith Low como guardaespaldas. Hay otra versión de sí mismo en la dimensión alternativa a la que pueden acceder los hechiceros osciladores.

Erskine Ravel: Hechicero elemental, fue amigo de Skulduggery y le traicionó, a él y a todos. Formó parte de los hombres cadáver en la guerra contra Mevolent. Es un hombre muy atractivo con los ojos dorados. Mientras fingía que estaba convenciendo a los hechiceros de que su labor era proteger a los mortales, se dedicó a buscar hechiceros partidarios de gobernarlos. Llevaba años conspirando junto a los Vástagos de la Araña sin que Skulduggery lo sospechara. Haciendo uso de una amatista con el poder de hacer que se olvidaran de él, estuvo detrás de la mayor parte de intrigas contra el Santuario de Irlanda, a la vez que lograba que lo nombraran Gran Mago y se hacía con el poder supremo. Intentó enfrentar a los brujos contra los mortales, con la intención de que los hechiceros los protegieran y los mortales los aceptaran como sus superiores y les cedieran el gobierno, pero el plan le explotó en la cara. Después de asesinar con sus propias manos a Abominable y hacer que mataran a Shudder, Oscuretriz lo condenó a recibir veintitrés horas diarias de dolor agónico y una de descanso para poder recuperarse y continuar sufriendo.

Finbar Wrong: Uno de los hechiceros sensitivos más poderosos del mundo, conocido de Skulduggery. Va lleno de pendientes y tatuajes, lleva un collar de perro, dice que es un antisistema, regenta una tienda de tatuajes, tiene un hijo pequeño y su mujer siempre se está metiendo en sectas, cosa que él disculpa alegando que todo el mundo necesita un *hobby*. Finbar no está del todo bien de la cabeza. Le poseyó brevemente el mismo Vestigio que después poseería a Tanith Low, tuvo una visión de Oscuretriz sobre el fin del mundo que le dejó más trastornado aún de lo que estaba antes y, durante un tiempo, perdió todos sus poderes. Cuando los recuperó, tuvo otra visión sobre la batalla contra los brujos.

Fletcher Renn: Último teletransportador vivo del mundo. Puede teletransportarse a cualquier lugar donde haya estado antes y llevarse consigo a cualquier persona con la que entre en contacto. Debido a su poder, es codiciado por muchos grupos de hechiceros que han intentado utilizarlo para sus propios fines, pero se mantiene fiel al Santuario de Irlanda: ha colaborado activamente con Skulduggery y hacía todo lo que Valquiria le pedía. Salieron juntos una temporada, hasta que Valquiria se enrolló con el vampiro Caelan y cortó con Fletcher por ser demasiado «seguro». La vida amorosa de Fletcher es un desastre: primero Valquiria le puso los cuernos, luego empezó a salir con Myra, que resultó ser una asesina a sueldo, y después se enrolló con el reflejo de Valquiria. Aunque Fletcher muestra un carácter infantil y superficial, es generoso y tiene un gran corazón: quería a Valquiria de verdad, y también a Stephanie. Está orgullosísimo de su ridículo pelo, cuidadosamente peinado en punta, y considera que todo el mundo lo envidia.

Geoffrey Scrutinus: Hechicero sensitivo. Tiene el pelo muy rizado, una extraña barba de chivo y va lleno de bisutería. Es uno de los responsables de las relaciones públicas del Santuario de Irlanda. Su trabajo consiste en convencer a los mortales de que no han visto lo que han visto.

Gracius O'Callahan: Cazador de monstruos, hechicero adepto con gran fuerza y francotirador experto, compañero de Donegan Bane, junto al que ha escrito numerosos títulos como *El estudio definitivo de los hombres lobo* y *Las pasiones de Greta Grey*, su primera novela romántica. Bajo, regordete y bromista, es un auténtico friki y parece que todo lo que le gusta se puede encontrar impreso en una camiseta. Formó parte del grupo de Dexter Vex que se enfrentó a Tanith Low y pasó a trabajar para el Santuario de Irlanda en varias misiones, además de participar en la batalla contra Charivari.

Harmony: En la dimensión alternativa gobernada por Mevolent a la que pueden acceder los hechiceros osciladores, Harmony forma parte de la Resistencia. Es una muchacha pálida y atractiva con una cicatriz que va desde el ojo hasta la boca. Llevó a Valquiria y Skulduggery hasta Nefarian Serpine, del que no se fiaba ni pizca.

Ivy: ¡La mayor fan de Valquiria! Ivy copia a Valquiria en todo: viste de negro, se ha hecho elemental, la admira muchísimo y quiere saber dónde se compra la ropa. Trabaja para el Santuario inglés y se aseguró de expresar su amor y fanatismo mientras le daba una paliza de muerte por orden de su Santuario. Valquiria logró derrotarla finalmente, pero haciendo trampas, por lo que se sintió muy mortificada.

Jeremiah Wallow: Hechicero adepto, compinche de Cadaverus Gant y tan malvado como él, aunque mucho menos inteligente. Es un hombre gordo con barba y coletilla que parecería más cómodo vestido con una camiseta vieja que con el traje que lleva.

Kenspeckle Grouse: Hechicero experto en magia científica y mejor médico y cirujano del Santuario irlandés. Era un hombrecillo muy anciano con una mata de pelo blanco y muy poca paciencia. Valquiria era su paciente favorita y siempre se preocupaba por ella e intentaba que el esqueleto no la obligara a meterse en situaciones peligrosas. Lo mató un Vestigio que poseyó a Clarabelle.

Lord Vile: Ver *Skulduggery Pleasant.*

Madame Mist: Hechicera adepta, Vástago de la Araña, logró mediante intrigas ser nombrada Mayor del Santuario de Irlanda. Siempre iba cubierta por un velo negro, era delgada y pálida y podía convocar un torrente de arañas venenosas que surgían de las mangas de su vestido y de debajo de su propia piel. Estaba a favor de que los hechiceros gobernaran sobre los mortales y participó de todas las traiciones junto a Erskine Ravel. La mató China Sorrows.

Melancolía St Claire: Hechicera nigromante cuatro años mayor que Valquiria. Rubia, alta y espigada, Melancolía dejó muy claro desde el primer momento que despreciaba a Valquiria con toda su alma... y también la envidiaba un poquito. Valquiria lo encontraba divertidísimo y disfrutaba de cualquier oportunidad para incordiarla. Vandameer Craven amarró a Melancolía y le talló un montón de símbolos en la piel que concentraron su poder mágico y lo repitieron en bucle. Este proceso, además de ser una tortura espantosa, la convirtió en la Invocadora de la Muerte, la mesías de los hechiceros nigromantes, la persona que lograría que la mitad de la población fuera inmortal... asesinando a la otra mitad. El poder de Melancolía era tan inestable que podía haber estallado como una bomba nuclear; la volvió loca, y Skulduggery y Valquiria tuvieron que detenerla. Finalmente, el doctor Nye la puso en coma inducido.

Mercy Charient: Hechicera que lanza rayos de energía por la boca, compinche del malvado Vincent Foe y asesina en serie. Va vestida de cuero viejo y destrozado y lleva el pelo corto de punta. Es guapa, pero de una forma siniestra, y tiene una risa espantosa que provoca escalofríos. Skulduggery y Valquiria la arrestaron cuando la banda de Foe fracasó al intentar poner en marcha la Máquina del Apocalipsis. El Consejo Supremo de los Santuarios que se enfrentaron al irlandés durante la guerra de los Santuarios dejó en libertad a la banda de Foe y les encargaron que mataran a China Sorrows. Fracasaron, y China se dedicó a torturarlos un poquito hasta que se rindieron y se pusieron a su servicio.

Mevolent: Hechicero elemental que se volvió malvado e intentó traer de regreso a los dioses Sin Rostro, provocando una guerra terrible. Aunque fue derrotado y murió, en la dimensión alternativa a la que pueden viajar los hechiceros osciladores venció gracias a Lord Vile, esclavizó a todos los mortales y estableció un reinado de terror. Mevolent es un hombre altísimo, delgado, con los hombros estrechos y la piel amarillenta, como si tuviera manchas de nicotina por todo el cuerpo. Obliga a sus servidores, los Capuchas Rojas, a matarlo a diario. Muere todos los días, una muerte violenta y dolorosa, y resucita al sumergirse en el estanque de aguas negras que devuelven la vida. De esa forma le enseña a la muerte que es su amo, y cuando por fin esta venga a buscarle en contra de sus deseos, titubeará y se marchará.

Nefarian Serpine: Uno de los tres generales bajo el mando de Mevolent y su hombre de confianza. Hechicero nigromante, su poder más temible era la mano roja: le bastaba con señalar con un dedo para provocar la más atroz de las muertes. Planeó el asesinato de la esposa e hijo de Skulduggery y le torturó después hasta matarlo, pero no contaba con que volvería como esqueleto viviente. Tras la muerte de Mevolent, Serpine continuó conspirando para traer de regreso a los Sin Rostro. Mató al tío de Valquiria para hacerse con la poderosa arma del Cetro de los Antiguos, pero Skulduggery acabó con su vida con el mismo Cetro. En la dimensión alternativa a la que pueden acceder los hechiceros osciladores continúa viva otra versión de Serpine, encarcelado por la Resistencia. Ninguno de sus miembros se fiaba ni pizca de él, y hacían bien, porque mató por la espalda a la líder de la Resistencia, la versión de China de esa dimensión.

NJ: Hechicera adepta especialista en la magia de símbolos. Es la mejor alumna de China y está profundamente enamorada de ella, como todo el mundo. Considera que China es una profesora maravillosa y que ella nunca será ni la mitad de buena. Por supuesto, eso es lo que China no deja de repetirle.

Obloquy: Hechicero sensitivo capaz de causar un dolor inimaginable solo con pensarlo. Es un hombre enorme con pinta de idiota, pero un idiota muy peligroso, con los brazos gruesos como troncos de árboles y el pelo enmarañado que oculta un rostro francamente feo. Forma parte de la banda de Vincent Foe, intentó destruir el mundo poniendo en marcha la Máquina del Apocalipsis y fue arrestado por Skulduggery y Valquiria. El Consejo Supremo lo liberó junto a sus compinches y les encargó que mataran a China. No lo consiguieron y China los torturó hasta que le juraron lealtad a ella.

Oscuretriz: Ver *Valquiria Caín*.

Philomena Random: Hechicera sensitiva. Al igual que Geoffrey Scrutinus, su trabajo consiste en convencer a los mortales de que no han visto lo que han visto.

Reverie Synecdoche: Doctora que trabajaba en el Santuario de Irlanda junto a Nye, que le provocaba escalofríos, y se quedó en la gloria cuando lo encerraron. Ahora está al mando del ala médica del Santuario.

Rote: Hechicero científico, creador del Acelerador, la máquina capaz de aumentar el poder de los hechiceros... y de destruir el mundo si no la desconecta el Ingeniero, un robot que Rote creó con ese fin.

Saracen Rue: Amigo de Skulduggery, miembro de los hombres cadáver durante la guerra contra Mevolent. Aunque ha ganado un poco de peso, ninguna mujer ha sido capaz de resistirse jamás a su sonrisa. Salió una temporada con Tanith Low. Siempre llega tarde a todas partes: solo aparece a tiempo cuando tiene que salvarte la vida. Formó parte del grupo de Dexter Vex que se enfrentó a Tanith. Nadie sabe cuál es exactamente su poder mágico. ¿Es un sensitivo? ¿Lee la mente? ¿Puede predecir el futuro? Cuando se lo preguntan, solamente responde: «Sé cosas».

Silas Nadir: Asesino en serie. Hechicero oscilador dimensional, capaz de desplazarse entre universos alternativos y mover a otras personas u objetos (como los cuerpos de sus víctimas). Fue encarcelado, pero logró fugarse.

Solomon Wreath: Hechicero nigromante al que Skulduggery detesta desde hace siglos. Guarda su poder nigromante dentro de su bastón e intentó que Valquiria se decantara por la nigromancia en lugar de la magia elemental. Llegó a considerarla la mesías de los nigromantes, la Invocadora de la Muerte: su mayor deseo era que fuese la salvadora que, al provocar la muerte de la mitad de la población mundial, hiciera que la otra mitad viviera eternamente. Sin embargo, cuando apareció Melancolía, una Invocadora de la Muerte que no era lo bastante poderosa y solamente causaría la muerte de millones de inocentes sin entregar la vida eterna a nadie, ayudó a Skulduggery y Valquiria a impedir que esto sucediera. Aunque Valquiria se sintió herida y traicionada por todo lo que pasó y se alegró de que se marchara del país, le tiene aprecio y se alegró mucho de verle cuando fue a visitarla el día de su cumpleaños.

Tanith Low: Hechicera adepta de casi un siglo de edad y con el aspecto de una muchacha rubia de veinte años; siempre va vestida de cuero marrón ajustado. Recibió entrenamiento en la infancia y desarrolló el poder de caminar por las paredes y abrir cualquier cerradura. Es una experta con la espada y el combate cuerpo a cuerpo. Aunque es londinense, colaboraba con el Santuario de Irlanda y pasó a ser la mejor amiga de Valquiria: eran como hermanas hasta que Tanith fue poseída por un malvado Vestigio que desea la destrucción del mundo. El Vestigio adora a Oscuretriz: la considera su mesías y haría cualquier cosa para protegerla. Tanith, poseída por el Vestigio, es una fría mercenaria carente de sentimientos y de conciencia y se ha prometido con el asesino Billy-Ray Sanguine; pero ha conocido a Moribund, un hombre poseído por un Vestigio que es capaz de controlar a la malvada entidad que habita en su interior, y eso le ha dado en qué pensar...

Tipstaff: Administrador del Santuario irlandés. Es completamente fiel al Santuario y está obsesionado con las normas y el protocolo.

Torment: Hechicero adepto muy anciano, con el pelo largo y sucio y una barba enmarañada, líder de los Vástagos de la Araña, capaz de escupir arañas negras del tamaño de ratas y de transformarse él mismo en una araña monstruosa y gigantesca. Residía en el sótano del bar de Scapegrace y conspiró junto a Ravel contra el Santuario de Irlanda porque pensaba que los hechiceros deberían gobernar a los mortales. Consiguió que el Santuario se trasladara al pueblo de Roarhaven y logró que nombraran Mayor a Madame Mist, una de los Vástagos de la Araña. Acabó con él un asesino al que no pagó tras contratarle para que matara a una enemiga, pero otra versión de sí mismo continúa viva en la dimensión alternativa a la que pueden viajar los hechiceros osciladores.

Vandameer Craven: Hechicero nigromante fallecido, pomposo, soberbio y pagado de sí mismo, estuvo a punto que provocar la muerte de miles de millones de personas al convertir de forma artificial a Melancolía en la Invocadora de la Muerte. Skulduggery lo mató de un tiro.

Vincent Foe: Hechicero líder de una banda de malhechores, lanzador de energía bastante poderoso, fue mercenario durante la guerra contra Mevolent. Hay personas que quieren dominar el mundo, las hay que quieren cambiarlo... Foe y sus compinches quieren destruirlo. Vincent tiene aspecto de motero: está delgado, tiene los brazos fuertes y llenos de tatuajes, lleva vaqueros negros y botas desgastadas y se peina con el flequillo negro caído sobre la frente. Se enfrentó a Skulduggery y Valquiria cuando intentó poner en marcha la Máquina del Apocalipsis, pero no fue arrestado porque salió huyendo miserablemente en cuanto las cosas se pusieron feas. Dejó tirados a todos sus compañeros, que acabaron en la cárcel; pero se reunieron felizmente, sin guardarse rencor alguno, cuando el Consejo Supremo de los Santuarios los dejó en libertad para que mataran a China Sorrows. Fracasaron, y China se dedicó a torturarlos un poquito hasta que se rindieron a su servicio.

Zafira Kerias: Gran Maga del Santuario estadounidense. Intentó convencer a Dexter Vex de que el Santuario irlandés debía rendirse ante el Consejo Supremo para evitar la guerra. No lo consiguió.

CRITATURAS MÁGICAS

Vampiros

Dusk: Vampiro enigmático y poderoso con el aspecto de un hombre de treinta años muy atractivo. Siempre viste de negro. Como todos los vampiros, es alérgico al agua salada y debe inyectarse el suero de cicuta y acónito para no desgarrar la piel humana y evitar convertirse por las noches en un monstruo sediento de sangre incapaz de controlarse. Es un luchador letal, rápido, fuerte, totalmente sigiloso, de movimientos gráciles y elegantes. Sus rasgos son perfectos, salvo por la cicatriz incurable que le hizo Valquiria en el rostro con la navaja de Sanguine. La lealtad no está dentro de su naturaleza y tiene la mala costumbre de guardar rencor eterno. Rompió la única norma de su especie y mató a un semejante: al vampiro que lo convirtió.

Caelan: Vampiro de un siglo de edad con el aspecto de un chico de diecinueve años. Valquiria hizo una tontería y, mientras salía con Fletcher, se enrolló con Caelan porque estaba muy bueno, le parecía peligroso e interesante y buscaba emociones fuertes; pero el vampiro se obsesionó con ella: se consideraba su ángel de la guarda, la seguía a todas partes, la consideraba suya y quería casarse con ella. Valquiria encontraba todo ese rollo gótico un poco espeluznante, y no se equivocaba. Caelan resultó ser un psicópata que había acosado, torturado y asesinado a todas y cada una de las mujeres de las que se había enamorado. Valquiria luchó contra él y Caelan murió al caer al mar y tragar agua salada, a la que son alérgicos todos los vampiros. Valquiria siente tanta vergüenza por todo lo que pasó que nunca habla de vampiros. Ni siquiera los nombra.

Samuel: Vampiro miembro de la banda de Foe. Tiene el aspecto de un tipo de mediana edad y siempre está muy callado. Parece un oficinista, un contable que no pinta nada junto a la banda de moteros de Foe y sus compinches. Es sumamente peligroso, como cualquier vampiro, y totalmente letal si no se toma el suero. Skulduggery le rompió todos los huesos al lanzarlo despedido por los aires y dejarlo caer de golpe y logró arrestarlo, pero el Consejo Supremo lo liberó, le ordenó que matara a China y, al fracasar, esta le torturó hasta que le juró lealtad.

Zombis

Vaurien Scapegrace: Hechicero adepto mediocre y dueño de un pub igual de mediocre en Roarhaven. Trató de convertirse en el Asesino Supremo y no logró asesinar a nadie. Intentó matar a Valquiria una y otra vez con tanta torpeza que ella acabó tomándole cariño. Billy-Ray Sanguine lo reclutó, pero cuando descubrió que no era ningún Asesino Supremo, lo mató. El padre de Sanguine lo convirtió en zombi para que creara un ejército, y Scapegrace se autoproclamó Rey de los Zombis. Convirtió a Thrasher y a algunas personas más, pero su horda de zombis terminó en desastre. Su cuerpo empezó a pudrirse a toda velocidad y él se dedicó a buscar algún sistema de conservación de la carne yendo de funeraria en funeraria. El Hendedor Blanco le cortó la cabeza y pasó a vivir dentro de un tarro. El doctor Nye trasplantó su cerebro a un cuerpo joven y atractivo... de mujer. Como no había tenido mucho éxito como supervillano, decidió cambiar de bando. Pasó por un durísimo entrenamiento en artes marciales que consistió en no aprender nada y recibir un montón de puñetazos del Gran Maestro Ping, que se enamoró de él. O de ella. Se puso una máscara y se convirtió en el Caballero Oscuro y Tormentoso, un superhéroe enmascarado que defiende el amor y la justicia, y se lanzó en persecución del asesino en serie Silas Nadir, pero a quien le dio una paliza fue a Creyfon Signate. Después, colgó la máscara; concretamente, la tiró al suelo mientras huía. Ha intentado convencer a Skulduggery y Valquiria de que ahora es de los buenos, pero no se fían de él. No es que le crean malvado: es que saben que es un inútil.

Thrasher: Su nombre mortal es Gerald. Fue el primer zombi al que mordió Scapegrace. Aunque este le trata a patadas y siempre le llama idiota, Thrasher venera a su maestro y le sigue y obedece en todas sus desventuras. Siempre está dispuesto a sacrificarse por Scapegrace y se lanza sin pensarlo a contener a sus enemigos, pero es un inútil incapaz de contener ni siquiera un estornudo. Cuando el doctor Nye trasplantó los cerebros de los dos zombis a unos cuerpos sanos, le dio a Thrasher el cuerpo de un varón atractivo y musculoso con una mandíbula perfecta. Como ayudante enmascarado de la identidad superheroica de su maestro, adoptó el nombre de Músculo-Man, pero Scapegrace se negó a aceptarlo, así que pasó a ser el Tonto del Pueblo, la mano derecha del Caballero Oscuro y Tormentoso. Además de adorar a su maestro, quiere mucho a Clarabelle.

Otros

Charivari: Brujo. Como todos los brujos, era capaz de curarse a sí mismo: sangraba luz por las heridas y las cerraba en el acto. Gigantesco, pálido, calvo y surcado de cicatrices, era una feroz montaña de músculos de casi tres metros de altura. Cuando Erskine Ravel intentó poner a los brujos en contra de los mortales, Charivari no picó: en lugar de atacar Dublín, se lanzó con su ejército contra la flamante ciudadela mágica de Roarhaven. Lo mató Stephanie Edgley, el reflejo de Valquiria Caín, con el Cetro de los Antiguos.

El Hendedor Negro: Antes llamado Hendedor Blanco. Los Hendedores son unos hechiceros que pasan voluntariamente por un entrenamiento terrible en el que pierden hasta su capacidad de pensar por sí mismos: obedecen ciegamente las órdenes del Santuario sin cuestionarlas y están dispuestos a morir por su misión. Extremadamente fuertes, vestidos con ropas blindadas de color gris y armados con una guadaña, sirven de soldados y guardaespaldas en el mundo mágico. Serpine se hizo con un Hendedor, lo sometió a experimentos, lo mató y lo resucitó, convirtiéndolo en su esbirro; sin embargo, este finalmente le desobedeció y desertó. Pasó a servir a los nigromantes y murió de nuevo a manos de Lord Vile, pero el doctor Nye lo resucitó a partir de los pedazos y nació una vez más como el Hendedor Negro. Como aliado es el mejor que se puede tener; como enemigo es prácticamente indestructible.

El Ingeniero: Robot creado por el doctor Rote. Su labor consistía en proteger el Acelerador e impedir que se sobrecargara y destruyera el mundo, pero su compleja programación, una mezcla maravillosa de magia y tecnología, le permitió experimentar el curioso fenómeno humano del aburrimiento, así que se largó a vivir aventuras. Se encontraba en una playa italiana buscando conchas curiosas cuando sonó la alarma. De regreso para cumplir con su misión, lo atropelló un camión. El Santuario irlandés lo recuperó, Nye lo reparó, Clarabelle le pintó una cara sonriente y el Ingeniero se mostró dispuesto a desactivar el Acelerador... siempre que alguien contribuyera. Porque para apagarlo se necesita «un alma, entregada voluntariamente». Los símbolos mágicos que tiene grabados en su cuerpo metálico hacen que su presencia se borre de la mente de los mortales en el instante en que lo ven.

Gordon Edgley: Tío de Valquiria, hermano de Fergus y Desmond. Escritor de mucho éxito de novelas de terror y de magia, tenía la irritante manía de presentar personajes heroicos, nobles y fuertes a los que torturaba sistemáticamente antes de matarlos al final de la forma más ridícula posible. Arrogante, infantil y muy divertido, era un gran amigo de Skulduggery Pleasant, estaba fascinado con la magia, la observaba y escribía sobre ella. Serpine le asesinó para hacerse con el Cetro de los Antiguos, pero Gordon guardó su personalidad en una Piedra Eco, así que, aunque sea una imagen intangible, continúa paseándose por su casa, hablando con su sobrina y sus amigos y dictando a un ordenador novelas póstumas que son un éxito de ventas. Le legó casi toda su fortuna, su casa y los derechos de sus libros a Valquiria, que tomó posesión de ellos al cumplir dieciocho años.

Nye: El doctor Nye es un crenga, una especie sin sexo, con los miembros tan largos y finos como un insecto. Lleva una mascarilla quirúrgica, le falta la nariz, su piel es de una palidez aceitosa y tiene los párpados y la boca cosidos con hilo negro de sutura, de forma que su sonrisa parece una herida abierta. Es un sádico cirujano consagrado a sus experimentos de disección en busca del alma humana. Durante la guerra colaboró con Mevolent, se encargó de los prisioneros y torturó y mató a muchos hechiceros. Selló el nombre de Valquiria y estuvo a punto de asesinarla. Madame Mist le ofreció amnistía por sus crí-

menes de guerra y le dio trabajo en el Santuario irlandés, puesto
que es un médico sumamente capacitado; pero muchos hechiceros lo
detestan y desconfían de él, especialmente Skulduggery. Nye aceptó
a Clarabelle en su laboratorio y trasplantó los cerebros de los zombis
Scapegrace y Thrasher a cuerpos saludables a cambio de los restos
del Hendedor Blanco: logró recomponerlos y resucitarlo.

MORTALES

Alice Edgley: hermana pequeña de Valquiria Caín. Es un bebé, así que
sus poderes y habilidades consisten en reírse, balbucear y caerse de
culo. Pero por sus venas corre también la sangre de los Antiguos...

Beryl Edgley: Tía de Valquiria, esposa de Fergus y madre de las gemelas Crystal y Carol. Tiene un mal humor espantoso y la lengua
muy afilada. Se enfadó terriblemente cuando le tocó una parte más
pequeña que a Valquiria de la herencia de Gordon, a pesar de que
con ella podrían vivir cómodamente sin tener que trabajar el resto
de su vida. Desmond y Melissa, los padres de Valquiria, no la sopor-
tan y van a las reuniones familiares con resignación, pero Valquiria ha descubierto que no es tan mala como parece: solamente está
amargada. Es una fanática de *Star Trek*, pero lo mantiene en secreto.

Carol y Crystal Edgley: Hermanas gemelas, hijas de Fergus y Beryl,
primas de Valquiria. Las «Gemelas Tóxicas», como las llamaba Stephanie, estaban celosas de que su prima se hubiera llevado la mayor
parte de la herencia de su tío Gordon y se metían con ella continuamente. Valquiria dejó de odiarlas cuando se dio cuenta de que no
tenían amigos y caían mal a todo el mundo. Carol está demasiado
gorda; Crystal, excesivamente delgada. Descubrieron por accidente
la existencia de la magia y pasaron a suplicar a Valquiria que les
enseñara. Cuando Valquiria finalmente accedió para que la dejaran
en paz, convencida de que no conseguirían nada, las gemelas se sin-
tieron muy decepcionadas al descubrir que había que esforzarse
y practicar muchísimo. Su padre las descubrió, montó en cólera
contra Valquiria y las mandó a casa, pero Carol continuó practi-

cando magia de fuego hasta que el reflejo de Valquiria la mató con el Cetro y la suplantó con un reflejo.

Danny: Tendero de Meek Ridge, tuvo un contrato discográfico hace unos años; pero como no logró convertirse en una estrella, se rindió y volvió a su pueblo.

Desmond Edgley: Padre de Valquiria y Alice, hermano de Gordon y de Fergus. De pequeño estaba fascinado por las historias de los Antiguos que le contaba su abuelo, pero no cree en ellas: considera que llevan a la locura y la obsesión, y le sorprende que un hombre tan inteligente como Gordon se dejara llevar por esos cuentos. Es despistado, encantador y siempre está haciendo bromas y perdiendo cosas: su pasaporte, sus pantalones...

Fergus Edgley: Tío de Valquiria, hermano de Desmond y Gordon, casado con Beryl y padre de las gemelas Crystal y Carol. Es un gruñón cascarrabias que siempre lo critica todo, pero, a diferencia de Desmond, no solamente cree las historias de magia que le contaba su abuelo, sino que es capaz de practicar la magia él mismo, aunque solo puede convocar una chispa entre los dedos, lo cual le parece espantoso. Considera que el mundo mágico es una locura y monta en cólera solo con que se mencione. Finge que son todo tonterías, aunque sepa perfectamente la verdad.

Kenny Dunne: Periodista. Descubrió la existencia del mundo mágico e intentó recopilar pruebas suficientes sobre el poder de Stephanie Edgley para lanzar la noticia de primera plana más importante de la historia, hasta que presenció la batalla de Roarhaven, en la que murió su cámara y le pareció ver también la muerte de Stephanie. Rompió todas sus notas, asqueado de tanta muerte y horror, pero decidió que los padres de Stephanie merecían saber que su hija había muerto como una heroína, así que editó un vídeo y se lo llevó.

Melissa Edgley: Madre de Valquiria y Alice. No sabe nada del mundo mágico y, si se enterara de que su hija lucha continuamente contra monstruos, le daría un ataque. Como todas las madres, se preocupa en exceso por su hija, pero tiene un excelente sentido del humor. ¡De no ser así, no podría convivir con Desmond!